mtb

Zum Buch:

Violet kann den drängenden Wunsch von Lady Halstead, ihre Besitzverhältnisse zu klären, nicht nachvollziehen. Immerhin erfreut sich die Adlige, bei der sie als Gesellschafterin tätig ist, bester Gesundheit. Trotzdem wendet sich Violet an den Finanzverwalter Heathcote Montague und erlebt eine Überraschung. Denn sie trifft nicht auf einen alten, leicht verschrobenen Herrn, sondern auf einen attraktiven, stattlichen Gentleman. Violet spürt, dass dieser Mann ihr Herz schneller schlagen lassen könnte. Aber plötzlich überschlagen sich die Ereignisse: Ihre Ladyschaft wird ermordet – und auch Violet könnte in Gefahr sein.

Zur Autorin:

Stephanie Laurens wurde in Ceylon (dem heutigen Sri Lanka) geboren. Sie begann mit dem Schreiben, um ihrem wissenschaftlichen Alltag zu entfliehen. Bis heute hat sie mehr als 50 Romane verfasst und gehört zu den erfolgreichsten Autorinnen historischer Liebesgeschichten. Die preisgekrönte New-York-Times-Bestsellerautorin lebt mit ihrem Mann und zwei Töchtern in Melbourne.

Lieferbare Titel:

Eine Lady riskiert alles
Im Feuer der Nacht

Stephanie Laurens

Wenn ein Gentleman in Liebe entbrennt

Roman

Aus dem Englischen von
Alexandra Kranefeld

mtb

MIRA® TASCHENBUCH

FSC
MIX
Papier
FSC® C014496

1. Auflage: März 2020
Deutsche Erstausgabe

Originaltitel :»The Masterful Mr. Montague«
Erschienen bei: Avon Books, New York

Published by arrangement with Avon Books, an imprint of
HarperCollins*Publishers* L.L.C., New York

Umschlaggestaltung: HarperCollinsGermany / Birgit Tonn
Umschlagabbildung: Harlequin Books S. A.
Lektorat: Wanda Lemanczyk
Satz: GGP Media GmbH, Pößneck
Printed in Germany
Dieses Buch wurde auf FSC®-zertifiziertem Papier gedruckt.
ISBN 978-3-7457-0049-7

www.mira-taschenbuch.de

Prolog

London, Oktober 1837

»Vor meinem Tod wüsste ich gern noch ein paar Dinge geregelt«, bemerkte Lady Agatha Halstead und bekam diesen gewissen entschlossenen Zug um den Mund.

Violet Matcham, die ihrer Ladyschaft gerade noch ein weiteres Kissen in den Rücken geschoben hatte, richtete sich auf und legte beruhigend ihre Hand auf die der alten Dame. »Aber was reden Sie denn da? Sie sind das blühende Leben – der Doktor hat es gestern erst gesagt.«

Es war früher Vormittag, die schweren Vorhänge waren zurückgezogen, und eine blasse Herbstsonne schien in das geräumige Schlafgemach, die Lady Halsteads dünne altersfleckige Haut, das schütter gewordene silbrige Haar und die einst blitzblauen, nun jedoch milchig getrübten Augen in ein schmeichelndes Licht tauchte.

»Was weiß der denn schon?«, seufzte Lady Halstead. »Diese jungen Männer glauben, sie hätten die Weisheit mit Löffeln gefressen. Aber ich bin alt, Violet, Liebes, ich spüre, wie mir der kalte Hauch des Todes in die Knochen kriecht.« Sie ließ sich zurück in die Kissen sinken und schaute zur Decke hinauf. »Früher hielt ich es für Überspanntheit, wenn ich jemanden so reden hörte, aber jetzt verstehe ich, was gemeint ist – ich spüre es auch.« Ohne den Kopf zu bewegen, richtete sie ihren Blick auf Violet und drückte kurz und kraftlos ihre Hand. »Die meisten meiner Freunde sind längst von mir gegangen, und es ist bald ein Jahrzehnt her, dass Sir Hugo, Gott hab ihn selig, mich verlassen hat. Bald werde ich wieder bei ihm sein, und ich bin bereit, meine Liebe – aber erst will ich dafür sorgen, dass alles in seinem Sinne seine Ordnung hat und seinem letzten Wunsch Genüge getan wird.«

Da sie einsah, dass es wenig Sinn hätte, Lady Halstead ihren düsteren Gemütszustand auszureden – denn tatsächlich wirkte die alte Dame, wenn auch ernst, so doch ruhig und gefasst und so klar bei Verstand wie eh und je –, erkundigte sich Violet: »Worum hat Sir Hugo Sie denn gebeten?«

Sie hatte ihre Stellung als Gesellschaftsdame ihrer Ladyschaft erst angetreten, als Sir Hugo bereits verstorben war. Deshalb hatte sie den guten Mann nie kennengelernt, aber aus den Erzählungen Lady Halsteads so viel über ihn erfahren, dass sie manchmal meinte, ihn tatsächlich gekannt zu haben. Zwar nicht persönlich, so doch immerhin gut genug, dass sie nicht fürchten musste, auf ihre Frage irgendeine belanglose Antwort zu bekommen, denn Sir Hugo schien nicht nur ein mustergültiger Gatte, sondern in jeder Hinsicht ohne Fehl und Tadel gewesen zu sein. So war es denn auch.

»Sir Hugo hat mir das Versprechen abgenommen, dass ich, wenn meine Zeit käme, all meine Angelegenheiten in Ordnung bringen würde – sowohl meine persönlichen Belange als auch den Besitz der Familie. So etwas war ihm immer wichtig.«

Und Sie, dachte Violet, ehren sein Andenken, weshalb es Ihnen ebenso wichtig ist, seinem Wunsch zu entsprechen. Sie kannte das, denn auch Lady Ogilvie, bei der sie zuvor gearbeitet hatte, war ihrem verstorbenen Gatten bis über den Tod hinaus verbunden gewesen.

Lady Halstead reckte den Kopf und setzte sich etwas weiter auf. Als sie fortfuhr, klang ihre Stimme kräftiger als zuvor. »Auch wenn es mir gerade vergleichsweise gut gehen mag, spüre ich mein Ende doch nahen, weshalb ich sicherstellen will, dass mit meinem Testament und den Besitzverhältnissen alles seine Ordnung hat.«

Sir Hugo hatte sein Vermögen in Indien gemacht und war bei seiner Rückkehr für seine auf dem Subkontinent geleisteten Dienste für die Krone in den Ritterstand erhoben worden. Fortan zählten die Halsteads zu jener gesellschaftlichen Schicht, die irgendwo zwischen gehobenem Landadel und niederer Aristokratie rangierte, und sie konnten sich eines komfortablen Wohlstands erfreuen, wofür auch ihr Stadthaus in der Lowndes Street stand: Die Adresse war respektabel und die Nachbarschaft von gediegenem Reichtum. Lady Halsteads Schlafzimmer, in dem das große, moderne Bett zu den Damastvorhängen, den Überwürfen und Polsterbezügen passte und die hochwertigen Möbel einen sanften, fein polierten Schimmer hatten, zeugte gleichfalls vom gesellschaftlichen Rang der Familie.

Auch wenn sie mit den Einzelheiten der Halstead'schen Besitzverhältnisse nicht vertraut war, so meinte Violet doch zu wissen, dass Sir Hugo sein Vermögen Lady Halstead zur Nutzung auf Lebenszeit vermacht hatte; nach ihrem Tod sollte der Besitz gemäß den in seinem Testament getroffenen Verfügungen dann unter den vier Kindern der Halsteads aufgeteilt werden. Seine Bitte und Lady Halsteads Wunsch, diesbezüglich nach dem Rechten zu sehen, schien ihr durchaus verständlich.

Violet nickte. »Gut. Sagen Sie mir einfach, was ich tun soll.«

Obwohl wie stets klar im Kopf und bisweilen von erstaunlich scharfem Verstand war Lady Halstead in letzter Zeit doch immer gebrechlicher geworden und verbrachte mittlerweile den Großteil ihrer Tage im Bett. Die Treppen bewältigte sie nur noch mit erheblicher Mühe und nach Möglichkeit auch nur dann, wenn es sich gar nicht vermeiden ließ. Violet führte den kleinen Haushalt in der Lowndes Street mit routinierter Hand, und da es nur sie und Lady Halstead gab sowie Tilly, die Zofe ihrer Ladyschaft, sowie die Köchin, war es keine allzu schwere Aufgabe, zumal die vier Frauen gut miteinander auskamen. Violets Jahre bei Lady Halstead waren friedlich und sorglos gewesen, ein ruhiges, gleichförmiges Dasein, das ihr nicht allzu viel abverlangte.

Seufzend ließ sich Lady Halstead in die Kissen zurücksinken. »Leider ist der alte Runcorn ja letztes Jahr gestorben, weshalb wir wohl oder übel mit seinem Sohn vorliebnehmen müssen.« Sie runzelte die Stirn. »Vermutlich sollte ich mir langsam ein Bild davon machen, ob der Junge seiner Aufgabe gewachsen ist.«

Der verstorbene Arthur Runcorn war der langjährige Vermögensverwalter der Halsteads gewesen. Andrew Runcorn – seinem Sohn, *dem Jungen* – war Violet erst einmal begegnet, als er mit irgendeinem Schreiben vorstellig geworden war, für das er die Unterschrift ihrer Ladyschaft brauchte. Obgleich sie ihn jünger schätzte als sich selbst mit ihren vierunddreißig Jahren, hatte Runcorn junior bei Violet einen guten ersten Eindruck hinterlassen. Er schien ein ernsthafter junger Mann zu sein, ehrlich und aufrichtig und durchaus beflissen, aber ob er dazu befähigt war, die Familienfinanzen zu verwalten, konnte sie natürlich nicht beurteilen. Sie trat an die Kommode, in der Lady Halstead ihre Schreibutensilien aufbewahrte, und hob das kleine Reisepult aus der untersten Schublade heraus. »Wann möchten Sie ihn sprechen?«

»Morgen.« Als Violet sich mit der Schatulle unter dem Arm wieder aufrichtete, nickte Lady Halstead nachdrücklich. »Schreiben Sie ihm, dass ich ihn morgen Vormittag zu sprechen wünsche. Er möge bitte eine Aufstellung sämtlicher Vermögenswerte und Anlagen mitbringen, damit ich mir einen genauen und vollständigen Überblick verschaffen kann.«

Violet trug das Pult zu dem kleinen Tisch, der vor dem Sessel auf der anderen Seite des Bettes stand. Nachdem sie Papier, Tinte und Feder bereitgelegt hatte, sah sie ihre Ladyschaft fragend an. »Möchten Sie diktieren?«

Lady Halstead tat den Vorschlag mit einem Lächeln ab. »Ach was, Sie können das doch viel besser formulieren als ich.«

Violet erwiderte das Lächeln, griff zur Feder und machte sich an die Arbeit.

Lady Halsteads Stirnrunzeln vertiefte sich von Minute zu Minute.

Sie hatten sich unten im Wohnzimmer zusammengefunden, und Violet, die rechts neben ihrer Ladyschaft saß, fragte sich, was an Andrew Runcorns Aufstellung nicht stimmen mochte.

Der junge Mann hatte umgehend auf die kurze Nachricht reagiert, die Violet ihm gestern hatte zukommen lassen, und war heute wie erbeten um Punkt elf Uhr vorstellig geworden. Von mittlerem Wuchs, mit einem runden, jungenhaften Gesicht, braunem Haar und großen braunen Augen hatte der jüngere Runcorn nichts von seinem ernsthaften Eifer verloren, der Violet noch von seinem Besuch einige Monate zuvor in Erinnerung war. Für sie zumindest hatte recht plausibel geklungen, was er kurz und bündig und mit einem für sein Alter bemerkenswerten Selbstbewusstsein über die Halstead'schen Vermögenswerte referiert hatte.

Er hatte, so fand sie, gute Arbeit geleistet, eine Einschätzung, die auch Lady Halstead zunächst zu teilen schien und mit einem wohlwollenden Nicken bedachte. Dann jedoch hatte ihre Ladyschaft darum gebeten, auch die laufenden Finanzen einsehen zu wollen – allen voran ihr Bankkonto bei Grimshaws und sonstige Einlagen.

Kerzengerade saß sie nun in ihrem Lehnstuhl und hielt, die Stirn noch immer in tiefe Falten gelegt, eines der fünf Blätter hoch, die sie vor sich auf dem Schoß ausgebreitet hatte. »Der Saldo meines Bankkontos ist nicht korrekt.«

Der junge Runcorn sah betroffen drein. »Nein?« Lady Halstead reichte ihm das Blatt, und er überflog es, warf dann einen raschen Blick zu Violet, ehe er einen vorsichtigen Einwand wagte. »Der Saldo wurde mir so von der Bank bestätigt, Mylady.«

Lady Halstead schüttelte gereizt den Kopf. »Er stimmt aber nicht, und es interessiert mich nicht, was die Bank sagt – überprüfen Sie das bitte noch einmal.«

Violet, die aus deren Tonfall schloss, dass die alte Dame tatsächlich beunruhigt war, legte sacht ihre Hand auf die ihrer Ladyschaft, die mit nervösen Fingern an der Decke herumzupfte, die über ihre Beine gebreitet war. »Ist denn sonst alles so, wie Sie es erwartet hatten?«

»Jaja, sonst ist alles in Ordnung.« Ihre Finger kamen unter Violets Berührung langsam zur Ruhe, und ihre Miene entspannte sich etwas, bis sie Runcorn schließlich zugestehen konnte: »Sie haben sehr gute und soweit korrekte Arbeit geleistet, und ich habe ansonsten nichts zu beanstanden, aber dieser Kontostand kann unmöglich stimmen.«

»Vielleicht«, warf Violet ein und suchte Runcorns Blick, »könnten Sie ja noch einmal bei der Bank nachfragen, Mr. Runcorn?«

Der junge Mann verstand, was sie ihm sagen wollte; gemessen an der Gesamtheit des Halstead'schen Besitzstands sollte die Überprüfung eines abweichenden Kontostands eine Kleinigkeit sein. »Ja, natürlich. Wird sofort gemacht.« Er griff nach seiner Tasche und steckte das beanstandete Dokument ein. »Ich werde jetzt gleich auf dem Rückweg bei der Bank vorbeischauen.«

Er hätte kaum passendere Worte finden können. Lady Halstead entspannte sich und nickte gnädig. »Danke, junger Mann.«

Mit Violets Hilfe suchte Runcorn auch noch seine restlichen Unterlagen zusammen und verabschiedete sich dann in aller Form von Lady Halstead.

Violet brachte ihn noch hinaus.

Als Violet ins Wohnzimmer zurückkehrte, stellte sie erleichtert fest, dass Lady Halstead die Frage des fehlerhaften Saldos nicht mehr groß zu beschäftigen schien. Gerade so, als gehe sie ganz selbstverständlich davon aus, dass es nur die erneute Nachfrage Runcorns bei der Bank brauche, mit der sich alles zu ihrer Zufriedenheit klären würde.

Weshalb sie denn auch beide etwas erstaunt waren, als Runcorn am folgenden Nachmittag um Punkt drei Uhr die Nachricht brachte, die Bank habe alles noch einmal überprüft und die ursprünglichen Angaben bestätigt.

Lady Halstead, die es sich nicht hatte nehmen lassen, zum Lunch herunterzukommen, empfing ihn abermals in ihrem Lehnstuhl sitzend im Wohnzimmer. Als sie Runcorns Neuigkeiten hörte, wich aller Ausdruck aus ihrem Gesicht. »Das ist … seltsam. Das ist in höchstem Maße seltsam, um nicht zu sagen … beunruhigend.«

Runcorn setzte eilig zu einer Erwiderung an. »Mylady, ich versichere Ihnen, dass wir – und damit meine ich die ganze Kanzlei Runcorn & Son, für die ich mit meinem guten Namen stehe – dieses Konto nicht angerührt haben. Die Bank kann das bestätigen. Unseren Verpflichtungen getreu haben wir lediglich in regelmäßigen Abständen Auszüge angefordert, nie aber auch nur einen Penny abgehoben, das versichere ich Ihnen mit meinem …«

»Junger Mann!«, fiel Lady Halstead ihm mit der Autorität der Frau ins Wort, die selber Söhne hatte; Runcorns Beunruhigung musste sie aus ihrer Benommenheit gerissen haben. »Fassen Sie sich – und bitte, nehmen Sie doch Platz. Es macht mich ganz nervös, Sie so herumstehen zu sehen. Ich zweifle überhaupt nicht an Ihrer Integrität oder denke, dass Runcorn & Son sich an mir bereichert hat. Nein, Sir, das ist nicht das Problem – ganz im Gegenteil.«

»Ganz im … Gegenteil?« Runcorn, der sich gehorsam gesetzt hatte, sah sie mit großen Augen an.

»Allerdings. Das Problem ist nämlich nicht, dass etwas fehlt, sondern dass der Saldo höher ist, als er sein sollte – deutlich höher. Irgendjemand scheint auf dieses Konto Geld einzuzahlen, aber wer das sein könnte oder warum er es tut, ist mir schleierhaft.«

»Ah.« Runcorn schien eher erleichtert denn verwundert zu sein. »Vermutlich handelt es sich um eine alte Geldanlage, die erst jetzt anfängt, Erträge abzuwerfen – das würde es erklären. Sir Hugo könnte bereits vor Jahrzehnten in etwas investiert haben, das sich erst jetzt rechnet. Das kommt immer wieder mal vor.« Runcorn griff nach seiner Tasche, erhob und verbeugte sich. »Seien Sie versichert, Mylady, dass ich mir das Konto noch einmal vornehmen, die Zahlungseingänge genau überprüfen und zurückverfolgen werde.«

Lady Halstead runzelte die Stirn. »Vielleicht handelt es sich auch um ein Versehen. Jemand bei der Bank könnte die Konten verwechselt haben.«

Runcorn nickte. »Auch das wäre möglich. Aber in Anbetracht von Sir Hugos breit gestreutem Portfolio scheint mir die erstere Möglichkeit doch die wahrscheinlichere. Wie gesagt, ich werde sämtliche Gutschriften noch einmal genauestens unter die Lupe nehmen und entsprechende Erkundigungen einholen, und sowie ich auf die Quelle des unerwarteten Geldsegens gestoßen bin, gebe ich Ihnen Bescheid.«

Lady Halsteads Miene ließ vermuten, dass sie sich seines Erfolgs weit weniger sicher war als Runcorn, doch sie beließ es dabei und verabschiedete den jungen Mann mit einem verbindlichen Lächeln.

Als Violet, ehe sie an jenem Abend selbst zu Bett ging, noch einmal nach Lady Halstead schaute, fand sie ihre Ladyschaft in ungewohnt gereizter Stimmung vor. Seit Runcorn gegangen war, hatte ihre Unruhe stetig zugenommen.

Während sie die Bettdecke über Lady Halsteads schmächtiger Gestalt glatt strich, versuchte Violet sie mit sanften Worten zu beruhigen. »Machen Sie sich noch immer Sorgen wegen der Einzahlungen auf Ihrem Konto? Ich bin mir sicher, dass Mr. Runcorn der Sache auf den Grund gehen wird.«

Lady Halstead lehnte sich vor, damit Violet auch ihre Kissen zurechtrücken konnte, und schnaubte: »Ihre Zuversicht möchte ich haben.« Es folgte ein schwerer Seufzer. »Nein, ich will nicht ungerecht sein. Im Grunde habe ich vollstes

Vertrauen in Runcorn & Son, mehr noch vermutlich als in den jungen Runcorn selbst. Und genau deshalb ist mir unbegreiflich, wie diese Zahlungen sich aus irgendwelchen alten, längst vergessenen Anlagen speisen sollten. So etwas müsste man doch bemerken! In der Vergangenheit wäre so etwas nie übersehen worden.«

Als sie sich in die frisch aufgeschüttelten Kissen zurücksinken ließ, seufzte Lady Halstead erneut und sah Violet an. »Ich mag von Geldgeschäften nicht viel verstehen, aber ich weiß, dass mit jeder Investition etliche Korrespondenz einhergeht – Urkunden, Ertragsaufstellungen, dutzendfach Belege aller Art. Hätte eine vor Jahren getätigte Anlage nun Gewinn abgeworfen, müssten Runcorn und seine Kollegen davon wissen! Man hätte sie benachrichtigt, oder sie hätten es anderweitig erfahren. Hätten wir irgendwann einmal den Verwalter gewechselt, hätte wohl etwas untergehen können, aber Runcorn & Son betreuen uns seit damals, als wir nach England zurückkehrten, und das ist jetzt bald dreißig Jahre her. Ich kann mir nicht vorstellen, dass Hugo jemals ohne Rat des alten Runcorn investiert hätte und deshalb ...« Lady Halstead hob hilflos die Hände. »Woher kommt dieses elende Geld?«

Violet versuchte erneut, sie zu beruhigen. »Wenn Mr. Runcorn sich in ein paar Tagen meldet, werden wir wissen, was er herausgefunden hat. Bis dahin bringt es nichts, sich darüber den Kopf zu zerbrechen, würde mein Vater jetzt sagen.«

Lady Halstead verzog das Gesicht. »Der gute Herr Pfarrer, Gott hab ihn selig, war gewiss ein weiser Mann, aber die Sache mit dem Geld ist ja längst nicht alles, das mir Sorgen bereitet.«

Aus Lady Halsteads vergrämtem Blick schloss Violet, dass tatsächlich noch mehr im Argen liegen musste und die unerklärlichen Kontobewegungen nicht der alleinige Grund für die zunehmende Unruhe ihrer Ladyschaft waren. »Was war denn noch?«

Lady Halstead sah sie einen Moment schweigend an, als ringe sie mit sich, ob sie ihr anvertrauen sollte, was ihr auf der

Seele brannte. Schließlich gab sie sich einen Ruck und deutete zur Kommode hinüber. »Wenn Sie mir bitte mein Pult bringen würden.«

Violet kam der Bitte nach. Als sie den Kasten neben Lady Halstead aufs Bett stellte und den Deckel öffnete, setzte die alte Dame sich auf und kramte in den Papieren herum, bis sie einen ziemlich zerknitterten Bogen zum Vorschein brachte, der in einer dicht gedrängten Schrift beschrieben war. »Der kam letzte Woche. Ich weiß einfach nicht, was ich davon halten soll.«

Sie hielt inne und betrachtete den Brief in ihrer Hand.

Violet ließ einen Moment verstreichen, ehe sie sanft nachhakte. »Erzählen Sie es mir. Wenn es Sie besorgt, können wir vielleicht gemeinsam eine Lösung finden.«

Lady Halstead blinzelte, als sei sie in Gedanken gewesen, dann sah sie Violet an und lächelte. »Deshalb hatte ich es erwähnt – Sie lassen nie locker, bis Sie eine Lösung gefunden haben.« Sie warf einen flüchtigen Blick auf den Brief, legte ihn dann wieder weg und schloss den Deckel des Pultes. »Er ist von der Pfarrersfrau, die in der Nachbarschaft von The Laurels, unserem Landsitz, lebt. Obwohl ich nach dem Tod Sir Hugos nicht mehr im Dorf war und das Haus seit Jahren unbewohnt ist, schreiben wir uns ab und an. Und nun berichtet sie mir von irgendwelchen neuen Bewohnern, die anscheinend sehr zurückgezogen leben, weshalb sie mich fragen wollte, ob wir das Anwesen vermietet hätten oder gar verkauft.« Lady Halstead sah Violet an. »Ich habe es weder vermietet noch verkauft und war bislang in dem Glauben, es stünde leer. Aber wenn es stimmt, was sie schreibt, wer lebt dann dort und was tun diese Leute in meinem Haus?«

Violet erwiderte Lady Halsteads Blick, der nun voller Sorge war, und wünschte, sie hätte der alten Dame wieder eine beruhigende Antwort geben können.

Aber sie hatte keine und wusste auch nicht, wie man eine solche finden sollte.

Am Ende nahm sie das Pult und stellte es zurück in die Kommode. Als sie sich wieder aufrichtete, kehrte sie ans Bett zurück, strich noch einmal übers Plumeau und streckte die Hand nach der Nachttischlampe aus. Ehe sie das Licht löschte, sah sie Lady Halstead an und versuchte zu lächeln. »Lassen Sie mich eine Nacht darüber schlafen, und morgen können wir dann in Ruhe besprechen, was wir in der Sache unternehmen wollen.«

Lady Halstead verzog erst den Mund, dann nickte sie. Als Violet an dem kleinen Rädchen drehte und das Licht nach und nach erlosch, schloss Lady Halstead die Augen.

Zufrieden verließ Violet das Zimmer und zog die Tür leise hinter sich zu. Während sie langsam den Flur hinab zu ihrem eigenen Zimmer ging, kreisten ihre Gedanken um das zunehmend verwirrende Rätsel, das der Nachlass von Sir Hugo Halstead ihnen aufgab.

»Ich bin zu einer Entscheidung gelangt«, verkündete Lady Halstead, kaum dass Violet in Begleitung Tillys am folgenden Morgen ihr Zimmer betrat.

Violet trat ans Fenster, um die Vorhänge zurückzuziehen, dann half sie Lady Halstead, sich aufzusetzen, und schob ihr die Kissen in den Rücken. »Wie schön«, meinte sie lächelnd. »Während Sie frühstücken, können Sie mir davon erzählen.«

Doch als Tilly ans Bett trat und das Frühstückstablett auf Lady Halsteads Schoß abstellte, winkte die alte Dame Violet fort. »Nein, ich will Sie nicht von Ihrem eigenen Frühstück abhalten. Sie müssen mir nämlich helfen bei dem, was ich vorhabe. Außerdem …«, Lady Halstead griff nach der *Times*, die Tilly ihr wie jeden Morgen gebügelt und ordentlich zusammengerollt aufs Tablett gelegt hatte, »… muss ich erst noch ein paar Nachforschungen anstellen.«

Beruhigt von der Tatkraft, die Lady Halstead ausstrahlte, gab Violet nach. »Gut, dann komme ich wieder nach oben, sowie ich gefrühstückt habe.«

»Hm.« Lady Halstead blätterte bereits die Zeitung durch, als suche sie nach etwas Bestimmtem.

Violet zog sich zurück, schloss die Tür und folgte Tilly nach unten.

Am Fuß der Treppe drehte Tilly sich nach Violet um. »Sie scheint wieder guter Dinge zu sein – kein Vergleich zu den letzten Tagen.«

Violet nickte. »Es klingt, als sei ihr eine Lösung eingefallen – oder zumindest eine Möglichkeit, an Antworten auf die Fragen zu gelangen, die sie so sehr beschäftigt haben.«

»Das ist gut. Mir gefällt es ja gar nicht, sie so beunruhigt zu sehen.«

»Nein, mir auch nicht.« Violet lächelte und folgte Tilly in die Küche. Tilly und die Köchin waren Lady Halstead ebenso treu ergeben wie Violet. Die alte Dame war der Nabel ihrer kleinen Welt – alles in diesem Haushalt drehte sich um sie –, und sie war eine gute, eine gütige Dienstherrin, der man wie von selbst Zuneigung, Loyalität und Respekt entgegenbrachte.

Eine halbe Stunde später, nachdem sie beide ihr Frühstück beendet hatten, kehrten Violet und Tilly zurück auf Lady Halsteads Zimmer. Die alte Dame schien zuversichtlich, fast ein wenig übermütig, ließ sich dann aber doch erst einmal von den beiden aufhelfen, sich beim Waschen und Ankleiden zur Hand gehen und bat Tilly, ihr Bett zu machen, ohne dass sie auch nur ein Wort über ihren neuen Plan verloren hätte.

Aber sowie Tilly mit dem Frühstückstablett das Zimmer verlassen hatte, streckte Lady Halstead sich auf dem frisch gemachten Bett aus, breitete einen Schal über ihre Beine und strahlte Violet an. »Sie glauben gar nicht, wie gut es mir geht, seit ich weiß, wie wir weiter vorgehen werden.«

Violet ließ sich mit ein paar wohlwollenden Worten in ihrem Sessel am Bett nieder und hoffte inständig, der Plan ihrer Ladyschaft möge vernünftig sein, denn sie hätte nicht gewusst, an wen sie sich um Hilfe hätte wenden sollen, falls die alte Dame sich in irgendwelche Torheiten verrannte. Wenngleich sie vier erwachsene Kinder hatte, ließ sich Lady Halstead in keinster Weise von ihnen beeinflussen, auch wenn der ein oder andere es immer mal wieder versuchte. Violet, die sämtliche Halstead-Sprösslinge fast ebenso lange kannte wie sie schon bei Lady Halstead war, fand die Haltung ihrer Ladyschaft völlig gerechtfertigt. »So«, meinte sie, »dann lassen Sie mal hören.«

»Ich bin zu dem Schluss gelangt«, fing Lady Halstead an, »dass, auch wenn man Mr. Runcorn vermutlich keine Schuld an dieser leidigen Situation geben kann, er doch recht unerfahren ist. Die Angelegenheit der auf mein Konto eingehenden Gelder und die Frage, ob und inwiefern sie etwas mit diesen Unbekannten zu tun haben, die sich angeblich auf dem Landsitz aufhalten, scheint mir so komplex zu sein, dass ich meine Zweifel habe, ob der junge Runcorn dem in vollem Maße gewachsen ist.«

Lady Halstead atmete kurz durch, ehe sie umso entschiedener fortfuhr. »Und deshalb – denn ich will, dass dieser Sache ein für alle Mal auf den Grund gegangen wird – habe ich beschlossen, den besten und erfahrensten Finanzverwalter Londons damit zu betrauen.« Lady Halstead schaute auf und sah Violet an. »Was halten Sie davon?«

Violet zögerte einen Moment. »Doch«, meinte sie dann, »ich glaube, das ist eine gute Idee.« Denn insgeheim hatte sie auch schon leise Zweifel gehabt, ob Mr. Runcorn wirklich der geeignete Mann dafür war – nicht, weil sie an seinem Können gezweifelt hätte oder ihm nicht zutraute, komplexe Zusammenhänge zu durchdringen, sondern weil er sich mit seinen jungen Jahren schwertun würde, Lady Halstead zu überzeugen. Ganz gleich, was Runcorn herausfände, Lady Halstead würde nie völlig beruhigt sein … Violet nickte. »Ich wüsste nicht, was dagegen spräche, einen erfahreneren Kollegen zu Rate zu ziehen. Und wenn dessen Aufgabe sich allein auf diese verworrene Angelegenheit beschränkt, können wir wohl davon ausgehen, dass Mr. Runcorn die Unterstützung gutheißen wird.«

Lady Halstead nickte. »Ganz genau, diesen Punkt habe ich auch bedacht. Im Grunde mag ich den jungen Runcorn ja und möchte ihn nicht vor den Kopf stoßen.« Sie straffte das Kinn. »Aber wie gesagt – ich brauche Gewissheit, denn sonst hätte ich immer das Gefühl, das Versprechen nicht gehalten zu haben, dass ich meinem lieben Hugo gab.«

Und dafür hatte Violet vollstes Verständnis. »Sehr gut. Wen wollen Sie denn mit der Aufgabe betrauen?«

»Das«, räumte Lady Halstead ein, »hat mir erst ziemlich Kopfzerbrechen bereitet, denn außer Runcorn & Son kenne ich niemanden auf diesem Gebiet. Aber dann …«, sie streckte die Hand nach der Zeitung aus, die aufgeschlagen auf ihrem Nachttisch lag, »… fiel mir ein, dass es im Finanzteil der *Times* doch diese Kolumne gibt, in der Leser Antworten auf alle Fragen der Vermögensverwaltung erhalten – so steht es hier.« Sie hielt Violet das Blatt hin und zeigte auf die entsprechende Seite.

Violet nahm die Zeitung zur Hand und überflog den Text, der nicht sehr lang war; der findige Kolumnist hatte drei Fragen ausgewählt und auf jede mit einem kurzen Absatz geantwortet. »Dann … möchten Sie an die *Times* schreiben und um eine Empfehlung bitten?«, vermutete Violet.

»So könnte man es sagen, ja.« Als Violet wieder aufschaute, fasste Lady Halstead sich ein Herz. »Ja, ich habe mir überlegt, mich an die *Times* zu wenden und zu fragen, wer der geschätzten Meinung des Kolumnisten nach der beste, erfahrenste und vertrauenswürdigste Finanzverwalter Londons ist.«

1

Eine Woche später

Heathcote Montague saß am Schreibtisch seines Büros, das nur einen Steinwurf weit von der Bank of England gelegen war; vor dem Fenster zog bereits die Tristesse eines weiteren Herbstabends herauf, als er aus dem Vorzimmer Stimmen vernahm. Tief in die Bücher eines seiner adeligen Klienten versunken, versuchte er, den Wortwechsel auszublenden und arbeitete sich stetig weiter durch die Zahlen.

Zahlen, vor allem wenn sie hohe Geldsummen darstellten, übten auf ihn einen fast hypnotischen Reiz aus. Mit ihnen verdiente er nicht nur seinen Lebensunterhalt, sie waren seine Leidenschaft.

Und sie sind es schon seit Jahren.

Wahrscheinlich zu lange.

Ganz sicher zu ausschließlich.

Diese kleine quälende Stimme ignorierend, die ihm im Laufe des letzten Jahres immer stärker zugesetzt hatte, erst von Monat zu Monat, dann von Woche zu Woche beständig beharrlicher geworden war, von einem schwachen Flüstern zu einem Geheul, das einem durch Mark und Bein gehen konnte, richtete er seine Aufmerksamkeit umso entschiedener auf die Zahlenkolonnen, die sich in Reih und Glied über die Seite zogen, und zwang sich zur Konzentration.

Im Vorzimmer kehrte auch langsam wieder Ruhe ein; er hörte, wie die Tür geöffnet und wieder geschlossen wurde. Ungebetener Besuch vermutlich, angelockt von dem Artikel in der *Times*. Seine kurz und knapp gehaltene Nachricht an den Herausgeber war mit Verwunderung aufgenommen worden; worüber beschwerte Montague sich denn? Sollte es ihn nicht freuen, in der *Times* als der erfahrenste und vertrauenswürdigste Finanzverwalter Londons aufgeführt zu werden?

Er hatte sich die nüchterne, doch vernichtende Antwort verkniffen, dass sein Unternehmen derartige öffentliche Empfehlungen nicht brauchte und noch weniger schätzte. Was im Übrigen schlichtweg der Wahrheit entsprach – er und seine Handvoll Mitarbeiter waren völlig ausgelastet. Männer vom Fach, die noch dazu Erfahrung hatten und so gekonnt mit Zahlen umzugehen wussten wie er, waren rar gesät. Doch dass seine Kanzlei einen solch guten Ruf hatte, lag wohl auch daran, dass er bei der Auswahl seiner Mitarbeiter großen Wert darauf legte, dass sie das Geschäft ebenso genau nahmen wie er und man ihnen das Geld der Klienten guten Gewissens anvertrauen konnte; er würde seine Reputation nicht aufs Spiel setzen, indem er aus vermeintlicher Notwendigkeit weniger befähigte, weniger vertrauenswürdige und dem Unternehmen weniger verpflichtete Leute einstellte.

Vor zwanzig Jahren hatte er von seinem Vater einen soliden Klientenstamm übernommen; zu dessen Zeiten hatte man sich darauf konzentriert, die Einkünfte aus den Besitzungen der adeligen Kundschaft zu verwalten. Er indes hatte größere Ambitionen und sich deshalb breiter aufgestellt: Er wollte das ihm anvertraute Vermögen nicht nur gewissenhaft verwalten, sondern vermehren.

Diese neue Ausrichtung hatte ihm das Interesse eher fortschrittlich gesinnter Kreise eingebracht, denn auch der alte Adel wollte sich zunehmend nicht mehr damit begnügen, das Familienerbe lediglich zusammenzuhalten, sondern teilte Montagues ganz persönliche Überzeugung, dass man Geld am besten für sich arbeiten ließe.

Frühe Erfolge hatten das Geschäft kräftig angekurbelt. Mittlerweile stand sein Name für sachkundige Investments und eine finanzielle Begabung, die ihresgleichen suchte.

Aber selbst Erfolg begann irgendwann zu langweilen – oder zumindest den Reiz der ersten Jahre zu verlieren und nicht mehr so erfüllend zu sein, wie er es einmal war.

Draußen schien wieder Ruhe eingekehrt; er hörte Slocum, seinen Büroleiter, wie er eine trockene Bemerkung gegenüber Phillip Foster, Montagues Juniorassistenten, fallen ließ. Kurzes Lachen von den anderen, die da waren Thomas Slater, der Bürogehilfe, und Reginald Roberts, der Laufbursche, dann senkte sich wieder arbeitsame Stille über den Raum, in der nur ab und an das Umblättern einer Seite zu hören war, leises Papiergeraschel, das kurze Klacken, wenn ein Ordner geschlossen und zurück ins Regal geschoben wurde.

Montague versenkte sich wieder in die Welt der herzöglichen Schafzucht des Duke of Wolverstone, die er von ihren Anfängen bis zum mittlerweile internationalen Erfolg begleitet hatte. Über solche Ergebnisse konnte er sich nach wie vor freuen – wenn auch nicht mehr gar so sehr wie am Anfang, so erfüllte die Arbeit ihn nach wie vor mit Genugtuung, wenn nicht gar einem gewissen Glücksgefühl. Er prüfte und verglich, analysierte und evaluierte, fand derzeit aber nichts, das sein Eingreifen erfordert hätte.

Als er das Ende der Bilanz fast erreicht hatte, hörte er, dass man sich draußen in dem großen Vorzimmer, in dem seine Mitarbeiter ihren Dienst versahen, zum Feierabend rüstete.

Schubladen wurden geschlossen, Stühle zurückgeschoben, ein paar Worte gewechselt, nette Belanglosigkeiten darüber, was der Abend noch bereithielt, die kleinen Freuden, die seine Männer daheim erwarteten. Frederick Gibbons, Montagues Seniorassistent, war gerade zum dritten Mal Vater geworden. Die Kinder von Slocum waren schon fast mit der Schule fertig, während bei Thomas Slaters Frau die Geburt ihres ersten Kindes unmittelbar bevorstand. Selbst auf Phillip Foster, der bei seiner Schwester lebte, wartete eine Schar kleiner Nichten und Neffen, und Reginald war eins von sieben Kindern einer trubeligen Großfamilie.

Jeder von ihnen hatte jemanden, der zu Hause auf ihn wartete, jemanden, der ihn mit einem Lächeln und einem Kuss auf die Wange begrüßen würde, wenn er zur Tür hereinkam.

Nur Montague nicht.

Der Gedanke, messerscharf und glasklar, riss ihn endgültig aus seiner Versenkung. Mit einem Schlag wurde ihm bewusst, welch einsames Dasein er führte, und dieses Gefühl, das ihn in letzter Zeit immer stärker beschlichen hatte, die Gewissheit, dass es niemanden gab, der ihm zugeneigt war und ihn an diese Welt band, wurde auf einmal übermächtig.

Draußen verabschiedeten sich die Ersten, auch wenn die Grüße nicht ihm galten; seine Mitarbeiter wussten, dass er bei der Arbeit nicht gestört werden wollte. Die Tür wurde mehrmals geöffnet und geschlossen. Slocum würde der Letzte sein und nun jeden Moment an der Tür zu Montagues Büro auftauchen, um ihm mitzuteilen, dass für heute alles erledigt sei und es keine Probleme zu erörtern gab.

Die Tür ging auf – aber nicht die zu seinem Büro, sondern jene zum Vorzimmer.

»Entschuldigen Sie, Ma'am«, hörte er Slocum sagen, »aber wir haben bereits geschlossen.«

Die Tür ging wieder zu. »Mir ist bewusst, dass Sie Feierabend machen möchten, aber ich hatte gehofft, dass Mr. Montague jetzt vielleicht ein paar Minuten für mich erübrigen könnte …«

»Tut mir leid, Ma'am, aber Mr. Montague nimmt keine neuen Klienten an – es hätte uns allen eine Menge Ärger erspart, wenn die *Times* gleich darauf hingewiesen hätte.«

»Das kann ich gut verstehen, aber ich möchte nicht als neue Klientin angenommen werden.« Die Frau sprach mit fester, klarer Stimme und schien dem Vernehmen nach gebildet. »Ich hätte Mr. Montague ein Angebot zu machen, uns einmalig in einer sehr rätselhaften finanziellen Angelegenheit zu beraten.«

»Aha.« Slocum schien unsicher, wie er weiter verfahren sollte.

Montagues Neugier hingegen war geweckt. Er klappte die Wolverstone'sche Bilanz zu und stand auf. Es war eher ungewöhnlich, dass eine Dame ihr Büro aufsuchte, zumal, wenn es um die Auftragsvergabe ging. Montague konnte sich nicht entsinnen, jemals von einer Frau angesprochen worden zu sein, zumindest nicht beruflich.

Er öffnete die Tür seines Büros und trat ins Vorzimmer.

Slocum drehte sich nach ihm um. »Sir, die Dame …«

»Ja, ich habe es schon gehört.« Er richtete seinen Blick auf besagte Dame, die sehr aufrecht, den Kopf erhoben, vor Slocum stand. Wie von fern drangen seine eigenen Worte zu ihm. Hatte er das wirklich gesagt?

Derweil richtete auch die Dame, die von mittlerer Statur war, weder zu schlank noch zu füllig, sondern genau richtig proportioniert, ihren Blick auf ihn, sah ihn mit einer Offenheit an, die ihn sofort für sie einnahm und sein Interesse weckte. Unter weich sich wellendem, dunklem Haar und fein geschwungenen Brauen fand er seinen eigenen Blick aus erstaunlich hellen blauen Augen erwidert.

Als er zu ihr ging, von ihr angezogen wie von einer unbekannten Macht, die ganz sicher mehr als reine Höflichkeit war, weiteten ihre Augen sich kaum merklich, doch schon hob sie das Kinn, und ihre rosigen Lippen öffneten sich zu einer ganz simplen Frage: »Mr. Montague?«

Er blieb vor ihr stehen und verbeugte sich. »Miss …?«

Sie reichte ihm die Hand. »Ich bin Miss Matcham und komme im Auftrag von Lady Halstead, für die ich arbeite.«

Er gab ihr die Hand, schloss seine Finger kurz um ihre, die überraschend langgliedrig und zart waren, doch zu seinem Bedauern musste es bei einer kurzen, rein geschäftsmäßigen Begrüßung bleiben. »Verstehe.« Er ließ ihre Hand wieder los und trat einen Schritt zurück, deutete zu seinem Büro. »Vielleicht möchten Sie sich einen Moment setzen und mir erklären, in welcher Angelegenheit ich Lady Halstead unterstützen kann.«

Sie neigte anmutig den Kopf. »Danke.«

Als sie an ihm vorbeiging, betörte ein feiner Hauch von Rosen und Veilchen seine Sinne. Er schaute zu Slocum. »Schon gut, Jonas. Sie können ruhig nach Hause gehen – ich schließe nachher ab.«

»Danke, Sir.« Slocum senkte die Stimme. »Nicht gerade unsere übliche Klientel. Ich frage mich, was sie wohl möchte.«

Das fragte Montague sich auch mit zunehmend gespannter Erwartung. »Vermutlich werde ich es gleich herausfinden.«

Slocum verabschiedete sich, nahm seinen Mantel und ging. Sowie die Tür sich hinter ihm schloss, ging Montague zu Miss Matcham, die am Durchgang zu seinem Büro stehen geblieben war.

Er bedeutete ihr einzutreten und folgte ihr. Kurz stellte sich die Frage, inwiefern es sich schickte, hier mit einer jungen Dame allein zu sein, aber nach einem weiteren Blick auf seine Besucherin ließ er einfach die Tür zum Büro offen, womit dem Anstand Genüge getan sein sollte. So jung war sie schließlich nicht mehr. Wenngleich er nicht gerade ein Experte auf diesem Gebiet war, würde er Miss Matcham auf Anfang dreißig schätzen.

Sie trug ein Tageskleid aus feinem violettem Wollstoff und einen dazu passenden Filzhut, der fest auf ihrem Kopf saß und, obwohl durchaus schick, nicht der neuesten Mode entsprach. Die Tasche, die sie bei sich hatte, wirkte eher praktisch als dekorativ.

Vor dem Schreibtisch blieb sie stehen und sah ihn an. Er trat um den Schreibtisch herum und deutete auf einen der bequemen Besucherstühle, die davor standen. »Bitte, nehmen Sie doch Platz.«

Sie setzte sich, und in der Art, wie sie dabei ihren Rock unter sich zog, zeigte sich wieder jene natürliche Anmut, die ihm bereits vorhin aufgefallen war. Er setzte sich ebenfalls, schob die Unterlagen von Wolverstone beiseite und stützte die Arme vor sich auf den Tisch, verschränkte die Hände und richtete den Blick auf sie, zweifellos fasziniert von ihrem Gesicht. »So. Womit kann ich Ihnen – oder vielmehr Lady Halstead – denn nun dienen?«

Violet zögerte, denn obwohl sie und Lady Halstead alles so gründlich geplant hatten und nun auch alles nach Plan lief, denn sie war hier – wer hätte das gedacht? –, hörte sie sich auf einmal sagen: »Bitte verzeihen Sie mein Zögern, Sir, aber ich hatte Sie mir ganz anders vorgestellt.«

Seine Augenbrauen – gepflegte braune Brauen, die sich über ungewöhnlich runden Augen wölbten, die ihn vertrauenswürdig wirken ließen, ganz gleich, ob er es nun war oder nicht – hoben sich in sichtlichem Erstaunen.

Der Anblick ließ sie lächeln; vermutlich kam es nicht oft vor, dass er überrascht war. »Unter dem erfahrensten und rechtschaffendsten Vermögensverwalter Londons hatte ich mir eher einen alten, pedantischen und leicht verschrobenen Herrn vorgestellt, mit tintenfleckigen Fingern und buschigen weißen Brauen, der mich argwöhnisch über den Rand seiner Brille mustern würde.«

Montague blinzelte, ein langsames Senken der Lider, ehe er sie wieder ansah mit seinen goldbraunen Augen. Dass sie braun waren, fiel ihr erst jetzt auf, ein helles Braun, wie seine Haare, die auch etwas heller waren als ihre eigenen, und die Augen warm, bernsteinfarben. Doch am meisten Eindruck hatte sein Gesicht auf sie gemacht – und tat es noch –, seine ganze Erscheinung. Und während sie ihren Blick über die breite, kräftige Stirn, die glatt rasierten Wangen mit den starken Wangenknochen, das markante Kinn gleiten ließ, hob er plötzlich seine rechte Hand und spreizte die Finger.

»Hier, schauen Sie«, sagte er und deutete auf Zeige- und Mittelfinger, wo tatsächlich Tintenflecke zu sehen waren, etwas verblasst schon, aber deutlich erkennbar. Dann beugte er sich zur Seite und griff nach einer goldgerahmten Brille. »Und die habe ich auch. Wenn es für Sie hilfreich wäre, könnte ich sie aufsetzen. Nur bei den weißen Brauen und dem argwöhnischen Blick müsste ich passen.«

Sie schaute in seine Augen, sah den Humor darin aufblitzen und musste lachen.

Er stimmte kurz ein, lachte übers ganze Gesicht, und auf einmal wirkte er noch jünger – zumindest deutlich jünger als Mitte vierzig, worauf sie ihn geschätzt hätte.

Sympathisch, solide, verlässlich; alles an ihm – seine Erscheinung, seine Miene, sein Auftreten und seine ganze Art – schien diesen Eindruck zu bestätigen. Auf einmal fand sie selbst das überschwängliche Lob der *Times* nicht mehr übertrieben.

»Entschuldigen Sie bitte.« Sie bemühte sich um Ernst, doch dieses verräterische Lächeln wollte einfach nicht von ihren Lippen weichen. Erst als sie sich aufsetzte, merkte sie, wie entspannt sie sich in ihren Stuhl zurückgelehnt hatte. »Meinem kleinen Heiterkeitsausbruch zum Trotz bin ich tatsächlich im Auftrag Lady Halsteads hier, um etwas Geschäftliches mit Ihnen zu besprechen.«

»In welcher Beziehung stehen Sie zu ihrer Ladyschaft?«

»Ich arbeite für sie als ihre Gesellschafterin.«

»Sind Sie schon lange bei ihr?«

»Über acht Jahre.«

»Und was kann ich für ihre Ladyschaft tun?«

Violet sammelte sich einen Moment. »Lady Halstead beschäftigt bereits jemanden, der sich um ihre finanziellen Belange kümmert – Runcorn & Son, falls Ihnen das etwas sagt. Die Halsteads hatten den Vater des jetzigen Mr. Runcorn vor über dreißig Jahren mit der Verwaltung ihrer Güter betraut, sein Sohn hat die Geschäfte erst kürzlich übernommen. Ich möchte betonen, dass Lady Halstead nichts an den Fertigkeiten des jungen Runcorn zu beanstanden hat – nur dass er eben nicht der alte Herr ist, wenn Sie wissen, was ich meine. Jüngst wurde eine Unstimmigkeit auf dem Bankkonto ihrer

Ladyschaft festgestellt, die bislang nicht zu klären war, und Lady Halstead glaubt, dass es Mr. Runcorn vielleicht an der nötigen Erfahrung fehle, das Problem zu lösen. Zumindest nicht so zufriedenstellend, wie sie sich das wünscht.« Violet begegnete seinem Blick. »Ich sollte noch hinzufügen, dass Lady Halstead verwitwet ist. Ihr Gatte, Sir Hugo, verstarb vor zehn Jahren, und sie selbst ist mittlerweile recht betagt. Die Unstimmigkeit auf ihrem Konto kam eigentlich nur deshalb ans Licht, weil Lady Halstead gemäß des Versprechens, das sie Sir Hugo gab, ihre persönlichen Angelegenheiten und die der Familie in Ordnung bringen wollte, wenn es dann an der Zeit dazu ist.«

Montague nickte. »Verstehe. Und was soll ich nach Ansicht ihrer Ladyschaft in der Sache unternehmen?«

»Lady Halstead möchte, dass Sie sich ihr Bankkonto einmal ansehen und dem Rätsel auf den Grund gehen. Sie kann sich nicht erklären, was dort vor sich geht, braucht aber eine Antwort, die ihr Gewissheit gibt, dass alles korrekt ist. Im Grunde geht es darum, eine zweite Meinung einzuholen – eine Art Beratung, ein Gutachten –, mehr wäre es nicht.« Violet sah Montague an und setzte ruhig nach: »Mir hingegen geht es vor allem darum, einer liebenswerten alten Dame unnötige Aufregung zu ersparen. Deshalb bin ich hier. Ich möchte Sie bitten, ihr einfach die nötige Rückversicherung zu geben, die sie für ihren Seelenfrieden braucht.«

Montague erwiderte ihren Blick, dann spielte ein Lächeln um seine Mundwinkel. »Das haben Sie sehr schön ausgedrückt, Miss Matcham.«

»Ich versuche, das mir Mögliche zu tun, Sir.«

Loyalität war in Montagues Augen eine sehr löbliche Eigenschaft. »Können Sie mir kurz schildern, was es mit diesen Unregelmäßigkeiten auf dem Bankkonto auf sich hat?«

»Das würde ich gern Lady Halstead überlassen.« Als ahne sie die Frage, die er sich im Stillen stellte, fügte sie hinzu: »Allerdings habe ich genug gesehen, um bestätigen zu können, dass es diese Unregelmäßigkeiten tatsächlich gibt und sich bislang keine Erklärung dafür hat finden lassen. Das Gutachten von Mr. Runcorn kenne ich allerdings nicht, weshalb ich kein Urteil dazu abgeben kann.«

Ach, wären nur all seine Klienten so umsichtig und vernünftig! Montague riss sich schweren Herzens von Miss Matchams betörenden Augen los und konsultierte seinen Kalender. »Gut … Ich könnte morgen Vormittag eine halbe Stunde für Lady Halstead erübrigen.« Er schaute auf. »Zu welcher Zeit würde es am besten passen?«

Miss Matcham lächelte – kein strahlendes, sondern eher ein sanftes Lächeln, das ihn aber umso mehr berührte und durch seine für gewöhnlich undurchdringliche, professionelle Fassade drang und sein Herz erwärmte. Er blinzelte und musste seine Sinne rasch wieder zusammennehmen, als sie erwiderte: »Am späten Vormittag wäre es am besten. Wollen wir elf Uhr sagen? Lowndes Street Nummer vier, gleich unterhalb des Lowndes Square.«

Montague hielt die Feder mit fester Hand und konzentrierte sich darauf, Zeit und Anschrift einzutragen. »Hervorragend.«

Er hob den Blick, sah, dass Miss Matcham bereits Anstalten machte zu gehen, und stand ebenfalls auf.

»Haben Sie vielen Dank, Mr. Montague.« Sie schaute ihm in die Augen und streckte die Hand aus. »Ich freue mich, Sie morgen zu sehen.«

Montague griff nach ihrer Hand und musste sich zwingen, sie wieder loszulassen. »Ganz meinerseits, Miss Matcham.« Er trat einen Schritt zurück, deutete zur Tür und ließ ihr den Vortritt. »Bis morgen.«

Nachdem er Miss Matcham noch hinausbegleitet und hinab ins Erdgeschoss hatte gehen sehen, schloss Montague die Tür, hielt einen Moment inne und ließ das Gespräch von eben noch einmal Revue passieren, rief sich mal diesen, mal jenen Aspekt in Erinnerung …

Bis er sich einen Ruck gab, um sich aus dem Bann zu lösen, und über sich selbst verwundert, an seinen Schreibtisch zurückkehrte.

Der Feuereifer, mit dem er sich am folgenden Morgen gegen elf Uhr zur Lowndes Street aufmachte, war, so versuchte er sich einzureden, dem Reiz des Neuen geschuldet, der Ahnung, dass ein Problem abseits der Norm sich auftun könnte, eine Herausforderung, die ihn aus dem ewig gleichen Trott risse. Und ganz sicher nicht den Verlockungen der lieblichen Miss Matcham.

Als sie auf sein Klopfen selbst zur Tür kam, war es sogleich vorbei mit seinem Versuch, sich selbst zu täuschen. Er hätte schwören können, dass sein Herz bei ihrem bloßen Anblick schneller schlug. Dann lächelte sie. »Guten Morgen, Mr. Montague. Bitte treten Sie ein.«

Er ermahnte sich, das Atmen nicht zu vergessen, als er über die Schwelle trat und sie einen Schritt zurücktrat, um ihn einzulassen. Ein erster Blick zeigte ihm geschmackvolle Gemälde an den getünchten Wänden, solides Mobiliar und gediegen schimmerndes Holz. Alles wirkte sauber und gepflegt, und er fand bestätigt, was er aufgrund der Anschrift bereits vermutet hatte: Lady Halstead fehlte es nicht an Mitteln. Sie mochte nicht in derselben Liga spielen wie das Gros seiner Klienten, aber sie verfügte über hinreichend Vermögen, das es sicher zu bewahren galt. Zumindest würde er bei diesem Auftrag seine Zeit nicht verschwenden.

Miss Matcham schloss die Tür hinter ihm und wies zu einem Zimmer gleich rechter Hand des Vestibüls. »Lady Halstead erwartet Sie im kleinen Salon.«

Er neigte den Kopf und ließ Miss Matcham den Vortritt, was ihm nicht zuletzt Gelegenheit gab, sich zu sammeln und sich einmal mehr über die Wirkung zu wundern, die sie auf ihn ausübte. Erklären konnte er sich das selbst nicht so recht; gewiss, sie war reizend anzusehen – er hätte sie stundenlang anschauen können, ohne dessen überdrüssig zu werden –, aber eine umwerfende Schönheit war sie nicht. Heute trug sie ein blassblaues Morgenkleid, das ihre Figur auf eine Weise umspielte, die einen Mann durchaus auf andere Gedanken bringen konnte. Zumindest erging es ihm so. Im Haus trug sie natürlich auch keinen Hut, weshalb er die Fülle ihres Haares bewundern konnte, das sie am Hinterkopf zu einem Knoten aufgesteckt trug. Wie schon tags zuvor fiel es ihr in einer dunklen Welle weich in die Stirn, was den alabasternen Schimmer ihrer Haut und das helle Blau ihrer Augen noch verstärkte.

Als er ihr in das Zimmer folgte, zwang er sich, seinen Blick von ihr abzuwenden und seine Umgebung zu betrachten. Eine betagte Dame mit schütterem weißem Haar und feinen Gesichtszügen saß, die Arme neben sich auf die gepolsterten Armstützen gelegt, in einem hohen Lehnstuhl. Sie schien Trauer zu tragen und hatte sich einen Schal um die Schultern und einen weiteren über die Beine gebreitet. Ein Stock aus Ebenholz mit silbernem Knauf lehnte seitlich am Stuhl.

Miss Matcham trat zu ihr. »Das ist Mr. Montague, Ma'am.« Sie wandte sich an Montague. »Lady Halstead.«

Nachdem Miss Matcham zu ihrer Rechten Platz genommen hatte, streckte Lady Halstead, die ihn derweil mit Argusaugen gemustert hatte, ihm die Hand hin. »Danke, dass Sie gekommen sind, Sir. Gewiss sind Sie ein viel beschäftigter Mann – ich will versuchen, Ihnen nicht allzu viel von Ihrer Zeit zu rauben.«

Montague nahm ihre Hand und beugte sich darüber. »Keineswegs, Ma'am. Ich bin schon sehr gespannt zu erfahren, was es mit Ihrem Bankkonto auf sich hat.«

»Was Sie nicht sagen.« Lady Halstead deutete auf den Sessel zu ihrer Linken. »Nun, wenn das so ist, setzen Sie sich doch bitte.«

Während er der Aufforderung nachkam, hatte Miss Matcham ihrer Ladyschaft einige Papiere gereicht, die Lady Halstead nun an ihn weitergab. »Das ist eine Abschrift sämtlicher auf meinem Konto getätigten Ein- und Auszahlungen der letzten sechs Monate.«

Montague nahm die Unterlagen entgegen und sah sie sich durch, dieweil Lady Halstead fortfuhr: »Wie Sie sehen, habe ich verschiedene Einlagen angestrichen, die mir unerklärlich sind. Ich weiß beim besten Willen nicht, wer dieses Geld auf mein Konto einzahlt, geschweige denn warum.«

Montague stutzte einen Moment, dann blätterte er durch die insgesamt fünf Seiten, die ihre Ladyschaft ihm zur Verfügung gestellt hatte, addierte die Summen auf und stellte im Geiste erste Berechnungen an ... »Ich muss gestehen«, meinte er dann und schaute erst zu Lady Halstead, dann zu Miss Matcham, »dass ich, nachdem Sie von Unregelmäßigkeiten sprachen, mit einem Fehler seitens der Bank gerechnet hätte. Oder mit Unterschlagung.« Er richtete den Blick wieder auf die Unterlagen. »Aber hier scheint etwas völlig anderes vorzuliegen.«

»In der Tat«, bestätigte Lady Halstead voller Genugtuung. »Der junge Runcorn, der mein Vermögen verwaltet, glaubt, dass diese Zahlungen einer schon vor Jahren getätigten und völlig aus dem Blick geratenen Investition, die jetzt erst Gewinne abwirft, zu verdanken sind.«

Montague sah sich die Zahlen noch einmal an und schüttelte den Kopf. »Mir fiele kein Finanzinstrument ein, das sich einer solchen Auszahlungsweise bediente. Die Beträge gehen ungefähr monatlich ein, aber nicht zu einem festen Termin, wie er in einem entsprechenden Vertrag festgeschrieben wäre, seien es Dividenden oder die Begleichung einer Schuld – zumal Dividenden in aller Regel nicht monatlich ausgezahlt werden. Versicherungsraten könnten einem solchen Turnus entsprechen, dann allerdings wieder zu einem festen Termin. Und was die Beträge angeht, so kommt ja eine beträchtliche Summe zusammen.«

Er schaute auf und sah Lady Halstead an. »Wie lange geht das schon so?«

»Meines Wissens seit vierzehn Monaten.«

»Immer in etwa dieselbe Summe?«, fragte er mit Blick auf die vor ihm liegenden Kontoblätter nach.

»Mehr oder minder.«

Montague schwirrte der Kopf bei dem Versuch, eine Erklärung für dieses Zahlungsmuster zu finden, aber es gab keine. Zumindest keine plausible, dessen war er sich sicher. Und was die Gesamtsumme aller in den letzten vierzehn Monaten auf das Konto ihrer Ladyschaft getätigten Einzahlungen anging, so würde er viel darum geben, wenn er seinen Klienten eine Anlage offerieren könnte, die solche Beträge erwirtschaftete.

»Ich werde mir das noch einmal genauer ansehen«, versprach er, denn das Finanzgenie in ihm würde keine Ruhe haben, bis er das Rätsel gelöst hatte.

»Danke. Ich werde Ihnen natürlich Ihr übliches Honorar zahlen.«

»Nein«, erwiderte er und hob den Blick, sich plötzlich wieder jenes Überdrusses bewusst, der sich seiner seit Monaten in immer stärkerem Maße bemächtigt hatte. Auch wenn er sich selbst kaum eingestehen mochte, wie sehr sein Dasein ihn in letzter Zeit oft langweilte; dieses bleierne Gefühl zunehmender Sinnlosigkeit hatte jäh nachgelassen, als Miss Matcham in seiner Kanzlei aufgetaucht war. »Sie würden mir ehrlich gesagt einen Gefallen tun, mich mit dieser Sache zu betrauen.« Von der beruflichen Herausforderung abgesehen, böte sich so doch die Gelegenheit weiterer Treffen mit Miss Matcham. »Ich drohte ein wenig an dem immer gleichen Trott zu ersticken, wenn Sie wissen, was ich meine, aber dies …«, er hielt die Papiere hoch, »… scheint mir eine echte Herausforderung. Die Genugtuung, das Rätsel zu ergründen und Ihnen eine zufriedenstellende Erklärung zu liefern, soll mir Lohn genug sein.«

Lady Halstead zog die Brauen hoch und betrachtete ihn eine Weile, doch schließlich nickte sie. »Wenn das Ihr Wunsch ist, soll es mir nur recht sein.« Sie wandte sich von ihm ab und warf einen kurzen Blick auf Miss Matcham, als solle nun wieder sie übernehmen.

Was diese denn auch tat, indem sie ihn ansah und auf die Papiere in seiner Hand deutete. »Die Abschriften können Sie gern mitnehmen. Brauchen Sie sonst noch etwas?«

Er erwiderte ihren Blick einen Moment und staunte selbst, welcher Art die Antworten waren, die ihm auf ihre Frage in den Sinn kamen. Dann versuchte er, sich wieder auf die Arbeit zu konzentrieren und setzte eine ernste Miene auf. »Nun, da Sie fragen … Ja, ich würde mich gern mit dem Vermögensverwalter ihrer Ladyschaft absprechen, weshalb ich Sie bitten möchte, mir die Anschrift von Runcorn & Son zu geben. Und«, hier wandte er sich wieder an Lady Halstead, »ich bräuchte eine Vollmachtserklärung, die es mir erlaubt, in Ihrem Namen Nachforschungen anzustellen.«

Lady Halstead nickte verständig. »So etwas dachte ich mir schon. Wenn Sie den offiziellen Wortlaut einer solchen Vollmacht parat haben, können wir sie gleich aufsetzen.«

»Wunderbar. Wenn Sie möchten, diktiere ich Ihnen.« Er schaute fragend zu Miss Matcham, dann wieder zu Lady Halstead. »Nach Möglichkeit sollte das gesamte Schreiben aber eigenhändig von Ihnen verfasst sein, Ma'am. Auf diese Weise lässt sich das Dokument weniger leicht anfechten.«

»Aber sicher.« Lady Halstead wandte sich an Miss Matcham. »Violet, Liebes, würden Sie mir wohl mein Schreibpult holen?«

Miss Matcham nickte und erhob sich, um das Zimmer zu verlassen.

Montague schaute ihr hinterher. *Violet*. Der Name passte zu ihr.

»So«, meinte Lady Halstead, »Runcorns Anschrift lautet …«

Jäh aus seinen Betrachtungen gerissen, legte Montague die Papiere auf seinen Knien ab, zückte Bleistift und Notizbuch und schrieb sich die Adresse auf.

Zwanzig Minuten später hatte Montague die benötigte Vollmachtserklärung in der Tasche, nahm die Abschriften der Kontoblätter an sich und verabschiedete sich von Lady Halstead. Violet Matcham brachte ihn noch hinaus.

Als sie die Tür öffnete, sah sie ihn an. »Danke. Es mag Ihnen nicht aufgefallen sein, aber es ist ihr eine große Erleichterung, und sie wirkt schon viel ruhiger – seit sie vor einer Woche auf diese Unregelmäßigkeiten gestoßen ist, hat es sie sehr belastet.«

Montague erwiderte ihren Blick und erwog verschiedene Antworten – die alle gleichermaßen der Wahrheit entsprochen hätten –, entschied sich letzten Endes aber für eine knappe Verbeugung und ein recht allgemein gehaltenes »Es freut mich, dass ich die in mich gesetzten Erwartungen zumindest schon ein wenig erfüllen konnte«. Er ließ seine Worte einen Moment nachwirken, ehe er ihr versicherte: »Ich werde der Sache auf den Grund gehen. Sollte ihre Ladyschaft sich erneut sorgen, richten Sie ihr bitte aus, dass sie dessen ganz gewiss sein kann.«

Violet fiel es schwer, sich von seinem Blick zu lösen, musste dann aber doch lächeln über ihre eigene Empfänglichkeit und auch über ihn, wie er nun einmal war, und so schlug sie schließlich die Augen nieder und begnügte sich mit einem leisen »Noch einmal vielen Dank, dass Sie gekommen sind. Wir hoffen, bald von Ihnen zu hören«.

Auch Montague neigte den Kopf, dann trat er zur Tür hinaus und eilte die Treppe hinunter.

Sie sah ihn mit beschwingten Schritten davongehen und merkte, wie auch sie sich auf einmal leicht und unbeschwert fühlte – als habe er ihr eine Last, derer sie sich gar nicht bewusst war, von den Schultern genommen. Er war wirklich ein Gentleman, ein Retter in der Not; er hatte sich nicht lange bitten lassen, war ihr ohne große Umstände zur Seite gesprungen, um sich dieser Sache anzunehmen, die Lady Halstead solche Sorgen machte und damit auch ihr.

Das erklärte zweifelsohne ihre etwas überbordenden Gefühle für ihn.

Wieder musste sie darüber schmunzeln, wie leicht sie doch zu beeindrucken war, dann schloss sie die Tür und kehrte zu Lady Halstead zurück.

Am Abend fand sich die Familie zum Abendessen ein. Da Lady Halstead sich körperlich nicht mehr dazu in der Lage sah, ihre Kinder zu besuchen, lud sie sie samt Anhang einmal im Monat zu Tisch in die Lowndes Street, und sie kamen alle.

Immer, ohne Ausnahme.

Während ihrer ersten Monate bei Lady Halstead war Violet etwas verwundert gewesen, dass selbst die drei erwachsenen Enkelkinder ihrer Ladyschaft jedes Mal mit von der Partie waren und den ganzen Abend blieben. Aber im Laufe der Zeit war sie zu dem Schluss gelangt, dass besagte Besuche vor allem auf die Geschwisterrivalität zurückzuführen waren, die zwischen den Halstead-Kindern ungeahnte Ausmaße erreichte; selbst wenn die drei jungen Leute liebend gern anderswo gewesen wären, mussten sie sich der elterlichen Weisung fügen und ihrer Großmutter die ihr gebührende Ehre erweisen.

Wie üblich saß Violet bei Tisch links von Lady Halstead, um ihr bei Bedarf zur Hand zu gehen. Die Halstead-Kinder, die sich wiederum auch sehr der ihnen zu bezeugenden Ehrerbietung bewusst waren, duldeten ihre Anwesenheit, weil Lady Halstead erstens darauf pochte, und weil sie letzten Endes, da Violet von ebenso guter, wenn nicht gar besserer Geburt war als sie alle, keinen plausiblen Grund vorbringen konnten, sie auszuschließen.

Allerdings ließen sie es sich nicht nehmen, sie nach Möglichkeit zu ignorieren, was Violet nur recht war. Sie war zutiefst dankbar, sich nicht mit »der Brut« abgeben zu müssen, wie sie, Tilly und die Köchin die Halstead'schen Sprösslinge unter sich nannten. Stattdessen saß sie schweigend dabei und beobachtete das Geschehen; als Einzelkind verfolgte sie die Spannungen und das ständige Konkurrenzdenken zwischen den Anwesenden mit einer Mischung aus Faszination und Erstaunen, das bisweilen an Grauen grenzte.

Es kam nicht selten vor, dass sie, wenn sie sich nach einem dieser Familienessen auf ihr Zimmer zurückzog, dem Himmel dafür dankte, keine Geschwister zu haben. Andererseits waren vermutlich nicht alle Familien so. Die Halsteads schienen diesbezüglich ein Fall für sich zu sein.

An diesem Abend erstreckten sich die Gesprächsthemen über die derzeit im Parlament eingebrachten Gesetze, die irische Frage und die diversen Beratungen, die im Innenministerium anstanden. Das erste Thema wurde von Cynthia angeschnitten, der Zweitgeborenen und einzigen Tochter der Halsteads, um ihren Gatten, den Honourable Wallace Camberly und Abgeordneten des Parlaments, ins Zentrum der Aufmerksamkeit zu rücken, seine Bedeutung zu unterstreichen und damit auch ihre eigene.

Cynthia, eine gestrenge Matrone in meerblauem Satin, saß rechter Hand von Lady Halstead und Violet gegenüber. Sie hatte scharfe Gesichtszüge, ihre braunen Augen waren kalt und hart, ihr Mund schmal und verkniffen von ständigem Verdruss. Ihr Mienenspiel schien sich auf zwei Ausdrücke zu beschränken, entweder Missbilligung oder Verachtung. Man hatte den Eindruck, dass es nur wenig gab im Leben, das Cynthias Zustimmung fand. Müsste man blindem Ehrgeiz ein Gesicht geben, so wäre es das ihre. »Natürlich«, verkündete sie, »wird die Krönung bald Vorrang vor allem anderen haben. Der zuständige Parlamentsausschuss dürfte in Kürze benannt werden.«

Schräg gegenüber saß Constance Halstead, Gattin von Stammhalter Mortimer, dem Erstgeborenen ihrer Ladyschaft, und griff nach ihrem Weinglas. Constance war eine stattliche Erscheinung, hochgewachsen und drall, mit weichen, kindlichen Zügen, die eine Schwäche für Rüschen und Tand hatte und eine Stimme, die immer etwas zu laut und zu schrill klang. »Das will ich wohl meinen«, setzte sie bekräftigend nach. »Aber letztlich fällt es natürlich dem Innenministerium zu, über den genauen Ablauf der Feierlichkeiten zu entscheiden. Mortimer«, Constance warf einen Blick auf ihren Gatten, der am Kopf der Tafel saß, »wird zweifelsohne in alle Abläufe involviert und sehr beschäftigt sein.«

Violet schaute den Tisch hinunter zu Mortimer, einen in jeder Hinsicht durchschnittlichen Mann, der sich zudem so steif und förmlich gab und so konventionell kleidete, dass er leicht in der Menge unterging. Auch sein Gesicht war wenig bemerkenswert, seine Miene stets beherrscht, wenn nicht gar ausdruckslos. Mortimer hatte gerade eine Bemerkung zu dem wirklich vorzüglichen Roastbeef gemacht, doch jetzt schaute er auf und richtete seinen blassen Blick auf Cynthia. »So ist es«, beschied er kühl. »Es bedarf noch eines großen organisatorischen Aufwands, der ausschließlich in der Verantwortung des Innenministeriums liegt. Erste Gespräche haben bereits stattgefunden, aber natürlich unterliegt das strenger Vertraulichkeit.«

Seine Worte entlockten Cynthia lediglich ein spöttisches Lächeln, mit dem sie ihre Überzeugung kundtat, dass Mortimer ohnehin nicht in die eigentlichen Abläufe eingeweiht war und schlichtweg nichts wusste, was vertraulich gewesen wäre.

Mortimer biss prompt an, doch ehe er seinem Unmut Luft machen konnte, mischte sich Maurice Halstead ein, zweitältester Sohn und schwarzes Schaf der Familie, ein Spieler, Frauenheld, Tunichtgut. »Dann wirst du darüber entscheiden, welches Kleid Alexandrina bei der Krönungszeremonie trägt? Oh, Moment … Sie soll sich Victoria nennen, oder?«

Mortimer maß Maurice mit schmalem Blick. »Über das Kleid entscheidet der Palast, aber du hast ausnahmsweise ganz recht damit, dass unsere künftige Königin Victoria heißen wird.«

Jetzt kam auch in den Tischnachbarn von Constance Leben. »Warum? Was hat sie denn gegen Alexandrina?« William Halsteads Worte klangen schon ein wenig verwaschen.

Wenn Maurice als das schwarze Schaf der Familie galt, so war William ihr hoffnungsloser Fall. Violet hätte schwören können, dass er nur deshalb regelmäßig an diesen Familienessen teilnahm, um wenigstens einmal im Monat eine ordentliche Mahlzeit in den Bauch zu bekommen. Ein weiterer und vielleicht der entscheidende Grund mochte sein, dass es ihm eine diebische Freude bereitete, wie unangenehm seine bloße Anwesenheit seinen Geschwistern und deren besseren Hälften aufstieß. Für sie war William wenig mehr als eine Kakerlake und ebenso unerwünscht, zudem mit dem Nachteil behaftet, dass man ihn nicht einfach unter dem Absatz zertreten konnte.

Als jüngstes der Halstead-Kinder gehörte es zu einer von vielen Freiheiten, die William sich herausnahm, zu den Familienessen stets in einem schlichten schwarzen Anzug zu erscheinen, der gerade noch so als standesgemäß durchgehen mochte, aber natürlich die reine Provokation war.

»Genau genommen«, ließ Wallace Camberly sich vernehmen, und Violet meinte, ihn zum ersten Mal, seit sie sich zu Tisch gesetzt hatten, das Wort ergreifen zu hören, »verhält es sich so, dass Victoria schlichtweg der Name ist, den sie allen anderen vorzieht.«

Ein Argument, das so naheliegend und vernünftig klang, dass es, zumal da es von Camberly kam, der sicher wusste, wovon er sprach, dem Thema ein für alle Mal ein Ende machte.

Violet schätzte Wallace Camberly, der bei diesen Treffen immer eher schweigsam neben seiner Angetrauten Cynthia saß, als stilles Wasser ein, als einen Mann, dessen Ehrgeiz den seiner Frau sogar noch übertraf. Doch im Gegensatz zu Cynthia hatte er kein Interesse an den innerfamiliären Grabenkämpfen und hielt sich aus dem verbalen Schlagabtausch weitestgehend heraus, um nur ab und an eine Bemerkung fallen zu lassen, wenn ein Thema ihn tatsächlich interessierte. Wie üblich war er zurückhaltend, aber doch modisch gekleidet, wie man es von jemandem seines Ranges erwarten durfte. Violet wusste, dass er kühl kalkulierte und seine Ziele rücksichts-, bisweilen skrupellos verfolgen konnte, sich aber stets an die Spielregeln hielt, weil er wusste, dass ihm so langfristig am besten gedient war. Wenn er sich von etwas keinen Nutzen versprach, verschwendete er weder Zeit noch Energie darauf.

Das Gezanke der Halsteads brachte ihm nichts, weshalb er es weitestgehend ausblendete.

Sein Sohn Walter, der ihm gegenüber zwischen Violet und William saß, schien seinem Beispiel zu folgen – wenn auch nur in dieser Hinsicht. Obgleich schon siebenundzwanzig, hatte Walter noch immer keine sinnvolle Beschäftigung gefunden, mit der er seine Tage füllen konnte. Scheinbar ziellos ließ er sich durchs Leben treiben. Violet wusste nicht, was Walter tagein, tagaus trieb, aber da Cynthia ein eisernes Regiment führte, dürfte ihr Sohn nicht allzu viel Freude an seinem vermeintlich so freizügigen Leben haben.

Wie Violet versuchte auch Walter, sich möglichst wenig bemerkbar zu machen und ließ die Wortsalven an sich vorbeifliegen, als gingen sie ihn nichts an. Die beiden anderen der jüngeren Generation – Mortimers und Constances Kinder, namentlich der dreiundzwanzigjährige Hayden und seine Schwester Caroline, die gerade zwanzig geworden war – schienen diese Abende auch eher zu erdulden, als sich daran zu erfreuen. Beide meldeten sich nur selten zu Wort, und sei es noch so belanglos. Soweit Violet es einzuschätzen vermochte, waren die jüngeren Halsteads allesamt sehr gewöhnlich und wenig bemerkenswert. Vermutlich langweilten sie sich zu Tode, waren aber zu höflich und zu sehr von ihren Eltern abhängig, um sich zu widersetzen, und so blieb ihnen nichts anderes übrig, als teilzunehmen und den Abend schweigend über sich ergehen zu lassen. Wurden sie angesprochen, so ließen sie sich zu einer Antwort herab, trugen von sich aus jedoch wenig zur Konversation bei.

Andererseits konnte man es ihnen kaum verdenken, schien es doch wenig geraten, die Aufmerksamkeit der älteren Halsteads auf sich zu ziehen.

Mortimer tupfte sich penibel die Lippen mit seiner Serviette ab und schickte sich einmal mehr daran, sich in Szene zu setzen. »Vermutlich werden wir dazu raten, dass die junge Königin sich in naher Zukunft mit den irischen Repräsentanten trifft – eventuell werde ich als Teil dieser Delegation mit nach Irland reisen.«

»Ach ja?« Cynthia streckte die Hand nach der Sauciere aus. »Wer weiß – am Ende bekommst du dort drüben noch einen Posten als Staatssekretär.« Sie wandte sich an Constance. »Meine Liebe, mein aufrichtiges Beileid, solltet ihr nach Irland ziehen müssen.«

Mortimer schoss das Blut in die Wangen. »Sei doch nicht albern! Man schätzt mich und meine Meinung viel zu sehr, als dass der Innenminister auch nur erwägen würde, mich nach Irland zu verbannen.« Sowie er merkte, dass er Cynthia auf den Leim gegangen war, verstummte er. Den Blick auf seine Schwester gerichtet, die Lippen fest zusammengepresst, hielt er einen Moment die Luft an, als versuche er sich mit knapper Not von dem fernzuhalten, was, wie Violet aus leidiger Erfahrung wusste, sich im Nu zu einem scharfen Wortwechsel voller persönlicher Tiefschläge auswachsen konnte. Als der kritische Moment überwunden war, richtete Mortimer sein Augenmerk von Cynthia auf Lady Halstead.

Die alte Dame zeigte sich wie üblich von den feindseligen Spannungen bei Tisch unberührt und aß seelenruhig weiter.

Mit Bedacht legte Mortimer seine Serviette beiseite. »Und wie ergeht es Ihnen, Mutter? Ich hoffe, es strengt Sie nicht zu sehr an, uns alle hier versammelt zu haben.«

Lady Halsteads Brauen hoben sich fast ein wenig verwundert, als sie aufschaute und in den Kreis ihrer Familie blickte.

»Oh, ich kann nicht klagen und fühle mich so wohl, wie man es in meinem Alter erwarten kann. Danke der Nachfrage, Mortimer.«

Cynthia fühlte sich zu einer beflissenen Bemerkung berufen, die von Constance sogleich übertrumpft wurde. Um sich nicht ausstechen zu lassen, merkte Maurice an, dass Lady Halstead wohl etwas blass aussehe, aber sonst »ganz die Alte« sei. Eine Weile ging es so hin und her, und die alte Dame bemühte sich, das geheuchelte Interesse ihrer Kinder mit Fassung zu tragen.

Mortimer versuchte, der Farce ein Ende zu machen, indem er feststellte: »Ich wage zu behaupten, Mama, dass Sie noch viele lange Jahre vor sich haben.«

»Vielleicht«, kam es lässig von William, der sich mit den Händen in den Taschen auf seinem Stuhl lümmelte. »Aber für den Fall der Fälle will ich hoffen, dass Sie Ihre Angelegenheiten geregelt haben.« Sein finsterer Blick schweifte über die Geschwister. »Der Himmel stehe uns bei, sollten die Besitzverhältnisse sich nach Ihrem Ableben als uneindeutig erweisen.«

Violet konnte ihm in der Sache nur recht geben, aber Mortimer, Cynthia, Constance und selbst Maurice nahmen es gar nicht gut auf. Ein wahrer Zornesausbruch ging auf William nieder, der wohl noch eine ganze Weile hätte andauern können.

Lady Halstead legte ihr Besteck beiseite und klatschte einmal laut und vernehmlich in die Hände. »Ruhe! Herrje, seid doch einfach einmal still!« Als das Stimmengewirr verstummte, nahm sie das Besteck wieder zur Hand und wandte sich ihrem Teller zu. »Wenn ihr es denn unbedingt wissen wollt: Ich habe unlängst den jungen Runcorn gebeten, sämtliche meiner Unterlagen durchzusehen, damit alles seine Ordnung hat.« Sie schaute kurz auf, ihr Blick ganz ernst. »Auch wenn ich nicht die Absicht habe, so bald zu sterben, könnt ihr beruhigt sein, dass es nach meinem Tod zu keinen Ungereimtheiten bei den Besitzverhältnissen kommen wird.«

Einen Moment herrschte Schweigen, dann hob leises Gemurmel an, aus dem immer wieder »der junge Runcorn« herauszuhören war und die Frage, ob dieser der Aufgabe denn überhaupt gewachsen sei.

Violet warf einen fragenden Blick zu Lady Halstead und hielt es dann wie sie, nicht weiter auf die Spekulationen einzugehen.

Als dann Tilly hereinkam, um den Tisch abzuräumen und das Dessert aufzutragen, fragte Violet sich wie schon so oft in den letzten acht Jahren, wie es sein konnte, dass eine so freundliche und gütige Dame wie Lady Halstead eine Familie hatte, in der jeder nur an sich dachte und alle auf die eine oder andere Weise immer nur auf ihren Vorteil aus waren.

»Verdammt!« Er starrte auf sein Gesicht, das ihm aus dem runden Rasierspiegel entgegenschaute. Mit einer ruckartigen Handbewegung riss er sich ein einzelnes Barthaar am Kinn aus, richtete sich dann halb auf und wandte den Kopf langsam nach links und dann nach rechts, um sich zu vergewissern, dass alles zu seiner Zufriedenheit war.

Hinter ihm lag das Ankleidezimmer in den schwachen Schein der einen Lampe getaucht, die er mit hereingebracht hatte. Aber das trübe Dunkel störte ihn nicht, er fand es tröstlich. Dieser Raum war sein Reich. Hierher konnte er sich zurückziehen, um seine Pläne zu schmieden und sie immer feiner auszuarbeiten, bis sie perfekt waren.

Im Spiegel traf ihn sein eigener Blick. »Sie denkt überhaupt nicht daran zu sterben. Wie lange warte ich schon darauf, dass die Natur ihren Lauf nimmt, aber die Alte ist zäh … Und jetzt lässt sie noch diesen Jungspund in die Bücher schauen!«

Er richtete sich vollends auf und zwang sich, diese neue, völlig unerwartete und höchst beunruhigende Wendung der Dinge zu durchdenken. »Wird er es herausfinden? Das ist die Frage.«

Eine Minute stand er still in Gedanken versunken, dann fuhr er fort: »Wenn ja …«

Wieder etwas später schüttelte er den Kopf. »Selbst wenn er nichts davon merkt, ihr wird es auffallen. Irgendwie wird er sie darauf aufmerksam machen, und sei es nur, dass er es eben nicht mit aufführt. Und sobald sie den Braten gerochen hat, wird sie Fragen stellen – jede Wette. Sie wird es nicht auf sich beruhen lassen.«

Seine wachsende Anspannung ließ die letzten Worte messerscharf durchs Dunkel dringen.

Sowie sie verklungen waren, hing er weiter seinen Gedanken nach.

Die nächtliche Stille wurde nur durch das ferne Ticken einer Uhr unterbrochen.

Schließlich gab er sich einen Ruck, vergewisserte sich mit einem Blick in den Spiegel und sah sich tief in die Augen. »Es darf niemals herauskommen, weder jetzt noch später. Also werde ich mich der Sache annehmen müssen. Ich werde keine Ruhe haben, ehe das nicht geklärt ist und ich mich sicher weiß. Dummerweise werde ich noch andere zum Schweigen bringen müssen, aber … schön der Reihe nach.«

Das war schon immer sein Motto gewesen, solange er denken konnte, und bislang war er sehr gut damit gefahren.

2

Noch nie war Montague aufgefallen, wie befriedigend es sein konnte, jenen Erleichterung zu verschaffen, die sich von ihren Finanzen überwältigt fanden. Es war ein Aspekt seiner Arbeit, den er bislang völlig unterschätzt hatte, künftig aber höher halten und stolz darauf sein wollte.

Nachdem er das Haus in der Lowndes Street verlassen hatte, fand er sich noch den ganzen Tag von der stillen Freude erfüllt, Lady Halstead zumindest schon ein wenig von ihrer Sorge genommen zu haben, und dieses Gefühl hatte auch den wie üblich ereignislos verlaufenen Abend über angehalten und ihn gleich am Morgen dazu beflügelt, ohne Verzug Lady Halsteads Vermögensverwalter aufzusuchen.

Wiewohl ihre Ladyschaft keinen Verdacht gegen Runcorn zu hegen schien, wollte Montague sich doch gern ein eigenes Bild machen. Hätte es sich um Unterschlagung gehandelt, wäre er wohl weitaus skeptischer gewesen, aber so fand er sich eher von Neugier denn Besorgnis getrieben, als er zügig das Trottoir entlangschritt.

Den ganzen Tag und auch den Abend waren ihm Lady Halsteads »Unregelmäßigkeiten« durch den Kopf gegangen, aber noch immer war er zu keiner plausiblen Erklärung gelangt. Was ihn allerdings nicht entmutigte, ganz im Gegenteil, denn es war lange her, dass ihn Zahlen vor ein Rätsel gestellt hatten, noch dazu vor eines, das sich als eine solch harte Nuss entpuppte.

Fast wie neugeboren fühlte er sich, als er beschwingten Schrittes von der Broad Street in die Winchester Street bog. Runcorns Kanzlei war ein ganzes Stück die Straße hinauf im Erdgeschoss eines Gebäudes gelegen, das genau an der

Ecke stand, wo die Winchester Street einen scharfen Knick nach Norden machte. Auf der anderen Straßenseite war eine Schenke, aber die Geschäftsräume von Runcorn & Son wurden von einer kleinen Druckerei und einem Tabakladen flankiert.

Die Gegend unterschied sich sehr von den Straßen rund um die Bank of England, wo Montague und viele seiner Kollegen aus der Finanzbranche ihr Domizil hatten, aber Winchester Street war nicht weit von den etablierten Geschäftsvierteln entfernt und durchaus eine anständige Adresse für ein kleines Familienunternehmen.

Vor der Tür blieb er stehen und betrachtete einen Moment die verblichenen Lettern über dem großen Fenster, das auf die Straße hinausging, dann schaute er durchs Türglas und sah drinnen Licht brennen, was ihn nicht überraschte. Zwar fiel durch das Fenster etwas Tageslicht herein, aber bei Weitem nicht genug für eine Arbeit, bei der man ständig Zahlen entziffern musste.

Er öffnete die Tür und trat ein. Auch wenn alles hier etwas beengter war, kam es ihm doch sehr bekannt vor. Archivkästen und Aktenordner reihten sich dicht an dicht in den Regalen, die jeden freien Meter Wandfläche einnahmen, und türmten sich in einem mannshohen Stapel in der Ecke. Ein Mann in mittleren Jahren saß hinter einem schmalen, von Papieren übersäten Schreibtisch; als Montague hereingekommen war, hatte er von seiner Arbeit aufgeschaut.

Nun erhob er sich und kam, nüchtern gekleidet, wie es sich für einen Büroangestellten gehörte, hinter dem Schreibtisch hervor. »Kann ich Ihnen weiterhelfen, Sir?«

Montague zückte eine seiner Visitenkarten und reichte sie dem Mann. »Wenn Mr. Runcorn ein paar Minuten erübrigen könnte, würde ich ihm gern ein paar Fragen zur Akte Halstead stellen.«

Der Angestellte warf einen Blick auf die Karte, und seine Augen weiteten sich. »Natürlich, Sir. Einen Moment.« Er deutete auf ein paar Stühle, die am Fenster standen. »Bitte nehmen Sie doch solange Platz, Mr. Montague. Ich werde Mr. Runcorn Bescheid sagen, dass Sie ihn zu sprechen wünschen.«

Montague nickte ihm kurz zu und setzte sich. Er nahm nicht an, dass er über Gebühr würde warten müssen. Runcorn selbst mochte noch nicht lange genug im Geschäft sein, um seinen Namen zu kennen, aber seinem Kollegen war Montague ein Begriff, und er würde seinem Chef schon entsprechend Bescheid geben.

Der Mann klopfte ans hintere Büro, trat ein und schloss die Tür hinter sich.

Kurz darauf ging die Tür wieder auf, und ein jüngerer Mann, vermutlich noch keine dreißig, kam nach einem kurzen, kaum merklichen Zögern entschlossen auf ihn zu. Montagues Karte hielt er wie eine Trophäe in der Hand.

Montague erhob sich.

»Sir.« Runcorn junior blieb vor ihm stehen und strahlte ihn mit fast kindlicher Freude an. Er schaute Montague direkt in die Augen, und in seinem Blick blitzten Schalk und Kalkül zugleich auf. Dann atmete er tief durch, zügelte seine Begeisterung und neigte höflich den Kopf. »Es ist mir eine Ehre, Mr. Montague, Sie bei Runcorn & Son willkommen zu heißen. Was können wir für Sie tun?«

Montague lächelte. »Ich habe eine Frage zu dem von Ihnen verwalteten Vermögen der Halsteads. Wenn Sie einen Augenblick Zeit hätten?«

Runcorn trat beiseite und wies den Weg zu seinem Büro. »Aber gewiss.«

Er bat Montague, auf einem der beiden Stühle Platz zu nehmen, die vor dem großen, altgedienten Schreibtisch standen. Während er selbst sich dahintersetzte, meinte er mit seinem jungenhaften Grinsen: »Es war die Kanzlei meines Vaters, müssen Sie wissen. Ich bin der Sohn.«

Montague fand die Begeisterung des jungen Manns ansteckend. »So viel hatte ich schon gehört.« Als Runcorn ihn fragend anschaute, fügte er erklärend hinzu: »Von Lady Halstead.« Er zog die Vollmachtserklärung hervor. »Ehe wir weiterreden, müssten Sie sich noch das hier durchlesen.«

Runcorn wurde wieder ernst, nahm das Schreiben und studierte es; schließlich faltete er es langsam zusammen und schaute Montague über den Schreibtisch mit leicht gerunzelter Stirn an.

Montague konnte unschwer erkennen, was dem jungen Mann durch den Sinn ging, zu offen war sein Gesicht, zu unverstellt seine Miene. Sollte er noch den Hauch eines Verdachts gehegt haben, dass Runcorn mit den Unregelmäßigkeiten zu tun haben könnte, so zerstreute sich dieser rasch. »Gestatten Sie mir, Ihnen zu versichern, dass ich nicht hier bin, um Ihnen Ihre Klientin abspenstig zu machen, Mr. Runcorn.« Er streckte seine Hand nach dem Schreiben aus und steckte es wieder ein.

»Das, Sir, beruhigt mich einerseits, andererseits bin ich nun etwas verwirrt«, räumte Runcorn ein. »Was genau führt Sie her?«

»Lady Halstead wünscht lediglich eine zweite Meinung – sagen wir eine Art Rückversicherung –, dass es mit der Erklärung, die Sie für die Unregelmäßigkeiten auf ihrem Bankkonto finden, auch seine Richtigkeit hat. Nur darauf zielt mein Auftrag. Ich möchte zudem klarstellen, dass ich keinen finanziellen Gewinn daraus ziehen werde und ihr meine Expertise sozusagen aus rein professioneller Neugier zur Verfügung stelle.« Montague erwiderte Runcorns Blick. »Ich muss gestehen, dass mich der Auftrag sehr reizt und ich ausgesprochen gespannt bin, welche Erklärung sich letztlich für die ungewöhnlichen Eingänge auf das Konto ihrer Ladyschaft findet.«

Runcorn ließ einen Moment verstreichen, dann wiederholte er, als wolle er es sich selbst begreiflich machen: »*Sie wünscht eine Rückversicherung* … Nun ja, in gewisser Weise kann ich es verstehen. Ich bin noch nicht lange im Geschäft und …« Er sah Montague an. »Um ganz offen zu sprechen,

Sir, würde ich Ihren Rat in dieser Angelegenheit sehr zu schätzen wissen. Ich nahm erst an, dass es Erträge einer schon vor Jahren getätigten Anlage wären, aber das scheint, so weit wir es bislang überblicken können, nicht der Fall zu sein.«

»Nein«, bestätigte Montague und zögerte, ehe er nachsetzte: »Genau das hatte mein Interesse geweckt. Ich bin schon sehr lange im Geschäft, aber ein solches Zahlungsmuster ist mir noch nie untergekommen. Es passt zu keiner mir bekannten Geldanlage, keinem gängigen Auszahlungsmodus.«

»Ganz genau«, pflichtete Runcorn ihm bei. »Pringle – Sie haben ihn eben kennengelernt, er hat auch schon für meinen Vater gearbeitet –, also Pringle und ich, wir haben uns die Köpfe zerbrochen, woher das Geld kommen könnte, haben aber weder eine Erklärung noch auch nur einen Ansatzpunkt gefunden. Bei der Bank sind die Eingänge als Bareinzahlungen vermerkt, weshalb es aussichtslos sein dürfte, sie zurückzuverfolgen, und …«, Runcorn wand sich ein wenig, »… es schien mir auch nicht geraten, die Bank darum zu bitten – nicht ohne Lady Halsteads Einwilligung oder nachdem wir alle anderen Möglichkeiten ausgeschlossen hätten.«

Montague betrachtete den jungen Mann und nickte anerkennend. »So ist es. Die Bank sollten wir erst dann hinzuziehen, wenn unsere Nachforschungen anderweitig nichts ergeben. Kein Grund, unnötig die Pferde scheu zu machen.«

»Das haben wir uns auch gesagt.« Runcorn wirkte beruhigt. »Wir haben uns die gesamte Halstead-Akte noch einmal vorgenommen und sind sie Seite für Seite durchgegangen – sie umfasst mehr als dreißig Jahre –, um vielleicht doch einer jetzt erst gewinnbringenden Investition auf die Spur zu kommen, aber bislang sind wir nicht fündig geworden.«

Montague überlegte kurz und nickte erneut. »Das ist tatsächlich die erste und naheliegendste Frage, der Sie nachgehen sollten. Auch wenn es nicht den Anschein hat, wäre es die einfachste Erklärung. Sie hatten ganz recht, damit anzufangen.« Runcorn wirkte so erleichtert, dass Montague lächeln musste.

Dann jedoch ging dem jungen Mann auf, wie viel Arbeit noch vor ihnen lag. »Allerdings«, bestätigte Montague, »das wird Zeit und Mühe kosten. Ich wäre Ihnen derweil dankbar, wenn Sie mir eine Abschrift sämtlicher Kontenblätter überlassen könnten – bis zu jenem Zeitpunkt, als zum ersten Mal eine der fraglichen Zahlungen einging. Lady Halstead hat mir bereits die der letzten sechs Monate ausgehändigt, aber ich bräuchte einen vollständigen Überblick. Darüber hinaus bräuchte ich auch eine Auflistung aller Investitionen, Anleihen und Wertpapiere.«

Runcorn nickte; Lady Halsteads Vollmacht erlaubte es Montague, solche Auskünfte zu erbitten, und Runcorn, sie zu erteilen. »Die Kontoabschrift können wir Ihnen gleich mitgeben – Pringle müsste noch eine haben. Ebenso eine Übersicht über die laufenden Anlagen, die derzeit Erträge bringen – mit denen hatten wir angefangen. Aber eine vollständige Übersicht zusammenzustellen, dürfte ein paar Tage in Anspruch nehmen.« Er sah Montague an. »Um sicherzugehen, dass wir alles berücksichtigt haben, müssten wir wirklich die ganzen dreißig Jahre zurückgehen.«

»Auf ein paar Tage kommt es nicht an«, versicherte Montague ihm und stand auf. »Ich weiß, wie langwierig so etwas ist. Zumal Sie ja auch noch andere Klienten haben.«

»Sie sagen es.« Runcorn kam hinter dem Schreibtisch hervor und öffnete die Tür. »Wir arbeiten hier gerade Tag und Nacht. Niemand hätte damit gerechnet, dass die Sache so viel Zeit in Anspruch nehmen würde.«

Montague trat wieder ins Vorzimmer, wo er nun ganz offiziell Mr. Pringle vorgestellt wurde, der sich, nachdem Runcorn ihn kurz instruiert hatte, als erstaunlich effizient erwies. Er suchte die benötigten Kontenblätter heraus und legte ihm die Auflistung aller laufenden Investitionen vor.

Mit Blick auf den Berg Unterlagen vor sich auf dem Schreibtisch meinte Pringle: »Eine vollständige Zusammenstellung aller jemals getätigten Anlagen bräuchte noch ein paar Tage.«

Montague nickte. »Damit hatte ich gerechnet. Gründlichkeit hat hier absoluten Vorrang vor Schnelligkeit. Wir müssen sichergehen, dass wir nichts übersehen haben, kein noch so kleines Detail. Das sollte uns die paar Tage mehr wert sein. Eine unvollständige Liste hilft uns nicht weiter.«

Pringle verbeugte sich. »Ganz recht, Sir. Ich werde mein Bestes geben.«

Nach dem ersten Eindruck, den er von Pringles Sorgfalt erhalten hatte, war Montague mehr als zuversichtlich, dass das genügen sollte – und das sagte er auch.

Sowohl Pringle als auch der junge Runcorn strahlten noch immer übers ganze Gesicht, als Montague die Geschäftsräume von Runcorn & Son bereits schon wieder verlassen hatte und sich voller Elan auf den Weg machte, um mit seinen eigenen Nachforschungen zu beginnen.

Allerdings kam er erst am späten Nachmittag dazu, sich erneut dem Rätsel um Lady Halsteads Konto zu widmen. Bei seiner Rückkehr in die Kanzlei war Montague von anderweitigen Verpflichtungen beansprucht worden, von Klienten, die ihn sprechen wollten, von Firmen, die vorstellig wurden, weil sie Kapital brauchten.

Sein Unternehmen lebte vom Tagesgeschäft, weshalb er Lady Halstead und ihre mysteriösen Kontobewegungen erst einmal hatte hintanstellen müssen.

Doch dann, als die Dämmerung sich langsam herabsenkte, konnte er sich endlich den schmalen Ordner mit den Kontenblättern und der vorläufigen Liste der Geldanlagen ihrer Ladyschaft vornehmen.

Zwei Stunden später, just als Slocum an seine Tür klopfte, um sich zu verabschieden, war er am Ende der mühseligen Aufgabe angelangt, sämtliche Zahlungseingänge mit den Erträgen diverser Investments abzugleichen, und er musste Lady Halstead recht geben: Etwas sehr Seltsames ging auf ihrem Konto vor.

Nachdem er Slocum einen schönen Abend gewünscht hatte, lehnte Montague sich in seinem Stuhl zurück und betrachtete die vor ihm auf dem Schreibtisch ausgebreiteten Papiere. Er begann mit den Fingern auf den Armlehnen zu trommeln und merkte, wie jene Erklärung immer deutlicher Gestalt annahm, die er zwar nie ganz außer Acht gelassen, aber dann doch zu abwegig gefunden hatte.

»Geldwäsche«, stellte er fest und runzelte die Stirn. »Aber warum? Wer versucht hier, welche Vermögenswerte zu verschleiern?«

Aus rein finanzieller Sicht war die Verschleierung von Vermögenswerten das genaue Gegenteil von Unterschlagung, aber juristisch in aller Regel ebenso zweifelhaft, da Geld, das versteckt werden musste, meist nicht auf legalem Wege erwirtschaftet worden war.

»Mit anderen Worten«, dachte er laut weiter, »wenn ich diesen Vorgängen auf den Grund gehe, könnte ich sehr wohl auf kriminelle Umtriebe stoßen.«

Sollte er die Behörden verständigen?

Er überlegte, was genau er melden wollte, und schüttelte den Kopf. »Noch kann ich mir nicht sicher sein, dass es sich tatsächlich um ein Verbrechen handelt. Ich habe zumindest keinen Beweis, der in diese Richtung deuten würde.«

Indem er die Polizei einschaltete, dürfte er sich auch weder Lady Halstead noch Miss Matcham gewogen machen. Nicht dass diese Erwägung ihn davon abhalten würde, aber …

Er begann erneut, mit den Fingern zu trommeln, ungeduldiger diesmal, nachdrücklicher. »Hätte ich Beweise, wäre klar, was zu tun ist, aber so besteht immer noch die Möglichkeit, dass hinter alldem etwas ganz anderes steckt, für das sich eine völlig harmlose Erklärung finden lässt.«

Er überflog noch einmal sämtliche Unterlagen, die er vor sich hatte und erwog, welche Möglichkeiten ihm blieben. Die fraglichen Zahlungen zurückzuverfolgen, dürfte, so es denn möglich war, am schnellsten zum Ziel führen.

Zwar hatte man ihn schon bei Ermittlungen hinzugezogen, so sie den Finanzsektor tangierten, aber stets nur beratend. Er hatte noch nie von sich aus eine polizeiliche Ermittlung in Gang gebracht. Allerdings war er auf diese Weise an Kontakte gelangt, die eindeutig mehr von dem Metier verstanden als er und die sich gewiss gern bei ihm revanchieren würden, wenn er sie um den Gefallen bat.

»Aber bislang ist es ausschließlich ein finanzielles Problem«, rief er sich in Erinnerung, »und auf diesem Gebiet …« War nun einmal er der Beste. Weshalb man sich auch in allen Fragen, bei denen Geld im Spiel war, an ihn wandte.

Er atmete tief durch, setzte sich auf und schob die Unterlagen auf dem Schreibtisch zusammen. Als er sie zurück in den Halstead-Ordner legte, musste er wieder an seine Ruhelosigkeit der letzten Zeit denken, seinen Wunsch nach Abwechslung und einer neuen Herausforderung. Anscheinend hatte das Schicksal ihn erhört.

Überlege dir genau, was du dir wünschst.

Obwohl er seine Mutter verloren hatte, als er zehn war, konnte er sich noch an jedes einzelne ihrer Worte erinnern.

Andererseits war diese quälende Stimme, die Stimme der Unzufriedenheit, seit ein paar Tagen verstummt, was er als eindeutige Verbesserung wertete.

Er ließ den Halstead-Ordner auf dem Schreibtisch liegen, stand auf und löschte die Lampe. Im Licht der Straßenlaternen von Chapel Court, das durch die Fenster hereinfiel, durchquerte er den Vorraum. Als er die Tür öffnete, musste er daran denken, welch gelöste Atmosphäre unter seinen Angestellten herrschte, wenn er sie abends das Büro verlassen hörte, welche Freude auf den Feierabend.

Etwas, das er nur bei anderen beobachtet, nie aber selbst erfahren hatte.

Nein, ihn erfüllte keine freudige Erwartung, als er die Tür hinter sich abschloss und die Treppe hinauf ins nächste Stockwerk ging.

Über zehn Jahre war es her, dass er das Gebäude in Chapel Court, abgehend von der Bartholomew Lane und unweit der Bank of England, gekauft und die Etage über seinem und den beiden angrenzenden Büros zu einer komfortablen Wohnung hatte ausbauen lassen. Die Nähe zum Büro fand er praktisch; wenn ihm spät am Abend oder in der Nacht noch etwas einfiel, war er im Nu unten, um in der betreffenden Akte nachzusehen oder sich eine Notiz am Schreibtisch zu machen. Auch war dieser Teil des historischen Finanzviertels City of London, so geschäftig das Treiben tagsüber auch sein mochte, abends angenehm ruhig. Nicht menschenleer und verlassen – wo wäre London das je gewesen? –, aber wer hier lebte, wusste ein verhaltenes, unaufgeregtes Umfeld zu schätzen.

Oben angekommen, schloss er die Tür zu seiner Wohnung auf. Vom Empfangsbereich gelangte man in ein weiträumiges Wohnzimmer, dahinter lagen das Esszimmer, ein kleineres Arbeitszimmer, das ihm auch als Bibliothek diente, dann seine Privaträume mit Schlafzimmer, zwei Ankleideräumen und einem mit allen modernen Annehmlichkeiten ausgestatteten Bad. Außerdem gehörte eine große Küche samt Wirtschaftsräumen zur Wohnung und ein Dienstbotenquartier, in dem seine Haushälterin Mrs. Trewick und Trewick, ihr Mann, der sämtliche Aufgaben eines Dieners versah, nach eigenem Gutdünken schalten und walten konnten. Die Trewicks waren ein Paar in mittleren Jahren, das seit bald zwei Dekaden in Montagues Diensten stand und daher mit seinen Gewohnheiten und Bedürfnissen bis in alle Einzelheiten vertraut war.

Als er ins Wohnzimmer trat, hallten seine Schritte in der langen Zimmerflucht wider.

»Ihr Abendessen ist fertig und gleich auf dem Tisch, Sir!«, schallte Mrs. Trewicks fröhliche Stimme aus den Tiefen der Küche. »Nehmen Sie ruhig schon mal Platz, Trewick wird Ihnen sofort auftragen.«

Montague musste lächeln, ging weiter ins Esszimmer und setzte sich. Während Trewick ihm, wie üblich, drei Gänge servierte, wechselte Montague ein paar Worte mit ihm, nette kleine Belanglosigkeiten, die schon zigmal gesagt worden waren. Nachdem er das wie immer köstliche Mahl beendet hatte, ließ Montague, wie er es stets tat, Mrs. Trewick seinen allerbesten Dank ausrichten – sie habe sich wieder einmal selbst übertroffen –, was Trewick jedes Mal aufs Neue erfreute.

In friedlichem Einvernehmen zogen er und seine Bediensteten sich dann zur Nacht zurück, die Trewicks in ihren Teil der Wohnung, während er ins Arbeitszimmer schlenderte, sich ein Buch nahm und damit weiter ins Wohnzimmer ging, wo Trewick im Kamin ein ordentliches Feuer entzündet hatte, das den kühlen Hauch des Abends vertrieb.

Montague ließ sich in jenen der beiden Sessel sinken, in dem er immer saß, griff nach der kleinen Karaffe, die auf dem Beistelltisch stand, und goss sich zwei Fingerbreit Whisky ein, ein Getränk, für das er eine gewisse Vorliebe entwickelt hatte, seit ihm die Finanzverwaltung des Earl of Glencrae zugefallen war, dann lehnte er sich in seinem Sessel zurück und trank einen Schluck.

Einen Moment saß er einfach nur so da, das Buch in seinem Schoß, das Glas in der Hand, und schaute in die tanzenden Flammen.

Und hörte im Geiste wieder den Unterschied, wenn seine Angestellten abends das Büro verließen – und wenn er es Stunden später hinter sich abschloss. Freudige Erwartung einerseits, Totenstille andererseits.

Seine Männer freuten sich auf die letzten Stunden des Tages, auf die einfachen Freuden des Lebens. Sie waren voll der Gewissheit, dass Wärme und Geborgenheit, die Stimmen ihrer Lieben sie zu Hause erwarten würden. Wenn er sein Tagwerk beendete, war da nichts, nur Stille, selbst in ihm.

Denn er hatte niemanden, zumindest niemanden, der ihm wirklich etwas bedeutet hätte. Seine Wohnung bot allen Komfort, aber keine Geborgenheit. Es war kein Zuhause.

Das war der entscheidende Unterschied, und bislang hatte

es ihm nichts ausgemacht – nie hatte er in all den Jahren, die er in seine Arbeit gesteckt hatte und denen er seinen Erfolg verdankte, etwas vermisst –, aber jetzt, in der Stille seiner Wohnung, des fast menschenleeren Hauses, wurde ihm seine Einsamkeit mit einem Mal bewusst. Und sie setzte ihm zu.

Er hatte seine Ziele erreicht und war erfolgreicher, als er es sich je hätte träumen lassen, aber der Triumph fühlte sich schal an.

Sein Blick begann zu schweifen und blieb schließlich an dem leeren Sessel ihm gegenüber hängen. Völlig ungebeten tauchte das Bild Violet Matchams vor ihm auf; er sah den rötlichen Widerschein des Kaminfeuers in ihrem dunklen Haar, sah sie den Kopf neigen mit dieser natürlichen Anmut, die ihr eigen war, fand ihre blauen Augen auf sich gerichtet und ein sanftes Lächeln um ihre Lippen spielen.

Montague versenkte sich eine Weile in dieses Bild, dann schüttelte er den Kopf, als könne er den Traum verwerfen, schlug sein Buch auf und begann zu lesen.

Etwas weiter im Westen Londons, genauer gesagt in der Albemarle Street in Mayfair, saß derweil Penelope Adair im Kreise ihrer kleinen Tischgesellschaft und wechselte einen vielsagenden Blick mit ihrer Freundin Griselda Stokes, ehe beide sich wieder den zwei Herren zuwandten, die mit ihnen am Tisch saßen.

»Es muss doch wohl irgendeinen interessanten Fall geben, bei dem wir euch assistieren könnten«, beharrte Penelope.

Barnaby Adair, der seiner Frau am Kopf der Tafel gegenübersaß, warf einen kurzen Blick auf seinen Freund und Kollegen Basil Stokes, ehe er betont beiläufig erwiderte: »Nein, im Moment ist es erfreulich friedlich. Der *ton* scheint von Verbrechen verschont, die für Scotland Yard für Interesse wären.«

Penelope kannte ihren Mann zu gut, um das Ausweichmanöver nicht zu erkennen. Aus schmalen Augen sah sie ihn an.

»Es muss ja auch nichts mit dem *ton* zu tun haben – oder willst du mir weismachen, dass es derzeit in ganz London keine laufenden Ermittlungen gibt?«

»Schön wär's!«, kam es von Stokes, der sich lässig in seinem Stuhl zurückgelehnt hatte. Er fing sich sogleich wieder und versuchte, zurückzurudern. »Aber Barnaby hat ganz recht – die bessere Gesellschaft hält sich derzeit mit ihren Salondramen erfreulich zurück.«

»Die Crimmins-Affäre war der letzte derartige Fall«, sagte Barnaby. »Aber seitdem, den ganzen Sommer über bis jetzt in den Herbst, ist es in Mayfair ruhig geblieben.«

»Ich glaube ja …«, schaltete sich Griselda ein, deren sanfte Stimme in auffälligem Gegensatz zu den lauteren, forscheren Tönen der anderen stand; von allen vier Beteiligten hielt sie sich am meisten zurück und sprach nur wenig, aber wenn sie das Wort ergriff, horchten die anderen sofort auf und hörten zu, so auch jetzt. »Ich glaube, was Penelope eigentlich meinte, war, dass die Erkenntnisse, die wir beide beitragen können, und das Gespür, das wir zweifelsohne besitzen, sich auch bei Fällen in einem weiter gesteckten gesellschaftlichen Umfeld bewähren könnten.«

Penelope nickte. »So ist es, ich hätte es nicht besser sagen können.« Sie wandte sich wieder an ihren Gatten. »Uns um die Kinder zu kümmern, um Oliver und Megan, hat uns in den ersten Monaten völlig ausgefüllt, aber nun, da die beiden unserer Fürsorge nicht mehr von morgens bis abends bedürfen, brauchen Griselda und ich etwas, das uns beschäftigt, uns herausfordert, zumindest geistig. Wir brauchen eine Aufgabe, damit wir nicht verkümmern.«

Stokes sah nicht gerade erfreut aus. »Was suchen sich denn andere Damen mit kleinen Kindern als geistige Herausforderung?«

Penelope gab sich blasiert. »Nicht jede Dame bedarf einer solchen Herausforderung. Außerdem sind wir nicht die anderen.«

»Ohne Frage«, murmelte Barnaby, allerdings so leise, dass nur Stokes es hören konnte.

Dennoch bedachte Penelope ihn mit schmalem Blick. Schließlich meinte sie: »Als wir Henrietta schützend beistanden, da sie es mit diesem Schuft von Affry aufnehmen musste, um James zu finden, wurde uns – mir und Griselda – wieder bewusst, was uns alles entgeht, was uns fehlt. Natürlich sind unsere Kinder unsere größte Freude, aber in einem Fall zu ermitteln steht dem kaum nach.«

»Und bitte vergesst nicht«, setzte Griselda behutsam nach, »dass wir, indem wir euch helfen, so bescheiden unser Beitrag auch sein mag, viel besser verstehen können, warum ihr es euch zur Aufgabe gemacht habt, Verbrecher zur Strecke zu bringen, ganz gleich welchen gesellschaftlichen Rang sie innehaben mögen.«

Schweigen senkte sich über die kleine Tischgesellschaft, während beide Männer nachdenklich ihre Ehefrauen betrachteten. Schließlich tat Stokes einen tiefen Seufzer und setzte sich wieder aufrecht hin. »Schön und gut, aber Tatsache ist, dass es derzeit wirklich keine laufenden Ermittlungen gibt, für die wir eure Hilfe gebrauchen könnten.«

Penelope sah ihn einen Moment schweigend an, der dunkle Blick ihrer braunen Augen wie immer schonungslos direkt. »Gut. Aber sowie ein solcher Fall auftaucht, sagt ihr uns Bescheid, abgemacht?«

Ein kaum merkliches Zögern von Seiten der Männer, ehe sich beide in ihr Schicksal fügten.

Stokes beschränkte sich auf ein resigniertes Nicken.

Barnaby erwiderte Penelopes Blick und versprach: »Sowie wir einen Fall bekommen, in dem ihr beide uns unterstützen könnt, werden wir uns – alle vier – gemeinsam überlegen, welche Möglichkeiten es gibt.«

»Gibt es denn wirklich gar keinen Fall, an dem wir uns beteiligen könnten?« Penelope ging ihm voraus ins Schlafzimmer und trat an eines der Fenster, von wo aus man den Garten überblickte. Sie und Barnaby lebten jetzt seit achtzehn Monaten in diesem Haus, und mittlerweile empfand sie es als ihr Zuhause. Ihres genauso wie seines.

Am Fenster drehte sie sich nach ihm um und sah ihn langsam auf sich zukommen. Er bewegte sich mit kraftvoller Anmut, wie ein Raubtier auf Beutezug; sein Anblick ließ ihr noch immer das Herz aufgehen, auch wenn sie es sich manchmal, so wie jetzt, nicht anmerken ließ.

Er blieb vor ihr stehen und betrachtete sie nachdenklich. »Es gibt wirklich keinen. Stokes hatte mit den Morden am Hafen zu tun – und glaub mir, bei keinem davon hätte sich auch nur eine Gelegenheit für dich und Griselda geboten, euer Talent einzusetzen. Und du weißt, dass ich mich in Ermangelung interessanter Verbrechensfälle sogar genötigt sah, meinen Vater bei seinen diversen politischen Kampagnen zu unterstützen – um nicht zu verkümmern, wie du es ausdrücken würdest.« Barnaby lächelte. »Und so sehr ich mir wünschte, du könntest mir dabei helfen, weiß ich doch, dass du in der Politik ein hoffnungsloser Fall wärst – du bist einfach nicht diplomatisch genug.«

Penelope winkte ab. »Dieses ewige Debattieren ist auch reine Zeitverschwendung.«

»Wem sagst du das.« Barnaby fasste sie um die Taille und zog sie an sich.

Sie brauchte sich nicht bitten zu lassen. Auch nach über achtzehn Monaten Ehe war der Zauber nicht verflogen; dieses plötzliche Erwachen der Sinne, das daraus erwachsende Verlangen.

Wenn überhaupt, war ihr Hunger dadurch, dass er nun regelmäßig gestillt wurde, gar noch größer geworden.

Sie ließ sich an ihn sinken, legte die Hand an seine Brust und sah zu ihm auf. Und der Zauber – diese jähe Anspannung, wenn der Funke zündete, wenn alle Sinne erwachten und sich ausschließlich auf ein gemeinsames Ziel richteten – erfasste sie. Seine Hände strichen warm über ihren Rücken, und sie legte den Kopf in den Nacken und suchte seinen Blick. »Du versuchst mich abzulenken, nicht wahr?«

Er schmunzelte. »Der Gedanke war mir gekommen, ja.« Langsam senkte er den Kopf, gerade nur so weit, dass seine Lippen ihre streiften und er ihren Atem stocken hörte, ihr Verlangen spürte, wie sie sich nach ihm verzehrte und das dem seinen in nichts nachstand. »Würdest du dich denn ablenken lassen?«

Sie legte die Hände auf seine Schultern, schlang die Arme um seinen Hals. »Versuch es – ich bitte darum.«

Aber erwarte nicht, dass du Erfolg hast. Barnaby hörte sehr wohl die unausgesprochenen Worte, die Herausforderung, für die es keine Worte brauchte. Natürlich würde es ihm keine Ruhe lassen, bis er es versucht hätte.

Und so ließ er es darauf ankommen und gab sein Bestes.

Er zog sie mit sich in einen leidenschaftlichen Sog, ein Verschmelzen der Münder, ein immer hungrigeres Duell von Lippen und Zungen, das sich steigerte, bis es sie beide zu verzehren drohte. Geschickt dirigierte er jeden Moment, dehnte jeden zerbrechlichen Augenblick aus, bis sie beide keuchten vor Lust.

Kleider wurden abgestreift, aber auf sein Geheiß. In hellem Verzücken ließ sie ihn gewähren, überließ ihm die Zügel, damit er sich voll und ganz seiner Absicht widmen konnte, sie abzulenken.

Ganz und gar.

Hier und jetzt und in jeder Hinsicht.

Er ließ seine Hände über ihren Körper wandern, bis sie sich stöhnend aufbäumte.

Er ließ sie – nein, er ließ sie nicht nur, er ermunterte sie, wusste er doch, wie sehr es sie erregte – seinen Körper erkunden mit allen Sinnen, und wieder brauchte sie sich nicht lange bitten zu lassen und ging völlig in ihrer Leidenschaft auf.

Gemeinsam drängten sie weiter und versuchten doch, jeden Moment der Ehrerbietung, der Anbetung, des Verzückens, der lustvollen Freude ins schier Unendliche zu dehnen, einander hinzuhalten, doch irgendwann forderte der stetig schneller schlagende Takt ihres Verlangens seinen Tribut.

Sie fanden zueinander wie in einem fiebrigen, flammenden Rausch, einem Verschmelzen von Leib und Seele, das ihnen so innig vertraut und doch jedes Mal wieder eine Offenbarung war.

Nun immer drängender und verzweifelter in ihrem Verlangen, trieben sie einander immer höher hinauf, bis die Ekstase sie fand, sie vernichtete und verband, dann hinausschleuderte in unendliche Weiten ... Wo die Liebe auf sie wartete, um sie zu bergen und in ihre Wonnen zu hüllen, bis sie langsam wieder hinabsanken.

In die Zuflucht ihrer Umarmung, wo sie den schweren Atem des anderen hörten, den schnellen Schlag ihrer Herzen.

In die Gewissheit, einander so nah zu sein, wie sie einander nur nah sein konnten.

Später, als sie beisammenlagen, schmiegte Penelope sich an ihn, und Barnaby hauchte einen Kuss auf ihre Schläfe. »Ich sage dir Bescheid, wenn Stokes und ich einen Fall haben, bei dem wir deine und Griseldas Hilfe gebrauchen können – versprochen.«

Er spürte Penelope lächeln. »Danke«, murmelte sie und ließ ihre Hand auf seine Brust fallen.

Ihre Glieder wurden schwer, und er lauschte ihrem Atem, als sie in einen tiefen, zufriedenen Schlaf sank.

Inmitten aller sinnlichen Verzückung war ihm die ernüchternde Erkenntnis gekommen, dass ihm und Stokes gar keine andere Wahl blieb, als den Wunsch ihrer Frauen zu erfüllen und sie, so sich die Gelegenheit dazu ergab, wieder an den Ermittlungen teilhaben zu lassen.

Wenn nicht, würden sie auf eigene Faust loslegen – und daran wagte er gar nicht zu denken. Allein bei der Vorstellung wurde ihm so bang ums Herz, dass er sich fast bereitwillig für das kleinere Übel entschied.

Er würde sich an sein Versprechen halten.

Auch wenn es ihm nicht gefiel.

3

Als Violet am nächsten Morgen in die Küche kam, war Tilly gerade damit beschäftigt, Lady Halsteads Frühstück zu bereiten. »Guten Morgen.« Sie lächelte und nahm das Tablett in Augenschein. »Sind wir so weit?«

Sie begleitete Tilly morgens immer mit nach oben, um ihr die Tür aufzuhalten, Lady Halstead zu wecken und der alten Dame zu helfen, sich im Bett aufzusetzen.

»Ihnen auch einen wunderschönen guten Morgen«, flötete Tilly zurück. »Gleich wären wir so weit. Fehlt nur noch der Toast. Ah, da kommt er ja auch schon – danke, meine Liebe«, wandte sie sich an die Köchin.

Tilly war eine große, robuste Frau in mittleren Jahren mit grauen Strähnen im braunen Haar, das sie zu einem strengen Knoten aufgesteckt trug. Ihre Hände waren kräftig, doch geschickt, und im Nu hatte sie die beiden Brotscheiben in das versilberte Gestell befördert, das Tablett erfasst und behände hochgehoben. Eine wahre Frohnatur war Tilly, die bereits seit Jahrzehnten in Diensten Lady Halsteads stand, länger als Violet und die Köchin zusammen. »Von mir aus kann's losgehen«, verkündete sie und strahlte Violet an.

Nachdem sie auch der Köchin – einer kleinen, rundlichen Frau mit roten Korkenzieherlocken, die sie sich unter einem weißen Kopftuch zurückgebunden hatte – ein kurzes Lächeln geschenkt und ihr einen guten Morgen gewünscht hatte, hielt Violet Tilly die Tür auf und folgte ihr hinaus, ehe sie ihr im Flur wieder vorausging und die Treppe hinauf nach oben.

Tilly trabte hinterher. »Hoffentlich hat ihre Ladyschaft letzte Nacht besser schlafen können.«

»Ich hoffe es auch – und dass Mr. Montague bald Nachricht bringt und ihre Sorgen zerstreut. Sie ist noch immer beunruhigt wegen dieser unerklärlichen Eingänge auf ihrem Konto.« Da sie wusste, dass Lady Halstead mit ihrer langjährigen Dienerin längst darüber gesprochen hatte, konnte Violet es Tilly gegenüber ruhig erwähnen.

Im ersten Stock gingen sie den Flur entlang zu Lady Halsteads Schlafzimmer, und Violet klopfte an. »Lady Halstead?« Sie erhielt keine Antwort, was jedoch nicht ungewöhnlich war. Obwohl sie nachts nur schwer Schlaf fand, bestand Lady Halstead mit eiserner Disziplin darauf, morgens um Punkt acht geweckt zu werden und ihr Frühstück serviert zu bekommen. Violet wechselte einen resignierten Blick mit Tilly, denn wäre es nach ihnen gegangen, hätten sie die alte Dame schlafen lassen. Dann öffnete sie die Tür.

Das Zimmer lag im Halbdunkel, und Violet ging ans Fenster, um die Vorhänge aufzuziehen.

Tilly wartete geduldig mit dem Tablett an der Tür, bis sie besser sehen konnte, wohin sie ihre Schritte setzte.

Violet zog erst eine der schweren Damastbahnen zur Seite, dann die andere und drehte sich schließlich, als Tageslicht das Zimmer flutete, zum Bett um. »Guten Morgen, Mylady.«

Sie trat näher und stutzte. Sah sie wirklich, was sie glaubte zu sehen?

Tilly, die einen Kopf größer war und etwas näher am Bett stand, begriff sofort. »Oh mein Gott!«

Das Klirren des Porzellans durchschnitt die Stille, während Tilly am ganzen Leib zitternd mit dem Tablett dort stand und die Teetasse auf dem Unterteller schepperte. »Oh mein Gott, mein Gott«, flüsterte sie, schaute sich in heller Panik um und stellte das Frühstückstablett schließlich auf der Kommode ab. Dann eilte sie ans Bett, genau wie Violet, die sich von der anderen Seite darüber beugte.

Schockiert und wie gelähmt blickte Violet auf Lady Halstead. Die alte Dame hatte die Augen geschlossen, doch ihr

Mund stand offen, weit offen, als habe sie geschrien oder nach jemandem gerufen.

Die Arme hatte sie unnatürlich von sich gestreckt, die Hände lagen erschlafft auf der Bettdecke, doch die Finger waren zu Klauen gekrümmt, als habe sie etwas packen wollen oder gekrampft. Auch ihre Beine, so schwach und gebrechlich sie waren, schienen unter dem Plumeau einen erbitterten Kampf ausgefochten zu haben.

Dass Lady Halstead tot war, daran konnte kein Zweifel sein. Aber sie war keines friedlichen Todes gestorben.

Tilly sprach aus, was Violet dachte. »Mir war ja klar, dass sie bald sterben würde – aber nicht so.«

Violet musste sich zwingen, nicht wegzuschauen. »Tilly, so sieht es doch nicht aus, wenn man stirbt, oder? Nicht, wenn ihre Ladyschaft friedlich im Schlaf von uns gegangen wäre.«

Tilly schluckte. Den Blick fest auf das entseelte Gesicht ihrer Dienstherrin gerichtet, sagte sie leise: »Sie denken das Gleiche wie ich. Sie ist umgebracht worden, nicht wahr?«

Violet nickte stumm. »Schau dir die Kissen an … Nein, nicht anfassen! Aber siehst du, wie das obere Kissen unter ihren Kopf geschoben wurde? Deshalb hält sie auch den Kopf so seltsam. Sie schläft nie mit so vielen Kissen und würde es sich niemals so zurechtgelegt haben.« Violet schaute zum Stuhl am Bett. »Als ich mich gestern von ihr verabschiedet habe, lag dieses Kissen hier auf dem Stuhl.«

»Wir müssen den Doktor rufen.« Tilly schlang die Arme um sich.

Violet schwirrte der Kopf. Gewiss, sie würden einen Arzt hinzuziehen müssen, so wollte es das Gesetz, aber sie wusste auch, wie dann alles seinen Gang nähme. »Wenn wir nur den Doktor rufen …«, sie sah Tilly an, die sie mit großen Augen anschaute, »wird er lediglich feststellen, dass sie sehr alt war und im Schlaf gestorben ist, denn er kann sich ja denken, wie die Familie reagieren wird, sollte er ihren Tod als Mord bezeichnen.«

Tilly blinzelte kurz, dann schob sie energisch das Kinn vor und nickte. »Stimmt, genau das wird er tun, der elende Duckmäuser. Und die Familie wird es nicht groß kümmern, schätze ich.«

»Nein, denen ist es gleich, ob Lady Halstead Gerechtigkeit widerfährt. Sie werden den Mörder nicht finden wollen, ein Mord wäre ein Skandal. Die Brut ist nur an ihrem Erbe interessiert.«

»Eine raffgierige, üble Bagage. Mir müssen Sie nichts erzählen. Mylady hat seit Jahren gewusst, dass sie nur noch auf ihren Tod warten.«

»So ist es – traurig, aber wahr. Bislang schienen sie sich in Geduld zu üben, aber jetzt …« Violet blickte auf die gütige alte Dame hinab, die ihr so lieb geworden war. »Wir dürfen ihren Mörder nicht davonkommen lassen.« Sie schaute zu Tilly auf. »Ich könnte mir das nie verzeihen, wenn ich zulassen würde, dass … es einfach so unter den Teppich gekehrt wird.«

»Geht mir ganz genauso.« Tilly überlegte kurz. »Und was sollen wir jetzt machen? Einen Burschen zur Polizei schicken? Am Ende sagen die, wir sollen einfach den Doktor rufen, und der sagt dann genau das, was Sie befürchten, und das war es mit der Gerechtigkeit.«

Violet wusste nicht, woher sie die Gewissheit nahm, aber sie war sich ihrer Sache ganz sicher. »Wir schicken nach Mr. Montague. Lady Halstead hatte ihm eine Vollmacht erteilt – es liegt somit nur nahe, dass wir uns in dieser Angelegenheit an ihn wenden. Schließlich sind wir doch Frauen, und das schwache Geschlecht neigt bekanntlich dazu, schnell mal den Kopf zu verlieren.« Sie sah Tilly an. »Wir sind in Panik geraten und wussten uns nicht anders zu helfen, als Mr. Montague herzubitten, dem ihre Ladyschaft doch jüngst erst ihr Vertrauen ausgesprochen und in den sie all ihre Hoffnungen gesetzt hatte.«

Tilly blinzelte erneut, dann nickte sie bedächtig. »Wird er wissen, was zu tun ist?«

»Ja.« Violet musste daran denken, wie selbstsicher Montague durch die Welt ging. »Ich bin mir ganz sicher, dass er weiß, was zu tun ist.«

Nun nickte Tilly noch einmal und entschiedener als zuvor. »Gut. Dann schreiben Sie ihm eine Nachricht, und ich hole schon mal den Jungen, damit er gleich losläuft und sie ihm bringt.« Tilly warf noch einen letzten Blick auf ihre tote Dienstherrin, streckte vorsichtig die Hand aus und strich sacht über eine der knorrig verkrampften Hände, dann straffte sie das Kinn, wandte sich ab und ging zur Tür.

Auch Violet richtete sich langsam auf, ohne den Blick von Lady Halstead zu lassen. Einen Moment ließ sie ebenfalls ihre Hand auf der der alten Dame ruhen, dann verließ sie hinter Tilly das Zimmer.

Violet schrieb die Notiz unten im Wohnzimmer und fühlte sich noch immer wie in einem Nebel dort sitzen, als Montague auch schon eintraf.

Als sie aufstand, um zur Tür zu gehen, warf sie einen Blick auf die Uhr. Es war kurz nach neun – er musste wie der Teufel gefahren sein, um es so schnell hierher zu schaffen.

Sowie sie ihm aufmachte, fiel ihr seine besorgte Miene auf.

»Was ist passiert?« Sein Blick huschte über ihr Gesicht, ehe er ihr wieder in die Augen sah. »Ist Ihnen etwas geschehen?«

»Lady Halstead ist tot.« Erst als Violet sich die Worte mit tonloser Stimme sagen hörte, begriff sie wirklich, dass es wahr war.

»Tot?« Der Schock stand Montague ins Gesicht geschrieben. »Aber …« Er sah sie fragend an. »Ist sie in Frieden gestorben?«

Violet straffte sich, atmete tief durch und sagte: »Nein, ich, oder vielmehr wir, also Tilly und ich, gehen nicht davon aus.« Sie trat beiseite. »Bitte kommen Sie herein.«

Als er über die Schwelle trat, erfasste ihn völlig unerwartet der Wunsch, sie in die Arme zu nehmen und zu trösten.

Sie war furchtbar blass und ihre Miene, soweit er das nach ihren beiden vorherigen Begegnungen beurteilen konnte, ungewohnt verschlossen.

Sie wirkte schwach, zerbrechlich. Hilfsbedürftig.

Seiner Hilfe bedürftig.

Er versuchte, sich zusammenzureißen und seinen Verstand wieder einzuschalten. »Haben Sie schon jemanden verständigt?«

Sie wandte sich, nachdem sie die Tür geschlossen hatte, wieder zu ihm um und erwiderte seinen Blick. »Nein, noch nicht. Bisher nur Sie. Ich bin mir bewusst, dass wir noch den Arzt rufen müssen, der dann vermutlich die Familie davon unterrichten wird, aber …« Sie hielt kurz inne, ehe sie sich dann einen Ruck gab und meinte: »Dem Arzt – Doktor Milborne – dürfte daran gelegen sein, im Interesse der Familie zu handeln, im Sinne der Lebenden und nicht der Toten.«

Montague nickte knapp. »Verstehe.« Sein Blick ging zur Treppe. »Wo ist sie?«

»Oben, in ihrem Bett.« Violet bedeutete ihm, ihr zu folgen, doch er war ihr schon zwei Schritte voraus, sodass sie sich beeilen musste, um zu ihm aufzuschließen. »Als sie gestern Abend zu Bett ging, war alles in bester Ordnung. Es schien ihr gut zu gehen. Und heute Morgen, als Tilly und ich sie wecken wollten – wir bringen ihr immer das Frühstück nach oben –, haben wir sie gefunden.«

Am Ende der Treppe blieb Montague stehen. »Tilly?«

»Lady Halsteads Dienerin – Tilly ist seit über zwanzig Jahren bei ihrer Ladyschaft.«

Als er nur nickte und sich fragend umschaute, deutete Violet den Gang hinab auf eine der Türen.

Er widerstand dem Impuls, sie zu fragen, warum sie glaubte, dass Lady Halstead keines natürlichen Todes gestorben war – Mord stand im Raum, auch wenn sie das Wort nicht ausgesprochen hatte –, und ging zügig auf die Tür zu.

»Hat jemand, Sie oder Tilly oder einer der Dienstboten, hier irgendetwas angefasst?«

»Nein. Ich habe nur die Vorhänge aufgezogen, und Tilly hat das Frühstückstablett auf der Kommode abgestellt, aber sonst ist nichts angerührt worden.« Violet schwieg einen Moment und setzte, als er die Tür öffnete, noch hinzu: »Man sieht sofort, dass sie tot ist.«

Montague trat in das Zimmer und wusste, was sie meinte. Am Fußende des Bettes blieb er stehen, betrachtete die alte Dame und schaute sich um. Er ließ eine Minute verstreichen, ehe er meinte: »Ich gebe Ihnen recht. Sie ist keines natürlichen«, *geschweige denn friedlichen*, »Todes gestorben.«

Violet war an der Tür stehen geblieben. »Was sollen wir jetzt tun?«, fragte sie leise. Als er sich nach ihr umdrehte, deutete sie mit dem Kopf auf die im Bett liegende alte Dame. »Für sie.« Sie erwiderte seinen Blick und sagte, nun mit kräftigerer Stimme: »Wir drei, Tilly, die Köchin und ich, wollen, dass ihr Gerechtigkeit widerfährt. Wir möchten, dass ihr Mörder gefasst und zur Rechenschaft gezogen wird. Sie war eine wunderbare alte Dame, sie hat niemandem je etwas zuleide getan. Gewiss, sie war alt und hatte vielleicht ohnehin nicht mehr lang zu leben, aber ein solches Ende hat sie nicht verdient.«

Er sah die Entschlossenheit in ihren Augen und meinte: »Wenn Sie Gerechtigkeit wollen, sollten wir erst einmal die Polizei verständigen.«

Dummerweise war es dann doch Dr. Milborne, der zuerst eintraf.

Nachdem sie Lady Halsteads Zimmer verlassen hatten, war Montague mit Violet nach unten gegangen. In der Küche hatte er sich mit ihr, mit Tilly und der Köchin beratschlagt, dann eilig eine Nachricht an Inspector Basil Stokes von Scotland Yard aufgesetzt und einen der Jungen aus der Nachbarschaft, die Tilly und die Köchin häufiger um solche Botendienste baten, damit losgeschickt. Montague hatte Stokes in den letzten

Jahren bei einigen Fällen beratend zur Seite gestanden und war sehr zuversichtlich, dass er auf Stokes würde zählen können.

Danach hatten sie so lange gewartet, wie es schicklich und ratsam schien – so lange, wie es sich noch halbwegs plausibel erklären ließ –, ehe sie sich doch genötigt sahen, nach dem Arzt zu schicken. Violet hatte ein kurzes Schreiben aufgesetzt, das dem Bruder des ersten Jungen kurz nach elf anvertraut wurde.

Bereits eine halbe Stunde später stand der Doktor vor der Tür.

Violet empfing ihn recht gedämpfter Stimmung und meinte nur, dass sie und Tilly glaubten, Lady Halstead sei über Nacht verstorben.

Montague hielt sich im Hintergrund und versuchte, sich ein Bild zu machen. Er schätzte den Arzt auf Ende dreißig, und dem Schnitt seines Mantels nach zu urteilen schien seine Praxis sehr einträglich zu sein.

Milbornes Miene nahm sofort den der Situation gebührenden Ernst an. »Wir wussten natürlich, dass dieser Tag kommen würde. Dennoch mein tief empfundenes Beileid, Miss Matcham. Es muss ein schwerer Schlag für Sie sein.«

»Allerdings, Sir, zumal …« Violet holte angestrengt Luft, drückte ihre Handflächen aneinander und deutete mit dem Kopf zur Treppe. »Wir glauben, Sie sollten sich die Tote einmal ansehen und dann darüber befinden, wie genau ihre Ladyschaft gestorben ist.«

»Gewiss.« Milborne folgte ihrem Blick. »Sie ist oben auf ihrem Zimmer?« Ohne ihre Antwort abzuwarten, ging er zur Treppe. »Ich kenne den Weg.«

Violet und Montague überhörten die indirekte Zurückweisung und folgten ihm nach oben; dicht an seine Fersen geheftet, betraten sie erneut Lady Halsteads Schlafzimmer.

Milborne stutzte kurz beim Anblick der Toten, fing sich aber schnell wieder und trat, wenn nun auch etwas zögerlich, ans Bett.

Er versucht Zeit zu gewinnen, dachte Montague; wahrscheinlich liefen Milbornes Gedanken auf Hochtouren, während er überlegte, wie er mit der Situation umgehen, wie er daraus für sich den größten Profit schlagen sollte.

Milborne blickte hinab auf das leblose Gesicht ihrer Ladyschaft, den verrenkten Kiefer, den weit geöffneten Mund, dann erst griff er nach ihrem Handgelenk und fühlte ihren Puls, hielt zwei Finger an ihren Hals. Schließlich hob er die Augenlider, erst das eine, dann das andere, warf aber nur einen flüchtigen Blick auf die blind zur Decke starrenden Augen.

Reines Theater. Er tut, was er tun muss.

Violet fühlte sich bestätigt, dass sie und Tilly mit ihrer Einschätzung des Arztes richtiglagen: Er würde im Interesse der Familie handeln.

Nachdem er seine oberflächliche Untersuchung abgeschlossen hatte, wandte er sich denn auch mit einem bedauernden Seufzer zu ihr um. »Wie es aussieht, hat ihr Herz seinen Dienst versagt. In ihrem Alter war das leider zu erwarten.«

Vor allem, wenn jemand ihr ein Kissen aufs Gesicht gedrückt und sie um ihr Leben gekämpft und geschrien hat. Violet atmete tief durch und zählte bis drei. Sie schlang die Arme um sich, verkniff sich die Worte, die ihr auf der Zunge lagen, und schaute zu Montague. Sie hatten sich darauf verständigt, dass es unklug wäre, Milborne gegenüber auf ihrer Sicht der Dinge zu beharren, aber …

Montague erwiderte ihren Blick und nickte kaum merklich als Zeichen seiner Unterstützung. Sie wandte sich wieder an Milborne. »Soll das heißen, dass Sie ihr einen natürlichen Tod bescheinigen wollen?«

Milborne blinzelte und richtete sein Augenmerk dann auf Montague. »Nun, in Anbetracht der Umstände …« Irritiert hielt er inne. »Entschuldigen Sie, aber wer sind Sie?«

»Heathcote Montague, von Montague & Son – im Distrikt City of London.« Mehr sagte Montague nicht, und mehr brauchte es auch nicht. Sie mussten Milborne hinhalten, ihn davon abhalten, den Totenschein auszustellen, bis Stokes ihnen zu Hilfe kam. Stokes bräuchte nur einen Blick auf das Szenario zu werfen, um ihnen zu bestätigen, dass es beim Tode Lady Halsteads ganz und gar nicht mit natürlichen Dingen zugegangen war.

Milborne hob fragend die Brauen. »Mir ist nicht ganz klar, inwiefern Lady Halsteads Tod für Sie von Interesse ist.«

»Ihre Ladyschaft betraute mich erst kürzlich als Finanzberater mit einer weitreichenden Vollmacht, Einblick in sämtliche ihrer Belange zu nehmen.« Montague gab Milborne einen Moment Zeit, das Gehörte zu verdauen, und setzte, noch während der Mann sichtlich angestrengt überlegte, wie er seine nächste Frage formulieren sollte, nach: »In Anbetracht der Umstände, die zu meiner Berufung führten, und der weitreichenden Vollmacht, die Lady Halstead mir gewährte, glaube ich, dass ihr Ableben sehr wohl für mich von Interesse ist.«

Milborne stand sein Unbehagen ins Gesicht geschrieben. »Ah ja … verstehe.«

Was vermutlich so viel hieß, dass er beim besten Willen nicht mehr wusste, was vor sich ging oder in welchen Wind er sein Mäntelchen hängen sollte. Sein Blick kehrte zurück zum Bett, zu der schmächtigen Gestalt, die darin lag.

Unten wurde vernehmlich an die Tür geklopft.

Montague schaute Violet an.

»Tilly wird ihn hereinlassen«, sagte sie.

Tatsächlich war Tilly schon zur Stelle und öffnete die Haustür, wie den kurz darauf aus dem Vestibül nach oben dringenden Männerstimmen zu entnehmen war.

Mehrere Männerstimmen, was hieß, dass Stokes Verstärkung mitgebracht hatte, dem Vernehmen nach mindestens zwei weitere Kollegen.

Während Montague noch die Ohren spitzte, meinte er auch schon einen ganz bestimmten, unverkennbaren Tonfall herauszuhören, tiefer und fein modulierter als Stokes' eher raue Stimmlage. Sollte das etwa … Man konnte es nur hoffen.

Tatsächlich tauchte, als Stokes kaum eine Minute später das Zimmer betrat, die elegante Gestalt Barnaby Adairs hinter ihm auf.

Montague atmete auf. Hatte Stokes' Eintreffen ihnen schon eine gewisse Erleichterung verschafft, so verhieß Adairs Anwesenheit doch, dass Rettung und des Rätsels Lösung in greifbare Nähe gerückt waren.

Violet sah den großen, dunkelhaarigen Mann an der Tür stehen, der schwere Mantel hing ihm offen über die Schultern, und er ließ seine schiefergrauen, seltsam wachen Augen einmal kurz durch den Raum schweifen, um sich ein Bild der Lage zu machen. Nichts schien ihm zu entgehen. Schließlich ruhte sein Blick auf Montague, und er deutete eine knappe Verneigung an.

»Montague.«

Montague nickte zurück. »Inspector Stokes.« Er deutete auf Violet. »Darf ich vorstellen – das ist Miss Matcham, seit vielen Jahren die Gesellschafterin der verstorbenen Lady Halstead. Und das …«, er wandte sich flüchtig nach dem Arzt um, »… ist Dr. Milborne, der, so ich es recht verstanden hatte, der langjährige Hausarzt ihrer Ladyschaft war.«

»Seit … äh, fünf Jahren.« Milborne schien verwirrt und schaute fragend von Stokes zu Montague. »Sagten Sie Inspector?«

»Ja – damit meinte er mich.« Stokes trat ans Bett. »Inspector Basil Stokes von Scotland Yard. Wir …«, er wandte sich nach seinem Begleiter um – ein blond gelockter Mann, seiner Kleidung nach eindeutig ein Gentleman –, der sich etwas im Hintergrund hielt, »haben Grund zu der Annahme, dass es geboten scheint, uns selbst ein Bild von den Todesumständen ihrer Ladyschaft zu machen.« Er richtete seinen unergründlichen grauen Blick wieder auf Milborne. »Wie sehen Sie das denn? Ist sie eines natürlichen Todes gestorben oder ist es ein Fall für uns?«

»Äh ja …« Milborne schien nicht recht weiterzuwissen; er befand sich sichtlich in der Bredouille. »Ich … nun, ich dachte zunächst, dass ihr Alter der Grund sein müsse … sein könne, und auch wenn es … äh, so aussieht, als habe es einen Kampf gegeben, ließe sich das doch damit erklären, dass sie mit dem Tod gerungen hat, ein Todeskampf, wenn Sie so wollen, und …«

»Waren ihre Augen geschlossen, als man sie fand?«

Die Frage kam von dem großen Blondgelockten, der Stokes begleitet hatte. Seine Stimme klang, wie kaum anders zu erwarten, distinguiert und verschaffte sich sogleich Gehör. Gemächlich schlenderte er herein, verneigte sich höflich vor Violet und nickte Montague zu, als seien sie einander bereits bekannt, wenn nicht gar befreundet, bis er am Bett stehen blieb und hinab auf Lady Halstead blickte.

Nach einem Moment stiller Betrachtung schaute er auf zu Milborne, dann zu Violet. »Sie gestatten – Honourable Barnaby Adair. Ich bin als Berater des Yard tätig und arbeite oft mit Stokes zusammen. Insbesondere …«, hier senkten sich seine auffallend blauen Augen wieder auf Lady Halsteads Gesicht, »wenn Angehörige der besseren Kreise betroffen sind.«

Milborne musste das Gehörte erst verdauen, dann jedoch schien ihm ein Gutteil seiner Last von den Schultern zu fallen. »Wenn das so ist …«

Violet ließ ihn nicht ausreden. »Ihre Augen waren geschlossen, als wir sie fanden.« Auf Adairs fragenden Blick führte sie die Umstände näher aus: »Tilly, die Kammerzofe ihrer Ladyschaft, und ich kamen wie jeden Morgen, um sie zu wecken, und haben sie so aufgefunden.« Violet deutete zum Bett. »Genau so. Wir haben nichts angerührt.«

»Sehr gut.« Adair ging in die Hocke, um sich Lady Halsteads Gesicht aus der Nähe anzuschauen. »Einblutungen der Augen?«, fragte er an Milborne gewandt.

Milborne zögerte. »Geringfügig. Aber sie war alt, und …« Er verstummte und beugte sich vor, schob eines der Lider hoch und riskierte einen neuerlichen Blick. Als er sich wieder aufrichtete, war er deutlich blasser als zuvor. »Ja, definitiv. Unnatürliche Einblutungen in den Augen.«

»Hmm«, meinte Adair und richtete sich ebenfalls auf. »Für gewöhnlich doch ein Hinweis auf Tod durch Ersticken, oder?«

Milbornes Lippen wurden schmal, doch er nickte. »Ja.«

Adair schaute zu Violet. »Ist Ihnen sonst noch etwas aufgefallen, als Sie sie heute früh gefunden haben? Irgendetwas, das nicht so war, wie es sein sollte, oder etwas, das fehlte?«

Violet trat vor und blickte hinab auf Lady Halstead. »Das Einzige, was nicht stimmte, was nicht so war, wie es sein sollte, ist dieses Kissen, das unter ihren Kopf geschoben ist. Ihre Ladyschaft schlief nie mit so vielen Kissen, und dieses da – das obere – lag immer auf dem Stuhl neben ihrem Bett«, Violet deutete auf den Lehnstuhl, »weil sie es zur Stütze im Rücken brauchte, wenn sie sich aufsetzte.«

»Will sagen«, meinte Adair beinahe schon genüsslich, »als Sie und die Kammerzofe heute früh hereinkamen, um ihre Ladyschaft zu wecken, hätte – wäre es ein Morgen wie jeder andere gewesen – eines der Kissen, das sich derzeit unter ihrem Kopf befindet, auf jenem Stuhl dort liegen müssen, damit Sie es ihr, wenn ihre Ladyschaft sich zum Frühstück, wie ich vermute, aufsetzte, in den Rücken schieben konnten.« Adair hielt inne und sah Violet fragend an. »Sehe ich das richtig, Miss Matcham?«

Violet erwiderte seinen Blick und nickte. »Genau so ist es, Mr. Adair.«

Adair schaute zu Stokes. »Damit dürfte die Sache klar sein.« Er wandte sich an Milborne. »Was wäre Ihre Diagnose, Doktor?«

Milborne wirkte recht verstimmt, gab aber gehorsam Antwort. »Tod durch Ersticken von unbekannter Hand.«

»Mit anderen Worten – Mord«, stellte Stokes fest, und Violet sah ihn voller Genugtuung lächeln.

Milborne verzog das Gesicht. »Wenn Sie es so nennen wollen, ja – aber ich warne Sie gleich, der Familie dürfte das nicht schmecken.«

Stokes' Miene verfinsterte sich, und sein Ton wurde scharf. »Mir schmeckt es auch nicht, guter Mann – und ich kannte das Opfer nicht mal! Oder wollen Sie andeuten, dass die Halsteads zu jenen Familien zählen, die ein solches Verbrechen lieber unter den Teppich kehren, als sich den damit einhergehenden Unannehmlichkeiten zu stellen?«

Milborne griff nach seiner Tasche. »Nein, natürlich nicht«, erwiderte er rasch und wandte sich zum Gehen. »Wenn Sie mich nicht mehr brauchen, würde ich nur noch schnell den Totenschein ausstellen und mich wieder auf den Weg machen.«

Stokes schaute ihm hinterher. Als Milborne schon fast zur Tür hinaus war, schien ihm noch etwas einzufallen. Seine Augen verengten sich. »Vergessen Sie nicht, den Totenschein zum Yard zu schicken!«, rief er ihm hinterher.

»Also gut.« Basil Stokes ließ sich an Lady Halsteads Esstisch nieder; Barnaby zog sich den Stuhl zu seiner Linken heran, während Montague, der Miss Matcham an den Platz genau gegenüber von Stokes geführt hatte, sich zu ihrer Rechten und Barnaby gegenübersetzte.

Stokes betrachtete Violet Matcham mit ausdrucksloser Miene, aber durchaus mit Anteilnahme. Er war kein sonderlich einfühlsamer Mensch, aber dass Miss Matcham ihrer ehemaligen Dienstherrin zutiefst verbunden gewesen war, ließ sich kaum übersehen. Ihre Augen und die Nase waren leicht gerötet, aber sie gab sich Mühe, ruhig und gefasst zu bleiben, was Stokes ihr hoch anrechnete.

Nachdem der Doktor gegangen war, hatte Stokes einen der Constables zurück zum Yard geschickt, um den Polizeiarzt zu holen, der sich um den Leichnam kümmern sollte. Den anderen Mann ließ er oben am Zimmer der Toten Wache stehen, damit niemand sich dort zu schaffen machte und, absichtlich oder unabsichtlich, irgendwelche Beweise vernichtete.

Stokes und Barnaby hatten Miss Matcham und Montague hinunter in die Küche begleitet, wo sie die restlichen Mitglieder des kleinen Haushalts kennengelernt hatten – besagte Kammerzofe und die Köchin. Die beiden Frauen zeigten eine Mischung aus Besorgnis und Entschlossenheit, aber wenn Stokes nicht alles trog, so rührte die Sorge daher, dass sie sich so unversehens in ein Verbrechen verwickelt fanden und mit der Polizei zu tun hatten, während die Entschlossenheit derselben treuen Ergebenheit entsprang, die auch Violet Matcham Haltung wahren ließ.

Sie hatten die alte Dame offensichtlich sehr gemocht und wollten, dass ihr Mörder gefasst wurde.

Keine der drei ließ Anzeichen von Schuld erkennen oder auch bloß den Hauch eines schlechten Gewissens.

Was Stokes nur recht sein sollte, denn so hatte er schon mal drei Verdächtige weniger. Natürlich würde er jede noch einzeln vernehmen müssen, allerdings bloß als Zeugin, der womöglich etwas aufgefallen war, das für den Fall von Bedeutung sein könnte.

Und so beugte er sich vor, die Arme auf das schimmernde Mahagoni der Tischplatte gestützt, sammelte sich einen Moment und richtete den Blick dann auf Miss Matcham. »Wenn ich es recht verstehe, waren Sie etliche Jahre bei Lady Halstead.«

Sie nickte. »Ja. Im August waren es acht Jahre.«

»Und davor?«

»Davor war ich Gesellschafterin von Lady Ogilvie in Bath. Bei ihr war ich fünf Jahre, ich fing dort bald nach dem Tod meines Vaters an.«

»Und Ihr Vater war …?«

»Reverend Edward Matcham aus Woodborough im Vale of Pewsey.« Sie zögerte kurz, fügte dann aber hinzu: »Meine

Mutter starb schon einige Jahre zuvor, weshalb ich nach dem Tod meines Vaters auf mich allein gestellt war.«

Stokes wusste ihre Offenheit zu schätzen. »Danke. Was den Tod ihrer Ladyschaft angeht, werde ich Sie zunächst fragen müssen, ob Ihnen ein Grund einfällt, weshalb jemand – egal, wer – den Tod der alten Dame gewünscht haben könnte.«

Wieder zögerte Violet kurz, umso mehr, da sie sich der beiden auf sie gerichteten Blicke bewusst war – der von Stokes hart und unerbittlich und der von Adair still beobachtend. Den beiden entging nichts, keine Regung, und so hob sie das Kinn und sagte mit fester Stimme: »Ich habe keinerlei Grund zu der Annahme, dass ihre Ladyschaft Feinde hatte. Auch weiß ich von keinen Streitigkeiten oder Zerwürfnissen, weder in jüngerer Zeit noch davor, die Anlass für einen Mord gegeben hätten. Gleichwohl«, hier schaute sie kurz zu Montague, der neben ihr saß, »… und Mr. Montague wird Ihnen dies bestätigen und viel genauer erklären können als ich, hat Lady Halstead sich in den Wochen vor ihrem Tod Sorgen gemacht wegen mehrerer Einzahlungen auf ihr Bankkonto, für die sich keine Erklärung fand.« Sie wandte sich wieder Stokes zu. »Ihrer Ladyschaft hat das keine Ruhe gelassen, und sie wollte unbedingt herausfinden, was es damit auf sich hatte; woher das Geld kam, wer es einzahlte und warum diese Person ihr Konto benutzte.«

Stokes schaute Montague an. »War das der Grund für die Vollmacht?« Montague hatte ihm die von Lady Halstead eigenhändig aufgesetzte und unterschriebene Erklärung bereits gezeigt; Stokes würde darauf wetten, dass Montague ihr den genauen Wortlaut diktiert hatte, und fragte sich, ob der alten Dame bewusst gewesen war, welch uneingeschränkte Vollmacht über ihre persönlichen Belange sie ihm damit an die Hand gab. Wie dem auch sei, es war einer der Gründe, warum Montague jetzt mit ihnen am Tisch saß. Selbst wenn Stokes ihn nicht hätte dabeihaben wollen, konnte er ihn nicht ausschließen. Aber in Anbetracht der Tatsache, dass Montague ihn zu dem Fall gerufen hatte, und er für Stokes zudem kein Unbekannter war, schätzte er sich letztlich recht glücklich, einen Mann seines Kalibers in die Ermittlungen zu involvieren. Ein weiteres aufmerksames Augen- und Ohrenpaar konnte nie schaden.

Montague nickte. »Anders hätte ich keine Nachforschungen zu ihren Finanzen anstellen können.«

Montague wollte noch mehr sagen, aber Stokes hob die Hand. »Moment.« Wieder an Violet Matcham gewandt, fuhr er mit der Befragung fort. »Auch wenn ich mir die Antwort schon denken kann, Miss Matcham, muss ich Ihnen die Frage dennoch stellen: Gab es irgendwelche Spannungen, Unstimmigkeiten welcher Art auch immer, zwischen Ihnen und Lady Halstead oder zwischen ihrer Ladyschaft und deren Kammerdienerin oder der Köchin?«

Wie zu erwarten fing er sich dafür einen frostigen Blick ein. »Nein«, beschied sie ihm und fügte hinzu: »Wir lebten alle sehr friedlich und harmonisch zusammen.« Die Vergangenheitsform ließ es schon jetzt wie eine Nachrede klingen. Was es im Grunde ja auch war.

Stokes nickte und wandte sich wieder an Montague. »Dann erzählen Sie mal von diesen ominösen Zahlungen.«

Montague schilderte die Vorgänge knapp und in streng chronologischer Reihenfolge, angefangen bei dem Moment, da Miss Matcham ihn auf Bitten Lady Halsteads aufgesucht hatte. Stokes wollte wissen, wie Lady Halstead denn auf Montague gekommen sei, wenn sie dessen Dienste doch nie zuvor in Anspruch genommen habe. Folglich wurden die drei – Stokes, Adair und auch Montague – von Violet darüber aufgeklärt, dass besagte Frage an den Kolumnisten der *Times* samt all ihren Folgen auf die Umtriebigkeit der alten Dame zurückzuführen war.

Ungläubig schaute Montague sie an. »Dann haben Sie sich an die *Times* gewandt?«

»Im Auftrag Lady Halsteads, ja.« Miss Matcham errötete. »Für die Unannehmlichkeiten, die Ihnen entstanden sind, möchte ich mich entschuldigen, aber wir wussten nicht, wie wir sonst schnell und zuverlässig an jemanden kommen sollten, der uns wegen dieser unerklärlichen Zahlungen weiterhelfen konnte.« Sie wandte sich an Stokes. »Lady Halstead war deswegen zunehmend beunruhigt und wünschte die Sache rasch aufgeklärt. Da Mr. Runcorn noch so jung ist und es ihm entsprechend an Erfahrung mangelt, erschien es ihr zu heikel, ihr Vertrauen allein in ihn zu setzen.«

Wer Runcorn war, hatte Montague den anderen bereits erklärt.

Barnaby nickte. »Das kann ich nachvollziehen.« Er wechselte einen kurzen Blick mit Stokes. »Alte Damen können recht eigen sein.«

Stokes, der genau wusste, auf welche alten Damen Barnaby anspielte, musste sich ein trockenes Lachen verkneifen und richtete den Blick wieder auf ihre vermutlich beste Zeugin. »Es wäre demnach möglich, dass Lady Halstead wegen ihres plötzlichen und beharrlichen Interesses an diesen Kontobewegungen umgebracht wurde«, stellte er fest und schaute von Miss Matcham zu Montague. »Wer wusste davon, dass ihre Ladyschaft sich deswegen sorgte? Wem hat sie davon erzählt?«

Violet runzelte die Stirn. »Ich natürlich. Und Tilly. Und die Köchin wird mich und Tilly sicher darüber reden gehört haben.«

»Und in meinem Kontor«, ergänzte Montague, »kenne nur ich den Grund, aus dem Lady Halstead sich an mich wandte. Ich habe mit keinem meiner Angestellten darüber gesprochen. Runcorn weiß natürlich Bescheid, ebenso sein Kollege Pringle. Weitere Mitarbeiter gibt es dort nicht.« Montague dachte einen Moment nach. »Sonst fiele mir niemand ein. An die Bank habe ich mich noch nicht gewandt, und Runcorn hat lediglich die Auszüge erbeten, was keinen

Argwohn geweckt haben dürfte, gehört so etwas doch zu seinem Tagesgeschäft.«

Stokes betrachtete Montague. »Und Sie sind sicher, dass nicht Runcorn dafür verantwortlich ist?«

Montague erwiderte seinen Blick. »Abschließend kann ich dazu noch nichts sagen und äußere mich auch nur ungern über Kollegen. Aber wenn Sie unbedingt eine Antwort haben wollen, so würde ich Runcorn als eine durch und durch ehrliche Haut einschätzen.«

Violet Matcham nickte bekräftigend. »Das ist auch mein Eindruck. Zumal er am Anfang nichts Auffälliges daran fand, sondern sehr sicher war, dass es lediglich Erträge aus einer vor Jahren getätigten Anlage seien.«

Stokes verzog das Gesicht. »Sollte das Interesse ihrer Ladyschaft an diesen merkwürdigen Zahlungen das Motiv für ihren Mord sein, müsste der Kreis der Verdächtigen sich auf einige wenige Personen eingrenzen lassen.«

Violet Matcham sah ihn erst völlig entgeistert an, dann weiteten sich ihre Augen. »Nein, Moment – die Halsteads wussten natürlich auch davon!«

Barnaby horchte auf. »Die Familie ihrer Ladyschaft?«

»Sie waren kürzlich zum Dinner hier – das findet immer einmal im Monat statt.« Violet hielt kurz inne. »Wenngleich ich es etwas einschränken muss, denn Lady Halstead hat besagte Zahlungen mit keinem Wort erwähnt und lediglich angekündigt, dass sie ihre Angelegenheiten und die der Familie durchsehen ließe, damit alles seine Ordnung hätte, wenn sie mal nicht mehr sei.«

Eine Sekunde verstrich, dann noch eine, schließlich fragte Barnaby: »Ich nehme an, dass mit der Eröffnung von Lady Halsteads Testament ihr Anspruch als Nutznießerin auf Sir Hugos Besitz erlischt und die Verfügungen in Kraft treten, die Sir Hugo in seinem Testament getroffen hatte?«

Violet schaute fragend zu Montague. »Meines Wissens ja.«

Montague hob die Brauen. »Vermutlich. Alles andere

würde mich sehr überraschen. Soweit ich das bislang überblicken kann, verfügte Lady Halstead nur über wenig eigenes Vermögen. Der Großteil der Vermögenswerte befindet sich in Familienbesitz, und über dessen Aufteilung entscheidet das Testament ihres Gatten.«

»Und damit«, schloss Barnaby, »dürfte ihr Testament keine großen Überraschungen bereithalten. Selbst wenn sie darin ein paar eigene Verfügungen getroffen hat, bleibt das eigentliche Vermögen der Halsteads davon doch unberührt.«

»Meines Wissens soll alles zu gleichen Teilen unter den Kindern aufgeteilt werden«, warf Violet ein.

Stokes nickte bedächtig. »Ihr Testament dürfte kaum das Motiv gewesen sein – im Grunde ist ja seit Jahren alles geregelt, nämlich im Testament ihres Gatten, das von jeglichen Veränderungen, die sie noch vorgenommen haben sollte, unberührt bliebe. Sollte jedoch die Person, die besagte Zahlungen auf das Konto ihrer Ladyschaft veranlasst hat, davon erfahren haben, dass sie sämtliche Unterlagen prüfen lassen wollte, könnte er – abhängig davon, aus welchen Quellen das Geld kam – sich gedacht haben, dass es besser wäre, Lady Halstead sterben zu lassen, ehe sie eine solche Prüfung veranlassen konnte.«

»Vielleicht sollte ich darauf hinweisen«, merkte Montague an, »dass ich nach eingehender Betrachtung dieser Zahlungen zu dem zumindest vorläufigen Schluss gelangt bin, es könne sich nur um eine Form der Geldwäsche handeln. Und wer Geld verstecken will, hat es in aller Regel aus unlauteren Quellen bezogen.«

Stokes nickte. »Dann hat unser Verdächtiger, sowie er davon erfuhr, dass sein Geschäft auffliegen könnte …« Er brach ab und sah Violet an. »Weder Sie noch Lady Halstead haben diese Zahlungen der Familie gegenüber erwähnt? Obwohl ihre Ladyschaft so besorgt deswegen war?«

Als Violet nur den Kopf schüttelte, fuhr Stokes fort. »Gut. Er hatte demnach keinen Grund zu der Annahme, dass man das Geld schon entdeckt hatte. Und um genau das zu verhindern, würde er einer gründlichen Prüfung ihrer Konten und sonstigen Unterlagen zuvorkommen müssen. Da Lady Halstead nun genau das angekündigt hatte, drängte die Zeit, und er beschloss, die alte Dame umzubringen, damit der Beweis für seine Umtriebe nicht ans Licht käme – das nenne ich doch mal ein triftiges Motiv.«

Alle Anwesenden ließen sich das noch einmal durch den Kopf gehen, niemand widersprach.

»Und«, merkte Barnaby an, »wenn der Täter zur Familie gehört – und wir sollten nicht vergessen, dass solche Taten meist von Familienangehörigen verübt werden –, wäre auch die Frage geklärt, die mich schon die ganze Zeit beschäftigt.« Er schaute in die Runde. »Wie ist der Mörder ins Haus gelangt? Gab es Spuren eines Einbruchs, wurde eine Tür oder ein Fenster gewaltsam geöffnet?«

Violet blinzelte. »Nicht dass ich wüsste.« Sie schaute hinüber zu Stokes, der seinen Stuhl zurückschob und aufstand.

»Ich will nur eben einen meiner Männer bitten, sich im Haus umzusehen und sämtliche Türen und Fenster zu prüfen. Und in der Zwischenzeit«, er fing Violets Blick auf, »können Sie uns schon mal alles über die Halsteads erzählen, was Ihnen so einfällt.«

4

Um zwei Uhr mittags nahm Montague gemeinsam mit Stokes und Adair auf je einem der vier Stühle Platz, die sie am Ende von Lady Halsteads Esszimmertisch zusammengerückt hatten. Violet, die ihnen zuvor die Familie bis ins kleinste ihr bekannte Detail geschildert hatte – unterbrochen nur von den Fragen, mit denen die drei Männer ab und an nachhakten –, saß auch jetzt wieder neben ihm.

Allen dreien war schnell bewusst geworden, welch heikler Aufgabe sie sich gegenübersahen, welche Herausforderung es wäre, in einer Familie zu ermitteln, noch dazu in einem Mordfall, die einen Parlamentsabgeordneten und einen hochrangigen Beamten des Innenministeriums in ihren Reihen wusste. Männer diesen Schlags bestanden in aller Regel auf ihrer Amtswürde und ihren Privilegien und glaubten sich über Banalitäten wie polizeiliche Ermittlungen erhaben. Ihre ehrgeizigen Gattinnen dürften sie in dieser Haltung nur noch bestärken.

Folglich hatten Stokes, Adair und Montague sich, gestützt auf Violets ausführliche Schilderungen, für eine eher behutsame Herangehensweise entschieden statt gleich mit der Tür ins Haus zu fallen.

Nachdem sie von den Beziehungen der Familienmitglieder untereinander erfahren und sich vergewissert hatten, dass auch alle beim letzten gemeinsamen Abendessen zugegen gewesen waren, hatte Stokes sich von Violet eine Liste mit Namen und Anschriften geben lassen und Mitteilungen an jedes einzelne Familienmitglied geschickt, in denen von einem tragischen Ereignis im Hause Lady Halsteads die Rede war und dass Scotland Yard um zwei Uhr mittags ihre Anwesenheit in der Lowndes Street wünsche.

Als Montague und Violet, gefolgt von Stokes und Adair, zu besagter Zeit das Speisezimmer betraten, hatten sich alle Herbeibefohlenen bereits um den Tisch versammelt. Während Lady Halsteads Angehörige von Violets Anwesenheit Kenntnis nahmen und das gedämpfte Geraune allmählich verstummte und sie Montague, Stokes und Adair wahlweise entgeistert, erwartungsvoll oder mit leisem Argwohn beäugten, fiel es Montague erstaunlich leicht, den Gesichtern die entsprechenden Namen zuzuordnen.

Stokes erging es vermutlich ähnlich, als er seinen Blick über die Versammelten schweifen ließ.

Wenn Montague mit seinen Vermutungen richtiglag, saß Wallace Camberly gleich links, ihnen und dem oberen Ende der Tafel am nächsten, als habe er sich um den besten Platz nicht lumpen lassen wollen, und Mortimer Halstead ihm gegenüber. Beide Männer waren in mittleren Jahren, aber während Camberly sein Alter mit Haltung und einer gewissen Noblesse trug, strahlte Mortimer jenen leisen Verdruss und eine innere Getriebenheit aus, wie sie vielen höheren Beamten zu eigen sind, die ihrer Arbeit – und damit sich – weit mehr Bedeutung beimaßen als ihnen eigentlich zukam. Camberly kleidete sich mit der von einem Parlamentsmitglied zu erwartenden zurückhaltenden Eleganz, Mortimer Halstead wirkte bieder, steif und korrekt, und dem Schnitt seines Rocks fehlte jenes gewisse Etwas, das Camberlys Garderobe ausmachte.

Neben ihnen saßen die beiden Gattinnen – neben Wallace Cynthia Camberly, geborene Halstead, und Constance Halstead neben Mortimer. Beide Frauen waren nicht unattraktiv, wenn auch Cynthia etwas mehr auf ihre Figur zu achten schien als Constance. Modisch elegant gekleidet waren sie beide – Cynthia abermals etwas zurückhaltender als Constance –, aber keine von ihnen strahlte Wärme oder Mitgefühl aus, was ihrer Attraktivität einen gewissen Abbruch tat. Sie wirkten seltsam gefasst, ihre Mienen ausdruckslos.

Neben Cynthia saß ihr Sohn Walter, laut Violet ein nichtsnutziger junger Mann von siebenundzwanzig Jahren, der jetzt, das Kinn in einer stutzerhaften Krawatte vergraben, schweigend vor sich hinbrütete und die anderen verstohlen beobachtete. Ihm gegenüber hatte sein Cousin Hayden Halstead Platz genommen, Mortimers Sohn, ein wenig bemerkenswerter Gentleman von dreiundzwanzig Jahren, dem zur Seite seine ebenfalls nicht sonderlich bemerkenswerte drei Jahre jüngere Schwester Caroline saß.

Dic Runde wurde vervollständigt durch die beiden Herren, die sich – ob unabsichtlich oder mit Vorsatz – etwas abseits niedergelassen hatten: Maurice Halstead, zwei Plätze von seinem Neffen Walter entfernt, und William Halstead, der sich am unteren Ende des Tisches mit einem süffisanten Lächeln auf den Lippen und ansonsten finsterer Miene in seinem Stuhl lümmelte.

Als Montague sich setzte, konnte er sich nur schwer einen der drei Vertreter der jüngeren Generation – Walter, Hayden oder Caroline – als den Mörder ihrer Großmutter vorstellen; in seinen Augen fehlte es ihnen schlicht an der dazu nötigen Entschlossenheit. Ganz anders verhielt es sich mit den sechs Älteren.

Und nachdem das ganze Haus auf mögliche Einbruchspuren durchsucht und keine gefunden worden waren, erhärtete sich der Verdacht, dass einer der um den Tisch Versammelten vergangene Nacht eingedrungen und Lady Halstead mit nicht unbeträchtlicher Kraft das Kissen aufs Gesicht gedrückt hatte.

Stokes setzte sich als Letzter und kam dann gleich zur Sache. »Ich bin Inspector Stokes von Scotland Yard. Leider muss ich Ihnen mitteilen, dass man Lady Halstead heute Morgen tot aufgefunden hat.« Er machte eine Pause, um die zu erwartenden Reaktionen abzuwarten.

Die denn auch kamen, und sie waren sehr erhellend. Nach den ersten Ausrufen der Überraschung und des Schreckens zeigte sich auf allen Mienen mal mehr, mal weniger Kalkül, als sie einer nach dem anderen überlegten, was genau Lady Halsteads Tod denn nun für sie bedeutete. Bei niemandem konnte Montague Betroffenheit oder gar Trauer entdecken, und obwohl Violet ihn und Adair gewarnt hatte, dass die Familie ein Ausbund von Egoisten sei, hatte er mit einer so durchgängig verhaltenen Reaktion dann doch nicht gerechnet.

Er begegnete kurz Adairs Blick und sah in dessen blauen Augen dieselbe Erkenntnis – und seine Missbilligung – gespiegelt. Dann wandte Barnaby seine Aufmerksamkeit wieder der versammelten Gesellschaft zu, und Montague tat es ihm gleich. Wenn sie mit ihren Vermutungen richtig lagen, musste mindestens einer der Anwesenden schon vorher gewusst haben, dass die alte Dame tot war. Da jedoch keiner nennenswerte Gefühle zum Ausdruck brachte, ließ sich kaum abschätzen, welches Familienmitglied gar noch eine Spur gleichgültiger war als die anderen oder wen die Nachricht weniger überraschend getroffen hatte.

Wallace Camberly setzte sich auf seinem Stuhl zurecht. Nachdem er einen kurzen Blick mit seiner Frau gewechselt hatte, wandte er sich an Stokes und bemerkte fast schon ein wenig verschnupft: »So tragisch es auch sein mag, Inspector, erschließt sich mir doch nicht, was Scotland Yard damit zu tun hat.«

»Was das angeht, Sir, sollte ich Sie vielleicht davon in Kenntnis setzen«, Stokes nickte in die Runde, um alle miteinzubeziehen, »dass Lady Halstead keines friedlichen Todes starb. Sie wurde ermordet.«

Wieder wurden Entsetzen und Überraschung laut, aber wie schon zuvor war es unmöglich, die Reaktionen einer Person als weniger überzeugend denn die der anderen auszumachen. Allen fehlte es an echtem Gefühl; Überraschung und Entsetzen mochten nicht gespielt sein, doch niemand schien der alten Dame aufrichtig verbunden gewesen zu sein. Stattdessen kreisten die Gedanken aller Anwesenden sofort wieder um sie selbst, weshalb es kaum möglich war, einen Mörder auszumachen, dessen Motive sich in ihrem Eigennutz nicht groß von dem unterschieden, was der Rest der Familie erkennen ließ.

Dieser erstaunliche Mangel an emotionaler Verbundenheit sollte sich auch im Folgenden zeigen.

»Wie ist sie gestorben?«, wollte Constance in einem Ton wissen, der keinen Zweifel daran ließ, dass sie aus reiner Neugier fragte oder vielleicht aus dem Gefühl heraus, dass jemand es fragen sollte.

Allerdings ging ihre Frage fast unter in der knappen, reichlich anmaßenden Bemerkung ihres Gatten. »Wie dem auch sei, Inspector, mir ist noch immer nicht klar, wer die anderen anwesenden Herren sind und welches Interesse sie an einer reinen Familientragödie haben sollten.«

Stokes wandte sich zunächst an die jüngere Lady Halstead. »Ihre Ladyschaft wurde erstickt. Man hat ihr, während sie schlief, ein Kissen aufs Gesicht gedrückt und es so lange festgehalten, bis sie sich nicht mehr rührte. Trotz ihrer Gebrechlichkeit hat sie sich nach Kräften gewehrt, doch vergebens.«

Montague stellte fest, dass selbst diese Nachricht nicht mehr als leisen Widerwillen unter den Anwesenden auszulösen vermochte.

Stokes ging derweil nahtlos zu Mortimer über. »Und das, Sir, sind meine geschätzten Kollegen.« Er deutete zu seiner Rechten auf Adair. »Honourable Barnaby Adair, beratender Ermittler bei Scotland Yard.« Stokes zeigte zu seiner Linken. »Und hier Mr. Montague von Montague & Son, den Lady Halstead kürzlich mit einem Auftrag betraute. Mr. Montague verfügt über eine weitreichende Vollmacht, die ihm Zugriff auf sämtliche Finanzen ihrer Ladyschaft erlaubt. Ich habe mir die Vollmachtserklärung angesehen und für zweifelsfrei echt und mehr als hinreichend empfunden. Folglich wird Mr. Montague bei den Ermittlungen als der von Lady Halstead bestimmte Sachwalter zugegen sein.«

Diese Nachricht sorgte für Verwunderung oder gar Bestürzung, wusste die Familie doch nicht, was davon zu halten war. Ihren Blicken nach zu urteilen, hatte Montague allerdings nicht den geringsten Zweifel, dass man sich, hätte Stokes nicht für seinen guten Leumund gebürgt, gegen seine Anwesenheit verwahrt hätte.

William Halstead, der sich mittlerweile auf Halbmast in seinem Stuhl fläzte, die Hände in den Hosentaschen vergraben, bemerkte mit einem Zynismus, der ihm auch in den dunklen Augen und der düsteren Miene stand: »Dann war Mama wohl weitaus vorausschauender, als wir alle dachten.«

Violet hatte ihm William als den Außenseiter der Familie beschrieben; sein Auftreten ließ vermuten, dass er diese Rolle genoss. Sein dunkler Anzug war einmal von guter Qualität gewesen, nun jedoch heillos zerknittert mit völlig verschlissenen, glänzenden Stellen; die Wangen hatte er sich rasiert, doch sehr flüchtig, seine Augen lagen etwas eingesunken, und seine Lippen verzogen sich wohl öfter im Spott als zu einem Lächeln.

Vor der streng gewahrten bieder-betuchten Fassade, die der Rest der Familie zur Schau stellte, stach William heraus. Und er stand damit allein.

Die anderen hatten sich jäh nach ihm umgedreht, als er seine Bemerkung hatte fallen lassen, dann einander nur vielsagend angesehen und sich sogleich wieder Stokes, Adair und Montague zugewandt. Für Montague, der Erfahrung darin hatte, die Reaktionen seiner Klienten einzuschätzen, war klar, dass man sich in der Familie einig war, es gebe weit Wichtigeres, zumal jetzt, als sich über seine Anwesenheit zu wundern oder gar aufzuregen.

Cynthia, Lady Halsteads zweitältestes Kind und ihre einzige Tochter, richtete ihren Blick auf Stokes und fragte recht unterkühlt: »Sind Sie denn sicher, Inspector, dass meine Mutter ermordet wurde? Hätte es nicht auch ein …«, Cynthia schien nach Worten zu suchen, »… ein Unglück sein können?«

»Sie war immerhin schon sehr alt und gebrechlich«, warf Constance Halstead ein. »Sind Sie sicher, dass sie nicht einfach aufgehört hat zu atmen?«

Wie erwartet, wäre es der Familie lieber, hätte man den Tod ihrer Ladyschaft nicht als Mord bezeichnet.

»Sowohl Lady Halsteads Hausarzt, der natürlich sofort herbeigerufen wurde, als auch der Polizeiarzt stimmen in dieser Einschätzung überein.« Stokes ließ einen Moment verstreichen, ehe er mit aller Entschiedenheit nachsetzte: »Es besteht keinerlei Zweifel, dass ihre Ladyschaft ermordet wurde.«

Cynthias verkniffene Lippen ließen ihren Verdruss erkennen, doch sie beließ es dabei; Constance verzog das Gesicht und lehnte sich zurück.

»Angenommen, das sei der Fall: Welche Fortschritte haben Sie bislang bei der Ergreifung des Täters gemacht?« Die Frage kam von Maurice Halstead, laut Violet und allem Anschein nach Frauenheld, Taugenichts und schwarzes Schaf der Familie in einer Person.

Allerdings rief Maurices Frage erneut die anderen Familienmitglieder auf den Plan. Alle Blicke richteten sich nun auf Stokes, in den Mienen ein und derselbe Dünkel, wenn auch in verschiedenen Ausformungen.

Stokes wahrte eine unerschütterliche, unergründliche Miene. »Wir haben ja gerade erst mit den Ermittlungen begonnen. Dass ich Sie hierhergebeten habe, war eine reine Formalität, ein Entgegenkommen, wenn Sie so wollen, mit dem wir sicherstellen wollten, dass Sie aus erster Hand davon erfahren. Natürlich werden wir in verschiedene Richtungen ermitteln und beizeiten auch mit jedem von Ihnen sprechen müssen.« Stokes hatte sich entschieden, erst bei späterer Gelegenheit nach ihren Alibis zu fragen, denn damit, so seine Theorie, bliebe jedem noch reichlich Zeit, sich eines zurechtzulegen – und nichts bewies jemandes Schuldigkeit besser als ein falsches Alibi, das sich in aller Regel recht leicht widerlegen ließ.

»Aber einen Verdacht werden Sie doch wohl haben«, beharrte Maurice. »Sie sprachen davon, ›in verschiedene Richtungen‹ zu ermitteln.« Er ließ seinen Blick schweifen und recht vielsagend auf Violet ruhen. »Es scheint mir etwas weit hergeholt, dass ein Verbrecher sich ausgerechnet dieses Haus ausgesucht haben sollte, um – scheinbar ohne jeden Grund – hier einzudringen und eine alte Dame zu ermorden.«

Stokes bleckte die Zähne. »In der Tat. Aber im Augenblick haben wir niemand Bestimmten in Verdacht – schließen allerdings auch niemanden aus.« Er ließ die Worte wirken und seinen Blick über die kleine Runde wandern. »Meine Frage an Sie alle wäre, ob Sie von jemandem wissen – oder auch nur den Verdacht gegen jemanden haben –, der einen Groll gegen Lady Halstead hegte. Aus welchen Gründen auch immer.«

Seiner Frage folgte Schweigen; die Halsteads und Camberlys tauschten Blicke, hier und da ein Heben der Braue, aber niemand meldete sich zu Wort.

Stokes nickte. »Gut. Dann deute ich das als ein Nein – keiner von Ihnen hat Grund, jemanden des Mordes an Lady Halstead zu verdächtigen.«

Die Stirn in besorgte Falten gelegt, richtete nun auch Mortimer seinen peniblen Beamtenblick auf Violet. »Nun, da Sie niemanden aus dem Kreis der Verdächtigen ausschließen, nehme ich doch an, dass dies auch für die drei im Hause lebenden Frauen gilt. Jede von ihnen hätte sich jederzeit Zugang zum Zimmer meiner Mutter verschaffen können, jede von ihnen hätte ihre ganz eigenen Gründe haben können, den Tod meiner Mutter herbeizuwünschen, Gründe, von denen wir nichts wissen. Meine Mutter war alt und gebrechlich. Es dürfte nicht allzu viel Kraft gebraucht haben, sie im Schlaf zu überwältigen.«

Stokes hatte Violet gewarnt, dass man eine solche Beschuldigung gegen sie erheben könnte; er hatte ihr aber auch versichert, dass er, Adair und Montague, solche Unterstellungen als haltlos ansahen. Obwohl sie also gewarnt war, drängte alles in ihr darauf, sich vehement dagegen zu verwahren, um nicht nur sich selbst, sondern auch Tilly und die Köchin gegen eine so absurde Verleumdung in Schutz zu nehmen. Doch sie rief sich Stokes' Warnung in Erinnerung, genau das nicht zu tun, verkniff sich, was ihr auf der Zunge lag, und sagte kein Wort.

Allerdings erwiderte sie Mortimers Blick ohne mit der Wimper zu zucken und begegnete seinem Verdacht mit stillem Widerstand.

Mortimer wandte den Blick als Erster ab und schaute fragend zu Stokes.

Der hatte diesen kurzen Schlagabtausch geduldig abgewartet und meinte nun: »Ich schließe niemanden aus. Das meint sowohl alle hier Anwesenden als auch jeden, der jemals in Verbindung zu ihrer Ladyschaft stand.« Er wandte sich zur Seite. »Nicht einmal Mr. Montague kann ich daher ausschließen, wenngleich ich zuversichtlich bin, dass es aufgrund seiner Reputation in den Finanzkreisen der City of London nicht allzu schwerfallen sollte, sein Alibi zu überprüfen.«

Ernst und ernüchtert senkte Montague das Haupt.

Als Stokes sich dann wieder den eigentlich Verdächtigen zuwandte, ließ er seinen Blick einmal mehr über die Runde schweifen, ehe er, nun in deutlich schärferem Ton sagte: »Sollten wir in den nächsten Tagen noch keinen Hinweis auf die Identität des Täters haben, werden wir Sie noch einmal befragen müssen. Es wäre sehr hilfreich, wenn Sie sich bis dahin überlegen, wo Sie die letzte Nacht waren, und wer dies gegebenenfalls bestätigen kann.«

Stokes schob seinen Stuhl zurück und stand auf. »Fürs Erste wäre das dann alles.« Er verneigte sich vor Mortimer Halstead, dann vor Wallace Camberly. »Wenn wir den Mörder in Gewahrsam genommen haben, geben wir der Familie natürlich Bescheid.«

Auch Barnaby, Montague und Violet erhoben sich.

Cynthia Halstead sah Stokes an. »Einen Moment, Inspector. Wann können wir die Tote sehen und Vorbereitungen für die Beerdigung treffen?«

»Der Leichnam ihrer Ladyschaft befindet sich derzeit in der Leichenhalle. Übermorgen müsste er zur Beerdigung freigegeben werden. Am besten, Sie schicken Ihren Bestatter dort vorbei, er dürfte das Prozedere kennen.«

Cynthias Lächeln gefror. »Das wäre etwas umständlich.«

Stokes blieb ungerührt. »So wird es nun einmal gehandhabt, Ma'am.«

Cynthia lachte ungläubig und wandte sich ab.

»Was ist mit ihren Sachen?«, wollte Constance Halstead wissen. Als Stokes sie fragend ansah, deutete sie vage um sich. »Na, hier im Haus. Oben auf ihrem Zimmer, im Salon.«

»Dieses Haus ist ein Tatort, Mrs. Halstead. Hier darf nichts entfernt werden, bevor ich die Erlaubnis dazu gebe, was voraussichtlich in ein oder zwei Tagen der Fall sein wird. Ich werde die Familie wissen lassen, wann Sie wieder freien Zutritt haben. Bis dahin steht das Haus unter dem Schutz der Polizei.«

Constance zog einen Flunsch und meinte, mit einem kurzen Blick auf ihre Schwägerin: »Wirklich sehr umständlich.«

Cynthia schüttelte den Kopf und zischte recht vernehmlich: »Nicht mal warten können, bis Mama unter der Erde ist.«

Constances feiste Wangen färbten sich rosig. Mit wogendem Busen holte sie Luft. »Und die Beisetzung …«

»Wird natürlich in St. Peter's stattfinden«, fiel Cynthia ihr ins Wort.

»Ich würde meinen, dass St. George's passender wäre«, warf Mortimer ein.

»Unsinn!« Cynthia setzte sich kerzengerade hin. »Mama hat immer St. Peter's besucht. Es ist seit Jahrzehnten die Kirche der Familie, und jetzt nur, weil du unbedingt wegziehen musstest …«

Violet wandte sich zum Gehen. Montague folgte ihr, auch Stokes und Adair schlossen sich ihnen an. An der Tür blieb sie stehen, wartete, bis Montague ihr öffnete, und trat hinaus.

Montague schloss sich ihr an, als sie zügig in den vorderen Teil des Hauses ging. »Sind die immer so?« Er deutete mit dem Kopf zurück zum Speisezimmer. »Dass sie einander selbst bei der Frage nach der Beisetzung ihrer Mutter an die Gurgel gehen, fand ich sehr erstaunlich.«

»Ich kenne es nicht anders.« An der Tür zum Wohnzimmer blieb sie stehen und wandte sich um. Adair folgte nur wenige Schritte hinter Montague, aber Stokes war stehen geblieben und besprach sich mit einem der Constables – vermutlich gab er ihm Anweisung, dass die Angehörigen sich nicht nach Gutdünken im Haus zu bewegen und vor allem nichts daraus zu entfernen hatten. Sie sah erst Montague an, dann Adair. »Sie sind schlimmer als kleine ungezogene Kinder. Ich bezweifle, dass Lady Halsteads Tod daran etwas ändern wird. Soweit ich es beurteilen kann, hat dieses ewige Gezänk zwischen ihnen nicht unbedingt mit Lady Halstead zu tun, sondern ist ganz einfach der normale Umgangston, ganz gleich, worum es geht.«

»Nette Leute«, meinte Adair. »Ich nehme an, Stokes möchte sich noch kurz besprechen.« Adair deutete zum Wohnzimmer. »Sind wir dort ungestört?«

Violet nickte, öffnete die Tür und ging voran.

Sie und Montague nahmen auf dem chintzbezogenen Sofa Platz, während Adair sich in einem der beiden Sessel ihnen gegenüber niederließ.

Sie hatten sich kaum gesetzt, als Stokes auch schon hereinkam und die Tür hinter sich schloss. »Camberly hat sich gerade empfohlen – er müsse zu einer Sitzung ins Parlament –, und William ist ohne ein Wort verschwunden. Die anderen debattieren noch eifrig darüber, welcher Grabstätte denn nun der Vorzug zu geben ist.« Stokes durchquerte das Zimmer und schüttelte den Kopf. »Ich habe in meiner Laufbahn schon einige anstrengende Familien erlebt, aber diese Leute schießen wirklich den Vogel ab.«

Er ließ sich in den anderen Sessel fallen und betrachtete Violet. »Da Sie nicht sonderlich überrascht wirken, Miss Matcham, gehe ich davon aus, dass Sie solche Spektakel gewohnt sind.«

Sie nickte. »Unter den Halstead-Nachkommen ist das eher die Regel als die Ausnahme.«

»Was mich wirklich beeindruckt hat«, wandte Adair sich an Stokes, »war dieser Trick, ihnen die traurige Nachricht in zwei Häppchen zu servieren: ihnen erst mitzuteilen, dass ihre Ladyschaft verstorben sei, und dann, fast beiläufig zu erwähnen, dass sie ermordet wurde. Auf diese Weise hatten wir zweimal Gelegenheit, den Mörder auszumachen, in der Hoffnung, dass er sich etwas anmerken ließ, nicht angemessen reagierte. Leider konnte ich bei keinem von ihnen einen Unterschied feststellen.«

Fragend schaute er zu Violet und Montague. »Ist Ihnen etwas aufgefallen?«

Violet schüttelte den Kopf.

Montague verzog das Gesicht. »Mir ist lediglich aufgefallen, dass der Tod ihrer Ladyschaft niemanden sonderlich zu berühren schien – als sei es in ihrem Alter nun mal nicht anders zu erwarten, und damit hatte es sich. Bei der Nachricht, dass es sich um Mord handelte, hatte ich den Eindruck, die Familie sehe darin vor allem ein lästiges Ärgernis, das ihnen nichts als Umstände bereite.«

»Das stimmt leider.« Violet schaffte es nur mit Mühe, die nötige Distanz zu wahren und nicht allzu sehr an Lady Halstead zu denken, daran, dass sie tot war, ermordet, und das aller Wahrscheinlichkeit nach von einem ihrer Kinder, dieser infernalischen Brut. Sich all die ruhigen, harmonischen Stunden in Erinnerung zu rufen, die sie mit der alten Dame verbracht hatte, die immer nur freundlich und gütig zu ihr gewesen war, machte es ihr schwer, die Fassung zu wahren und sich nicht von ihrer Trauer übermannen zu lassen. Kaum je ein mürrisches Wort hatte sie von Lady Halstead gehört, geschweige denn, dass sie ihre Launen an ihr ausgelassen oder sie jemals scharf zurechtgewiesen hätte.

»Erzählen Sie doch mal«, hörte sie Stokes sagen, und als sie aufblickte, merkte sie, dass sein Blick auf sie gerichtet war. »Haben Sie in all der Zeit, die Sie bei Lady Halstead waren, jemals Streitigkeiten zwischen ihr und einem ihrer Kinder oder Enkel mitbekommen?«

Sie versuchte, sich die vergangenen Jahre in Erinnerung zu rufen, und schüttelte dann, fast ein wenig verwundert, den Kopf. »Nein«, sagte sie zögernd und setzte schnell nach: »Was aber vor allem daran liegen dürfte, dass Lady Halstead die … ihre Familie immer etwas auf Distanz hielt. Als ich beispielsweise nach dem Tode Sir Hugos in ihren Haushalt kam, war sie es, die mich eingestellt hat – keines ihrer Kinder hatte mich vorher auch nur zu Gesicht bekommen. Normalerweise haben die Angehörigen ein Auge darauf, wen eine ältere Verwandte sich als Gesellschafterin ins Haus holt.« Sie hielt kurz inne. »Ich habe mich nur zweimal um eine solche Stelle beworben – hier bei Lady Halstead und zuvor bei Lady Ogilvie –, aber bei Lady Ogilvie waren beide Töchter bei dem Gespräch zugegen, und nach allem, was ich gehört habe, ist das so üblich.«

Montague nickte, ebenso Stokes und Barnaby.

»Wissen Sie, ob einer der Halstead-Nachkommen jemals an den finanziellen Entscheidungen ihrer Ladyschaft beteiligt war?«, wollte Montague wissen.

»Nein, und da bin ich mir ziemlich sicher«, erwiderte Violet. »Lady Halstead machte einmal eine Bemerkung darüber, dass es ihr lieber sei, ihre eigenen Entscheidungen zu treffen, und ich weiß, dass sie damit sowohl Mortimer als auch Maurice vor den Kopf gestoßen hat – beide boten ihr unabhängig voneinander an, ihr Vermögen zu verwalten, aber sie beschied ihnen, dass Sir Hugo sich um alles gekümmert hätte und sie sehr zufrieden damit sei.«

»Mhm.« Adair schaute versonnen vor sich hin, als lasse er die Szenen, die sich im Speisezimmer abgespielt hatten, noch einmal Revue passieren. »Wie mir aufgefallen ist – und vielleicht können Sie, Miss Matcham, das ja bestätigen –, konnte ich mich des Eindrucks nicht erwehren, dass die Feindseligkeit, die sich in all diesen soeben beobachteten Spannungen und spitzen Bemerkungen äußerte, vor allem zwischen Lady Halsteads Kindern besteht und auch die beiden Gattinnen ihren Teil dazu beitragen.« Er sah Violet an und hob fragend die Brauen. »War das schon immer so, dass sie sich untereinander spinnefeind sind, oder richtete sich die Feindseligkeit manchmal auch gegen Lady Halstead?«

»Nein«, sagte Violet, »es richtete sich nie gegen sie. Es hatte mich während dieser monatlichen Familienessen immer erstaunt, wie wenig Aufmerksamkeit ihre Ladyschaft auf diese ständigen Streitereien verwandte. Sie aß seelenruhig weiter und schenkte dem gar keine Beachtung – außer, wenn es ihr zu laut wurde. Dann bestand sie darauf, dass nun mal Ruhe sei, aber … Nein, selbst dann richteten die Bosheiten sich niemals gegen sie.«

Barnaby seufzte und wandte sich an Stokes. »Bleibt festzuhalten, dass dieses kleine Intermezzo uns wenig mehr als die Erkenntnis gebracht hat, dass die Halsteads ein ziemlich unsympathischer Haufen sind. Und von unserem Mörder noch immer keine Spur.«

Stokes neigte bedächtig den Kopf. »Mag sein. Aber wir wissen nun immerhin, dass trotz ihres Verhaltens untereinander nichts auf ein persönliches Motiv hindeutet – keine Anzeichen, dass jemand in der Familie einen Groll gegen Lady Halstead hegte; es finden sich keine Streitigkeiten zwischen ihr und einem ihrer Kinder.«

Montague nickte und griff den Faden auf. »Und da wir Grund zu der Annahme haben, dass der Mörder zur Familie gehört – nicht nur wegen der Leichtigkeit, mit der er sich Zutritt zum Haus verschafft hat, sondern auch, weil die Tat so bald nach Lady Halsteads Ankündigung geschah, dass sie ihre Angelegenheiten in Ordnung bringen wollte …«

»Und …«, Barnaby setzte sich auf, »weil wir vermutlich ganz richtig mit der Vermutung liegen, dass die Zahlungen auf ihr Konto sich aus dunklen Quellen speisen, bleibt uns einzig das als Motiv, und es ist ein ziemlich starkes Motiv.« Er sah Stokes an. »Geld. Einfach nur schnödes Geld steckt dahinter.«

Stokes nickte. »Wir konnten feststellen, dass nichts auf ein anderes Motiv hindeutet. Keine persönliche Feindseligkeit, keine Verfügungen in ihrem Testament. Es muss um diese Zahlungen gehen – worum genau, werden wir sehen. Das Geschäft nicht auffliegen zu lassen war der alleinige Grund für den Mord.« Er schaute sie der Reihe nach an – erst Montague, dann Violet und schließlich Barnaby und schloss: »Weshalb wir bis zum Beweis des Gegenteils von dieser Hypothese ausgehen sollten.«

Ihre erste Lagebesprechung endete damit, dass die drei Männer vereinbarten, sich am nächsten Morgen in Montagues Kanzlei zu treffen. Sie wollten die Beweislage in Augenschein nehmen, die er hinsichtlich der Zahlungen zusammengetragen hatte, von denen sie glaubten, dass sie der Grund für den Mord waren.

Violet begleitete die Männer noch hinaus. Sie fühlte sich in der kleinen Runde nicht nur akzeptiert und geschätzt, sondern hatte bislang auch das Gefühl, nicht von den Ermittlungen ausgeschlossen zu werden. Es war so viel auf einmal gewesen – heute früh erst hatte sie Lady Halstead tot aufgefunden, hatte Hilfe geholt, hatte Tilly und die Köchin beruhigen müssen, musste mit dem Doktor fertig werden und dann mit der Polizei, von allem anderen ganz zu schweigen –, dass ihr noch gar keine Zeit geblieben war zu trauern und mit ihren eigenen aufgewühlten Gefühlen zurechtzukommen. Aber eines wusste sie ganz sicher: Sie wollte helfen. Sie musste einfach alles in ihrer Macht Stehende tun, um den Mörder zu stellen und für Lady Halstead Gerechtigkeit zu erlangen. Es kam für sie selbst unerwartet, wie heftig diese Gefühle waren, und es beunruhigte sie durchaus, aber sie hatte keine andere Wahl – das war sie Lady Halstead schuldig. Umso größer war ihre Erleichterung, dass die drei Männer sie zu verstehen schienen, ohne dass sie es ihnen hätte erklären müssen.

Auf dem Weg hinaus wandte Stokes sich noch einmal an sie. »Ich habe einen der Constables als Wache hier im Haus abbestellt und ein weiterer hat draußen Posten bezogen – diskret und außer Sichtweite, aber er hat die Lage im Blick.« Stokes zögerte. »Eigentlich wollte ich noch mal in der Küche vorbeischauen und der Dienerin und der Köchin versichern, dass keine der beiden unter Verdacht steht. Vielleicht können Sie das ja für mich übernehmen.«

Violet nickte. »Ja, natürlich.«

Stokes verabschiedete sich; Adair folgte ihm mit einem ermutigenden Blick und einer knappen Verbeugung die Stufen vor dem Haus hinab. Als Violet begriff, dass Montague absichtlich zurückgeblieben war, schloss sie die Haustür und wandte sich mit einem feinen Lächeln zu ihm um.

Er erwiderte ihr Lächeln und kam einen Schritt auf sie zu. Für seine Verhältnisse sehr beherzt griff er nach Violets Hand und hielt sie sacht in seiner. »Das war alles etwas viel auf einmal.«

Womit er nicht nur Lady Halsteads plötzlichen Tod meinte und die nachfolgenden Ereignisse dieses doch recht turbulenten Tages; er versuchte noch immer, sich über seine Gefühle für Violet klar zu werden, darüber, wie sehr es ihn beunruhigte, dass sie in das alles mit hineingezogen wurde, dass sie dem Mörder Stunden zuvor so nah gewesen sein musste und noch immer eine wenn auch vage, so doch durchaus ernst zu nehmende Bedrohung über ihr hing. Er schaute ihr in die Augen, betrachtete prüfend ihr Gesicht. »Da dies Ihre erste

Begegnung mit Stokes und Adair war und ich die zwei bereits von früher kenne, möchte ich Ihnen versichern, dass Sie vollstes Vertrauen in sie setzen können. Die Ermittlungen könnten in keinen besseren Händen sein. Sie werden an dem Fall arbeiten, bis Lady Halsteads Mörder gefasst und für seine Tat zur Rechenschaft gezogen worden ist.« Sein Blick ruhte im hellen Blau ihrer Augen. »Ich weiß, dass Ihnen das wichtig ist. Und ich verstehe auch, warum. Wenn einem meiner Klienten Unrecht geschieht, spüre ich den gleichen Ruf nach Gerechtigkeit in mir. Aber ich könnte mir vorstellen, dass der Wunsch bei Ihnen noch stärker ist, da Sie Lady Halstead ganz offensichtlich nahestanden.«

Violet spürte, wie ihr Lächeln zittrig wurde. »Sie war ein so guter Mensch und hat einen solchen Tod nicht verdient.«

»Nein. Aber …«, Montague neigte den Kopf, als wolle er ihr sein Wort darauf geben, »… auch ich fühle mich ihr verpflichtet, und wenn wir alle vier zusammenarbeiten, wird ihrer Ladyschaft Gerechtigkeit widerfahren, dessen können Sie gewiss sein.« Er hielt ihren Blick noch einen Moment, dann zog er seine Hand mit einer knappen Verbeugung zurück.

Violet wandte sich um und öffnete die Tür. »Haben Sie vielen Dank. Ich kann Ihnen gar nicht sagen, wie dankbar ich bin und wie sehr Sie uns heute geholfen haben.«

Als er zur Tür hinaustrat, trafen sich ihre Blicke noch einmal, dann neigte er höflich den Kopf. »Ich melde mich, sowie es Neuigkeiten gibt.«

Auch sie senkte kurz den Kopf und sah ihn dann zur Straße hinuntergehen. Länger als nötig blieb sie an der Tür stehen, schaute ihm hinterher, wie er zügig das Trottoir hinabschritt, die Schultern gestrafft, den Kopf erhoben, jede Bewegung der Inbegriff männlichen Selbstbewusstseins.

Als er um die Ecke bog und ihrem Blick entschwand, seufzte Violet, und schon begann sich die seit Stunden zurückgehaltene Trauer zu regen. Sie schloss die Tür und rief sich selbst streng zur Ordnung, nämlich dass es weder sonderlich angemessen noch hilfreich war, ausgerechnet jetzt festzustellen, dass ihr die Fähigkeit zum Träumen noch nicht abhanden gekommen war.

Nachdem sie das Haus an der Lowndes Street verlassen hatten, nahmen Barnaby und Stokes eine Droschke und beschlossen nach kurzer Diskussion, zu Stokes nach Hause zu fahren, in die Greenbury Street in St. John's Wood, um dort noch einmal ganz in Ruhe ihre Eindrücke und Beobachtungen zu besprechen.

Während der recht ruckeligen, unruhigen Fahrt hing jeder für sich seinen eigenen Gedanken nach, suchte nach frischen Erkenntnissen aus den gerade gewonnenen Eindrücken, die sie dann in der stillen Behaglichkeit von Stokes' gemütlichem Zuhause miteinander teilen konnten, um auf diese Weise vielleicht Zusammenhänge zu sehen, die ihnen zuvor entgangen waren. Doch als sie in der Greenbury Street eintrafen, mussten sie feststellen, dass ihre Ehefrauen ihnen zuvorgekommen und das Wohnzimmer bereits in Beschlag genommen hatten.

Beide Damen saßen, die weit sich bauschenden Röcke um sich gebreitet, auf dem Boden und spielten mit dem kleinen Oliver und der nur wenig jüngeren Megan. Vergnügtes Glucksen war von den zwei Babys zu hören, die rücklings auf dem Teppich strampelten und mit ihren pummeligen Händchen nach den Spielsachen zu greifen versuchten, die ihre Mütter lachend über ihnen baumeln ließen.

Der Anblick ließ Stokes und Barnaby wie angewurzelt an der Tür stehen bleiben.

Barnaby war es, als habe er einen Schlag vor die Brust bekommen. Und daraus, wie Stokes auf einmal still und reglos verharrte, völlig versunken in die traute Heimeligkeit, schloss er, dass es seinem Freund und Kollegen genauso erging.

Penelope und Griselda hatten ihre Schritte gehört und sie hereinkommen sehen; auch ihnen entging nicht jener Moment stiller Ergriffenheit, und sie freuten sich mit einem leisen Schmunzeln daran.

Dann breitete sich ein Lächeln über Penelopes Gesicht, und mit einer raschen Bewegung aus dem Handgelenk warf sie das Spielzeug, mit dem sie gerade ihren kleinen Sohn unterhalten hatte, Barnaby an die Brust.

Er fing es reflexartig auf, fand sich jäh aus seinem Bann gerissen, und als er seine Frau ansah, traf ihn der Blick ihrer dunklen Augen, denen nichts, aber wirklich gar nichts entging.

Ihr Lächeln vertiefte sich, und er meinte einen Vorsatz darin zu erkennen. »Sieh an, die Herren Ermittler sind zurück – und wie mir scheint, bringen sie einen neuen Fall mit.« Sie winkte sie heran. »Kommt und leistet uns Gesellschaft – wir sind ganz Ohr.«

Griselda nickte lächelnd, tat es ihrer Freundin nach und warf Stokes das Spielzeug zu. »Aber erst könnt ihr uns hier ein bisschen ablösen«, meinte sie und machte Anstalten aufzustehen. »Ich sage nur schnell Mindy Bescheid, dass sie den Tee bringen soll. Setzt euch schon mal und macht es euch bequem.«

Sie kennen uns einfach zu gut. Sich ins Unvermeidliche schickend, reichte Stokes seiner Frau die Hand, um ihr aufzuhelfen, streifte ihre Wange mit einem Kuss und sah ihr kurz nach, als sie hinaus in die Küche ging, um wegen des Tees Bescheid zu geben. Dann hockte er sich hin und schaute in die blauen Augen seiner kleinen, vergnügten Tochter – und verfiel einmal mehr ihrem Zauber.

Mit einem seligen – und vermutlich etwas dümmlichen – Lächeln im Gesicht ließ er gehorsam das Spielzeug über ihr baumeln, und als er aus den Augenwinkeln sah, wie Barnaby sich neben seinem Sohnemann auf dem Teppich fläzte, kam er sich gleich nicht mehr gar so albern vor.

Nun stand auch Penelope auf, blickte einen Moment auf sie hinab und ging dann, nachdem sie sich vergewissert hatte, dass die beiden Väter schon wussten, was zu tun war, hinüber zum Sofa und setzte sich. Schweigend saß sie da und schien sie beide zu beobachten, sodass Stokes fast den Eindruck hatte, sie passe auf, damit er und Barnaby nichts falsch machten.

Zwanzig Minuten später, nachdem Megans Kindermädchen Gloria die nun doch recht müden Kleinen hinauf ins Bett gebracht hatte, der Tee eingeschenkt und der Kuchen herumgereicht war, lehnten alle vier sich gemütlich zurück, und Penelope fragte im Ton derer, die nun wahrlich lange genug geduldig gewesen war und sich dafür im Gegenzug einiges versprach: »So, meine Herren, was hat es denn mit dem neuen Fall auf sich?«

Stokes schaute zu Barnaby; sie waren einander nun so lange freundschaftlich und kollegial verbunden, dass er ziemlich genau zu wissen glaubte, was dem anderen gerade durch den Kopf ging. Noch immer erstaunte es ihn manchmal, wie gut sie miteinander zurechtkamen, wie selbstverständlich sie sich verstanden – der Sohn eines Earls und er, Sohn eines Kaufmanns, wenngleich ein Kaufmannssohn mit durchaus überdurchschnittlicher Bildung. Und die tiefe und aufrichtige Freundschaft, die sich zwischen ihren Ehefrauen entwickelt hatte, war vielleicht das noch größere Wunder. Es war beileibe keine Selbstverständlichkeit, dass eine aus dem East End stammende Putzmacherin und Polizeiinspektorengattin freundschaftlichen Umgang mit einer Dame pflegte, die den Sohn eines Earls geehelicht hatte, selbst die Tochter eines Viscounts war und durch ihre Heirat mit den einflussreichsten Adelsfamilien des Landes in Verbindung stand.

Und doch saßen sie nun alle in dem kleinen, doch gemütlichen Stokes'schen Wohnzimmer bei Tee und Kuchen beisammen. Bevor beide Frauen Mütter geworden waren, das musste Stokes einräumen, hatten sie tatsächlich ihren eigenen, nicht einmal unbeträchtlichen Beitrag zu einigen ihrer Ermittlungen geleistet. Allerdings hatten er und Barnaby gehofft, die Geburt der Kinder würde das detektivische Interesse von

Penelope und Griselda erlahmen lassen, doch da dem allem Anschein nach nicht so war, könnte der Halstead-Fall tatsächlich ein Geschenk des Himmels sein. Eine Gelegenheit, die er und Barnaby beim Schopf packen sollten, um den häuslichen Frieden nicht zu gefährden.

Ein Mordfall zwar, aber einer der leichteren Sorte, wie es schien. Das Motiv dürfte klar sein – Geld –, die Gefahrenlage eher gering. Genau das Richtige, so wie er das sah.

Oder?

Als Barnaby auf seinen fragenden Blick hin kaum merklich nickte, fand Stokes sich in seiner Einschätzung bestätigt und beschloss, die Sache anzupacken.

Er richtete seinen Blick auf Penelopes erwartungsvolles Gesicht. »Es handelt sich um einen Mordfall.« Als sie und Griselda daraufhin gleich noch interessierter wirkten, fuhr er fort: »Heute Morgen wurde Lady Halstead in ihrem Haus an der Lowndes Street von Bediensteten tot aufgefunden …« In seiner üblichen, nüchtern sachlichen Polizistensprache schilderte er die Ereignisse des Tages.

Wie nicht anders zu erwarten, bestürmte Penelope ihn mit Fragen, und auch Griselda wollte einiges wissen. Beide zeigten sich vor allem am Zwischenmenschlichen interessiert und forderten Stokes und Barnaby auf, ihnen ihre diesbezüglichen Eindrücke zu schildern, was sie gesehen und gehört, aber auch gespürt hatten, wie alle Beteiligten zueinander standen und wer mit wem und so weiter und so fort.

Stokes hatte vergessen, dass ihre Frauen, anders als er und Barnaby, ihr Augenmerk vor allem auf die in einen Fall verwickelten Menschen richteten, auf ihre Eigenarten, Gefühle und Verhaltensweisen, weniger auf die bloßen Taten und Fakten.

Penelope kannte Montague und gab Griselda eine knappe Skizze seiner Person und vor allem seines Charakters, die sie mit den Worten schloss: »Er ist absolut zuverlässig und vertrauenswürdig, moralisch über jeden Zweifel erhaben. Bei jemandem wie ihm kann man sich stets sicher sein, dass er im

Sinne von Recht und Gerechtigkeit handelt.« Sie warf einen kurzen Blick auf Stokes. »Montague ist ein Genie, was Geld und Finanzen angeht, und verfügt zudem über ein erstaunliches Talent, auf diesem Gebiet an Informationen zu gelangen.«

Stokes lachte trocken. »Davon habe ich schon gehört. Sollte es so weit kommen, werde ich mich hüten, ihn zu fragen, wie und woher er seine Informationen bezogen hat.«

Penelope grinste. »Genau.« Sie wandte sich wieder an Griselda. »Was ich aber am interessantesten finde, ist nicht, dass Violet Matcham nach Montague geschickt hat. Die arme Frau war vermutlich völlig außer sich und wünschte sich einfach nur, dass der Tod ihrer Dienstherrin gründlich untersucht würde, weshalb es naheliegend schien, Montague herbeizuzitieren. Die alte Dame hatte ihm doch kürzlich erst eine Vollmacht ausgestellt. Nein, was ich wirklich spannend finde, ist, dass Montague alles hat stehen und liegen lassen und ihr zu Hilfe geeilt ist. Sagt jetzt bitte nicht, dass euch das nicht auch in höchstem Maße fasziniert!«

Barnaby sah die Augen seiner Frau strahlen und enthielt sich jeden Kommentars. Stattdessen versuchte er, das Gespräch wieder zurück aufs Wesentliche zu lenken. »Wir waren gerade in Smithfield, als Montagues Nachricht uns erreichte, weshalb der Arzt der Familie bereits eingetroffen war, ehe wir es in die Lowndes Street geschafft hatten.« Die Ereignisse noch einmal zu schildern und dabei, um Penelopes und Griseldas Neigungen zu berücksichtigen, seinen Schwerpunkt vor allem auf die Menschen zu richten und deren Reaktionen, erwies sich als hervorragende Übung, um alles, was sie gesehen hatten und zu wissen glaubten, noch einmal einer genauen Prüfung zu unterziehen.

Wie zu erwarten, zog sich die Beschreibung der Angehörigen denn auch eine ganze Weile hin, wollten die beiden Frauen doch alles bis ins letzte Detail wissen und verstanden es, mit ihren Fragen wirklich jede Kleinigkeit aus Barnaby und Stokes herauszukitzeln, was ihnen an den Halsteads und Camberlys aufgefallen war.

Penelope sah ihren Mann direkt an. »Dein Vater müsste Camberly doch eigentlich kennen. Und deine Mutter dürfte über Mrs. Camberly und ihren Sohn Bescheid wissen.«

Barnaby nickte. »Ich werde sie fragen.«

»Sehr gut. Wir sind doch morgen Abend ohnehin zum Essen bei ihnen; das ist die perfekte Gelegenheit.« Nachdem das geklärt war, schaute Penelope Griselda an. »Welchen Eindruck hast du von der Familie? Auf mich wirken sie ... also, irgendetwas stimmt da nicht. Es gibt überhaupt keinen Zusammenhalt und hat den Anschein, als versuchten sie einander eher zu schaden, als sich gegenseitig zu unterstützen.«

Griselda schaute nachdenklich vor sich hin und nickte. »Aber warum sie so sind, was sie antreibt, sich so ...« Sie richtete ihren Blick wieder auf Penelope. »Meinst du, es könnte etwas mit ihrem Alter zu tun haben?«

Barnaby setzte sich auf; er warf einen verstohlenen Blick auf Stokes und merkte, wie auch er verdutzt aufhorchte.

Penelope runzelte derweil die Stirn und nickte bedächtig. »Ich weiß genau, was du meinst – und ja, das könnte durchaus sein.«

Als beide nichts weiter dazu sagten und nur still in Gedanken versunken dasaßen, hakte Barnaby nach, denn er hatte keinen blassen Schimmer, was gemeint war. »Was könnte womit zu tun haben?« Als Penelope aufschaute, fing er ihren Blick auf. »Worüber denkt ihr beiden gerade nach?«

»Nun ja«, begann Penelope, »es ist nur so eine Idee. Aber wenn Geschwister altersmäßig zu nah beieinander sind – wenn zwischen den Geburten nur ein Jahr liegt oder nicht einmal das –, ist dergleichen öfter zu beobachten. Laut Miss Matcham ist Mortimer der Älteste, aber Cynthia ist nicht einmal ein Jahr jünger als er. Man geht stets davon aus, dass Kinder sich umso besser verstehen würden, eine umso engere Bindung hätten, je geringer der Altersunterschied zwischen ihnen ist, aber es kann sich auch genau umgekehrt verhalten. Vor allem dann, wenn das Zweitgeborene einen stärkeren oder wenigstens genauso starken Charakter hat, was hier der Fall zu sein scheint. Dann tritt ein Wettstreit ein, ein Kampf um die Vorherrschaft.« Sie schaute kurz zu Stokes, dann wieder zu Barnaby. »War es das, was ihr dort am Tisch beobachten konntet? War es ein Wettstreit? Ging es darum, wer den Ton angibt, wer das Oberwasser hat?«

Barnaby nickte nachdrücklich, ohne den Blick von ihr zu lassen. »Genau so war es.«

»Und wenn oder weil dem so ist«, übernahm Griselda von Penelope, »werden einem auch Maurice und William verständlicher.« Sie wandte sich an Barnaby und Stokes. »Versucht euch vorzustellen, wie es gewesen sein muss, als sie alle noch Kinder waren. Mortimer und Cynthia, die stets um die Vorherrschaft kämpften, immer darauf bedacht, sich im besten Licht erscheinen zu lassen, um dem anderen Lob und Anerkennung streitig zu machen und für sich zu beanspruchen. Maurice konnte da nicht mithalten, und so bleibt ihm, will er dennoch etwas Aufmerksamkeit bekommen, nichts anderes übrig, als gegen seine älteren Geschwister aufzubegehren und sich in die genau entgegengesetzte Richtung zu entwickeln. Weil Mortimer und Cynthia beide den Platz des guten, des perfekten Kindes beanspruchen und diesen sich gegenseitig streitig zu machen versuchen, räumt Maurice das Feld und richtet sich in der Rolle des schwarzen Schafes der Familie ein.«

»Aber«, meldete Penelope sich zu Wort, »Maurice blieb, um sich von seinen älteren Geschwistern abzugrenzen, immer noch im gesellschaftskonformen Rahmen, auch wenn er das genaue Gegenteil von Cynthia und Mortimer war. Für William jedoch, den Jüngsten, blieb kein Platz mehr, der noch nicht besetzt gewesen wäre, an dem er sich hätte hervortun und von den anderen unterscheiden können.«

Barnaby nickte. »Also hat er sich ganz aus dem Rahmen des gesellschaftlich Akzeptablen verabschiedet.«

»Genau!«, trumpfte Penelope auf und schaute zu Stokes. »Deshalb sind die vier so wie sie sind, und wenn ihr das im Hinterkopf behaltet, dürfte es euch deutlich leichter fallen, ihr Handeln abzuschätzen und die Gründe für ihr Verhalten und ihren Umgang miteinander zu verstehen.«

Stokes ließ sich das alles noch einmal durch den Kopf gehen und musste einsehen, dass es nicht so einfach von der Hand zu weisen war. »Eines noch«, fragte er schließlich nach, »wenn wir davon ausgehen, dass die Halstead-Kinder so geworden sind, wie sie heute sind, weil sie von frühester Kindheit an immerzu Aufmerksamkeit suchten …«, hier nickten Griselda und Penelope nachdrücklich, »um wessen Aufmerksamkeit ging es denn eigentlich?«

Penelope schaute Griselda an, und Griselda wandte sich fast nachsichtig an ihren Gatten. »Vermutlich um die ihrer Eltern.«

Alle vier ließen diese Einsicht einen Moment sacken, bis schließlich Barnaby meinte: »Wenn man den Schilderungen Miss Matchams Glauben schenken kann – und davon gehe ich aus –, waren sowohl Lady Halstead als auch den Erzählungen nach ihr Gatte sehr umgängliche Menschen. Womit wir es mit einem jener Fälle zu tun haben müssen, in denen vermeintlich gute Eltern eine Brut weitaus weniger erfreulicher Kinder heranziehen.«

Stokes räusperte sich. »So etwas kann vorkommen.«

Penelope saß einen Moment schweigend da, dann lehnte sie sich zurück und fragte: »Was habt ihr als Nächstes vor?«

Stokes schaute kurz zu Barnaby hinüber und fand in der Miene seines Freundes seinen eigenen Eindruck gespiegelt. Die Einsichten und Erkenntnisse ihrer Frauen erwiesen sich als nützlich, eventuell sogar sehr nützlich, um nicht zu sagen unerlässlich, und wenn man diesen Fall einmal genau betrachtete, sprach eigentlich nichts dagegen, dass sie ihnen bei den Ermittlungen etwas zur Hand gingen. »Als Nächstes würden wir uns ansehen, was Montague bis jetzt zu den mysteriösen

Kontoeingängen zusammengetragen hat, und während er den Hinweisen in seiner Manier nachgeht – niemand versteht sich darauf besser als er –, werden wir«, er nickte zu Barnaby hinüber, »weiter in dem Mordfall ermitteln.«

»Und in der Familie«, ergänzte Barnaby.

»Mhm.« Penelope schaute nachdenklich vor sich hin. »Ihr müsst noch herausfinden, wie der Mörder ins Haus gelangt ist.«

Barnaby seufzte. »Das auch, ja. Und um nichts außer Acht zu lassen, sollten wir ganz allgemein Lady Halsteads Hinterlassenschaften durchsehen in der Hoffnung, dass sich irgendwo doch noch ein Hinweis auf die Quelle dieser Zahlungen findet – oder vielleicht etwas ganz anderes, das hinter alldem stecken könnte.«

»Was diese Zahlungen angeht, wäre es interessant zu wissen, ob eines der Familienmitglieder in unlautere Geschäfte verwickelt ist«, merkte Griselda an. »So etwas spricht sich über kurz oder lang immer herum.«

Stokes stellte seinen Kuchenteller beiseite. »Gut möglich. Nach allem, was wir gerade besprochen haben, habe ich sowieso das Gefühl, mir die Familie noch einmal vorknöpfen zu müssen, aber vorher«, er schaute zu Barnaby, »brauchen wir genauere Informationen zu diesen Geldbeträgen.«

Barnaby sah nicht allzu begeistert aus, aber er nickte. »Am liebsten würde ich sie mir einfach so vorknöpfen, aber bei Leuten ihres Kalibers hast du vermutlich recht. Wir sollten etwas gegen sie in der Hand haben.«

5

Die restlichen Abschriften von Lady Halsteads Unterlagen, die Montague sich von Runcorn erbeten hatte, trafen kurz vor Feierabend ein, sodass Slocum sie noch persönlich entgegennehmen konnte, ehe er für heute Schluss machte.

Als er den Stapel in Montagues Büro brachte, hatte der bereits die herzöglichen Unterlagen beiseitegeräumt, an denen er gerade arbeitete; die Bücher schienen soweit in Ordnung und konnten ruhig warten.

»Danke, Slocum.« Er nahm den ganzen Schwung entgegen und legte ihn vor sich auf den Schreibtisch, dann meinte er zu seinem Büroleiter: »Ein Glück, dass ich heute keine frühen Termine hatte.« Am späten Nachmittag war er in die Kanzlei zurückgekehrt, gerade noch rechtzeitig, um den mit einem neuen Klienten vereinbarten Gesprächstermin wahrzunehmen. »Nachdem die Prüfung von Lady Halsteads Konten nun eine so dramatische Wendung genommen hat, wird es in den nächsten Tagen immer mal wieder der Fall sein, dass ich kurzfristig nicht an meinem Platz bin. Welche Termine stehen denn für die kommende Woche an? Können wir die, wenn möglich, verschieben?«

»Lassen Sie mich eben kurz nachschauen.« Slocum ging hinaus an seinen Schreibtisch und kam mit dem Terminbuch der Kanzlei zurück. »Es sieht ziemlich gut aus. Die kommende Woche haben Sie nur Termine mit eher zweitrangigen Klienten, die auch von Gibbons und Foster übernommen werden können.« Slocum schaute fragend von dem dicken Buch auf. »Wenn es Ihnen recht ist, werde ich den beiden gleich morgen entsprechende Anweisungen geben.«

»Um welche Klienten handelt es sich?« Montague hörte

aufmerksam zu, während Slocum die Namen aufzählte. Nach kurzer Überlegung nickte er. »Sagen Sie Gibbons und Foster, dass sie das ruhig übernehmen können. Wenn ich da bin, werde ich bei den Besprechungen dabei sein, mich aber weitestgehend heraushalten. Gibbons und Foster sollen das Gespräch führen – Gibbons übernimmt die Leitung, Foster unterstützt ihn.« Frederick Gibbons war ein fähiger Mann, der schon seit Jahren für Montague & Son arbeitete, und auch Phillip Foster, wenngleich weniger erfahren, entwickelte sich vielversprechend. »Das dürfte den beiden einiges an Erfahrung bringen.«

»Das sehe ich genauso.« Slocum machte sich eine Notiz in den Kalender. »Seien Sie unbesorgt, wir werden den Laden schon am Laufen halten.« Als er wieder aufsah, fiel sein Blick auf den Stapel Unterlagen auf Montagues Schreibtisch. »Damit haben Sie auch erst einmal alle Hände voll zu tun.«

»Allerdings.« Montague betrachtete den Berg an Unterlagen und konnte es kaum erwarten, sich endlich daraufzustürzen. Er schaute zu seinem Büroleiter auf. »War sonst noch etwas?«

»Nein, das wäre alles.« Slocum klappte den Kalender zu und verabschiedete sich. »Die anderen sind bereits gegangen, und ich werde mich jetzt auch mal auf den Weg machen.«

»Tun Sie das, schönen Abend«, wünschte Montague und nahm sich, noch ehe Slocum sein Büro verlassen hatte, das erste Dokument vor und begann zu lesen.

Eine Stunde verging, doch er merkte es kaum. Erst als die Lampe auf seinem Schreibtisch zu flackern begann, da das Öl fast heruntergebrannt war, schaute er von den Unterlagen auf und zum Fenster hinaus und stellte fest, dass draußen stockfinstere Nacht herrschte. Ein Blick auf die Uhr bestätigte ihm, dass Mrs. Trewick sein Abendessen längst fertig haben musste und auf ihn warten würde – und er versuchte nach Möglichkeit, seiner Haushälterin nicht mehr Umstände zu machen als nötig.

Er warf noch einen Blick auf die über seinen Schreibtisch verstreuten Papiere. Dieser Drang, bis zum Umfallen zu arbeiten, um eine Erklärung zu finden für die Zahlungseingänge auf Lady Halsteads Konto, die vermutlich auch das Motiv für den Mord waren, war ihm wohlvertraut. Auch bei anderer Gelegenheit hatte er sich schon über Gebühr einem Auftrag verpflichtet gefühlt, vor allem dann, wenn es sicherzustellen galt, dass alle Regeln und Gesetze eingehalten wurden und der Gerechtigkeit Genüge getan.

So wie jetzt.

Diesmal jedoch spürte er diesen Impuls gar noch stärker als sonst, dringlicher.

Dass Violet Matcham dem Verbrechen so nah war, ließ ihm keine Ruhe.

Auch wenn er davor zurückscheute, sich zu fragen, warum ihm dieser Gedanke so sehr zu schaffen machte, ließ es sich doch nicht leugnen. Und deshalb galt es herauszufinden, was an den Beträgen auf Lady Halsteads Konto so brisant war, dass es sich lohnte, dafür einen Mord zu begehen; und erst, wenn er das wusste und der Mörder gefasst war, hätte er wieder Ruhe und die Gewissheit, alles ihm Mögliche getan zu haben.

Wenn ihm gelungen war, was plötzlich das Wichtigste überhaupt schien: Violet vor dem Mörder zu beschützen.

Violet zu beschützen.

Einen Moment noch blickte er auf die Papiere, dann stand er auf, schob sie zusammen und nahm den ganzen Stapel mit, als er das Büro verließ und nach oben ging, wo sein Abendessen und eine lange Nacht in seinem Arbeitszimmer auf ihn warteten.

An diesem Abend aß Violet zusammen mit Tilly und der Köchin in der Küche. Es war gemütlich dort, und die Wärme tat gut; in den oberen Räumen schien das Haus unnatürlich kalt geworden zu sein.

Die Köchin, bei der einzelne rote Löckchen sich unter der weißen Haube hervorstahlen, hatte sich auf ihrem Stuhl zusammengekauert und stocherte in ihrem trotz allem ganz köstlich geratenen Eintopf herum. »Was, wenn er zurückkommt?«

Violet schaute auf. »Der Mörder?«

»Genau.« Die Köchin starrte weiter in ihren Teller. »Weil, wenn er einfach so hier reinspaziert ist und die Mistress umgebracht hat, was sollte ihn davon abhalten, noch mal zu kommen und es auf eine von uns abzusehen?«

Violet schaute kurz zu Tilly und sah in den Augen der Dienerin eine ähnliche Befürchtung stehen. »Das … halte ich für wenig wahrscheinlich.« Sie wandte sich an die Köchin. »Es deutet alles darauf hin, dass es für den Mord an ihrer Ladyschaft ein konkretes Motiv gab – nämlich jene Zahlungen auf ihr Konto, wegen der sie sich die letzten Tage so beunruhigt hatte. Und wenn dem so ist, dann … wüsste ich nicht, weshalb er zurückkommen und eine von uns umbringen sollte.«

Tilly griff nach ihrem Wasserglas und trank einen Schluck, stellte es wieder ab und räusperte sich. »Das denke ich auch«, meinte sie. »Wenn er ihrer Ladyschaft aus einem bestimmten Grund nach dem Leben trachtete und bislang damit durchgekommen ist, warum sollte er dann ausgerechnet hierher zurückkehren? Ich an seiner Stelle würde einen weiten Bogen um das Haus machen.«

»Ganz genau.« Violet straffte die Schultern. »Zumal, das fällt mir gerade ein, der Inspector mir sagte, er hätte draußen einen Wachposten aufgestellt, um das Haus im Blick zu behalten. Ich gehe davon aus, dass der Mann auch die Nacht über Dienst tun wird.«

»Na gut … Wollen wir das mal hoffen.« Die Köchin schob ihren noch halb vollen Teller beiseite. »Und dass es dem Mörder wichtiger ist, in Deckung zu bleiben, als es auf uns drei abzusehen. Vor allem, weil wir ja sowieso nichts wissen.«

»Eben.« Um das Gespräch endlich vom Mord und dem Mörder wegzulenken, stand Violet entschieden auf und nahm ihren Teller. »Ich helfe noch beim Abräumen.«

Dann wäre sie beschäftigt und konnte nicht darüber nachdenken, dass sie jetzt nicht bei Lady Halstead im Wohnzimmer saß und ihr vorlas; dass sie und Tilly die alte Dame nachher nicht nach oben bringen, ihr bei der Abendtoilette helfen und eine gute Nacht wünschen würden.

Das große Schlafzimmer im ersten Stock lag verlassen; die Polizei hatte den Leichnam zur weiteren Untersuchung mitgenommen.

An all das wollte Violet nicht denken. Als der Abwasch gemacht war, wandte sie sich an Tilly. »Wir könnten auch gleich noch die Flickwäsche erledigen.«

Sie und Tilly verstanden bestens mit Nadel und Faden umzugehen, und die Arbeit ging ihnen flott von der Hand. Die Köchin saß eine Weile stumm dabei und starrte auf ihre flinken Finger, dann erhob sie sich brummelnd und verzog sich in ihre Schlafkammer hinter der Küche.

Violet hörte, wie die Tür geschlossen wurde. Kurz darauf war ein dumpfer Stoß zu vernehmen, als habe die Köchin ein schweres Möbelstück davorgeschoben.

Violet wechselte einen Blick mit Tilly, der das Geräusch ebenfalls nicht entgangen war. »Kann man ihr nicht verdenken, oder?«, meinte Tilly. »Nach allem, was passiert ist.«

Kurz von ihren Gefühlen überwältigt, nickte Violet und wandte sich wieder dem Saum zu, den sie gerade ausbesserte.

Als schließlich alle Arbeit erledigt war und die Lampen in der Küche gelöscht, gingen Violet und Tilly jeweils mit einer flackernden Kerze in der Hand nach oben, wo ihre Wege sich trennten. Tilly verschwand den schmalen Korridor hinab, der zur Dachstiege und ihrer Dienstbotenkammer führte; Violet blieb kurz am Treppenabsatz stehen, dann fasste auch sie sich ein Herz und wandte sich in die entgegengesetzte Richtung, vorbei an Lady Halsteads Zimmer und weiter, bis zur Tür ihres eigenen, deutlich bescheideneren Quartiers.

Wieder zögerte sie einen Moment, dann trat sie ein und schloss die Tür hinter sich. Es gab absolut keinen Grund, sich von ihrer Angst leiten zu lassen. Was sollten sie drei denn zu befürchten haben?

Montague hatte ihr versichert, dass er gemeinsam mit Stokes und Adair dafür Sorge tragen wolle, den Mord an Lady Halstead schnellstmöglich aufzuklären und den Täter seiner gerechten Strafe zuzuführen. Vor einer Woche noch wäre es ihr töricht und vermessen erschienen, ihre ganze Zuversichtlichkeit in einen Mann zu setzen, den sie kaum kannte; jetzt nicht mehr. Sie glaubte ihm und schenkte seinen Worten Vertrauen, fand seine Zuversicht und Gewissheit tröstend.

Oder lag es daran, dass er sie in ihrer eigenen Zuversicht bestärkte?

Sie ging hinüber zur Kommode und stellte die Kerze ab. Ihre Gedanken kreisten unablässig weiter, als wollten sie jetzt, da sie endlich allein war, alles wettmachen, was sie vorher zu verdrängen versucht hatte.

Die Erkenntnis, dass es sich bei dem Mörder aller Wahrscheinlichkeit nach um eines von Lady Halsteads Kindern, einen der Ehegatten oder auch der Enkel handelte, drang erst jetzt in aller Deutlichkeit in Violets Bewusstsein. Natürlich war das so deutlich nicht gesagt worden, aber der Verdacht stand unmissverständlich im Raum und gab, zumindest bislang, den Ermittlungen die Richtung vor.

Mehr noch: Auch wenn es keine Beweise gab, schien es ihr nahezu unmöglich, sich vorzustellen, dass Lady Halsteads Mörder *nicht* aus der Familie sein könne. Die alte Dame hatte sehr zurückgezogen gelebt, vor allem in den letzten beiden Jahren.

Sie nahm sich vor, es bei nächster Gelegenheit Montague – oder Stokes oder Adair – gegenüber zu erwähnen und begann dann, die Haarnadeln aus ihrer Frisur zu lösen.

Nachdem sie sich das Haar gründlich gebürstet hatte, legte sie ihre Kleider ab und schlüpfte in ihr Nachthemd, doch in Gedanken war sie noch immer bei Lady Halstead und allem, was sie zwischen ihr und ihren Kindern im Laufe der Jahre beobachtet hatte und woran sie sich nun angestrengt zu erinnern versuchte. Hätte ihr etwas auffallen müssen – irgendwann, bei einem von ihnen –, etwas, das darauf hindeutete, wer der Schuldige war?

Als sie ins Bett stieg und die Decke über sich zog, war sie selbst erstaunt, welche Kraft sie in sich spürte, welche Entschlossenheit – mit beidem hatte sie nicht gerechnet. Trotz des Schocks, der ihr noch immer in den Knochen saß, und der Tatsache, dass sie nicht einmal mit Lady Halstead verwandt war, fasste sie einen festen, klaren Vorsatz: Sie würde nicht eher Ruhe geben, bis der Mörder ihrer Ladyschaft gefasst war.

Sich dieser Verpflichtung bewusst zu werden und sich einzugestehen, dass sie nicht davon abweichen würde, komme, was wolle, war nicht gerade dazu angetan, ihr Trost und Ruhe zu bescheren, aber es gab ihr hinreichend Sicherheit und die Gewissheit, was zu tun war – und das genügte vorerst, um sie schließlich die Augen schließen zu lassen.

Erstaunlicherweise schlief sie ziemlich schnell ein. Sie musste wohl doch erschöpfter gewesen sein als gedacht.

Während der Schlaf sie einhüllte, ihr Bewusstsein wie einen Nebel der Benommenheit umfing, tauchte ein Gesicht auf, nahm langsam Gestalt an, bis sie es ganz deutlich und klar vor sich sah – und dahinter, wie Schemen, zwei weitere, doch die eher vage und verschwommen.

Montague stand ihr klar umrissen vor Augen, und seine mit tiefer, fester Stimme gegebene Zusicherung hallte tief in ihr wider. Beides gab ihr Halt und Trost.

Lady Halsteads Mörder würde gefasst werden. Daran wollte sie alles setzen, alles dafür geben. Und Montague würde an ihrer Seite sein.

Stokes fand Griselda an Megans Wiege stehend und mit einem Lächeln auf ihre Tochter hinabblickend, wie er es vor Megans Geburt nie bei seiner Frau gesehen hatte.

Ein Madonnenlächeln, wie es nur einer Frau, einer Mutter beschieden war, die ihr Kind betrachtete.

Der Anblick entlockte auch ihm ein Lächeln, das seine strengen Züge, die harte Miene, die er der Welt zumeist zeigte, sanfter werden ließ.

Als sie seine Anwesenheit bemerkte, wandte Griselda sich nach ihm um und lächelte ihn an.

Ein anderes Lächeln als zuvor, aber eines, das ihm unschätzbar geworden war. Dieses Lächeln, mit dem sie nur ihn bedachte.

Er trat neben sie, streifte kurz ihre Lippen mit einem Kuss und blickte hinab auf ihre Tochter.

Griselda lehnte sich an ihn, und er legte leicht den Arm um sie. Nachdem sie einen Moment so gestanden hatten, fragte er leise: »Willst du dich allen Ernstes an den Ermittlungen beteiligen? Ich meine, interessiert es dich wirklich? « Er wandte den Kopf, um sie anzusehen. »Oder machst du es nur, weil Penelope es möchte und du sie nicht im Stich lassen willst?«

Griselda betrachtete ihn. »Sie kann wirklich sehr überzeugend sein, keine Frage, aber …«, sie seufzte, »… ich habe tatsächlich das Gefühl, irgendetwas tun zu müssen, um meinen eigenen kleinen Beitrag zu leisten, und sei er noch so bescheiden.« Sie trat vor ihn, legte beide Arme um ihn und schaute ihm in die Augen. »Ich bin sehr glücklich hier, mit dir und Megan. Es ist nicht dieser Teil von mir, der etwas tun möchte. Wenn ich wollte, könnte ich auch zu Hause bleiben, mich um den Laden und das Atelier kümmern und glücklich und zufrieden sein … Aber manchmal frage ich mich, ob ich nicht, wenn ich in etlichen Jahren zurückblicke, etwas vermissen werde und mich … mich vielleicht sogar ein wenig schäme.«

Als suche sie nach Worten, wie sie ihm begreiflich machen könnte, was sie meinte, hielt sie seinen Blick, schaute fragend in seine Augen, ehe sie schließlich fortfuhr: »Ich habe alles, was mein Herz nur begehren kann. Mein Leben ist wunderbar, es geht mir gut, ich bin glücklich. Die Zukunft liegt vor mir wie ein Versprechen, keine Wolken verdüstern meinen Horizont. Vielleicht könnte man sagen, dass ich mich für all das irgendwie erkenntlich zeigen will – mir mein Glück verdienen oder mir zumindest selbst das Gefühl geben, dass ich es verdient habe, indem ich versuche, etwas zurückzugeben und alles mir Mögliche zu tun, um … die Welt ein wenig besser zu machen. Indem ich anderen helfe.« Ihre Miene hellte sich auf, und ein feines Lächeln spielte um ihre Lippen. »Indem ich dir – und Barnaby natürlich – helfe, für Gerechtigkeit zu sorgen.«

Er schloss sie in seine Arme, spürte ihre Wärme, das Vertrauen, mit dem sie sich an ihn sinken ließ, etwas, das er nun, da er es gefunden hatte, niemals mehr missen wollte. »Ich kann nicht behaupten, dass ich diesen Wunsch nicht nachvollziehen könnte«, meinte er. »Allerdings frage ich mich, ob ich dich mit meiner Berufung womöglich angesteckt habe.«

Sie lächelte. »Wahrscheinlich spiegelt es nur unser wahres Wesen wider und zeigt, wie gut ich zu dir passe, da wir einander so ähnlich sind in unseren Gedanken, Ansichten, Wünschen und Idealen. Wir haben denselben Blick auf die Welt.«

»Mhm«, machte er und wollte es dabei belassen, sah sich dann aber doch genötigt zu fragen: »Und wie genau stellst du dir das vor? Dich an meinen laufenden Ermittlungen zu beteiligen und …«

»Nein«, unterbrach sie ihn, »das will ich ja gar nicht, und das braucht es auch nicht.« Sie suchte seinen Blick. »Mir ist bewusst, dass viele, wenn nicht gar die meisten Verbrechen in einem Milieu begangen werden, das mir fremd … und wohl auch zu gefährlich ist. Weder ich noch Penelope könnten zu solchen Fällen nützliche Erkenntnisse beitragen. Aber in einem Fall wie dem jetzigen böten sich uns sehr viele Möglichkeiten, euch zu helfen – wie wir es heute Abend bereits getan haben.«

»Das kann und will ich überhaupt nicht abstreiten. Eure Überlegungen zu den Beziehungen innerhalb der Familie, eure Erklärung, warum die Halstead-Sprösslinge so geworden sind, wie sie sind, könnten uns eine echte Hilfe sein.« Er zögerte kurz, dann nickte er. »Na schön. Warten wir einfach ab, wie es sich weiterentwickelt.«

»Wenn es Bereiche gibt, in denen wir euch unterstützen können, werden wir es tun.«

Eine Weile sahen sie einander einfach nur an. Dann konnte er ein Lächeln nicht länger zurückhalten. »Ich wüsste einen Bereich, in dem du mich jetzt gleich unterstützen könntest.«

Ihr Lächeln vertiefte sich, wurde sinnlicher, und sie reckte sich auf die Zehenspitzen, um ihm einen kurzen, herausfordernden Kuss zu geben. »Dann mal voran, Inspector«, flüsterte sie an seinen Lippen.

Stokes lachte – leise, um das Baby nicht zu wecken. Geschwind beugte er sich herab und hob Griselda auf seine Arme, die erst überrascht nach Luft schnappte und dann ein helles ersticktes Lachen hören ließ, als er sie aus dem Zimmer trug – die Tür ließen sie offen, damit sie hörten, wenn Megan aufwachte – und den Flur hinab zu ihrem eigenen Schlafzimmer.

Dort ließ er sich mit ihr ins weiche Bett fallen, und sie streckte die Arme nach ihm aus und zog ihn an sich.

Und schon spürten sie die Wärme, die sie einander gaben, spürten sie heiß auflodern und sie umfangen.

Sie kosteten die Hitze der Leidenschaft aus, ein Teilen und gegenseitiges Geben, bei dem sie immer wieder aufs Neue lernten und sich einmal mehr dieses ursprüngliche Wunder, dieses überwältigende Glück vergegenwärtigten.

Die reinen, unverfälschten Freuden körperlicher Intimität.

Himmlische Wonnen und Ekstasen zu teilen, um schließlich zur Ruhe zu kommen und von einer tiefen Zufriedenheit erfüllt in den Armen des anderen einzuschlafen.

Nur dass Stokes heute keinen Schlaf fand.

Er lauschte Griseldas ruhigem, gleichmäßigem Atem.

Die Ungewissheit wollte ihn nicht loslassen und bedrängte ihn in einer Weise, die er nie zuvor gekannt hatte. Er fühlte sich, als stünde er am Beginn einer neuen und möglicherweise gefährlichen Erfahrung – einer Reise, deren Ende nicht abzusehen war. Erst jetzt wurde ihm die Tragweite dessen bewusst, worauf er sich eingelassen hatte. Wie dunkle Schatten huschte es ihm durch den Kopf. Die alberne, wenn auch nicht ganz unbegründete Angst, dass er, indem er ihrem Wunsch nachgab, sie nicht nur an diesem, sondern auch an weiteren folgenden Fällen zu beteiligen, unabsehbaren Kräften eine Tür geöffnet haben könnte, die dies hier – diese Freuden trauten Glücks – aus dem Gleichgewicht brächten.

Die Angst, dass etwas zwischen sie kam und ihnen die Nähe nahm.

Diese Vertrautheit, die ihm wichtiger geworden war als das eigene Leben.

Und doch würde er alles für sie tun, ihr die Welt zu Füßen legen, wenn sie es wollte, und wenn es das war, was sie wollte, was sie brauchte … Dann würde er an ihrer Seite sein, und sie würden gemeinsam überlegen, was zu tun war, wie sich ihrer beider Wünsche und Bedürfnisse vereinbaren ließen, getragen von dem Fundament ihrer Liebe.

Er würde sich bemühen, ebenso wie sie, und zusammen würden sie es schaffen. Beiden fehlte es nicht an gutem Willen und einem langen Atem.

Nun doch immerhin halbwegs beruhigt, überließ er sich dem Schlaf.

Während er langsam wegdämmerte, sah er Griseldas Gesicht vor sich, dieses selige, leicht entrückte Madonnenlächeln, und dieses Lächeln barg so viel Liebe und Verheißung in sich, wie sie nur aus der Verbindung einer Mutter zu ihrem Kind entstehen konnte. Kein Wunder, dass die Mutterliebe als einzig und wahr galt, dass sie geradezu heilig war.

Was also war dann bei den Halsteads schiefgelaufen?

Der Gedanke ließ ihn wieder wach werden, oder doch zumindest wach genug, um zu dem Schluss zu gelangen, dass in dieser Familie in zumindest einem Fall, möglicherweise aber in mehreren, die Bindung von Mutter und Kind gebrochen war. Oder vielleicht nie bestanden hatte.

War einer der Halsteads der Täter – und daran hegte er kaum Zweifel –, hatten sie es mit einem Fall von Muttermord zu tun.

Wie hatte es so weit kommen können?

Was musste geschehen sein, um ein Kind gegen die eigene Mutter Hand anlegen zu lassen?

Er ließ sich die Fragen eine Weile durch den Kopf gehen und kam zu dem Schluss, dass er unbedingt in diese Richtung weiterermitteln sollte.

Als er die Augen wieder zumachte, spielte ein zufriedenes Lächeln um seine Lippen. Griselda war ihm eine größere Hilfe gewesen, als sie ahnte.

Bevor der Schlaf ihn schließlich übermannte, war sein letzter Gedanke eine stumme Bitte, dass niemals etwas dieses kostbare Band zwischen Griselda und ihren Kindern beschädigen möge.

»Dein Vater hat Wallace Camberly als einen umsichtigen Politiker beschrieben.« In schimmernd blaue Seide gewandet, rauschte Penelope ins eheliche Schlafgemach in der Albemarle Street. Diamanten funkelten an ihrem Hals, und die Ohrringe schimmerten, als sie durch das Zimmer ging, um ihr silbernes Abendtäschchen auf dem Ankleidetisch abzustellen.

Barnaby folgte ihr und schloss die Tür. Sie waren soeben von einer Abendgesellschaft im Hause seiner Eltern zurückgekehrt. Ihr erster Weg hatte sie, nachdem sie ins Haus gekommen und dem Butler eine gute Nacht gewünscht hatten, nach oben ins Kinderzimmer geführt, aber Oliver hatte tief und fest geschlafen, weshalb sie ihn weiter seinen Träumen überlassen hatten. »Was meinte er mit ›umsichtig‹ – hat er das näher ausgeführt?«

»Ich habe ihn natürlich gefragt.« Penelope begann, ihren Schmuck abzulegen. »Er, also dein Vater, meinte, Camberly halte seinen Sitz mit einer komfortablen Mehrheit und sei sehr darauf bedacht, diese auch nicht zu gefährden. Auf der anderen Seite nennt er ihn einen von Ehrgeiz getriebenen Machtmenschen, wobei sein Ehrgeiz allerdings stets von besagter Umsicht gezügelt wird.«

Barnaby streifte seinen Frack ab und grinste. »Klingt nach einem ganz normalen Politiker – und du hörst dich auch langsam wie einer an.«

»Erschreckend, nicht wahr? Ich fürchte, die Gesellschaft hat abgefärbt.« Sie legte ihre Ohrringe beiseite und schaute ihn an. »Hast du noch etwas über Camberly erfahren?«

»Nur dass ihm vermutlich die übliche, wenn auch wohl keine atemberaubende Karriere sicher sei.« Barnaby fing an, seine Krawatte aufzubinden. »Ich hatte den Eindruck, dass man einen Blick auf ihn und seine Frau hat, um seine Chancen auf eine Berufung ins Ministerium einzuschätzen.« Er schaute hinüber zu Penelope, die gerade ihr Collier abgelegt hatte und ihr Haar zu lösen begann. »Allerdings ist mir niemand aus dem Innenministerium begegnet. Dir?«

»Nein, weshalb ich mich auch weiter an deinen Vater gehalten habe. Es fiel ihm zunächst nicht leicht, Mortimer Halstead einzuordnen, und angeblich verdankt Mortimer seine Position eher seinem Dienstalter als besonderem Talent. Dein Vater nannte ihn ein Arbeitstier, und er ist der Ansicht, dass Mortimer mit seiner derzeitigen Stelle als Mitarbeiter irgendeines Staatssekretärs vermutlich den Höhepunkt seiner Laufbahn erreicht habe.« Sie bürstete sich das Haar aus und trat vor Barnaby, damit er ihr mit dem Kleid behilflich sei. »Wenn du wohl so freundlich wärst …?«

Barnaby grinste und legte das Krawattentuch auf der Kommode ab, um gehorsam einen nach dem anderen der winzigen blauen Knöpfe zu öffnen, die sich am Rücken ihres Abendkleids nach unten reihten. Es war dies eine der Pflichten, die ihm als Ehemann zufielen und die ihm immer wieder Freude bereitete; aufgrund der Raffinesse von Penelopes Kleidern kam es oft dem Auspacken eines Geschenkes gleich.

Doch ungefähr auf halber Strecke verging ihm sein Lächeln.

Er schaute auf und betrachtete ihr ihm halb zugewandtes Profil. »Mir scheint, du warst ganz in deinem Element. Es hat dir Spaß gemacht, unseren Verdächtigen hinterherzuschnüffeln«, stellte er fest.

Sie nickte. »Oh ja, das hat es. Es hat aus einer leidigen Pflichtveranstaltung, zu der wir an sich nur gegangen waren, um deiner Mutter mit der Tischordnung aus der Bredouille zu helfen, einen letztlich hochinteressanten Abend gemacht. Verzeih mir, aber ich hatte endlich mal wieder das Gefühl, meine Zeit nicht endlos zu verschwenden.«

Nachdem er bei den letzten Knöpfen angelangt war, legte er ihr die Hände auf die Hüften und zog sie an sich.

Sie ließ sich an ihn sinken und barg den Kopf an seiner Brust, das Gesäß an seine Schenkel geschmiegt, und ihre Körper fügten sich so perfekt aneinander, als seien sie füreinander geschaffen.

Einen Moment hielt er sie so und kostete einfach nur dieses Gefühl aus, diese Gewissheit, wie gut sie zusammenpassten, wie perfekt sie einander ergänzten.

Dann fasste er sich ein Herz. »Wenn ich ehrlich bin, weiß ich noch nicht so recht, was ich davon halten soll, dass du dich jetzt wieder an den Ermittlungen beteiligst.«

Er hatte gehofft, dass sich das Problem von selbst erledigen und sie nach Olivers Geburt kein Interesse mehr an solch potenziell gefährlichen Unternehmungen hätte. Andererseits hatte er es sich, seiner vagen Hoffnung zum Trotz, nie so recht vorstellen können. Ihm war immer klar gewesen, dass ihr Forschergeist Anregung und neue Nahrung bräuchte, so wie er,

Barnaby, sie im Lösen von Kriminalfällen fand – schließlich war es das, was sie überhaupt erst zusammengeführt hatte. Und die Geburt eines Kindes veränderte zwar einiges, aber nicht das grundlegende Wesen eines Menschen.

Sie reagierte nicht sofort, doch spürte er auch keine Abwehr. Nach einer gefühlten Ewigkeit hob sie die Hände und setzte ihre goldgerahmte Brille ab, dann neigte sie den Kopf zurück und zur Seite, bis sie ihn ansehen konnte. Aus so geringer Distanz brauchte sie die Brille nicht, um seine Miene zu deuten, in seinen Augen zu lesen. Wieder verstrichen etliche Sekunden, in denen er nur seinen Herzschlag hörte, ehe sie meinte: »Ich war mir ehrlich gesagt auch nicht sicher.«

Da er nicht wusste, wie er das zu verstehen hatte, wartete er schweigend ab, dass sie fortfuhr, was sie denn kurz darauf auch tat. »Als Oliver geboren wurde, fragte ich mich, ob er mein Leben wohl so ausfüllen könnte, dass für nichts anderes mehr Platz wäre, schon gar nicht für detektivische Ermittlungen. Aber jetzt … Ich glaube, so einfach ist es nicht, zumindest nicht bei mir. Das Leben entwickelt sich weiter, wir entwickeln uns weiter. Aber es ist kein einfaches Entweder-oder.«

Sie erwiderte seinen Blick und fuhr fort: »Mir kommt es vor, als sei mein Leben größer, weiter geworden, als gebe es jetzt mehr Raum zu füllen, als hätte Olivers Geburt neuen Platz in unserem Leben geschaffen, nicht weniger. Ich bin für mich zu dem Schluss gekommen – und ich hoffe, dir ergeht es ähnlich –, dass das Leben nicht fest und statisch ist, nicht von absehbarem und beschränktem Umfang. Alles verändert sich stetig und oft anders, als wir es erwarten. Während ich in den ersten Monaten völlig in diesem neuen Raum aufgegangen bin, den Oliver geschaffen hat, und versucht habe, mich in meine neue Rolle hineinzufinden, habe ich andere Bereiche meines Lebens vernachlässigt, die aber, wie ich allmählich zu merken begann, noch immer ihre Berechtigung haben. Das Alte verschwindet nicht einfach, weil Neues kommt, und das möchte ich auch gar nicht. Ich brauche das, es gehört noch immer zu meinem Leben, es ist das, was mich ausmacht. Hätte ich das, dieses andere nicht, würde mir etwas fehlen, und ich könnte nicht die sein, die ich bin.« Sie schaute ihn fragend an. »Verstehst du, was ich meine?«

Er blickte in ihre dunklen Augen. »Bis jetzt konnte ich dir folgen – es ist eine sehr interessante Hypothese.«

»Na ja.« Sie gestikulierte vage mit ihrer Brille, die sie noch immer in der Hand hielt. »Oliver hat natürlich alles für mich verändert – und für dich auch, nehme ich an, wenn auch auf andere Weise und nicht ganz so grundsätzlich, aber diese Veränderungen spielen jetzt in alle anderen Bereiche unseres Lebens hinein.« Sie hielt inne, schaute wieder geradeaus und ließ sich an ihn sinken. »Alles in allem habe ich das Gefühl, als sei mein Leben etwas aus dem Gleichgewicht geraten, vor allem in Hinsicht auf meine anderen Interessen, zu denen eben auch das Ermitteln gehört. Ich muss versuchen, eine neue Balance zu finden, aber wie genau die aussehen könnte …« Sie legte den Kopf zurück, suchte erneut seinen Blick. »Wahrscheinlich muss man es einfach auf einen Versuch ankommen lassen.«

Er sah sie an und flüsterte dann, dicht an ihrem Ohr: »Dann versuchen wir es einfach mit dem laufenden Fall?«

Sie wandte sich in seinen Armen um und hob die Hände an seine Schultern, strich über seinen Nacken. »Wir versuchen es. Und wenn es im ersten Anlauf nicht funktioniert, versuchen wir es noch einmal und schauen, was wir anders machen können.« Ohne den Blick von ihm zu nehmen, ließ sie sich in seinen Armen zurückfallen, um ihn ansehen zu können. »Willst du mit mir zusammenarbeiten, um unser neues Gleichgewicht zu finden?«

Während er sie so betrachtete, ging ihm auf, dass sie, seit sie sich in diesen Fall gestürzt hatte, wieder wacher und lebendiger war, auf diese Weise, die er immer an ihr geliebt hatte. Und erst jetzt wurde ihm bewusst, wie sehr ihm das gefehlt hatte. Auch jetzt neigte er dazu, ihr, wie immer, alles zu geben, allem zuzustimmen, das zu ihrem Glück und ihrem Wohlbefinden beitrug. Doch sein Beschützerinstinkt ließ ihn innehalten.

Dem Beschützer in ihm gefiel es nicht, dass sie sich in Gefahr begab – oder auch nur in die Nähe einer Gefahr. Und Ermittlungen waren gefährlich, nicht immer, aber oft.

Ein neues Gleichgewicht finden.

Sie hatte ja recht.

Er nickte. »Dann versuchen wir es so lange, bis wir es hinbekommen.«

Sie lächelte, ein strahlendes Lächeln gegenseitigen Einvernehmens. »Danke.«

Dann reckte sie sich auf die Zehenspitzen, packte mit einer Hand seinen Nacken, umfing mit der anderen sein Gesicht und drückte ihm einen Kuss auf die Lippen. Alle Zweifel, die ihm noch geblieben waren, dass sie ihn nicht verstand, nicht ganz begriffen hatte, was in ihm vorging, welche Sorgen, Nöte und Vorbehalte ihn plagten, waren jäh verflogen.

Dass sie sich dieser Herausforderung gemeinsam stellen würden, Seite an Seite, Hand in Hand, fand sich denn auch im Folgenden sehr eindrücklich belegt.

Später, viel später, als sie sich in seine Arme kuschelte und sie nun beide bereit waren zu schlafen, nahm er ihre Hand und drückte einen Kuss auf die Handfläche. »Gemeinsam werden wir unseren Weg finden.«

»Nun, das war ja viel einfacher als gedacht.« Er war wie berauscht – vor Erleichterung, vor Genugtuung, es vollbracht zu haben, und nicht zuletzt von den Nachwirkungen der Tat an sich, dem Nervenkitzel des Verbotenen. Seine Hände bebten, als er im Refugium seines Ankleidezimmers den Lampendocht zu entzünden versuchte.

Als er es endlich geschafft und den Glaskolben wieder aufgesetzt hatte, schaute er an sich hinab, musterte seine Kleider im goldenen Lichtschein. Es war nach Mitternacht, nichts regte sich mehr, alles war still. Nur er war in diesen Stunden zwischen gestern und morgen rührig und wach.

Nachdem er sich vergewissert hatte, dass es keine verdächtigen Spuren gab, begann er seine Kleider abzulegen.

Zusammen mit seinem Gewissen.

»Es ließ sich wirklich nicht vermeiden – nicht nachdem die Alte den Ball ins Rollen gebracht hatte. Was hätte ich denn tun sollen? Hilflos mit ansehen, wie alles seinen Lauf nahm? Hätte sie sich nicht eingemischt, einfach alles so belassen, wäre es gut gewesen, aber nein – sie wollte ja unbedingt alles richtig machen und ihre Angelegenheiten in Ordnung bringen … Tja. Das kommt davon.«

Nachdem er sein Nachtgewand übergestreift hatte, musterte er sein Gesicht im Rasierspiegel, wie er es jeden Abend vor dem Zubettgehen tat.

Und wie so oft stiegen Zweifel in ihm auf, begannen die Geister in seinem Kopf zu spuken. Den Blick fest auf die Augen gerichtet, die ihm aus dem Spiegel entgegenblickten, murmelte er: »Wenn sie mit ihrem Verwalter gesprochen hat … dann hat sie das doch sicher auch anderen gegenüber erwähnt, oder nicht?«

Und schon verzerrte sich sein Gesicht, und er richtete sich auf. »Verdammt! Ich bin noch immer nicht auf der sicheren Seite.«

6

»Dort drüben ist es.« Montague deutete über die Winchester Street auf die Kanzlei von Runcorn & Son.

Neben ihm hob sich Mrs. Adair – Penelope, wie er sie bitte nennen solle – eine behandschuhte Hand an die Augen. »Ah ja. Das macht doch einen ganz soliden Eindruck.« Sie ließ die Hand wieder sinken und sah sich um. »Ich war noch nie in dieser Gegend. Es erstaunt mich immer wieder, wie groß London ist.«

Adair, der an ihrer anderen Seite ging, erlaubte sich ein Grinsen, sagte aber nichts. Auch er schaute sich ein wenig um, nahm die Straße und das gegenüberliegende Gebäude in Augenschein.

Die beiden hatten sich zu dem tags zuvor vereinbarten Treffen in Montagues Kanzlei eingefunden und wissen lassen, dass Stokes zwar kurzfristig zu einer Besprechung eines anderen Falles gemusst habe, aber hoffe, sich ihnen etwas später anschließen zu können.

Adair hatte dann kurz das Interesse seiner Frau an den Ermittlungen erläutert und dass Stokes damit einverstanden sei. Da Montague beruflich mit dem Adel zu tun hatte und mit Damen vom Schlage Penelope Adairs somit vertraut war, hatte er nichts gegen ihre Anwesenheit einzuwenden und wunderte sich auch nicht über ihr doch eher ungewöhnliches Interesse. Er war auch keineswegs so dumm, sie als exzentrisch abzutun oder ihre Fähigkeiten zu unterschätzen, ganz im Gegenteil – er konnte sich etliche Szenarien vorstellen, in denen weibliche Intuition sich als nützlich erweisen könnte. Folglich hatte er auch keine Vorbehalte, alles, was er bislang über Lady Halsteads Konten, Geldanlagen und Vermögenswerte herausgefunden hatte, gleichermaßen mit Adair und Penelope zu besprechen.

Obwohl er Stunden damit zugebracht hatte, die Abschriften und Belege von Lady Halsteads Finanzgeschäften zu durchforsten, war er der Quelle dieser mysteriösen Zahlungen noch keinen Deut näher gekommen. Allerdings hatte Sir Hugo in der Tat ein sehr weit gestreutes Portfolio, und dem im Detail nachzugehen, würde sicher noch einmal genauso lange brauchen.

Die ungefähr monatlich eingehenden Geldsummen wiesen kein ihm bekanntes Schema auf, was aber nichts heißen musste. Natürlich wäre eine Geldanlage denkbar, in der eine Auszahlung zu genau diesen Konditionen festgeschrieben war. Es wäre allerdings unüblich, gelinde gesagt. Ehe sie nicht auch diese Möglichkeit ausgeschlossen hatten – und das ließe sich nur durch eine akribische Prüfung sämtlicher Unterlagen erreichen –, mussten sie in Betracht ziehen, dass die Zahlungen legitimen Ursprungs waren und somit aller Voraussicht nach nicht das Motiv für den Mord.

Aber so weit waren sie noch nicht.

Denn wie Penelope ganz richtig festgestellt hatte, ließe sich dem entgegenhalten, dass es vermutlich kein Zufall war, wenn Lady Halstead so kurz nach ihrer Ankündigung, ihre Finanzen in Ordnung bringen zu wollen, ermordet wurde.

Am Ende waren sie zu dem Schluss gelangt, dass sie sich noch einmal mit Runcorn absprechen sollten und ihn fragen, ob er eine vollständige Aufstellung sämtlicher jemals von den Halsteads getätigten Investitionen hatte – wovon auszugehen war. Und deshalb waren sie jetzt hier. Zumal Adair und Penelope neugierig auf den jungen Vermögensverwalter waren, der in ihren Augen eine weitere Figur in dem Drama darstellte.

Sie überquerten die Winchester Street und gingen auf das Gebäude von Runcorn & Son zu. Montague öffnete die Tür, ließ Penelope und Adair den Vortritt und folgte ihnen dann hinein.

Drinnen indes herrschte helle Aufregung.

Ein aschfahler Pringle kam ihnen entgegengeeilt und fuchtelte wild mit den Händen. »Nein, nein – entschuldigen Sie, Ma'am, aber wir haben geschlossen.«

Penelope blinzelte irritiert und sah an dem schmächtigen Mann vorbei zu den beiden Constables, die an der hinteren Tür standen. »Warum?«

Ihre Frage brachte Pringle in noch ärgere Bedrängnis. »Ah ...« Er rang die Hände und schaute an Penelope vorbei auf Adair ... ehe er auch Montague bemerkte. »Oh, Sir!«, rief er. »Gut, dass Sie da sind – es ist nicht auszudenken! Mr. Runcorn, Sir ... Er ist tot.«

»Tot?«, entfuhr es allen dreien.

Adair schaute sich nach Montague um.

»Was ist passiert?«, fragte Montague und trat vor, um mit Pringle von Angesicht zu Angesicht zu reden.

»Ich ... ich weiß es nicht genau.« Pringle sah aus, als könne er sich kaum auf den Beinen halten. »Müsste ich raten, so würde ich sagen, er hat einen Schlag auf den Hinterkopf bekommen und wurde dann stranguliert. Oje, oje!«

»Kommen Sie.« Penelope nahm Pringle beim Arm und steuerte ihn sanft auf den nächstbesten Stuhl zu – wie der Zufall es wollte, war es der hinter seinem Schreibtisch. »Setzen Sie sich und versuchen Sie sich zu beruhigen.« Sie sah sich in dem kleinen Büro um. »Gibt es hier die Möglichkeit, Ihnen einen Tee zu machen?«

Pringle überschlug sich schier vor Dankbarkeit und deutete auf eine schmale Tür, die in die beengte Teeküche führte. Penelope tätschelte ihm den Arm und verschwand nach nebenan.

Montague hatte Pringle derweil nicht aus den Augen gelassen. Ihm schien, als würde der Mann von Minute zu Minute mehr erbleichen. »Wissen Sie, wann es passiert ist?«, fragte er möglichst behutsam.

Pringle schluckte. »Ich bin gestern Abend wie immer gegen sieben gegangen. Mr. Runcorn bleibt meist etwas länger und war noch mit der Durchsicht von Lady Halsteads Akte beschäftigt. Er hatte alle Unterlagen vor sich auf dem Schreibtisch ausgebreitet.« Pringle warf einen Blick zum hinteren Büro. »Die Sachen liegen noch genauso da. Ich habe sie gesehen, als ich heute Morgen hineingegangen bin und … ihn gefunden habe.« Pringle schaute Montague an. »Ich wusste sofort, dass er tot ist.«

»Warum sind Sie denn in sein Büro gegangen?«, fragte Barnaby ruhig. »Hat etwas Ihnen Anlass zur Sorge gegeben?«

»Nein, nein.« Pringle schüttelte den Kopf. »Ich wollte nur die Originale zurückbringen, von denen ich Abschriften für Mr. Montague angefertigt hatte. Damit war ich gestern am späten Nachmittag fertig geworden und hatte noch keine Gelegenheit, die Originale wieder in die Halstead-Akte zurückzulegen. Mr. Runcorn hatte den Ordner bei sich im Büro und ohnehin alle Hände voll damit zu tun, weshalb ich ihn nicht stören wollte und die Dokumente solange in meinem Schreibtisch verwahrte – wenn er sie bräuchte, wüsste er, wo sie zu finden sind. Heute Morgen dachte ich mir, dass er mit der Akte gewiss durch sein müsste und ging hinein, um die Dokumente einzusortieren, und da …« Er schluckte. »Und da habe ich ihn gefunden.«

»Wie furchtbar.« Penelope kam mit einem dampfenden Becher Tee zurück. »Hier, trinken Sie das, und versuchen Sie, eine Weile einfach an gar nichts zu denken.«

»Danke, Ma'am.« Pringle nahm den Becher entgegen und schloss seine schmalen Hände darum. »Das ist sehr freundlich von Ihnen.«

Barnaby wartete, bis Pringle einen Schluck Tee getrunken hatte, der vermutlich so stark und süß war, dass einem die Zähne schmerzten, aber Penelope wusste, was es in solchen Situationen brauchte. Dann fragte er, noch immer um einen ruhigen, milden Ton bemüht: »Und nachdem Sie Mr. Runcorn gefunden hatten, was haben Sie da getan?«

Pringle seufzte. »Woher hätte ich denn wissen sollen, was

zu tun ist? Ich geriet in Panik, ließ sämtliche Unterlagen, die ich bei mir hatte, einfach auf den Schreibtisch fallen und rannte hinaus auf die Straße – glücklicherweise liefen draußen gerade zwei Wachmänner Streife. Ich habe mir die beiden geschnappt und ihnen die Bescherung hier gezeigt.« Er deutete zum hinteren Büro, mied es aber, noch einmal in die Richtung zu schauen. »Seitdem sind sie da drin. Ich glaube, Sie haben schon Verstärkung angefordert.« Er trank noch einen Schluck und schaute zur Uhr. »Allzu lange kann es nicht her sein. Ich bin erst nach neun in sein Büro gegangen.« Er schüttelte den Kopf. »Ich dachte, er sei völlig in seine Arbeit vertieft.«

Barnaby wechselte einen Blick mit Montague, dann ging er nach hinten zu Runcorns Büro. Die Tür stand offen, aber ehe er eintreten konnte, hatte ihm schon ein bulliger Constable den Weg verstellt.

»Tut mir leid, Sir, aber Sie müssen draußen bleiben – hier ist ein Mord geschehen, ganz üble Sache. Wir warten auf den Arzt und unseren Sergeant, bis dahin darf nichts angefasst werden.«

»Ganz recht. Ich will hoffen, dass auch Sie sich daran gehalten haben.« Barnaby zückte seine Karten. »Ich bin in beratender Funktion für die Metropolitan Police tätig und ermittle derzeit mit Inspector Stokes von Scotland Yard. In dem Fall geht es um eine Klientin von Mr. Runcorn – auch sie wurde kürzlich ermordet. Es ist daher mehr als wahrscheinlich, dass der Mord an Runcorn mit Stokes' Fall in Zusammenhang steht. Die Verbindung der beiden ist auch der Grund, weshalb wir«, er deutete vage hinter sich auf Penelope und Montague, »hier sind. Wir wollten uns mit Mr. Runcorn abstimmen.« Er reichte dem Wachmann erst Stokes' Karte – und dann sicherheitshalber noch seine eigene hinterher. Manchmal konnte ein *Honourable* vor dem Namen ganz nützlich sein. »Ich würde Ihnen empfehlen, jetzt gleich nach Stokes schicken zu lassen. Er befindet sich gerade im Yard in einer Besprechung.« Als Barnaby sich Stokes' Reaktion vorstellte, konnte er sich ein

Grinsen nicht verkneifen. »Keine Sorge, er wird nichts gegen die Störung einzuwenden haben.«

Der Constable betrachtete skeptisch die beiden Karten, dann schaute er Barnaby an und nickte. »Gut, Sir, wie Sie meinen. Ich werde meinen Kollegen dann gleich losschicken.«

Barnaby neigte höflich den Kopf, begab sich zurück zu den anderen und senkte die Stimme. »Ich würde sagen, wir warten einfach kurz ab.«

Es brauchte auch wirklich nur ein paar Minuten, und schon war der jüngere, etwas flinkere Kollege instruiert und losgesprintet, um sich eine Droschke zum Yard zu nehmen und Stokes in aller Dringlichkeit Meldung zu machen.

Als die Tür sich hinter ihm geschlossen hatte, wandte Barnaby sich mit fragend gehobenen Brauen an Penelope und Montague, ehe er sich erneut zum hinteren Büro begab. Die beiden anderen folgten ihm.

Sowie der Constable sie kommen sah, nahm er Haltung an. »Sir?«

Wohl wissend, dass der zuständige Polizeiarzt bereits verständigt und, allen Zeitnöten zum Trotz, die sein Beruf mit sich brachte, vermutlich vor Stokes eintreffen würde, hielt Barnaby es für ratsam, ein wenig Druck zu machen. »Ich frage mich, Constable, ob es wohl möglich wäre, einen kurzen Blick zu riskieren. Unsere eigenen Ermittlungen sind doch sehr dringlich, und da dieser Vorfall aller Wahrscheinlichkeit nach mit unserem Mord zusammenhängt, wenn nicht gar eine direkte Folge der vorherigen Tat ist, wäre es sehr hilfreich für den Fortgang unserer eigenen Ermittlungen, wenn ich mir den Leichnam ansehen und vielleicht auch einen Blick auf den Schreibtisch und die darauf befindlichen Papiere werfen könnte.«

Seiner Miene nach zu urteilen, war der Wachmann unschlüssig, ob er sich darauf einlassen sollte – aber mindestens ebenso verunsichert, wie klug beraten er sei, sich diesem Ansinnen zu widersetzen.

Barnaby schlug einen verständnisvollen Ton an. »Ich fasse auch nichts an, versprochen.«

Der Constable schaute an ihm vorbei auf Penelope und Montague. »Nur Sie?«

Penelope schenkte dem Mann ein ermutigendes Lächeln. »Nur er. Wir bleiben hier an der Tür und schauen bloß zu.«

Der Constable überlegte, dann wandte er sich wieder an Barnaby. »Also gut. Solange Sie hier nichts anfassen. Könnte mich sonst meinen Job kosten.«

Barnaby nickte verständig, steckte zum Beweis seines guten Willens beide Hände in die Manteltaschen und trat ins Zimmer. Der Constable ließ ihn von seinem Posten an der Tür nicht aus den Augen. Penelope konnte es nicht lassen und schlängelte sich vor, um auf der anderen Seite der Tür Stellung zu beziehen; Montague blieb an der Schwelle stehen.

Während Adair langsam um den Schreibtisch herumging, ließ Montague seinen Blick durch den Raum schweifen und versuchte festzustellen, ob sich seit seinem letzten Besuch etwas verändert hatte.

Adair entging es nicht. »Ist irgendetwas anders?«

»Abgesehen davon, dass der arme Runcorn hingestreckt auf dem Boden liegt …« Montague konnte gerade mal eine Hand sehen und ein Stück des Arms, und nahm an, dass man Runcorn von hinten angegriffen und aus seinem Stuhl gezerrt hatte, »… fehlt dort, auf der linken Seite, eine Buchstütze.« Er zeigte auf das halbhohe Regal hinter dem Schreibtisch; wenn man darauf hingewiesen wurde, war die Lücke tatsächlich nicht zu übersehen. »Wenn ich mich recht erinnere, handelte es sich um einen Pferdeschädel. Und …«, er betrachtete die auf dem Schreibtisch verstreuten Unterlagen und abgesehen von dem kleinen Stapel, den Pringle im ersten Schreck auf den Tisch hatte fallen lassen, war es ein heilloses Durcheinander, »… diese Unordnung ist auch nicht normal. Als ich das letzte Mal hier war, lagen ebenfalls viele Unterlagen auf dem Schreibtisch, aber alles war ordentlich sortiert. Das hier hat den Anschein, als habe jemand nach etwas gesucht und dabei alles durchwühlt. Ein solches Chaos ist untypisch für Runcorn.«

»Mhm.« Adair war auf der anderen Seite des Schreibtischs stehen geblieben und blickte auf den am Boden liegenden Toten hinab. »Constable … entschuldigen Sie, wie war noch gleich Ihr Name?«

»Watkins, Sir.«

»Constable Watkins, haben Sie oder Ihr Kollege den Leichnam zufällig bewegt?«

»Nein, Sir. Wir haben nur am Hals und am Handgelenk nach seinem Puls gefühlt, aber da war natürlich nichts mehr festzustellen.«

»Natürlich.« Adair nickte bedächtig und schaute zu Penelope. »Würdest du Pringle bitte kurz dasselbe fragen?«

Penelope schlüpfte an Montague vorbei hinaus ins Vorzimmer.

Kurz darauf kam sie zurück. »Er hätte den Toten überhaupt nicht angefasst, sagt er.«

Adair schaute auf den leblosen Runcorn hinab und verzog das Gesicht. »Verständlich.« Er ging neben dem Leichnam in die Hocke und beugte sich vor, bis Montague nur noch seinen blondgelockten Hinterkopf sehen konnte. »Also gut. Die Buchstütze habe ich gefunden – sie liegt nur ein Stück entfernt auf dem Boden. Natürlich müssen wir die Untersuchung des Arztes abwarten, aber ich würde darauf wetten, dass er mit der Buchstütze, die ziemlich schwer und robust aussieht, einen Schlag auf den Hinterkopf bekommen hat, und dann …« Seine Stimme wurde härter. »Der Mörder – und ich bin mir ziemlich sicher, dass wir es mit einem Mann zu tun haben und nicht mit einer Frau – hat ihm dann eine Schlinge um den Hals gelegt und …«

Adair schaute sich um und suchte den Boden ab. »Und da haben wir sie ja auch schon. Ziemlich unachtsam von unserem Mörder, die Tatwaffe einfach so zurückzulassen, aber hier unter dem Schreibtisch liegt tatsächlich eine Vorhangkordel, und ich gehe nicht davon aus, dass die schon vor dem Mord dort lag.«

Er stand wieder auf, die Hände noch immer tief in den Taschen vergraben, beugte sich über den Schreibtisch und besah sich die kreuz und quer liegenden Papiere. »Soweit ich das überblicken kann, haben sie alle mit dem Halstead-Vermögen zu tun. Ob etwas fehlt, kann ich unmöglich sagen, nur ist nirgends etwas herausgerissen, und ich sehe auch keinen frischen Tintenfleck, der ein Hinweis darauf sein könnte, dass der Mörder sich von einem der Dokumente eine Abschrift angefertigt hat.« Er legte den Kopf schief und inspizierte die Unterseite des Löschers. »Keine frischen Abdrücke.«

»Am wahrscheinlichsten dürfte doch sein …«, merkte Montague an, »… dass er das Gesuchte – ein Kontenblatt, einen Brief, irgendeinen Beleg – mitgenommen hat; vermutlich, weil es uns einen Hinweis auf den Täter und sein Motiv hätte geben können.«

Adair richtete sich wieder auf und seufzte. »Vermutlich ja. Das dürfte sehr schwer festzustellen sein.«

Montague nickte. Er warf einen kurzen Blick auf Watkins und wandte sich wieder an Adair. »Wenn die Polizei ihre Arbeit hier erledigt hat, werde ich mir sämtliche Unterlagen vornehmen und schauen, ob irgendwo etwas fehlt. Vielleicht kann Pringle uns dabei helfen. Wir sollten es zumindest nicht unversucht lassen.«

Adair nickte, doch sein Blick war wieder zu dem Toten zurückgekehrt. »Ich nehme an, dass er bereits durch den Schlag auf den Hinterkopf das Bewusstsein verloren hat. Zumindest deutet nichts auf einen Kampf hin.«

Das nachfolgende Schweigen ließ vermuten, dass niemand der Anwesenden das sonderlich tröstlich fand.

Schließlich wandte Adair sich zum Gehen, und die anderen gingen ihm voraus zurück ins Vorzimmer, als ein Mann in dunklem Anzug und mit schwarzer Tasche von der Straße hereinkam. Ein scharfer Blick aus müden Augen traf Watkins. »Constable?«

Watkins winkte den Arzt nach hinten durch. »Hier ist er, hinter dem Schreibtisch. Niemand hat etwas angerührt.«

Der Doktor nickte Adair, Penelope und Montague im Vorbeigehen kurz zu, ehe er im hinteren Büro verschwand.

Montague trat erneut zu Pringle an den Schreibtisch. »Sind Ihnen, als Sie vorhin hineingegangen sind, die Dokumente auf Mr. Runcorns Schreibtisch aufgefallen?«

Pringle, der mittlerweile wieder etwas Farbe im Gesicht hatte, nickte. »Oh ja – die Halstead-Akte, und so ein Durcheinander war völlig unüblich für Mr. Runcorn. Da muss jemand etwas gesucht haben.«

»Und ist Ihnen zufällig aufgefallen, ob etwas fehlt?«, fragte Montague, als auch Adair und Penelope sich zu ihnen gesellten.

Pringle hob die Brauen und dachte nach. »Ehrlich gesagt … Aber das Wichtigste hatte ich ja ohnehin gerade in Arbeit und hier vorn bei mir, in der Schublade. Daran kann der … der Mörder sich nicht vergriffen haben.«

»Sind Sie sicher?«, fragte Barnaby.

»Ja. Ich habe alles in einem ordentlichen Stapel hier in diese Schublade gelegt«, Pringle deutete rechter Hand auf die zweite Schublade von oben, »und obenauf mein Tintenfass und die frisch gespitzten Federn. So mache ich das immer, ehe ich mich in den Feierabend verabschiede, dann hat man morgens gleich alles bereit. Als ich die Schublade heute Morgen aufzog, um die Unterlagen herauszuholen, lag alles noch genauso da, wie ich es abends zurückgelassen hatte.«

»Gut«, meinte Barnaby. »Dann wissen wir zumindest, dass der Teil der Unterlagen vollständig ist. Was ist mit dem Rest der Halstead-Akte, mit den Papieren, die Runcorn gerade durchsah?«

»Was das anbelangt«, setzte Pringle an und man sah förmlich, wie er sich mit dem Stolz des Prokuristen in die schmale

Brust warf, »haben wir ein numerisches Ablagesystem.« Er warf einen Blick zum hinteren Büro. »Sowie die Polizei mir Zugang gewährt, könnte ich anfangen, alles wieder einzusortieren – dabei ließe sich anhand der Nummerierung abgleichen, ob etwas fehlt. Es ist ein ausgeklügeltes System, und für den Fall, dass tatsächlich etwas fehlt, ließe sich dies auf einer Liste nachschauen, die Mr. Runcorn in seinem Büro verwahrte – natürlich alles verschlüsselt, weshalb ich mir auch nicht vorstellen kann, dass der Mörder sie mitgenommen hat. Die Zahlen und Kürzel dürften Außenstehenden kaum verständlich sein.« Pringles Stimme klang nun deutlich fester, als sei er kurz davor, zu alter Form zurückzufinden. Er straffte die Schultern und sah Barnaby an. »Ich kann gern alles abgleichen und schauen, ob etwas fehlt, wenn Ihnen das hilft, denjenigen zu fassen, der Mr. Runcorn das angetan hat. Jung und noch etwas unerfahren mag er gewesen sein, aber so ein feiner Mensch.«

Barnaby nickte. »Ja, bitte, das wäre sehr hilfreich. Ich werde mich darum kümmern, dass Sie schnellstmöglich Zugang zu den Dokumenten erhalten.«

Wie aufs Stichwort flog die Tür zur Straße auf, und Stokes kam hereinmarschiert. Er hielt geradewegs auf sie zu. »Was ist passiert?«

Barnaby fasste kurz zusammen, was sie bislang wussten und zu welchen vorläufigen Schlussfolgerungen sie gelangt waren.

Stokes hörte sich alles schweigend an, seine Miene gab nichts preis. Als Penelope ihm Pringle vorstellte und erklärte, welche Rolle er spielte, nickte Stokes ihm höflich zu, doch seinen grauen Augen entging nichts, als er Runcorns Assistenten einer kurzen Musterung unterzog.

»Wir haben also –«, kam Barnaby mit seinen Ausführungen zum Schluss, »vorausgesetzt die ärztliche Untersuchung bestätigt unsere Vermutung hinsichtlich der Todesursache, wovon ich ausgehe – im Wesentlichen zwei wichtige Anhaltspunkte: zum einen die Vorhangkordel und zum anderen die Dokumente.« Er nickte Pringle zu. »Pringle wird die Unterlagen überprüfen und uns Bescheid geben, ob etwas fehlt.«

Stokes nickte. »Gut. Dann übernehme ich jetzt.« Energischen Schrittes steuerte er das hintere Büro an.

Seine tiefe Stimme drang bis zu ihnen heraus, aber Barnaby konnte nicht genau verstehen, was gesprochen wurde. Keine fünf Minuten später kam Stokes wieder heraus, in den Armen einen ganzen Packen Papiere, auf dem zuoberst ein großer Umschlag lag.

Stokes reichte die Sachen an Pringle weiter. »Das ist alles, was auf Runcorns Schreibtisch lag. Scotland Yard hat die Unterlagen zu Ermittlungszwecken beschlagnahmt, und ich händige sie Ihnen jetzt mit dem Auftrag aus, den ganzen Wust für uns zu sortieren. Und damit das unmissverständlich klar ist: Sämtliche Unterlagen, auch jeder noch so kleine Beleg, ist bis auf Weiteres Eigentum der Polizei und darf nicht ohne meine ausdrückliche Zustimmung an Dritte weitergegeben werden.«

»Gewiss, Sir.« Pringle nahm den Stapel entgegen.

Stokes nahm den Umschlag, der zuoberst lag, und hielt ihn, an Barnaby gewandt, kurz hoch, ehe er ihn einsteckte. »Die Kordel. Ein sehr interessanter Fund.«

»Wir können nur hoffen, dass er sich als nützlich erweist«, meinte Barnaby.

Pringle, der den schwankenden Stapel vorsichtig auf seinem Schreibtisch absetzte, wandte sich an Montague. »Sir, ich bin ehrlich gesagt etwas ratlos, wie jetzt weiter verfahren werden soll.« Er deutete zu Runcorns Büro. »Mr. Runcorn hat das Geschäft allein geführt, und während ich mich natürlich weiter um die Büroarbeiten kümmern kann, fällt es doch nicht in meinen Verantwortungsbereich, mit den Klienten zu verhandeln; es wird sicher nicht mehr lange dauern, bis der erste hier auftaucht.«

Montague dachte kurz nach und nickte. »Da haben Sie allerdings recht.« Er zückte eine seiner Geschäftskarten. »Ich würde vorschlagen, Sie hängen einen Zettel an die Tür, dass die Kanzlei bis auf Weiteres geschlossen ist und die Klienten Mr. Runcorns sich an diese Adresse wenden sollen.« Er reichte Pringle die Karte. »Dann nehmen Sie sich die Halstead-Akte.« Er griff nach einem Blatt Papier und seinem Bleistift und setzte einen kurzen Brief auf. »Werden Sie in meinem Büro vorstellig und geben Sie diesen Brief Mr. Slocum, das ist mein Büroleiter. Er wird einen freien Schreibtisch für Sie finden. Als Erstes sollten Sie die Halstead-Akte sortieren und abgleichen, ob etwas fehlt – und wenn ja, was. Sollte einer von Mr. Runcorns Klienten auftauchen, wird Mr. Phillip Foster, mein Junior-Assistent, Ihnen bei allen Fragen zur Seite stehen.« Montague setzte seine Unterschrift unter das Schreiben, steckte seinen Bleistift wieder ein, faltete das Papier und reichte es Pringle. »Damit wäre das Geschäftliche erst einmal geregelt. Wenn der Fall aufgeklärt ist, können wir uns in Ruhe überlegen, wie es weitergehen soll.«

»Danke, Sir.« Pringle verneigte sich, dann steckte er den Brief ein und warf einen Blick auf die Mammutaufgabe, die in Form der gestapelten Unterlagen vor ihm lag. »Ich werde mich sofort an die Arbeit machen.«

»Aber bevor Sie gehen«, meinte Stokes, »muss ich Ihnen noch ein paar Fragen stellen.«

Pringle nickte, nahm unwillkürlich Haltung an und wartete.

Stokes ließ sich Zeit und meinte zu den anderen: »Ich habe Leute ausgeschickt, die sich in der Nachbarschaft umhören, ob jemandem etwas aufgefallen ist – sie müssten eigentlich bald zurückkommen.« Dann erst richtete er den Blick wieder auf Pringle. »So, Mr. Pringle. Als Erstes möchte ich Sie bitten, genau zu überlegen, wann Sie Mr. Runcorn das letzte Mal lebend gesehen haben.«

Pringle nickte verständig. »Gestern Abend, Sir, gegen sieben Uhr. Ich ging kurz in sein Büro, um ihm zu sagen, dass ich Feierabend mache. Er arbeitete noch die Halstead-Akte durch.«

»War es normal, dass er so spät noch arbeitete?«

Pringle nickte. »Er hat oft bis spät gearbeitet. Wie gesagt, es gab keinen weiteren Partner, weshalb er sich ganz allein um all das kümmern musste, wozu ich nicht befugt oder befähigt war.«

»Hat er manchmal Klienten empfangen, wenn Sie schon Feierabend gemacht hatten?«

Pringle runzelte die Stirn. »Manchmal, aber eher selten. Für den gestrigen Abend hatte er meines Wissens keine Termine. Sonst wäre es auch im Kalender vermerkt gewesen, den ich jeden Morgen konsultiere, um ihm gegebenenfalls, bevor ich gehe, die benötigten Unterlagen herauszusuchen.«

»Dann können wir also mit ziemlicher Sicherheit sagen, dass, wer immer gestern Abend noch hier aufgetaucht ist – sprich der Mörder –, ohne vorherige Anmeldung kam.« Stokes nickte düster und überlegte einen Moment. »Hätte Ihr Chef einen Fremden denn einfach so hereingelassen? Und nicht nur ins Vorzimmer, sondern gar in sein eigenes Büro? Denn wie sich der Tathergang darstellt, schien Ihr Chef in Gegenwart seines Mörders entspannt genug, um sich an seinen Schreibtisch zu setzen, während der andere neben ihm stand, um mit in irgendwelche Papiere zu schauen, ehe Mr. Runcorn dann hinterrücks angegriffen wurde.«

Pringle zögerte, dann schüttelte er den Kopf. »Ich weiß nicht, was ich sagen soll, Inspector. Meines Wissens empfing er nie Freunde oder Bekannte im Büro – immer nur Klienten.«

Oder, dachte Stokes, Angehörige von Klienten.

»Als Sie gestern Abend gegangen sind«, warf Barnaby ein, »ist Ihnen da jemand aufgefallen? Sind Sie unterwegs jemandem begegnet, den Sie hier noch nie gesehen haben? Oder jemand, den Sie kannten, sich aber nichts weiter dabei gedacht haben?«

Pringle versuchte, sich zu erinnern. »Gegenüber im Wirtshaus herrschte natürlich reger Betrieb, wie jeden Abend. Aber ich bin in die andere Richtung gegangen, Richtung Broad Street und …« Er hielt inne, als sei ihm etwas eingefallen. »Aber ja, da war tatsächlich jemand …«, sagte er leise, als sei er selbst überrascht. »Ein Mann, den ich noch nie hier gesehen hatte. Gleich nebenan, vor dem Tabakladen. Er sah sich das Schaufenster an, aber wenn ich es jetzt recht bedenke, hatte der Laden um die Zeit schon geschlossen, und deshalb gab es dort eigentlich nichts zu entdecken – Samuel, der Ladenbesitzer, räumt das Fenster nämlich jeden Abend aus, sodass über Nacht nur die leeren Regale zu sehen sind. Und der Mann selbst … Ich bin zwar direkt an ihm vorbeigegangen, aber was soll ich sagen? Er trug einen Mantel und einen Hut mit breiter Krempe, den er sich so tief in die Stirn gezogen hatte, dass ich sein Gesicht nicht erkennen konnte.«

Stokes spürte jene Erregung, die immer dann von ihm Besitz ergriff, wenn er glaubte, einer Sache auf der Spur zu sein. »Wie groß war er?«

»Nicht viel größer als ich«, meinte Pringle. »Vielleicht ein, zwei Zoll größer, aber wegen des Hutes konnte ich es schlecht schätzen.«

»Also mittelgroß bis groß. Konnten Sie sehen, welche Haarfarbe er hat?«

Pringle blinzelte angestrengt. »Nicht genau, nein, aber auf jeden Fall Braun. Nicht Blond.« Sein Blick fiel auf Barnabys blonde Locken. »Definitiv nicht Blond. Ziemlich dunkle Haare.«

Stokes atmete tief durch, dann fragte er: »Und sein Gesicht? Sie meinten, er habe sich den Hut in die Stirn gezogen, aber wenn Sie ihn von der Seite gesehen haben – würden Sie ihn wiedererkennen?« Mehr als unwahrscheinlich, sagte er sich, aber man sollte die Hoffnung nie aufgeben.

Pringle sackte förmlich in sich zusammen. »Nein«, sagte er bedauernd. »Es tut mir leid, Inspector, aber ich habe nur ganz flüchtig im Vorbeigehen sein Profil gesehen. Sein Gesicht war glatt rasiert, aber er trug einen Backenbart.« Pringle hielt sich die Hände seitlich ans Gesicht, um zu zeigen, was er meinte. »Seine Wangen waren allerdings etwas …«, sein Blick huschte von Stokes zu Barnaby, »… eher so wie Ihre, Sir, wenn Sie mir die Bemerkung gestatten. Ein wenig voller.«

Stokes nickte. »Danke. Dafür, dass Sie ihn nicht wiedererkennen würden, war das dennoch sehr hilfreich.«

»Ich hätte auch noch eine Frage.« Penelopes Stimme, sanfter, doch nicht minder souverän, stellte einen solchen Gegensatz zu Stokes' barschem Bass dar, dass alle sofort aufhorchten. Während die Blicke der anderen sich auf sie richteten, betrachtete sie Pringle. Als er ihren Blick erwiderte, lächelte sie ermutigend. »Mr. Pringle, Sie haben hier doch jeden Tag mit Klienten zu tun und im Laufe der Zeit sicher ein Gespür für Menschen entwickelt, weshalb Sie meine Frage gewiss leicht beantworten können. Wenn ich Sie Ihnen gleich stelle, möchte ich, dass Sie sich den Mann, den Sie gestern Abend sahen, in Erinnerung rufen und mir sofort antworten. Denken Sie nicht erst nach, geben Sie mir einfach die erstbeste Antwort, die Ihnen in den Sinn kommt.«

Pringle zeigte leises Unbehagen, doch dann nickte er.

»Der Mann, der gestern vor dem Schaufenster des Tabakladens stand – war er ein Lord, ein Gentleman, ein Kaufmann oder ein Arbeiter?«

Pringle antwortete, ohne zu zögern. »Ein Gentleman.« Dann blinzelte er verdutzt, beließ es aber dabei.

Penelope strahlte ihn an. »Vielen Dank.«

»In der Tat«, meinte Stokes. »Danke, Mr. Pringle, Sie waren uns eine große Hilfe.« Er deutete auf die Halstead-Papiere. »Wenn Sie jetzt noch den Zettel in die Tür hängen und sich damit auf den Weg zu Mr. Montagues Büro machen wollen, können Sie gern gehen.«

Pringle verbeugte sich. »Vielen Dank, Inspector. Ma'am. Sirs.« Er wandte sich wieder seinem Schreibtisch zu, schob die Papiere zu einem ordentlichen Stapel zusammen und suchte nach einer Schnur, um sie zusammenzubinden.

Stokes zog sich mit den anderen drei in den Empfangsbereich zurück, doch ehe er etwas sagen konnte, klopfte es von draußen an die Tür.

Der Inspector drehte sich um und sah die Wachmänner, die er losgeschickt hatte, um in der Nachbarschaft herumzufragen, alle beisammen auf dem Trottoir stehen. »Moment«, sagte er zu den anderen. Er öffnete die Tür und bat den diensthabenden Sergeant herein. »Und, Phipps? Irgendwas gefunden?«

»Eventuell, Sir. Von den Wirtshausgästen abgesehen, war hier gestern Abend nicht viel los. Die meisten Leute saßen um die Zeit daheim beim Abendessen. Nichtsdestotrotz«, der Sergeant klappte mit großer Geste sein Notizbuch auf, »haben wir einige übereinstimmende Aussagen, zumeist von den Wirtshausbesuchern gegenüber, aber auch von einem Zündholzmädchen, das oben an der Straßenecke wohl seinen festen Platz hat. Alle haben sie einen Herrn gesehen, der das Büro betrat und ungefähr eine halbe Stunde später wieder herauskam. Die Zeit könnte stimmen – es soll so kurz nach sieben gewesen sein, und kurz nach halb acht, als er wieder gegangen ist. Die Turmuhren sind hier gut zu hören, deshalb konnten die Leute es so genau sagen.«

»Konnten sie den Mann auch beschreiben?«

»Nur ungefähr. Und kein Einziger hat den Kerl schon mal hier gesehen.« Phipps konsultierte seine Notizen und las die Personenbeschreibungen vor, die fünf verschiedene Zeugen ihm gegeben hatten.

Alle stimmten insofern überein, dass sie zu Pringles Aussage passten.

»Gut«, meinte Stokes. »Dann haben wir es also mit einem Gentleman zu tun, da sind sich alle einig, glatt rasiert, aber mit einem kurz gestutzten Backenbart und runden Wangen. Nicht groß, aber etwas über dem Durchschnitt. Braunes bis dunkles Haar.«

»Ganz genau, Sir.« Phipps klappte sein Notizbuch zu.

»Eine Frage noch, Sergeant.« Wieder flogen alle Blicke zu Penelope. »Hat einer von ihnen zufällig erwähnt, ob er den Eindruck hatte, von dem Mann bemerkt worden zu sein?«

Phipps schüttelte den Kopf. »Nein, Ma'am. Alle berichteten einhellig davon, dass er keinen Blick nach links oder rechts geworfen hätte. Die Zündholzverkäuferin meinte sogar, sie sei sich sicher, dass er sie nicht gesehen hat – er sei geradewegs mit wehendem Mantel an ihr vorbeigerauscht, völlig blind für seine Umgebung.«

Penelope neigte lächelnd den Kopf. »Haben Sie vielen Dank, Sergeant.«

Phipps schaute Stokes an, der ihn mit einem knappen Nicken entließ.

Als die Tür sich hinter dem Sergeant geschlossen hatte, winkte Stokes die anderen näher heran und senkte die Stimme. »Damit hätten wir eine Beschreibung, die, soweit ich es aus dem Gedächtnis sagen kann, auf jeden der männlichen Halsteads passt.« Er überlegte kurz und korrigierte sich. »Nun, vielleicht nicht auf jeden – das bleibt abzusehen –, aber doch auf einige. Auf definitiv mehr als einen.«

Montague nickte, hielt dann mitten in der Bewegung inne und drehte sich um. »Ah, Pringle – eines noch.«

Pringle hatte sich gerade das geschnürte Aktenbündel unter den Arm geklemmt und schaute fragend auf. »Ja, Mr. Montague?«

Seines Wissens hatte niemand Pringle gegenüber den Tod Lady Halsteads erwähnt. Montague beschloss, sofort auf den Punkt zu kommen. »Hat man Runcorn & Son den Tod Lady Halsteads schon mitgeteilt? Dass sie ermordet wurde?«

Pringles Gesicht sprach Bände. »Ermordet?« Fast fielen ihm die Augen aus dem Kopf. »Ihre Ladyschaft ist auch …?«

Wenn Runcorn es nicht gewusst hatte, dann … »Mein Gott – das Geld!« Montague fuhr herum und eilte zur Tür.

Die anderen standen einen Moment sprachlos, dann eilten sie ihm hinterher.

Sie holten ihn rasch ein, selbst Penelope, die ihre Röcke raffte, um mit den Männern Schritt halten zu können. Sie war es auch, die fragte: »Was ist mit dem Geld?«

Montague eilte unverdrossen weiter, zwang sich jedoch, einen ruhigen Kopf zu bewahren. »Wenn unsere Vermutung stimmt, dass die Zahlungen auf Lady Halsteads Konto das Motiv für die Morde sind, dann kommt das Geld vom Mörder. Und jetzt, da Lady Halstead tot ist, wird ihr Konto aufgelöst werden; normalerweise hätte Runcorn sich nach Erhalt der Todesnachricht darum gekümmert. Das Geld fließt in die Erbmasse ein und …«

»… wäre für den Mörder verloren«, folgerte Penelope und fuhr fort: »Er täte also gut daran, es sich so bald wie möglich auszahlen zu lassen.«

»Und wenn er das nicht längst getan hat«, ergänzte Stokes grimmig, »sollten wir umgehend einen Wachposten in der Bank aufstellen, damit wir ihn schnappen können, wenn er kommt, um es abzuheben.«

»Bei welcher Bank ist denn das Konto?«, fragte Adair und fasste nach Penelopes Arm, als sie sich der stärker befahrenen Broad Street näherten.

Solche Details vergaß Montague fast nie. »Grimshaws in der Threadneedle Street.«

Zur Threadneedle Street war es nicht weit; sinnlos, sich um diese Zeit eine Droschke zu nehmen, zu Fuß wären sie schneller. Zumal das hier Montagues Revier war und er all die kleinen Abkürzungen und Schleichwege kannte. Sie brauchten nur am Zollamt vorbei und durch eine schmale Seitenstraße, die direkt auf die Threadneedle Street stieß, und schon hielten sie geradewegs auf die Bank zu.

»Haben Sie die Vollmacht dabei?«, fragte Stokes.

Montague klopfte auf seine Brusttasche.

»Gut«, grummelte Stokes. »Dann überlasse ich jetzt Ihnen das Feld, wir halten uns im Hintergrund. Den Mord mit keinem Wort erwähnen – es sei denn, es geht gar nicht anders.«

Montague nickte, öffnete die Tür zur Bank und ging ihnen voran.

Seine Geschäftskarte tat den Rest, sodass seiner Bitte, den Direktor zu sprechen, sofort nachgekommen wurde; wer im Distrikt City of London arbeitete, kannte in aller Regel Montagues Namen und wusste um seine Reputation.

Danach zeigte er seine Vollmacht von Lady Halstead vor, die eingehend begutachtet wurde, ehe der Bankdirektor den Buchhalter rufen ließ und ihn bat, Lady Halsteads Kontenbuch zu holen.

Der Direktor schlug es beherzt auf, stutzte und drehte es schließlich so, dass Montague sich die letzten Einträge selbst anschauen konnte.

»Ähem«, räusperte sich der Direktor. »Es sieht ganz so aus, Mr. Montague, als habe Lady Halstead ihr Konto heute Morgen aufgelöst – vor nicht einmal einer Stunde.«

Montague verzog keine Miene und betrachtete die zuletzt eingetragene Summe. »Wurde alles in bar abgeholt?«

Ein fragender Blick des Direktors zum Buchhalter, der nickte. »Ja, Sir. Natürlich hat man mit mir Rücksprache gehalten, aber alles schien seine Ordnung zu haben …«

Montague hob die Brauen. »Wenn Sie nichts dagegen haben …«, wandte er sich erst an den Direktor, dann an den Buchhalter: »Würden Sie die beiden Gentlemen und die Dame hereinbitten, die draußen warten? Ich glaube, wir sollten Sie über einige jüngere Entwicklungen in Kenntnis setzen.«

Die Augen des Bankdirektors weiteten sich, doch gab er mit einem knappen Nicken sein Einverständnis, woraufhin der Buchhalter zur Tür ging, um Stokes, Adair und Penelope hereinzulassen.

Die anwesenden Herren erhoben sich, Montague stellte alle einander vor und dann, nachdem für alle, bis auf den Buchhalter, ein Stuhl gefunden war, teilte Stokes dem Direktor mit: »Ich muss Sie leider davon in Kenntnis setzen, dass Lady Halstead vorletzte Nacht ermordet wurde.« Er richtete seinen Blick auf den Buchhalter. »Wir haben Grund zu der Annahme, dass sie wegen gewisser Geldeinlagen auf ihrem Konto umgebracht wurde. Ich muss Sie daher fragen, wer das Konto heute Morgen aufgelöst hat und vor allem mit welcher Berechtigung – die Person wird sich doch sicher ausgewiesen haben.«

Auf einen knappen Wink des Direktors räusperte sich der Buchhalter. »Das Geld wurde von einer Dame abgehoben, Inspector. Wegen der Höhe der Summe wurde ich dazugerufen und habe den Vorgang persönlich beaufsichtigt.«

»Bitte beschreiben Sie mir die Dame«, sagte Stokes.

Der Buchhalter überlegte einen Moment. »Sie war von durchschnittlicher Statur, weder dick noch auffallend schlank. Sie trug einen Hut mit Schleier, weswegen ich ihr Gesicht zwar sehen, ihre Züge jedoch kaum erkennen konnte, wenn Sie wissen, was ich meine.«

»Und ihre Haarfarbe?«, fragte Penelope.

»Brünett, allerdings nicht ganz so dunkel.« Der Blick des Buchhalters war auf Penelopes dunkel schimmerndes Haar gefallen. »Ein ganz gewöhnliches Braun.«

»Und was würden Sie schätzen«, fuhr Penelope fort, »wie alt die Dame war?«

Wieder dachte der Mann nach, wiegte nachdenklich den Kopf. »Schwer zu sagen. Aber nicht alt – noch nicht in mittleren Jahren. Allerdings auch keine junge Dame mehr.«

»Dame«, wiederholte Penelope mit fragend gehobener Braue. »Warum dachten Sie, dass sie eine Dame wäre?«

»Nun, weil sie so gekleidet war und so gesprochen hat, Ma'am. Sehr höflich und umgänglich und … selbstbewusst, wenn Sie wissen, was ich meine.«

Penelope nickte. »Danke«, sagte sie und lehnte sich wieder zurück.

»Haben Sie die entsprechende Kontovollmacht gerade zur Hand?«, fragte Montague. »Die würde ich mir gerne mal ansehen.«

Der Buchhalter wechselte einen Blick mit dem Bankdirektor, erhielt wieder mit einem knappen Nicken die Bewilligung, und streckte die Hand nach dem Kontenbuch aus, das noch aufgeschlagen vor Montague lag, und blätterte zur nächsten Seite um, wo ein Brief eingelegt war. »Weil es gerade mal eine Stunde her ist, kam ich noch nicht dazu, das Dokument abzulegen.«

Montague nahm sich den Brief, las ihn und reichte ihn an Stokes weiter. »Dieses Schreiben gibt vor, von Lady Halstead zu sein und befugt jenen, der es vorzeigt, sämtliche Einlagen von ihrem Konto abzuheben.«

Während Stokes das Schreiben kurz überflog, holte Montague die Vollmachtserklärung heraus, die Lady Halstead ihm ausgestellt hatte, und reichte sie Stokes zum Vergleich.

Während der Inspector die beiden Schreiben nebeneinanderhielt, schauten Montague und Penelope ihm zu beiden Seiten über die Schulter.

Schließlich seufzte Stokes, gab Montague dessen Vollmacht zurück, sah den Direktor über dessen breiten Schreibtisch hinweg an und wedelte mit dem Schrieb in seiner Hand. »Den hier behalte ich, und das Kontenbuch werde ich ebenfalls mitnehmen müssen. Beides sind jetzt Beweisstücke.«

Der Bankdirektor wurde etwas blass um die Nase. »Was ist denn mit diesem Brief?«

»Er ist eine Fälschung«, sagte Penelope. »Aber eine sehr gute. Hätten wir nicht zum Vergleich die von Lady Halstead eigenhändig verfasste Vollmacht gehabt, würde wohl niemand es bemerkt haben.«

»Ich gehe nicht davon aus, dass dieser Vorfall ein Nachspiel für die Bank oder deren Angestellte haben wird«, sagte Montague mit einem Seitenblick auf Stokes.

Stokes schüttelte nur den Kopf. Er legte die Bankvollmacht wieder ins Kontenbuch, klappte dieses zu, nahm es an sich und stand auf. »Danke für Ihr Entgegenkommen, meine Herren. Wir finden allein hinaus.«

Vor dem Bankhaus blieben sie stehen und sahen einander an.

»Und jetzt?«, fragte Montague.

»Jetzt …« Stokes sah erst Adair an, dann Penelope, ehe sein Blick zu Montague zurückkehrte. »Wenn Sie eine Stunde Zeit hätten, wäre es hilfreich, wenn wir uns zusammensetzten, um noch einmal durchzugehen, was wir bislang in Erfahrung gebracht haben.«

Penelope nickte entschieden. »Wenn nicht, könnte uns etwas Wichtiges entgehen.« Sie sah Stokes an. »Dürfte ich vorschlagen, dass wir uns in die Greenbury Street begeben?« An Montague gewandt, setzte sie erklärend nach: »Stokes' Haus. Griselda ist, da sie heute Morgen nicht dabei war, die Einzige von uns, die die Ereignisse mit dem nötigen Abstand betrachten kann.« Penelope schaute in die Gesichter die Männer. »Ich bin dafür, dass wir jetzt in die Greenbury Street fahren und Griselda alles erzählen.«

Stokes fing Adairs Blick auf und fügte sich seufzend. »Gut, dann fahren wir eben in die Greenbury Street.«

Sie nahmen zwei Droschken und trafen just in dem Augenblick in der Greenbury Street ein, als Griselda mit ihrer Tochter von einem Spaziergang im benachbarten Park zurückkehrte und den Kinderwagen den Weg zum Haus hinaufschob.

Griselda freute sich sichtlich, sie zu sehen. Penelope gab ihr zwei Wangenküsse, beugte sich dann lächelnd und kosend zu Megan herab, die ihre pummeligen Ärmchen ausstreckte und freudig gluckste. Barnaby begrüßte Griselda und gesellte sich dann zu Penelope, um Megan zu bewundern.

Stokes gab seiner Frau einen Kuss auf die Wange und betrachtete mit väterlichem Stolz seine Freunde, die seine Tochter herzten.

Montague hielt sich etwas im Hintergrund, beobachtete den freundschaftlichen Umgang der beiden Paare und die Wärme und Vertrautheit, die aus den kleinen Gesten sprach.

Dann wandte Stokes sich nach ihm um, bezog auch ihn mit ein und stellte ihn seiner Frau vor – Griselda, denn wie schon Penelope bestand auch sie darauf, dass er sie beim Vornamen nannte – und seiner kleinen Tochter, die ihn mit großen Augen neugierig anschaute.

»Passen Sie bloß auf«, raunte Stokes ihm zu. »Ehe man es sich versieht, haben sie einen um den kleinen Finger gewickelt.«

Und tatsächlich ertappte Montague sich dabei, dass er genauso verzückt lächelte wie Stokes.

Mehr noch überraschte ihn, wie selbstverständlich er in den kleinen Freundeskreis aufgenommen wurde, wie er sich getragen von einem Zusammenhalt, einer Welle zwangloser Begeisterung in dem geschmackvoll eingerichteten Wohnzimmer wiederfand, wo sie es sich auf dem Sofa und den Sesseln gemütlich machten. Nachdem sie Megan in die Obhut des Kindermädchens gegeben hatte, gesellte sich auch Griselda wieder zu ihnen.

Sie setzte sich zu Penelope aufs Sofa und forderte die anderen auf: »So, dann erzählt mal – ich bin ganz Ohr!«

Und während sie erzählten, taten sich immer neue Zusammenhänge und Erkenntnisse auf, zu denen sie, jeder für sich, wohl nie gelangt wären.

Dennoch versuchten sie, sich im ersten Durchlauf an die bloßen Fakten zu halten, die Geschichte einmal von Anfang bis Ende möglichst nüchtern zu berichten, sodass jeder – vor allem Griselda, auf deren unverstellten Blick sie hofften – sich ein eigenes Urteil bilden konnte. Sie schlossen damit, wie sie die Bank verlassen hatten, und der gefälschten Kontovollmacht, die nun als Beweismittel gesichert war.

Erst jetzt wandten sie sich den Fragen zu, die sich aus der Faktenlage ergaben, den Widersprüchen, Mutmaßungen und Möglichkeiten.

»Da wäre zum einen diese Frau, die mit der vermeintlichen Vollmacht in der Bank aufgetaucht ist«, begann Stokes laut zu überlegen. »Wo hatte sie das Schreiben her? Wer hat es so nahezu perfekt gefälscht? Und was verrät uns das darüber, wer diese Frau sein könnte?«

Penelope nahm den Faden auf und spann ihn weiter. »Der Brief ist eine so gute Fälschung, dass eigentlich nur jemand, der mit Lady Halsteads Handschrift vertraut ist, ihn verfasst haben kann.«

»Oder jemand, der Zugang zu Schriftstücken von der Hand ihrer Ladyschaft hatte«, warf Adair ein.

Penelope nickte. »Stimmt. Was Miss Matcham, ihre Gesellschafterin, ganz oben auf die Liste der Verdächtigen setzen würde.« Sofort hob sie beschwichtigend die Hand. »Allerdings bezweifle ich sehr, dass sie es war.«

»Warum?«, fragte Stokes und kam Montague damit zuvor.

»Nun, da ich Miss Matcham noch nicht persönlich begegnet bin, kann ich nur nach dem gehen, was ihr über sie erzählt habt, und daraus habe ich den Eindruck gewonnen, dass sie, sollte tatsächlich sie das Geld abgehoben haben, klug genug wäre, es so einzurichten, dass man ihr nicht sogleich auf die Spur kommt. In der Vollmacht war kein Name genannt, nur von dem ›Überbringer‹ die Rede, weshalb sie in jeder denkbaren Verkleidung hätte vorstellig werden können. Oder sie hätte einen Komplizen vorschicken können. Oder – so hätte ich es vermutlich gemacht – sie hätte sich selbst als Mann ausgeben können. Das wäre das Einfachste gewesen, und es ist wirklich leichter als man denkt – zumal während einer so kurzen Begegnung, wo es nur einen Bankangestellten zu täuschen gilt.« Penelope hielt inne und runzelte die Stirn. »Mir kommt es eher so vor, als habe jemand den Anschein erwecken wollen, es könne sich um Miss Matcham handeln, denn – wie wir gerade festgestellt haben – wäre es für sie so leicht gewesen und läge so nahe, aber gerade deshalb scheint es mir in diesem Fall die falsche Schlussfolgerung.«

»Zumal, wenn man weiß«, warf Montague ein, »wie sehr Miss Matcham ihrer Dienstherrin verbunden war und es noch immer ist. Ich kann mir schlicht nicht vorstellen, dass sie so etwas – und wir sprechen hier von Diebstahl und Betrug an ihrer verstorbenen Mistress – gutheißen oder gar selbst durchführen würde.«

»Und«, ergänzte Stokes, »dasselbe dürfte auch auf die Dienerin zutreffen, auf Tilly Westcott. Theoretisch hätte es sich bei der Frau, die das Schreiben in der Bank vorgelegt hatte, auch um sie handeln können, aber praktisch ist sie ihrer Ladyschaft gleichfalls treu ergeben.« Er schaute zu Montague. »Ich nehme nicht an, dass Lady Halstead mit den Lohnzahlungen ins Hintertreffen geraten war, oder?«

Montague musste kurz überlegen, um sich die entsprechenden Abrechnungen ins Gedächtnis zu rufen, dann schüttelte er den Kopf. »Nein. Derzeit befinden wir uns zwar mitten im Quartal, aber bis dato sind alle Bediensteten stets pünktlich entlohnt worden.«

»Gut.« Stokes streckte seine Beine aus und kreuzte sie an den Knöcheln. »Ich denke, wir können die Vorstellung, dass entweder Miss Matcham oder Miss Westcott die Frau mit dem Schleier waren, außer Acht lassen …«

»Nicht aber die Vermutung, dass man den Verdacht auf sie oder eine der beiden lenken wollte.« Adair schaute in die Runde. »Denn der Verfasser des Briefes gehört aller Wahrscheinlichkeit nach zur Familie.«

»In der Tat.« Stokes nickte. »Und wir können davon ausgehen, dass die Halsteads die recht vage, aber doch hinreichende Beschreibung der Unbekannten dazu nutzen werden, mit dem Finger auf Miss Matcham zu zeigen – oder, wenn nicht auf sie, dann eben auf die Dienerin.«

»Das haben sie bereits versucht«, rief Montague ihnen in Erinnerung.

»Und ich bin mir sicher, sie werden es erneut tun«, sagte Penelope, »und sei es bloß, weil es so viel einfacher ist, als sich mit der einzig anderen Möglichkeit abzufinden – dass nämlich der Mörder einer von ihnen ist.«

»Womit wir wieder bei unserem Mörder wären ...«, sinnierte Stokes, »jenem Gentleman, der von gleich mehreren Zeugen dabei beobachtet wurde, wie er Runcorns Büro am frühen Abend betrat und eine halbe Stunde später wieder verließ. Die Beschreibung würde auf einen der Halstead-Männer passen, aber auf welchen?«

Stokes, Adair und Montague sahen einander an, als seien sie in einer Sackgasse angelangt.

Um ihre Unschlüssigkeit zu überbrücken, fasste Penelope noch einmal die Personenbeschreibung zusammen und schloss mit den Worten: »Weder ich noch Griselda haben bislang einen der Halsteads zu Gesicht bekommen, aber ich wage zu behaupten, dass der gestutzte Backenbart doch recht eindeutig ist, oder?«

Barnaby seufzte. »Leider nein. Sie haben sich allesamt die Koteletten stehen lassen, und zwar in so ähnlicher Manier, dass ein flüchtiger Blick in der Abenddämmerung keinen Unterschied ausmachen dürfte.« Er überlegte kurz und fuhr dann fort: »Selbst mir, der ich sie bei Tage getroffen und ausgiebig beobachten konnte, hilft diese Beschreibung keinen Deut, zwischen den fünf männlichen Halsteads zu unterscheiden, die da wären: Mortimer, sein Sohn Hayden, Maurice, William und Cynthias Sohn Walter. Würde ich einem von ihnen nachts auf der Straße begegnen, könnte ich den einen nicht vom anderen unterscheiden. Bei Tage werden die Unterschiede deutlich, aber bei schlechten Sichtverhältnissen ...« Barnaby sah Stokes an. »Alle sind ungefähr gleich groß, von ähnlicher Statur, haben braunes Haar, ähnliche Gesichtszüge, vor allem ebenjene rundlichen Wangen. Selbst in der Art sich zu kleiden dürfte ein flüchtiger Betrachter kaum einen Unterschied wahrnehmen.«

Stokes nickte bedächtig. »Was sie unterscheidet, sind ihre Augen – die von Hayden und Walter, aber auch Maurices sind heller –, und sowohl Form als auch Ausdruck der Lippen fand ich jeweils sehr charakteristisch. Vielleicht noch die Größe ihrer Nasen, wenn auch nicht deren Form. Aber solange man solche Details nicht im Zusammenspiel sieht und keinen Vergleich hat«, er sah Barnaby an, »pflichte ich dir bei, dass die fünf nicht gerade leicht auseinanderzuhalten sind.«

Schweigend sannen sie über die Tragweite dieser Erkenntnis nach.

Bis Griselda energisch in die Hände klatschte und aufstand. »Nein, bleibt ruhig sitzen. Ich will nur schnell dafür sorgen, dass wir eine Kleinigkeit zum Lunch bekommen. So wie euch die Köpfe rauchen, könnten wir alle eine Stärkung vertragen.«

»Ich helfe dir«, bot Penelope an und stand ebenfalls auf.

Als die Damen Richtung Küche verschwunden waren, schaute Stokes Barnaby und Montague an. »Wir sollten uns ganz genau überlegen, wie wir jetzt weitermachen wollen. Zumal Camberly in den Fall verwickelt ist – selbst wenn er nicht unmittelbar verdächtig ist, so ist es doch sein Sohn –, und auch Mortimer Halstead bedarf eines gewissen Fingerspitzengefühls. Ich schätze ihn so ein, dass er uns gehörige Schwierigkeiten machen wird, sowie wir uns auf einen der Halsteads als Hauptverdächtigen einschießen.«

»Oh ja«, seufzte Barnaby. »Genau so ist er. Und in Anbetracht der fehlenden Loyalität gegenüber Lady Halstead beziehungsweise des Vorrangs ihrer eigenen Interessen, den sie uns bereits sehr anschaulich unter Beweis gestellt haben, dürfte der Umgang mit dieser Familie kein Leichtes sein, da es doch gleichzeitig gilt, den Mörder in ihren Reihen ausfindig zu machen.«

Montague nickte bedächtig. »Man geht wie selbstverständlich davon aus, dass bei einem solchen Verbrechen alle unschuldig Beteiligten zuerst daran interessiert wären, dass der Gerechtigkeit Genüge getan wird. Betrüblicherweise ist das oft nicht der Fall.«

Ernüchtertes Schweigen senkte sich über sie, das diesmal von Penelope unterbrochen wurde, die in der Tür auftauchte und verkündete: »Wenn die Herren sich bitte zu Tisch bequemen wollen – das Essen ist bereit.«

Die Männer erhoben sich und folgten Penelope ins Speisezimmer, wo sie um die ovale Tafel Platz nahmen. Platten mit Sandwiches und Aufschnitt wurden herumgereicht, und das Dienstmädchen goss den Gentlemen Bier ein und den Damen Limonade.

Während sie aßen, wurden nur einzelne kurze Bemerkungen gewechselt.

Stokes wartete, bis alle Teller leer waren und sie sich satt und gestärkt zurücklehnten, bevor er den Punkt wieder aufgriff, den er als das Dilemma ausgemacht hatte. »Wir müssen gegen die Halsteads ermitteln, und das gründlich, denn – da bin ich mir absolut sicher – der Mörder befindet sich in ihren Reihen.« Er schaute kurz in die Runde. »Ich denke, wir sind uns alle darin einig, dass es einer der fünf Männer ist – Camberly haben wir bislang aufgrund der fehlenden Familienähnlichkeit ausgeschlossen. Wer von den fünfen es auch ist, er ist nicht dumm. Als er sich in Gefahr wähnte, weil Lady Halstead ihre Vermögensverhältnisse prüfen lassen wollte, hat er rasch und seiner Ansicht nach vermutlich konsequent gehandelt, damit jene ominösen Zahlungen nicht entdeckt werden. Er konnte ja nicht wissen, dass sie längst darauf aufmerksam geworden war. Und um ganz sicherzugehen, hat er auch gleich Runcorn aus dem Weg geräumt, in seinen Augen die einzige andere Person, die besagte Geldeinlagen hätte hinterfragen können. Was der Mörder nicht ahnen konnte, war – und vermutlich ist er noch immer arglos –, dass Montague bereits über die Sache Bescheid wusste.«

»Mhm.« Penelope stützte die Ellenbogen auf den Tisch und betrachtete Montague. »Angenommen, alles wäre, wie der Mörder glaubt, und Sie wüssten nichts von diesen seltsamen Kontovorgängen, wie würde sich das Ganze – der Tod Lady Halsteads, gefolgt von dem Runcorns, gefolgt von der

Entnahme sämtlicher Gelder von einer mysteriösen Fremden, die angeblich im Auftrag ihrer Ladyschaft handelte –, für Sie darstellen, wie nähme es nun weiter seinen Lauf?«

Montague ließ sich einen Moment Zeit mit der Antwort. »Wenn ich nicht wüsste, dass mit diesen Einzahlungen etwas nicht stimmte … Nun, ich würde sagen, so bedauerlich der Verlust von ihrer Ladyschaft, von Runcorn und der sämtlicher Kontoeinlagen auch ist, sollte sich dies nicht gravierend auf die Prüfung der weiteren Vermögenswerte auswirken. Wüssten wir nicht, dass hier etwas faul ist, könnte man selbst den heutigen Geldverlust als bedauerlichen Einzelfall verbuchen, der durchaus zu verschmerzen ist. Auf die Testamentseröffnung und die dort verhandelte Erbmasse sollte es keine weiteren Auswirkungen haben.«

»Aus Sicht des Mörders wäre somit alles glattgelaufen.« Penelope nickte, als habe sie genau darauf hinausgewollt. »Dann kann er zum jetzigen Zeitpunkt also mit sich zufrieden sein, weil ihm vermeintlich geglückt ist, all seine Spuren zu verwischen.«

»Aber was ist mit Montague?«, wandte Stokes ein. »An Stelle unseres Mörders würde ich in Montague eine Bedrohung sehen.« Er richtete den Blick seiner schiefergrauen Augen auf Montague. »Wenn er Sie im Visier hat, könnten Sie sein nächstes Opfer sein.«

Montague hob die Brauen und meinte dann mit einem Achselzucken: »Warum sollte er? Bislang haben wir ihm dazu keinen Anlass gegeben. Soweit er weiß, hat Lady Halstead mir vor Kurzem lediglich eine Vollmacht erteilt, um ihre Finanzen in Ordnung zu bringen. Er weiß nicht, dass sie mich ausdrücklich auf diese Zahlungen hingewiesen und eigens deshalb meine Hilfe erbeten hat. Er weiß auch nicht, dass ich im Besitz sämtlicher Papiere bin und sie im Auftrag der Polizei von vorn bis hinten überprüfe. Wenn wir all das auch weiterhin unerwähnt lassen, gibt es keinen Grund, warum er in mir eine Bedrohung sehen sollte. Zum jetzigen Zeitpunkt bin ich in seinen Augen allenfalls eine Randfigur, die ihm nicht weiter gefährlich werden kann.«

Ein Lächeln erhellte Stokes' Miene. »Was mich zu der Frage zurückführt, wie am besten mit den Halsteads umzugehen ist.« Er schaute in die Runde. »Da wir glauben, der Mörder sei einer von ihnen, werde ich sie so weit wie möglich im Dunkeln tappen lassen.«

»Gute Idee«, ließ sich Barnaby vernehmen. »Der Segen der Unwissenheit. Montague, Sie sollten für diesen Geniestreich Provision verlangen.«

Stokes verzog kurz das Gesicht, ließ sich aber nicht beirren. »Beim jetzigen Stand der Ermittlungen scheint es mir das Beste, auch Miss Matcham und Miss Westcott nicht in unsere Erkenntnisse einzuweihen. Obwohl wir sie für unschuldig halten, gehören sie, zumindest in den Augen der Familie, weiterhin zum Kreis der Verdächtigen, weshalb wir sie«, er hob bedauernd die Hände, »wohl oder übel als solche behandeln müssen.«

Penelope war da allerdings anderer Ansicht, und das sagte sie auch recht unmissverständlich.

Und obwohl keine der Frauen Violet Matcham oder Tilly Westcott bislang persönlich begegnet war, pflichtete Griselda ihr bei. »Wir können nach dem Stand der Dinge nicht ausschließen, dass die beiden in Gefahr sind. Ihnen zu verschweigen, in welche Richtung eure Ermittlungen gehen, könnte sie in falscher Sicherheit wiegen.«

Montague räusperte sich. »Was das anbelangt, schätze ich Miss Matcham als intelligent genug ein, um längst zu demselben Schluss gelangt zu sein und den Mörder in den Reihen der Familie zu vermuten. Andererseits sehe ich auch keinen Grund, ihr zum jetzigen Zeitpunkt von dem Mord an Runcorn zu erzählen. Es würde ihre Sorge nur zusätzlich verstärken, ohne dass damit etwas gewonnen wäre.« Er fing Stokes' Blick auf. »Sie ist Runcorn bei jenen Anlässen begegnet, da er Lady Halstead aufgesucht hat.«

Stokes nickte. »Dann sind wir uns also einig, nach Kräften in der Familie zu ermitteln, unsere Erkenntnisse aber für uns zu behalten.«

Die Männer stimmten einhellig zu; die Damen enthielten sich, erhoben aber auch keine weiteren Einwände.

»Gut.« Stokes stellte sein leeres Bierglas ab. »Ich muss dann noch mal in Runcorns Büro und die Dinge da zum Abschluss bringen. Und während ich dort bin, schicke ich gleich noch mal die Constables los – sie sollen sich umhören, ob irgendwer eine Dame mit Schleier gesehen hat.« Er fing erst Adairs, dann Montagues Blick auf. »Um auszuschließen, dass unsere mysteriöse Unbekannte nicht eine noch viel größere Rolle in dem ganzen Drama gespielt hat.«

Adair nickte. »Gute Idee. Und ich werde noch mal bei der Bank vorbeischauen, in der Hoffnung, dass jemandem aufgefallen ist, welchen Weg die Unbekannte danach eingeschlagen hat. Möglicherweise kann uns das auch einen Hinweis geben.«

»Wenn Sie ohnehin dort sind«, sagte Montague nachdenklich, »könnten Sie darum bitten, noch einmal mit dem Buchhalter oder dem Kassierer zu sprechen und zu fragen, wie das jeweils bei den Einzahlungen vonstattenging. Wahrscheinlich ist es vergebliche Liebesmüh – gerade bei Bareinzahlungen dürfte es kaum Nachweise geben –, aber vielleicht kann sich ja jemand an etwas erinnern, das uns weiterhilft.« Er fing Adairs Blick auf und zuckte mit den Achseln. »Fragen kostet nichts. Und sollte man sich nicht mehr an Sie erinnern …«, er zückte eine seiner Karten und reichte sie Adair, »… bedienen Sie sich ruhig meines guten Namens.«

Adair nahm die Karte und hob sie zum Salut. »Werde ich. Ein schlagendes Argument.«

»Und ich«, meinte Montague, »werde jetzt weiter auf meinem angestammten Terrain nach Informationen suchen. Die Zahlungen stellen mich tatsächlich vor ein Rätsel. Wenn die Durchsicht der Halstead-Konten zu keinem Ergebnis führt, werde ich wohl ein paar alte Gefälligkeiten einfordern und mich bei den Kollegen umhören, ob ihnen dazu etwas einfällt.« Mit Blick auf Stokes setzte er nach: »Natürlich unter Wahrung absoluter Diskretion.«

Stokes nickte und schob seinen Stuhl zurück. »Dann haben wir ja alle etwas zu tun.«

Adair erhob sich ebenfalls. »Fragen zu klären, Spuren zu verfolgen.«

Montague setzte seinen Stuhl zurück und musste sich ein Lächeln verkneifen. Mit bestem Dank an Griselda und einer galanten Verbeugung vor Penelope folgte er Stokes und Adair aus dem Haus.

An der Straße blieb Stokes stehen, sah erst Adair an, dann Montague. »Ich würde vorschlagen, wir treffen uns heute Nachmittag in Ihrem Büro, um einander auf den neuesten Stand zu bringen. Die Familie müssen wir uns so oder so noch mal vornehmen, aber ich hätte gern so viele Informationen wie möglich, ehe ich sie wieder vorlade.«

Adair stimmte mit einem Nicken zu, Montague ebenso. Dann verabschiedeten sie sich voneinander und gingen jeder seines Weges.

Penelope stand derweil am Wohnzimmerfenster, Griselda neben sich, und gemeinsam schauten sie den drei Männern hinterher. »Sieh nur, wie eilig sie es haben, sich weiter in die Ermittlungen zu stürzen. Wollen wir darauf wetten, dass sie sich nachher noch einmal treffen, nur sie drei, um einander auf den neuesten Stand zu bringen?«

Griselda schnaubte. »Da brauchen wir nicht drauf zu wetten – das ist so sicher wie das Amen in der Kirche. Du hast sie doch gerade dort stehen sehen, höchstwahrscheinlich haben sie schnell noch die Zeit und den Ort vereinbart.«

»Vermutlich, ja.« Penelope neigte nachdenklich den Kopf. »Ich könnte mir vorstellen, dass sie es angesichts der Grausamkeit eines zweifachen Mordes nur zu gut mit uns meinen und uns beschützen wollen.«

»Ich weiß, was du meinst, aber manchmal übertreiben sie es einfach.« Griselda sah Penelope von der Seite an. »Die Dinge haben sich geändert, und es ist an der Zeit, sich den neuen Gegebenheiten anzupassen.«

»Ich gebe dir völlig recht.« Penelope nickte. »Was bleibt uns also zu tun?« Der Einfachheit halber beantwortete sie ihre Frage selbst. »Ich glaube, wir sollten schauen, was wir aus gesellschaftlicher Sicht über die Halsteads in Erfahrung bringen können. Über die Halsteads und die Camberlys.«

»Oh«, rief Griselda ganz begeistert, »dann weiß ich auch schon, wo wir anfangen können.« Sie fing Penelopes fragenden Blick auf und lächelte. »Ich will nur eben Gloria Bescheid sagen und schauen, dass es Megan gut geht, dann hole ich meinen Hut, und wir können losziehen!«

»Wohin?«, fragte Penelope.

Griselda grinste. »Hinter die Kulissen der fashionablen Einkaufswelt.«

Nun war auch Penelopes Interesse geweckt. Sie scheuchte Griselda hinaus und folgte ihr in den Flur. »Dann ziehe ich mir schon mal Hut und Mantel an und warte an der Tür auf dich.«

7

Stokes brachte noch anderthalb Stunden in Runcorns Büro zu, um die Fallaufnahme abzuschließen und den Tatort zu sichern. »Reine Vorsichtsmaßnahme«, ließ er den zuständigen Sergeant wissen. »Ich möchte, dass zwei Männer das Gebäude rund um die Uhr observieren, aber nach Möglichkeit unbemerkt. Einer sollte sich drinnen postieren, der andere kann Eingang und Straße vom gegenüberliegenden Wirtshaus im Blick behalten.«

Der Sergeant zog die Brauen hoch. »Sie glauben, dass der Täter noch mal zurückkommt?«

»Ich halte es nicht für ausgeschlossen«, erwiderte Stokes und schaute auf, als die drei Constables, die sich nach der verschleierten Dame umhören sollten, zurückkehrten.

Die drei salutierten. Als Stokes sie fragend ansah, meinte der Dienstälteste: »Nichts, Sir. Wir haben die ganze Winchester Street in beide Richtungen abgeklappert und sogar die Zündholzverkäuferin noch mal erwischt – die Kleine ist richtig gut, der entgeht nichts –, aber ohne Erfolg. Niemandem ist in den letzten Tagen eine Dame mit Hut und Schleier aufgefallen.«

Stokes nickte. »Es wäre auch zu schön gewesen. Gut, danke, immerhin können wir diese Möglichkeit jetzt ausschließen.«

Zwei Minuten später überließ er es den Kollegen, alles Nötige zu organisieren, und machte sich auf den Rückweg nach Scotland Yard.

Barnaby entschied sich, erst mit den Bankangestellten zu sprechen, in der Hoffnung, dass man sich seiner noch erinnerte. Montagues Karte zeigte er trotzdem vor, da er annahm, dessen Reputation gelte in diesen Sphären mehr als die seine.

»Mr. Montague lässt fragen, ob einer der Kassierer sich noch daran erinnert, wie genau die Einzahlungen auf Lady Halsteads Konto vonstattengingen.« Er setzte eine hoffnungsfrohe Miene auf. »Wir wüssten Ihre Mithilfe wirklich sehr zu schätzen – jedes Detail könnte von Interesse sein.«

»Mhm«, meinte der leitende Bankangestellte, schürzte die Lippen und gab sich sehr wichtig, ehe er schließlich nickte. »Versprechen kann ich Ihnen zwar nichts – wir sind ein sehr beschäftigtes Bankhaus mit vielen Kunden –, aber wenn Sie einen Moment Zeit haben, will ich gern schauen, was ich in Erfahrung bringen kann.«

Barnaby nickte dankbar und zog sich zu einer Reihe Stühle zurück, die entlang der Wand standen. Er setzte sich und sah den Mann an seinen Schreibtisch zurückkehren, einige Unterlagen durchblättern und ein Blatt herausziehen, mit dem er sich zu den Schaltern begab. Dort wartete er, bis einer der Kassierer, ein etwas älterer Mann am letzten Schalterfenster, frei war, trat vor und zeigte ihm das Kontenblatt. Die Männer wechselten ein paar Worte, schließlich nickte der Kassierer.

Barnaby widerstand dem Impuls, aufzustehen und den Kassierer persönlich zu befragen … Sicher war es diplomatischer, wenn er … Wobei es viel besser wäre, wenn er selbst mit dem Mann sprach.

Glücklicherweise schaute der leitende Bankangestellte just in diesem Augenblick auf und winkte ihn herüber.

Als Barnaby an den Schalter trat, lächelte der Mann mit Genugtuung. »Mr. Wadsworth erinnert sich an den letzten Vorgang noch genau und ist sich sicher, dass alles genauso vonstattenging wie bei sämtlichen der im Laufe des Jahres getätigten Einzahlungen.«

Barnaby nickte freundlich. »Hervorragend. Können Sie sich erinnern, wer das Geld eingezahlt hat?«, wandte er sich an den Kassierer.

»Sehr genau sogar, Sir«, erwiderte Wadsworth. »Meinen Kollegen und mir war es nämlich aufgefallen, weil es uns etwas … nun, sagen wir ungewöhnlich schien für eine Dame von Lady Halsteads Rang.«

»Ungewöhnlich inwiefern?«, fragte Barnaby verwundert.

Der Kassierer warf einen Blick zu seinem Chef, als wolle er sich vergewissern, ob es in Ordnung sei, davon zu erzählen. Als der nickte, wandte Wadsworth sich wieder an Barnaby. »Es geschah per Kurier, Sir. Jedes Mal kam jemand anderes, aber stets mit korrektem Einzahlungsschein und alles ordentlich unterschrieben, weshalb wir die Transaktionen dann auch ausgeführt haben.«

Barnaby zögerte; es war keineswegs das, was er erwartet hatte, aber … vielleicht sollte ihn das nicht wundern. »Ein Kurierdienst – wollen Sie damit auf jene Dienste anspielen, von denen auch Kriminelle Gebrauch machen, wenn sie Gelder aus fragwürdigen Kanälen bewegen wollen?«

Wadsworth nickte. »Genau darauf will ich hinaus, Sir. Jeder Kassierer kennt seine Pappenheimer. Natürlich fällt es auf, weil diese Kuriere in aller Regel nicht zu der Klientel gehören, die uns solche Summen bar über den Schalter reichen.«

Barnaby nickte. »Verstehe. Haben Sie beide vielen Dank. Ich werde die Informationen an Mr. Montague und Inspector Stokes weitergeben.« Er sah die Männer an und senkte die Stimme. »Ich muss Sie vermutlich nicht darauf hinweisen, dass es sich um höchst vertrauliche Informationen handelt.«

»Das versteht sich von selbst, Sir«, versicherte ihm Wadsworth.

Und sein Vorgesetzter pflichtete bei: »Wir bei Grimshaws rühmen uns seit jeher unserer Diskretion.«

Ein Lächeln verbergend, neigte Barnaby den Kopf. »Noch einmal besten Dank. Ich wünsche den Herren einen schönen Tag.«

Barnaby verließ das Bankhaus frohen Mutes. »Das wäre

schon mal geschafft«, sagte er bei sich und schaute sich um. »Und jetzt zum nächsten Streich.«

Die nächste Stunde schlenderte er in unmittelbarer Umgebung der Bank durch die Straßen und fragte all jene, die aus welchen Gründen auch immer zum festen Inventar des Straßenbilds zu gehören schienen, ob ihnen heute am frühen Vormittag eine Dame mit Hut und Schleier aufgefallen sei. Ein vergebliches Unterfangen, wie sich bald herausstellte, und er hatte fast alle Hoffnung aufgegeben – und war ein Erfolg am Tag denn nicht auch mehr als genug? –, als er einen Jungen von vielleicht zehn Jahren entdeckte, der an der Straßenecke gleich hinter Bishopsgate mit einem Besen das Trottoir fegte.

Die Hände in den Taschen seines Mantels vergraben, schlenderte Barnaby zu dem Jungen hinüber und gab einmal mehr jene Geschichte zum Besten, die er im Laufe der letzten Stunde beinahe perfektioniert hatte. »Ah, entschuldige, eine kurze Frage. Ich war heute Vormittag hier mit meiner Schwester verabredet, habe dann aber dummerweise verschlafen und sie verfehlt. Sie hatte etwas dort drüben in der Bank zu erledigen und wollte sich davor mit mir treffen. Jetzt weiß ich nicht, ob sie schon da war und wieder gegangen oder ob sie gar nicht erst gekommen ist. Du hast nicht zufällig eine Dame gesehen mit Hut und Schleier? Meine Schwester trägt meistens einen Schleier, wenn sie in die Stadt fährt.«

»Aha«, machte der Junge und musterte ihn argwöhnisch. »Wie sieht sie denn aus, Ihre Schwester – außer, dass sie eine Dame ist und einen Schleier trägt?«

Barnaby rasselte die Beschreibung der Unbekannten herunter: braunes Haar, mittlere Größe, ungefähr in seinem Alter.

Er konnte sein Glück kaum fassen, als der Junge nickte. »Du hast sie gesehen?«, fragte er ungläubig.

»Ja, Sir.« Der Junge deutete die Straße hinunter. »Sie ist von der Threadneedle Street gekommen, ist kurz rein zur Bank und dann mit einem Mann weg, der hier in einer Kutsche auf sie gewartet hat.«

»Ein Gentleman, will ich doch hoffen?« Barnaby versuchte, sich seine Aufregung nicht anmerken zu lassen, und gab sich stattdessen leidgeprüft. »Ich vermute stark, das war mein Cousin. Hast du ihn gesehen, den Gentleman?«

»Nicht so richtig. Er ist in der Kutsche geblieben. Hat nur den Schlag geöffnet, und ihr seine Hand gereicht, als sie eingestiegen ist.« Der Junge sah Barnaby fragend an.

Barnaby seufzte, fischte eine Half Crown aus seiner Tasche und hielt die Münze hoch. »Also noch einmal: Wie sah er aus?«

»Ein Gentleman eben. Kann nicht sagen, wie groß er war, weil er ja gesessen hat.« Wie eine Elster nahm der Junge die schimmernde Münze ins Visier. »Keinen Bart, aber diese buschigen Dinger an den Wangen, die gerade jeder hat. Sein Gesicht war ziemlich rund, aber nicht dick. Braune Haare.« Er schaute Barnaby an, als wolle er fragen, ob das jetzt reichte.

»Eine Frage noch – wie alt war der Herr?«

Der Junge blinzelte ungläubig. »Ich denke, das war Ihr Cousin. Wissen Sie nicht, wie alt Ihr Cousin ist?«

»Ich habe mehrere Cousins. Ich versuche herauszufinden, welcher es wohl war.«

»Ah.« Der Junge zögerte und zog die Stirn in Falten. »Kann ich nicht sicher sagen, ehrlich. Wie gesagt, ich hab ihn ja kaum sehen können, aber … Vielleicht so im selben Alter wie die Dame?«

Sein Ton ließ keinen Zweifel daran, dass er lediglich geraten hatte. Barnaby gab ihm die Münze dennoch. »Könnte passen, danke.«

Was der Junge ihm erzählt hatte, schien immerhin zu bestätigen, dass die Dame mit einem – oder für einen – der fünf Halstead-Männer arbeitete.

Barnaby wandte sich zum Gehen, blieb noch einmal stehen und holte einen Sovereign aus seiner Manteltasche. Er drehte sich nach dem Jungen um, der gerade seinen Half Crown einsteckte, und rief: »Hier!« Als der Junge aufschaute, warf Barnaby ihm den Sovereign zu.

Flink wie ein Adler fing der Junge die Münze noch im Flug. Die stille Verwunderung, mit der er das Geldstück zwischen den Fingern drehte und langsam begriff, welch unverhofften Reichtum er da in den Händen hielt, entlockte Barnaby ein Lächeln.

Als der Junge wieder aufschaute, tippte Barnaby sich kurz an den Hut. »Kleiner Extralohn, weil du so aufmerksam warst. Mach was draus.«

Damit überließ er den noch immer sprachlosen Jungen wieder sich selbst und ging, sehr zufrieden mit sich, beschwingten Schrittes die Straße hinunter in Richtung von Montagues Büro.

Zurück in Chapel Court und wieder in seinem Büro, schaute Montague erst einmal, wie weit Pringle inzwischen war. Er fand ihn an dem Schreibtisch, den Slocum für ihn freigeräumt und ihm zugeteilt hatte. Pringle war bis in beide Ohren in seine Aufgabe vertieft und arbeitete stetig den Berg der Halstead'schen Papiere ab.

»Die Unterlagen reichen fast dreißig Jahre zurück.« Pringle hielt eines der Blätter hoch. »Sir Hugo war schon bei uns, als noch der Vater des jungen Mr. Runcorn das Geschäft geführt hat.« Er seufzte. »Ich weiß nicht, ob der Mörder es war oder die Polizisten, als sie die Papiere zusammengesucht haben, aber es ist alles eine heillose Unordnung.«

»Sie können demnach noch nicht sagen, ob etwas fehlt?«, fragte Montague.

Pringle schüttelte den Kopf. »Nicht bevor ich hier alles wieder sortiert bekommen habe.«

Montague überließ ihn also weiter seiner Arbeit und versuchte, seine Ungeduld zu zügeln, besprach stattdessen mit Gibbons und Foster die laufenden Geschäfte und vergewisserte sich noch einmal, dass die beiden in den kommenden Tagen sämtliche seiner Termine übernehmen würden. Nachdem das geklärt war, zog er sich in sein Büro zurück und setzte sich an den Schreibtisch.

Die Unterlagen, von denen Pringle ihm Abschriften angefertigt hatte, lagen in einem ordentlichen Stapel bereit. Montague hätte sich gleich an die Arbeit machen können, aber so sehr es ihn auch lockte, sich wieder darin zu vertiefen – der Lösung näher und dem Mörder auf die Spur zu kommen und damit Violet Matcham außer Gefahr zu bringen –, gab es doch noch einen anderen Ansatz, den er verfolgen konnte, gar verfolgen sollte. Denn nichts durfte unversucht bleiben, um den mysteriösen Zahlungen auf den Grund zu gehen. Er nahm sich also abermals die Abschrift von Lady Halsteads Kontoauszug vor, jenes Dokument, das alles überhaupt erst in Gang gebracht hatte, und begann sämtliche der über einen Zeitraum von vierzehn Monaten getätigten Einlagen aufzulisten.

Als er fertig war, betrachtete er die Liste eine Weile, dann rief er Slocum und diktierte ihm vier Briefe.

Jeder dieser vier Briefe enthielt eine Bitte, eine Erinnerung an jeweils geleistete Gefälligkeiten, sei es von Montague persönlich oder von seiner Kanzlei, ehe eine kurze Beschreibung des Musters folgte, das die Einlagen in Lady Halsteads Konto zeigten, und der Frage, ob die werten Kollegen in den Konten ihrer Klienten auf Ähnliches gestoßen waren, und wenn ja, ob sie Quelle und Verwendung der betreffenden Zahlungen kannten.

Im Kreis jener ausgesuchten Geschäftsleute, an die er sich nach kurzer Überlegung gewandt hatte, verstand absolute Diskretion sich von selbst.

Nachdem Slocum gegangen war, um die Briefe zustellen zu lassen, versenkte Montague sich erneut in die Liste, betrachtete die Zahlen von oben nach unten und zurück und schüttelte schließlich den Kopf. »Wer weiß, vielleicht kommt so etwas doch häufiger vor, als man denkt. Nur weil es mir selbst noch nie untergekommen ist, heißt das nicht, dass nicht einer der Kollegen damit vertraut wäre.« Oder zumindest eine Erklärung wusste, einen Anhaltspunkt, irgendeinen Hinweis, der ihm weiterhelfen könnte.

Mit einem stummen Seufzer nahm er sich nun auch die anderen Unterlagen vor, jene Dokumente, die Runcorn ihm bereits überlassen hatte, sowie auch die Abschriften, die Pringle ihm auf seine Bitte hin angefertigt und per Bote hatte zukommen lassen. Er zog sich den Stapel heran, legte ihn sauber und ordentlich vor sich hin, lehnte sich dann zurück und verlor sich abermals in Betrachtungen.

Könnte Runcorn von den zwielichtigen Geschäften des Mörders gewusst haben? Gar daran beteiligt gewesen sein?

In Gedanken ließ er noch einmal sein Gespräch mit dem jungen Vermögensverwalter Revue passieren, rief sich dessen arglose, unverstellte Miene in Erinnerung, die ehrliche Begeisterung für seine Arbeit und seinen offensichtlichen Wunsch, gemocht zu werden und alles richtig zu machen, sowie die leise Ehrfurcht, mit der er Montague begegnet war.

Auf Montague hatte Runcorn ehrlich und unverstellt gewirkt, selbst im Nachhinein kamen ihm keine Zweifel an dessen Integrität.

»Das heißt …«, Montague richtete seine Aufmerksamkeit wieder auf die Papiere vor sich, »… dass Runcorn nicht wusste, was vor sich ging. Der Mörder jedoch glaubte, dass Runcorn, wenn er die Halstead-Akte durchging, um die Angelegenheiten der alten Dame in Ordnung zu bringen, auf etwas stoßen würde, das die vermutlich krummen Geschäfte des Mörders auffliegen lassen könnte.«

Zu einer solchen Bilanzierung gehörte zunächst einmal eine vollständige Auflistung sämtlicher Vermögenswerte einschließlich der laufenden Investitionen, eine Einschätzung von deren derzeitigen Kapitalwerten und des daraus resultierenden Einkommens sowie eine Abstimmung aller Bankkonten, Fondsvermögen, Wertpapiere und sonstiger Ein- und Anlagen. Zum letzten Mal dürften die Bücher vor zehn Jahren geprüft worden sein, nach Sir Hugos Tod.

Runcorn und Pringle hatten ihm all jene Unterlagen zur Verfügung gestellt, die Montague für eine neuerliche Prüfung brauchte.

»Was bedeutet«, murmelte Montague vor sich hin und begann zu blättern, jedes Dokument fand sich links unten von Pringles akkurater Hand durchnummeriert, »dass sich irgendwo in diesem Stapel ein Hinweis darauf finden sollte, was unseren Mann in seinem Wunsch, es zu verbergen, zweimal zum Mörder hat werden lassen.«

Aus Pringles Zahlen schloss er, dass die vor ihm liegenden Dokumente absteigend geordnet waren, die neuesten sich also zuoberst fanden. Montague nahm sich das oberste Blatt vor und machte sich an die Arbeit.

Während er sich in seine Aufgabe vertiefte, sich Notizen zu früheren und aktuellen Investments machte, Erträge verglich und normalerweise kaum gemerkt hätte, wie die Zeit verging, ertappte er sich dabei, wie sein Blick immer wieder zu der Liste unerklärlicher Geldeinlagen wanderte, die er vorhin zusammengestellt und dann beiseitegelegt hatte.

Eine Stunde verging. Dann noch mal fünfzehn Minuten. Dann hielt er es nicht länger aus.

Er schob sämtliche Unterlagen und seine bislang gemachten Notizen beiseite und nahm sich erneut besagte Liste vor, betrachtete sie einen Moment, dann stand er auf und ging zur Tür. Er ließ den Blick über seine Mitarbeiter wandern. »Gibbons?«, rief er schließlich.

Als Frederick Gibbons aufschaute, wedelte Montague mit der Liste in seiner Hand. »Wenn Sie einen Moment Zeit hätten, würde ich gern Ihre Meinung dazu hören.«

Manchmal half der Blick eines Außenstehenden, um das Offensichtliche zu erkennen.

Gibbons erhob sich und folgte Montague in dessen Büro.

Nachdem er an seinen Schreibtisch zurückgekehrt war, deutete Montague auf den Stuhl ihm gegenüber. Er wartete, bis Gibbons sich gesetzt hatte und ihn ansah. »Ich möchte, dass Sie sich diese Liste ansehen. Es ist eine komplette Aufstellung verschiedener, auf ein Konto eingezahlter Geldbeträge – ich habe jeweils den Betrag und das Datum der Einzahlung notiert und versuche gerade herauszufinden, welchen Ursprungs diese Eingänge sein könnten.«

Nach dieser kurzen Vorrede reichte er Gibbons die Liste.

Gibbons nahm sie und überflog mit geübtem Blick Zahlen und Daten.

»Erträge aus einer Geldanlage können es nicht sein, dazu sind die zeitlichen Abstände zu unregelmäßig, zudem schwankt die Höhe der Beträge erheblich …« So weit, so bekannt, dachte Montague, doch dann schaute Gibbons auf. »Für mich sieht das nach Verkaufserlösen aus – Handelserträge, etwas in der Richtung.«

Montague stutzte. Mit Warengeschäften hatte er nie zu tun gehabt, aber Gibbons, bevor er zu Montague & Son gekommen war, sehr wohl.

Mit diesem neuen Wissen rief er sich die Zahlenkolonnen noch einmal in Erinnerung, und auf einmal sah alles ganz anders aus. Er lehnte sich vor und streckte die Hand nach der Liste aus. »Darf ich mal?«

Gibbons gab sie ihm zurück. Montague legte die Liste vor sich auf den Schreibtisch, griff nach einem Bleistift und begann, neben jeden Betrag eine aus bestimmten Mengenangaben resultierende Summe zu notieren.

Zahlen waren sein Metier; nachdem Gibbons ihn auf die richtige Fährte gebracht hatte, fügte sich alles wie von selbst zusammen.

Gibbons beugte sich vor und versuchte mitzulesen, was Montague an den Rand der Liste schrieb.

Als er ganz unten angelangt war und auch die letzte Einzahlung entsprechend der vorherigen aufgeschlüsselt hatte, überflog Montague alles noch einmal und gab die Liste dann zurück an Gibbons. »Was halten Sie davon?«

Gibbons sah sich Montagues Berechnungen an, glich sie mit den Einlagen ab, dann nickte er. »Das ist es, ja. Jeder eingezahlte Betrag ist der Verkaufserlös von jeweils fünf bis neun Objekten à zweihundertfünfzig Pfund, abzüglich eines Anteils von zwei bis drei Prozent.« Gibbons schaute Montague an. »Wurden die Einzahlungen per Kurier getätigt?«

»Das wissen wir noch nicht – ich lasse das gerade prüfen –, aber ja, es könnte hinkommen. Die meisten Kurierdienste verlangen einen Abschlag von zwei bis drei Prozent.«

Gibbons blickte erneut auf die Liste. »Zweihundertfünfzig Pfund sind eine stolze Summe. Ich überlege gerade, was man in so regelmäßigen Abständen zu einem solchen Betrag losschlagen kann. Wir haben hier jeden Monat mindestens fünf solcher Verkäufe, und das konstant über mehr als ein Jahr hinweg.«

Auch Montague begann zu überlegen, dann schüttelte er den Kopf. »Es scheint lukrativ zu sein, aber ganz sicher nicht legal.«

Gibbons schnaubte und gab ihm die Liste zurück. »Wäre es legal, würde ich sofort in dieses Geschäft einsteigen – und vermutlich nicht nur ich.«

»Eben.« Als er die Liste entgegennahm, warf Montague einen erneuten Blick darauf. »Wir haben es hier mit einem Geschäft zu tun, auf dessen Geheimhaltung jemand so sehr erpicht scheint, dass er dafür zwei Morde begangen hat.«

»Wenn das so ist …«, Gibbons schob seinen Stuhl zurück und stand auf, »… bin ich aus der Sache raus. War sonst noch etwas?«

Montague lächelte. »Nein, sonst war nichts. Danke, Frederick – Sie haben mir sehr geholfen.«

Gibbons verabschiedete sich mit einem breiten Grinsen im Gesicht und begab sich zurück an seinen Schreibtisch.

Montague sah sich die Liste und seine Berechnungen noch einmal an. Sein Lächeln wich grimmiger Entschlossenheit. Es mochte nur ein kleiner Durchbruch sein, aber er hatte das Gefühl, dass sie einen ganz entscheidenden Schritt weitergekommen waren. Immerhin konnte er Stokes und Adair jetzt etwas berichten, wenn sie nachher zur Besprechung vorbeikamen.

Als ihre Kutsche in die Dover Street einbog, schüttelte Penelope noch immer den Kopf über die Fülle an Informationen, die sie und Griselda im Laufe des Nachmittags zusammengetragen hatten. »Es wird mir nie mehr passieren, ein Ladenmädchen einfach so zu übersehen«, schwor sich Penelope, und als Griselda lachte, setzte sie nach: »Nein, wirklich, es ist erschreckend, woran sie sich alles erinnern. Fortan werde ich stets darauf achten, mich tadellos zu betragen und kein böses Wort zu verlieren – über niemanden.«

»Ich glaube eher, dass die Halsteads ein besonderer Fall sind«, meinte Griselda. »Schwierige Kundschaft vergisst man nie.«

Sie war mit Penelope in etliche Läden an der Kensington High Street gegangen, allesamt in fußläufiger Distanz von Lady Halsteads Haus in der Lowndes Street; wie sich herausstellte, wurden diese Geschäfte auch von Mrs. Wallace Camberly frequentiert, die mit ihrem Gatten und ihrem Sohn am Belgrave Square lebte, sowie – und das war das eigentlich Ergiebige – von deren Dienstpersonal. Während Penelope die kauflaunige Dame gab und sich in jedem Geschäft mal dieses, mal jenes hatte zeigen lassen, war Griselda in die Rolle ihrer Dienerin geschlüpft und hatte ausgiebig Gelegenheit gehabt, mit den Ladenmädchen zu plaudern.

»Ja, das mag wohl stimmen, aber viel interessanter waren ja die Informationen und Bemerkungen, die ihnen quasi aus erster Hand von den Dienstboten der Camberlys zugetragen wurden. Ich muss schon sagen – sehr erstaunlich.« Hinter den Brillengläsern blitzten Penelopes Augen. »Und so überaus detailliert.«

»Hilfreich war auch, dass alle sich noch an Mortimer und seine Familie erinnerten, ehe sie aus dieser Gegend weggezogen sind.« Als die Kutsche langsamer fuhr, schaute Griselda aus dem Fenster. »Was wir gehört haben, war demnach keineswegs nur böswilliges Gerede einiger Dienstboten der Camberlys, sondern zeugt von grundlegenden Einstellungen und einem Verhalten, das jedes der Ladenmädchen bezeugen konnte und wie es fast identisch auch vom Hauspersonal der Halsteads berichtet wurde.«

Die Kutsche kam zum Stehen.

Penelope beugte sich vor. »Auf jeden Fall haben wir einen ziemlich klaren Eindruck von den Halsteads und den Camberlys gewonnen. Mal sehen, was die alten Damen noch dazu beitragen können.«

Als der Bursche den Kutschenschlag öffnete, ließ Penelope sich von ihm hinaushelfen und wartete, bis auch Griselda ausgestiegen war, ehe sie sich an den Kutscher wandte. »Danke, Phelps. Wir gehen zu Fuß nach Hause.«

»Ganz wie Sie wünschen, Ma'am.«

Phelps tippte sich an den Hut und setzte die Kutsche wieder in Bewegung; die Albemarle Street war praktisch gleich um die Ecke.

Penelope wandte sich zum Haus ihrer angeheirateten Tante Horatia Cynster und ging die Eingangstreppe hinauf.

»Bist du denn sicher, ob meine Anwesenheit … nun ja, erwünscht ist?«, fragte Griselda. »Man sieht mich ja eher selten in den Salons der Stadt ein- und ausgehen.«

Unter dem schmalen Portikus blieb Penelope stehen und warf der Freundin einen aufmunternden Blick zu. »Keine Sorge. Horatias Jour fixe folgt einer bestens eingespielten Routine. Um diese Zeit werden nur noch die Damen Cynster da sein und vielleicht Lady Osbaldestone. Jede von ihnen ist Stokes schon das ein oder andere Mal begegnet, und sie wissen, dass er der Familie verschiedentlich eine große Hilfe war. An die Sache mit Henrietta und James werden sie sich ganz sicher noch erinnern, das ist ja noch nicht so lange her.« Mit einem verschmitzten Lächeln griff Penelope nach dem Türklopfer. »Glaub mir, Sie werden hell erfreut sein, dich kennenzulernen.«

Griselda lag eine Bemerkung auf der Zunge, die sie sich indes verkneifen musste. Denn kaum hatte Penelope geklopft, wurde die Tür von einem sehr förmlich wirkenden Butler geöffnet, dessen unerschütterliche Miene beim Anblick Penelopes einem immerhin angedeuteten Lächeln wich. »Mrs. Adair, welch eine Freude, Sie zu sehen.«

»Danke, Grantley. Empfängt ihre Ladyschaft noch?«

»Offiziell nicht, aber in Ihrem Fall wird Lady Horatia sich ganz gewiss freuen, wenn Sie ihr und den Damen Gesellschaft leisten.«

Als er ihnen voraus in die Halle trat, erkundigte sich Penelope: »Die Damen Cynster, vermute ich. Ist sonst noch jemand da?«

»Nur noch Lady Osbaldestone, Ma'am.«

Penelope ließ sich von Grantley den Umhang abnehmen und deutete auf Griselda. »Das ist Mrs. Stokes, die Ehefrau von Inspector Stokes.«

»Sehr erfreut, Ma'am.« Grantley verneigte sich. »Darf ich Ihren Mantel haben?«

Griselda nickte. »Danke.« Sie nahm eine ähnliche Haltung an wie gerade Penelope und ließ sich vom Butler aus dem Mantel helfen.

»Im Salon?«, fragte Penelope.

»Ganz recht, Ma'am.« Grantley ging ihnen voraus auf eine breite Flügeltür zu. »Gestatten Sie mir …« Er öffnete die Tür und meldete: »Mylady – Mrs. Adair und Mrs. Stokes.«

Penelope hielt sich mit derlei Etikette nicht lange auf und rauschte einfach so hinein; Griselda musste kurz ihre flatternden Nerven beruhigen, ehe sie tapfer das Kinn hob und der Freundin folgte.

Alle Zweifel, ob sie in so erlauchter, erlesener Runde wohl willkommen sei, verflogen sofort, als sie die fünf Damen sah, die auf Sofas und Sesseln am Kamin beisammensaßen. Penelope wurde reihum mit einem warmen Lächeln empfangen, aber als aller Blicke auf Griselda fielen, blitzten die Augen, und in den feinen Zügen der nicht mehr ganz jungen Gesichter zeigte sich tatsächlich helle Vorfreude.

Alle Damen waren reiferen Alters, und eine – von der Griselda annahm, es könne sich nur um die berüchtigte Lady Osbaldestone handeln – war gar schon hochbetagt.

Eine dunkelhaarige Dame – vermutlich ihre Gastgeberin Lady Horatia – erhob sich, um sie zu begrüßen. »Willkommen, Penelope, meine Liebe!« Sie drückte Penelopes Hand und die beiden Frauen tauschten Wangenküsse. Dann richtete Lady Horatia den strahlenden Blick auf Griselda. »Und das ist Mrs. Stokes? Die Frau von Inspector Stokes?«

»Ganz genau.« Penelope warf Griselda ein Lächeln zu, das ein eindeutiges *Siehst du, was habe ich gesagt?* signalisierte. »Griselda, darf ich vorstellen …«

Griselda lächelte und gab den Damen schüchtern die Hand, als sie reihum Lady Horatia, Lady Louise Cynster, Lady Celia Cynster, Helena, Dowager Duchess of St. Ives, und nicht zuletzt auch Lady Therese Osbaldestone, vorgestellt wurde.

Unterdessen wies Lady Horatia Grantley an, den beiden frisch eingetroffenen Gästen noch zwei Stühle zu bringen. Nachdem die Begrüßungen überstanden waren und Penelope und Griselda ihren Platz in der kleinen Runde gefunden sowie jeweils eine Tasse frisch aufgebrühten starken Tee vor sich hatten und einen Teller kleiner, überaus delikater Teekuchen, die Griselda sehr zu schätzen wusste, stieß Lady Osbaldestone mit ihrem Stock auf den Boden, als wolle sie die Anwesenden zur Ordnung rufen. »So, meine Lieben, was können wir denn für Sie tun?« Die fein geschwungenen Brauen ihrer Ladyschaft hoben sich über unergründlich schwarzen Augen. »Ich nehme an, deswegen sind Sie hier.«

Von diesem Gebaren allem Anschein nach unbeeindruckt, nickte Penelope. »Wir – und damit meine ich Barnaby und Stokes, unterstützt von Griselda und mir, und in diesem Fall auch von Mr. Montague, den die Damen ja kennen – versuchen, einen mysteriösen Fall zu lösen, der, so glauben wir, schon zu zwei Morden geführt hat. Das erste Opfer war Lady Halstead, die in der Lowndes Street lebte, das nächste ihr Vermögensverwalter. Griselda und ich haben die letzten zwei Stunden damit verbracht, so viel wie möglich über die Halsteads und die Camberlys in Erfahrung zu bringen – Lady Halsteads Kinder und deren Familien –, und kamen nun in der vermutlich berechtigten Hoffnung, dass Sie uns noch mehr über die Camberlys und die Halsteads erzählen können.«

In vier der fünf Gesichter stand lediglich Ratlosigkeit. Schließlich fragte Lady Celia: »Und wer genau sind diese Leute?«

Penelope schien konsterniert, antwortete aber dennoch. »Mortimer Halstead und seine Gemahlin Constance – Mortimer ist für das Innenministerium tätig, und die beiden haben zwei Kinder, Hayden und Caroline. Die Camberlys sind Mr. und Mrs. Wallace Camberly; er ist Parlamentsabgeordneter, sie eine geborene Halstead, die beiden leben am Belgrave Square und haben einen Sohn, Walter.«

Horatia, Celia, Louise und Helena wechselten fragende Blicke. Lady Osbaldestone indes schien angestrengt nachzudenken, als versuche sie, etwas aus den Tiefen der Erinnerung zutage zu fördern.

Nach einem prüfenden Blick auf Lady Osbaldestone wandte Helena sich bedauernd an Penelope. »Wir können leider nicht weiterhelfen – diese Leute bewegen sich nicht in unseren Kreisen. Aber ich könnte mir vorstellen, dass unsere liebe Caro etwas über sie weiß – sie und Michael verkehren noch regelmäßig in Regierungskreisen.«

»Und«, setzte Celia nach, »ihr solltet auch Heather fragen, vor allem zu den Camberlys. Nun, da Breckenridge – an sich sollte ich Brunswick sagen, aber ihr wisst, wen ich meine – den Titel geerbt und den Sitz seines Vaters im Oberhaus übernommen hat, ist er viel mehr ins politische Geschäft verwickelt als früher.«

»Allerdings.« Lady Osbaldestone schien aus ihren Erinnerungen aufgetaucht und nickte. »Und jetzt, wo Michael Anstruther-Wetherby seinen Sitz im Unterhaus hat, dürfte er sicher auch etwas über Camberly wissen.« Lady Osbaldestones dunkler Blick heftete sich auf Penelope. »Natürlich verkehrte ich zu meiner Zeit sowohl in politischen als auch Regierungskreisen, aber das ist lange her. Über Mortimer Halstead oder die Camberlys kann ich Ihnen nichts sagen, aber ich erinnere mich noch gut an Sir Hugo Halstead und es betrübt mich sehr, vom Tod seiner Frau zu erfahren – noch dazu unter solchen Umständen.«

Penelope horchte auf. »Sie kannten die beiden?«

»Kennen wäre zu viel gesagt, aber er war im Außenministerium, weshalb man sich natürlich bei Gelegenheit begegnete. Er galt als sehr vernünftiger Mann.«

»Können Sie uns vielleicht mehr über ihn erzählen? Oder über die beiden?«, hakte Penelope vorsichtig nach.

Lady Osbaldestone hob leicht die Brauen. »Nun, was soll ich erzählen … Er hat den Großteil seiner Dienstjahre in Indien verbracht. Ein stattlicher, sehr umgänglicher Gentleman, der zu jenen Menschen gehörte, denen man auf Anhieb Vertrauen schenkte. Sie können sich gewiss vorstellen, wie hilfreich das im Umgang mit den Einheimischen war. Vermutlich aus diesem Grund wurde er von der East India Company für lange Jahre vor Ort eingesetzt und bekleidete außerdem einen Posten im Büro des Generalgouverneurs. Seine Frau – ich habe lange überlegt, wie sie hieß, aber ich glaube, es war Agatha – war eine stille, vornehme Dame, sehr angenehme Gesellschaft und für ihn, der eher gesprächig und aufgeschlossen war, die passende Ergänzung. Sie hat ihn früh nach Indien begleitet und war fast während seiner gesamten Dienstjahre an seiner Seite. Als Sir Hugo sich in den verdienten Ruhestand verabschiedete, galten beide als vorbildliches Paar, das seinem Land und seinem König hervorragende Dienste geleistet hatte.« Hier hielt Lady Osbaldestone inne und runzelte die Stirn. »Aber ihre Kinder … Ich kann mich nur daran erinnern, wie jemand einmal bemerkte, dass sie äußerlich ganz nach dem Alten kämen, aber leider nicht ihrem Wesen nach.«

In diesem Moment wurde draußen an der Tür geläutet, und kurz darauf hallten helle Frauenstimmen in der Halle wider. Keine Minute später öffnete sich die Tür zum Salon, und eine jung wirkende Frau in mittleren Jahren führte einen Tross weiterer Damen herein. »Wir bitten vielmals um Entschuldigung, Schwiegermama, aber wir wurden in Osterley Park aufgehalten – ich überlasse es Ihnen zu raten, von wem.«

Horatia lachte, ließ sich auf beide Wangen küssen und bedeutete dann Grantley, noch weitere Stühle zu bringen. »Wie es sich trifft, meine Lieben, seid ihr genau zur rechten Zeit gekommen. Penelope und Griselda – die übrigens mit Inspector Stokes verheiratet ist – haben uns mit einer Frage konfrontiert, die uns einiges Kopfzerbrechen bereitete, aber vielleicht können einige der jüngeren Damen uns ja weiterhelfen.«

Griselda schwirrte der Kopf, während sie abermals reihum vorgestellt wurde; aber wie schon vorhin ließ keine der neu hinzugekommenen Damen erkennen, dass sie sich des Standesunterschieds bewusst wäre oder daran Anstoß nähme – zumindest nicht in diesem kleinen Kreis.

Grantley und zwei Diener brachten weitere Stühle und zwei Kannen frischen Tee, und als schließlich alle saßen und mit Tee und Kuchen versorgt waren, nahm Horatia die Neuankömmlinge ins Visier und kam gleich zur Sache. »Mortimer Halstead und seine Frau Constance – er ist für das Innenministerium tätig – sowie ihr Sohn Hayden und ihre Tochter Caroline. Des Weiteren Mr. Wallace Camberly, Parlamentsabgeordneter des Unterhauses, und seine Frau sowie ihr Sohn

Walter. Wenn ihr irgendetwas über diese Leute wisst, teilt es uns gerne mit.«

»Mrs. Camberly heißt Cynthia und ist eine geborene Halstead – sie ist Mortimers ältere Schwester«, fügte Penelope erklärend hinzu. »Außerdem wären da noch Maurice Halstead, von dem einige von euch ganz sicher schon gehört haben, und William, der jüngste Bruder.«

»Oh ja, Maurice Halstead«, meinte die Dame, Patience Cynster, die vorhin die anderen hereingeführt hatte, dann runzelte sie die Stirn. »Aber es ist ewig her. Ich glaube, als ich mein Debüt hatte, warnte man mich damals vor ihm und riet mir, mich von ihm fernzuhalten.«

Penelope nickte. »Das passt. Uns wurde er als alternder Lebemann beschrieben, vermutlich ein Spieler und generell ein Taugenichts. Aber vergleichsweise harmlos und durchaus charmant.«

»Das ist er«, bestätigte Louise. »Ich kann mich noch erinnern, die Zwillinge vor ihm gewarnt zu haben.« Nun runzelte auch sie die Stirn. »Dabei kam es mir schon damals so vor, als sei er eher ein gesellschaftlicher Außenseiter.«

Penelope nickte erneut. »Auch das passt.«

Einige der jüngeren Damen waren den Camberlys verschiedentlich begegnet, doch eher en passant. »Mein Eindruck war«, meinte Helena, Duchess of St. Ives, die links von Griselda saß, »dass beide ausgesprochen ehrgeizig sind. Camberly verfolgt seine eigenen Ambitionen, und seine Frau tut alles, um seinen Aufstieg voranzubringen.«

»Um auf diese Weise selber gesellschaftlich aufzusteigen.« Dieser Einwurf kam von jener Caro, die vorhin bereits erwähnt worden war. Sie wandte sich an Penelope. »Ich habe die Camberlys einige Male getroffen, und Camberly ist zweifelsohne sehr ambitioniert, dabei aber umsichtig und klug genug, den Bogen nicht zu überspannen. Er arbeitet beständig an seiner Karriere und Reputation und giert geradezu nach jedem bisschen Ruhm und Ehre, mit dem er seinen Namen aufpolieren kann. Ich gehe davon aus, dass er nach der nächsten Wahl auf den Posten eines Staatssekretärs drängen wird.«

»Und wie sind sie so – als Menschen?«, fragte Penelope.

Caro krauste die Nase, nahm einen Schluck Tee und meinte, nachdem sie die Tasse wieder abgesetzt hatte: »Nicht die Sorte Menschen, mit der man befreundet sein wollte. Camberly kennt keine Skrupel. Hinter seinem einnehmenden Lächeln und den vorzüglichen Manieren steckt ein knallharter Machtmensch. Er verliert nie sein Ziel aus den Augen, und ich kann mich des Gefühls nicht erwehren, dass er vor nichts zurückschrecken würde, um es zu erreichen. Und seine Frau steht ihm darin in nichts nach. Mehr noch, bei ihr kommt eine kleinliche, engherzige Missgunst dazu …« Caro überlegte einen Moment, wie genau sie ausdrücken sollte, was sie meinte. »Es ist wirklich nur so ein Gefühl, aber mir kommt es vor, als würde sie alles immer nur im Hinblick darauf bewerten, was es für sie bringen könnte. Dem Sohn bin ich nur einmal begegnet, und wie so oft bei sehr dominanten Eltern ist er eher blass und nichtssagend und hat keinen bleibenden Eindruck hinterlassen.«

»Und die Halsteads?«, fragte Penelope, nun voller Hoffnung.

Caro verzog das Gesicht. »Denen bin ich auch bloß einmal begegnet, und das ganz flüchtig, bei einer großen Veranstaltung. Aber ich habe einiges über sie gehört, die Art von Gerede, wie es im Ministerium die Runde macht. Natürlich kann ich mich nicht dafür verbürgen, dass etwas Wahres daran ist, aber vielleicht hilft es ja weiter und ihr könnt anhand anderer Quellen überprüfen, was ich euch erzähle …« Caro atmete einmal durch, ehe sie loslegte: »Ich habe gehört, dass Mortimer und Constance ebenfalls sehr ehrgeizig seien, aber weit weniger Grund dazu hätten, denn die Wahrscheinlichkeit, dass ihre hochfliegenden Pläne sich jemals erfüllen, wird als eher gering eingeschätzt. Mortimer gilt als allenfalls durchschnittlich begabt – ein Pedant, der nicht die nötige Intelligenz und Wendigkeit mitbringt, auf neue oder unerwartete Situationen zu reagieren. Er soll gründlich und verständig sein, aber alle, außer vermutlich ihm selbst und seiner Frau, sind sich darin einig, dass er die Grenzen seiner Kompetenz längst erreicht hat und innerhalb des Ministeriums nicht weiter aufsteigen wird.«

An Lady Osbaldestone gewandt, setzte Caro nach: »Man wundert sich zudem, warum er nicht in die Fußstapfen seines Vaters getreten und ins Außenministerium gegangen ist, wo sein Name weit mehr gegolten hätte als im Innenministerium, aber Mortimer scheint wenig Neigung zu verspüren, die heimischen Gefilde zu verlassen.«

»Tatsächlich ist es so«, sagte Penelope und setzte ihre Tasse ab, »dass ich aufgrund der Beschreibungen, die Barnaby und Stokes ebenso wie Barnabys Vater uns von den Halsteads gegeben haben und die sich im Übrigen sehr gut zu dem fügen, was Sie uns erzählt haben, zu dem Schluss gelangt bin, dass bei allen vier Halstead-Kindern Charakter und Wesenszüge das Ergebnis eines überzogenen Konkurrenzdenkens zwischen Mortimer und Cynthia sein könnten, den beiden Ältesten, die sich vom Alter her sehr nah sind und vermutlich von klein auf um Aufmerksamkeit buhlten. Infolgedessen sah Maurice sich, wollte er sich von ihnen abheben, in die Rolle des schwarzen Schafes gedrängt, und für William, den Jüngsten, blieb dann nur noch, sich ganz von der Gesellschaft abzuwenden.«

Lady Osbaldestone betrachtete Penelope aufmerksam. »Wie ausgesprochen scharfsinnig, meine Liebe – da fällt mir ein, dass der einzige Vorwurf, der den Halsteads meines Wissens je gemacht wurde, darin bestand, dass sie ihre Kinder weitgehend sich selbst überließen, was zu einigen recht unerfreulichen Entwicklungen führte. Man übte vor allem daran Kritik, dass die Halsteads, so geschätzt sie auch ansonsten waren, hier weit hinter ihren Möglichkeiten zurückblieben und billigend in Kauf nahmen, die Früchte ihrer Verbindung aus Mangel an Aufmerksamkeit, Interesse oder schlicht durch Vernachlässigung zunichtezumachen, oder, drücken wir es anders aus, ihre Kinder stiefmütterlich behandelt zu haben.«

Lady Osbaldestone ließ ihre Worte wirken, ehe sie den Blick wieder auf Penelope richtete. »Dazu muss man wissen, dass die Halsteads, während sie ihre überaus verdienstvollen Jahre außer Landes verbrachten, ihren Nachwuchs in England zurückließen, wo sie unter der Obhut von Kindermädchen, Gouvernanten und Hauslehrern auf dem Halstead'schen Landsitz aufwuchsen. Oft auf Jahre hinaus, denn Sir Hugo war sehr ehrgeizig, was seine Karriere anbelangte, und Agatha unterstützte ihn in seinen Ambitionen.«

Die alte Dame schaute vielsagend in die Runde. »Wen wundert es da, wenn unter solchen Bedingungen, ohne liebende Eltern, die sie bei der Hand hätten nehmen und leiten können, ihnen aber stattdessen vermutlich einen gewissen Ehrgeiz mit in die Wiege gelegt haben, die beiden Älteren von klein auf um Aufmerksamkeit konkurrierten, statt sich miteinander zu verbünden. Sie versuchten, einander auszustechen und dem anderen überlegen zu sein. Den zwei Jüngeren blieb zwangsläufig bloß, sich auf ihre eigene Art hervorzutun.«

Unter den Damen wurde vereinzelt genickt. »Das klingt plausibel«, fand Caro. »Es würde haargenau den Eindruck erklären, den ich sowohl von Cynthia Camberly als auch von Mortimer Halstead gewonnen habe.« Sie überlegte. »Wenngleich ich die beiden nie zusammen erlebt habe – ich kann mich nicht einmal erinnern, sie je im selben Raum gesehen zu haben –, hatte ich doch bei beiden so ein Gefühl, dass der tiefe Ehrgeiz, der sie treibt, mehr innerer Zwang denn Wunsch ist.«

Reihum ließ sich leise Zustimmung vernehmen.

Penelope schaute Griselda an und hob die Brauen. »Ich bin ja so froh, dass wir gekommen sind.«

Griselda nickte lächelnd und trank ihren Tee aus.

Bald darauf erhob sich Penelope, und sie und Griselda verabschiedeten sich.

Als sie das Haus verlassen hatten, hakte Penelope sich bei Griselda unter, und sie schlenderten die Straße hinunter, bogen rechts in die Grafton Street ein und noch einmal rechts in die Albemarle Street.

Es war ein kühler Abend, graue Wolken zogen über den herbstlichen Himmel, und die Sonne stand schon tief hinter den Häusern im Westen. Ein leichter Wind wehte durch die Straßen und spielte mit Penelopes Hutbändern und den einzelnen Strähnen von Griseldas schwarzem Haar, die sich aus ihrem strengen Knoten gelöst hatten.

»Mhm«, meinte Penelope, während sie sich langsam ihrem Haus näherten. »Ich möchte – nein, ich muss, ich muss es wirklich – wieder an Ermittlungen teilhaben, um meinem Leben weiteren Sinn und Zweck zu geben, gleichwohl will ich unter gar keinen Umständen Oliver vernachlässigen, ganz zu schweigen von künftigen Kindern, die uns vielleicht noch beschert sein werden.«

Griselda war nicht überrascht, die Freundin genau das aussprechen zu hören, was sie selbst beschäftigte. Sie lächelte zustimmend. »Genau das waren auch meine Gedanken. Mehr noch – es ist nicht nur die Zeit, die wir, während wir ermittlerisch tätig sind, getrennt von unseren Kindern verbringen, sondern auch die Situationen, in die wir uns begeben. Ich denke, es sollte, nein es muss unsere oberste Priorität sein, uns trotz allem nicht in Gefahr zu bringen.« Sie sah Penelope an und fand deren dunklen Blick auf sich gerichtet. »Das sind wir ihnen schuldig. Unsere Kinder können es sich nicht leisten, uns zu verlieren.«

Penelope nickte, knapp und entschieden, wie es bisweilen ihre Art war. »Ich gebe dir völlig recht. Und genau darin liegt die Herausforderung: Wie schaffen wir es, unseren Weg zurück in die Ermittlungsarbeit zu finden und dabei unserer neuen Rolle gerecht zu werden? Daran sollten wir arbeiten.«

»Nicht nur wir«, murmelte Griselda.

Da musste Penelope lachen. »Stimmt. Wenn es etwas aus Lady Osbaldestones Worten zu lernen gibt – und tatsächlich sollten uns die Halsteads ein warnendes Beispiel sein –, dann, dass es nicht nur an uns ist, an dir und mir, für unsere lieben Kleinen da zu sein. Wir mögen mehr Zeit auf unsere Kinder verwenden als Barnaby und Stokes, aber auch sie werden ihnen einen Teil ihrer Zeit und ihrer Aufmerksamkeit widmen müssen.«

»Einen Teil ihres Lebens«, stellte Griselda klar.

»Ihres Lebens, genau.« Dann schwieg Penelope, bis sie beim Haus angelangt waren, und meinte, den Blick nach vorn gewandt: »Das ist die Verantwortung, der man sich stellt, wenn man ein Kind in diese Welt setzt – dass wir, als seine Eltern, diesem Kind einen festen, unanfechtbaren Platz in unserem Leben einräumen müssen.«

»Dass wir ihm einen festen, unwiderruflichen Teil unseres Lebens geben«, ergänzte Griselda.

8

»So«, meinte Stokes und machte es sich auf einem der beiden Stühle gegenüber Montagues Schreibtisch bequem. »Halten wir fest: Niemand hat eine Frau in der Nähe von Runcorns Büro gesehen, die unsere geheimnisvolle Unbekannte sein könnte, was mich in der Annahme bestärkt, dass ihre Aufgabe einzig darin bestand, das Geld von der Bank zu holen. Vielleicht wurde sie eigens dafür angeheuert.« Er wandte sich an Barnaby. »Was haben die Nachforschungen in der Threadneedle Street ergeben?«

»Allerhand«, sagte Barnaby und grinste. »Das Glück war mir gleich zweimal hold. Zum einen kann ich berichten, dass die Einzahlungen auf Lady Halsteads Konto per Kurier gemacht wurden. Die Kassierer sind erfahren genug, solche Leute zu erkennen und erinnerten sich daran, weil es ihnen seltsam vorkam, dass per Kurier Gelder auf das Konto der alten Dame eingingen.«

Stokes schnalzte mit der Zunge. »Was den Verdacht ungleich erhöht, dass wir es mit zwielichtigen Geschäften zu tun haben – zumal unser Mann beste Verbindungen in einschlägige Kreise zu haben scheint.«

Montague nickte. »Das passt zu dem, was ich entdeckt habe, doch ehe wir dazu kommen«, er schaute Barnaby an, »bitte – was haben Sie noch herausgefunden?«

Barnaby strahlte. »Ich traf einen jungen, ausgesprochen aufmerksamen Straßenkehrer, der sich sehr genau erinnerte, dass er unsere verschleierte Dame aus der Bank kommen und in eine wartende Kutsche steigen sah. Als der Schlag geöffnet wurde, konnte der Junge einen Blick auf den darin sitzenden Gentleman erhaschen, der der Dame in die Kutsche half.«

»Und, konnte dieser ausgesprochen aufmerksame Straßenkehrer den Gentleman auch beschreiben?«, erkundigte sich Stokes.

»Er sah ihn nur flüchtig, aber immerhin gut genug, um von runden Wangen und einem Backenbart bei ansonsten glatt rasiertem Gesicht zu berichten. Zudem habe der Herr braunes Haar gehabt. Zur Größe konnte er leider nichts sagen, und auch beim Alter nur raten.«

Stokes nickte düster. »Die Hinweise verdichten sich, dass es sich bei unserem Täter um einen Halstead handelt.«

»So ist es.« Barnaby seufzte. »Nur leider sind es derer fünf – Mortimer, Maurice, William, Walter und Hayden –, und bislang passen sie alle ins Bild.«

»Zumal«, merkte Stokes an, »wir zum jetzigen Zeitpunkt nicht ausschließen sollten, dass zwei oder mehr daran beteiligt sind. Und sollte dem so sein, dürfte das unsere Arbeit noch einmal deutlich erschweren.«

»Mhm.« Auch Barnaby runzelte nun die Stirn. »Wenn einer den ersten Mord begangen hat und ein anderer den zweiten …«

Stokes winkte ab. »Ich mag überhaupt nicht daran denken.«

Barnaby ließ einen Moment verstreichen, ehe er sich an Montague wandte: »Aber Sie meinten, Sie hätten etwas entdeckt?«

Montague, der Stokes' und Barnabys ernüchternden Gedankengängen gefolgt war, musste sich kurz sammeln, doch dann lächelte er, denn er hatte ja allen Grund dazu. »Allerdings.« Er griff nach der Liste mit den Einzahlungen und den Anmerkungen, die er dazu an den Rand geschrieben hatte. »Wir können uns bei Gibbons, meinem Senior-Assistenten, für den entscheidenden Hinweis bedanken. Er brachte mich darauf, dass es sich bei den Beträgen um Verkaufserlöse handeln könnte, und plötzlich war es ein Leichtes, hier ein Schema zu erkennen.« Montague lehnte sich vor und reichte

Stokes das Blatt, der es so hielt, dass Barnaby mit hineinschauen konnte.

Nachdem er ihnen einen Moment Zeit gegeben hatte, die Summen zu überfliegen und das Prinzip zu erkennen, begann Montague, es kurz zu erläutern. »Wenn man davon ausgeht, dass der Täter jeden Monat fünf bis neun Objekte à zweihundertfünfzig Pfund verkauft, von der jeweiligen Summe zwischen zwei und drei Prozent an den Kurierdienst zahlt, der die Bareinzahlung auf Lady Halsteads Konto vornimmt …«, er lehnte sich wieder zurück und schloss zufrieden, »… dann lassen sich sämtliche dieser Beträge ganz einfach erklären.«

Barnaby schaute kurz zu ihm auf, ehe er den Blick wieder auf die Liste senkte. »Alles in allem sind es vierzehn Einzahlungen, und jede davon entspricht diesem Schema.«

Stokes schüttelte ungläubig den Kopf. »Was Zahlen angeht, bin ich nun wahrlich kein Experte, aber das leuchtet sogar mir ein.« Er wedelte mit der Liste und schaute Montague an. »Kann ich die behalten?«

Montague nickte. »Ich habe mir bereits eine Abschrift gemacht.«

Stokes faltete das Blatt zusammen und steckte es in seine Jackentasche. »Dann haben wir nach jetzigem Stand der Ermittlungen einen Gentleman, bei dem es sich um einen der Halsteads oder Walter Camberly zu handeln scheint, der etwas verkauft oder verkaufen lässt, was ihm zweihundertfünfzig Pfund pro Objekt einbringt. Jeden Monat gehen fünf bis neun solcher Verkäufe über die Bühne. Da er das Geschäft geheim halten wollte und die Erträge daher auf Lady Halsteads Konto zwischenlagerte, wo er sie vor Entdeckung sicher glaubte, sowie aufgrund der Tatsache, dass es nicht allzu viele legale Möglichkeiten gibt, derart regelmäßig solche Summen umzusetzen, können wir aller Voraussicht davon ausgehen, dass unser Gentleman seine Finger in schmutzigen Geschäften hat.«

»Und da er so erpicht darauf ist, seine Umtriebe geheim zu halten«, warf Barnaby ein, »liegt die Frage nahe, welcher Halstead am meisten zu verlieren hat, sollten seine krummen Geschäfte auffliegen.«

Stokes überlegte einen Moment. »Natürlich kann ich mich täuschen, aber nach meinem Dafürhalten wäre die Antwort eindeutig Mortimer Halstead, dicht gefolgt von Wallace Camberly – da immerhin die Möglichkeit besteht, dass Vater und Sohn gemeinsame Sache machen, sollten wir auch ihn nicht ausschließen, wenngleich ich ihn nicht für den Mörder halte.«

Barnaby nickte. »Das sehe ich genauso. Die beiden älteren sind am wahrscheinlichsten, aber Hayden Halstead und Walter Camberly sollten wir nicht außer Acht lassen. Beide sind die Söhne von, zumindest in ihren Kreisen, sehr prominenten Männern – sollte bekannt werden, dass sie in illegale Machenschaften verwickelt sind, würde das einen Skandal auslösen.«

Montague runzelte die Stirn. »Und was ist mit Maurice Halstead und dem jüngsten Bruder, William?« Als Barnaby ihn flüchtig anschaute, führte Montague seine Überlegung näher aus: »Mein Eindruck von den beiden ist, dass sie nicht solche Umstände betreiben würden. Ihre Sorge gälte wohl auch weniger einem Skandal oder ihrer Reputation als dem Verlust ihrer Einnahmequelle.«

Barnaby nickte langsam. »Das denke ich auch. Ich sehe keinen Grund, warum Maurice oder William das Konto ihrer Mutter als Tarnung verwenden oder einen Kurier in Anspruch nehmen sollten. Im Gegenteil: Die anfallende Provision würde sie wohl eher davon abhalten.«

Stokes zog die Stirn in Falten. »Allerdings ließe sich dagegenhalten, dass William und vermutlich auch Maurice eher Bescheid wissen dürften, wie man Kontakt zu besagten Kurieren herstellt. Aber natürlich – warum sollten sie sich solche Umstände machen? Sie haben keinen Grund dazu, das stimmt schon.«

Ein paar Minuten verstrichen schweigend, in denen jeder für sich darüber nachsann, was sie bislang wussten. Schließlich erhob sich Stokes, und Barnaby tat es ihm nach. »Ich sollte zurück zum Yard«, sagte Stokes und warf Barnaby einen fragenden Blick zu.

»Ich spreche noch einmal mit dem Polizeiarzt, ob es zu den Todesumständen irgendwelche neuen Erkenntnisse gibt. Wenn ja, gebe ich Bescheid.« Barnaby und Stokes schauten zu Montague.

Ihm entging dies nicht; er erwiderte beider Blick und meinte: »Eines will ich auch noch erledigen, und sei es nur der Vollständigkeit halber. Das Geld vom Konto ihrer Ladyschaft muss irgendwo abgeblieben sein.« Er warf einen Blick auf die Uhr. »Vermutlich werde ich vor morgen nichts mehr in Erfahrung bringen, aber ich will mich mal diskret umhören, ob einer der Halsteads oder der Camberlys in den letzten Stunden eine größere Geldsumme auf eines der eigenen Konten eingezahlt hat.« Er wandte sich mit einem entschuldigenden Lächeln an Stokes. »Es wäre mir lieber, wenn Sie nicht fragen, wie genau es mir möglich ist, aber ich kann es so einrichten, dass man mir Bescheid gibt, sollte eine solche Zahlung binnen der nächsten Tage eingehen.«

Stokes neigte den Kopf. »Da es für uns sehr nützlich wäre, das zu erfahren, will ich Ihre Methoden nicht hinterfragen.«

»Natürlich ist es sehr unwahrscheinlich«, wandte Barnaby ein, »hat er das Konto ihrer Ladyschaft doch genutzt, um zu vermeiden, dass das Geld auf seinem auftaucht, aber …«, er nickte Montague zu und wandte sich zum Gehen, »… Sie haben natürlich recht. Der Vollständigkeit halber sollten wir das abklären. Irgendwann macht jeder einen Fehler, und dann …«

»Dann schnappen wir ihn uns.« Stokes hob zwei Finger zum Gruß und folgte Barnaby aus dem Büro.

Auch Montague erhob sich, blieb aber an der offenen Tür stehen. Sowie Stokes und Barnaby gegangen waren und Slocum, der die beiden hinausgebracht hatte, die Tür hinter ihnen schloss und an seinen Schreibtisch zurückkehrte, rief Montague: »Slocum? Ich hätte ein paar Briefe zu diktieren.«

Nachdem er Feierabend gemacht und das Büro hinter sich abgeschlossen hatte, wollte Montague eigentlich hinauf in seine Wohnung gehen, aber der kühle, klare Abend zog ihn hinaus. Draußen wurde bereits die Straßenbeleuchtung angezündet, aber noch war der Abendhimmel licht genug, um entspannt durch die Straßen zu schlendern und sich an der Ruhe zu freuen, die sich über das historische Finanzviertel der Stadt senkte, wenn die geschäftige Betriebsamkeit des Tages nachließ und all jene, die nur hier arbeiteten, abends nach Hause zurückkehrten.

Die Schönheit des Abends mochte indes nicht erklären, warum er sich eine Droschke heranwinkte und quer durch die Stadt zur Lowndes Street fahren ließ.

Er konnte verstehen, warum Stokes Violet nicht über den Mord an Runcorn und über jene Unbekannte in Kenntnis setzen wollte, die heute früh Lady Halsteads Konto abgeräumt hatte und von der man nur zu leicht glauben mochte, es sei Violet selbst gewesen. In gewisser Weise gab er Stokes darin sogar recht, aber während der letzten Stunden waren ihm Penelopes und Griseldas Worte immer wieder durch den Kopf gegangen ... Und obwohl er Violet nicht unnötig beunruhigen wollte, erschien es ihm doch zunehmend fahrlässig, sie über die weiteren Erkenntnisse im Dunkeln zu lassen, denn wie sollte sie sich einer Gefahr erwehren, von der sie nichts wusste?

Etwas in ihm, das ihm bislang eher fremd gewesen war, konnte es nicht ertragen, sie so schutzlos zu wissen.

Die Droschke hielt vor dem Hause Lady Halsteads. Nachdem er den Kutscher bezahlt hatte, ging Montague die Stufen zum Portikus hinauf, nahm seinen Hut ab und klopfte.

Und weigerte sich standhaft, auch nur darüber nachzudenken, was er hier eigentlich tat und warum.

Schritte näherten sich aus dem Innern des Hauses, dann öffnete Violet – wann hatte er aufgehört, von ihr als Miss Matcham zu denken? – die Tür. Sowie sie ihn sah, hellte ihre Miene sich auf. »Mr. Montague! Guten Abend.« Sie trat beiseite. »Kommen Sie herein, Sir. Ich nehme an, Sie haben Neuigkeiten?«

Er trat ins Haus und meinte: »In gewisser Weise.« Jetzt, da er hier war, hatte er wieder an all das zu denken, woran er sich während der Fahrt jeden Gedanken versagt hatte. »Ah … ja. Ich hoffe, ich störe Sie nicht beim Essen.«

Sie lächelte und streckte die Hand nach seinem Hut aus. »Nein, Lady Halstead hat immer recht spät zu Abend gegessen, weshalb wir …« Die Stimme versagte ihr und sie blinzelte gegen aufsteigende Tränen an.

Er reichte ihr seinen Hut. Sie nahm ihn und wandte sich ab, um ihn an die Garderobe zu hängen.

Als sie sich wieder umdrehte, war ihre Miene ernst, aber gefasst. Sie deutete zum Salon. »Kommen Sie doch, setzen wir uns.«

Er neigte höflich den Kopf und ließ ihr den Vortritt, folgte ihr dann in jenes Zimmer, in dem auch Lady Halstead ihn empfangen hatte. Im Gegensatz zum offiziellen Empfangszimmer fühlte es sich sehr wohnlich an und schien tatsächlich rege genutzt zu werden – immer noch. Ein behagliches Feuer brannte im Kamin und vertrieb die doch schon recht empfindliche Kälte, die mit Einbruch der Dunkelheit aufgekommen war.

»So«, meinte Violet und ließ sich in ihren Sessel sinken. »Was gibt es Neues? Hat Inspector Stokes schon einen Verdacht, wer der Mörder ist?«

Montague nahm auf dem Sofa Platz und betrachtete Violet einen Moment, sah, wie tapfer sie sich hielt, die unruhigen Hände im Schoß verschränkt. »Was das angeht …« Kurz zögerte er, dann gab er sich einen Ruck. »Ich bedaure, Ihnen mitteilen zu müssen, dass wir, als wir heute Morgen in Mr. Adairs

Begleitung Runcorn & Son aufgesucht haben, Mr. Runcorn ebenfalls ermordet vorfanden.«

Sie fuhr sich mit der Hand an den Hals, das Blut wich ihr aus den Wangen, ihre Augen wirkten riesig. Nach dem ersten Schock holte sie einmal tief Luft und streckte – instinktiv, wie ihm schien – die Hand aus, als suche sie Halt. »Mein Gott … etwa auch wegen dieser Sache? Wegen Lady Halsteads Finanzen?«

Montague dachte nicht nach; er griff nach ihrer Hand und schloss seine Finger um die ihren, die eiskalt waren. Er beugte sich vor, nahm den Blick nicht von ihrem Gesicht, und rieb ihre Hand sacht zwischen seinen. »Leider sieht alles danach aus. Lady Halsteads Papiere lagen noch auf seinem Schreibtisch. Jemand schien etwas darin gesucht zu haben.«

In ihrem feingeschnittenen Gesicht malte sich eine Trauer, mit der er nicht gerechnet hatte; er hätte nicht gedacht, dass sie Runcorn so gut kannte.

»Der arme Mann. Er war noch so jung! Und so voller Begeisterung und darauf bedacht, mit der kleinen Kanzlei seines Vaters Erfolg zu haben. Man brauchte ihn nur anzusehen … Oh, es ist so furchtbar.« Sie senkte den Blick und hielt sich die Hand vor den Mund, während die Finger der anderen sich leicht um seine schlossen. »Es tut mir leid. Bitte verzeihen Sie …« Sie machte eine vage Geste.

»Es gibt nichts zu verzeihen.« Wie von selbst sprach er leiser, sanfter, betroffen von ihrer Reaktion, und meinte plötzlich selbst ein Gefühl des Verlustes zu spüren, den er sich bislang nicht eingestanden hatte.

Als sie wieder aufschaute, blinzelte sie ein paarmal und sagte dann leise: »Es ist schlimm genug, einen Menschen wie Lady Halstead auf so grausame Weise zu verlieren, aber wenn das Opfer noch jung ist, wenn es einen Unschuldigen trifft, der das ganze Leben noch vor sich hatte – dem so viele Möglichkeiten offenstanden –, dann scheint alles noch viel tragischer.« Sie sah ihn an; ihre Lippen bebten, doch Tränen kamen keine. »Ich bin ihm nur dreimal begegnet und immer nur kurz, aber er wirkte so ehrlich und unverstellt … so aufrichtig, wenn Sie wissen, was ich meine.«

Als bemerke sie erst jetzt, dass er ihre Hand hielt, zog sie ihre behutsam zurück; zögerlich ließ er sie los. »Es tut mir leid«, sagte sie. »Sie müssen mich für schrecklich sentimental halten, weil mir der Tod eines Menschen, den ich kaum kannte, so nahegeht.«

»Nein. Nein, keineswegs. Ich finde Sie …« – *reizend, wunderbar, ganz bezaubernd* – »… bemerkenswert mitfühlend.« Nach kurzer Überlegung setzte er nach, und er meinte es ganz ernst und aufrichtig: »Runcorns Tod war so unnötig, ein Verlust für die Welt.«

Sie hatte den Blick aufs Feuer gerichtet, doch bei seinen Worten sah sie ihn wieder an. »Genau. Sie verstehen mich.«

Er neigte den Kopf.

Sie betrachtete ihn einen Moment, ehe sie nachfragte: »Können Sie mir sonst noch etwas sagen? Gibt es bei Runcorn einen Verdächtigen?«

Montague zögerte erneut, dann dachte er bei sich: Zur Hölle mit Stokes! »Vor seinem Büro wurde ein Mann gesehen – ein Gentleman …« Er erzählte ihr von dem Mann, der vor und nach dem Mord in der Winchester Street gesehen wurde, und der eine erstaunliche Ähnlichkeit mit den Männern der Familie Halstead hatte. Dann schilderte er, was sie danach unternommen und im Laufe des Tages herausgefunden hatten. Er berichtete davon, wie er dem Rätsel um die mysteriösen Geldeingänge auf Lady Halsteads Konto auf die Spur gekommen war, und obwohl er versuchte, Gibbons das ihm gebührende Lob zuzusprechen, schien sie doch, auch wenn sie Gibbons' Anteil durchaus zur Kenntnis nahm, mehr an seinem Beitrag interessiert … Bis er sich fragte, ob Verführung sich wohl so anfühlte.

Verführt von ihren Worten und all den Gedanken dahinter, von der Bewunderung, die er in ihren Augen aufscheinen sah.

Er achtete darauf, keine Details von Bedeutung preiszugeben, besonders nicht über jene Frau, die mit dem Mörder gemeinsame Sache gemacht hatte, um die verdächtigen Gelder sowie alle anderen Einlagen von Lady Halsteads Konto abzuheben. Doch als er am Ende seines Berichtes angelangt war, wirkte Violet nachdenklich und stellte einmal mehr nicht nur ihre Intelligenz, sondern auch ihre kombinatorischen Fähigkeiten unter Beweis. Seinen Blick ruhig erwidernd, konstatierte sie: »Die Familie wird versuchen, den Verdacht auf mich zu lenken. Sie werden behaupten, dass ich jene Frau gewesen bin, die Lady Halsteads Konto aufgelöst hat – und folgt man dieser Annahme, wäre ich auch des Mordes schuldig oder zumindest als Komplizin daran beteiligt.«

Etwas war in ihrer Miene, in der Haltung ihres Kinns, das ihn davon abhielt, so zu tun, als befürchte er nicht genau dasselbe. Eine stumme Warnung, sie nicht für dumm zu verkaufen.

Er seufzte resigniert. »Davon gehen wir – Stokes, Adair und ich – ebenfalls aus. Man würde Ihnen die Schuld zuschieben oder, sollte das aus irgendwelchen Gründen nicht plausibel sein, der Dienerin ihrer Ladyschaft. Allerdings möchte ich erneut klarstellen, dass keiner von uns Sie oder Tilly in Verdacht hat.«

Sie richtete sich auf und wich dabei unmerklich von ihm zurück.

Und er? Instinktiv, getrieben von einem Impuls, den er nicht einmal hätte benennen können, beugte er sich vor und nahm ihre beiden Hände in seine; widerstandslos ließ sie es geschehen. Er suchte ihren Blick. »Violet – ich darf Sie doch so nennen?«

Sie erwiderte seinen Blick, dann stimmte sie mit einem so knappen Nicken zu, als tue sie es entgegen besseren Wissens.

Er atmete tief durch und sprach hastig weiter. »Sie müssen mir abnehmen, dass keiner von uns – niemand, der an den Ermittlungen beteiligt ist – glaubt, Sie oder Tilly hätten irgendetwas mit diesen Verbrechen zu tun. Aus unserer Sicht gibt es keinen Grund, eine von ihnen zu verdächtigen, aber uns ist bewusst, dass die Familie die Schuld lieber bei jemand anderem suchen wird als in ihren eigenen Reihen, und deshalb …« Er hielt inne, um noch einmal durchzuatmen, und plötzlich merkte er, wie etwas in ihm zur Ruhe kam, wie er seiner Sache auf einmal sicherer wurde. »Stokes weiß, was er tut. Er hat Erfahrung, genießt großes Ansehen und wägt sehr genau ab, was und wie viel der Familie gesagt werden soll. Einer der Gründe, warum er sie noch nicht erneut einbestellt und ihnen weder den Mord an Runcorn noch diese Geschichte mit Lady Halsteads Konto mitgeteilt hat, besteht darin, dass er erst mehr Fakten und gesicherte Informationen haben möchte. Denn je mehr wir über die Geschehnisse wissen, desto offensichtlicher wird sein, dass man keines dieser Verbrechen Ihnen zur Last legen kann.«

Ohne den Blick von ihr zu nehmen, fuhr er mit eindringlich gesenkter Stimme fort: »Sie müssen mir glauben, Violet, wenn ich Ihnen sage, dass wir mit aller Kraft daran arbeiten, den Mörder zu fassen und zugleich Sie von jedem Verdacht freizusprechen.« Nichts schien ihm auf einmal wichtiger, als dass sie ihm glaubte. »Vertrauen Sie mir, Violet. Ungeachtet dessen, wie der Fall sich entwickelt, werde ich, werden wir dafür Sorge tragen, dass Ihnen nichts geschieht.«

Violet blickte in Augen, aus denen sehr viel Ernst und Aufrichtigkeit sprachen. Er schien seiner Sache so sicher, dass sie ihm seinen Wunsch, sie möge ihm glauben – ihm vertrauen –, nicht versagen konnte.

Sie wusste nicht, wie es ihm gelungen war, sich in so kurzer Zeit so viel Achtung bei ihr zu verschaffen, aber in vielerlei Hinsicht, die sie weder hinterfragen wollte noch ganz verstand, war er ihr Vertrauter geworden, ihr Gewährsmann, der einzige Mensch, auf den sie sich verlassen konnte.

»Ich vertraue Ihnen.« Die Worte kamen ihr in einer Weise über die Lippen, dass sie sogleich errötete. Sie räusperte sich und setzte mit fester Stimme nach: »Und Inspector Stokes und Mr. Adair. Ich … ich vertraue darauf, dass Sie den Mörder fassen … oder zumindest Ihr Bestes geben und …«

»Wir werden ihn finden.«

Und da war sie wieder, diese unerschütterliche Gewissheit, die, so empfand sie es, von einer unbestechlichen Hingabe an sein Tun zeugte. Bei früheren Begegnungen hatte sie ihn als umsichtigen Menschen kennengelernt, der seine Versprechen nicht leichtfertig gab, aber wenn er sie einem dann gab …

Sie sah ihn an und begegnete seiner Gewissheit mit aller Offenheit und Zuversicht, die sie ihm zu schulden meinte, dann neigte sie den Kopf. »Danke.«

Seine Finger schlossen sich fester um ihre, und er holte tief Luft, als wolle er etwas sagen, doch dann heulte draußen der Wind ums Haus, und er verstummte wieder. Einen Moment noch betrachtete er sie, als suche er etwas in ihrem Gesicht, dann zog er seine Hände, nachdem er die ihren einmal kurz gedrückt hatte, zurück und stand auf, wobei er ihr abermals die Hand reichte, doch nur die eine, nur kurz, um ihr aufzuhelfen.

Wieder trafen sich ihre Blicke, und wieder meinte sie zu spüren, wie er mit sich rang. Schließlich trat er einen Schritt zurück. »Ich sollte jetzt gehen und Ihren Abend nicht länger stören.«

Sie hätte ihm wohl versichern können, dass er keineswegs störe und sie seiner Gesellschaft noch lange nicht müde sei, doch nahm sie an, dass er etwas weiter entfernt wohnte und dem Wind nach zu urteilen, der ums Haus heulte, braute sich draußen etwas zusammen, weshalb sie ihn nicht länger aufhalten wollte. »Ich bringe Sie noch hinaus.«

Er folgte ihr ins Vestibül und nahm seinen Hut von der Garderobe, wandte sich an der Tür aber noch einmal um und betrachtete sie einen Moment schweigend, ehe er meinte: »Sowie es Neuigkeiten gibt, melde ich mich wieder.«

Dann trat er hinaus, setzte schon im Gehen seinen Hut auf, knöpfte den Mantel zu und schritt die Treppe zur Straße hinunter.

Violet schloss die Tür gerade weit genug, um den kalten Wind auszusperren, aber noch durch einen Spalt hinausschauen zu können, ihm hinterher, wie er zügig davonging.

Erst als er den kleinen Platz überquert hatte und sie ihn nicht mehr sehen konnte, schloss sie die Tür ganz und schob den Riegel vor. Einen Moment blieb sie so stehen, starrte blicklos vor sich hin und fragte sich, was gerade geschehen war. Sie ließ noch einmal die letzten Minuten Revue passieren, versuchte diesen Aufruhr der Gefühle noch einmal zu durchleben, den er, seine bloße Gegenwart in ihr ausgelöst hatte, die Spannungen zwischen ihnen, die – dessen war sie sich sicher – sie beide bemerkt hatten und dafür empfänglich gewesen waren. So etwas hatte sie noch nie empfunden, ein so seltsames Gefühl der Bewusstheit des jeweils anderen.

Draußen heulte der Wind und brach den Bann.

Sie versuchte, ihre Gedanken abzuschütteln, bückte sich, um auch den unteren Riegel vorzulegen, denn es war nicht anzunehmen, dass sie heute noch weiteren Besuch bekamen; draußen war es so finster, als würde sich ein wahres Unwetter zusammenballen.

Mit einem kurzen Blick ins Wohnzimmer vergewisserte sie sich, dass das Feuer im Kamin ohne weiteres Zutun sicher herunterbrennen würde, dann löschte sie das Licht, schloss die Tür und ging den schmalen Flur hinunter bis ganz ans Ende zur Green Baize Door, die die Welt der Herrschaften von der des Hauspersonals trennte, und trat in die Küche.

Seit Lady Halsteads Tod – konnte es wirklich erst zwei Nächte her sein? – war die Küche der Mittelpunkt ihres kleinen Haushalts geworden. Sie, Tilly und die Köchin hielten sich meist hier auf, scharten sich zusammen wie in einer warmen, behaglichen Höhle; umgeben von den vertrauten, tröstlichen Gerüchen nach Brot und Braten, Kuchen und Gemüse versuchten sie, gemeinsam der Kälte zu trotzen, die mit jedem Tag etwas mehr den Rest des Hauses vereinnahmte.

Wenn sie ganz ehrlich war, hätte Violet auch lieber hier geschlafen als oben in ihrem Zimmer im ersten Stock, drei Türen entfernt von dem Zimmer, in dem Lady Halstead ermordet worden war.

Als die Köchin ihre Schritte hörte, schaute sie kurz auf, während sie, das Gesicht rosig erhitzt, dampfenden Eintopf in drei Suppenschüsseln schöpfte. »Da sind Sie ja. Ich dachte schon, ich müsste Tilly schicken, um Sie zu holen. Wer war das?«

»Mr. Montague.« Violet setzte sich an den Tisch. Wenngleich sie bei offiziellen Diners stets an der Seite ihrer Ladyschaft gewesen war, hatte sie alle anderen Mahlzeiten stets mit Tilly und der Köchin in der Küche eingenommen. So war über die Jahre so etwas wie Freundschaft zwischen ihnen dreien entstanden, die sie jetzt auf vertraute Weise verband.

»Dieser Finanzexperte, bei dem ihre Ladyschaft um Rat gesucht hatte?« Tilly saß Violet gegenüber; sie reichte die gut gefüllten Suppenschüsseln herum.

Violet nickte. »Genau der.«

»Was wollte er denn? Sie saßen bestimmt eine halbe Stunde mit ihm zusammen.« Die Köchin stellte den Topf zurück auf den Herd und ließ sich dann auf ihren Platz fallen.

Violet nahm einen Löffel des dicken Eintopfs, wartete, bis auch die anderen anfingen zu essen, und meinte, nachdem sie hinuntergeschluckt hatte: »Er hatte Neuigkeiten.«

Sie fasste kurz zusammen, was Montague ihr von dem Mord an Runcorn zu berichten wusste, und von der Dame, die Lady Halsteads Konto geplündert hatte. Etwas ausführlicher wurde sie bei der Beschreibung des Mannes, der in der Nähe von Runcorns Büro und bei der Bank gesehen worden war und der einer der Halsteads sein könnte. Da sowohl Tilly als auch die Köchin davon überzeugt waren, dass jemand aus Lady Halsteads Familie die alte Dame auf dem Gewissen hatte, galt ihr Interesse vor allem diesem Aspekt; keiner der beiden schien der Gedanke zu kommen, dass die Familie versuchen könnte, den Verdacht auf eine von ihnen zu lenken, und Violet sah keinen Grund, sie darauf hinzuweisen und ihnen nur noch mehr Kummer zu bescheren als die Nachricht von Runcorns gewaltsamem Tod es ohnehin schon getan hatte.

»Herrje.« Tilly erschauerte. »Schlimm, was da passiert.« Fragend schaute sie über den Tisch zu Violet. »Aber wir sind hier doch sicher, oder? Ich meine, es gibt keinen Grund zu der Annahme, dass dieser Verrückte noch mal auftaucht?«

Violet überlegte. »Ich wüsste nicht, weshalb. Wenn es ihm um das Geld ging, so hat er bekommen, was er wollte.« Sie runzelte die Stirn, dann schüttelte sie den Kopf. »Ich weiß selbst nicht mehr, was ich glauben soll, aber Mr. Montague, Inspector Stokes und Mr. Adair arbeiten mit vereinten Kräften daran, den Mörder zu fassen.«

»Na dann.« Die Köchin schaufelte sich einen weiteren Löffel Eintopf in den Mund. »Ich würde sagen, die Mörderjagd überlassen wir ihnen. Wir drei haben jetzt nämlich ganz andere Sorgen.« Sie schaute erst Tilly an, dann Violet. »Bis Ende des Quartals sind wir zwar entlohnt worden, aber wenn ich dran denke, dass bald die Beerdigung ist und die Familie dann sicher das Haus dichtmacht, sollten wir uns wahrscheinlich trotzdem schon mal was Neues suchen, oder nicht?«

Nach einem kurzen Gespräch mit dem Polizeiarzt, das allerdings wenig Neues ergeben hatte, suchte Barnaby Stokes in dessen Büro auf.

Stokes schaute hoch, als Barnaby hereinkam. »Und?«

Barnaby schüttelte den Kopf. »Genau wie wir dachten – der Mörder hat Runcorn mit der Buchstütze einen Schlag auf den Hinterkopf verpasst und ihn dann mit der Vorhangkordel stranguliert, wobei er ihn von hinten aus seinem Stuhl gezerrt hat.«

Stokes lehnte sich seufzend zurück und wedelte mit dem Schreiben, das er gerade gelesen hatte. »Man hat uns einbestellt.«

»Aha«, meinte Barnaby und ließ sich auf den Stuhl vor Stokes' Schreibtisch fallen. »Wer, wohin und wozu?«

»Albemarle Street, zum Abendessen – auf ausdrücklichen Wunsch unserer besseren Hälften.«

»Oh.« Barnaby nickte. »Sie wollen uns in die Mangel nehmen, um die allerletzte Information – und sei sie auch noch so belanglos – aus uns herauszuquetschen.«

»Vermutlich«, räumte Stokes ein und warf erneut einen Blick auf die Nachricht. »Allerdings ist hier auch von einem erfreulich erfolgreichen Nachmittag die Rede, der ihnen allerlei Neuigkeiten über die Halsteads und die Camberlys beschert habe.«

Da staunte Barnaby nicht schlecht. »Soso. Wie sie das wohl angestellt haben?« Nachdem er einen Moment vor sich hin gegrübelt hatte, schaute er auf und begegnete Stokes' Blick. »Na, dann würde ich sagen, gehen wir einfach hin und finden es heraus.«

»Ganz meine Meinung.« Stokes stand auf und nahm seinen Mantel. »Hier steht weiter nichts an, deshalb ...« Er scheuchte Barnaby hinaus, folgte ihm in den Korridor und schloss die Tür hinter sich.

Sie hätten die Mall hinunter und durch den Green Park gehen können, aber das hätte zu Fuß eine gute halbe Stunde gedauert, und so winkten sie sich unten an der Straße eine Droschke heran und standen keine zehn Minuten später vor Barnabys Haustür.

Barnaby schloss ihnen auf und ging voraus in die Halle. Schon kam Mostyn wie von Zauberhand herbei, um ihnen die Mäntel abzunehmen. »Die Damen sind mit den Kindern im Gartenzimmer, Sir.«

»Danke, Mostyn.« Barnaby führte Stokes den kurzen Gang hinunter, der zu dem geräumigen, behaglich eingerichteten Zimmer führte, das im hinteren Teil des Hauses fast die gesamte Südseite einnahm.

Anders als die genau gegenüberliegende Bibliothek war das Gartenzimmer Penelopes Reich geworden, vor allem, wenn sie Oliver bei sich hatte oder tagsüber Besuch empfing. Die Längsseite und auch die hintere Wand bestanden fast nur aus hohen Fenstern und Flügeltüren, die hinaus in den weitläufigen Garten führten. Tagsüber war der Raum lichtdurchflutet. An kalten, ungemütlichen Abenden wie heute wurden schwere Vorhänge vor Fenster und Türen gezogen, und ein ordentliches Feuer brannte im Kamin. Über den Raum verteilt standen gemütliche damastgepolsterte Sessel und Sofas, und zahlreiche Lampen spendeten zum flackernden Schein des Feuers ein warmes, ruhiges Licht. Penelopes Gartenzimmer war ein ganzjähriges Refugium, einladend und weltabgeschieden zugleich.

Auch der Anblick, der sich Barnaby und Stokes bot, als sie hereinkamen, war wie geschaffen, um einem Mann das Herz zu erwärmen. Beide Frauen saßen zwischen den zwei Sofas mit sich weit bauschenden Röcken auf dem Boden und lachten, ihre Blicke, ihr ganzes Sein auf die beiden kleinen Kinder gerichtet, die auf einer dicken, auf den Aubussonteppich gebreiteten Decke lagen, warm und behaglich und doch in sicherer Entfernung vom Kaminfeuer.

Als sie ihre Schritte hörten, schauten beide Frauen auf und lächelten ihren Gatten entgegen.

Barnaby und Stokes blieben wie gebannt stehen, konnten sich kaum sattsehen am häuslichen Idyll, dann lächelten auch sie, beide zugleich, und gesellten sich zu ihren kleinen Familien.

Sie gaben ihren Frauen einen Kuss auf die Wange und ließen sich dann gleichfalls auf dem Boden nieder, um die Kleinen zu herzen und ein wenig mit ihnen zu spielen.

Während der folgenden zwanzig Minuten wurden weder Mord noch Raub oder sonst irgendetwas erwähnt, das mit den Ermittlungen zu tun hatte.

Doch sowie die Kinder anfingen, müde zu werden, stand Penelope auf und betrachtete die kleine Gruppe mit einer gewissen Genugtuung, ehe sie an den Klingelzug trat, um nach den Kindermädchen zu rufen.

Beide – Olivers Hettie und Megans Gloria – schienen schon auf ihren Einsatz gewartet zu haben. Im Nu kamen sie herbeigeeilt und trugen ihre kleinen Schützlinge davon, um sie oben im Kinderzimmer zu Bett zu bringen. Mostyn, der dem Ruf ebenfalls gefolgt war, hob die Decke auf und das Kinderspielzeug und meinte auf dem Weg hinaus: »Das Essen wäre so weit, Ma'am. Wenn Sie wünschen, können wir jetzt auftragen.«

»Danke, Mostyn«, sagte Penelope. »Wir kommen sofort.«

Noch von der Wärme und dem Glück beseelt, die ihre Kinder ihnen geschenkt hatten, schlenderten beide Paare hinüber ins Speisezimmer, wobei sie einander mit kleinen Anekdoten von den alltäglichen Erlebnissen und immer neuen Heldentaten der Kinder erfreuten.

Erst nachdem sie alle bei Tisch saßen und Mostyn den ersten Gang aufgetragen hatte, wandte das Gespräch sich dem Fortgang der Ermittlungen zu.

Auf Bitten der Damen berichteten Stokes und Barnaby ihnen von den Erkenntnissen, zu denen sie und Montague heute Nachmittag gelangt waren. Beide sahen keinen Grund darin, sich zurückzunehmen oder etwas zurückzuhalten, denn nachdem Penelope bei der Auffindung des ermordeten Runcorn persönlich dabei gewesen war, dürfte jeder Versuch, die Frauen noch aus den Ermittlungen herauszuhalten, ohnehin vergebens sein. So viel war den beiden Männern immerhin klar.

Nachdem sie mit dem Bericht fertig waren, stellten sie sich Penelopes und Griseldas Fragen, von denen manche in der Tat sehr scharfsinnig und zielführend waren.

Penelope interessierte sich vor allem für die Gründe, die sowohl den Kassierer als auch den jungen Straßenkehrer dazu bewegt hatten, jene Unbekannte, die das Geld von der Bank abgeholt hatte, eine Dame zu nennen. Nachdem sie einige Minuten darüber diskutiert hatten, kamen sie überein, dass beider Urteil sich vermutlich auf Kleidung, Manieren und Sprache gründete, also reine Äußerlichkeiten, die sich, wie Griselda betonte, allesamt leicht annehmen ließen.

Zu guter Letzt fasste Penelope es wie folgt zusammen: »Aufgrund übereinstimmender Zeugenaussagen, die alle einen verdächtigen Mann in der Nähe von Runcorns Büro gesehen haben, dessen Beschreibung auf einen der männlichen Halsteads passt, sowie der Tatsache, dass die in Runcorns Büro befindlichen Halstead-Papiere offensichtlich durchsucht wurden, gehen wir davon aus, dass es sich beim Mörder um einen Halstead handelt. Wir gehen weiter davon aus, dass er besagte Frau vorgeschickt hat, die sich als Dame ausgeben und am Morgen nach dem Mord an Runcorn mit der gefälschten Vollmacht in der Bank vorstellig werden und Lady Halsteads Konto auflösen sollte.« Ihre dunklen Augen blitzten, als sie die Freunde der Reihe nach anschaute. Nachdem alle zustimmend genickt hatten, stellte sie die Frage in den Raum: »Wäre es möglich, dass jemand anderes Runcorn ermordet hat und unser Halstead später dazukam und die Gelegenheit einfach nutzte, die auf dem Schreibtisch liegenden Papiere zu durchsuchen? Vielleicht hatte er einen Termin und fand Runcorn bereits tot vor?«

Stokes erwog diese Möglichkeit einen Moment, dann schüttelte er den Kopf. »Sehr unwahrscheinlich, bedenkt man den Zeitpunkt, zu dem unser Halstead vor dem Büro gesehen wurde. Er betrat es bereits kurz nachdem Pringle gegangen war. Hätte er Runcorn aufgesucht, um Einblick in die Akte zu nehmen oder eine Auskunft zu erbitten, hätte es keinen Toten gegeben, oder? Auch hätte dann nicht ein solches Chaos auf dem Schreibtisch geherrscht.«

»Mhm«, meinte Penelope und nickte. »Gut, da muss ich dir recht geben. Das heißt, dass es tatsächlich unser Halstead war, der den armen Runcorn umgebracht hat.«

Griselda runzelte die Stirn. »Aus eurer Beschreibung des Toten und des Tathergangs schließe ich, dass ihr nicht davon ausgeht, Runcorn könne auch von einer Frau ermordet worden sein, beispielsweise von unserer Unbekannten.« Als Stokes, Barnaby und Penelope dies verneinten, hakte Griselda nach: »Aber was ist mit Lady Halstead? Könnte sie von einer Frau ermordet worden sein?«

Stokes wechselte einen kurzen Blick mit Barnaby. »Das wäre durchaus möglich. Ihre Ladyschaft war alt und gebrechlich. Jede Frau von gewöhnlicher Kraft und Statur hätte ihr das Kissen aufs Gesicht drücken und so lange festhalten können, bis die alte Dame sich nicht mehr rührte. Zumal sie im Schlaf überwältigt wurde, was dem Täter – oder meinetwegen der Täterin – noch einen zusätzlichen Vorteil verschaffte.«

»Das heißt«, fuhr Griselda fort, »dass wir es möglicherweise mit zwei verschiedenen Tätern zu tun haben, die entweder als Komplizen zusammenarbeiten oder aber unabhängig voneinander. Wir könnten somit nach einer Frau suchen und einem der Halsteads, oder aber nach zwei männlichen Halsteads oder auch nur einem einzigen.«

Einige Sekunden verstrichen, dann schüttelte Barnaby den Kopf. »Natürlich können wir nicht mit Sicherheit sagen, ob wir es mit einem oder mehreren Tätern zu tun haben, aber ich bezweifle sehr, dass sie unabhängig voneinander handelten. Dass Lady Halstead nur wenige Tage nach der Ankündigung, ihren Nachlass zu ordnen, ermordet wurde, kann kein Zufall sein. Ebenso wenig wie der Mord an Runcorn, der mit dieser Aufgabe von ihrer Ladyschaft betraut worden war.« Barnaby schaute in die Runde. »Bei beiden Morden scheint dasselbe Motiv vorzuliegen – die auf dem Konto versteckten Beträge sollten nicht ans Licht kommen, um das sehr einträgliche und wahrscheinlich illegale Geschäft dahinter nicht auffliegen zu lassen. Und um zu verhindern, dass die Gelder nach dem Tod ihrer Ladyschaft in die Erbmasse einflossen – und damit verloren wären –, mussten der oder die Täter sie in Sicherheit bringen, ehe wir die Bank observieren konnten und er oder sie uns auf diese Weise in die Falle gegangen wären.«

Penelope nickte. »Das klingt soweit schlüssig.« Sie überlegte einen Moment. »Wenn Montague recht hat und es sich bei dem Geld um Verkaufserlöse aus dubioser Quelle handelt, können wir wohl davon ausgehen, dass der Wunsch nach Geheimhaltung aus der Furcht vor einem Skandal rührt. Woraus ich zweierlei schließe: Es muss sich erstens um ein sehr ehrenrühriges Geschäft handeln, und zweitens können wir Wallace Camberly von der Liste der Verdächtigen streichen, da ihm so etwas viel zu heikel wäre – wir erinnern uns, dass er uns als ›umsichtig‹ beschrieben wurde –, und er zudem rein äußerlich nicht der Person vor Runcorns Büro entspricht, wie sämtliche Zeugen sie uns beschrieben haben. Und deshalb …« Sie hielt inne und runzelte die Stirn. »Moment, nein. Ganz logisch betrachtet könnte es gerade Wallace sein, der den Skandal fürchtet. Und dann wäre auch denkbar, dass er, seine Frau oder sein Sohn Lady Halstead ermordet haben – und sein Sohn danach Runcorn aus dem Weg geräumt hat …« Sie seufzte. »Ach herrje, welch eine Problematik.«

»Du sagst es.« Stokes nickte grimmig. »Zieht man die Möglichkeit in Betracht, dass mehr als nur einer aus der Familie an den Taten beteiligt ist, könnte es wirklich jeder von ihnen gewesen sein, die Frauen ebenso wie die Männer, zumindest was den Mord an Lady Halstead angeht. Bei Runcorn können wir wohl davon ausgehen, dass es ein Mann war.«

»Aber«, wandte Griselda ein und hob die Hand, »wäre es nicht denkbar, dass jemand außerhalb der Familie einen der Morde begangen hat?«

»Sehr unwahrscheinlich – es sei denn, es gäbe eine Verbindung von sagen wir unserer Unbekannten zu einem der Halstead-Männer«, befand Penelope. »Und nach allem, was wir bislang über die Ansichten und Einstellungen der Familie erfahren haben, wage ich sehr zu bezweifeln, dass einer der feinen Herren sich dazu herabgelassen hätte, mit Lady Halsteads Personal anzubandeln. Nicht einmal mit Miss Matcham.«

Barnaby schnaubte. »Das wage ich sehr zu bezweifeln. Umgekehrt ist es wohl eher so, dass Miss Matcham sich nicht dazu herablassen würde, etwas mit einem unserer Halsteads anzufangen.«

Penelope runzelte die Stirn. »Und was schließen wir nun daraus?«

»Dass es Zeit ist, sämtliche Familienmitglieder nach ihren Alibis für die beiden Morde zu befragen«, verkündete Stokes und lehnte sich zurück, als Mostyn hinter ihn trat, um seinen Teller abzutragen. »Ich werde die komplette Bagage noch einmal vorladen. Das dürfte heiter werden.«

Mostyn hatte den ganzen Abend diskret seinen Dienst versehen, hatte Wein nachgeschenkt und Gänge abgeräumt, ehe er neue brachte. Als er nun das Dessert und den Käse auftrug, läutete Barnaby sozusagen den geselligen Teil des Abends ein und wandte sich an Penelope. »Du meintest in deiner Nachricht, dass ihr beiden, du und Griselda, einen sehr erfolgreichen Nachmittag hattet, an dem ihr einiges über die Halsteads und die Camberlys erfahren hättet. Was habt ihr herausgefunden? Und von wem?«

»Nun, ich fürchte, es handelt sich eher um Hintergrundinformationen als direkt für die Ermittlungen relevante Fakten«, gab Penelope sich ungewohnt bescheiden und nahm sich vom Fruchtkompott. Dann konnte sie ein Grinsen nicht länger zurückhalten. »Na gut, es war tatsächlich hochinteressant, vor allem der erste Teil, den euch Griselda schildern wird. Ich übernehme dann den Rest.«

Griselda berichtete von ihrer vorgeblichen Einkaufstour durch die Kensington High Street und fasste zusammen, was sie vom Verkaufspersonal erfahren hatten. »Im Grunde läuft es darauf hinaus, dass zwischen dem Haushalt von Mortimer Halstead und dem von Cynthia Camberly, geborene Halstead, eine steter Wettstreit zu bestehen scheint.«

»Auf Gedeih und Verderb«, ergänzte Penelope genüsslich und pickte sich ein paar Himbeeren aus dem Trifle. »Wie die Kinder wollen sie sich gegenseitig immer alles abspenstig machen.«

»Allerdings«, wandte Griselda ein, »scheint dieser Konkurrenzkampf nur auf Familienebene zu toben, das jeweilige Hauspersonal verfolgt die Mätzchen ihrer Herrschaften mit einer Mischung aus Belustigung und Befremdung.«

Stokes hob verwundert die Brauen. »Warum sollten erwachsene Menschen sich so aufführen?«

»Aha!«, rief Penelope aus, die ihr Dessertschälchen bereits geleert und den Löffel beiseitegelegt hatte. »Ihr erinnert euch an meine Theorie, die ich aus den Schilderungen eurer Beobachtungen der Familie entwickelt hatte? Dass es nämlich ein überaus ausgeprägtes Konkurrenzdenken zwischen Mortimer und Cynthia gäbe, das daher rühre, dass sie kaum ein Jahr voneinander trennt und sie von klein auf an um die Aufmerksamkeit ihrer Eltern kämpfen mussten?«

Als sowohl Barnaby als auch Stokes nickten, lächelte Penelope. »Mit dem Konkurrenzdenken lag ich genau richtig – auch wenn es noch weit schlimmer zu sein scheint, als ich dachte –, nur bei dem Grund, der überhaupt erst dazu führte, habe ich mich ein klein wenig getäuscht. Und obwohl die Halsteads und die Camberlys nicht gerade in den Kreisen der Grandes Dames verkehren, hatten sowohl Lady Osbaldestone als auch Caro uns noch einiges Erhellendes zu erzählen.«

Penelope gab ihnen im Folgenden eine kurze Zusammenfassung der von den Damen geschilderten Eindrücke. »Im Grunde scheint es immer auf die gleiche Mischung aus persönlichem Ehrgeiz und Geschwisterrivalität hinauszulaufen, die alle Halstead-Kinder umtreibt. Besonders auffällig bei Mortimer und Cynthia, aber ich bezweifle, dass Maurice und William davon völlig unbenommen sind, zumindest was die Rivalität angeht.«

Stokes und Barnaby hatten den Ausführungen aufmerksam zugehört und sannen noch einen Moment darüber nach.

Schließlich nickte Stokes und sah die beiden Frauen nachdenklich an, erst Penelope, dann Griselda. »Danke, das war in der Tat sehr hilfreich. Dank eurer Bemühungen haben wir jetzt eine ziemlich genaue Vorstellung davon, wie diese Leute sind, was ihnen wichtig ist – und was nicht, womit dann auch das Rätsel des Motivs gelöst wäre. Was mir nämlich Kopfzerbrechen bereitete, war, wie sich der Mord an Lady Halstead mit der Annahme vereinbaren ließe, jemand aus der Familie sei der Mörder, vermutlich gar eines ihrer Kinder. Mord an der eigenen Mutter ist ausgesprochen selten, geradezu ein Tabu, zumal wenn zwischen Mutter und Kind keine Feindseligkeit herrscht, worauf hier nichts hinzudeuten schien. Bislang wussten wir nur, dass das Verhältnis Lady Halsteads zu ihren Kindern ruhig und ausgeglichen war, weshalb es in einer normalen Familie eines sehr starken Auslösers bedurft hätte, um eines der Kinder zum Mord an der Mutter zu treiben. Aber die Halsteads sind, wie wir jetzt wissen, keine normale Familie, und zieht man das Ausmaß elterlicher Vernachlässigung in Betracht, wie es euch von Lady Osbaldestone geschildert wurde, bräuchte es gar kein Motiv von so starkem Gewicht – ein weitaus geringerer Grund würde reichen, haben die Kinder ihre Mutter doch nie wirklich als solche empfunden.« Stokes lächelte so versonnen, wie er es immer tat, wenn er meinte, der Lösung eines Falles auf der Spur zu sein. »Dieses Wissen gibt uns den Halsteads gegenüber einen klaren Vorteil, und wir sollten es unbedingt im Hinterkopf haben, wenn wir sie das nächste Mal vorladen und nach ihren Alibis fragen – was wir im Übrigen so bald wie möglich tun sollten.«

»Apropos nächste Vorladung«, warf Penelope ein. »In Anbetracht dessen, wie nützlich die Informationen sind, die Griselda und ich euch beschafft haben, finde ich, dass wir bei dieser Vernehmung dabei sein sollten.« Und obwohl weder

Stokes noch Barnaby von der Vorstellung begeistert schienen, setzte sie nach: »Wir sehen nämlich mehr als ihr.«

Das war unbestritten, aber … Stokes räusperte sich. »Die Frage ist nur, wie wir das einrichten sollen – die Familie wird sich über eure Anwesenheit wundern. Zu Recht, wenn ich das so sagen darf.«

»Moment!«, rief Penelope, als sei ihr gerade etwas eingefallen. »Lady Halsteads Beisetzung findet übermorgen statt – heute Morgen stand die Mitteilung in der *Times*. Soweit ich das überblicken kann, spräche nichts dagegen, wenn Griselda und ich unter den Trauergästen wären. Oder danach noch am Empfang teilnähmen. Ich könnte mir vorstellen, dass Miss Matcham es zu schätzen wüsste, wenn wir ihr an diesem schweren Tag zur Seite stünden – natürlich würden wir sie vorher fragen, das versteht sich von selbst –, und auf diese Weise könnten wir mit etwas Glück sogar bei der Verlesung des Testaments anwesend sein.«

Barnaby sah den leisen Triumph in den Augen seiner Frau, dieses siegesgewisse Lächeln, das sie kaum noch zurückhalten konnte, und musste ihr insgeheim Anerkennung zollen. Sie hatte sich das ganz genau überlegt – und was sprach eigentlich dagegen? Gefahr dürfte kaum ausgehen von den avisierten Szenarien, oder? Er schaute fragend zu Stokes. »Eigentlich eine gute Idee, oder nicht?« Ein Blick in Stokes' graue Augen verriet, dass sein Freund und Kollege trotz gewisser Vorbehalte zustimmen würde. Also wandte Barnaby sich wieder an Penelope und meinte: »Du und Griselda, ihr könntet die Familie im Blick behalten, ihre Reaktionen und Gefühlslagen abschätzen, während Stokes und ich uns um ihre Alibis kümmern.«

»Ganz genau.« Penelope strahlte und wandte sich an Stokes. »Das wäre dann also abgemacht. Griselda und ich begleiten euch übermorgen zur Trauerfeier.«

»Ich muss gestehen«, meinte Penelope, als sie ein paar Stunden später ihrem Gatten voraus ins Schlafzimmer ging, »dass ich mich schon richtig auf Lady Halsteads Beisetzung freue – und gar mehr noch auf den Empfang danach.«

Barnaby, der ihr ins Schlafzimmer gefolgt war und nun die Tür hinter sich schloss, grinste. »Nur du, meine Liebe, kannst so etwas sagen – noch dazu in einem so übermütigen Ton.«

Penelope grinste keck zurück. »Weil es einfach zu spannend ist, an einer solchen Ermittlung beteiligt zu sein.« Sie wandte sich dem Spiegel auf dem Ankleidetisch zu und begann, die Nadeln aus ihrem dunklen Haar zu ziehen, das zu einem komplizierten Knoten aufgesteckt war. »Ich hatte wirklich vergessen, wie sehr es einen mitreißen kann. Einen Mörder zu finden, zumal in einem Fall wie diesem, stellt einen vor so unendlich viele Fragen. Ein hochkomplexes Rätsel, dessen Vergnügen und Herausforderung auch darin besteht, dass es dabei so viel über Menschen zu erfahren gilt, man ihre Gefühle und Beweggründe verstehen muss, bis sich alles zusammenfügt und man den Weg durch das Labyrinth zur Lösung des Falles findet.«

Barnaby streifte seinen Rock ab und hängte ihn über den stummen Diener, dann knotete er seine Krawatte auf und wand sich das Tuch vom Hals. Wenngleich wohl niemand besser als er verstehen konnte, was Penelope an der Ermittlungsarbeit reizte, so war er sich noch immer nicht recht im Klaren darüber, wie er dazu stand, dass sie sich jetzt wieder in eine solche zu stürzen gedachte.

»Natürlich haben Griselda und ich bei der Sache mit Henrietta und James unseren Teil beitragen können. Aber du verstehst sicher, dass im Hintergrund ein bisschen die Fäden zu ziehen, auch wenn es für den Anfang natürlich nicht zu verachten ist, längst nicht den Reiz einer richtigen Ermittlung hat.« Nachdem sie ihre Frisur gelöst hatte, legte Penelope Ohrringe und Halskette ab und begann, ihre prächtigen dunklen Locken zu bürsten.

Barnaby stand mit offenem Hemd da und war einmal mehr von dem Anblick fasziniert. Langsam ging er hinüber, trat hinter sie und tastete nach den winzigen Knöpfen, die sich in langer Reihe wie eine Perlenschnur am Rücken ihres Kleides hinabzogen.

Als sie seine Berührung spürte, legte Penelope die Bürste schließlich beiseite und stellte sich gerade hin, ganz still, die Hände auf den Hüften, um es ihm leichter zu machen, die unzähligen kleinen Schlaufen über die nicht minder kleinen Knöpfe zu schieben.

»Das vorausgeschickt«, nahm sie den Faden wieder auf, »werden Griselda und ich alles einfach auf uns zukommen lassen und sicherlich bald merken, wie viel Zeit wir auf diese Aufgabe verwenden können. Letztlich gilt es, eine Balance zu finden und all die anderen Dinge, die uns im Leben wichtig sind, gegen die geistige Anregung abzuwägen, die uns das Ermitteln bietet.«

Eigentlich sollte es ihn beruhigen, dass sie es so sah, jedoch ... Noch immer in das Geduldsspiel mit ihren Knöpfen vertieft, meinte er: »Ihr beide, du und Griselda, habt heute gute Arbeit geleistet.« Und nachdem er einen Moment mit sich gerungen hatte, setzte er dennoch nach: »Mir war heute Mittag nicht klar, dass ihr noch einmal weg wolltet und eine solch groß angelegte Unternehmung im Sinn hattet.«

»Als ihr aufgebrochen wart, wussten wir es selbst noch nicht, aber dann ...« Sie zuckte mit den Schultern. »Die Idee stand plötzlich im Raum, und warum sie auf die lange Bank schieben? Es war etwas, auf das Griselda und ich uns gut verstehen und wozu Stokes und du, wenn du mir die Bemerkung verzeihst, einfach nicht in der Lage gewesen wärt. Und das Beste daran: Es brauchte nicht einmal eine Risikoabwägung.«

Er runzelte die Stirn. »Risikoabwägung?« Endlich war auch der letzte Knopf geöffnet, und er schaute auf.

Penelope schlüpfte aus den Ärmeln, streifte sich das Kleid über die Hüften und stieg aus den raschelnd zu Boden fallenden Röcken. Sie hob es auf und warf es über die Lehne ihres Ankleidestuhls, nahm ihre Brille ab und drehte sich nur noch in einem Hauch von Nichts zu ihm um. »Risikoabwägung, ob uns dabei Gefahr droht.«

»Ah ja«, meinte er nur und zog sie an sich, und sie schmiegte sich in seine Arme, schob ihre Hände unter seine Hemdschöße und strich über seinen Bauch, seine Brust, während er sie um die Taille fasste, seine Berührung fest und warm durch die hauchfeine Seide ihrer Chemise.

Sie legte den Kopf ein wenig zurück und sah ihn an, hob fragend eine Braue.

Keiner von ihnen hatte Licht gemacht. Im nächtlichen Mondschein erwiderte er ihren Blick. »Auch wenn es mich natürlich freut – und über die Maßen erleichtert –, dass du diesen Punkt überhaupt bedenkst, muss ich doch einräumen, dass für mich und Stokes das Hauptproblem, ob und inwieweit ihr euch an unseren Ermittlungen beteiligen solltet, darin liegt, welche Gefahren damit verbunden sind. Die Risiken, die ihr womöglich unbedacht eingeht, die Bedrohung von Leib und Leben, die damit einhergehen mag.«

Sie sah ihn mit zur Seite gelegtem Kopf an, eine ihrer Marotten, und musterte ihn aufmerksam, nicht nur seine Augen, sondern jede Regung seines Gesichts, bis schließlich ein feines Lächeln um ihre Lippen spielte. »Eine der Beobachtungen, an denen Lady Osbaldestone uns heute teilhaben ließ, könnte dich eventuell interessieren. Während sie von den Halsteads erzählte, waren Griselda und ich natürlich ganz Ohr – wenn eine so alte und weise Dame ihre Lebensklugheit zum Besten gibt, kann es überhaupt nie schaden, zuzuhören und sich gegebenenfalls ein Scheibchen davon abzuschneiden.«

»Zweifelsohne«, befand Barnaby und mühte sich gar nicht, den leisen Spott zurückzuhalten.

Penelope grinste. »Sei's drum. Ich jedenfalls fand – und ich denke, Griselda erging es genauso –, dass ausnahmsweise eine tiefe Einsicht dabei war, die durchaus unsere Beachtung verdient hat. In ihrer Schilderung der Halstead'schen Familienverhältnisse und der Frage, wie es denn sein kann, dass die nachgeborene Generation im Vergleich zu den Eltern so schrecklich missraten ist, wies Lady Osbaldestone einzig darauf hin, dass die jüngeren Halsteads als Kinder ihre Eltern entbehren mussten. Sie hatten zwar Eltern, doch waren diese praktisch nie anwesend. Es gab in ihrem Leben weder eine liebende Mutter noch einen Vater, die sie angeleitet hätten, die ihnen mit gutem Beispiel vorangegangen wären und sich liebevoll um sie gekümmert hätten. In Lady Osbaldestones Augen ist diese elterliche Vernachlässigung der einzige Grund, warum die alten Halsteads, dieses wunderbare, allseits geschätzte und verdienstvolle Paar, eine Schar eher unerfreulicher Nachfahren herangezogen hat.«

Barnabys Brauen schossen in die Höhe. »Und welches Fazit haben du und Griselda daraus gezogen?«

»Dass wir, wenn wir die richtige Balance zwischen unserer Ermittlungsarbeit und all den anderen Bereichen unseres Lebens finden wollen, zuallererst bedenken sollten, dass es trotz aller sich bietenden Zerstreuungen unsere größte Verantwortung, wenn nicht gar unsere Pflicht ist, unseren Kindern die Liebe und die Zeit zu widmen, die sie von uns brauchen.« Sie legte eine bedeutungsvolle Pause ein. »Und wie das Beispiel der Halsteads so trefflich aufzeigt, gilt das sowohl für die Mütter als auch die Väter.«

Barnaby erwiderte ihren Blick und wusste, dass es ihr ernst damit war. Ihre Miene verriet ihm, wie entschlossen sie war, dieses Gleichgewicht zu finden, auch wenn es vielleicht mehrere Anläufe dazu bräuchte. Sie würde sich ihren Wunsch erfüllen, wieder zu ermitteln und dies mit ihrer Rolle als Mutter zu vereinbaren – auch wenn sie vielleicht bei Ersterem würde Abstriche machen müssen und es zudem einen stärkeren Einsatz von ihm verlangte. Verständig neigte er den Kopf. »Dem habe ich nichts entgegenzusetzen.«

Penelope lächelte. Sie legte die Hand um seinen Nacken und streifte seine Lippen mit ihren. »Siehst du? Du und Stokes braucht euch überhaupt keine Sorgen zu machen.«

Seine Lippen ließen sich anstecken vom Verlangen der ihren. »Warum nicht?«, fragte er leise zwischen zwei Küssen.

Als er dann aber innehielt und erst auf ihre Antwort zu warten schien, erwiderte sie mit leiser Ungeduld: »Weil wir uns Lady Osbaldestones Rat zu Herzen genommen haben, sind Griselda und ich zu dem Schluss gelangt, dass wir, so groß die Versuchung auch sein mag, niemals etwas tun würden, das uns davon abhielte, jeden Abend sicher und wohlbehalten zu unseren Kindern zurückzukehren.«

»Ah ja, verstehe.« Manchmal, insbesondere dann, wenn sie ihm die Feinheiten weiblicher Gedankengänge zu erklären versuchte, kam er sich schon etwas begriffsstutzig vor, aber nachdem auch dies nun geklärt war und sich ihm der Zusammenhang zu allem vorher Gesagten erschloss, empfand er auf einmal … doch, er empfand eine ehrliche und tiefe Erleichterung.

Sie legte beide Arme um seinen Hals, zog ihn wieder an sich und schmiegte ihre verführerischen Rundungen an ihn. »Und damit eines klar ist: Ich verspreche dir, dass wir uns ohne Phelps und die beiden Burschen nicht weg aus bürgerlichen Gegenden bewegen, genau wie ich es schon vor Olivers Geburt gehandhabt habe.« Sie schloss die Arme fester um ihn und suchte seine Lippen. »Du kannst also aufhören, dir Sorgen zu machen.«

Er lehnte sich gerade so weit zurück, dass er ihr in die Augen schauen konnte, und sah, dass sie einander verstanden.

Und er rief sich einmal mehr ins Bewusstsein, dass genau das eine ihrer Stärken war, dieses tiefe Verständnis für den anderen. Manchmal beunruhigte es ihn noch immer, wie schutzlos er ihr gegenüber war, wie mühelos sie ihn durchschaute und erkannte, aber es hatte auch Vorteile, und dies dürfte unbestritten einer sein.

Sie verstand ihn, und so würden sie sich Hand in Hand, Seite an Seite allen Herausforderungen stellen und auch das heikle Terrain der Gefühle meistern und ihre Wünsche und seine Bedürfnisse ins Gleichgewicht bringen.

Sie würden die Balance finden, die es ihnen beiden erlaubte, das Beste aus ihrem Leben zu machen, zu tun, was ihnen Freude bereitete und ihre Talente, mit denen sie gesegnet waren, so einzusetzen, dass jeder Tag sie mit einer tiefen Zufriedenheit erfüllte. Weil sie etwas beitrugen zum Wohle des anderen, ihrer Familie und der Gesellschaft. Und damit auch zu ihrem eigenen Wohl.

All das sah er in ihrem liebenden Blick, und er wusste es zu schätzen und schwor sich, es niemals für selbstverständlich zu halten. »Danke«, sagte er leise.

Ein Lächeln spielte um ihre Lippen. »Vielleicht«, flüsterte sie, als sie ihn wieder an sich zog, »könntest du deinen Dank auf eine Weise ausdrücken, die nicht nach Worten verlangt.«

Tief in ihm stieg ein Lachen auf, das es jedoch nie über seine Lippen schaffte; schon hatte sie seinen Mund in Besitz genommen, sog seine Freude in sich auf und schenkte ihm die ihre, schenkte ihm alles Glück und alle Leidenschaft, die sie von ihm empfing.

Mühelos, in stillem Einklang, begannen sie den vertrauten Tanz.

Entledigten sich ihrer restlichen Kleider, ließen ihre Hände wandern, tasten und erkunden, vordrängen und innehalten.

Sie fanden zum Bett, fanden zueinander, wälzten und wanden sich, bäumten sich auf in Lust und Wonne.

Jedes Mal wieder dieses staunende, ungläubige Verzücken, wenn Leidenschaft und Verlangen sie erfüllten, wenn ihre Empfindungen sie schier überwältigten.

Bis auch die letzte Grenze fiel und ihre Körper eins wurden in einem einzigen, innigen Seufzer.

Mit geschlossenen Augen, die Finger ineinander verschränkt, ein zärtliches Berühren der Lippen, ein Verschmelzen der Münder, ein jähes Losreißen, wenn sie durch die vertraute Landschaft reisten, die jedes Mal neu und anders erblühte.

Er hatte sich gefragt, ob ihnen dies wohl verloren ginge, ob mit der vertrauten Gewohnheit des Ehebetts ihr Beisammensein allmählich an Reiz verlieren würde.

Keineswegs. Mit jedem Mal schienen die Wunder der Reise reicher, lebhafter, abwechslungsreicher.

Lustvoller.

Erfüllender.

Als er schließlich über ihr verharrte, den letzten Moment hinauszögerte, alle Muskeln zum Bersten gespannt in der Hitze ihrer sich verzehrenden Leiber wie Feuer und Glut, als er dann in sie stieß und sie beide den letzten Schritt ins Paradies gehen ließ, da wusste er, und es war ein Wissen jenseits aller Worte, aller Gedanken, allen Begreifens, dass dieses Wunder, dieses Glück, diese brennende, alles verschlingende Lust ihres Beisammenseins niemals enden würde.

Nicht in diesem Leben und, wenn es nach ihnen ginge, wohl auch nicht im nächsten.

9

Am nächsten Morgen erschien Violet spät zum Frühstück. Sich noch rasch die Haare aufsteckend, kam sie in die Küche geeilt. »Erst konnte ich nicht einschlafen«, sagte sie entschuldigend, »dann habe ich verschlafen.«

Die Köchin, die bereits am Tisch saß und einen Toast aß, den sie großzügig mit ihrer hausgemachten Marmelade bestrichen hatte, nickte missmutig. »Weiß genau, was Sie meinen. Hat ewig gedauert, bis ich weg war, und jetzt fühle ich mich immer noch wie zerschlagen.«

Violet nahm die Kanne vom Herd und goss sich Tee ein. Sie stellte die Tasse neben ihren Teller und zog sich ihren Stuhl heran. »Wo ist Tilly?«, fragte sie, als sie sich setzte.

»Hat sich auch noch nicht blicken lassen.«

Schweigend nahmen sie ihr Frühstück ein und waren froh, dass es in diesem Moment keiner Worte zwischen ihnen bedurfte. Violet war erleichtert, wie normal bei Tage alles wieder schien; letzte Nacht, allein in ihrem Zimmer, war sie kaum zur Ruhe gekommen und hatte ständig an den armen Runcorn denken müssen und an das schreckliche Schicksal, das ihn ereilt hatte. Ein so fröhlicher junger Mann, gar noch etwas jünger als sie. Wenn der Mörder einem starken, gesunden Mann einfach so das Leben rauben konnte, was war dann mit ihr? Wie sicher war sie wirklich?

Derlei Gedanken hatten sie so lange geplagt, bis sie schließlich wieder aufgestanden war und ihre Kommode vor die Tür geschoben hatte.

Ein bisschen dumm war sie sich schon vorgekommen. Das ist doch völlig übertrieben, hatte sie sich gesagt. Aber sowie das schwere Möbel dort stand, hatte sie dann auf einmal einschlafen können.

Weil sie die Kommode heute Morgen wieder mühsam hatte wegschieben müssen, war sie natürlich noch später dran gewesen. Und dabei hatte sie festgestellt, dass die Tür einen Spalt offen stand; sie nahm an, dass Tilly auf dem Weg nach unten kurz bei ihr hereingeschaut hatte und es beim Frühstück peinliche Fragen geben würde. Aber wenn Tilly noch gar nicht heruntergekommen war ... Sie runzelte die Stirn und sah zur Uhr. »Tilly ... Vielleicht sollten wir sie wecken. Nicht dass sie krank geworden ist und ganz allein da oben liegt.«

Die Köchin sah Violet mit großen Augen an, und Violet war klar, dass sie beide das Gleiche dachten, nämlich wie seltsam es war, dass Tilly nicht zum Frühstück herunterkam. Es hätte ihr schon sehr schlecht gehen müssen, um auf ihren Tee zu verzichten. Ganz zu schweigen von der behaglichen Wärme der Küche, die so wohltuend war verglichen mit der Kälte – der echten als auch der gefühlten –, die mit jedem Tag mehr den Rest des Hauses in Besitz nahm.

Eine ungute Ahnung begann sich in Violet auszubreiten.

Die Köchin presste die Lippen zusammen und schob ihren Stuhl zurück. »Na gut. Ich begleite Sie.«

Violet nickte stumm und stand auf. Sie ging ihnen voraus aus der Küche und die Treppe hinauf. Im ersten Stock blieben sie beide stehen und lauschten, aber nichts – keine Schritte, keine Bewegung war zu hören.

Kein Lebenszeichen.

Kalte Angst stieg in ihr auf, eine dunkle Vorahnung, die sich bleiern auf ihre Schultern legte.

Einen besorgten, zunehmend bangen Blick mit der Köchin wechselnd, ging Violet langsam zu der schmalen Tür am Ende des Flures. Genau wie ihre eigene Zimmertür heute Morgen, stand auch sie einen Spaltbreit offen. Violet holte tief Luft und stieß die Tür ganz auf. Dahinter lag in ewigem Dämmerlicht die Stiege zum Dachboden.

Wieder verharrten sie einen Moment und lauschten, wieder hörten sie nichts.

»Tilly?«, rief die Köchin.

Nichts, kein Laut.

Sie stiegen die steilen Stufen hinauf – Violet voran, die Köchin blieb dicht hinter ihr. Auf dem engen Korridor angelangt, von dem drei winzige Dachkammern abgingen, blieben sie gleich vorn bei Tillys Zimmer stehen.

Wieder war die Tür nur angelehnt. Violet klopfte. »Tilly?«

Die Tür öffnete sich noch etwas weiter; als von drinnen kein Geräusch kam, schob Violet sie ganz auf.

Sie brauchten gar nicht hineinzugehen, um zu sehen, was passiert war.

Tilly lag auf dem Rücken im Bett, Arme und Beine seltsam von sich gestreckt und die blicklosen Augen starr hinauf an die Decke gerichtet.

Ihr Mund stand offen, stumm und weit, als habe sie bis zuletzt geschrien, und es war schrecklich anzusehen.

Gelähmt vor Entsetzen blickte Violet auf die Freundin – von der nur noch die sterbliche Hülle geblieben war. Ein eisiger Hauch streifte ihren Nacken und erfüllte sie mit fast tödlicher Kälte. Sie konnte den Blick nicht abwenden, aber ihr Verstand weigerte sich, das Gesehene wahrzunehmen.

»Oh mein Gott. Oh … mein Gott.«

Das erstickte Flüstern holte Violet in die Gegenwart zurück. Sie drehte sich nach der Köchin um. Die sonst so robuste rotwangige Frau war schreckensbleich; die Augen hatte sie weit aufgerissen, die Hände vor den Mund geschlagen.

Ohne sich noch einmal nach dem Bett umzusehen, schluckte Violet ihre eigene Panik hinunter, atmete tief durch – dazu immerhin war sie noch imstande –, legte der Köchin den Arm um die Schulter und führte sie von der Tür und dem schrecklichen Anblick dahinter fort. »Wir können nichts mehr für sie tun.« Ihre Stimme klang so viel ruhiger und gefasster, als sie sich fühlte. »Komm, lass uns wieder nach unten gehen und jemanden verständigen.«

Wollten sie Tilly einen letzten Dienst erweisen, konnten sie wenigstens nach Gerechtigkeit für sie suchen.

Der Weg die steile Stiege hinab, die Treppe hinunter und zurück in die Küche verschwand wie in einem Nebel; Violets Verstand setzte erst wieder ein, als sie in der Küche stand und sich und der Köchin, die laut schluchzend auf ihrem Stuhl kauerte, starken Tee in zwei Tassen goss.

Violet nahm sich Block und Bleistift, mit dem die Köchin ihre Einkaufslisten schrieb, setzte sich an den Tisch, trank einen großen Schluck Tee und machte sich ans Werk.

Die Köchin hob das verweinte Gesicht. »Aber wehe, Sie schicken wieder nach diesem dusseligen Doktor – der wird doch bloß sagen, Tilly wäre an Altersschwäche gestorben!«

»Keine Sorge, das werde ich nicht.« Nicht eine Sekunde hatte Violet erwogen, nach Dr. Milborne, dem Hausarzt der Halsteads, zu schicken. Sie beendete den ersten Brief und begann den zweiten, der etwas länger wurde. »Ich verständige Inspector Stokes. Und Mr. Montague. Ihre Ladyschaft hat ihm vertraut, und ich tue es auch.«

Zwar wusste sie nicht, ob Montague ihnen würde helfen können, aber … Sie wollte, dass er herkam. Sie musste ihn einfach sehen, einmal mehr seine unerschütterliche Gewissheit spüren, die ihr Ruhe und Halt gaben. Denn ohne das … Sowie sie aufhörte, sich mit etwas zu beschäftigen, hatte sie das Gefühl, verrückt zu werden.

Die Köchin schniefte und fragte dann mit tränenerstickter Stimme: »Brauchen Sie die Jungs?«

Ohne von ihrem Schreiben aufzusehen, nickte Violet. »Ja, bitte. Der eine muss zu Scotland Yard, der andere zu Montagues Kanzlei am Chapel Court im Finanzdistrikt.«

Die Köchin tat einen schweren Seufzer, wischte sich mit der Schürze über die Augen und stand auf. »Ich sag dann mal Tommy und Alfie von nebenan Bescheid.«

»Danke«, murmelte Violet und schrieb unbeirrt weiter. Sie wollte einfach nur an das denken, was sie jetzt noch tun konnte – nicht an das, was sie hätte tun können.

Die Zeit ließ sich nicht zurückdrehen zum gestrigen Abend, sie konnte Tilly nicht mehr gestehen, dass sie Angst hatte – so sehr, dass sie sogar die Kommode vor ihre eigene Tür geschoben hatte.

Ihre Angst hatte sie gerettet. Aber ihr hatte der Mut gefehlt, damit auch Tilly zu retten.

Stokes konnte, nein, er wollte es nicht fassen. Er stand an der Tür der Dachkammer und starrte grimmig auf die Tote in ihrem Bett.

Pemberton, den Polizeiarzt, hatte er gleich mitgebracht. Nach einer ersten Untersuchung der Toten richtete der Doktor sich neben der schmalen Bettstatt auf und wandte sich an Stokes. »Genau wie beim letzten Mal – mit einem Kissen erstickt.« Pemberton deutete auf das Kissen, das auf den Stuhl in der Ecke hinter der Tür geworfen worden war. »Vermutlich dieses.«

Stokes räusperte sich. »Können Sie etwas zur Tatzeit sagen?«

Pemberton wiegte bedächtig den Kopf. »Irgendwann in den frühen Morgenstunden, würde ich sagen, aber das ist wirklich nur eine grobe Schätzung.«

Stokes starrte noch immer zum Bett. »Die alte Dame war schwach und gebrechlich«, meinte er schließlich. »Sie hier war das nicht.«

»Nein.« Pemberton schüttelte den Kopf. »Die Frau muss sich mit aller Kraft gewehrt haben, aber ihr Mörder war stärker als sie.«

»Dann gehen Sie davon aus, dass es ein Mann war«, stellte Stokes fest.

»Eine Täterin können wir, denke ich, ausschließen.« Pemberton betrachtete die Tote, nahm Arme und Beine in Augenschein, die aus den zerwühlten Laken ragten. »Das Opfer scheint recht robust und bei bester Gesundheit gewesen zu sein. Es dürfte kein Leichtes gewesen sein, die junge Frau zu überwältigen.«

Stokes seufzte resigniert. »Haben Sie sonst noch etwas für mich?«

Pemberton schüttelte den Kopf. »Nichts, das Sie nicht bereits wüssten.«

»Dann will ich Sie jetzt wieder Ihrer Arbeit überlassen.« Stokes hatte sich in der kleinen Kammer bereits umgeschaut, aber leider hatte der Mörder weder seine Visitenkarte noch andere Spuren hinterlassen. Das Zimmer war spartanisch eingerichtet, und es gab kaum persönliche Habseligkeiten. Stokes nahm nicht an, dass der Mörder sich noch die Mühe gemacht hatte, die Sachen seines Opfers zu durchsuchen; auch hatte es nicht den Anschein, als sei etwas angerührt worden.

Während er die steilen Stufen in den ersten Stock hinabstieg und dann schweren Schrittes die große Treppe zum Parterre hinunter, murmelte Stokes mit einem leisen Kopfschütteln vor sich hin. »Er ist allem Anschein nach nur gekommen, um sie zu ermorden. Aber warum die Dienerin umbringen?«

Im Vestibül angelangt, ging er zu dem Constable, den er an der Eingangstür postiert hatte. »War in der Zwischenzeit etwas? Ist irgendwer gekommen?«

»Nur Mr. Adair samt Gemahlin sowie Ihre Frau, Sir, genau wie von Ihnen gewünscht. Sie sind hinten in der Küche und meinten, sie würden Sie dort erwarten.«

Stokes nickte, auch wenn es ihn wunderte, dass Barnaby nicht gleich nach oben gekommen war … Andererseits war er in Begleitung Penelopes und Griseldas, und wäre Barnaby hinaufgegangen, um sich die Tote anzusehen … Vermutlich sollte es ihn nicht überraschen, dass der Freund zunächst diesen weniger verstörenden Weg gewählt hatte. »Pembertons Assistenten werden in Kürze eintreffen, aber das wäre dann erst einmal alles. Geben Sie sofort Bescheid, wenn doch jemand kommt.«

»Wird gemacht, Sir.«

Stokes begab sich in den hinteren Teil des Hauses zur Küche. Als er vorhin eingetroffen war, hatte er Montague an der Tür angetroffen, der kurz zuvor gekommen sein musste, und insgeheim war er ganz froh darum, denn so konnte er es ihm überlassen, Miss Matcham und die völlig aufgelöste Köchin zu beruhigen, während er sich nach oben und an die Arbeit begab. Ehe er vom Yard aufgebrochen war, hatte er Barnaby eine Nachricht geschickt, ihm kurz mitgeteilt, was passiert war, und vorgeschlagen, dass er möglichst bald in der Lowndes Street zu ihm stoßen möge – und da er heute Morgen auf dem Weg zur Arbeit Griselda zur Albemarle Street begleitet hatte, schloss er die beiden Frauen natürlich ausdrücklich in seine Bitte mit ein.

Angesichts dessen, was die zwei gestern alles herausgefunden hatten, und da er wusste, dass sie vieles aus einem anderen Blickwinkel betrachteten und daher Dinge bemerkten, die weder Barnaby noch er wahrnahmen, hatte er seinen inneren Widerstand überwunden und sie natürlich herbeigebeten … Nicht zuletzt, weil es dumm gewesen wäre, das nicht zu tun.

Nicht nur in professioneller Hinsicht.

Als er die Küche betrat, wandten sich ihm sechs Augenpaare zu. Alle Anwesenden hatten um den Küchentisch herum Platz genommen, und selbst die Köchin schien wieder halbwegs gefasst.

»Und?«, fragte Barnaby, während Stokes sich noch einen Stuhl von der Feuerstelle holte und ihn zum Tisch hinübertrug.

Nachdem er den Stuhl neben den seiner Gattin gestellt und sich gesetzt hatte, sah er erst Barnaby an, dann Violet Matcham und schließlich die Köchin. »Wie Sie sich vermutlich bereits gedacht haben, wurde Tilly Westcott, die Dienerin Lady Halsteads, auf genau die gleiche Weise ermordet wie ihre

Ladyschaft. Beide sind erstickt, indem man ihnen im Schlaf ein Kissen aufs Gesicht drückte.«

»Gab es irgendeinen Unterschied?«, wollte Barnaby wissen.

»Nicht in der Vorgehensweise, nein. Allerdings gab es tatsächlich einen erheblichen Unterschied, den mir Pemberton – unser Polizeiarzt – auch soeben bestätigt hat.« Stokes wandte sich Violet und der Köchin zu. »Befand Miss Westcott sich bei allgemein guter Gesundheit?«

»Gestern war sie noch putzmunter«, sagte die Köchin.

Violet nickte. »Soweit wir es wissen, fehlte ihr nichts.«

»Würden Sie sagen, dass sie eine starke, kräftige Frau war?«, wollte Stokes wissen.

»Stark und unverwüstlich wie ein Ackergaul«, beteuerte die Köchin. »Tilly konnte Sachen heben und tragen, bei denen es mir ins Kreuz gefahren ist.«

Violet schaute in die Runde. »Tilly war einen Kopf größer als ich, von sehr robuster Statur und erstaunlich hart im Nehmen. Deshalb, ja …«, sie wandte sich wieder an Stokes, »… ich würde sagen, dass sie ziemlich viel Kraft hatte.«

Stokes nickte, als habe er sich das bereits gedacht. »Demnach war Tilly also deutlich stärker als Lady Halstead – und sie hat sich ebenfalls gewehrt, auch daran gibt es keinen Zweifel. Dem Mörder ist es dennoch gelungen, sie mit einem Kissen zu ersticken.«

»Dann kann der Mörder unmöglich eine Frau gewesen sein – nicht in diesem Fall.« Penelope schaute erst zu Barnaby, dann den Tisch hinab auf Stokes. »Wie groß ist denn die Wahrscheinlichkeit, dass es sich bei dem Mörder von Lady Halstead und jenem von Tilly nicht um dieselbe Person handelt?«

»Nicht sehr groß«, antwortete Stokes. »Um nicht zu sagen, ausgesprochen gering. Wir müssen also davon ausgehen, dass der Mörder ein Mann war – ein Mann, der stark genug ist, eine gesunde, kräftige Frau zu überwältigen, die um ihr Leben kämpft.«

»Weiß man schon etwas zur Tatzeit?«, fragte Barnaby.

»Pemberton schätzt irgendwann in den frühen Morgenstunden.« Aus dem Vestibül drangen Stimmen zu ihnen, und Stokes erhob sich. »Das dürfte Verstärkung sein. Ich hatte noch ein paar Constables angefordert, die sich in der Nachbarschaft umhören sollen, ob jemand etwas gesehen oder gehört hat, aber in Anbetracht der Uhrzeit und des schlechten Wetters erhoffe ich mir nicht allzu viel davon.« Er verließ die Küche, um seinen Männern Anweisungen zu geben, und überließ die anderen ihren Gedanken. Nach ein paar Minuten kam er zurück und setzte sich wieder.

»Und wie ist er ins Haus gekommen?«, nahm Penelope den Faden wieder auf und schaute der Reihe nach Stokes, Barnaby, Montague und Violet an. »Irgendwelche Ideen?«

Barnaby setzte sich auf. »Vor derselben Frage standen wir schon bei Lady Halsteads Tod. Wie ist der Mörder ins Haus gelangt?« Er fing Stokes' Blick auf. »Es hat gestern Abend, noch vor Mitternacht, ziemlich heftig geregnet. Wenn wir jetzt sofort suchen, könnten wir vielleicht noch Spuren finden.«

Der Wind, der gestern Abend ums Haus und durch die Straßen der Stadt geheult hatte, war tatsächlich der Vorbote eines mittleren Unwetters mit nachfolgendem starkem Niederschlag gewesen. Ein richtiger Herbststurm eben, und weil Oktober war, lagen die Straßen und Gärten voller Laub. Stokes wandte sich an Violet. »Miss Matcham – als Sie heute Morgen herunterkamen, ist Ihnen im Vestibül etwas aufgefallen? Wasserlachen, Fußabdrücke, hereingetragenes Laub?«

Violet schüttelte den Kopf. »Ich hatte verschlafen und bin dann gleich in die Küche gegangen. An der Tür war ich erst, als ich Mr. Montague und gleich darauf Sie hereingelassen habe. Allerdings fürchte ich, nicht auf so etwas geachtet zu haben. Ich weiß nicht, ob es mir aufgefallen wäre.«

»Und seitdem sind so viele Leute hinein- und hinausgegangen, dass wir jetzt auch nicht mehr zu schauen brauchen.« Stokes seufzte.

»Aber wäre es nicht sehr kaltblütig und vermessen, das Haus durch den Haupteingang zu betreten?«, warf Penelope ein und sah die Köchin an. »Wo ist denn die Hintertür?«

Die Köchin drehte sich um. »Da hinten. Aber …«, sie wandte sich an Stokes, der bereits aufgestanden war, »… ich bin da heute Morgen schon mal durch, um den Jungs von nebenan Bescheid zu sagen, dass sie Violets Nachrichten ausliefern sollen.«

»Kein Problem«, meinte Stokes und ging hinaus in den hinteren Korridor. »Barnaby? Alle anderen bleiben hier.«

Gemeinsam mit Stokes suchte Barnaby akribisch den Boden ab, fand aber keine Anzeichen dafür, dass jemand mit nassen Schuhen von der Hintertür weiter ins Haus gegangen wäre. Nicht einmal die Köchin hatte sichtbare Spuren hinterlassen.

Als sie in die Küche zurückkamen, schüttelte Stokes den Kopf. »Nichts. Womit die Hintertür wohl aus dem Rennen wäre und wir uns …«

»Nein, Moment. Es gibt noch einen Seiteneingang.« Als alle Blicke sich auf sie richteten, fügte Violet erklärend hinzu: »Es gibt eine weitere Tür seitlich am Haus, die auf die Gasse zwischen Straße und Stallungen hinausgeht.« Sie schob ihren Stuhl zurück. »Kommen Sie, ich zeige es Ihnen.«

Montague, der neben ihr saß, erhob sich und reichte ihr die Hand, um ihr aufzuhelfen.

Sie dankte ihm mit einem matten Lächeln und ging dann Stokes und Adair voran in den vorderen Teil des Hauses, wo unter der Treppe ein enger Durchgang in einen schmalen, verwinkelten Korridor führte, der schließlich an besagtem Seiteneingang endete. Sie blieb in einiger Entfernung stehen und deutete zu der Tür. »Dort hinten.«

Sie trat beiseite, um Stokes und Adair vorbeizulassen. Stokes machte einen Schritt vor, blieb aber gleich wieder stehen. Adair hielt sich hinter ihm. »Ganz schön finster«, fand er. »Wir brauchen mindestens zwei Lampen, ehe wir uns das näher ansehen.«

Stokes nickte und wandte sich an Violet. »Ich nehme an, dass diese Tür für gewöhnlich verschlossen ist?«

Sie schaute den dunklen Gang hinab auf die sich nur schemenhaft abzeichnende Tür. »Normalerweise ja.«

»Wer hat einen Schlüssel?«, wollte Stokes wissen.

»Lady Halstead hat – hatte – einen Bund mit sämtlichen Hausschlüsseln. Meines Wissens befindet sich der Schlüsselbund noch immer in ihrem Zimmer in der Kommode, wo sie ihn für gewöhnlich verwahrte. Ein zweiter Schlüssel für die Seitentür hängt am Schlüsselbord in der Küche.« Ohne die Frage abzuwarten, fügte sie an: »Die Tür wird nur gelegentlich benutzt, meist für Lieferungen wie Kleider, Hüte oder Bücher. Lebensmittel gehen gleich über die Hintertür in die Küche, aber für andere Lieferungen wurde der Seiteneingang genutzt, was in letzter Zeit aber kaum noch der Fall war.«

»Wann wurde die Tür denn das letzte Mal benutzt?«, fragte Adair.

Violet versuchte, sich zu erinnern. »Meines Wissens dürfte das schon ein paar Monate her sein. Vermutlich letztes Jahr um die Weihnachtszeit.«

Stokes nickte und wandte sich an Adair. »Lass uns mal eben die Lampen besorgen.«

Als sie zurückkamen, hielt Violet eine Lampe und Montague die andere, während Stokes und Adair sich vorsichtig den Korridor hinabbewegten und dabei den Boden absuchten.

Schritt für Schritt ging es voran, Zoll um Zoll.

Einen Meter von der Tür entfernt hielt Adair, der die linke Seite des Ganges absuchte, inne und drehte sich nach Violet um, die sich dicht hinter ihm und die Lampe über seine Schulter hielt. »Könnten Sie bitte hier unten in die Ecke leuchten? In den schmalen Spalt zwischen Wandsockel und Boden.«

Sie tat, worum er sie bat, und er ging in die Hocke, um sich die Sache genauer anzusehen. Vorsichtig streckte er den Finger aus und rief triumphierend: »Hier, Volltreffer!«

Stokes kam herbei und besah sich das braune Blatt, das Adair auf der Fingerspitze balancierte.

Adair fing Stokes' Blick auf. »Gut, oder? Es ist noch feucht genug, um an meinem Finger zu haften.«

Wie ein Jagdhund an der Leine erzitterte Stokes in einem kurzen Beben, als könne er sich kaum noch zurückhalten. »Sind Sie sicher, dass heute Morgen niemand diese Tür benutzt hat?«, wandte er sich fragend an Violet.

Sie nickte. »Ganz sicher.«

Stokes' Lippen verzogen sich zu einem Lächeln, das eher bedrohlich denn einnehmend wirkte. »Gut«, meinte er. »Sehr gut. Denn jetzt wissen wir, dass der Mörder nicht nur ein Halstead ist, sondern auch einen Schlüssel zum Haus hat – und zwar zu dieser Tür.«

Stokes und Adair untersuchten noch die Tür, um sicherzugehen, dass nichts auf einen Einbruch hindeutete, und als auch das geklärt war, kehrten sie in die Küche zurück. Violet ging den drei Männern voraus und meinte deutlich zu spüren, dass die Stimmung unter ihnen sich geändert hatte. Zuvor hatte eine gewisse Unsicherheit geherrscht, eine Ungewissheit, die sie in alle Richtungen ermitteln ließ, doch jetzt hatten sie Witterung aufgenommen und konnten es kaum erwarten, der Fährte des Täters zu folgen.

Diese neue Tatkraft und Entschlossenheit übertrugen sich, nachdem sie sich wieder gesetzt und von ihrem Fund berichtet hatten, auch auf die anderen.

Die Köchin war aufgestanden, um wieder ihres Amtes zu walten, und hatte zwei frische Kannen Tee aufgebrüht; Violet kam es so vor, als sei sie noch immer etwas perplex, so feine Herrschaften in ihrer Küche zu bewirten. Vorhin, als die drei eingetroffen waren, hatte Adair ihnen seine Frau und die von Stokes zwar kurz vorgestellt, aber zu dem Zeitpunkt war Violet viel zu durcheinander gewesen, um sich über ihre Anwesenheit zu wundern. Beide Frauen hatten sich sehr besonnen und verständnisvoll gezeigt und waren in dem Moment wirklich eine große Hilfe gewesen; Violet war ihnen so dankbar für die Wärme und Freundlichkeit, die sie ihnen entgegenbrachten, wo doch alles andere an diesem Tag, von Montagues Anwesenheit abgesehen, sie mit einem Gefühl eisiger Kälte und Ohnmacht erfüllt hatte.

Sie fühlte sich so hilflos, so allein.

Schweigen senkte sich über den Tisch, während alle sich mit einem Schluck Tee stärkten. Violet meinte förmlich zu hören, wie es in den Köpfen arbeitete, wie die Gedanken sich überschlugen.

Schließlich war es die Frau von Stokes – Griselda, wie Violet sie doch bitte nennen möge –, die als Erste das Wort ergriff. Sie setzte ihre Tasse ab und zog die feinen dunklen Brauen zusammen. »Was ich nicht verstehe: Warum bringt er die Dienerin um? Wie hätte sie dem Mörder gefährlich werden können?« Griselda schaute über den Tisch zu Violet. »Verzeihen Sie mir die Frage, aber könnte sie, die Dienerin, womöglich mit dem Mörder unter einer Decke gesteckt haben?«

»Ausgeschlossen!«, kam es einhellig von Violet und der Köchin, die mit verschränkten Armen vor dem Herd stand.

»Dem möchte ich beipflichten«, warf Adair beschwichtigend ein. »Ich kann mir auch nicht vorstellen, dass Tilly etwas mit dem Mord an ihrer Ladyschaft zu tun hatte, geschweige denn mit dem an Runcorn.«

»Was uns allerdings auf Griseldas Frage zurückbringt«, sagte Adairs Gemahlin Penelope. »Warum die Dienerin ermorden?«

»Vielleicht verhält es sich hier so ähnlich wie bei Henrietta Cynster«, meinte Stokes nach kurzer Überlegung und fügte mit Blick auf Violet hinzu: »Einer unserer letzten Fälle.«

»Mhm.« Nachdenklich stellte Penelope ihre Tasse ab. »Du meinst, Tilly könnte etwas gesehen oder gewusst haben, das für sich genommen gar nicht weiter wichtig war, aber im Zusammenspiel mit anderen Informationen …«

»Beispielsweise«, wandte Montague ein, »mit Informationen, die sich aus der Überprüfung von Lady Halsteads Finanzen ergaben.«

Penelope nickte. »Genau. Würde man eins und eins zusammenzählen, wäre das, was Tilly wusste, plötzlich von entscheidender Bedeutung …«

»So entscheidend, dass es ein eindeutiger Fingerzeig auf den Mörder sein könnte«, schloss Stokes und nickte grimmig. »Ja, genau das meinte ich. Alles in allem gehe ich davon aus, dass Tilly umgebracht wurde, weil sie etwas wusste, dessen Bedeutung ihr vielleicht nicht einmal offensichtlich war.«

»Er will ganz sichergehen«, stellte Adair fest. Als die anderen ihn fragend ansahen, fuhr er fort: »Alle drei Morde lassen sich so erklären – er versucht, sich selbst zu schützen. Ich glaube, nach einem anderen Motiv brauchen wir gar nicht zu suchen. Er hat Lady Halsteads Konto benutzt, um die Erlöse aus irgendwelchen illegalen Geschäften zu verschleiern. Um dieses Geschäft nicht auffliegen zu lassen, brachte er erst Lady Halstead um, dann Runcorn, dann Tilly.«

Stokes betrachtete seinen Kollegen eine ganze Weile, ehe er schließlich nickte. Gleich darauf schien ihm ein anderer Gedanke zu kommen, und er wandte sich an Violet.

Doch ehe Stokes seine Frage hätte formulieren können, legte Montague seine Hand auf Violets, die zwischen ihnen auf dem Tisch lag. »Ich glaube, Sie sollten Stokes erzählen, was Sie vorhin mir erzählt haben.«

Violet sah ihn an und hielt seinen Blick, obwohl ihr klar war, dass alle anderen sie interessiert beobachteten. Gleichwohl glomm in ihren Augen eine Unsicherheit auf, der er mit einem ermutigenden Nicken begegnete. Ein Moment verstrich, dann holte sie tief Luft, und ohne ihre Hand unter der seinen wegzuziehen schaute sie über den Tisch zu Stokes und begann. »Mr. Montague kam gestern Abend vorbei, um mir vom Fortgang Ihrer Ermittlungen zu berichten. Vor allem wollte er mich wissen lassen, dass man Runcorn ermordet aufgefunden hat.«

Montague erwiderte ungerührt Stokes' fragenden Blick und drückte beruhigend Violets Hand, ehe sie des Inspectors Aufmerksamkeit erneut auf sich lenkte. »Als Mr. Montague vorhin eintraf, erwähnte ich, wie sehr mich die Nachricht von Runcorns Tod bestürzt hatte und dass ich so außer mir gewesen war, dass ich letzte Nacht vor dem Zubettgehen meine Zimmertür mit dem Kommodentisch versperrte, hätte ich doch sonst kein Auge zugebracht.«

Montague merkte, wie Violets Blick ihn kurz streifte, ehe sie sich wieder an Stokes wandte. »Heute Morgen, als ich die Kommode wieder an ihren Platz schob, stellte ich fest, dass die Tür einen Spaltbreit offen stand.« Sie hielt einen Moment inne und wartete, bis der Schreck, der durch alle Anwesenden ging, sich wieder gelegt hatte. »Als ich zu Bett ging, war sie definitiv geschlossen, aber heute früh ...«

Sie drehte ihre Hand unter seiner und verschränkte die Finger mit seinen, ehe sie noch einmal angestrengt Luft holte und sich merklich einen Ruck geben musste, ihre Gedanken in Worte zu fassen. »Ich fürchte, wenn Mr. Montague mir nicht von dem Mord an Mr. Runcorn erzählt und ich vor lauter Angst meine Tür versperrt hätte, wäre es mir wohl genauso ergangen wie Tilly.«

Wenig verwunderlich, dass diese Vermutung abermals für großes Entsetzen und besorgte Ausrufe reihum sorgte.

Penelope suchte Violets Blick. »Ich gehe nicht davon aus, dass Sie etwas wissen, oder? So wie Tilly etwas gewusst haben könnte?«

Violet schüttelte den Kopf. »Wenn ich etwas wüsste, das helfen würde, den Mörder zu fassen, der Lady Halstead – und jetzt auch Mr. Runcorn und Tilly – auf dem Gewissen hat, wollte ich es ganz sicher nicht für mich behalten. Ich hätte es längst der Polizei gesagt. Oder würde es jetzt Ihnen sagen.«

Penelope nickte verständnisvoll, und um den Tisch herum wurden Bestätigungen und erste Vermutungen laut.

Stokes schien grübelnd in sich versunken; schließlich hob er den Blick und schlug mit der flachen Hand auf den Tisch. Als alle verstummt waren und ihn ansahen, ergriff er das Wort. »Halten wir fest: Wir haben drei Morde und eine fehlende Summe Bargeld, das meiste davon vermutlich illegal erworben. Wir haben außerdem Grund zu der Annahme, dass der Täter einer der Halsteads ist, denn nicht nur wurde ein Mann, dessen Beschreibung auf sämtliche Halstead-Männer passen würde, am Abend des Mordes an Runcorn vor dessen Büro gesehen sowie tags darauf mit jener unbekannten Dame vor der Bank. Außerdem wissen wir jetzt auch, dass der Mörder einen Schlüssel zum Seiteneingang des Hauses an der Lowndes Street hatte, als er letzte Nacht hierherkam, um Lady Halsteads Dienerin zu ermorden. Wahrscheinlich hat er sich auf demselben Wege Zutritt verschafft, als er Lady Halstead umbrachte.« Stokes schaute in die Runde und sah jeden der Reihe nach an. »Ich glaube«, schloss er, »es wird Zeit, dass wir uns die Familie noch einmal vornehmen.«

10

Stokes hatte die Halsteads und die Camberlys noch für diesen Nachmittag um vierzehn Uhr vorladen lassen.

»Gleich nach dem Lunch«, wie Penelope so passend bemerkt hatte. »Um diese Zeit können sie sich nicht mit wichtigen gesellschaftlichen Verpflichtungen herausreden.«

Als sich zur vereinbarten Zeit tatsächlich die gesamte Halstead-Brut die Ehre gab, fragte Stokes sich indes schon, ob er dies nur dem Mangel an glaubhaften Ausreden verdankte – oder ob schiere Neugier sie hertrieb. Während sie alle nacheinander eintrudelten, beobachtete er das Geschehen aus dem Hintergrund und meinte leise zu Barnaby, der an seiner Seite stand: »Diese berühmt-berüchtigte Rivalität zwischen ihnen könnte unser Vorteil sein.«

Barnaby grinste. »Du meinst, jeder käme in der Hoffnung, du hättest etwas herausgefunden, was sich gegen die anderen verwenden ließe?« Als sein Blick auf Constance Halstead fiel, die ihre Tochter beim Betreten des Hauses hektisch flüsternd ins Gebet nahm, nickte er. »Damit könntest du recht haben.«

Stokes ließ einen Moment verstreichen. »Weißt du, ich würde gern glauben, dass Montagues Nachforschungen uns die gesuchte Antwort bringen, aber ich kann mir nicht vorstellen, dass unser Mörder so dumm ist, die Gelder irgendwo zu deponieren, wo sie leicht zu finden wären. Wozu hätte er sich die Mühe mit dem Konto ihrer Ladyschaft machen sollen?«

»Nein, er wird nicht so dumm sein, es jetzt auf eines seiner eigenen Konten einzuzahlen.« Montague hatte ihnen gesagt, dass es einige Tage dauern könne, ehe er Rückmeldung über den aktuellen Stand sämtlicher Bankkonten der Halsteads erhalte. »Ich gebe Montague recht, dass wir dies für alle Fälle dennoch überprüfen müssen, denn täten wir es nicht, wären wir die Dummen, aber unser Täter war von Beginn an auf Verschleierung aus. Und jetzt, nach drei Morden, dürfte er erst recht nicht darauf erpicht sein, dass man das Geld findet und mit ihm in Verbindung bringt.«

Stokes schnaubte. »An seiner Stelle würde ich es einfach in einer Keksdose unter dem Bett verstecken.«

»Oben auf dem Schrank«, entgegnete Barnaby mit gesenkter Stimme. »Selbst das nachlässigste Stubenmädchen schaut irgendwann mal unters Bett.«

Nun grinste Stokes.

Als er mit Barnaby und Montague den Salon betrat, zeigte er sich wieder vollkommen ernst. Die Frauen – Violet, Penelope und Griselda – hatten sich schon vor Eintreffen der Familie strategisch günstig im Zimmer platziert. Sollte jemand ihre und Griseldas Anwesenheit infrage stellen, würde Penelope sich von ihrer blasiertesten Seite zeigen und den Betreffenden wissen lassen, dass sie beide hier seien, um Violet zur Seite zu stehen, wie es unter den Umständen wohl kaum anders zu erwarten war. Zufrieden stellte Stokes fest, dass alle drei die Chaiselongue an der Fensterseite in Beschlag genommen hatten, von wo aus sie die am Kamin auf Sessel und die beiden Sofas verteilten Familienmitglieder bestens im Blick hatten. Stokes nahm an, dass jeder, der die Anwesenheit der drei Damen infrage zu stellen gewagt hatte, längst zurechtgewiesen worden wäre.

Die Aufgabe der Frauen war es, das Geschehen zu beobachten, vor allem die Reaktionen jedes Einzelnen und das Verhalten der Familienmitglieder untereinander. Stokes ging nicht davon aus, dass sie sich an der Befragung beteiligen würden und hoffte inbrünstig, dass er damit recht behalten würde. Denn zu erklären, warum ihre besseren Hälften die Tatverdächtigen auf einmal ins Verhör nahmen, würde, so fürchtete er, selbst Barnabys Eloquenz und Einfallsreichtum an seine Grenzen bringen.

Nachdem er sich mit einem Blick in die Runde vergewissert hatte, dass die Familie vollzählig anwesend war, trat Stokes an den Kamin, von wo aus er einen hervorragenden Blick auf alle Beteiligten hatte. Barnaby und Montague folgten, wobei Barnaby rechter Hand des Inspectors Stellung bezog, während Montague sich etwas im Hintergrund hielt. Auch sie würden jede Regung, jede Geste, jedes Mienenspiel der Befragten verfolgen.

Zuletzt betraten zwei Constables den Raum, die leise die Tür hinter sich schlossen und zu deren beiden Seiten Posten bezogen.

Man war übereingekommen, für diese Vernehmung nicht wie zuvor das Speisezimmer, sondern den Salon zu nehmen, weil dieses Szenario Stokes, Barnaby und Montague einen kleinen, aber vielleicht entscheidenden Vorteil verschaffte – sie konnten die Befragung im Stehen durchführen, während die Halstead-Männer sich längst die besten Plätze auf den Sofas und Lehnsesseln gesichert hatten, wo sie sich aber unversehens in der unterlegenen Position befanden.

Gut so, sagte sich Stokes, denn er wollte es darauf anlegen, die Familie gründlich zu verunsichern – und dann schauen, was passierte.

»Nun, Inspector«, sagte Wallace Camberly. »Was gibt es Neues?«

»Ich hoffe, Sie haben uns herbestellt, um uns mitzuteilen, dass Sie den Mörder unserer Mutter gefasst haben.« Mortimer Halstead ließ keinen Zweifel daran, was er von der Arbeit der Polizei hielt. »Peels Truppe wurde weiß Gott mit genügend Mitteln ausgestattet.«

Cynthia Camberly, geborene Halstead, bedachte Stokes mit einem gönnerhaften Lächeln. »Hören Sie nicht auf meinen Bruder, Inspector – er hat ein recht bürokratisches Naturell. Aber ich gehe sicher recht in der Annahme, dass Sie Neuigkeiten haben?«

Stokes hatte sein Augenmerk von Wallace auf Mortimer gerichtet; nun ließ er seinen Blick eine unbehagliche Sekunde zu lange auf Cynthia ruhen, um ein für alle Mal klarzustellen, wer hier das Sagen hatte, ehe er den Rest der Runde betont beiläufig ins Visier nahm. Erst nachdem diese Bestandsaufnahme abgeschlossen war, antwortete er. »Ich habe Sie herbestellt, um Ihnen mitzuteilen, dass Mr. Andrew Runcorn von Runcorn & Son, den Lady Halstead gebeten hatte, ihren Nachlass zu ordnen, vorgestern Abend ermordet wurde.«

Barnaby konzentrierte sich auf die jüngeren Männer – auf Walter Camberly und auf Hayden Halstead – und überließ es wie zuvor abgemacht Montague, deren Väter Wallace und Mortimer im Blick zu behalten. Soweit Barnaby es einzuschätzen vermochte, entsprachen beider Reaktionen ihrem Alter und Charakter. Der ein paar Jahre ältere Walter wirkte tatsächlich ein wenig schockiert, allerdings auch eine Spur verwundert, während Hayden, obwohl er die Nachricht ganz offensichtlich zur Kenntnis genommen hatte, seine gelangweilte, beinah etwas eingeschnappte Miene beibehielt. Walter hatte sichtlich nicht mit dieser Nachricht gerechnet und wusste nicht so recht, was er davon halten sollte, während es Hayden schlichtweg egal war – denn was ging ihn Runcorns Tod an?

Davon mochte man halten, was man wollte, aber für Barnaby war damit immerhin klar, dass keiner der beiden es gewesen war.

Nach der ersten Schrecksekunde beugte Cynthia sich vor, fixierte Stokes mit herrischem Blick und fragte: »Wollen Sie damit andeuten, Inspector, dass der Mord an Mr. Runcorn in welcher Weise auch immer mit seiner Tätigkeit für meine Mutter zu tun hatte?«

Wieder ließ Stokes sich mit der Antwort Zeit, ehe er schließlich meinte: »Da die Papiere Ihrer Mutter über seinen Schreibtisch verstreut lagen, liegt die Vermutung nahe, Ma'am.«

»Ich muss schon sagen!«, ereiferte sich Constance Halstead. »Wen sollten denn die Angelegenheiten meiner Schwiegermutter interessieren? Vermutlich war es bloßer Zufall, dass Mr. Runcorn die Papiere gerade vor sich liegen hatte.«

»Allerdings«, beschied Wallace Camberly knapp. »Da ihre Ladyschaft Mr. Runcorn ausdrücklich beauftragt hatte, ihre Papiere durchzusehen, sollte man der Tatsache, dass er zum Zeitpunkt seines Todes gerade damit beschäftigt war, wohl keine allzu große Bedeutung beimessen.« Kühl erwiderte er Stokes' Blick. »Ich fürchte, Sie lassen sich hier zu voreiligen Schlüssen verleiten, Inspector. Runcorn dürfte eine Vielzahl von Klienten gehabt haben, und können wir wissen, welche Feinde er sich beruflich oder privat gemacht hat? Seine Ermordung kann in einem völlig anderen Zusammenhang stehen, als Sie es hier anzudeuten wagen. Ich zumindest sehe keinerlei Anhaltspunkte dafür, weshalb sein Tod etwas mit seiner Tätigkeit für Lady Halstead zu tun haben sollte.«

Gleichmütig, ja fast gleichgültig, ließ Stokes seinen Blick auf Camberly ruhen, ehe er ihn wieder in die Runde schweifen ließ. »Es dürfte Sie auch interessieren, dass am Morgen nach Mr. Runcorns Tod eine beträchtliche Geldsumme von Lady Halsteads Konto abgehoben wurde.«

Das löste in der Tat heftigere Reaktionen aus.

»Von wem?«, wollte Mortimer wissen.

»Was zum Teufel ...?« Maurice schoss vom Sofa hoch, auf dem er sich gelümmelt hatte. »Wollen Sie damit sagen, dass wir – dass Mama beraubt wurde?«

Cynthias Miene wechselte von kaltem Entsetzen zu kühler Berechnung. »Wie viel wurde abgehoben?«

»Und vor allem wie?« Wallace Camberlys Frage hörte sich wie ein Vorwurf an. »Banken sollten eigentlich die nötigen Vorkehrungen treffen, um so etwas zu verhindern.«

»Sollten sie, ja – und in der Regel ist das auch der Fall«, stellte Mortimer leicht verschnupft klar. »Was geht hier vor, Inspector? Steckt die Bank in der Sache mit drin?«

Alle fühlten sich nun berufen, ihre Meinung sowie Mutmaßungen und Bemerkungen beizusteuern; selbst Caroline äußerte ihren Verdruss über die verlorenen Gelder.

Nachdem Stokes sie eine Weile hatte gewähren lassen – nicht zuletzt, um seinen Mitstreitern reichlich Gelegenheit zur Beobachtung zu geben –, trat er einen Schritt zur Seite, eine kurze, knappe Bewegung, die alle Blicke in seine Richtung lenkten. Jetzt brauchte er nur noch darauf zu warten, bis endgültig Ruhe einkehrte und die Aufmerksamkeit aller wieder ihm zuteilwurde. »Die Polizei hat natürlich überprüft, ob die Bank korrekt gehandelt hat. Es wurde lediglich ein schriftlicher Auftrag von Lady Halstead ausgeführt. Die Bank war zu dem Zeitpunkt noch nicht über den Tod ihrer Ladyschaft informiert, alles schien so weit seine Richtigkeit zu haben. Da Runcorn als ihr Vermögensverwalter nicht mehr beizeiten über den Tod Lady Halsteads benachrichtigt wurde, hatte er es auch der Bank nicht mitteilen können. Das vorgelegte Schreiben erwies sich bei näherer Betrachtung als Fälschung, wenngleich eine sehr gute. Wer immer die Kontovollmacht verfasst hat, musste mit der Handschrift ihrer Ladyschaft gut vertraut sein.«

»Wer hat dieses Schreiben denn der Bank vorgelegt?«, fragte William.

Stokes betrachtete ihn einen Moment, ehe er antwortete. »Eine Frau mit Hut und Schleier, die von allen Zeugen als eine Dame beschrieben wurde, auch wenn das natürlich eine bloße Vermutung ist.«

Verwundertes Schweigen senkte sich über die Anwesenden. Constance Halstead war die Erste, die sich nach Violet umdrehte, die von Griselda und Penelope flankiert am Fenster saß.

Caroline, Constances Tochter, entging dies nicht; sie wandte sich ebenfalls nach Violet um.

Und auch die anderen Familienmitglieder drehten sich um, bis sie alle zu Violet hinüberschauten, in ihren Mienen verschiedene Varianten der Spekulation, die von verhaltener Neugier bis zur unverhohlenen Anklage reichten.

»Warum hat sie wohl einen Schleier getragen?«, sinnierte Cynthia.

Mortimer nahm ihre Frage wörtlich. »Das ist doch wohl klar«, schnaubte er. »Um ihr Gesicht und damit ihre wahre Identität zu verbergen.«

Cynthia lächelte süffisant und bedachte Mortimer mit einem mitleidigen Blick. »Was du nicht sagst! Woraus wir schließen, dass sie damit rechnen musste, erkannt zu werden.« Cynthia wandte sich wieder an Stokes. »Lässt das nicht vermuten, Inspector, dass die verschleierte Person in irgendeiner Beziehung zu meiner Mutter stand?«

Constance Halstead ließ kurz von ihrer Musterung Violets ab, um hinzuzufügen: »Zumal dieser Brief doch eine so gute Fälschung von Schwiegermamas Handschrift war.«

»Das«, räumte Stokes bedächtig ein, »wäre eine mögliche Deutung, aber da die Polizei bereits die Angehörigen von Lady Halsteads Haushalt als Verdächtige ausschließen konnte, würde mich interessieren, welche Frauen aus Lady Halsteads Bekanntenkreis Ihrer Ansicht nach für unsere Ermittlungen von Belang wären.«

Sowohl Cynthia als auch Constance zogen sich sofort zurück. Man sah sie Blicke tauschen, doch keine der beiden sagte ein Wort.

Wallace Camberly begann, unruhig zu werden. »Um vielleicht noch mal aufs Wesentliche zurückzukommen, Inspector – wie viel wurde von dem Konto entwendet?«

»Ich fürchte leider«, erwiderte Stokes geschmeidig, »dass ich Ihnen zum jetzigen Zeitpunkt über den genauen Betrag noch keine Auskunft geben darf. Aber das Konto wurde aufgelöst.«

Wie zu erwarten, ging zunächst ein gewaltiges Raunen und dann ein wahrer Tumult durch die Runde; Stokes hob nur bedauernd die Hände.

Barnaby hatte die ganze Zeit weiter Walter und Hayden beobachtet: Walter sah auch jetzt recht entgeistert drein, während Hayden in die Betrachtung seiner Fingernägel vertieft war.

Sie hatten im Vorfeld entschieden, die Information, dass man zu den fraglichen Zeiten vor Runcorns Büro und bei der Bank einen Gentleman gesehen hatte, dessen Beschreibung auf gleich fünf Familienmitglieder passen würde, zunächst zurückzuhalten. Denn wenn sie diese Karte spielten, so ihre Befürchtung, würde die Familie die Reihen schließen und sich noch unkooperativer zeigen als bisher.

Sie machten es einem ohnehin schon nicht gerade leicht.

Stokes blätterte in seinem Notizbuch und wartete, bis wieder etwas Ruhe eingekehrt war, dann schaute er auf und sagte mit harter, schneidender Stimme: »Ich muss Ihnen auch mitteilen, dass man heute früh Tilly Westcott, die Dienerin ihrer Ladyschaft, ermordet in ihrem Bett gefunden hat.«

Das vermochte selbst Hayden aus seiner Apathie zu reißen. Wenngleich seine Miene kein Mitleid, geschweige denn Kummer erkennen ließ, zeigte sich jetzt doch so etwas wie Interesse, wenn auch der sensationsgierigen Art.

Walters Augen weiteten sich, doch blieb er still und überließ es seinen Eltern und der Verwandtschaft, angemessen zu reagieren.

Was sich am besten in einem stummen *Und was hat das mit uns zu tun?* zusammenfassen ließ. In den meisten Gesichtern zeigte sich keinerlei Regung, in manchen eine leichte Irritation, als wartete man darauf, dass Stokes ihnen erklärte, warum der Tod einer Bediensteten sie etwas angehen sollte.

Den Gefallen wollte Stokes ihnen gerne tun. »Miss Westcott wurde auf exakt die gleiche Weise ermordet wie Lady Halstead.« Er legte eine wirkungsvolle Pause ein. »Wir – die Polizei – gehen somit davon aus, dass es sich um denselben Täter handelt und ihr vermutlich die Tatsache zum Verhängnis wurde, dass sie etwas wusste, was Lady Halsteads Mörder hätte überführen können.«

Barnaby verlor bald das Interesse an Walter Halstead und Hayden Camberly. Mehr als Fassungslosigkeit beim einen und Sensationslust beim anderen war da nicht zu beobachten. Keiner der beiden ließ erkennen, dass er über einen der Morde Bescheid wusste oder etwas zu verbergen suchte.

Wallace Camberly runzelte die Stirn. »Nun, wenn das so ist, Inspector, läge dann nicht die Vermutung nahe, dass besagte Dienerin, die über die Jahre vermutlich so einiges über die finanziellen Verhältnisse ihrer Ladyschaft erfahren hat, mit dem Mörder gemeinsame Sache gemacht, ja vielleicht gar selbst mit Hand angelegt hat? Die bei der Entwendung der Gelder von der Bank behilflich war, und dann, als sie ihre Schuldigkeit getan hatte, von ihrem Komplizen aus dem Weg geräumt wurde?«

»In der Tat, Inspector.« Mortimer Halstead schien nun so weit aufgetaut, dass er seinem Schwager gar ein wohlwollendes Nicken gönnte. »Ein solches Szenario würde ganz vortrefflich zu den uns bekannten Tatsachen passen.« Er schaute Stokes an und hob arrogant eine Braue. »Es scheint mir um einiges glaubhafter, als sich in Mutmaßungen zu ergehen, jemand der unseren könne ein solches Verbrechen begangen haben.«

Stokes zügelte sein Temperament, blickte mit unergründlicher Miene in die Runde und ging scheinbar beiläufig zur nächsten Frage über. »Selbst wenn dem so wäre, bliebe eines noch zu klären. Nach unseren Erkenntnissen hatte der Mörder sich bei beiden Gelegenheiten durch die Seitentür Zugang zum Haus verschafft – und zwar ganz einfach mit einem Schlüssel.« Stokes ließ seinen Blick auf den Halsteads und den Camberlys ruhen. »Weshalb Sie mir die Frage gestatten müssen, wer von Ihnen einen Schlüssel zu diesem Haus hat.«

Unmut machte sich breit, als sei man langsam, aber sicher mit der Geduld am Ende.

Camberly warf seiner Frau einen scharfen Blick zu. »Soweit ich weiß, haben wir keinen.«

Cynthia presste die Lippen zusammen, als habe die Frage einen wunden Punkt berührt. »Nein, wir haben keinen.« Und um diesen Makel nicht auf sich sitzen zu lassen, schaute sie sogleich zu Stokes und setzte recht schnippisch nach: »Aber soweit ich weiß, hat auch sonst niemand aus der Familie einen Schlüssel.«

Auch Mortimer wirkte seltsam gereizt. »Sie müssen wissen, Inspector, dass meine Mutter sehr … unabhängig war. Auch nach dem Tod meines Vaters, als sie entschied, hier allein zu leben, hat sie meines Wissens niemandem einen Schlüssel zum Haus gegeben.« Wieder drehte er sich nach Violet um. »Miss Matcham kann das vermutlich bestätigen.«

Violet schaute von ihrem Platz am Fenster zu Stokes und nickte zögerlich. »Ich wüsste nicht, dass Lady Halstead jemandem aus der Familie je einen Schlüssel zum Haus gegeben hat – zu mir meinte sie einmal, dass sie keinen Grund dafür sähe.«

»Ganz genau!« Cynthia nickte und schaute Stokes triumphierend an. »Sehen Sie, Inspector, damit dürfte die Frage, ob einer von uns in die Sache verwickelt ist, ja wohl geklärt sein.«

»Ausnahmsweise muss ich meiner Schwester sogar recht geben, Inspector.« Mortimers Miene ließ vermuten, dass ihm das gründlich gegen den Strich ging, weshalb er auch schnell noch einmal nachlegte. »Womit wir wieder bei der Frage wären, was die Polizei denn zu unternehmen gedenkt, um diesen heimtückischen Dieb und Mörder dingfest zu machen.«

Da er nicht gedachte, auf eine so plumpe Provokation einzugehen, lächelte Stokes und erwiderte geschmeidig: »Wir ermitteln in verschiedene Richtungen. Natürlich werden Sie zu gegebener Zeit davon in Kenntnis gesetzt, wenn wir den Täter gefasst haben, aber beim jetzigen Stand der Ermittlungen benötigen wir erst einmal die Alibis aller, die aufgrund ihrer Verbindung zum Opfer zum Kreis der Verdächtigen gehören. Jeder, der direkt oder indirekt vom Tode ihrer Ladyschaft profitiert, ist vor dem Gesetz verdächtig, bis seine Unschuld bewiesen ist – eine reine Formalität, aber ich muss dennoch jeden von Ihnen bitten, uns möglichst genau zu sagen, wo sie an den Abenden waren, an denen die Morde begangen wurden.«

Einhelliger Widerstand wurde laut; die Damen gaben sich brüskiert und entrüstet, während die drei Halstead-Brüder die Notwendigkeit des Ganzen anzweifelten und mit rechtlichen Schritten drohten.

Weder Walter Camberly noch Hayden Halstead stimmten in das Gezeter ein, aber Barnaby fiel auf, dass beide recht beunruhigt wirkten. Allerdings schien ihr Unbehagen jeweils ihrer Mutter zu gelten, was, so vermutete Barnaby, durchaus auf Schuldgefühle schließen ließ, wenngleich aber wohl nicht wegen der Morde. Bei Männern in ihrem Alter durchaus verständlich und in aller Regel nicht unbedingt verwerflich.

Auch Wallace Camberly sparte sich die Mühe, Protest zu erheben. Mit schmalen Lippen saß er da, hielt sich aus allem heraus und schien endgültig am Ende seiner Geduld angelangt. Er hatte sich in eine Sofaecke zurückgelehnt und wirkte über die Maßen gereizt und entnervt, aber im Gegensatz zu den anderen machte er den Eindruck, als begriffe er, dass es in diesem Fall nichts brachte, sich zu widersetzen.

Stokes wartete, unbeirrt und geduldig, bis der Aufruhr sich gelegt hatte. Er hatte Zeit – aber Camberly anscheinend nicht.

»Inspector, ich bin ein viel beschäftigter Mann«, verkündete Camberly, als es ihm schließlich zu bunt wurde. Er setzte sich auf und sah Stokes an. »Da ich annehme, dass Sie sich unsere Alibis jetzt gleich geben lassen wollen, dürfte ich vielleicht vorschlagen, dass Sie mit mir anfangen. Heute Nachmittag findet im Parlament noch eine wichtige Debatte statt, bei der ich gern anwesend wäre.«

Noch ehe Stokes darauf eingehen konnte, meldete sich Mortimer zu Wort. »Auch ich werde anderswo erwartet.« Er fing Stokes' fragenden Blick auf. »Die Pflicht ruft, Inspector. Ich muss zurück an meinen Schreibtisch. Der Regierungsapparat bleibt ja nicht plötzlich stehen wegen eines häuslichen Zwischenfalls.«

Barnaby nahm an, dass Stokes Letzteres etwas anders sehen könnte, aber …

Stokes verzog keine Miene, nickte Mortimer nur kurz zu und wandte sich an Camberly. »Wenn Sie dann wohl so freundlich wären, Mr. Camberly.« Er deutete hinüber zu einem runden Tisch mit zwei Stühlen, der in einem Alkoven am Ende des langgestreckten Raumes stand. »Und wenn ich Ihre Aussage aufgenommen habe, kommt Mr. Halstead an die Reihe.«

»Na bitte.« Camberly stand auf, zog sich Rockschöße und Manschetten gerade und folgte Stokes zum Vernehmungstisch.

Mortimer Halstead schaute den beiden hinterher.

Seine Gattin und seine Schwester taten einen Seufzer, holten dann beide tief Luft und begannen zu streiten, wer von ihnen andernorts unabkömmlicher wäre, weshalb die eine und nicht die andere sofort nach Mortimer ihre Aussage würde machen müssen.

Barnaby konnte sich ein Grinsen nur schwer verkneifen und wandte sich an Montague. »Und, irgendwelche neuen Erkenntnisse?«, fragte er leise, da der allgemeine Geräuschpegel es ihnen ermöglichte, ungehört ein paar Worte zu wechseln.

Montague schüttelte den Kopf. »Sowohl Camberly als auch Mortimer Halstead haben einfach zu viel Übung darin, eine neutrale Miene zu wahren. Ich konnte bei keinem der beiden irgendeine besondere Reaktion erkennen oder eine auffällige Gefühlsregung. Zumindest keine, die sich als Anzeichen von Schuld deuten ließe.«

Barnaby nickte. »Dann wollen wir mal hoffen, dass die Damen mehr Glück hatten.«

Auf der gegenüberliegenden Seite des Salons wandte sich denn auch just in diesem Augenblick Penelope an Violet. »Hat einer von ihnen sich auf eine Weise verhalten, die Sie nicht erwartet hätten?«

Violet überlegte, dann schüttelte sie den Kopf. »Ein wenig hat mich überrascht, etwas von Caroline zu hören. Aber was sie gesagt hat, war dann wieder wenig erhellend. Sie, Hayden und Walter haben an den Familienessen immer nur auf Druck ihrer Eltern teilgenommen und daraus auch keinen Hehl gemacht. Sie haben sich kaum je an den Gesprächen beteiligt und schienen in Gedanken immer anderswo zu sein. Heute jedoch … Ich würde sagen, dass sie durchaus zugehört haben, teils sogar interessiert waren, aber …« Sie verzog das Gesicht. »Ich hatte den Eindruck, dass ihr Interesse bloßer Neugier entsprang, dieser sensationslüsternen Faszination, die ein gewaltsamer Tod oft zu wecken vermag.«

Griselda pflichtete ihr bei und ließ einmal mehr ihren Blick über das kleine Grüppchen am Kamin schweifen. »In der Tat – genauso hat es auf mich auch gewirkt.« Sie sah an Violet vorbei zu Penelope. »Verdächtige Reaktionen sind mir nicht aufgefallen. Dir etwa?«

Penelope krauste die Nase und schaute zu Lady Halsteads versammelter Familie hinüber. »Nein«, meinte sie zögerlich. »Allerdings muss ich sagen, dass ich jetzt, da ich sie gesehen habe und sie zusammen beobachten konnte, erst wirklich begriffen habe, wie sehr jeder von ihnen einzig um sich und seinen eigenen Vorteil bedacht ist. Und es hat mich in der Überzeugung bestärkt, dass einer von ihnen, jemand, der sich jetzt gerade in diesem Raum aufhält, der Mörder ist.« Sie richtete ihren Blick wieder auf Violet und Griselda. »Aus dem ganz einfachen Grund, weil ich nicht wüsste, wer sonst ein Motiv haben sollte, erst Lady Halstead, dann Runcorn und schließlich noch die Dienerin Tilly umzubringen – und es womöglich sogar auf Violet abgesehen zu haben.« Penelope schaute wieder zu den Halsteads und den Camberlys hinüber. »Welchen Grund sollte ein Außenstehender haben? Ich wüsste keinen. Und deshalb muss es einer von ihnen sein – aber wer?«

»Vielleicht helfen uns ihre Alibis weiter.« Griselda schaute zu ihrem Mann, der drüben am Tisch saß und sich Notizen machte, während Mortimer Halstead sichtlich herablassend zu Protokoll gab, wo er zu den fraglichen Zeiten gewesen war. Wallace Camberly hatte es bereits hinter sich und war mit einem knappen Nicken in Richtung seiner Gattin hinausgerauscht. Einer der Constables hatte ihm die Tür des Salons geöffnet, und Griselda wusste, dass im Vestibül zwei weitere Kollegen postiert waren, um sicherzustellen, dass jedes Familienmitglied das Haus auf direktem Wege verließ, statt erst noch ins private Wohnzimmer ihrer Ladyschaft zu gehen oder gar die oberen Räume zu betreten.

Mortimer Halstead erhob sich vom Vernehmungstisch, schaute sich mit unergründlicher, seltsam kalter Miene im Salon um und steuerte dann gleichfalls auf die Tür zu. Constance Halstead nahm sogleich den Platz ihres Gatten ein und kam damit Cynthia zuvor, die von ihrem Sohn Walter aufgehalten wurde. Daraus, wie die beiden etwas abseits standen und die Köpfe zusammensteckten, ließ sich auf die Art der Unterredung schließen. »Ich würde wetten, dass Cynthia ihm genaue Anweisungen gibt, was er sagen soll«, murmelte Griselda.

Penelope betrachtete die beiden und schnaubte verächtlich. »Als ob Stokes und seine Männer das nicht überprüfen würden.«

Sowie Constance sich vom Tisch erhob, schoss Cynthia herbei, um sich deren Platz zu sichern, auch wenn sie dazu ihre Nichte Caroline fortscheuchen musste, die sich bereits den Stuhl herangezogen hatte. Caroline zog einen Flunsch, ließ ihrer Tante aber den Vortritt und wartete gehorsam, bis sie an der Reihe war.

Auch Constance Halstead hielt einen Moment inne, um sich umzuschauen. Dabei blieb ihr Blick an Violet hängen, die schützend flankiert von Penelope und Griselda am Fenster saß. Wie eine Fregatte unter voller Beflaggung preschte Constance los, geradewegs auf die Chaiselongue zu. Vor Violet blieb sie stehen und blickte kühl auf sie hinab. Ohne Penelope und Griselda auch nur die geringste Beachtung zu schenken, beschied Constance im Ton der Hausherrin, die sich einer leidigen Pflicht zu entledigen hat: »Miss Matcham, ich glaube, Sie sind besser geeignet als jemand aus der Familie, sich um diesen beklagenswerten Todesfall von Miss Westcott zu kümmern. Ich würde sogar so weit gehen zu behaupten, dass es nach wie vor zu den Verpflichtungen gehört, die Sie ihrer Ladyschaft gegenüber schulden.«

Violet blickte auf in Lady Halsteads Gesicht, hörte ihren kleingeistig anmaßenden Ton und musste sich eine spitze Bemerkung zu dem »beklagenswerten Todesfall« verkneifen; nach kurzer Überlegung neigte sie höflich den Kopf. »Ganz richtig, Mrs. Halstead, ich werde mich im Namen ihrer Ladyschaft darum kümmern und Miss Westcotts Familie verständigen.« Auf keinen Fall wollte sie es der Halstead'schen Brut überlassen, sich ihres Leichnams anzunehmen und sich an Tillys persönlicher Habe zu schaffen zu machen. Mit einem flüchtigen Blick auf Stokes, der sich noch immer eifrig Notizen machte, während nun Cynthia sich vom Stuhl erhob und Caroline flugs ihren Platz einnahm, fügte sie hinzu: »Wenngleich ich mich vermutlich mit der Polizei beraten sollte, was in diesem konkreten Fall zu tun ist.«

Constance kniff gereizt die Augen zusammen. »Also wirklich, ich weiß nicht, weshalb die Polizei wegen dieses letzten Mordes solch ein Aufhebens macht – als ob das für irgendeinen von uns eine Bedeutung hätte!«

Noch ehe Violet, Penelope oder Griselda darauf etwas erwidern konnten – und sie hätten einiges zu sagen gehabt –, tauchte Cynthia Camberly mit rauschenden Röcken neben ihrer Schwägerin auf. Die drei Damen der Familie hatten sich alle Mühe gegeben, sich dem betrüblichen Anlass gemäß zu kleiden, aber ihre Trauergarderobe befand sich natürlich noch in Arbeit.

Ohne auch nur die Andeutung eines Lächelns schaute Cynthia auf Violet hinab. »Sie werden sicher verstehen, Miss Matcham, dass die Familie diesen Haushalt so bald wie möglich auflösen möchte. Nun, da ihre Ladyschaft nicht mehr ist, erübrigt sich auch der Grund, Sie weiterhin zu beschäftigen, was im Übrigen auf den Rest des Personals ebenfalls zutrifft. Wenngleich die Beisetzung in St. Peter's stattfindet, sind wir übereingekommen, dass es das Einfachste wäre, den Empfang hier auszurichten. Danach jedoch würden wir das Haus gern ein für alle Mal schließen.«

»So ist es.« Constance Halstead nickte. »Wenn Sie und die Köchin sich dann bitte darauf einrichten würden, ab morgen Abend anderweitig unterzukommen.«

»Um den gewohnten Standard zu garantieren, werde ich Ihnen meinen Butler schicken, zwei Diener sowie ein Küchenmädchen, die Ihnen am Tag der Trauerfeier zur Hand gehen und danach beim Aufräumen helfen«, fügte Cynthia hinzu. »Allerdings sollten Sie und die Köchin Ihr Anstellungsverhältnis mit dem Ablauf des morgigen Tages als beendet ansehen.«

Ohne mit der Wimper zu zucken betrachtete Violet die beiden Frauen. Acht Jahre hatte sie in diesem Haus gelebt und hervorragende Arbeit geleistet; die Köchin gar noch länger.

Violet spürte, wie Penelopes Hand sich fest um ihre schloss – eine Geste des Zuspruchs wie auch der Warnung. Von der anderen Seite rückte Griselda näher an sie heran, um wortlos ihre Unterstützung zu bekunden. Violet wahrte eisern Contenance und senkte den Blick. Wie aus weiter Ferne hörte sie sich sagen: »Wenn Sie so wünschen. Ich werde es der Köchin ausrichten.«

»Exzellent.« Mit einem knappen Nicken wandte Cynthia sich ab, Constance ebenso, und Caroline folgte ihnen.

Constance und Caroline suchten ihre Sachen zusammen und gingen zur Tür; Cynthia blieb noch einen Moment und beobachtete mit schmalem Blick, wie ihr Bruder Maurice seinen Platz an Stokes' Tisch einnahm. Mit einem hörbaren Schnauben wandte sie sich ab und folgte ihrer Schwägerin erhobenen Hauptes aus dem Raum.

Griselda, Penelope und Violet schauten ihnen schweigend hinterher.

Nach einer Weile bemerkte Penelope: »Ich wüsste nicht, wann ich jemals so unerfreulichen Menschen begegnet wäre.«

Griselda lachte trocken und besah sich die noch im Salon Verbliebenen. »Ich muss gestehen, dass so etwas in dieser familiären Häufung wirklich selten vorkommt – es ist nicht einer unter ihnen, für den ich mich erwärmen kann.«

»Sind die immer so?«, wollte Penelope von Violet wissen. »So erfrischend unsympathisch?«

Violet ließ die vergangenen Jahre Revue passieren und nickte. »Ja. Ich kenne sie alle seit acht Jahren, und sie waren schon immer so – eiskalt den eigenen Interessen verpflichtet.«

So sehr, dass sie jetzt zusehen konnte, wo sie derart kurzfristig eine neue Bleibe fand … Eine Nacht noch. Und allein der Gedanke daran, dort oben noch eine Nacht zuzubringen, noch eine Nacht in diesem Haus zu sein, ließ sie schaudern.

Als Violet aufschaute, fand sie Montagues Blick auf sich gerichtet, und selbst auf diese Entfernung spürte sie seine Besorgnis.

Nachdem die Damen der Familie das Haus verlassen hatten, ging es recht flott, bis die verbliebenen Herren Inspector Stokes ihre Alibis dargelegt hatten. Als dann mit Hayden auch der Letzte durch war, schob Stokes seinen Stuhl zurück, stand auf und kam zu ihnen herüber.

Barnaby und Montague, die ihren Beobachtungsposten am Kamin beibehalten hatten, schlossen sich ihm an. Bei der Chaiselongue am Fenster, auf der noch immer Violet, Penelope und Griselda ihre eigenen Posten hielten, blieb Stokes stehen.

»Und?«, fragte Barnaby und deutete auf das Notizbuch, in dem Stokes gerade blätterte.

Stokes warf ihm einen spöttischen Blick zu. »Ich fragte nach Alibis für alle drei Morde sowie für den Morgen, als das Geld von der Bank abgehoben wurde. Für die Abende konnten die Damen mir erwartungsgemäß diverse gesellschaftliche

Verpflichtungen nennen – alles etwas konfus, aber das lässt sich nachprüfen. Da wir uns jedoch einig sind, dass eine Frau unmöglich Runcorn oder Tilly umgebracht haben kann und es zudem ein Mann war, der vor der Bank auf unsere Unbekannte wartete, sind die Damen für uns kaum weiter von Belang.« Stokes blätterte eine Seite um. »Die Alibis der Herren sind allerdings schon weniger eindeutig und dürften sich nicht so leicht nachprüfen lassen. So behaupten sie beispielsweise, im Bett gewesen zu sein, sich im Park ergangen zu haben oder an jenem Morgen, als das Geld von der Bank geholt wurde, ›unterwegs gewesen‹ zu sein oder ›beschäftigt‹. Für den Abend haben wir die Wahl zwischen verschiedenen Clubs und Casinos sowie diversen Feiern und Lustbarkeiten. Eher unwahrscheinlich, dass wir das für jeden wasserdicht nachprüfen können.« Stokes überflog die Seite und schnaubte. »William Halsteads Alibis sind zwar auf den ersten Blick die schwächsten, dürften uns aber am wenigsten Mühe bereiten – er behauptet, sich an allen drei Abenden in einer Schenke am Hafen betrunken zu haben.«

»Wenn das seine Stammkneipe ist, kennt man ihn da. Der Schankwirt und die Kellnerinnen dürften uns das relativ einfach bestätigen können«, meinte Barnaby.

Stokes nickte grimmig. »Vermutlich, ja.« Er klappte das Notizbuch zu und sah erst die drei Damen an, dann Montague und Barnaby. »Und was hat diese Übung außer wenig hilfreichen Alibis sonst so eingebracht?«

Barnaby schob die Hände in die Hosentaschen und machte den Anfang. »Ich habe meine Zweifel, ob Walter Camberly oder Hayden Halstead etwas mit den Morden zu tun haben. Die beiden haben ihr Mienenspiel längst noch nicht so gut unter Kontrolle wie ihre alten Herren, und weder der eine noch der andere haben auf die Nachricht von den zwei Morden in einer Weise reagiert, die Schuld vermuten ließe.«

Penelope und Griselda sahen aneinander kurz an. »Die Damen«, begann Penelope, »ließen auch in keiner Weise erkennen, dass sie über die Verbrechen mehr wüssten als sie sollten.«

»Leider«, meinte nun Montague, »machen die älteren Herren es einem wie gesagt nicht gerade leicht, aus ihnen schlau zu werden.« Er sah Stokes an und schüttelte bedauernd den Kopf. »In all den Jahren, die ich nun schon im Geschäft bin, mit Kunden verhandele und ihre Reaktionen einzuschätzen versuche – in aller Regel mit Erfolg –, sind mir nur selten so absolut stoische Mienen begegnet.«

Stokes nickte. »Allerdings. Das war mir auch aufgefallen. William Halstead ist da noch am leichtesten zu lesen – auf mich wirkte er die ganze Zeit recht sorglos und unbeteiligt –, aber ob es seiner wahren Gefühlslage entsprach oder nur eine Maske war? In Anbetracht der blasiert zur Schau gestellten Mienen von Mortimer, Camberly und Maurice würde ich dafür nicht meine Hand ins Feuer legen.«

Montague seufzte. »Das heißt, wenn wir gehofft hatten, hiermit den Mörder auszumachen, dürfte die Übung ihren Zweck ein wenig verfehlt haben.«

Die anderen nickten düster.

Violet sah sie der Reihe nach an und stand auf. »Ich glaube, wir könnten jetzt alle einen Tee vertragen. Lassen Sie mich nur schnell mit der Köchin reden – ich muss ihr sagen, dass die Familie uns entlassen hat und das Haus morgen Abend zugesperrt wird.«

Stokes' Brauen schossen in die Höhe.

Montague wirkte noch besorgter als zuvor.

Violet überließ sie sich selbst und ging schon mal voraus in die Küche.

»Tja nun«, meinte die Köchin, als Violet ihr mitteilte, dass sie das Haus bis morgen Abend zu verlassen hätten. »Was anderes habe ich von denen ohnehin nicht erwartet, und wenn ich ganz ehrlich bin: Keine zehn Pferde würden mich noch eine Nacht länger unter diesem Dach halten.« Als sie die anderen kommen hörte, nahm sie den Kessel kochenden Wassers vom Herd. Während sie den Tee aufgoss, sprach sie über die Schulter weiter. »Ich ziehe gleich nachher zu meiner Schwester. Morgen früh komme ich noch mal, um das Büfett für den Trauerempfang vorzubereiten, aber meine Sachen sind gepackt und nichts wird mich dazu bewegen, hier länger als nötig zu bleiben.«

Die Köchin stellte den Kessel beiseite und wandte sich, während sie die Teekanne behutsam in den Händen schwenkte, nach Violet um. »Und dasselbe würde ich Ihnen raten, meine Liebe«, sagte sie und sah sie eindringlich an. »Bleiben Sie keine Nacht länger hier. Sie haben ja noch viel mehr Grund dazu als ich, sich in Sicherheit zu bringen. Schauen Sie, dass Sie irgendwo unterkommen, wo kein Mörder nachts vor Ihrer Tür herumlungert.«

Violet verzog das Gesicht, denn das sagte sich so leicht, aber wo sollte sie hin? Die Vorstellung jedoch, eine Nacht ganz allein in diesem Haus zu verbringen, bestärkte sie in ihrem Entschluss. »Ja«, sagte sie, »das stimmt. Vielleicht suche ich mir eine kleine Pension in der Nähe.«

Montague zog derweil den Damen die Stühle heran, und erst nahm Penelope wieder am Tisch Platz, dann Griselda; Barnaby und Stokes waren an der Küchentür stehen geblieben und tauschten sich über ihre Eindrücke von den Halsteads aus. Als Montague auch Violet einen Stuhl anbot, trafen sich ihre Blicke. Er nickte der Köchin kurz zu und wandte sich dann wieder an Violet. »Ich muss der Köchin beipflichten. Sie sollten nicht hierbleiben.« Ganz und gar undenkbar, sie bei sich in seiner Wohnung aufzunehmen, auch wenn ihm der Gedanke im ersten Moment gekommen war. Genauso undenkbar jedoch, sie eine weitere Nacht hier in der Lowndes Street zu wissen; er würde so oder so kein Auge zubekommen vor Sorge um sie. »Wenn Sie Hilfe brauchen, etwas Passendes zu finden, wäre ich gern bereit, Sie zu begleiten.«

»Was das angeht«, sagte Penelope und schaute Violet über den Tisch hinweg an, »hätte ich einen Vorschlag zu machen.«

Violet sah sie fragend an und wartete darauf, dass Penelope sich näher äußerte.

Penelope lächelte und nahm dankend eine Tasse dampfenden Tee von der Köchin entgegen. Dann wandte sie sich wieder an Violet. »Zunächst einmal sollte ich gestehen, dass ich mich nicht nur gelegentlich an Ermittlungen beteilige und mich, natürlich, um meinen kleinen Sohn kümmere – Oliver ist gerade mal acht Monate alt –, sondern auch Wissenschaftlerin bin. Ich habe mich auf alte Sprachen spezialisiert und korrespondiere mit zahlreichen Gelehrten meines Fachs. Manchmal fragen auch akademische Einrichtungen bei mir an, wenn es bestimmte Texte zu übersetzen gibt. Allerdings habe ich festgestellt, dass ich meine Korrespondenz nach Olivers Geburt sträflich vernachlässigt habe, und mittlerweile hat das Chaos Ausmaße angenommen, dass ich tatsächlich einen Sekretär bräuchte, um nicht völlig den Überblick zu verlieren – oder eben eine Sekretärin.« Penelope hielt inne, um sich mit einem Schluck Tee zu stärken. »Glauben Sie mir, Violet, ich sage das nicht bloß, um Ihnen einen Gefallen zu tun, ganz im Gegenteil, Sie würden mir einen tun. Sowohl Barnaby und Griselda als auch Mostyn, unser treues Faktotum, können Ihnen bestätigen, wie bitter nötig ich eine ordnende Hand bräuchte.«

Sie fing Violets Blick auf und sah sie fast hoffnungsvoll an. »Meines Wissens sind Sie die Tochter eines Vikars und haben eine bessere Bildung genossen, als dies gemeinhin üblich ist. Und Sie haben doch auch für Lady Halstead die Korrespondenz übernommen, oder nicht? Sehen Sie, das dachte ich mir. Und deshalb wäre meine Frage, ob Sie sich vorstellen könnten, zu uns in die Albemarle Street zu ziehen und die Stelle meiner Sekretärin anzunehmen.«

Als Violet nicht sogleich etwas erwiderte, bekam Penelopes Blick fast etwas Flehentliches. »Zumindest probeweise? Wenn die Arbeit Ihnen nicht zusagt, möchte ich Sie nicht dazu zwingen …«

Violet musste lächeln. Nachdem sie Penelope noch einen Moment angesehen und in den dunklen Tiefen ihrer Augen nichts als Aufrichtigkeit erblickt hatte, stellte sie ihre Tasse ab, zögerte kurz und fragte sicherheitshalber doch nach: »Sie erfinden diese Stelle also nicht nur, weil ich ganz offensichtlich verzweifelt nach einer neuen suche?«

Penelope legte sich die Hand aufs Herz. »Ich schwöre, dass ich Ihre Hilfe dringend benötige.«

Nun beugte auch Griselda sich vor und suchte Violets Blick. »Das kann ich bezeugen. Ihr Schreibtisch droht unter einem Berg von Briefen, Papieren und aufgeschlagenen Büchern zu verschwinden. Es ist das reinste Chaos, glauben Sie mir.«

»Zudem ...« Penelope sah an Violet vorbei zu Montague, der jetzt am Herd stand und ein ernstes Gespräch mit der Köchin zu führen schien, »zudem ist Ihre Lage ja längst nicht so verzweifelt, wie Sie vielleicht glauben.« Sie schenkte Violet ein Lächeln. »Sie haben Freunde, Violet. Wir würden Ihnen in jedem Fall helfen, aber wie der Zufall es fügt, brauche ich tatsächlich eine Sekretärin, und ich könnte mir vorstellen, dass Sie für diese Aufgabe bestens geeignet sind.«

Griselda meldete sich erneut zu Wort. »Das sehe ich genauso. Sie haben immerhin schon unter Beweis gestellt, dass Sie Penelope, wenn es sein muss, infrage stellen – und glauben Sie mir, sie braucht das, und nur die wenigsten ihrer Bekannten sind dazu in der Lage.«

Penelope schnitt Griselda eine Grimasse, doch beide lächelten dabei.

Die Chance, ihnen anzugehören, Teil einer Freundschaft zu werden, die so mühelos alle Standesgrenzen zu überschreiten schien, Menschen um sich zu wissen, die ihre Sorgen verstanden und mit ihr fühlten ... Violet blinzelte. Als Penelope und Griselda sich ihr mit hoffnungsvollen Gesichtern zuwandten, nickte sie und sah Penelope in die Augen. »Also gut, einverstanden. Ich ziehe in die Albemarle Street und werde Ihre Sekretärin.«

»Prima.« Penelope trank ihren Tee aus. »Dann gehen wir am besten gleich nach oben und packen Ihre Sachen.«

Violet besprach sich noch kurz mit der Köchin, und sie vereinbarten, sich morgen in der Kirche zu treffen. Als sie hinausging merkte Violet, wie Montagues Blick ihr folgte; ihre Entscheidung, Penelopes Angebot anzunehmen, hatte ihn aufrichtig gefreut, und in seine Freude mischte sich sichtlich Erleichterung. Erleichterung darüber, dass sie in Sicherheit war.

Während ihre Gatten sich zu Montague an den Küchentisch setzten, ihren Tee tranken und dabei den weiteren Verlauf der Ermittlungen besprachen, hatten Penelope und Griselda an der Küchentür auf Violet gewartet. Als Violet ihnen dann voraus nach oben ging, wurde ihr erst bewusst, wie lange es her war, dass jemand sich wirklich und ganz persönlich um ihr Wohlergehen besorgt zeigte. Seit ihr Vater … Denn trotz ihrer Freundschaften mit Lady Ogilvie und Lady Halstead war sie doch keiner der Damen so nah gewesen – nicht auf diese Weise, nicht in diesem Maße.

Im ersten Stock angekommen, führte sie die beiden den Flur hinunter zu ihrem Zimmer. Ihre Kisten und ein kleiner Koffer waren unter dem Bett verstaut; im Nu war alles hervorgeholt und der Staub abgewischt. Dann begannen Penelope und Griselda, Kleider und Violets persönliche Habe einzupacken.

In einer Viertelstunde war alles geschafft. Violet betrachtete den kleinen Stapel Gepäck auf ihrem Bett, daneben lagen ihr Wintermantel und der Hut bereit. Plötzlich wurde das Gefühl der Leere, die das Haus erfüllte, übermächtig. Fast meinte man, sie greifen zu können. Sie schaute Penelope und Griselda an. »Tillys Sachen sind oben unter dem Dach. Sie hatte noch weniger als ich. Wenn wir noch einen Moment Zeit hätten, wäre es vielleicht besser, die Sachen jetzt gleich zu packen und mitzunehmen, damit …«

»Damit Sie es hinter sich haben und nie wieder dort hinaufgehen müssen?« Penelope nickte verständnisvoll. »Eine gute Idee.«

»Aber ja«, meinte Griselda, »wir haben noch genügend Zeit. Und natürlich kommen wir mit hinauf und helfen Ihnen.«

Die beiden an ihrer Seite zu wissen machte es etwas einfacher, die steilen Stufen zu der winzigen Dachkammer hinaufzusteigen. Die Tür zu Tillys Zimmer stand offen. Violet trat ein und blieb wie angewurzelt stehen, als sie das schmale Bett sah, das noch immer so war, wie die Polizei es zurückgelassen hatte, nachdem Tillys Leichnam fortgebracht worden war. Die Laken zerwühlt von Tillys letztem verzweifeltem Kampf, im Kissen gar noch der Abdruck, wo ihr Kopf gelegen hatte. Die grausame Wirklichkeit flutete über Violet hinweg; eine bleierne Schwere legte sich um sie, eine bange Kälte schloss sich um ihr Herz.

Tilly war ein guter Mensch gewesen, eine Vertraute, ein freundliches Gesicht, das sie die letzten Jahre begleitet hatte. Eine Freundin vielleicht, wenn auch ohne jenes Maß der Einfühlung, wie Violet es schon jetzt bei Penelope und Griselda spürte. Aber so war das Leben: Manchen Menschen fühlte man sich sofort nah, während andere, mit denen man lange Jahre unter einem Dach gelebt hatte, einem doch immer etwas fremd blieben.

Der Verlust schmerzte dennoch.

Wortlos gingen Penelope und Griselda an Violet vorbei und begannen, das Bett abzuziehen.

Das brach den Bann. Violet drehte sich zum Waschtisch um und zog Tillys alten, zerbeulten Koffer darunter hervor, ließ ihn aufgeklappt auf dem Boden liegen und begann, den Inhalt der Kommodenschubladen einzupacken.

Sie war gerade bei der mittleren angelangt, als schwere Schritte auf der Treppe zu hören waren.

»Miss Matcham? Violet?«

Montague. »Wir sind hier, in Tillys Kammer«, rief sie.

Er musste den Kopf einziehen, als er in den schmalen Flur trat. An der Tür blieb er stehen. Violet stand auf und ging zu ihm.

Ohne zu zögern fasste er sie bei den Händen, streichelte sachte, tröstend mit den Daumen über ihre Handrücken und sah Violet an, als sei er sich der Anwesenheit der beiden anderen Frauen nicht bewusst. Schließlich drückte er sanft ihre Hände und meinte: »Wer immer das getan hat, wir werden ihn finden. Wir …«, hier sah er zu Penelope und Griselda hinüber und schloss damit zugleich Stokes und Barnaby ein, »… wir alle werden nicht eher ruhen, bis der Mörder gefasst und Tilly, Runcorn und Lady Halstead Gerechtigkeit widerfahren ist.«

Er hielt ihre Hände noch einen Moment länger, und dann, sie wusste kaum, wie ihr geschah, hob er eine an seine Lippen und küsste sie sacht. Ein warmes Kribbeln breitete sich aus an der Stelle, wo seine Lippen ihre Finger gestreift hatten. Er ließ ihre Hand wieder sinken und ein schwaches Lächeln erkennen. »Haben Sie Vertrauen, meine Liebe – wir werden ihn finden.«

Damit schien zunächst alles gesagt; er trat zurück, ließ ihre Hände widerstrebend los, und ihr fiel es ebenso schwer, ihn gehen zu lassen. Sein Blick ruhte auf ihr. »Ich muss jetzt fort, aber wir sehen uns morgen.«

Er sah an ihr vorbei zu Penelope und Griselda und neigte höflich den Kopf. »Meine Damen – wir sehen uns auf der Beerdigung.« Doch als er aufschaute, galt sein Blick wieder ihr.

Violet nickte. Dann schließlich, mit einem letzten flüchtigen Lächeln, drehte er sich um und ging.

Einen Moment stand sie reglos und lauschte seinen Schritten nach, dann gab sie sich einen Ruck und kehrte zurück ins Zimmer, um Tillys restliche Sachen einzupacken. Penelope und Griselda strichen die Laken glatt, rückten die Matratze zurecht und legten die Kissen ordentlich ans Kopfende. Dann kamen sie, ohne dass Violet sie darum bitten musste, und halfen ihr, Tillys Koffer zu schließen.

»Unsere Bemühungen entwickeln sich in einer Art und Weise, die ich zumindest nicht vorhergesehen habe.« Wie immer war es Penelope, die in das elegante Schlafgemach voranging, das sie und Barnaby – entgegen den Konventionen ihrer Kreise – teilten.

Ein weiterer Abend war vorüber, und dunkle Nacht hatte sich über Mayfair gesenkt. Barnaby schloss die Tür hinter ihnen und beobachtete Penelope, wie sie ihre Tasche beiläufig auf dem Ankleidetisch abstellte und an eines der hohen Fenster trat. Dunkle Wolken zogen über den Nachthimmel und dichter, kalter Nebel stieg von der Themse hoch. Nachdem sie einen Moment hinausgeschaut hatte, zog Penelope die schweren Vorhänge zu, sperrte die unwirtliche Nacht aus und hielt zugleich sie beide geborgen in der behaglichen Wärme ihrer Zweisamkeit, der Vertrautheit ihres gemeinsamen Lebens.

Stunden zuvor, als sie am späten Nachmittag mit Violet in die Albemarle Street zurückgekehrt waren, hatte Penelope sich zunächst darum gekümmert, dass ihre neue Sekretärin sich gut in den Haushalt einlebte und es ihr an nichts fehlte; Barnaby hatte derweil seine Korrespondenz durchgesehen und teils auch beantwortet, ein paar Worte mit Mostyn gewechselt und war dann hinauf ins Kinderzimmer gegangen, um seine Gedanken über die jüngsten Entwicklungen mit Oliver zu teilen – etwas, woran sie beide Freude zu haben schienen. Irgendwann hatte sich Penelope zu ihnen gesellt, und sie war ihm wie das blühende Leben erschienen, so tatkräftig und begeistert wie seit Olivers Geburt nicht mehr.

Nachdem sie Violet sich selbst überlassen hatten – was, wie diese ihnen versichert hatte, ihr nach diesem Tag ganz recht sei –, hatten Penelope, Oliver und Barnaby den Abend in Calverton House verbracht, wo die ganze Familie Ashford samt Kindern und Kindeskindern sich zum Dinner eingefunden hatte. Alle hatten sich versammelt um die lange Tafel, an deren Mitte Minerva, Dowager Duchess of Calverton, der großen

Runde mit matriarchalischer Würde vorsaß und sich sichtlich freute, ihre Lieben wieder einmal alle beisammen zu sehen.

Die Anwesenden hatten sich von ihrer besten Seite gezeigt, merklich darauf erpicht, dem geschätzten Familienoberhaupt eine Freude zu machen. Minerva hatte ihr ganzes Leben ihren Kindern, deren Angetrauten und ihren Enkeln gewidmet und wurde dafür von der ganzen Sippe von Herzen geliebt.

Zwangsläufig war Barnaby der Gedanke gekommen, dass der Gegensatz zu den Halsteads größer nicht hätte sein können.

Als sie spät abends von der Mount Street zurückkehrten, hatten er und Penelope den bereits tief und fest schlummernden Oliver in sein Bettchen gebracht und waren dann noch ein paar Minuten Hand in Hand so stehen geblieben, um ihren kleinen Sohn zu betrachten. Es war einer dieser kostbaren Momente, die Barnaby zunehmend zu schätzen wusste. In stillem Einklang hatten sie sich schließlich abgewandt und waren hinunter in ihr Schlafzimmer gegangen.

Nachdem sie auch die Vorhänge vor dem zweiten Fenster zugezogen hatte, wirbelte Penelope zu ihm herum und strahlte ihn an. »Aber die beste Nachricht ist immer noch, dass wir tatsächlich vorankommen.«

Barnaby streifte seinen Rock ab und meldete Bedenken an. »So weit würde ich nicht gehen. Wir haben noch immer keinen Anhaltspunkt, wer von den Halsteads der Mörder ist.«

Penelope blieb vor dem Ankleidetisch stehen, um ihren Schmuck abzulegen, und warf Barnaby einen mitleidigen Blick zu. »Ich meinte auch nicht die Ermittlungen, sondern die Art und Weise, wie wir es schaffen, unsere Ermittlungsarbeit mit allem anderen in Einklang zu bringen.«

»Ah.« Barnaby nickte. »Deine brillante Idee, Violet als deine Sekretärin anzuheuern.«

»Ganz genau. Du musst zugeben, dass das ein Geniestreich war – damit haben wir mindestens zwei Fliegen mit einer Klappe geschlagen.«

Er lächelte still in sich hinein und musste gestehen: »Hättest du den Vorschlag nicht gemacht, hätte ich es getan. Selbst Mostyn hat mir schon sein Leid über den Zustand deines Schreibtischs geklagt – so viel Staub und Unordnung kränkt seine Berufsehre zutiefst, musst du wissen.«

Sie seufzte. »Ja, ich weiß. Aber wie hätte ich denn ahnen sollen, dass ein Neugeborenes einen so völlig in Beschlag nehmen kann und einfach alles auf den Kopf stellt? Du darfst nicht vergessen, dass ich die Jüngste in meiner Familie bin. Ich wusste einfach nicht, dass Babys so süß und drollig und überhaupt ganz wunderbar sein können, sodass man am liebsten seine ganze Zeit mit ihnen verbringen will. Oliver braucht nur mit seinen Händchen zu wedeln, und schon bin ich wieder ganz hingerissen, und ehe ich's mich versehe, ist wieder eine Stunde wie im Flug vergangen, ohne dass ich irgendetwas geschafft hätte.«

Er nickte wissend. »Damit bist du nicht allein – mir geht es ganz genauso.« Als sie an ihm vorbeiging, streckte er die Hand nach ihr aus, legte seinen Arm um ihre Taille und zog sie an sich für einen Kuss.

Ihre Lippen bewegten sich sicher und vertraut unter seinen, bis sie beide gleichzeitig zurückwichen und einander ansahen.

Er blickte in ihre Augen, die im gedämpften Lampenschein so dunkel und unergründlich waren, dass er ihren Ausdruck unmöglich zu deuten vermochte. Und so folgte er einfach nur seinem Gefühl, als er leise meinte: »Ich frage mich, ob es bei unserem zweiten Kind noch genauso sein wird.«

Ihre Hände um seine Schultern gelegt, ließ sie sich zurück in seine Arme sinken, betrachtete ihn nachdenklich, bis ein feines Lächeln um ihre Lippen spielte. »Meine Vermutung wäre, dass wir beide dann schon viel abgeklärter sind, aber ich denke, wir werden es herausfinden – wenn es irgendwann so weit ist.«

Sie neigte den Kopf zur Seite und überlegte einen Moment, ehe sie ihren Gedanken weiter ausführte: »Ich möchte diese Zeit genießen – diese Zeit mit unserem ersten Kind –, ehe wir alles noch weiter verkomplizieren. Ich will mir erst gewiss sein, dass es mir bestmöglich gelungen ist, einen Ausgleich zu finden zwischen den verschiedenen Aspekten meines Lebens. Ich möchte das Gefühl haben, aus allem das Beste zu machen und auch Freude daran zu haben, ohne das eine für das andere vernachlässigen zu müssen – in letzter Zeit kam es mir eher so vor, als würden alle Bereiche meines Lebens, alle Aufgaben und Verpflichtungen nur an mir zerren und mich in zig verschiedene Richtungen drängen, ohne dass ich noch Kontrolle über mein Leben hätte.«

Er betrachtete sie aufmerksam. »Mir war nicht bewusst, dass es so … schwer ist. Dass es dich – alles zusammengenommen – zu zerreißen droht.«

Sie nickte, knapp und entschieden, wie es oft ihre Art war. »Genauso fühlte es sich an – als würde ich innerlich gevierteilt.« Sie erwiderte seinen Blick und lächelte sanft, schloss die Hände um seinen Nacken und wiegte sich in seinen Armen. »Aber wie gesagt, wir kommen gut voran, und ich habe das Gefühl, als könnten wir es tatsächlich schaffen und einen Weg finden, wie ich trotz neuer Herausforderungen ins Gleichgewicht kommen und mit allen Bereichen meines Lebens glücklich und zufrieden sein kann.«

»Deshalb freut es dich so, Violet als deine Sekretärin zu haben – sie ist Teil deines Plans.«

»Ganz genau. Mit den Bergen von Papier auf meinem Schreibtisch kann Griselda mir nicht helfen, aber Violet sehr wohl. Zudem habe ich bei ihr das Gefühl, als käme auch sie sich vom Leben betrogen vor und würde irgendwann unzufrieden werden, wenn ihre Fähigkeiten nicht geschätzt würden und ungenutzt blieben.« Sie hielt inne und sah ihn an. »Aber was ist mit dir? Was hältst du davon, wie mein neues und besser ausbalanciertes Leben Gestalt anzunehmen beginnt? Denn schließlich gehörst du zu dem, auf das ich mich künftig wieder mehr konzentrieren will, und ich möchte dir zunutze sein.«

Wohl wissend, dass sie die letzten Worte mit Bedacht gewählt hatte – sehr schön unterstrichen durch die Tatsache, dass sie sich enger an ihn schmiegte und ihre Hüften wiegte an seinen Schenkeln, und mit dem Bauch, so flach und straff gehüllt in glatte Seide, über seine schon beachtliche Erregung strich –, grinste er von einem Ohr zum anderen. Wenn er auch aus ihrer Miene, ihrem wachsamen Blick herauslas, dass ihr die Frage wichtig war und es durchaus auf seine Antwort ankam. Er horchte in sich hinein und stellte erstaunt fest, dass die Antwort dort längst wartete und nur noch von ihm ausgesprochen werden sollte. »Es gefällt mir. Ich weiß dich bei einer Ermittlung gern an meiner Seite – wenn auch nicht immer im konkreten Sinne, so doch immer in Gedanken. Mir war nicht bewusst«, fuhr er nach kurzem Zögern fort, »wie sehr auch mir das gefehlt hatte, ehe du darauf drängtest, dich wieder an unserer Arbeit zu beteiligen.« Plötzlich kam ihm noch ein Gedanke, eine tiefere Wahrheit, und im ersten Moment erwog er, sie für sich zu behalten, doch dann fasste er sich ein Herz und gestand ihr, während sie so warm und lebendig in seinen Armen lag: »Ich glaube sogar, dass ich … dass deine Ideen und Einsichten, dein Geist, wenn er in einen Fall vertieft und mit all diesen Fragen befasst ist, die auch mich beschäftigen, den meinen erst so richtig anstacheln und zu neuen Höhenflügen herausfordern.« Er senkte die Stimme, denn was er jetzt zu sagen hatte, kam so tief aus seinem Innern, dass es sich wie eine Offenbarung anfühlte. »Ohne dich an meiner Seite könnte ich niemals der sein, der ich bin.«

Penelope las die Wahrheit seiner Worte in seinen Augen, die selbst im gedämpften Licht hell und blau schimmerten wie himmlische Weiten. Sie lauschte seiner tiefen, bewegten Stimme nach, spürte den Widerhall seiner Worte in ihrem Herzen.

Ein beglücktes Lächeln auf den Lippen, zog sie ihn für einen Kuss an sich. »Weil wir beide«, flüsterte sie, ehe ihre Lippen sich trafen, »das perfekte Paar sind. Wir werden zusammen alles, wirklich alles schaffen.«

Und dann küsste sie ihn, fest und verlangend erst, ehe sie sich ihm öffnete, sich ihm hingab, und spürte, dass auch er sich diesem Moment, dieser Nacht hingeben würde.

Sich ihr hingeben würde.

Ihnen beiden, für immer vereint.

Kleider glitten zu Boden, Hände strichen über nackte Haut. Streichelten, berührten, liebkosten.

Forderten und verlangten.

Die Lust war jetzt einziges Ziel – das und ihr Beisammensein, dieses Gefühl, einander anzugehören.

Nicht nur mit ihren Körpern, sondern weil sie einander teilhaben ließen an den Freuden und Wonnen, dem Kitzel der Lust, dem leidenschaftlichen Sehnen, das sie in jedem Augenblick empfanden und einander schenkten.

Sie kannten den Weg, die Reise, die verheißungsvoll vor ihnen lag, und beide sahen sie keinen Grund zur Eile. Glasklare Momente heller Verzückung dehnten sich aus, spannten sie auf eine köstliche Folter, bis der nächste Ansturm heißen, berauschenden Verlangens sie vergehen ließ.

Die nackten Leiber golden schimmernd im schwachen Lichtschein, gaben sie sich ihrem Tanz hin, ihrem Spiel, wiegten sich aneinander, innig verschlungen. Hände berührten ehrfürchtig, Lippen zollten und forderten Tribut. Glühende Haut, unter der das Verlangen pulsierte, immer heißer, immer drängender, ein verzehrender Hunger, aufgepeitscht vom Taumel der Sinne.

Bis es endlich so weit war und er sie auf sich hob und sie sich mit einem atemlosen Keuchen, einem kehligen Stöhnen vereinten, und in diesem Moment völliger Einheit schwand jeder Gedanke und beider Sein. Dann, als die Flut ihrer Gefühle und Empfindungen sie mit sich riss, waren sie wieder ganz auf sich, ganz auf den anderen konzentriert, auf das, was sie zusammen waren und sein konnten, auf das, was sie gemeinsam schaffen und erschaffen konnten.

Auf das Wunder ihrer Liebe, des Lebens.

Auf das unbeschreibliche, absolut überwältigende Glück, das sie einander schenkten.

Keuchend setzte sie sich auf, warf die dunkle Mähne ihres Haares zurück, strich ihm zärtlich eine Locke aus der erhitzten Stirn und blickte in seine Augen, in die stille Glut seiner Leidenschaft.

Sie sah sein Verlangen, unverhohlen und rau, sah aber auch seine unverbrüchliche Liebe, die Hingabe, das Vertrauen.

Und sie spürte, wie sein Empfinden sich in ihr spiegelte, sie in stummer Erwiderung erfasste.

Sie beugte sich über ihn und drückte ihre Lippen auf seine, bis ihre Münder miteinander verschmolzen, und gab sich ihm – mit allem, was sie war, mit allem, was sie hatte, mit all ihrer Liebe – hin.

So wie er sich ihr hingab.

Vereint an Körper und im Geist.

Vereint in schier unendlichem Glück.

Sie hatten einander und gaben einander alles.

Kalter Nebel kroch durch die Straßen, hüllte die Häuser in dichte graue Wolken; Feuchtigkeit war in das Haus an der Lowndes Street gezogen und ließ die Treppenstufen knarren.

Er hielt inne und lauschte, vernahm von oben aber keinen Laut. Alles war ruhig, nichts rührte sich, keinerlei Anzeichen, dass man ihn gehört hatte.

Vorsichtig, ganz vorsichtig, ging er weiter und versuchte, sich außen am Rand der Stufen zu halten. Endlich im ersten Stock angelangt, blieb er wieder stehen, hielt den Atem an und lauschte.

Als nur das Echo der Stille in seinen Ohren widerhallte, nickte er zufrieden und holte tief Luft, um sich zu wappnen für das, was zu tun war.

Er ging den Flur hinunter und drehte leise, fast lautlos den Türknauf. Verwundert stellte er fest, dass sich die Tür ohne jeden Widerstand öffnen ließ.

Auf der Türschwelle blieb er stehen und blickte entgeistert auf die halb geöffnete Tür, die blanken Bodendielen, auf denen das Mondlicht schimmerte.

Er hatte sich darauf eingestellt, die Kommode aus dem Weg räumen zu müssen; den Lärm hätte er willig in Kauf genommen und dabei auf Zeit und räumliche Entfernung gesetzt – und nicht zuletzt auf den Selbsterhaltungstrieb der Köchin, die wohl kaum so dumm wäre, nachzusehen, was hier los war. In ihrer Kammer würde sie angstvoll kauern, und er könnte tun, weshalb er gekommen war und das Haus danach unerkannt verlassen.

Wäre es hart auf hart gekommen, hätte er auch mit der Köchin kurzen Prozess gemacht.

Seine behandschuhte Hand stieß die Tür vorsichtig weiter auf, bis sie weit offen stand.

Selbst als er auf Zehenspitzen ins Zimmer trat, immer noch darauf bedacht, nur ja kein Geräusch zu verursachen, wusste er im Grunde schon, was er finden würde – es war ihm eigentlich schon klar gewesen, als er die Tür unversperrt vorgefunden hatte.

Das Bett war leer, die Laken glatt gestrichen.

»Sie ist nicht da.« Sein Flüstern erfüllte den Raum, schien von den Wänden widerzuhallen und dröhnte ihm in den Ohren, bis da kein anderer Gedanke mehr war.

Er schüttelte den Kopf, um die tuschelnden Stimmen loszuwerden.

Dann schaute er sich um und sah, dass nicht nur sie, sondern alles aus dem Zimmer verschwunden war – keine Bürsten, keine Kämme, keine Kleider.

Nichts.

Er runzelte die Stirn und blickte wieder aufs Bett. »Wo zum Teufel ist sie hin?«

11

Lady Halsteads Beisetzung fand am folgenden Vormittag statt. Cynthia Camberly hatte sich durchgesetzt: Der Trauergottesdienst wurde in St. Peter's in der Grosvenor Street gehalten, und die Tote gleich danach auf dem angrenzenden Friedhof zur letzten Ruhe gebettet.

Violet war froh darum, denn viele der Gemeindemitglieder waren mit Lady Halstead bekannt gewesen, die Kirche war mehr als gut besucht, und von tiefer Trauer getragener Gesang erfüllte das alte Gemäuer. Die Hauptrede hielt jener Vikar, der ihre Ladyschaft seit Jahren gekannt hatte. Die große Anzahl an Trauergästen, die in die Kirche drängte, ältere Damen und Gentlemen gleichermaßen, von denen viele ihrem gesetzten Äußeren nach zu urteilen Regierungs- und diplomatischen Kreisen angehörten, hätte Violet verblüfft, wenn Penelope ihr nicht von dem einst sehr hohen Ansehen der Halsteads in besagten Kreisen erzählt hätte.

Alles in allem fand Violet es eine passende Hommage an Lady Halsteads Leben.

Aus der zweiten Reihe, mit Montague zur Linken und Penelope zur Rechten, Griselda hinter sich und der Köchin zwei Plätze weiter, sah Violet zu, wie der Sarg auf den Schultern von Lady Halsteads Söhnen, Enkeln und dem Schwiegersohn hinausgetragen wurde.

Gemessenen Schrittes folgten Cynthia und Constance, beide dunkel verschleiert, dann Caroline, die den Kopf pflichtschuldigst gesenkt hielt.

Als die drei an ihnen vorbeigezogen waren, trat Montague hinaus in den Gang und reichte Violet seine Hand.

Sie nahm sie und spürte einmal mehr jene Kraft, die ihm

eigene unerschütterliche Gewissheit, und schloss ihre Finger um seine, ließ sich halten von ihm.

Lächelnd bot er ihr seinen Arm und geleitete sie hinaus.

Penelope und Griselda waren so aufmerksam, die Köchin in ihre Mitte zu nehmen, und folgten ihnen.

Die Beisetzung selbst ging dann ohne viel Aufhebens vonstatten. Lady Halstead fand ihre letzte Ruhe neben Sir Hugo im Familiengrab. Violet sah Stokes, Adair und einige Constables, die wie schon vorhin in der Kirche das Geschehen aus dem Hintergrund verfolgten. Ihr selbst war allerdings nichts aufgefallen, das von Interesse hätte sein können.

Alles verlief nach Plan und ohne Zwischenfälle, ungestört auch von Querelen zwischen den Halstead-Erben, wofür Violet im Stillen dankbar war. Sie hätte es ihnen zugetraut, selbst hier eine Szene zu machen.

Mortimer warf die erste Schaufel Erde, sogleich gefolgt von Cynthia.

Montague wandte sich mit Violet zum Gehen. »Kommen Sie, lassen Sie uns zum Haus fahren, ehe der große Ansturm beginnt.«

Sie nickte und ließ sich von ihm hinaus auf die kleine Seitenstraße führen, wo sie ihre Kutschen zurückgelassen hatten. Die beiden Frauen waren mit der Köchin schon in Penelopes Stadtkutsche vorausgefahren, womit für Violet und Montague nur noch Stokes' kleines schwarzes Gespann blieb.

Als er ihr in den Wagen half, meinte Violet: »Und was ist mit Stokes und Mr. Adair?«

»Sie haben für sich und die Constables noch zwei Wagen von Scotland Yard kommen lassen.« Montague setzte sich neben sie auf den Sitz und wartete, bis er das Gespann hinaus auf die Straße und in den fließenden Verkehr gelenkt hatte, ehe er sich erneut an sie wandte. »Sie werden übrigens bei der Eröffnung des Testaments anwesend sein.« Als Violet ihn nur fragend ansah, lächelte er und schaute wieder nach vorn. »Lady

Halstead hat Sie anscheinend sehr geschätzt. Auch Tilly und die Köchin wurden bedacht.«

Violet blinzelte erst ungläubig, dann lachte sie kurz auf. »Das dürfte der Familie aber gar nicht gefallen.«

»Die Familie wird sich wohl oder übel damit abfinden müssen.« Montague fühlte sich ungewohnt kampfeslustig, aber irgendwie gefiel ihm das. Ihm gefiel der Mann, den er in den letzten Tagen in sich entdeckt und den vermutlich die Dame an seiner Seite zum Vorschein gebracht hatte. Den Blick fest nach vorn gerichtet, meinte er: »Ich habe das Testament bereits eingesehen, es ist rechtlich einwandfrei. Jede Anfechtung wäre reine Zeitverschwendung.«

Er spürte Violets Blick auf sich. »Werden Sie das Testament verlesen?«, fragte sie.

»Angesichts der mir von Lady Halstead erteilten Vollmacht und meiner jüngsten Bekanntschaft mit der Familie hat mir ihr Anwalt, ein Mr. Entwaite, diese Ehre tatsächlich angetragen.« Mit einem kurzen Blick auf Violet fügte er erklärend hinzu: »Entwaite ist ein guter Mann, scheut aber vor Machtspielchen und unnötigen Konfrontationen zurück.«

Ein Lächeln huschte über ihr Gesicht und vertrieb ein wenig die Schatten, die sich heute um sie gelegt hatten. Zufrieden richtete er den Blick wieder nach vorn und lauschte dem Rattern der Kutschenräder, als sie die kurze Wegstrecke zur Lowndes Street zurücklegten.

Dort angekommen, sollte die schiere Zahl der Gäste es ihnen erleichtern, sich in einer Ecke des Salons zusammenzufinden und von dort das Geschehen zu beobachten, ohne selbst allzu viel Aufmerksamkeit zu erregen.

Die Köchin hatte sich sogleich in die Küche begeben, um das Anrichten der Speisen zu überwachen. »Sie sieht es als ihren letzten Dienst an Lady Halstead«, teilte Penelope ihnen mit.

Sowohl die Camberlys als auch Mortimer Halsteads Haushalt hatten Diener und Lakaien geschickt, allerdings auch jeweils ihren Butler. Montague deutete zu den beiden hinüber, die sich beäugten wie zwei Kampfhähne, die jeden Augenblick aufeinander losgehen wollten. »Bleibt nur zu hoffen, dass es zwischen den Butlern nicht zum Eklat kommt.«

Die anderen folgten seinem Blick, und Griselda musste sich sichtlich ein Lachen verkneifen. »Der Himmel stehe ihnen bei, sollte es so weit kommen – könnt ihr euch vorstellen, in welche Zustände Constance und Cynthia fallen würden?«

Doch die zwei waren Meister ihres Fachs, und nach einem letzten vernichtenden Blick auf den Rivalen verzogen beide sich an das jeweils andere Ende des Salons.

»Krise im letzten Moment abgewendet«, stellte Penelope fest. »Sieht aus, als wäre ihnen der begrenzte Spielraum ihrer Situation bewusst.«

»Apropos begrenzter Spielraum …«, meinte Barnaby an Montague gewandt, »was, wenn die Familie alle Gastfreundschaft fahren lässt und darauf besteht, gleich zur Testamentseröffnung zu schreiten?«

Montague schnaubte. »Ich vermute fast, davon können wir ausgehen. Aber keine Sorge«, wandte er sich an Stokes, »wie ich Violet bereits sagte, werde ich auf Bitten des Anwalts der Familie und kraft meiner von Lady Halstead erteilten Vollmacht höchstselbst das Testament verlesen. Violet und die Köchin sollten dabei anwesend sein, da sie von der Verstorbenen bedacht wurden – dagegen kann die Familie nicht vorgehen. Und da Lady Halstead ermordet wurde, würde ich vorschlagen, dass auch ein Angehöriger von Scotland Yard der Testamentseröffnung beiwohnt. Ich nehme mal an, Inspector, Sie wollen sich das nicht entgehen lassen, oder?«

Stokes grinste. »Auf gar keinen Fall lasse ich mir das entgehen.«

»Nur einer?«, fragte Barnaby und klang ein bisschen enttäuscht.

Montague lächelte entschuldigend. »Leider ja. Einer lässt sich leicht erklären, vor allem wenn es sich um einen Inspector handelt, aber bei zweien dürfte der Einspruch der Familie sicher sein – und wir sollten sie lieber nicht noch mehr gegen uns aufbringen.« Er wandte sich an Stokes. »Es könnte das ganze Prozedere unnötig aufhalten.«

Stokes nickte verständig. »Je eher wir es hinter uns haben, desto besser. Wenn es jetzt Schlag auf Schlag geht, erhöhen wir stetig den Druck auf den Mörder. Und wer weiß, vielleicht wirft das Testament ja ein neues Licht auf sein Motiv.«

»Nach allem, was ich von dem Testament gesehen habe, dürfte das eher unwahrscheinlich sein, aber …« Montague verstummte, als sein Blick auf den Anwalt der Familie fiel, einen älteren, etwas schmächtigen Herrn, der mit suchendem Blick an der Tür zum Salon stand und, als er Montague entdeckte, diesen hektisch herbeiwinkte. »Wenn man vom Teufel spricht.« Montague sah Barnaby an. »Das ging dann doch schneller als erwartet.«

Während die anderen ihnen »Viel Glück!« wünschten, nahm Montague Violet beim Arm und dirigierte sie durch das Gedränge, das mittlerweile im Salon herrschte.

Stokes schloss sich ihnen an und gab ihnen so leise, dass bloß sie es hören konnten, letzte Anweisungen. »Ich möchte Sie beide bitten, die Augen offen zu halten und auf jedwede Reaktion unserer fünf Verdächtigen zu achten. Da wir diesmal bloß zu dritt sind, sollten wir uns auf die Herren beschränken.«

Montague nickte und schaute zu Violet, die entschlossen nach vorn sah und ebenfalls nickte.

Die Familie hatte das private Wohnzimmer ihrer Ladyschaft für die Testamentseröffnung gewählt, doch als Violet eintrat, musste sie feststellen, dass alles völlig anders aussah. Lady Halsteads Schreibtisch stand vor dem Kamin, und ein etwas schmächtiger, doch adrett und akkurat wirkender älterer Herr in dunklem Anzug ließ sich auf dem Stuhl dahinter nieder. Während er sich umständlich zurechtsetzte, klemmte er sich einen goldgerahmten Kneifer auf die Nase und strich sich über das schüttere weiße Haar, bis er schließlich einen Blick auf die in einem Halbkreis um den Schreibtisch sitzenden Angehörigen wagte.

Montague führte sie an den Halsteads und Camberlys vorbei zu zwei freien Lehnstühlen, die seitlich des Erkerfensters standen. Als sie ihm leise dankte und sich setzte, merkte sie, dass die Plätze ideal waren. Das von hinten einfallende Licht verschaffte ihr eine hervorragende Sicht auf die Familie und das Geschehen am Kamin.

Allerdings hatte auch die Familie einen guten Blick auf sie – und auf den Inspector, der links neben ihr Position bezogen hatte, sich aber nicht setzte.

Mortimer Halstead schaute irritiert zu Montague hinüber. »Was machen Sie denn hier?«

Vorn am Schreibtisch räusperte sich der Anwalt. »Da Mr. Montague von meiner verstorbenen Klientin mit einer weitreichenden und rechtlich einwandfreien Vollmacht ausgestattet wurde und zudem über reichlich Erfahrung mit der Abwicklung komplexer Nachlässe verfügt, bat ich ihn, das Testament ihrer Ladyschaft zu verlesen und strittige Klauseln gegebenenfalls zu erläutern.« Entwaite ließ einen Moment verstreichen, eher er nachsetzte: »Eine solche Übereinkunft bewegt sich durchaus im üblichen Rahmen.«

Mortimer schnaubte verächtlich.

»Ich finde ja«, mischte sich Cynthia ein und nahm Violet und Stokes ins Visier, »das Testament meiner Mutter sollte nur in Anwesenheit der Familie verlesen werden.«

Montague nahm sich besagtes Dokument vor und erwiderte: »Alle namentlich erwähnten Nutznießer haben das Recht, bei der Lesung anwesend zu sein. In diesem besonderen Fall kommt hinzu, dass die Verstorbene ermordet wurde, weshalb auch Scotland Yard sich für den Inhalt des Testaments interessiert.«

Violet lächelte still, als sie hörte, wie Montague die Halstead-Sippe abfertigte. Im Grunde hatte er einfach bloß den Sachverhalt dargestellt, doch als er nun, die Brauen fragend gehoben, den Blick über das kleine Grüppchen wandern ließ, merkte man einigen Familienmitgliedern zwar leisen Unmut an, doch niemand wagte zu widersprechen.

Da öffnete sich, wie auf ein Stichwort, die Tür einen Spalt, und die Köchin kam mit hochrotem Gesicht hereingehuscht.

Montague lächelte ihr ermutigend zu und winkte sie nach hinten zu Violet durch.

Auf Zehenspitzen schlich die Köchin durch den Raum und an der Familie vorbei; Stokes hielt für sie den Stuhl neben Violet bereit, und sie ließ sich mit einem erleichterten Schnaufen darauf sinken.

Violet legte beruhigend ihre Hand auf die der Köchin. »Kein Grund zur Aufregung«, flüsterte sie.

»Gut«, meinte Montague und wandte sich an Entwaite. »Dann dürften wir vollzählig sein, oder?«

Entwaite nickte. »In der Tat. Wir können anfangen.«

Montague hielt kurz das Testament hoch, um die Aufmerksamkeit der Angehörigen darauf zu lenken, dann begann er zu sprechen. Mit fester, klarer Stimme las er die Präambel, dann die Abschnitte, in denen festgesetzt wurde, dass das Familienvermögen gemäß den Verfügungen aus Sir Hugos Testament aufgeteilt werden solle, um im Nachgang zu den von Lady Halstead getroffenen Verfügungen bezüglich ihres persönlichen Nachlasses zu gelangen.

Obwohl er sich das Testament bereits ein paar Stunden zuvor durchgelesen hatte, musste er sich auf den genauen Wortlaut konzentrieren. Die Absätze zwischen den einzelnen Paragrafen kamen ihm zudem ganz recht, um immer mal wieder einen Blick in die Runde und die ihm zugewandten Gesichter zu werfen.

Keine der verlesenen Verfügungen löste Betroffenheit aus; wie erwartet wurde das Gros der Erbmasse – abzüglich der Aufwendungen für die anderweitig Begünstigten – zu gleichen Teilen unter den vier Kindern von Sir Hugo und Lady Halstead aufgeteilt.

Besagte Sprösslinge nahmen die Nachricht ungerührt auf, auch wenn, wie gleichfalls kaum anders von ihnen zu erwarten war, jeder insgeheim enttäuscht schien, von der Mutter den anderen gegenüber nicht bevorzugt worden zu sein.

Wenig überraschend auch, dass sie wie die Luchse die Ohren spitzten, als Montague verlas, was Lady Halstead anderen vermacht hatte – zu Lasten ihrer Kinder, wohlgemerkt. Als er die Summe der jährlichen Bezüge nannte, die Violet von ihrer Ladyschaft hinterlassen wurde – genug, wenn man es vernünftig anlegte, um bis ans Ende ihrer Tage ein durchaus komfortables Einkommen zu haben –, schoss die Familie finstere Blicke in ihre Richtung ab. Sowohl Tilly Westcott als auch die Köchin – Mrs. Edmonds, wie sich nun herausstellte – waren mit wenn auch weitaus bescheideneren Pensionen bedacht worden, die grummelnd hingenommen wurden. Montague überhörte den allgemeinen Unmut und erklärte, dass Tillys Anteil, da sie nach Lady Halstead verstorben war, an Tillys Erben gehen würde.

Entwaite fügte an dieser Stelle noch an, dass er Tillys Bruder, der als ihr nächster Angehöriger auch ihr rechtmäßiger Erbe sei, bereits kontaktiert habe.

Montague dankte ihm mit einem kurzen Nicken. Dann sah er sich die Gesichter der versammelten Familie noch einmal an, aber wie schon zuvor wirkten alle zwar etwas missmutig und verstimmt, dabei aber seltsam ungerührt; niemand von ihnen schien sonderlich beunruhigt oder überrascht von dem, was er bislang gehört hatte.

Er nahm sich das Testament wieder vor, um noch die weiteren Vermächtnisse zu verlesen. Lady Halstead hatte in weiser Voraussicht, wie Montague fand, ihren Schmuck einzeln aufgelistet und jeweils das Familienmitglied benannt, welches in den Besitz des kostbaren Stückes kommen sollte. Ganz am Schluss hatte ihre Ladyschaft noch ihren drei Hausangestellten als »Zeichen ihrer Zuneigung« einige der weniger wertvollen Preziosen vermacht: Violet ein Perlencollier – dies wurde von

Cynthia Halstead mit einem scharfen Luftholen quittiert –, Tilly eine Perlenbrosche und der Köchin einen Perlenring.

Montague schaute zu Cynthia Halstead und fragte sich, ob sie einen Einwand vorbringen würde, aber obwohl ihre Miene nun tiefe Missbilligung zur Schau trug und ihre Lippen nur noch ein schmaler Strich waren, wagte sie es nicht, den Mund aufzumachen.

Er wollte gerade zum Schluss kommen, als Caroline Halstead meinte: »Wozu denn einer Toten eine Brosche vermachen, ganz zu schweigen von ihrem Bauerntrampel von Bruder?« Sie nahm Montague mit einem Blick ins Visier, der dem ihrer Tante an Arroganz in nichts nachstand, und beschied: »Da ich die einzige Enkeltochter meiner verstorbenen Großmutter bin, sollte ich diese Brosche bekommen.«

Montague hatte nur darauf gehofft, dass irgendjemand irgendetwas anfechten würde. Carolines Einspruch gab ihm endlich Gelegenheit, den bei solchen Anlässen üblichen Spruch loszuwerden: »Wenn Sie darauf bestehen, Miss Halstead, werden Sie das Testament anfechten müssen, was die Vollstreckung des Nachlasses dann aber entsprechend verzögert.«

Mortimer runzelte die Stirn. »Die Vollstreckung verzögert – und was genau hieße das für den Rest von uns?«

Montague sah ihn einen Moment schweigend an, ehe er antwortete. »Das heißt …«, meinte er schließlich, ließ seinen Blick über die Gesichter wandern und konzentrierte sich dabei auf die Herren, »… dass nicht ein Penny ausgezahlt wird, ehe der strittige Punkt nicht vor Gericht geklärt wurde und der Nachlass freigegeben wird.«

Da nicht unwahrscheinlich war, dass der Mörder zügig an seinen Anteil gelangen wollte, hatte Montague gehofft, dass diese Nachricht zu einer entsprechenden Reaktion führen würde. Stattdessen …

Cynthia fuhr zu Mortimer herum und keifte ihn an: »Ich werde nicht zulassen, dass deine habgierige Tochter meinen Anteil auf Eis legen lässt!«

Maurice beugte sich vor und schaute Caroline ungehalten an. »Jetzt stell dich nicht so an, dumme Gans – es ist bloß eine Brosche!«

»Mädchen, hast du den Verstand verloren?«, knurrte William.

Camberly schüttelte verächtlich den Kopf. Selbst Constance warf ihrer Tochter einen abfälligen Blick zu.

Die, längst kleinlaut geworden, versuchte nur noch, sich unter dem finsteren Blick ihres Vaters wegzuducken.

»Wir«, beschied Mortimer in einem Ton, der schärfer und bestimmter war, als Montague ihn je vernommen hatte, »werden die korrekte Vollstreckung des Testaments nicht wegen einer albernen Brosche aufhalten.«

Caroline verkroch sich in ihren Sessel und schwieg.

Kein weiteres Wort wurde über die Brosche verloren.

Montague räusperte sich und erklärte die Testamentseröffnung hiermit für beendet. Er gab das Dokument an Entwaite zurück und wandte sich mit unverbindlicher Miene an die Angehörigen. »Infolge des Mordes an Mr. Runcorn befinde ich mich auf Weisung Scotland Yards im Besitz sämtlicher finanzieller Unterlagen Ihrer Familie, und die Akte wird auch so lange im Tresor meiner Kanzlei verbleiben, bis Sie mich durch Mr. Entwaite wissen lassen, wen Sie mit der künftigen Vermögensverwaltung betrauen wollen.«

Die Familie sah ihn mit großen Augen an, bis Mortimer meinte: »Sie scheinen doch ein fähiger Mann – warum übernehmen Sie das nicht?«

Das könnte er durchaus, zumal er sich entschieden hatte, Pringle zu behalten, aber die Erfahrung hatte ihn gelehrt, Klienten wie die Halsteads zu meiden wie der Teufel das Weihwasser. »Leider habe ich derzeit keine Kapazitäten frei. Sie werden sich jemand anderen suchen müssen.«

Mit einem knappen Nicken wandte er sich ab, verabschiedete sich mit einer Verneigung und besten Wünschen von Entwaite, ließ den Anwalt dann in Ruhe seine Unterlagen zusammensuchen und ging hinüber zu Violet und Stokes. Die Köchin war schon wieder hinausgehuscht, um sich, so vermutete er, in die Sicherheit der Küche zu flüchten.

Hinter ihm begann die Familie, sich bereits in den Haaren zu liegen.

Er blieb vor Violet stehen, die noch immer an ihrem Platz saß, und fing Stokes' fragenden Blick auf. »Mir ist nichts aufgefallen, nichts, das eindeutig auf einen von ihnen hindeuten würde.«

Stokes verzog das Gesicht. »Mir auch nicht.« Er wandte sich etwas zur Seite, damit er, während es den Anschein hatte, er unterhalte sich mit Montague, weiter die keifende Sippe am Kamin im Blick behalten konnte. »Entwaite sieht zu, dass er schnell wegkommt«, stellte er fest, »aber die Familie schenkt ihm überhaupt keine Beachtung mehr.«

Violet schüttelte den Kopf. »Alle denken sie längst nur noch daran, wie sie sich das größte Stück vom Kuchen sichern können.«

Die drei versuchten, so unauffällig wie möglich zu lauschen, was nicht allzu schwer war, da keiner der Halsteads oder der Camberlys sie noch weiter beachtete oder es für nötig hielt, seine Stimme zu senken. Und so erfuhren Violet, Montague und Stokes – und zumindest Violet überraschte es doch ein wenig –, dass keins der Kinder an einem der beiden Häuser interessiert war, weder dem in der Lowndes Street noch dem Landsitz in Essex. Darin kamen sie erstaunlich schnell überein, doch das war es auch schon mit der Gemeinsamkeit. Mortimer und Maurice fanden, man solle beide Anwesen verkaufen und das Geld unter ihnen aufteilen, wohingegen Cynthia und William der Ansicht waren – ob nun aus Überzeugung oder nur, um den beiden anderen zu widersprechen –, ihnen wäre langfristig besser damit gedient, die Häuser zu vermieten.

Nach fünf weiteren Minuten, in denen um ein und dieselbe Frage gestritten wurde, schüttelte Stokes den Kopf. »Hier dürften wir nichts Nützliches mehr erfahren. Barnaby, Penelope und Griselda wollten sich unter die Gäste mischen und schauen, was sie da so Interessantes aufschnappen. Ich würde vorschlagen, wir gehen wieder hinüber in den Salon.«

Violet nickte. Montague reichte ihr seine Hand, und sie dankte ihm und stand auf.

Doch Stokes hielt sie zurück; seine Aufmerksamkeit war wieder auf die Gruppe gerichtet. Violet folgte seinem Blick und stellte fest, dass er Caroline im Visier hatte, die mit beleidigter Miene zu schmollen und nur darauf zu warten schien, dass ihre lieben Verwandten endlich fertig wurden mit der ewigen Streiterei.

Als Violet fragend zu Stokes schaute, bemerkte sie, wie er einen Blick mit Montague wechselte, ehe er sich wieder an sie wandte. »Ich würde vorschlagen, dass Sie, begleitet von Montague und meinetwegen auch von Penelope und Griselda, rasch nach oben gehen und sich bereits jetzt die Schmuckstücke holen, die Lady Halstead Ihnen allen vermacht hat.«

Violet blinzelte ungläubig und schaute dann wieder zu Caroline. »Ja, Sie könnten recht haben.« Sie wandte sich mit einer kurzen Erklärung an Montague. »Ich habe Tillys Bruder geschrieben – er wird sich bei Ihnen in der Kanzlei melden, wenn er in die Stadt kommt, um den Leichnam seiner Schwester zu holen.« Den Gedanken an die tote Tilly versuchte sie ganz schnell wieder zu verdrängen; sie konnte und wollte jetzt nicht daran denken, nicht hier, unter diesen Leuten. Entschlossen hob sie das Kinn. »Wenn Sie ihn dann bitte noch zu mir schicken würden – ich habe Tillys Sachen bereits mit in die Albemarle Street genommen und werde auch noch die Brosche dazulegen. Der Köchin gebe ich den Ring dann gleich, bevor ich gehe.«

Montague und Stokes nickten und drängten zum Aufbruch. »Kommen Sie.« Montague bot ihr seinen Arm. »Wir suchen nur schnell Penelope und Griselda, und dann gehen wir nach oben.«

Stokes schloss sich ihnen an. »Ich würde mich an Ihrer Stelle etwas beeilen, denn sowie die Herrschaften hier fertig sind, werden sie nach oben eilen, um den Schmuck untereinander aufzuteilen – darauf würde ich wetten.«

Da sie wusste, dass er recht hatte, gab Violet denn auch dem Impuls nicht nach, sich um die in gewisser Weise letzten Gäste ihrer Ladyschaft zu kümmern – und damit die Lücke zu schließen, die Cynthia und Constance in Vernachlässigung ihrer Pflichten als Gastgeberinnen gelassen hatten – und wartete im Vestibül, dass Montague Penelope und Griselda ausfindig machte, damit die drei sie hinauf in Lady Halsteads Gemächer begleiten konnten.

Sie und Tilly hatten das Schlafzimmer der alten Dame noch einen Tag, bevor Tilly ermordet wurde, wieder in Ordnung gebracht, das Bett abgezogen und … Violet zwang ihre Gedanken zurück zu der Aufgabe, die vor ihr lag und gestattete sich nicht, sich in Erinnerungen zu verlieren. Als sie oben angekommen waren, ging sie zum Toilettentisch und zog die zweite Schublade auf der rechten Seite heraus. »Hier hat Lady Halstead ihren Perlenschmuck aufbewahrt.«

»Am besten, Sie lassen mich das machen.« Montague nahm ihr die Schublade ab und stellte sie auf den Tisch. »Wenn die Halsteads nachfragen – was sie zweifelsohne tun werden –, kann ich wahrheitsgemäß sagen, dass ich als Sachwalter ihrer Ladyschaft wie testamentarisch verfügt die Schmuckstücke an Sie ausgehändigt habe.«

Obwohl ihr nicht nach Lachen zumute war – nicht hier, in diesem Zimmer –, musste sie innerlich schmunzeln. »Danke.« Sie schaute in die Schublade und deutete auf eine kleine Schatulle. »Das ist die Brosche. Und das Collier befindet sich in dem blauen Samtbeutel. Der Ring … ist in dem kleinen Kästchen dort.«

Montague nahm die drei Behältnisse heraus, vergewisserte sich, dass auch das Richtige darin war, und händigte sie ihr aus.

Während er die Schublade wieder an Ort und Stelle brachte, drehte Violet sich um und sah Penelope und Griselda vor dem geöffneten Schrank ihrer Ladyschaft stehen. Penelope nahm die Kleider in Augenschein, und Griselda hatte sich hingehockt, um Lady Halsteads Schuhwerk zu inspizieren. »Wonach suchen Sie da?«, fragte Violet etwas irritiert.

Beide drehten sich kurz um, warfen noch einen letzten Blick in den Schrank und beließen es dann dabei. Penelope schloss die Schranktür und setzte zu einer Erklärung an. »Wir haben versucht, uns ein Bild von ihrem Charakter zu machen – bei Frauen können Kleider und Schuhe viel über ihre Persönlichkeit verraten.« Sie deutete hinter sich auf den Schrank. »Ihren Kleidern nach zu urteilen war Lady Halstead eine sanfte, anmutige Erscheinung, weich fließend wie ihre Gewänder.«

Violet nickte. »Das stimmt. Aber sie war nicht schwach. Obwohl sie für ihre Kinder wenig Sympathie hegte, war sie sich doch bewusst, dass sie sie nicht mehr würde ändern können und hat sich damit abgefunden.«

»Das passt zu ihrem Schuhwerk«, befand Griselda. »Von guter Qualität und durchaus modisch, aber dabei immer praktisch. Sie hat sich gern modisch gekleidet, scheint ihrem Wesen nach aber ein vernunftbetonter, pragmatischer Mensch gewesen zu sein.«

Violets Blick wurde sanfter. »Ja … genau so war sie.«

An der Tür fanden sie sich alle zusammen, und nachdem Violet sich noch ein letztes Mal im Zimmer umgeschaut hatte, ging sie ihnen wieder voraus zur Treppe.

Unten im Vestibül blieb sie einen Moment stehen, schaute unschlüssig zur offenen Tür des Salons, aus dem gedämpftes Stimmengewirr nach draußen drang. Anscheinend waren noch immer zahlreiche Gäste zugegen, die sich an den Erfrischungen gütlich taten.

Sie fasste einen Entschluss und drehte sich nach den anderen um, sah erst Penelope an und dann Montague. »Es tut mir leid, aber ich verspüre wirklich keinen Wunsch, jetzt dort hineinzugehen und so etwas wie die Gastgeberin zu spielen.«

»Das brauchen Sie auch nicht«, versicherte ihr Penelope. »Sie sind Ihren Verpflichtungen gegenüber Lady Halstead mehr als gerecht geworden.«

Montague berührte sie leicht am Arm – eine ganz flüchtige Geste nur, die ihr doch zeigte, dass er für sie da war und ihr beistehen würde. »Wenn Sie nicht wollen, brauchen Sie nicht länger zu bleiben.«

Violet blickte auf die drei Gegenstände in ihren Händen. »Ich will nur eben der Köchin den Ring bringen und mich von ihr verabschieden. Dann würde ich tatsächlich gern aufbrechen.« Und niemals mehr zurückkehren. Das sagte sie zwar nicht, aber die unausgesprochenen Worte hallten tief in ihr wider. Sie spürte, dass sie hiermit ans Ende eines Lebensabschnitts gelangt war. Es war an der Zeit, dieses Haus zu verlassen und alles, was damit verbunden war. Den Blick nach vorn zu richten in eine Zukunft, die zwar noch recht unbestimmt war, aber immerhin war sie nicht ganz allein – sie hatte Freunde und Unterstützung, und dank Lady Halsteads großzügiger Geste war sie auch nicht mittellos.

Die anderen folgten ihr Richtung Küche. Sich von der Köchin zu verabschieden war noch mal ein tränenreiches Unterfangen, aber nachdem sie sich dann die Augen getrocknet und Adressen ausgetauscht hatten – Penelope hatte die ihres Hauses genannt, die Violet nicht auswendig wusste, und die Köchin hatte die Anschrift ihrer Schwester in Bermondsley auf ein Stück Papier gekritzelt –, gingen sie auseinander.

Barnaby und Stokes warteten im Vestibül auf sie. »Da sind Sie ja«, meinte Barnaby.

Violet spürte seinen hellwachen blauen Blick auf sich; sie wusste nicht, was er in ihrem Gesicht sehen mochte, aber seine Stimme war deutlich sanfter, als er fragte: »Fertig zur Abfahrt?«

Sie nickte.

Stokes ging ihnen, mit Griselda an seiner Seite, voran. Barnaby und Penelope folgten. Als sie aus dem Haus traten, schlug ihnen ein kalter Herbstwind entgegen, der den Geruch vermodernden Laubs mit sich brachte. Montague bot Violet seinen Arm, und sie hakte sich bei ihm unter, froh und dankbar um seine Unterstützung, darum, ihn an ihrer Seite zu wissen, seine Kraft zu spüren und die Bereitschaft, ihr ein wenig davon abzugeben.

Zusammen gingen sie die Treppe hinunter und den kurzen Weg zur Straße. Barnaby hielt ihnen das Tor auf, und als sie hindurchtrat, wurde Violet bewusst, dass die anderen sich leise unterhielten – vielleicht ihre Beobachtungen austauschten –, sie aber nicht mit einzubeziehen versuchten. Als das Tor sich hinter ihnen schloss, gingen die beiden anderen Paare die Straße hinunter zu ihren Kutschen. Violet folgte, an Montagues Arm.

Doch dann blieb sie noch einmal stehen und schaute zurück zu dem Haus, in dem sie acht Jahre ihres Lebens verbracht hatte, und das durchaus zufrieden und behaglich. Zwei der Frauen, die Teil dieses Lebens und ihrer Arbeit gewesen waren, würde sie nie wiedersehen.

Montague war mit ihr stehen geblieben, doch er schaute dabei sie an, nicht das Haus.

Gerade als sie sich wieder umdrehen und ihn ansehen, irgendetwas sagen wollte, bemerkte Violet eine Bewegung am Erkerfenster von Lady Halsteads Wohnzimmer.

Mortimer starrte hinaus, doch ob auf sie, ihre kleine Gruppe oder einfach nur blicklos auf die Straße, vermochte sie nicht zu erkennen. Doch selbst aus der Entfernung wirkte seine Miene mürrisch und verkniffen. Dann wandte er sich ab und ging zurück ins Zimmer.

Violet sah Montague an und verzog das Gesicht. »Wie es aussieht, sind sie immer noch da drinnen und streiten.«

Montague nahm erneut ihren Arm und lächelte matt. »In dieser Familie wird es vermutlich nie anders sein.«

Es half alles nichts, er musste Miss Matcham vorerst ziehen lassen. Zum einen, da er keine Ahnung hatte, wo sie jetzt untergekommen war, und wenn jemand ihn nach ihr fragen hörte … Nein, das konnte er sich nicht leisten.

Am besten, er blieb einfach eine Weile in Deckung.

Zumal er noch genügend anderes zu klären hatte. Was zum Henker war beispielsweise auf dem Konto der alten Dame vor sich gegangen?

Wallaces Theorie, dass Tilly sich das Geld unter den Nagel gerissen hatte und dann von ihrem Komplizen aus dem Weg geräumt worden war, dem sie zuvor schon dabei geholfen hatte, die Alte um die Ecke zu bringen, kam ihm da gerade recht. Ein Geschenk des Himmels sozusagen.

Die Polizei schien ihm keine große Bedrohung darzustellen; dieser Inspector wieselte mit seinen Leuten zwar überall herum, war aber einzig darauf aus, den Dieb zu finden, in der fälschlichen Annahme, dass er auch der Mörder sei. Und wer weiß – vielleicht bescherten ihre vereinten Bemühungen ihm ja gleich noch einen Sündenbock.

Gott sei Dank, dass dieser Montague sich quasi geweigert hatte, sich um die Geschäfte der alten Dame zu kümmern. Mittlerweile hatte er sich über den Mann schlau gemacht, hatte erfahren, welcher Ruf ihm vorauseilte – das hätte für ihn selbst ziemlich böse enden können.

Aber alles war noch einmal gut gegangen. Montague hatte abgelehnt, die Papiere lagen im Tresorraum seiner Kanzlei, bestimmt irgendwo in der hintersten Ecke, wo sie Staub ansetzen würden, bis er selbst einen geeigneten Verwalter finden würde, nach Möglichkeit jemanden, der leicht zu beeinflussen oder bestechlich war, aber solche Leute fanden sich immer. Dann galt es bloß noch, die Familie von seiner Wahl zu überzeugen. Die beste Strategie dürfte sein, gar nicht erst durchblicken zu lassen, dass er den Mann ausgesucht hatte. Das klang kompliziert, aber mittlerweile verstand man sich recht gut auf solche Spielchen.

Während die Kutsche so durch die Nacht rumpelte und ihn von seinem Club nach Hause brachte, ging er noch einmal die harten Fakten durch und glich sie mit seinen Gefühlen ab, allen voran das zwingende Bedürfnis, seine eigene Sicherheit um jeden Preis und zweifelsfrei zu garantieren. Er musste ganz sicher sein, dass nichts sich zwischen ihn und seine Zukunft stellen würde, dass alles aus dem Weg war, was ihm gefährlich werden konnte.

Nachdem er dies gründlich abgewogen hatte, kam er zu dem Schluss, dass jetzt nicht die rechte Zeit zum Handeln war.

Im Grunde lief ja alles prächtig – oder doch deutlich besser als erwartet. Besser als er es sich je hätte erhoffen können.

Jetzt sich bloß nicht zu voreiligen Taten hinreißen lassen und alles zunichtemachen. Ein einziger, unbedachter Schritt und … Nein, er hatte Zeit.

Allerdings durfte er sich auch nicht zu sehr in Sicherheit wiegen und darüber seine Gewissheit verlieren, dass es unerlässlich war, Miss Matcham aus dem Weg zu räumen, wollte er langfristig seinen Frieden haben. Aber fürs Erste bestand kein Handlungsbedarf.

Wäre ihr die Bedeutung dessen klar, von dem er sicher glaubte, dass sie es wusste, hätte sie es längst der Polizei gesagt. Aber das hatte sie nicht getan, noch nicht, denn niemand schien ihn zu verdächtigen.

Dass das auch so blieb, war oberstes Gebot.

Aber zunächst würde er abwarten, ein wenig Gras über die Sache wachsen lassen. Irgendwann würde sich schon eine Gelegenheit ergeben, um Miss Matcham zum Schweigen zu bringen und sich damit auch der letzten noch möglichen Bedrohung zu entledigen.

»Wer weiß?«, meinte er und hob im Dunkel der vorüberziehenden Nacht eine Braue. »Vielleicht lässt sich das Ganze sogar so drehen, dass alle Schuld allein dem vermeintlichen Komplizen der Dienerin zufällt.«

Zwei Tage später traf Violet, als sie das sonnendurchflutete Morgenzimmer der Adairs in der Albemarle Street betrat, Penelope bereits beim Frühstück an.

Violet hob in gespieltem Erstaunen die Brauen und ließ sich neben ihrer neuen Dienstherrin nieder – die so gar nicht den gängigen Vorstellungen einer solchen entsprach. »Sind Sie immer so früh auf?«

Penelope biss krachend in ihren Marmeladentoast, kaute und schluckte. »Meistens. Ich war schon als Kind eine Frühaufsteherin.« Sie grinste. »Schlimm, oder?«

»Ganz schrecklich, ja.« Violet griff nach der Teekanne und goss sich eine Tasse ein.

»Die Marmelade kann ich wärmstens empfehlen.« Penelope wedelte mit ihrem Toast. »Die Köchin hat extra ein frisches Glas Stachelbeerkonfitüre aufgemacht – vermutlich Ihnen zu Ehren, liebe Violet. Sie müssen also unbedingt davon probieren, damit Sie ihr nachher sagen können, wie köstlich es war. Und es schmeckt wirklich köstlich. Vorausgesetzt, man mag Stachelbeeren.«

Obwohl sie erst seit Kurzem bei den Adairs lebte, hatte Violet sich bereits an Penelopes bisweilen etwas sprunghafte und überraschende Äußerungen gewöhnt. Oder sich doch zumindest so weit daran gewöhnt, dass sie sich nicht mehr jedes Mal wunderte und in der Regel angemessen zu reagieren wusste. »Dann werde ich nachher gleich einen Abstecher in die Küche machen«, versprach sie.

Nachdem sie sich ein paar Minuten in einvernehmlichem Schweigen ihrem Frühstück gewidmet hatten, schob Penelope ihren leeren Teller beiseite. »Ich hatte mir überlegt, ob Sie heute nicht etwas unternehmen wollen«, meinte sie. »Oliver ist ein bisschen erkältet, weshalb Hettie mir davon abriet, mit ihm in den Park zu gehen.« Sie sah Violet fragend an, ihre tiefbraunen Augen groß und arglos hinter den Brillengläsern auf sie gerichtet. »Wir könnten auch die Kutsche nehmen – je nachdem, worauf Sie Lust haben.«

Violet erwiderte ihren Blick und wusste einmal mehr, warum Penelope ihr auf Anhieb sympathisch gewesen war. Und sie wusste auch, warum sie ihr dieses Angebot machte; der gestrige Tag war für Violet nämlich sehr anstrengend und ermüdend gewesen.

Tillys Bruder war, von Montague geschickt, vorbeigekommen, um die Sachen seiner Schwester zu holen. Wie sich herausstellte, war Fred Westcott nicht nur Tillys Bruder, sondern ihr Zwilling gewesen und seiner Schwester so ähnlich, dass es Violet äußerste Anstrengung gekostet hatte, die Tränen zurückzuhalten. Aber einen solchen Gefühlsausbruch hätte sie ihm nicht antun können; der arme Mann war auch so schon völlig durcheinander gewesen und hatte es kaum begreifen können, dass seine Schwester wirklich tot war.

Er lebte in Kent und war mit einem einfachen Pferdewagen nach London gefahren, wo er Violets Anweisungen gefolgt war und Montague in dessen Büro aufgesucht hatte. Von dort hatte man ihn in die Albemarle Street geschickt, wo man ihm Tillys bescheidene Habe aushändigen würde, ehe er weiter in die Leichenhalle fahren wollte, um seine tote Schwester abzuholen und heimzubringen in ihr Dorf, wo sie neben ihren Eltern begraben werden sollte.

Nachdem Fred wieder gefahren war, hatte Violet sich am Boden zerstört gefühlt.

Nun, da auch das letzte Band zu Tilly durchtrennt und sie wirklich für immer fort war, wurde Violet sich erst des ganzen Ausmaßes an Vernichtung bewusst, die ein Mord hinterließ.

Penelope und die Bediensteten, ja, selbst der kleine Oliver hatten sich um sie geschart und sie nach Kräften zu trösten und auf andere Gedanken zu bringen versucht; auch Barnaby war beim Abendessen fast schon unerträglich freundlich gewesen.

Sie hatte sich dann früh auf ihr Zimmer zurückgezogen, um mit ihren Gedanken, ihren Gefühlen allein zu sein, und hatte ihren Sternen gedankt, dass sie noch am Leben war, dass sie einen Ort hatte, an dem sie sein konnte, und eine Aufgabe, die ihre Tage erst einmal ausfüllen würde.

Heute Morgen beim Aufwachen hatte sie festgestellt, dass ihre Entschlossenheit, den Mörder zu stellen und für Lady Halstead, Runcorn und Tilly Gerechtigkeit zu finden, nur noch intensiver geworden war.

Als sie Penelopes Blick jetzt erwiderte, meinte sie: »Mir ist da heute Morgen noch etwas eingefallen – zu den Halsteads.«

Penelope horchte auf, ihr Interesse war sogleich geweckt. »Erzählen Sie.«

»Während die Familie sich um die Aufteilung des Vermögens stritt, meinte ich mich an etwas zu erinnern ... Der Landsitz der Familie wurde erwähnt, The Laurels, und sie waren sich uneins, ob man das Anwesen verkaufen oder verpachten solle.« Violet hielt kurz inne, um sich etwas Stachelbeerkonfitüre von den Fingern zu lecken – die tatsächlich ganz köstlich war –, lächelte entschuldigend und fuhr fort: »Ich habe zwar keinen Grund zu der Annahme, dass es etwas mit all dem zu tun hat, mit den Morden, den Unregelmäßigkeiten auf Lady Halsteads Konto, aber was ganz entscheidend zu Lady Halsteads Sorge bezüglich ihres Nachlasses beitrug, war ein Brief, den sie wenige Wochen zuvor bekommen hatte. Eine Nachbarin aus dem Dorf, die Frau des Pfarrers, schrieb ihr, dass wieder jemand auf The Laurels wohne.« Sie sah Penelope an. »Soweit Lady Halstead wusste, war das Haus jedoch seit Jahren zugesperrt und unbewohnt.«

Penelope nickte bedächtig. »Das ist in der Tat sehr interessant. Sie haben diesen Brief nicht zufällig gelesen?«

»Nein. Aber ich weiß, wo er ist.«

»Wo?«

»In Lady Halsteads Reisepult, das sich in der untersten Schublade ihrer Schlafzimmerkommode befindet.« Violet sah Penelope an. »Den Schmuck dürften sie sich mittlerweile geholt haben, aber ich bezweifle, dass die Familie Interesse an ihrem Schreibpult hatte. Es ist alt und abgenutzt und nicht weiter bemerkenswert.«

»Vielleicht haben sie es noch nicht mal gefunden.« Penelopes Augen blitzten hinter den Brillengläsern.

Violet nickte. »Außerdem fiel mir heute Morgen noch etwas ein – ich hatte es völlig vergessen.«

Penelope sah sie gespannt an. »Und das wäre?«

»Ich habe Mr. Montague noch nicht die Hausschlüssel übergeben.«

»Oha!« Ein breites Lächeln erschien auf Penelopes Gesicht. »Damit dürfte klar sein, was wir heute machen.« Sie sah Violet verschwörerisch an. »Wir fahren zum Haus und sehen uns diesen Brief an. Sollte er von Interesse sein, stellen wir ihn am besten gleich sicher, denn wer weiß – er könnte ein entscheidendes Beweisstück sein.«

Ohne Punkt und Komma ging es weiter. »Ich würde vorschlagen, liebe Violet, dass wir jetzt gleich die Kutsche vorfahren lassen, uns dann in die Greenbury Street aufmachen, um Griselda abzuholen – sie würde es uns nie verzeihen, wenn wir sie nicht mitnehmen –, dann weiter in die Lowndes Street, um diesen Brief sicherzustellen, ehe wir noch einen Abstecher in die City of London machen und bei Montague vorbeischauen, damit Sie ihm die Hausschlüssel aushändigen können.«

Penelope strahlte sie an, und Violet konnte nicht anders – sie strahlte zurück.

»Und damit«, schloss Penelope und schob ihren Stuhl zurück, »hätten wir auch die Frage geklärt, was wir heute Vormittag Schönes unternehmen wollen.«

Das Haus in der Lowndes Street wirkte leer und verlassen.

Als der Kutscher auf Penelopes Bitte vor einem der Häuser schräg gegenüber hielt, spähte Violet hinaus auf die Fassade, hinter der sich nichts regte. »Ehe sie vorgestern gegangen sind, müssen sie ihre Diener angewiesen haben, alle Vorhänge vorzuziehen«, bemerkte sie.

Griselda, die ihr gegenübersaß, erschauerte. »Eine grässliche Unsitte, wie ich finde – es wirkt dann gleich so, als ob das Haus selbst gestorben wäre.«

»Ausgestorben, ja. Aber an der Tür hängt nicht mal ein schwarzes Band.« Penelope beugte sich vor zum Fenster und schaute erst zum Haus, dann die Straße hinab. »Was uns eigentlich ganz gelegen kommt, denn so fällt es weniger auf, sollte uns jemand sehen, wenn wir gleich hineingehen.«

Sie sah fragend zu Violet. »Sind Sie bereit?«

Violet holte den Schlüsselring aus ihrem Retikül und nickte. Mit einem entschlossenen Blick zum Haus hinauf stieg sie hinter Penelope und Griselda aus der Kutsche.

Penelopes Bursche blieb beim Wagen zurück, während sie die Straße überquerten. Drei Damen, die einen Morgenspaziergang machten – völlig unverdächtig.

»Nicht trödeln«, sagte Penelope, als sie das Tor öffnete. »Im Augenblick ist niemand zu sehen. Vielleicht schaffen wir es, unbemerkt hineinzukommen.«

Violet wusste, dass Penelope sie damit nicht zur Eile drängen, sondern nur vermeiden wollte, dass sie sich unnötig aufhielten. Ihr sollte es recht sein. Zügig ging sie zum Haus hinauf, den passenden Schlüssel bereits in der behandschuhten Hand. Sie schloss auf, drehte den Knauf und trat ins Haus.

Penelope und Griselda huschten hinter ihr hinein, und Violet schloss die Tür sofort wieder.

Im Zwielicht des Vestibüls blieben sie stehen und horchten, ob man nicht einen Lakaien oder anderen Bediensteten zurückgelassen hatte, um das Haus zu bewachen. Sollte jemand sie fragen, was sie hier wollte, würde Violet einfach sagen, dass sie oben in ihrem Zimmer etwas vergessen hatte; sie hatte extra einen kleinen Fingerhut mitgenommen, um gegebenenfalls ihre Ausrede untermauern zu können.

Aber im Haus blieb es still.

Schließlich schüttelte Griselda den Kopf. »Hier ist niemand.«

»Eigentlich hatte ich das auch nicht angenommen.« Violet ging zur Treppe. »Die Familie kümmert sich nur um das, was ihnen etwas einbringt.«

Sie ging ihnen voraus nach oben. Penelope hielt sich dicht hinter ihr, und Griselda bildete die Nachhut.

Violet war froh, dass die beiden dabei waren und sie das hier nicht allein machen musste. Das Haus lag leer und verlassen, es war kalt und unheimlich, fast ein wenig bedrohlich. Und dass kaum Licht hereinfiel und alles in tiefe Schatten getaucht war, machte es nicht besser.

Sowie sie Lady Halsteads Schlafzimmer betraten, konnte kein Zweifel mehr daran bestehen, dass die Familie bereits ab- und ausgeräumt hatte. Selbst bei geschlossenen Vorhängen war es hier tagsüber hell genug, um festzustellen, dass vieles fehlte.

Penelope zeigte zum Frisiertisch. »Die große Schmuckkassette ist verschwunden.«

»Ebenso die silbernen Haarbürsten und ihre Kämme aus Elfenbein«, ergänzte Griselda. »Mitsamt des schönen Tabletts aus Bleikristall.«

»Dann wollen wir mal sehen, was sie uns gelassen haben.« Violet trat an die große Kommode und zog die unterste Schublade auf. Als die anderen beiden zu ihr traten, schaute sie lächelnd auf. »Wie ich mir schon dachte, sind sie so weit nicht gekommen.«

»Oder es hat sie einfach nicht interessiert.« Penelope wich einen Schritt zurück, als Violet mit dem Reisepult in den Händen aufstand.

Sie ging zum Bett und stellte den Holzkasten mit der abgeschrägten Schreibplatte auf dem Bettüberwurf ab.

Griselda war hinüber zum Fenster gegangen und hatte einen der Vorhänge aufgezogen, damit die blasse Herbstsonne etwas Licht auf Bett und Schreibpult werfen konnte.

»Danke«, meinte Violet zerstreut, während sie den Deckel mit der abgenutzten Ledereinlage öffnete und den Kasten darunter in Augenschein nahm, in dem kreuz und quer Briefe lagen, verfasst in einer Vielzahl unterschiedlicher Handschriften, doch alle an Lady Halstead gerichtet.

Sie nahm das ganz zuoberst liegende, zweimal gefaltete Blatt heraus. »Das müsste er sein.«

Nachdem sie den Brief auseinandergefaltet hatte, hielt sie ihn so ins Licht, dass sie alle drei ihn lesen konnten.

Er war nicht allzu lang, und der vertrauten Anrede und dem leichten Umgangston nach schien Mrs. Findlayson, die Frau des Dorfpfarrers von Noak Hill, bereits länger mit Lady Halstead bekannt zu sein. Sie schrieb davon, dass Lady Halsteads Freunde aus Essex einigermaßen neugierig wären, wer denn wohl diese Leute seien, die sich im Haus ihrer Ladyschaft eingerichtet hätten und ein so überaus zurückgezogenes Leben führten. Auch wenn Mrs. Findlayson nicht ausdrücklich schrieb, dass man sich Sorgen mache, so ließ sich doch zwischen den Zeilen herauslesen, dass irgendetwas dort nicht mit rechten Dingen zuzugehen schien.

Nachdem sie den Brief noch ein zweites Mal gelesen hatte, schaute Penelope erst Violet, dann Griselda an. »Noak Hill. Der Himmel weiß, wo genau das liegt, aber da es in Essex ist, kann es so weit nicht sein.«

»Vielleicht«, schlug Griselda vor, »sollten wir deinen Kutscher fragen.«

Penelope nickte. »Erstens das und zweitens, wie lange man bis dorthin braucht.«

»Und auch wieder zurück«, wandte Griselda ein. »Es ist schon fast elf, und wir sollten nicht zu spät nach Hause kommen.«

»Stimmt.« Penelopes Miene hatte einen entschlossenen Zug angenommen. »Allerdings finde ich, liebste Violet, dass Sie, da die arme Mrs. Findlayson und deren Freunde vermutlich noch nicht von Lady Halsteads Tod erfahren haben, der guten Frau einen Besuch abstatten und ihr die traurige Nachricht überbringen sollten – natürlich in unserer Begleitung.«

Violet erwiderte Penelopes Blick. »Das würde sich tatsächlich so gehören. Und ja, ich denke auch, dass Lady Halstead es von mir erwarten würde, ihren Freunden auf dem Land Bescheid zu geben.«

»Wenn ich die Familie richtig einschätze, wird sich von ihnen keiner die Mühe machen«, warf Griselda ein. »Weshalb ich mich auch dafür aussprechen möchte. Wenn es an einem Tag zu schaffen ist, sollten wir wirklich dem Pfarrhaus von Noak Hill einen Besuch abstatten.«

»Und unterwegs gleich bei The Laurels vorbeischauen«, schloss Penelope und ging bereits zur Tür. Dort blieb sie stehen und wartete, bis Violet das Schreibpult wieder geschlossen und in der Kommode verstaut hatte. »Womit sich eigentlich nur noch eine Frage stellt«, meinte sie, als Violet sich, Mrs. Findlaysons Brief in der Hand, wieder aufrichtete, während Griselda den Vorhang zurück vors Fenster zog und das Zimmer wie zuvor in dämmriges Zwielicht tauchte. »Sollen wir es Stokes, Barnaby und Montague vorher sagen oder erst danach?«

Violet schaute kurz zu Griselda, ehe sie sich wieder an Penelope wandte. »Obwohl dieser Brief ihrer Ladyschaft einige Sorgen bereitet hat und sie zunächst befürchtete, dass die beiden Angelegenheiten in einem Zusammenhang stehen könnten, kam sie doch nach genauerer Betrachtung zu dem Schluss, dass das, was immer auf The Laurels vor sich gehen mochte, nichts mit den Einzahlungen auf ihrem Konto zu tun haben konnte – die Beträge waren viel zu hoch, als dass es sich dabei um einen Pachtzins gehandelt haben könnte. Deshalb nahm sie schließlich an, dass es sich bei besagten Leuten wohl um Zigeuner oder dergleichen handeln müsse, die in dem leer stehenden Haus untergekommen waren, was in ihren Augen zwar ein leidiges, aber kein allzu schwerwiegendes Problem war. Die Vorgänge auf ihrem Konto bereiteten ihr weit größere Sorge, und sie wollte, dass zunächst Runcorn und später dann Montague sich ausschließlich darauf konzentrierten, weshalb sie ihnen auch ganz bewusst nichts von der anderen Geschichte erzählte. Sie wollte sie nicht vom eigentlichen Problem ablenken.«

Violet hielt inne und fuhr dann etwas ruhiger fort: »Wichtiger noch scheint mir, dass sie auch ihrer Familie gegenüber nichts davon erwähnt hat, weshalb das Problem auf The Laurels – so es denn überhaupt eines gibt – eigentlich auch nichts mit den Morden zu tun haben kann.«

»Perfekt!«, fand Penelope. »Da es somit ein Nebenschauplatz ist, den zu verfolgen unsere Männer ohnehin keine Zeit haben, können wir uns der Sache ruhig annehmen und sehen, was wir in Erfahrung bringen. Zumal«, Penelope drehte sich um und ging zur Treppe, »wie Sie schon sagten, nichts darauf hindeutet, dass diese Unbekannten, die den Landsitz in Beschlag genommen haben, mit den Morden in Verbindung gebracht werden könnten.«

»Auch wenn wir natürlich das Gegenteil hoffen«, setzte Griselda nüchtern nach.

Penelope nickte. »Glasklar erkannt.« Sie begann, nach unten zu gehen. »Es dürfte zudem unbestritten sein, dass wir drei ein besseres Händchen dafür haben, etwas aus Mrs. Findlayson herauszukitzeln, als jeder Mann es sich in seinen kühnsten Träumen erhoffen könnte.«

12

Penelope ging ihnen forsch voran ins Büro von Montague & Son. Slocum, der Büroleiter, erkannte sie sofort und kam ihr mit einem Lächeln entgegen.

»Mrs. Adair.« Sein Blick glitt an Penelope vorbei zu Griselda, der er zuvor noch nicht begegnet war, doch dann entdeckte er Violet, und sein Lächeln vertiefte sich. »Und Miss Matcham, nicht wahr?«

»Ganz genau. Und das ist Mrs. Stokes.« Penelope deutete auf Griselda. »Sie müssten kürzlich ihren Mann kennengelernt haben – Inspector Stokes.«

»Allerdings, das habe ich.« Slocum verneigte sich. »Guten Morgen, die Damen. Und womit kann ich Ihnen dienen?«

Violet erwiderte sein Lächeln. »Guten Morgen, Mr. Slocum. Ich bin hier, um Mr. Montague die Schlüssel zu Lady Halsteads Haus zu bringen. Wenn er einen Moment Zeit hat, würde ich sie ihm gern persönlich aushändigen.«

»Aber natürlich, Miss.« Slocum schaute über die Schulter zur Tür von Montagues Büro, die momentan geschlossen war. »Er hat gerade einen Klienten bei sich, aber das könnte eine längere Sitzung werden, weshalb ich ihn fragen will, ob er sich kurz für Sie Zeit nimmt.«

»Danke, Mr. Slocum – es dauert auch wirklich nicht lange«, versprach Violet.

Penelope hatte derweil ein bekanntes Gesicht entdeckt, mit dem sie hier nicht gerechnet hatte. Sie ließ Violet und Griselda im Empfangsbereich stehen und ging zu einem Mann hinüber, der etwas weiter hinten an einem der kleineren Tische saß. Als sie hereingekommen waren, hatte er kurz aufgeschaut, sich dann aber gleich wieder in seine Arbeit vertieft. Penelope blieb vor dem Schreibtisch stehen. »Sie sind doch Mr. Pringle, oder?«

Pringle schaute auf und lächelte matt. »Der bin ich, Mrs. Adair.«

Slocum war in Montagues Büro verschwunden; mit leise raschelnden Röcken gesellten Violet und Griselda sich zu Penelope, die sich nach ihnen umdrehte und auf Pringle deutete. »Mr. Pringle war bei Mr. Runcorn angestellt.« Sie wandte sich wieder an Pringle. »Arbeiten Sie jetzt hier?«

Pringle nickte. »Mr. Montague war so nett, mich einzustellen. Seine Kanzlei ist recht groß und breit aufgestellt, weshalb es einiges für mich zu tun gibt. Und für mich ist es natürlich eine unglaubliche Erleichterung, wie Sie sich denken können. In meinem Alter noch etwas Neues zu finden wäre sicher nicht einfach geworden. Nur wenige Dienstherren wissen heutzutage Erfahrung noch zu schätzen.«

»Da haben Sie recht«, meinte Violet. »Ich bin Miss Matcham – ich war Lady Halsteads Gesellschafterin und bin Mr. Runcorn einige Male begegnet. Es hat mich sehr betroffen gemacht, von seinem Tod zu erfahren. Für Sie, die Sie mit ihm zusammengearbeitet haben, muss der Verlust noch viel schmerzlicher gewesen sein. Mein tiefes Beileid.«

Griselda und Penelope stimmten in die Kondolenz ein.

Pringle neigte das Haupt. »Danke, Ma'am. Meine Damen.« Er richtete sich wieder auf und räusperte sich. »Wie gesagt, unter den Umständen war es eine große Hilfe, so viel Arbeit zu haben, weshalb ich Mr. Montague in doppelter Hinsicht dankbar bin.«

Penelope spähte neugierig auf die Unterlagen auf dem Schreibtisch. »Dann betreuen Sie jetzt bereits neue Klienten?«

Pringle schaute auf den Berg Papiere vor sich. »Noch nicht, nein. Meine erste Aufgabe besteht darin, wieder Ordnung in die Halstead-Akte zu bringen.«

»Und wie kommen Sie damit voran?«, wollte Penelope wissen.

Pringle seufzte. »Langsam, aber stetig. Mir ist bewusst, dass das Ergebnis meiner Arbeit für die Ermittlungen eventuell sehr wichtig sein kann, aber Sir Hugo hatte ein Faible für teils recht eigenwillige Investments, weshalb das hier ein ziemliches Sammelsurium ist. Man stößt immer wieder auf Sachen, mit denen man nicht unbedingt gerechnet hat. Auch das erleichtert es einem nicht gerade, alles wieder in die richtige Ordnung zu bringen.«

Hinter ihnen öffnete sich die Tür zu Montagues Büro. Die drei Damen drehten sich um und sahen erst Slocum, dann Montague herauskommen – Montagues Blick fiel sofort auf Violet, was Penelope nicht entging.

»Violet?« Tiefe Besorgnis, die er zwar zurückzuhalten versuchte, die aber dennoch nicht zu übersehen war, stand ihm ins Gesicht geschrieben, als er quer durch den Raum auf sie zukam. Erst dann bemerkte er auch Penelope und Griselda, zügelte seine Schritte und verneigte sich knapp. »Penelope. Griselda.« Als er dann vor ihnen stand, war sein Blick wieder auf Violet gerichtet; der Bruchteil einer Sekunde verstrich, ehe er fragte: »Was ist passiert?«

Violet schenkte ihm ein beruhigendes Lächeln. »Nichts, das Anlass zur Sorge geben müsste.« Sie hielt ihm die Schlüssel hin. »Mir fiel heute Morgen ein, dass ich sie Ihnen noch nicht ausgehändigt hatte. Das sind die Schlüssel sowohl zur Vordertür als auch zu den Hintereingängen von Lady Halsteads Haus in der Lowndes Street. Ich dachte mir, ich lasse sie am besten bei Ihnen, dann können Sie sie bei Bedarf weitergeben.«

Montague nahm die Schlüssel entgegen. »Danke. Ja, so ist es vermutlich am besten.« Nachdem seine erste Sorge sich verflüchtigt hatte, sah er erneut Penelope und Griselda an, dann wieder Violet. »Und was haben Sie drei heute noch Schönes vor?«

Penelope ließ ein strahlendes Lächeln sehen, um von den plötzlich ganz ausdruckslosen Mienen ihrer Begleiterinnen abzulenken. »Wir haben eine kleine Landpartie geplant und müssen uns daher auch langsam auf den Weg machen.«

Mittlerweile hatte auch Violet sich wieder gefangen. »Das stimmt. Auch möchten wir Sie nicht länger von der Arbeit abhalten.« Sie reichte ihm die Hand.

Montague nahm sie, hielt sie einen Moment in der seinen, doch sein Blick kehrte zurück zu Penelope. »Zufälligerweise ist der Klient, der gerade bei mir ist …«, er deutete in Richtung seines Büros, »ein Verwandter von Ihnen – Dexter. Meines Wissens ein Cousin, nicht wahr? Möchten Sie ihn vielleicht kurz sprechen?«

Dexter? Penelope lächelte erfreut, winkte aber ab. »Nein, nein, ich will ihn nicht unnötig ablenken.«

Dexter war ihrem älteren Bruder Luc in so vielerlei Hinsicht ähnlich, dass sie beinahe selbst hätten Brüder sein können. Ihr ganzes Leben schon waren sie unzertrennlich gewesen – sie hatten sogar Zwillingsschwestern geheiratet. Und genau wie Luc würde Dexter sofort hellhörig werden, wenn er erfuhr, dass Penelope zu einer Landpartie aufbrechen wollte. Er würde sie fragen, wohin sie wollte und was sie vorhatte … Und während Barnaby auf bestem Wege war, sich zu einem modernen und aufgeklärten Mann zu mausern, der nicht ständig das Bedürfnis hatte, jeden ihrer Schritte mit Argusaugen zu überwachen, waren Luc und Dexter noch Relikte einer anderen Zeit. Einer Zeit, die in vielem einfacher war und eventuell auch sicherer, in Penelopes Augen aber hoffnungslos überholt.

Noch immer mit einem vergnügten Lächeln auf den Lippen meinte sie: »Wir sehen uns ohnehin beim nächsten Familiendinner, aber sagen Sie ihm schöne Grüße.« Damit wandte sie sich wieder an Griselda und Violet. »So, jetzt müssen wir aber wirklich los.«

Die beiden Frauen verstanden zwar nicht, warum genau sie besagtem Dexter aus dem Weg gehen wollte, merkten aber wohl, wie ernst es ihr war, und den Gefallen wollten sie ihr gerne tun. Und so verabschiedeten sie sich mit einem Lächeln von Montague und folgten Penelope hinaus.

Penelope eilte voraus zur Kutsche und atmete erst wieder auf, als der Schlag hinter ihnen geschlossen war, das Gespann sich in Bewegung setzte und sie sicher entkommen waren.

Mit einem deutlich entspannteren Lächeln lehnte sie sich zurück. »Auf nach Essex!«, verkündete sie.

»Nach Noak Hill«, ergänzte Griselda.

»Nach The Laurels«, sagte Violet, »und auf alles, was wir dort finden mögen.«

Phelps, Penelopes Kutscher, musste unterwegs mehrere Male halten, damit Conner, der Bursche, abspringen und nach dem Weg fragen konnte. Inmitten von Ackerland und Weiden gelangten sie an eine Kreuzung und hielten erneut. Den letzten Richtungshinweis hatten sie im Bear Inn erhalten, kaum eine halbe Meile die Straße hinunter, und wenn man dem Wirt glauben wollte, musste das hier … Noak Hill sein.

Die Damen spähten aus den Kutschenfenstern, und Griselda wusste zu vermelden: »Hier am Straßenrand ist ein Wegweiser auf dem ›Zum Pfarrhaus‹ steht.«

Penelope deutete zur gegenüberliegenden Seite. »Das Dorf selbst scheint in dieser Richtung zu liegen.«

Die Kutsche schwankte, als Conner herabsprang. »Wo lang, Ma'am?«, fragte er, sowie Penelope das Fenster öffnete. »Die Kirche ist geradeaus, aber die meisten Häuser scheinen eher da drüben zu liegen.«

»Wir wollten die Frau des Vikars sprechen«, überlegte Penelope laut, »und ich gehe davon aus, dass sie im Pfarrhaus wohnt, nicht wahr?«

Conner nickte. »Denke ich auch. Das Pfarrhaus sollte da vorn neben der Kirche sein.«

»Mhm, ja … Aber wenn wir schon mal hier sind, wäre es doch ganz praktisch, sich erst das Haus der Halsteads anzusehen – The Laurels. Ich denke, dass es irgendwo entlang der

Dorfstraße liegen müsste.« Penelope sah Conner an. »Sagen Sie doch bitte Phelps, dass er ganz langsam durchs Dorf kutschieren soll, und wenn wir das Haus entdecken – ich nehme an, dass es irgendwie ausgeschildert ist –, soll er daran vorbeifahren und wenden und auf demselben Weg zurückkehren. Wir wollen uns das Anwesen nur mal ansehen, damit wir wissen, womit wir es zu tun haben.«

Conner nickte verständig. »Alles klar, Ma'am.«

Er sprang wieder auf den Aufsitz, und kurz darauf setzte der Wagen sich gemächlich in Bewegung, nahm die linke Abzweigung und schaukelte fast im Schritttempo die Dorfstraße entlang.

Violet und Penelope schauten zu einer Seite aus dem Fenster, während Griselda die andere Straßenseite im Blick behielt.

»Cottages, Bauernkaten«, berichtete Penelope.

»Auf meiner Seite drei kleine aneinandergereihte Häuser«, sagte Griselda. »Von der Art, wie Grundbesitzer sie für ihre Pächter und Arbeiter bauen.«

Als sie an einem von der Straße zurückgesetzten Anwesen vorbeikamen, setzten Penelope und Violet sich auf, doch es war nicht das gesuchte. *The Orchard* stand auf dem Messingschild, das Violet am Torpfosten entdeckte.

Es folgten weitere Häuser mittlerer Größe mit eigenem Garten. Kurz bevor sie am Ende des Dorfes angelangt waren, rief Griselda: »Da ist es!«

Violet und Penelope rutschten zu ihr hinüber und erblickten einen soliden Backsteinbau, der inmitten eines weitläufigen Grundstücks stand, das jedoch reichlich verwildert wirkte.

»Aber der Rasen – so man dies denn so nennen will – wurde kürzlich erst geschnitten«, bemerkte Penelope und ließ sich, als das Haus aus ihrem Blick geriet, auf dem Sitz nieder.

Griselda sah sie an. »Die Vorhänge in einigen der oberen Zimmer waren aufgezogen, aber nicht in allen.«

»Was seltsam wäre, sollte das Haus leer stehen«, fand Penelope. »Ich denke, wir können davon ausgehen, dass die Pfarrersfrau richtig informiert ist – irgendjemand lebt tatsächlich dort.«

The Laurels war das letzte Haus des Weilers. Die Kutsche rollte langsam aus und wurde dann gewendet. Penelope sprang auf und öffnete die Luke an der Decke. »Zurück zum Pfarrhaus, Phelps, aber an dem Haus links so langsam wie möglich vorbeifahren.«

Phelps tat wie ihm geheißen, und die drei Frauen rutschten rasch hinüber auf die andere Seite der Kutsche, um sich das Anwesen noch einmal anzusehen. Efeu hatte die hohe Grundstücksmauer völlig überwuchert und rankte sich bereits um eine schmiedeeiserne Tür, die auf das Anwesen führte. Über dem Tor wand sich schmuck ein geschmiedetes Band mit der Inschrift *The Laurels*.

»Der Efeu wurde zurückgeschnitten, damit man den Namen erkennen kann«, stellte Violet fest. »Das Tor jedoch lässt man zuwachsen.« Sie runzelte die Stirn. »Wie seltsam.«

Hinter dem versperrten Zugang führte ein Fußweg zur gekiesten Auffahrt, über die man hinauf zum Haus gelangte. Auch hier spross reichlich Unkraut, und der Rasen war krautig über die Wegränder gewachsen.

Als sie langsam weiterfuhren, kam die Hauptzufahrt in ihren Blick, ein großes Tor, das ähnlich dem kleineren gestaltet war; im Gegensatz zu diesem standen hier beide Flügel weit offen. Die Auffahrt selbst war in passablem Zustand, als würde sie durchaus regelmäßig genutzt. In einem sanft geschwungenen Bogen führte sie an der Front des Hauses vorbei zum hinteren Teil des Anwesens, vermutlich zur Remise und den Stallungen, die von der Straße aus jedoch nur zu erahnen waren.

Penelope betrachtete das Haus noch einen Moment, dann lehnte sie sich seufzend zurück. »Drei Geschosse, wenn man die Dachgauben mit einrechnet. Für einen Landsitz ganz ansehnlich, aber nicht besonders groß oder repräsentativ. Genau das, was man von einer Familie erwarten würde, die über soliden Wohlstand verfügt wie die Halsteads.«

»Das heißt«, meinte Violet, »das Haus bietet keine Überraschungen – die Frage ist nur, wer nutzt es derzeit und wozu.«

Penelope nickte. »Bleibt zu hoffen, dass Mrs. Findlayson ein wenig Licht ins Dunkel bringen kann.«

Es war früher Nachmittag, als sie den Weg zum Pfarrhaus hinaufgingen. Auf ihre Bitte, die Dame des Hauses sprechen zu dürfen, kam Mrs. Findlayson selbst zur Tür; eine etwas beleibte, gutmütig wirkende Frau, das freundliche Gesicht von weißen Locken gerahmt, und mit sanften blauen Augen, die mit einer Gelassenheit auf die Welt blickten, die man wohl auch der Altersmilde zuschreiben mochte.

Violet übernahm das Wort. Sie stellte sich und ihre Begleiterinnen vor und erklärte, dass sie im Namen Lady Halsteads komme, habe sie doch aus Mrs. Findlaysons letztem Brief an ihre Ladyschaft geschlossen, dass die beiden Frauen sich recht gut kannten.

Mrs. Findlayson freute sich sichtlich über den Besuch. Sie bat die drei Frauen herein in ihre gute Stube, trug dem Mädchen auf, ihnen Tee zu bringen, und wandte sich dann an Violet. »Wie geht es der lieben Lady Halstead?«

Violet überbrachte die traurige Nachricht so schonend wie möglich.

Mrs. Findlayson wirkte erst bestürzt, dann zutiefst bekümmert. »Ach herrje. Ermordet sagten Sie? Wie furchtbar. Ist es nicht schlimm, was aus der Welt geworden ist?«

Das Mädchen kam mit dem Teetablett herein, und Penelope tat, was sie in solchen Fällen immer tat: Sie goss eine Tasse stark aufgebrühten Tee ein, gab reichlich Zucker hinzu und reichte sie Mrs. Findlayson.

Wie benommen nahm die Pfarrersfrau die Tasse entgegen.

Dann schenkte Penelope sich und Griselda ein und reichte auch Violet eine Tasse.

Den Blick auf Mrs. Findlayson gerichtet, nippte Violet an ihrem Tee und tastete sich dann behutsam vor. »Sie kannten ihre Ladyschaft recht gut, oder?«

»Oh, aber ja.« Mrs. Findlayson nickte, den Blick in weite Ferne gerichtet. »Wir kamen beide ungefähr zur selben Zeit ins Dorf, als frisch verheiratete Ehefrauen. In den ersten Jahren, als sie und Sir Hugo noch mehr Zeit hier verbrachten, freundeten wir uns etwas an. Aber bald wurde er erneut nach Übersee berufen, und sie ließen die Kinder – damals waren es erst zwei, Mortimer und Cynthia – in der Obhut ihrer Kindermädchen und der Bediensteten auf The Laurels zurück.« Mrs. Findlayson schürzte in leiser Missbilligung die Lippen. »Natürlich konnte man das verstehen. Agatha wollte ihre Kinder nicht den Gefahren aussetzen, die all jene fernen, exotischen Orte bargen, an die es Hugo beruflich verschlug, aber im Laufe der Jahre kamen mir, oder nein, eigentlich uns allen, doch Zweifel, ob es letztlich die richtige Entscheidung gewesen war.«

Mrs. Findlayson sah Violet an und rang sich ein schwaches Lächeln ab. »Sie kannten Sie ja, meine Liebe, und werden vermutlich mit mir übereinstimmen, dass man sich eine sanftere, liebenswürdigere Dame kaum vorstellen konnte. Wenn Sie mich fragen, so würde ich meinen, dass Agatha durchaus vorhatte, häufiger bei den Kindern zu sein, aber nachdem man Hugo nach Indien versetzt hatte, kam eben alles anders. So eine Schiffspassage dauerte doch recht lange, und am Ende sind sie dann nicht mehr allzu oft hergekommen.«

Nach einem versonnenen Nicken fuhr sie fort. »Agatha kehrte zurück, um Maurice hier zur Welt zu bringen, reiste aber wieder ab, als er noch ein Säugling war. William ist dann gleich ganz drüben geboren worden – in Indien müsste das gewesen sein –, aber Agatha und Hugo brachten ihn bald darauf nach England, besorgten ihm eine Amme, und dann waren sie auch schon wieder fort.«

Mrs. Findlayson runzelte die Stirn und setzte sich in ihrem Sessel zurecht. »Ich möchte wirklich nicht schlecht von den

Toten sprechen, und man muss es Agatha immerhin zugutehalten, dass sie all die Jahre über mit mir in Verbindung geblieben ist, aber der kleine Wurm konnte einem wirklich leidtun. Was der nach seiner Mama geweint hat! Das ganze Dorf konnte da ein Lied von singen. Und später, als er ein bisschen älter war, ist er von daheim weggelaufen – mehr als einmal, wenn ich mich recht erinnere –, aber die Hauslehrer haben ihn jedes Mal erwischt und wieder zurückgebracht.« Bedächtig stellte Mrs. Findlayson ihre Tasse ab. »Wie vermutlich in jeder Freundschaft gab es ein paar Dinge an Agatha, die ich nicht guthieß, und das war eines davon.« Sie seufzte und schaute auf, sah erst Violet an, dann Penelope und Griselda. »Aber sieht man davon ab, waren sie ganz reizende Leute, Agatha und Hugo. Beide waren so sehr dem Wohl dieses Landes verpflichtet, dass man ihnen solch kleine Verfehlungen kaum zum Vorwurf machen konnte.«

Sie schwieg einen Moment, dann lächelte sie. »Jetzt bin ich aber richtig ins Schwatzen geraten, verzeihen Sie. Nachdem sowohl Hugo als auch Agatha nicht mehr unter uns weilen, braucht man die alten Geschichten jetzt auch nicht mehr aufzuwärmen.«

»Trotzdem ist es gut, dass Sie sich daran erinnern – und doch auch ein Trost, dass Sie die beiden in so guter Erinnerung haben.« Violet machte eine kurze Pause, um nicht taktlos zu erscheinen. »Als Lady Halsteads Gesellschafterin«, fuhr sie fort, »fiel es mir in Teilen zu, mich um ihren Nachlass zu kümmern, und wie Sie sich denken können, gab es unter den Kindern erhebliche Auseinandersetzungen darüber, wer am Ende was bekommen solle. Und deshalb frage ich mich«, Violet sah Mrs. Findlayson freundlich an, »welchen Eindruck Sie denn von den Kindern hatten. Sie müssen eine der wenigen sein, die alle vier lange genug kennt, um sich eine Meinung über ihr Wesen, ihren Charakter gebildet zu haben. Vielleicht könnten Ihre Einsichten uns helfen, die Streitigkeiten ein wenig zu schlichten.«

Mrs. Findlaysons Miene, die bislang so sanft und freundlich gewesen war, verhärtete sich. Sie zögerte, als wäge sie die Worte ab, die ihr auf der Zunge lagen, doch schließlich sah sie Violet an und nickte. »Nun gut. Agatha ist tot – ermordet noch dazu –, und ich könnte mir durchaus vorstellen, dass es einer von ihnen war. Wenn ich ehrlich bin, würde ich es jedem zutrauten. Eine derart missratene Brut findet man selten – auch wenn ich einräumen muss, dass sie ihr Gift bislang immer nur aufeinander abgeschossen haben. Es blieb alles in der Familie, wenn Sie so wollen.«

Sie atmete tief durch. »Fangen wir bei William an. Obwohl er dauernd in Schwierigkeiten steckt, ist er noch der beste von der Bagage. Gefolgt von Maurice, wenngleich ich ihm nichts von Wert anvertrauen würde – ihm mangelt es ganz allgemein an Moral. Aber das ist gar nichts gegen die beiden Ältesten, gegen Mortimer und Cynthia. Wären es nicht Agathas und Hugos Kinder, würde ich sie nicht mal mehr grüßen. Es sei denn, sie hätten sich, seit ich sie das letzte Mal sah, grundlegend geändert – was ich allerdings nicht glaube. Cynthia ist ein kleines, egoistisches Miststück, und Mortimer … was soll ich sagen? Mein Mann beschrieb ihn einst als einen farblosen Egoisten, dessen einziger Ehrgeiz seinem Geltungsbedürfnis dient.«

»Die zwei – Cynthia und Mortimer – scheinen stark miteinander zu konkurrieren«, bemerkte Violet.

Mrs. Findlayson nickte. »Das hat das ganze Leben auf The Laurels geprägt – diese ewigen Machtkämpfe zwischen den beiden. Im Laufe der Jahre wurden mein Mann und ich ständig um Rat gefragt, von den immerzu wechselnden Kindermädchen und Gouvernanten, bisweilen auch von den Hauslehrern, zumindest von den besseren, die sich ernstlich Sorgen machten. Es kamen viele zu uns im Laufe der Jahre, die Rat und Zuspruch suchten.« Mrs. Findlayson legte seufzend die Stirn in Falten und durchforstete ihre Erinnerungen. Schließlich meinte sie: »Wissen Sie, es war seltsam – Kinder, die immerzu darum wetteiferten, wer von ihnen am fleißigsten, am gehorsamsten, am frömmsten wäre. Sie waren einfach … zu brav, verstehen Sie? Es gab nichts zu tadeln, und doch … oder gerade deshalb … Wissen Sie, sie hielten sich an alle Regeln und trieben es dabei bis auf die Spitze. Unheimlich, wenn Sie mich fragen. Denn nichts an ihnen, weder ihr Verhalten noch ihre Worte oder ihre Taten, wirkte jemals aufrichtig. Ihre Unfehlbarkeit war immer nur Fassade, gespeist aus dem Ehrgeiz, den anderen zu übertrumpfen. Und trotz ihres tadellosen Betragens konnten einem diese zwei mehr graue Haare wachsen lassen als Maurice, William und sämtliche Rangen aus dem Dorf zusammen. Deren Verfehlungen waren normal und jedem Erwachsenen verständlich. Jeder wusste, wie man mit frechen Gören umzugehen hatte. Auch mit den beiden jüngeren Halsteads kam man zurecht, obwohl sie ins andere Extrem kippten und dabei oft über die Stränge schlugen. Aber bei den beiden Älteren wusste keiner einen Rat. So etwas hatte man noch nicht erlebt.«

Als Mrs. Findlayson verstummte, war Violet versucht nachzuhaken, doch dann kam wieder Leben in die Pfarrersfrau, und sie meinte: »Mein Mann bemerkte einmal, dass es vermutlich ein Ringen um das Lob und die Anerkennung ihrer Eltern war, das die beiden antrieb. Aber da die Eltern nie da waren, verkam es allmählich zu einer Schlacht ohne jeden Sinn und Zweck, die kein Ende mehr fand, da es keinen Gewinner und keinen Verlierer gab. Mortimer machte das weit mehr zu schaffen als den anderen – vermutlich, weil er der Älteste war und naturgemäß die Rolle des Anführers hätte innehaben sollen. Nur akzeptierte Cynthia das nicht und versuchte, ihm seine Vorrangstellung bei jeder Gelegenheit streitig zu machen; die zwei Jüngeren folgten ihrem Beispiel zumindest in dieser Hinsicht.«

Mrs. Findlayson machte eine Pause, um einen Schluck Tee zu trinken, und fuhr dann, als sie die Tasse wieder absetzte, fort. »Mortimer lebte hier, auf The Laurels, bis er Anfang zwanzig war. Zu dem Zeitpunkt war er schon zu einem Mann geworden, der nie mit dem Erreichten zufrieden ist, sondern immer noch höher hinaus will.« Mrs. Findlayson zuckte mit den Schultern. »Es würde mich nicht überraschen, wenn Cynthia genauso geworden wäre. Was die beiden anderen anbelangt, so dürften sie weiter dem Weg gefolgt sein, den sie bereits eingeschlagen hatten, als sie noch hier lebten. Und keinem der beiden wird damit gut gedient sein.«

Wieder senkte sich Schweigen über sie, während Violet, Penelope und Griselda das Gehörte mit ihren eigenen Beobachtungen in Einklang brachten. Schließlich stellte Violet ihre Tasse beiseite. »Haben Sie vielen Dank«, meinte sie. »Was Sie uns erzählt haben, könnte uns tatsächlich weiterhelfen.«

»Es freut mich, dass ich etwas für Sie tun konnte«, sagte die Pfarrersfrau, »zumal dann, wenn es hilft, Agathas Mörder zu fassen.«

»Oh, was das angeht«, Penelope lehnte sich ein wenig vor, um Mrs. Findlaysons Aufmerksamkeit auf sich zu lenken, »hätte ich noch eine Frage. In Ihrem letzten Brief an Lady Halstead schrieben Sie, dass Ihnen und auch anderen hier im Dorf aufgefallen sei, dass irgendetwas … Ungewöhnliches auf The Laurels vor sich ginge. Obwohl nichts darauf hindeutet, dass es mit dem Mord zu tun haben könnte, ließ uns das doch aufhorchen.«

»Oh ja, das.« Mrs. Findlayson hob die Brauen. »Wie soll ich sagen – wir waren alle etwas überrascht, als diese Leute dort einzogen.«

»Wann war das?«, fragte Penelope.

»Ach, das muss bestimmt schon ein Jahr her sein … fünfzehn Monate vielleicht?« Mrs. Findlayson dachte nach. »Doch, das passt. Ein paar Monate vor Erntedank ging es los. Da noch keiner der neuen Bewohner in der Kirche gesehen worden war, ging mein Mann eine Woche vor dem Erntedankfest persönlich beim Haus vorbei, um die Leute einzuladen und sie willkommen zu heißen. Mittlerweile fragte sich wirklich das ganze Dorf, wer denn nun da wohnt.«

»Und wer ist es?« Penelopes Augen blitzten hinter ihrer Brille.

Doch Mrs. Findlayson schüttelte bloß den Kopf. »Außer diesem komischen Kauz von Diener, der, als mein Mann dort vorbeigeschaut hat, an die Tür gekommen ist, und den beiden, die in der Küche arbeiten, haben wir nie jemanden zu sehen gekriegt. Dafür sieht man die zwei aus der Küche öfter, ein Mann und eine Frau, sehr unfreundlich und verstockt, alle beide. Grüßen nicht, wenn man ihnen auf der Straße begegnet. Genau genommen sieht man sie auch bloß dann, wenn sie mit ihrem Karren nach Romford fahren, um Besorgungen für eine ihrer Abendunterhaltungen zu machen.«

»Abendunterhaltungen?« Penelopes Augen weiteten sich.

»Oh ja.« Mrs. Findlayson nickte. »Das hat mich schließlich auch bewegt, Agatha zu schreiben, denn irgendwann wurde es uns doch zu bunt. Jeden Monat, grob geschätzt, rollten hier die Kutschen durch die Dorfstraße. Elegante schwarze Karossen, die Vorhänge zugezogen, sodass man nie wusste, wer darin saß. Und die bogen dann beim Landsitz der Halsteads ein. Jeden Monat acht oder mehr Wagen, immer erst spät am Abend – nie vor zehn Uhr.« Mrs. Findlayson saß mit schmalen Lippen da, ehe sie gestand: »Natürlich waren wir neugierig. Aber nicht mal die Jungs, die beim Wäldchen auf die Bäume geklettert waren, um über die Mauer ins Haus zu schauen, haben etwas sehen können, weil immer alle Vorhänge zugezogen waren. Im Erdgeschoss waren die Räume hell erleuchtet, aber nicht eines der Fenster konnte man einsehen.«

»Wie lange blieben die Kutschen denn?«, fragte Griselda.

»Ungefähr zwei Stunden – meist haben wir sie gegen Mitternacht wieder die Straße hinunterrumpeln hören.«

Penelope runzelte die Stirn. »Und bei der Rückfahrt – waren die Vorhänge der Kutschen da auch zugezogen?«

Mrs. Findlayson nickte. »Jedes Mal, bei jedem Wagen. Wir haben also noch immer keinen blassen Schimmer, wer dort lebt und was es mit diesen monatlichen Veranstaltungen auf sich hat. Wir wissen auch nicht, wer die Besucher sind oder was sie dort so spät am Abend wollen.«

Violet beugte sich vor. »Sie sagten, diese Veranstaltungen fänden einmal im Monat statt. An einem bestimmten Datum?«

»Nein, eigentlich nicht. Ungefähr jeden Monat, ja, aber wir wissen nie vorher, wann genau. Immer erst dann, wenn wir die beiden aus der Küche mit ihrem Karren nach Romford fahren sehen.«

»Wann fand denn die letzte dieser Abendveranstaltungen auf The Laurels statt?«, fragte Penelope. »Oder besser gefragt, wann rechnen Sie mit der nächsten?«

»Wann genau die letzte war, daran kann ich mich nicht mehr erinnern, aber die nächste dürfte heute Abend stattfinden.« Mrs. Findlayson schaute Penelope an. »Just heute Morgen hat mein Gärtner die zwei aus dem Haus nämlich wieder nach Romford fahren sehen.«

Sie hatten Mrs. Findlayson gedankt und versprochen, alles, was sie ihnen erzählt hatte, weiterzugeben, um den Fall schnellstmöglich aufzuklären, dann waren sie hinaus zur Kutsche geeilt, und Penelope hatte Phelps angewiesen, noch einmal zurück zu The Laurels zu fahren.

Jetzt standen sie alle drei vor dem kleineren der beiden Tore und spähten durch den dicht wuchernden Efeu hinauf zum Haus.

»Im oberen Stock sind die Vorhänge offen«, stellte Penelope fest, »aber im Erdgeschoss sind sie vor sämtlichen Fenstern zugezogen.«

Violet schaute zum kleinen Wäldchen hinüber, das ans Grundstück grenzte. »Selbst von einem der Bäume aus dürfte es, wie Mrs. Findlayson meinte, schwer sein, in die unteren Stockwerke zu schauen.«

»Stimmt«, meinte Penelope. »Sonst könnten wir Conner schnell hochklettern und ein wenig spionieren lassen, aber das dürfte wenig bringen.« Nachdem sie das Haus noch einmal in Augenschein genommen hatte, sagte sie: »Also, was tun? Immerhin sind wir nun schon hier. Wenn Mrs. Findlayson recht hat, dürften wir allenfalls den kauzigen Diener antreffen ... Wenn überhaupt.«

Griselda schnaubte. »Und wenn wir niemanden antreffen, willst du dich in aller Ruhe ein wenig umschauen, vielleicht sogar versuchen, ins Haus zu gelangen?«

Penelope nickte. »Genau. Weil wir einen Hinweis finden könnten, was es mit diesen Abendveranstaltungen auf sich hat, und das wäre sicher nicht das Dümmste, oder?«

Violet sah sie schweigend an.

Penelope wandte den Kopf und erwiderte ihren Blick. »Oder?«

Violet sah die Entschlossenheit im Gesicht ihrer neuen Dienstherrin, das Funkeln in ihren Augen ... Sie zögerte noch einen Moment, dann nickte sie. »Stimmt. Eine ausgezeichnete Idee.«

Penelope grinste. »Wusste ich doch, dass Sie in unseren kleinen Trupp passen würden.«

Griselda betrachtete noch immer das Haus. »Nichts scheint sich dort zu rühren, weder oben noch unten. Es wäre wirklich zu dumm, zurück nach London zu fahren, ohne wenigstens einmal geklopft zu haben und zu schauen, was wir noch in Erfahrung bringen können.« Sie wandte sich an Penelope. »Wie wollen wir vorgehen?«

Penelope brauchte bloß kurz nachzudenken, dann winkte sie die anderen mit sich und ging zurück zur Kutsche, die etwas weiter unten auf der Straße auf sie wartete. »Wir werden in aller Form vorstellig. Das dürfte wohl das Vernünftigste sein.«

Sie stiegen wieder ein, und Penelope gab Phelps Bescheid, der zum großen Haupttor fuhr – das inzwischen geschlossen worden war, sodass der Bursche Conner flink abspringen musste, um es zu öffnen –, dann die weite Auffahrt hinauf und das Gespann vor den Stufen zum Haus zum Halten brachte.

Penelope wartete, bis sowohl Conner als auch der Diener James, den sie – wie sie es Barnaby versprochen hatte – als Begleitung mit auf ihre Landpartie genommen hatte, vom Wagen sprangen. Conner bezog vorn bei den Pferden Stellung, während James in aller Form den Schlag öffnete, den Tritt herabließ und ihr die Hand reichte, um ihr aus der Droschke zu helfen.

Erhobenen Hauptes und mit vollendeter Anmut stieg Penelope aus und hoffte sehr, dass jemand ihren Auftritt aus einem der oberen Fenster verfolgte und zu würdigen wusste.

Violet folgte als Nächste und wartete hinter ihr, dann kam auch Griselda und gesellte sich zu Violet.

Penelope nickte James zu, dass er bitte vorausgehen möge, und in dieser Formation schritten sie die Stufen zum Haus hinauf.

James betätigte den Klingelzug, der neben der Tür angebracht war, und in den Tiefen des Hauses hörten sie eine Glocke läuten.

Dann warteten sie.

Sekunden verstrichen.

Die Hand noch immer am Klingelzug schaute James fragend zu Penelope. Sie hatte gerade nicken wollen, als von drinnen schwerfällige Schritte zu hören waren. Mit einem Blick bedeutete sie James, neben ihr Position zu beziehen. Kaum hatte er sich in Stellung gebracht, wurden die Riegel an der Tür zurückgeschoben.

Es waren derer einige – und dem Vernehmen nach sehr robust.

Die Tür schwang dann nahezu lautlos auf, und ein Mann – eher schmächtig und kaum größer als Penelope, die selbst nicht gerade hochgewachsen war – blickte ihnen entgegen.

Der Ausdruck seines hageren, frettchenhaften Gesichtes wirkte gereizt bis gelangweilt. »Keine Ahnung, was Sie wollen, aber wir haben kein Interesse.«

Sein Akzent ließ vermuten, dass er aus den Londoner Slums stammte. Gesicht und Nase waren von dem feinen Gespinst der für Trinker typischen geplatzten Äderchen überzogen, doch im Augenblick schien er nüchtern zu sein. Gleichwohl wäre er in keinem anständigen Haushalt als Diener durchgegangen, geschweige denn als Butler.

Penelope sah ihn von oben herab an, eine Kunst, auf die sie sich dank ihrer noblen Herkunft trotz fehlender Körpergröße bestens verstand. »Wie bitte?«

Ihr Ton ließ den Mann kurz zusammenzucken und seine Abwehrstrategie überdenken. »Aha … Also gut, was wünschen Sie, Miss?« Dann fiel sein Blick auf Violet, Griselda und James, schließlich auch auf die Kutsche samt Personal, und er setzte nach: »Ma'am?«

Penelope wartete, bis er wieder sie ansah. »Ich würde gern den Herrn des Hauses sprechen. Wenn Sie uns bitte in den Salon führen und Ihrem Master sagen würden, dass wir hier sind.«

Der Mann runzelte die Stirn. »Und wer sind Sie?«

Penelope hob die Brauen. »Eine Dame aus London – mehr braucht er nicht zu wissen.«

Sie schickte sich an, an ihm vorbei ins Haus zu rauschen, aber schon hatte der Kerl, jetzt in höchster Alarmbereitschaft, die Tür gepackt und sie ihr halb vor der Nase geschlossen.

Penelope blieb stehen, atmete tief durch und gab sich brüskiert.

Ehe sie ihn zurechtweisen konnte, beeilte der Mann sich, ihr hastig zu versichern: »So einfach ist das nicht, Ma'am. Mein Herr – er ist sehr eigen. Hier kann nicht einfach jeder reinspazieren. Könnte mich meinen Job kosten, wenn ich Sie reinlasse.« Sein panischer Blick schoss zu James und den beiden Männern an der Kutsche. Er schluckte. »Wenn Sie mir Ihren Namen geben, will ich mal schauen, ob er für Sie eine Ausnahme macht.«

Penelope musterte ihn kühl. »Wer ist denn Ihr Herr? Wenn er der ist, von dem ich glaube, dass er es ist … Aber nein, das kann unmöglich sein, würde er doch niemals einen so über die Maßen ungeeigneten Diener beschäftigen. Also – seinen Namen, wenn ich bitten darf! Sollte es sich um den handeln, um den es sich eigentlich handeln müsste, werde ich Ihnen auch meinen Namen geben.«

Violet fand, dass das ein sehr kluger Zug war, nur leider half es ihnen auch nicht weiter.

Der Mann schob die Tür noch weiter zu und schüttelte den Kopf. »Hier kommen nur Leute her, die den Master kennen. Und Sie wissen ja nicht mal, wer er ist.«

»Ich weiß, wem dieses Haus gehört«, beschied ihm Penelope. »Und ich hege berechtigte Zweifel, dass es sich bei den Eigentümern um Ihren Herrn handelt. Gibt es diesen Mann überhaupt?«

»Natürlich gibt's den – was denken Sie denn, was wir sonst hier machen würden? Wir haben das Haus gemietet, das hat schon alles seine Ordnung.«

»Nein, hat es nicht«, sagte Penelope schneidend. »Ich kenne nämlich die Halsteads, denen dieses Anwesen gehört, und sie wissen nichts von irgendwelchen Mietern.«

Diese Nachricht brachte den Mann kurz aus dem Gleichgewicht; einen Moment schien er unschlüssig, was zu tun war, dann schob er grimmig das Kinn vor und knurrte: »Sie haben keine Ahnung, wovon Sie reden. Aber eins kann ich Ihnen sagen: Sie haben sich unbefugt Zutritt zu diesem Grundstück verschafft, und mit Unbefugten rede ich kein Wort, dass das mal klar ist!«

Damit schlug er die Tür zu.

Sofort war zu hören, wie die Riegel einer nach dem anderen wieder vorgelegt wurden.

Penelope blickte noch einen Moment auf die geschlossene Tür. »Nun gut«, meinte sie dann, drehte sich um und ging ihnen voraus die Stufen hinunter zur wartenden Kutsche.

Griselda und Violet folgten ihr und waren noch keine drei Schritte vom Haus entfernt, als Griselda mit gesenkter Stimme sagte: »Nicht umdrehen, aber an einem der oberen Fenster, ganz am Ende des Hauses, steht ein junges Mädchen. Ich glaube, es versucht, unsere Aufmerksamkeit zu erregen.«

»Ach ja?« Penelope wandte kurz den Kopf, als mache sie eine Bemerkung über die Schulter, schaute dann wieder nach vorn und meinte erst, als sie vor der Kutsche ihren Rock raffte und James die Hand reichte, damit er ihr hinaufhalf: »Ja, stimmt – ich habe sie auch gesehen.«

Violet stieg hinter Penelope ein; nachdem sie sich gesetzt hatte, warf auch sie einen Blick zu besagtem Fenster, aber die Sonne spiegelte sich in den Scheiben. »Verflixt«, murmelte sie. »Ich kann nichts erkennen.«

Penelope schaute hinüber zu Griselda, die ihren Blick stumm erwiderte. James schloss den Schlag, und die Kutsche schwankte leicht, als er und der Bursche aufsprangen.

Phelps ließ die Peitsche knallen, und das Gespann setzte sich langsam in Bewegung, wendete mit im Kies knirschenden Rädern, ehe es gemächlich die Auffahrt hinabrollte.

Penelope zog den Kopf ein, um noch einmal zum Haus hinaufschauen zu können, dann lehnte sie sich zurück. Wieder wechselte sie einen Blick mit Griselda, die ernst und besorgt wirkte. Penelope wartete, bis sie das Anwesen verlassen hatten und die Dorfstraße hinabfuhren. »Du hast recht«, meinte sie. »Das arme Ding schien ziemlich verzweifelt.«

»Allerdings«, sagte Griselda düster. »Und gerade fiel mir zudem auf, dass alle Fenster vergittert sind – nicht nur die im Erdgeschoss, sondern auch die oberen.«

Penelope überlegte. »Ja … jetzt, wo du es sagst … In Mayfair ist man so sehr an den Anblick gewöhnt, dass man es gar nicht mehr wahrnimmt.«

»Aber warum«, fragte Violet, »sollte man hier, mitten auf dem Land, seine Fenster versperren?«

»Zumal in den oberen Stockwerken«, ergänzte Penelope.

Die drei Frauen sahen einander an, dann erhob sich Penelope von ihrem Sitz und stieß die Luke an der Decke auf. »Phelps?«

»Ja, Ma'am?«

»Auf dem schnellsten Wege zurück nach London – und schonen Sie die Pferde nicht.« Als sie sich setzte, wechselte sie wieder einen Blick mit Griselda und Violet. »Wir sollten den Männern Bescheid sagen, dass hier etwas absolut nicht mit rechten Dingen zugeht.«

13

»Und genau deshalb müssen wir noch heute Abend etwas unternehmen.« Penelope blieb vor dem Kamin im Salon stehen und blickte in die Gesichter ihrer Mitstreiter und Mitstreiterinnen. Barnaby und Stokes waren anwesend, ebenso Montague, jeder saß in einem der bequemen Sessel, während Griselda und Violet mit der Chaiselongue vorliebnahmen und Penelope die Bühne überließen, die sie eben noch unruhig abgeschritten war, als sie kurz und sachlich zusammenfasste, was sie, Griselda und Violet an diesem Nachmittag herausgefunden hatten.

Mittlerweile war früher Abend, und die Zeit begann, ihnen davonzulaufen.

Nachdem sie in Windeseile in die Stadt zurückgekehrt waren, hatten Penelope und Violet erst Griselda in der Greenbury Street abgesetzt, bevor sie weiter zu Scotland Yard gefahren waren, wo sie Stokes und Barnaby aufgesucht hatten, die gerade die Zeugenaussagen zum Mord an Runcorn überprüften. Nachdem die Männer sich angehört hatten, was die beiden Damen zu berichten wussten, hatte Stokes einen Boten nach Montague schicken lassen, ehe sie in die Albemarle Street aufgebrochen waren.

Wenig später war Griselda mit Megan und dem Kindermädchen Gloria eingetroffen, kurz darauf gefolgt von Montague. Um der erstrebten Balance in ihrem Leben gerecht zu werden, fand Penelope, dass die stolzen Väter sich ruhig ein wenig mit Megan und Oliver beschäftigen sollten, weshalb sie die Männer mit Griselda und Violet bei den Kindern zurückgelassen, sich mit Mostyn besprochen und ein einfaches Abendessen erbeten hatte – Aufschnitt, Brot und Käse und etwas Obst würden genügen –, welches sie zu ungewohnt früher Stunde und sozusagen *en famille* im Speisezimmer eingenommen hatten.

Nachdem das Essen beendet und Oliver und Megan ihren Kindermädchen übergeben worden waren, hatte man sich in den Salon begeben, der doch etwas mehr Platz bot. Dort hatte Penelope mit der Unterstützung von Violet und Griselda die Ereignisse des Tages repetiert, angefangen bei dem Brief an ihre Ladyschaft, der Violet am Morgen eingefallen war, und den sie hernach aus dem Haus an der Lowndes Street geborgen hatten, gefolgt von der Fahrt nach Essex und den unerwarteten Entdeckungen, die sie in Noak Hill machen konnten.

Für Penelope lag es ebenso wie für Violet und Griselda auf der Hand, dass sie noch heute Abend würden handeln müssen.

Als Reaktion auf ihre Schilderung wechselte Stokes einen kurzen Blick mit Barnaby, ehe er sich wieder an sie wandte. »Und weshalb genau sollten wir heute Abend auf dieses Haus zugreifen?«

Penelope sah ihn mit großen Augen an, weil er das Offensichtliche nicht zu begreifen schien, doch dann ging ihr auf, dass er ihre Schlussfolgerung gar nicht infrage stellen, sondern lediglich handfeste Argumente hören wollte, mit denen er seine Vorgesetzten von einem solchen Einsatz überzeugen konnte.

Sie atmete tief durch. Wo anfangen? »Also gut. Der wichtigste Punkt scheint mir die intuitive Verbindung, die Lady Halstead zwischen den Vorgängen auf ihrem Landsitz und jenen auf ihrem Konto gezogen hat.« Penelope begann wieder, vor dem Kamin auf und ab zu gehen. »Auch wenn sie es später herunterzuspielen versucht hat, so war es doch genau diese Verbindung, die ihre Ladyschaft dazu bewegte, ihre finanziellen Angelegenheiten von Runcorn überprüfen zu lassen – und wir sind uns vermutlich alle darin einig, dass dieser Schritt zu den Morden an Lady Halstead, an Runcorn und an

Tilly geführt hat. Weshalb die seltsamen Abendveranstaltungen, wie Mrs. Findlayson es nennt, die allmonatlich auf The Laurels stattfinden, in direktem Zusammenhang mit den drei Morden stehen.«

Penelope hielt inne und sah Stokes abwartend an.

Der legte die Fingerspitzen aneinander und nickte bedächtig. »Klingt plausibel. Aber warum die Eile – warum heute Abend?«

»Weil«, fuhr Penelope fort, »heute Abend eine weitere dieser Veranstaltungen stattfinden wird, wenn man den Dorfbewohnern glaubt, die schon allein aus Neugier schnell die Anzeichen für die entsprechenden Vorbereitungen zu deuten gelernt haben. Der Zeitpunkt dieser Zusammenkünfte stimmt mit den Abständen zwischen den ungeklärten Zahlungen auf das Konto ihrer Ladyschaft überein – auch das eine nicht von der Hand zu weisende Verbindung. Was wiederum heißt, wenn wir heute Abend nicht handeln, werden wir einen ganzen Monat auf die nächste Gelegenheit warten müssen – wenn überhaupt, denn«, fügte sie nachdrücklich hinzu, »der Mörder weiß von den Ermittlungen der Polizei. Deshalb müssen wir davon ausgehen, dass die heutige Veranstaltung die letzte dieser Art sein dürfte, zumindest auf The Laurels.«

»Aber wenn er uns auf seiner Fährte glaubt«, wandte Barnaby ein, der sich in der Rolle des Advocatus Diaboli gefiel, »warum das Risiko eingehen, heute überhaupt noch eine solche Veranstaltung abzuhalten?«

Kurz schien Penelope aus dem Konzept gebracht, dann lächelte sie grimmig. »Weil er noch Ware hat, die er losschlagen muss.« Mit neuer Zuversicht wandte sie sich an Montague. »Besagte Objekte, die er nach Ihren Berechnungen für stolze zweihundertfünfzig Pfund das Stück an den Mann bringt.« Sie richtete den Blick wieder auf Barnaby und dann auf Stokes. »Und dabei handelt es sich um Ware, die man nicht einfach in einen Schrank schließen und auf unbestimmte Zeit verwahren kann.«

Stokes nickte. »Gut«, meinte er und schien im Geiste schon seinen Antrag zu formulieren, mit dem er seine Vorgesetzten nicht nur überzeugen wollte, sondern sie – so wie die Lage sich darstellte – würde überzeugen müssen.

Barnaby sah die anderen der Reihe nach an. Die Atmosphäre hatte sich, seit die drei Frauen mit ihren Nachrichten aus Essex zurückgekehrt waren, immer weiter aufgeladen. Und je mehr er, Stokes und Montague jetzt erfuhren … Natürlich war da zunächst das leise, und, so wollte er hoffen, wohl verborgene Entsetzen gewesen, dass die Damen sich einfach so, aus einer Laune heraus und ohne vorherige Absprache in weitere Nachforschungen gestürzt hatten. Aber da sie allem Anschein nach mit Umsicht vorgegangen waren und stets in Begleitung von Kutscher, Bursche und Lakai – allesamt Männer, die Barnaby handverlesen hatte und auf die er und Stokes blind vertrauten –, war der anfängliche Schrecken bald einer sachlichen Erregung gewichen, einer ganz auf den Fall gerichteten Konzentration, die man meinte, fast mit Händen greifen zu können.

Wie es aussah, hatten die Damen den Schlüssel zu den Morden gefunden, und weder er noch Stokes, und, so nahm er an, auch Montague nicht, zählten zu jenen kleingeistigen Vertretern ihres Geschlechts, die den Frauen die redlich verdiente Anerkennung verwehren würden. Oder gar Skrupel hätten, die von ihnen beschafften Informationen zu verwenden, um ihre eigenen Ermittlungen voranzubringen.

Nicht dass die Damen sich hätten abhalten lassen; sie waren aus den Ermittlungen kaum noch wegzudenken. Längst war daraus ein gemeinsames Unterfangen geworden, an dem sie alle sechs beteiligt waren; jeder von ihnen hatte ein persönliches Interesse an dem Fall und würde nicht eher ruhen, bis die ganze Sache erfolgreich zum Abschluss gebracht wäre.

Sie waren ein Team und arbeiteten zusammen, fanden sich unversehens in einer Situation, in der sie sich gegenseitig anspornten, in der jeder den anderen ergänzte. Ein perfektes Zusammenspiel, wie es beflügelnder kaum hätte sein können.

Stokes wandte sich an Penelope. »Wenn, wie Barnaby und ich ja vermuten, unser Täter vor allem darauf bedacht ist, seine Identität geheim zu halten, müsste ihn dann die Tatsache, dass ihr drei heute Nachmittag unverhofft vor dem Landsitz standet, nicht längst in die Flucht geschlagen haben? Warum sollte er, nach eurem Besuch und in dem Wissen, dass du die Halsteads sogar persönlich kennst, dort bleiben und wie auf dem Präsentierteller warten, dass die Behörden eingreifen und man ihn stellt? Ist es nicht viel wahrscheinlicher, dass er sich seine Ware schnappt und das Weite sucht?«

»Nein, weil es so kurzfristig nicht geht«, wandte Barnaby ein. »Das Treffen ist längst angekündigt. Die Kutschen, die an besagten Abenden durchs Dorf fahren, sie kommen von wer weiß wo her. Diese Leute – seine Kundschaft, wenn man so will – nehmen womöglich eine weite Anfahrt in Kauf und wurden im Vorfeld benachrichtigt, dass heute wieder etwas stattfindet, ein Handel, welcher Art auch immer. Unser Mann kann nicht einfach die Beine in die Hand nehmen und Zeit und Ort der Veranstaltung ändern. Zu viel stünde auf dem Spiel, zumal wenn man bedenkt, dass es sich bei seinen Kunden wohl kaum um ehrwürdige Kaufleute handelt.«

»Ganz genau.« Penelope ließ sich auf die Armlehne von Barnabys Sessel sinken. »Und ich denke, wir können ruhig davon ausgehen, dass er, obwohl er mittlerweile vermutlich von der Dame weiß, die am Nachmittag am Haus war und den Halsteads Bescheid geben wird von der allem Anschein nach unrechtmäßigen Nutzung ihres Landsitzes, doch nicht davon ausgeht, dass sie es gleich heute oder morgen tun wird. Geschweige denn, dass sie ihre Informationen an Scotland Yard weitergeben und eine Razzia ihm den ganzen Abend verderben wird.« Sie hob die Hände und blickte zu Griselda und Violet. »Wir waren schließlich nur drei Damen – wohl kaum eine ernstzunehmende Bedrohung, oder?«

Da konnten Montague und Stokes nur lachen.

»Wenn wir hingegen bis morgen warten«, meldete sich Violet zu Wort, und ihre helle Stimme hob sich klar und deutlich von Penelopes stets doch etwas bestimmendem Ton ab, »würde ich darauf wetten, dass Ihre Männer bloß noch ein leeres Haus vorfinden würden.«

Barnaby nickte. »Darauf können wir Gift nehmen.« Er suchte Stokes' Blick. »Unser Täter sitzt in der Klemme. Einerseits muss er die heutige Veranstaltung wie geplant abhalten, weil die Waren schon vor Ort sind, die Kunden bereits informiert und auf dem Weg; andererseits dürfte ihm mittlerweile klar sein, dass er sein Geschäft künftig nicht mehr von The Laurels aus wird betreiben können. Aus seiner Sicht dürfte es also das Beste sein, alles noch wie vereinbart über die Bühne zu bringen und dann zügigst seine Zelte dort abzubrechen.«

Stokes sah ihn schweigend an, der Blick seiner grauen Augen unergründlich, als er den Fall noch einmal Revue passieren ließ, sich sämtliche Argumente vergegenwärtigte, die er seinen Vorgesetzten vorlegen musste, damit sie seinem Anliegen stattgäben, noch heute Abend eine Razzia auf The Laurels durchzuführen. Schließlich nickte er. »Würden wir warten – und sei es bloß bis morgen –, könnte es schon zu spät sein. Wir hätten seine Spur wieder verloren. Einen Mann, der drei Morde begangen hat, drei Morde, deren Aufklärung auch im Interesse der Kommission sein dürfte, und das möglichst, bevor die Zeitungen davon Wind bekommen und die Halsteads – und schlimmer noch die Camberlys – unter öffentlichen Druck geraten. Man will Ergebnisse sehen, und hier handelt es sich um eine einmalige Gelegenheit, unsere Ermittlungen ganz entscheidend voranzubringen, wenn nicht gar abzuschließen. Wenn wir heute Nacht zuschlagen, dürfte die Identität unseres so sehr auf Diskretion bedachten Schurken gelüftet sein.«

Barnaby spitzte die Lippen. »Das sollte sie eigentlich überzeugen, oder?«

»Hoffentlich.« Stokes verzog das Gesicht. »Mir sind diese politischen Spielchen zuwider, aber die Kommission dürfte ebenso wie der Polizeichef bereitwillig zustimmen und uns die entsprechende Befugnis und die nötigen Männer gewähren, aber … Ich fürchte nur, es könnte sich hinziehen. Von deinem Vater und Peel abgesehen, wird jeder erst einmal das Für und Wider abwägen und endlos debattieren, welches Gewicht dem Fall denn nun in den Augen der Öffentlichkeit zukomme – zumal Halstead und Camberly involviert sind, wird man es sich dreimal überlegen.« Stokes beugte sich vor und verschränkte die Hände zwischen den Knien. »Wir bräuchten noch irgendein schlagendes Argument, das die Öffentlichkeit selbst dann aufseiten der Polizei sein lässt, wenn die Razzia sich als vergebens und völlige Zeitverschwendung erweisen sollte …«

»Nun, da wüsste ich etwas«, meinte Montague. Als alle Blicke sich auf ihn richteten, sah er mit ernster Miene in die Runde. »Auch wenn noch niemand es explizit gesagt hat, können wir uns vermutlich alle denken, mit welchen ›Waren‹ gehandelt wird.« Er wandte sich an Griselda. »Sie haben an einem der Fenster eines der Objekte gesehen – ein junges verzweifeltes Mädchen. Nach meiner Aufschlüsselung der monatlich erzielten Summen dürfte er noch mindestens vier weitere Mädchen bereithalten, wenn nicht gar mehr.« Montague ließ den Blick der Reihe nach auf ihnen ruhen. »Es braucht nicht viel Fantasie, sich vorzustellen, an wen er seine sogenannte Ware verkauft.«

Stokes' düstere Miene wich einem Ausdruck der Entschlossenheit und des Triumphs. »Perfekt«, fand er und wollte sogleich zur Tat schreiten. »Dann will ich gleich mal zum Yard und …«

»Moment, Moment.« Penelope erhob sich und hielt ihn zurück. »Erst sollten wir uns einen Plan zurechtlegen.« Sie kramte in ihren Rocktaschen und brachte einen zerknitterten Zettel zum Vorschein, den sie, nachdem sie ihn kurz glatt gestrichen hatte, Stokes zeigte. Barnaby stand ebenfalls auf und schaute ihr über die Schulter. »Das«, erklärte ihnen Penelope, »ist eine Karte, die Griselda, Violet und ich von The Laurels gezeichnet haben – soweit wir Einblick in das Anwesen und die nähere Umgebung hatten. Hier …«, sie zeigte auf eine schraffierte Fläche, »… grenzt ein Wäldchen an das Grundstück, das uns sehr nützlich sein könnte …«

Zehn Minuten später hatten sie sich einen Plan für die Razzia auf dem Landsitz der verstorbenen Lady Halstead zurechtgelegt, der alle Eventualitäten berücksichtigte, und Stokes schlüpfte in seinen Mantel und machte sich auf den Weg zum Yard, um seine Vorgesetzten zu überzeugen, sich die entsprechende Bewilligung zu holen und die nötigen Constables zu rekrutieren. Montague und Barnaby blieb es damit überlassen, den Rest ihres kleinen Trupps sicher zum vereinbarten Treffpunkt in besagtem Wäldchen zu bringen.

Während sie in der Eingangshalle darauf warteten, dass die Kutschen vorgefahren wurden, glühte Penelope geradezu vor Glück. Keiner der Männer – nicht einmal Montague – hatte versucht, sie von dem Unterfangen abzuhalten, geschweige denn, ihre Anwesenheit infrage zu stellen.

Es sah fast so aus, als wäre ein Traum wahr geworden und ihr neues Ermittlungsteam auf dem besten Wege, sich auch in der Wirklichkeit zu bewähren.

Es war eine kalte Nacht in Essex. Eine blasse Mondsichel zeigte sich flüchtig am Firmament, blitzte immer wieder kurz auf zwischen tief hängenden, eilig dahinziehenden Wolken und den im Wind wogenden Baumkronen des Waldes. Obwohl die meisten Blätter noch nicht gefallen waren, lag auf dem Boden doch schon ein weicher, dichter Laubteppich, der das Geräusch der schweren Stiefelschritte dämpfte, als Stokes seinen Männern mit gesenkter Stimme Anweisungen gab, sich über das Anwesen zu verteilen, das Haus zu umzingeln und dabei möglichst unbemerkt zu bleiben.

Violet fand, dass derlei Vorsichtsmaßnahmen vielleicht ein wenig übertrieben waren. Wie geplant, hatten sie sich um halb zehn in dem kleinen Wäldchen eingefunden – sie sechs, dazu noch die beiden Kutscher von Penelope und Barnaby sowie vier Burschen und Lakaien und bestimmt zwei Dutzend Männer von Scotland Yard. Nach allem, was Violet von den geflüsterten Unterhaltungen mitbekommen hatte, waren darunter einige Freiwillige, für die Stokes anscheinend ein großes Vorbild war. Die Gelegenheit, ihn bei dieser Aktion zu unterstützen, hatte sich wohl niemand entgehen lassen wollen. Stokes hatte seinen Trupp in kleinere Einheiten unterteilt, wobei auf eine Handvoll Constables immer zwei Detectives kamen, die jetzt von ihm auf ihre jeweiligen Positionen geschickt wurden.

Soweit Violet es von hier aus beurteilen konnte, glaubte man sich auf The Laurels sicher; weder waren Wachen vor dem Haus oder an den Fenstern aufgestellt, noch schien man damit zu rechnen, dass irgendetwas das Treiben des Abends stören könnte.

Sie waren vor Ort gewesen, noch ehe die erste Kutsche auf dem Anwesen eintraf, doch selbst zu diesem Zeitpunkt waren an sämtlichen Fenstern, sowohl an denen der oberen als auch jenen der unteren Stockwerke, die Vorhänge so dicht zugezogen, dass lediglich ein schwacher Lichtschein nach draußen drang – gedämpfter in den oberen Zimmern, während das Erdgeschoss hell erleuchtet war, gerade so, als erwarte man tatsächlich eine große Geselligkeit.

Zehn Minuten vor der vollen Stunde waren dann die ersten Kutschen vorgefahren, schwarze Karossen, die Fenster verhangen, genau wie die Pfarrersfrau es erzählt hatte; bis es zehn Uhr war, waren insgesamt neun solcher Gespanne die Auffahrt hinaufgekommen, hatten ihre Passagiere ausgespuckt und seitlich der Zufahrt gehalten. Überraschend war, dass die Kutscher ihre Pferde angebunden hatten und sämtlich ihrer Herrschaft ins Haus gefolgt waren. Ein Klopfen hatte genügt, und die Tür war jedem einzelnen geöffnet und gleich wieder hinter ihm geschlossen worden, als sei alles ein gut eingespieltes Ritual.

Nachdem weitere zehn Minuten verstrichen waren und es nicht den Anschein hatte, als würden noch weitere Gäste erwartet, hatte Stokes seine Männer aus der Deckung des Waldes auf das Anwesen geschickt.

Von ihrem Beobachtungsposten – Violet saß, ebenso wie Penelope, Griselda und Montague, im Geäst eines alten Baumes, gerade so weit oben, um über die Mauer des Grundstücks blicken zu können – hatten sie das Eintreffen der neun Kutschen genau verfolgen und sich ein erstes Bild der »Gäste« machen können. Es waren sowohl Männer als auch Frauen, und das ungefähr zu gleichen Teilen; alle waren sie zügig, doch ohne Eile ausgestiegen und zum Haus hinaufgegangen, ohne ihre Umgebung eines Blickes zu würdigen.

Obwohl es im schwachen Licht nur ungenau zu erkennen war, schienen doch alle Besucher sehr modisch, gar elegant gekleidet. Die Damen trugen dunkle Gewänder, manche hatten sich Schals um die Schultern gelegt und hatten kleine Täschchen bei sich. Die Herren trugen feinen Zwirn und Krawatte, manch einer schwang einen Stock und trug Hut.

Die sichere Selbstverständlichkeit, mit der jeder von ihnen hinauf zum Haus gegangen und ohne Umstände eingelassen worden war, fand Violet bezeichnend. Sie beugte sich vor, näher an den Stamm des Baumes, näher zu Montague, der schräg gegenüber in einer der unteren Astgabelungen lehnte, und flüsterte: »Keiner der Anwesenden ist zum ersten Mal hier.«

Durch das fahle Dunkel erwiderte Montague ihren Blick, sah sie einen Moment an, ehe er nickte. »Ja, Sie haben recht.« Er schaute wieder hinüber zum Haus. »Wem das Anwesen fremd wäre, hätte sich zumindest kurz umgeschaut oder etwas mehr Zurückhaltung gezeigt. Stattdessen sind sie alle, ohne Ausnahme, schnurgerade ins Haus marschiert.«

»Ebenso die Kutscher«, raunte Penelope vom nächsten Baum herüber. Sie rutschte vorsichtig ihren Ast entlang, als suche sie eine geeignete Stelle, um wieder herabzuspringen. »Wer immer diese Leute sein mögen, sie stecken da alle mit drin – keiner von ihnen ist unschuldig oder könnte nachher behaupten, nicht gewusst zu haben, was sich dort drin abspielt.«

Griselda gab einen zustimmenden Laut von sich, während sie sich langsam von ihrem Ausguck nach unten hangelte.

»Halt!«, zischte Montague, als Penelope gerade zum Sprung ansetzen wollte.

Sie hielt inne und sah ihn fragend an; er zögerte nur einen Moment, ehe er es dann doch sagte: »Nicht springen. Sie könnten sich den Knöchel verstauchen, müssten hierbleiben und würden das Beste verpassen.«

Penelope betrachtete ihn schweigend, dann lachte sie leise. »So kann man es auch sehen. Sie sind eine sehr willkommene Ergänzung unseres Ermittlerteams, Montague. Und wenn Sie meinen … also gut. Ich warte.«

Montague kletterte nach unten, und Penelope gewährte ihm großzügig, sie von ihrem luftigen Ausguck zu heben.

Violet saß so dicht beim Stamm, dass sie auch allein hätte hinunterklettern können, doch da war Montague schon wieder bei ihr und hob auch sie ohne viel Federlesens herunter.

Zu ihrem Erstaunen blieb ihr die Luft weg, einfach so, als würde ihr der Atem stocken, kaum dass sie seine Hände um ihre Taille spürte, seine Kraft, mit der er sie scheinbar mühelos herunterhob und sanft auf dem weichen Waldboden absetzte. Den Bruchteil einer Sekunde zögerte er, ein köstlicher, vielsagender Moment, als er dastand und sie einfach nur ansah, als ihre Blicke sich trafen, auch wenn sie den anderen im Dunkel kaum erkennen konnten – doch fühlen konnten sie, und das taten sie. Bis er tief Luft holte und sie losließ, einen Schritt zurücktrat, aber doch an ihrer Seite blieb.

Stokes und Barnaby hatten sich derweil um die Stellung ihrer Truppen gekümmert und kehrten nun zu ihrem Treffpunkt zurück, zwei große, dunkle Schatten, die überraschend lautlos zwischen den Bäumen hindurchglitten.

Sowie er bei ihnen war, meinte Stokes: »Es kann losgehen.« In der Dunkelheit blitzten seine Zähne in einem raubtierhaften Lächeln auf. »Wir bleiben erst mal zusammen und greifen über den Vordereingang zu.« Gemeint war nicht nur ihr kleines Ermittlerteam, sondern auch einige Constables und die sechs Mann aus Penelopes und Barnabys Haushalt, die sich etwas abseits bereithielten. »Ich habe zwar einen Durchsuchungsbeschluss, aber es wäre mir lieber, Montague mit seiner Vollmacht vorauszuschicken – das wird für etwas Verwirrung sorgen, und je später sie merken, was gespielt wird, desto besser für uns. So dürfte es leichter sein, sämtliche Anwesenden in Schach zu halten und in Gewahrsam zu nehmen.«

Stokes' Blick richtete sich auf Penelope, Griselda und Violet. »Die Frauen würde ich bitten, uns bis zum Haus zu folgen, sich dann aber draußen mit den Kutschern, den Burschen und Lakaien auf dem Rasenstück gleich gegenüber des Eingangs aufzustellen.« Er hielt inne und ließ seinen im Dunkeln kaum auszumachenden Blick der Reihe nach auf ihnen ruhen. »Wenn wir mit unseren Vermutungen richtigliegen, will ich die Mädchen so schnell wie möglich da rausbekommen. Ich habe meinen Leuten gesagt, sie sollen sie nach draußen bringen, wo man sich um sie kümmern werde.« Stokes deutete hinüber zu den Kutschern, Burschen und Lakaien und wandte sich explizit an die drei Frauen. »Die Männer bleiben zwar in eurer Nähe, aber sie nehmen die Mädchen an der Tür in Empfang, um sie dann zu euch zu bringen, verstanden? Ich will unter allen Umständen vermeiden, dass auch nur eines der Mädchen diesem Gesindel als Geisel in die Hände fällt.«

Selbst Penelope leuchtete dieser Plan ein. Es war vernünftig so, sicherer. Alle nickten und murmelten zustimmend.

»Gut«, meinte Stokes und schaute zu seinen Männern hinüber. »Dann gebe ich den Befehl zum Einsatz.«

Sie folgten Stokes aus dem Wäldchen, die Straße hinunter und dann in der abgesprochenen Formation durch das einmal mehr weit offen stehende Tor die Auffahrt hinauf. Violet musste sich eingestehen, dass es ein sehr erhebender Moment war; die schweren Stiefeltritte klangen wie Trommelschlag, wie ein Marsch der Gerechtigkeit.

Vor dem Haus teilten sie sich auf, und ihre kleine Gruppe, die die Nachhut gebildet hatte, ging hinüber zum Rasenrondell, um auf ihren Einsatz zu warten.

Von dort sah Violet, wie Montague furchtlos die Treppe zum Haus hinaufging. Vor der Tür blieb er stehen und nickte Stokes zu, der den Klingelzug betätigte. Montague wartete zwei Sekunden, dann hob er die Faust und schlug an die Tür.

Als sich nichts rührte, klopfte Montague auf ein Zeichen von Stokes erneut.

Es dauerte bestimmt eine halbe Minute, bis die Tür endlich geöffnet wurde.

Violet reckte sich auf die Zehenspitzen, konnte den kauzigen Butler – sie nahm an, dass er es war – jedoch nicht erkennen, da Stokes' Männer ihr den Blick verstellten. »Ja? Sie wünschen, Sir?«, drang es zwischen den kräftigen Schultern der Constables hindurch und zu ihnen herüber.

Montague zückte seine Vollmacht. »Lady Halstead, die Eigentümerin dieses Anwesens ist, hat mich ermächtigt, Nachforschungen zur derzeitigen Nutzung ihres Hauses anzustellen.« Da es dem Mann die Sprache verschlagen zu haben schien, sah Montague sich gezwungen, ihn mit einer knappen Handbewegung aus dem Weg zu schieben; der Kerl stolperte zurück, und Montague nutzte die Gelegenheit, um an ihm vorbei ins Haus zu treten.

In der Halle schaute er sich um. Linker Hand fand sich eine verschlossene Tür, geradeaus die Treppe, die hinauf in den ersten Stock führte, daneben ein schmaler Korridor, durch den man in den hinteren Teil des Hauses gelangte. Zur Rechten stand eine Flügeltür offen und gewährte Einblick in einen opulenten Raum, bei dem es sich um den Salon handeln musste. Montague beschloss, dort anzufangen. Als er auf die Tür zusteuerte, wusste er nicht, wann er sich je so kampfeslustig gefühlt hatte wie jetzt, als er zwei Pärchen erblickte, die gleich am Eingang des Zimmers standen.

Man hätte sie für ganz normale Gäste einer vornehmen Soirée halten können, wären nicht dieser harte, gnadenlose Blick und ihre verlebten Gesichter gewesen.

Beide Paare standen wie erstarrt, die Mienen leer und ausdruckslos, während ihre Augen sich weiteten, als sie die Männer sahen, die Montague folgten. Ohne sie weiter zu beachten, marschierte Montague an ihnen vorbei und ließ seinen Blick schweifen.

Am Ende des Zimmers entdeckte er Walter Camberly, dem vor Schreck Augen und Mund offen standen. Neben dem jungen Camberly befand sich ein rundes Podest von der Art, wie Montague es aus Schneiderateliers kannte. Darauf stand mit tränenüberströmtem Gesicht ein Mädchen von kaum zwanzig Jahren, das keinen einzigen Faden am Leib trug.

Spätestens jetzt war Montague klar, was hier gespielt wurde: Walter verkaufte die Mädchen wie Rinder auf dem Viehmarkt!

»Stokes«, sagte er, ohne sich umzudrehen.

»Schon gesehen.« Den düsteren Blick auf Walter Camberly geheftet, die Miene grimmig entschlossen, schritt der Inspector neben Montague durch den Raum. »Ich kümmere mich um ihn, und Sie schaffen das Mädchen hier raus.«

»Wird gemacht.« Montague streifte sich im Gehen seinen Mantel ab und merkte kaum, wie die Zuschauer dieses Spektakels, Frauen und Männer gleichermaßen, zurückwichen und sich über den Raum verstreuten. Stokes' Leute würden sich darum kümmern.

Walter Camberlys Mund öffnete und schloss sich wie bei einem Fisch auf dem Trockenen, doch kein Laut kam heraus.

Erst als Stokes ihn unsanft beim Arm fasste, brachte er ein heiseres Krächzen heraus. »He! Ich muss doch sehr …«

»Wenn du halbwegs bei Verstand bist, hältst du die Klappe!«, schnauzte ein Mann ihn an, der ein paar Schritte entfernt stand – ein ausnehmend gut gekleideter Mann, doch ganz sicher kein Gentleman.

Montague blendete die Rufe und Beschimpfungen aus, die sich Bahn brachen, als Stokes' Leute ausschwärmten und sich Walters Gäste vorknöpften. Seinen Mantel weit ausgebreitet, trat Montague an das Podest und versuchte, das junge Mädchen vor den Blicken der Anwesenden abzuschirmen. »Ziehen Sie das über, und dann lassen Sie uns zusehen, dass wir hier wegkommen.«

Zögerlich, als traue sie dem Frieden noch nicht ganz, nahm das Mädchen den Mantel entgegen; Montague wandte diskret den Blick ab, als sie hineinschlüpfte und ihn fest um ihren schmalen Körper schlang.

»Sehr gut, kommen Sie.« Montague reichte ihr die Hand, um ihr von dem Podest zu helfen. »Vertrauen Sie uns, Sie sind in Sicherheit – draußen vor dem Haus warten Damen, die sich um Sie kümmern werden.«

Das Mädchen sah ihn aus großen blauen Augen an, blinzelte, dann nahm es seine Hand, hielt sich mit der anderen den Mantel zu und stieg vorsichtig vom Podest herab. Sowie sie festen Boden unter den Füßen hatte, hob sie den Blick wieder. »Ich bin nicht die Einzige – oben sind noch mehr.«

Montague nickte und drängte sie sanft weiter. »Das wissen wir. Die Kollegen werden sie gleich nach unten bringen.« Er versuchte, sie vor dem Schieben und Drängen abzuschirmen, das mittlerweile im Salon herrschte, als die Constables die Schuldigen einen nach dem anderen festsetzten, und führte sie aus dem Salon in die Halle, wo Kollegen bereits die anderen Mädchen nach unten und aus dem Haus in Sicherheit brachten. Es handelte sich um den von Barnaby geleiteten Trupp, und die Constables waren allesamt Männer in mittleren Jahren, die selbst Töchter hatten.

Montague schloss sich mit seiner Schutzbefohlenen der kleinen Prozession an, die nun aus dem Haus strömte, die Stufen hinunter und über die Auffahrt – obwohl das Mädchen barfuß war, schien ihm der Kies nichts auszumachen, so groß musste seine Erleichterung sein – und hinüber zum Rasenrondell, wo er sie in Violets Obhut gab.

Violet nahm sie mit einem Lächeln in Empfang, legte den Arm um sie und brachte sie zu den anderen, die sich innerhalb des schützenden Kordons von Penelopes Kutscher, Burschen und Lakaien zusammengeschart hatten. Die Männer hielten den Blick fest aufs Haus gerichtet, um den spärlich gekleideten Mädchen nicht zu nahe zu treten.

Während Montague den beiden hinterherschaute, wurde das Mädchen, das er hinausbegleitet hatte, schon von den anderen willkommen geheißen. »Hilda!«, riefen sie, und ein paar der Mädchen schlossen sie in ihre Arme.

Penelope wartete, bis wieder etwas Ruhe eingekehrt war, dann sagte sie nüchtern: »So, Mädchen, jetzt zählt mal bitte durch – sind das alle?«

Sieben waren es bislang. Die jungen Frauen sahen einander an, schauten, ob alle da waren, ehe Hilda nickte. »Ja, Miss. Diesen Monat waren wir nur sieben«, bestätigte sie und fügte mit einem kurzen Blick zum Haus hinzu: »Ich habe diesen Kerl, der hier das Kommando führt, sagen hören, dass es sonst mehr wären, aber heute Abend, diesen Monat, waren es nur wir sieben.« Hilda senkte die Stimme. »Wir sind einfache Mädchen vom Land, Miss. Gute, rechtschaffene Mädchen. Wir sind in die Stadt gekommen, weil wir ehrliche, anständige Arbeit finden wollten, aber er hat uns das Blaue vom Himmel herunter versprochen und behauptet, er wüsste eine gute Anstellung … Natürlich war es gelogen. Er hat uns hergebracht und hier eingesperrt.« Ihre Stimme begann zu zittern und senkte sich noch weiter, bis es kaum mehr als ein Flüstern war.

»Verkaufen wollte er uns, damit man uns schändete und was weiß ich nicht noch alles.«

»Nun«, meinte Penelope, »das wird er jetzt nicht mehr können, da braucht ihr euch keine Sorgen zu machen. Denn diese Herren dort drüben …«, sie zeigte auf die Constables, die einen ganzen Tross verhafteter »Gäste« abführten und in die vorgefahrenen Gefängniswagen verfrachteten, »… sind von der Polizei, und sie werden dafür sorgen, dass dieses Gesindel genau das bekommt, was es verdient hat – und glaubt mir, das wird kein Zuckerschlecken.« Penelopes Worte und ihr zuversichtlicher Ton halfen den Mädchen, sich etwas zu entspannen, langsam zu begreifen, dass dieser Albtraum tatsächlich vorbei und sie wirklich in Sicherheit waren. »So«, fuhr Penelope dann schon weitaus praktischer fort, »wisst ihr, wo eure Kleider sind? Wenn ihr mir das ungefähr beschreiben könntet, schicke ich meinen Mann und Mr. Montague los, damit sie holen, was sie zu fassen kriegen.«

Nachdem man Montague entsprechend instruiert hatte, kehrte er ins Haus zurück, wo er Barnaby unten in der Halle antraf; gemeinsam gingen sie nach oben und warfen alles, was sie an Kleidern und persönlicher Habe finden konnten, in die teils noch kaum ausgepackten Taschen, die in den Zimmern herumstanden.

»Einfache Mädchen vom Land«, meinte Montague zu Barnaby, als sie fertig waren und sich im Flur wieder trafen. Montague hatte vier Taschen, je zwei unter die Arme geklemmt und zwei in den Händen, und Barnaby trug drei. »Sind nach London gekommen, um ehrliche, anständige Arbeit zu finden«, fuhr Montague fort, als sie etwas schwerfällig die Treppe hinunterpolterten. »Soweit ich es verstanden hatte, muss er – womit sie vermutlich Walter Camberly meinen – sie gleich nach ihrer Ankunft aufgegriffen und ihnen eine Anstellung versprochen haben. Dann hat er sie hierhergebracht.«

Barnaby nickte. »Ich würde darauf wetten, dass er seiner Beute an den Poststationen aufgelauert hat. Eine Unschuld vom Land ist leicht zu erkennen, wenn sie zum ersten Mal in einer Stadt eintrifft und sich arglos und mit großen Augen umschaut.«

Unten angekommen, warteten sie, bis Stokes sich mit Walter Camberly im Schlepptau zu ihnen gesellte.

Walter schien die Welt nicht mehr zu verstehen, als er, die Hände vor dem Körper gefesselt und von einem ruppigen Sergeant in Schach gehalten, abgeführt wurde.

Einen Schritt von Stokes entfernt ließ der Sergeant Walter anhalten, und Montague bedachte den jungen Mann mit einem vernichtenden Blick. »Welch widerliches Exemplar von einem Gentleman Sie doch sind – sich heimtückisch unschuldiger Mädchen zu bedienen, um daraus für sich selbst Gewinn zu schlagen!«

»Nicht zu vergessen«, ergänzte Barnaby nicht minder verächtlich, »dass er seine eigene Großmutter umgebracht hat, um sein schändliches Tun nicht auffliegen zu lassen.«

»Von den Morden an Mr. Runcorn, dem Verwalter Ihrer Großmutter, und deren Dienerin Tilly Westcott ganz zu schweigen«, schloss Stokes.

Walter wurde aschfahl im Gesicht. Einen Moment blieb ihm der Mund offen stehen, dann klappte er ihn wieder zu und riss dafür die Augen so weit auf, dass sie ihm fast aus dem Kopf traten. Erst schaute er ungläubig, dann schüttelte er heftig den Kopf. »Nein«, stieß er hervor und hob verzweifelt die gefesselten Hände, als wollte er um Gnade flehen. »Nein, das habe ich nicht!«

Sichtlich unbeeindruckt gab Stokes dem Sergeant ein Zeichen. »Bringen Sie ihn weg.« Als der Sergeant Walter Camberly unsanft abführte, setzte Stokes nach: »Und sorgen Sie dafür, ihn von den anderen getrennt zu halten, ja? Schwer zu sagen, wozu die fähig sind.«

»Jawohl, Sir«, erwiderte der Sergeant und stieß Walter zur Tür hinaus.

Unter dem kleinen Portikus drehte Walter Camberly sich

noch einmal nach ihnen um, und die Verzweiflung stand ihm deutlich ins Gesicht geschrieben. »Ich war es nicht!«, heulte er. »Ich habe niemanden umgebracht!«

Es wurde noch eine lange, geschäftige Nacht, aber keiner von ihnen beklagte sich darüber.

Erfüllt von einem Gefühl des Triumphes und tiefer Zufriedenheit darüber, zumindest sieben von Walters Opfern vor weiterem Leid bewahrt zu haben, machten die sechs unerschrockenen Ermittler sich daran, sämtliche Fragen zu klären, die sich aus der abendlichen Razzia ergaben.

Das Haus in der Albemarle Street wurde ihr Hauptquartier. Penelope, Griselda und Violet kehrten mit den geretteten Mädchen auf direktem Wege zurück; Mostyn und die anderen Bediensteten eilten geschäftig umher, machten Betten und Zimmer bereit und versorgten die Mädchen mit heißer Milch, damit sie etwas Ruhe und Trost fanden, ehe sie sich zur Nacht zurückzogen. Sie brachten die Mädchen in drei Zimmern unter – in zweien je zwei von ihnen, und im dritten drei, sodass keine von ihnen allein sein musste.

Nachdem sie den Mädchen eine gute Nacht gewünscht, ihnen noch einmal versichert hatten, dass man ihnen gleich morgen helfen würde, eine ehrliche Arbeit zu finden und sie sich keine Sorgen zu machen brauchten, ging Griselda mit Penelope und Violet wieder nach unten. »Wahrscheinlich ist es das erste Mal, dass sie, seit sie nach London kamen, eine ruhige Nacht verbringen.«

»Die Armen«, seufzte Violet. »Was Walter getan hat, ist unverzeihlich.«

»Allerdings«, pflichtete Penelope ihr bei und wirkte ungewohnt bedrückt. »Ich mag gar nicht daran denken, wie viele Mädchen er auf diese Weise ins Unglück gestürzt hat in den letzten … Wie lange ging das? Vierzehn Monate?«

»Es ist müßig und deprimierend, über die genauen Zahlen zu spekulieren«, fand Griselda, »aber da man auch die Bordellbesitzer gefasst hat – mit Glück sogar alle, die an seinem schmutzigen Geschäft beteiligt waren –, gehe ich davon aus, dass Stokes und seine Leute einige dieser Etablissements bald schließen und die Mädchen von ihrem Los befreien werden. Der bereits angerichtete Schaden lässt sich natürlich nicht wiedergutmachen, aber wenigstens sind sie dann frei und bleiben vor weiterem Leid bewahrt.«

»Wenn wir Glück haben«, meinte Penelope, »werden auf diese Weise sogar noch mehr Mädchen gerettet als bloß jene, die von Walter diesem Schicksal ausgeliefert wurden.«

Wie sich zeigen sollte, waren es dann aber nicht Stokes' Leute, die die fraglichen Bordelle schlossen. Als er mit Barnaby und Montague endlich in die Albemarle Street zurückkehrte, ließ Stokes sich erst einmal von Barnaby einen Brandy geben und beantwortete, nachdem er sich gesetzt hatte, Griseldas drängendste Frage. »Nicht von mir, Liebes, aber die Kollegen in Manchester, Leeds, Birmingham und Coventry kümmern sich darum.« Er trank einen Schluck, seufzte tief und meinte, als er die erwartungsvollen Blicke der Damen auf sich gerichtet fand, mit einem müden Lächeln: »Wie es aussieht, hat der junge Camberly fern von London einen sehr einträglichen Markt entdeckt. Die Bordelle in der Provinz können nicht genügend Mädchen halten, da sich, so man diesem Gewerbe nachgeht, in London einfach bessere Chancen bieten. Neun Bordellbesitzer samt ihren Madames sind uns in die Fänge gegangen – der Chef kann sein Glück kaum fassen. An die Besitzer selbst kommt man selten heran und wenn doch, lässt sich ihnen nur schwer ein Verbrechen nachweisen, geschweige denn, dass sie reden.«

Stokes lächelte und schwenkte sein Glas. »Diesmal jedoch singen sie, und zwar alle das gleiche Lied. Cromer – das ist der Kerl, der den Butler spielte, aber tatsächlich steckt er viel tiefer in der Sache mit drin – war der Mittelsmann. Durch ihn hat Walter Camberly Kontakt zu Bordellbesitzern in besagten Städten aufgenommen und ihnen regelmäßig Nachschub an jungen, unverdorbenen Mädchen vom Lande angeboten. Zur Sicherheit haben Cromer und Camberly sich bar bezahlen lassen und darauf bestanden, dass die Käufer bei der Auktion anwesend sind und ihre Waren nach der Versteigerung persönlich in Empfang nehmen.«

Penelope schüttelte es. »Schrecklich. Diese Menschen scheinen keine Skrupel zu kennen. Aber wie ist Camberly an die Mädchen gekommen?«

»Es scheint«, meinte Barnaby, »als wäre Walter hier endlich sein etwas harmlos wirkendes Äußeres zugutegekommen. Will man ihm glauben, habe er sich schon als kleiner Junge gern an den Poststationen herumgetrieben – weil ihn das bunte Treiben faszinierte, das stete Kommen und Gehen der Kutschen, die Pferde, die Reisenden. Oft hätte er sich dabei vorgestellt, von zu Hause auszureißen, die typischen Träume eines heranwachsenden Bengels möchte man meinen. Doch als er älter wurde und reifer wirkte, kam es immer öfter vor, dass junge Mädchen aus der Provinz, frisch in London eingetroffen, ihn ansprachen und nach dem Weg fragten. Manchmal auch, ob er eine gute Unterkunft wisse oder wo sie Arbeit finden könnten.« Barnaby hielt kurz inne und trank einen Schluck. »Irgendwann begann sein perfider Plan zu reifen.«

»Es klingt, als würden seine Eltern ihn ziemlich kurzhalten«, warf Stokes ein und leerte sein Glas. »Aber noch haben wir ihn nicht offiziell verhört. Er soll ruhig die Nacht über ein bisschen schmoren.« Stokes sah fragend zu Griselda, dann zu Penelope. »Und was ist mit den Mädchen – wie geht es ihnen?«

»Soweit ganz gut. Immerhin konnten wir den sieben glücklicherweise rechtzeitig zu Hilfe kommen. Gleich morgen werde ich mich an Phoebe Deverells Agentur wenden, und ich bin sehr zuversichtlich, dass Mrs. Quiverstone die Mädchen aufnehmen, sie entsprechend schulen und ausbilden wird, damit sie bald in eine passende Stelle vermittelt werden können.« Penelope lehnte sich zurück. »Bis dahin haben wir sie oben untergebracht; hier sind sie sicher und können sich erst einmal ein wenig von ihren Strapazen erholen.«

»So hat sich alles noch zum Guten gewendet«, meinte Violet. »Und mir scheint, die Mädchen sind sich ihres Glücks durchaus bewusst und sehr dankbar dafür. Sieht man von dem Grauen der letzten Tage und Wochen ab, könnte es gar sein, dass es ihnen besser ergeht, sie bessere Stellen finden, als dies der Fall gewesen wäre, hätte Walter Camberly nicht ihren Weg gekreuzt. Sie sind jung und robust. Bald werden sie sich von dem erholt haben, was passiert ist, und keinen Gedanken mehr an das verschwenden, was hätte geschehen können.« Sie fing Montagues Blick auf. »Sie schauen nach vorn, nicht zurück.«

Penelope tat einen erschöpften, doch zufriedenen Seufzer und suchte Barnabys Blick. »Wir können wirklich stolz auf uns sein. Das ist ein ziemlicher Erfolg, den wir da eingefahren haben. Jetzt müssen wir bloß noch beweisen, dass Walter Camberly die drei Morde begangen hat, und dann haben wir allen Grund zum Feiern.«

Stokes sah erst Barnaby an, dann Montague. »Das«, meinte er lakonisch, »muss erst einmal warten. Es gibt da nämlich ein Problem: Walter Camberly beharrt darauf, niemanden umgebracht zu haben.«

14

Am folgenden Morgen führte Stokes die offizielle Vernehmung von Walter Camberly in Scotland Yard durch. Barnaby stand ihm dabei dank seiner beratenden Funktion zur Seite, ebenso Montague, der sich bei seiner Anwesenheit auf Lady Halsteads Vollmacht berief.

Walter Camberly, der mit einem schlichten Holzstuhl vorliebnehmen musste und etwas verloren wirkte, saß den dreien gegenüber. Hinter ihm hatten zwei Respekt einflößende Sergeants Aufstellung bezogen und schauten mit stoischer Miene auf die gegenüberliegende Wand.

Die Hände und Füße in Fesseln gelegt, blass und übernächtigt gab Walter eine recht klägliche Gestalt ab, wie er da hockte mit gesenktem Kopf und vor sich auf den Tisch starrte.

Stokes maß ihn mit einem langen Blick, trommelte kurz mit den Fingern auf den Tisch und begann dann in einem Ton, der fast ein wenig jovial klang und keinerlei Wertung erkennen ließ: »Möchten Sie uns sagen, warum Sie das getan haben?« Als Walter, sichtlich verwundert ob dieser Taktik, zu ihm aufschaute, führte Stokes die Frage näher aus. »Sie sind das einzige Kind wohlhabender, gut gestellter Eltern. Ihr Vater ist ein aufstrebender Politiker. Es hat Ihnen an nichts gefehlt, Sie haben gute Schulen besucht, alle Möglichkeiten standen Ihnen offen. Ein Platz in der Gesellschaft war Ihnen dank Ihrer Herkunft sicher. Sie hätten werden können, was immer Sie wollten, hätten sich in vielerlei Hinsicht verdient machen können, doch stattdessen haben Sie sich dafür entschieden, Ihr Glück im Verbrechen zu suchen. Sie haben sich mit Kriminellen eingelassen, noch dazu mit Elementen der widerlichsten, verwerflichsten Art.« Stokes faltete die Hände vor sich auf dem Tisch, beugte sich vor und sah Walter eindringlich an. »Mit dem Abschaum der Gesellschaft haben Sie sich eingelassen, mit skrupellosen Menschen, die sich an den Schwächsten vergreifen.«

Stokes betrachtete Walter eine Weile, dann hakte er sanft nach: »Also, warum haben Sie das getan?«

Walter erwiderte seinen Blick schweigend, ehe er sich zu einer Antwort durchrang. »Weil es die einzige Möglichkeit war, meine Eltern auf mich aufmerksam zu machen.«

Stokes lehnte sich zurück und machte keinen Hehl aus seiner Verwunderung.

Er brauchte nicht lange zu warten, denn schon beugte Walter sich vor, als habe er nur auf die Gelegenheit gewartet, sich zu erklären. »Sie haben ja keine Ahnung, wie das ist! Ich bedeute ihnen nichts, gar nichts.« Seine Worte klangen bitter. Walter musterte Stokes, dann Barnaby und Montague. »Sie sehen auch nur die Äußerlichkeiten, das, was meine Eltern aller Welt zeigen wollen. Die perfekte Familie – Vater, Mutter, Sohn. So war es schon immer. Es ging immer bloß um den äußeren Anschein und die Ambitionen meines Vaters, die meine Mutter übrigens in jeder Hinsicht teilt. Um mich scheren sie sich keinen Deut, solange ich einfach nur die Rolle spiele, die mir zukommt – die des Sohnes, der ihnen bei den gegebenen Anlässen zur Seite steht, wie es sich gehört.« Verachtung schlich sich in seine Stimme. »Wie eine Schaufensterpuppe. Es geht ihnen gar nicht um mich, sondern nur um das, was ich repräsentiere. Für sie bin ich so etwas wie ein Bühnenrequisit bei ihren Auftritten.«

Mit einem höhnischen Lachen ließ Walter sich in seinen Stuhl zurückfallen, und sowohl Stokes als auch Barnaby und Montague war klar, dass die Verachtung des jungen Mannes keinem der Anwesenden galt. »Wollen wir doch mal sehen, was sie jetzt machen. Einfach ignorieren dürfte nicht gehen, oder?«

Stokes neigte bedächtig den Kopf. »Vermutlich nicht, nein. Dann könnte man wohl sagen, dass Sie zumindest in dieser Hinsicht bekommen haben, was Sie wollten.«

Walter blinzelte kurz, dann nickte er. »Ja, scheint so.«

Aber um welchen Preis? hätte Montague am liebsten gefragt.

Stokes ließ ein paar Sekunden verstreichen, ehe er meinte: »Ich hatte mich ja gefragt, warum Sie den Zahlungsverkehr so, nun sagen wir … umständlich gestaltet haben. Warum Sie das Konto Ihrer Großmutter verwendet haben?«

Walter schnaubte. »Weil ich nur als Anhängsel meiner Eltern existiere! Außer dem, was mein Vater mir zugesteht, verfüge ich über kein eigenes Einkommen – ein läppisches Taschengeld, das ich jeden Monat bar auf die Hand bekomme und mit dem sich herzlich wenig anfangen lässt.« Er ließ die Schultern hängen und senkte den Blick auf seine Hände. »Warum sollten sie mir auch mehr geben? Die Rechnungen meines Schneiders, nein, alle Rechnungen, gehen immer an meinen Vater. Sehr praktisch, möchte man meinen, aber auf diese Weise hat er – und durch ihn auch meine Mutter – uneingeschränkte Kontrolle über mein Leben. Sie entscheiden darüber, wie ich mich kleide, welchen Hut ich trage, welche Art von Schuhwerk. Ich bin nicht mehr als eine Puppe für sie, die immer dann hervorgeholt wird, wenn sie einen Sohn brauchen. Und indem sie mich derart an der kurzen Leine halten, bestimmen sie auch darüber, wie ich mein Leben führe – oder es eben nicht führe. Von Vergnügungen kann ich nur träumen. Ich kann weder wetten noch spielen, nicht reisen, nicht mit Freunden ausgehen. Im Grunde kann ich mir nichts leisten, ohne vorher um Geld und damit um Erlaubnis zu bitten. Nicht einmal die Mitgliedschaft in einem Club ist mir vergönnt, weil meine Eltern es für nicht nötig befinden und sich zudem sorgen, ich könnte dort unerwünschte Bekanntschaften machen.«

Noch immer in die Betrachtung seiner Hände versenkt, fuhr Walter mit seinem Lamento fort: »Ich hatte kein Leben, außer dem, das sie mir zubilligten.« Er schaute auf und sah Stokes an. »Womit Ihre Frage beantwortet sein dürfte. Ich habe kein Konto, aus dem einfachen Grund, dass ich nie genügend Geld hatte, um eines zu brauchen.« Er hielt inne und setzte dann nach: »Als ich dann mit dem Mädchenhandel auf The Laurels regelmäßige Einkünfte erzielte, wusste ich erst nicht, wohin mit dem Geld. Auf meinen Namen wollte ich es nicht anlegen, aus Angst, mein Vater könnte irgendwie davon erfahren. Nachdem klar war, dass das Geschäft florierte, konnte ich das Geld auch schlecht in meinem Zimmer verstecken oder irgendwo im Haus, das wäre früher oder später aufgefallen … Dann kam mir die Idee mit Großmamas Konto.« Er erwiderte Stokes' Blick. »Es war einfach praktisch und tat niemandem weh. Ich hätte nicht gedacht, dass sie es überhaupt merkt. Und selbst wenn sie mal einen Blick auf ihre Finanzen geworfen hätte, zahlte ich ja immer nur Geld ein und hob nie welches ab, und ganz ehrlich – niemand macht sich Sorgen, wenn er mehr Geld auf dem Konto hat als erwartet, oder?«

»Wie sind Sie denn an die Kontodaten gelangt?«, wollte Montague wissen.

Walter zuckte mit den Schultern. »Ganz einfach: Eines Abends, als wir mal wieder zum Essen bei ihr waren, habe ich mich kurz entschuldigt, bin hinüber ins Wohnzimmer gegangen und habe ein bisschen in Großmutters Schreibtisch gekramt. Dort fand ich alles, was ich brauchte und außerdem noch etliche Briefe an ihre Bank, Auszahlungsanweisungen, die längst getätigt waren. Ein paar der älteren nahm ich mit, um sie als Vorlage zu benutzen, wenn ich irgendwann mal an mein Geld wollte.«

»Und sie haben Ihnen gute Dienste geleistet«, stellte Barnaby fest. »Dann nämlich, als Sie erfuhren, dass Ihre Großmutter Runcorn damit betraut hatte, ihre Finanzen zu prüfen.« Walter nickte, und Barnaby fuhr fort: »Sie haben ein entsprechendes Schreiben aufgesetzt, haben sich die gesamte

Summe – nicht nur Ihren Teil – auszahlen lassen und das Konto aufgelöst und dann … Wer war eigentlich diese Frau, die mit dem Schreiben in die Bank gekommen ist und das Geld abgeholt hat?«

»Eine Schauspielerin, die ich eigens dafür angeheuert hatte, ich hatte ihr eine entsprechend gute Bezahlung geboten und ihr den gefälschten Brief gegeben. Der Rest war ein Kinderspiel. Ich hatte mich über Monate in Großmamas Handschrift geübt, um im Fall der Fälle gerüstet zu sein – aus gutem Grund, wie sich zeigte. Ich war mir sicher, dass niemand den Brief als Fälschung erkennen würde, und wir sind ja tatsächlich damit durchgekommen. Die Schauspielerin brauchte ich, da ich natürlich nicht gesehen werden wollte und es zudem wahrscheinlich war, dass meine Großmutter ihrer Gebrechlichkeit wegen nicht selbst zur Bank gefahren, sondern Miss Matcham damit betraut hätte.«

»Mhm«, meinte Montague. »Aber warum haben Sie alles abgehoben und nicht nur Ihren Teil?«

»Weil ich das Schreiben erst nach Großmamas Tod aufsetzte. Ich hatte es eigentlich eher tun wollen – meinen Teil holen, meine ich –, aber als sie dann plötzlich tot war, musste alles ganz schnell gehen … Und, na ja, ich dachte mir, wo sie doch nicht mehr da ist, könnte ich das Geld eigentlich auch für mich haben, statt es den anderen zu lassen.«

»Haben Sie Ihre Großmutter gemocht?«, fragte Stokes.

Walter hob die Brauen. »Sie war in Ordnung. Ich habe nie viel Zeit mit ihr verbracht, aber sie hat einen ganz anständigen Eindruck gemacht.« Er zuckte mit den Achseln. »Ehrlich gesagt kannte ich sie nicht sonderlich gut.«

»Was es Ihnen vermutlich erleichtert hat, die alte Dame umzubringen«, warf Stokes grimmig ein.

Walter riss die Augen auf. »Nein! Ich habe Ihnen doch gesagt, dass ich …« Mit panischem Blick schaute er erst zu Barnaby, dann zu Montague. »Ich habe sie nicht umgebracht. Damit habe ich nichts zu tun – mit keinem der Morde.« Er schaute von einem zum anderen, sah nur ihre unerbittlichen Blicke, die finsteren Mienen. »Warum sollte ich das denn getan haben? Ich hatte doch jetzt selber Geld, und das war alles, was ich wollte. Ich brauchte niemanden umzubringen, um an Geld zu kommen!«

Seinen Worten folgte Schweigen; Stokes wechselte einen kurzen Blick mit Barnaby, dann mit Montague. Schließlich richtete er sein Augenmerk wieder auf Walter. »Warum erzählen Sie uns nicht einfach, was genau Sie getan haben?«

Die Androhung, für sämtliche drei Morde beschuldigt zu werden, schien Walter Ansporn genug, jeden seiner Schritte darzulegen und ausführlich zu schildern, was er unternommen hatte seit jenem Abend, als er bei Lady Halsteads letztem verhängnisvollen Familienessen erfahren hatte, dass die alte Dame ihre Angelegenheiten in Ordnung bringen wollte.

»Ich habe sie nicht umgebracht«, schloss er. »Ich habe keinen von ihnen umgebracht. Warum sollte ich? Ich wäre nicht mal auf den Gedanken gekommen.«

Er lieferte ein recht überzeugendes Plädoyer in eigener Sache ab.

Als er merkte, dass man dennoch zögerte, ihn von jedweder Schuld freizusprechen – wenigstens von der Schuld an den Morden –, seufzte er. »Was wollen Sie noch? Das Geld, und zwar die gesamte Summe, befindet sich in einer Keksdose hinten auf dem Kleiderschrank meines Zimmers im Haus meiner Eltern am Belgrave Square.«

Barnaby warf Stokes einen flüchtigen Blick zu; Stokes fing ihn auf und neigte unmerklich den Kopf.

»Und was die Alibis angeht, die ich Ihnen gegeben habe …« Walter presste die Lippen zusammen. »Meine Mutter hat mir vorher gesagt, was ich sagen soll. Es stimmt also nicht, was ich Ihnen erzählt habe. Wenn Sie meine echten Alibis hören wollen, bitte: Am Abend, als meine Großmutter umgebracht wurde, war ich in einer Kneipe am Grosvenor Square etwas trinken. *The Royal*, das ist gleich um die Ecke, vom Haus meiner Eltern gesehen. Ich bin da Stammgast und war wie üblich bis zur Sperrstunde um zwei Uhr früh dort.« Walter verzog das Gesicht. »Ebenfalls wie üblich war ich am Ende ziemlich betrunken und habe gerade noch den Weg nach Hause gefunden. Ich hätte es niemals bis zu meiner Großmutter geschafft, geschweige denn, dass ich … Sie wissen schon.«

Walter hielt inne, als Stokes mit schmalen Lippen sein Notizbuch herausholte und eine neue Seite aufschlug. Stokes machte sich rasch einen Vermerk, dann nickte er Walter zu, dass er fortfahren solle. »Am Abend, als der Vermögensverwalter umgebracht wurde, war ich in dem kleinen Theater beim Leicester Square – *The Poulson*. Ich wollte mit der Schauspielerin sprechen und sie fragen, ob sie Interesse an dem Auftrag hat. Ich war pünktlich zur Sechs-Uhr-Vorstellung da und bin dann fast die ganze Nacht dort geblieben. Sie heißt Lily Cartwright und kann Ihnen auch die Namen des Regisseurs und des Theaterbesitzers nennen, die mich beide ebenfalls gesehen haben. In der Nacht, als die Dienerin ermordet wurde, habe ich mich abends mit Cromer in einer Kneipe in Tothill Fields getroffen, um unseren letzten Handel zu besprechen.« Walter zögerte kurz. »Nach dem Tod meiner Großmutter war mir klar, dass wir The Laurels nicht mehr würden nutzen können und uns nach etwas anderem umschauen mussten. Wir saßen bis in die frühen Morgenstunden zusammen – der Wirt und die Bedienungen können das bestätigen. Man kennt uns dort.«

Er lehnte sich vor und suchte Stokes' Blick. »Verstehen Sie? Der Tod meiner Großmutter hat meinen Geschäften einen herben Schlag versetzt. Warum sollte ich das alles aufs Spiel setzen – meine einzige Möglichkeit, an genügend Geld zu kommen, um das Gefängnis meiner Eltern für immer zu verlassen? Es lief prächtig, und ich habe schon so viel verdient, dass ich bald ein eigenes Konto eröffnen kann, und dank Cromer weiß ich auch, wie man das unter einem anderen Namen macht.« Walter hob die Hände und ließ sie, als er die Fesseln spürte, wieder sinken. »Warum sollte ich meine Großmutter umbringen? Von den beiden anderen gar nicht zu reden.«

Stokes sah ihn eine Weile schweigend an, dann nickte er. »Gut. Sie werden angeklagt wegen Freiheitsberaubung und Menschenhandel. Sollten Ihre Alibis für die drei Morde stimmen, könnte Ihnen der Galgen vielleicht erspart bleiben.« Stokes steckte sein Notizbuch ein, stand auf und wandte sich an die beiden Sergeants. »Bringt ihn wieder in die Zelle, und sagen Sie dem Diensthabenden, dass ich die Papiere im Laufe des Tages nachreiche.«

Barnaby verließ als Erster das Vernehmungszimmer, Stokes und Montague folgten.

Keiner von ihnen sagte ein Wort, bis sie wieder in Stokes' Büro waren und um seinen Schreibtisch saßen.

Barnaby sah Stokes an. »Er ist nicht der Mörder.«

Stokes verzog das Gesicht. »Nein, ist er nicht.«

Montague nickte. »Aber … wer war es dann?« Fragend schaute er von Stokes zu Barnaby. »Wie genau wollen wir weitermachen?«

Stokes schnaubte. »Zuerst vergewissern wir uns, dass er die Wahrheit gesagt hat. Ich werde seine Alibis prüfen und sein Zimmer durchsuchen lassen – nicht nur, um das Geld zu beschlagnahmen, sondern auch, um herauszufinden, ob er einen Schlüssel zum Haus an der Lowndes Street hatte.«

»Bei Letzterem sollte ich vielleicht dabei sein«, schlug Barnaby vor und sah Stokes an. »Wir müssen den Camberlys noch mitteilen, was ihr Sohn so getrieben hat.«

Stokes schüttelte den Kopf. »Solche Familien … Manchmal kommt es einem vor, als sei die Fäulnis an einer Stelle eingedrungen und habe sich dann immer weiter ausgebreitet, von einer Generation zur nächsten.« Er merkte, wie Montague die Stirn runzelte und in Gedanken schon anderswo zu sein schien. »Was meinen Sie?«

Montague erwiderte seinen Blick. »Ich musste nur gerade an den Mord an Runcorn denken. Wenn man es genau bedenkt, war dieser Mord ein größeres Risiko als die Morde an Lady Halstead oder an Tilly – und doch ist unser Mörder es eingegangen, denn ich denke auch, dass wir in allen drei Fällen vom selben Täter ausgehen können. Das einzige Motiv, das mir für den Mord an Runcorn einfallen will, ist allerdings das gleiche wie auch bei den beiden anderen: Er will etwas verbergen, das mit dem Vermögen Lady Halsteads oder ihres verstorbenen Gatten zu tun hat.«

Barnaby nickte. »Bislang haben wir angenommen, dass es sich dabei um die mysteriösen Zahlungen auf ihr Konto handelte, aber wenn es, wie sich nun andeutet, um etwas ganz anderes geht …«

»Dann müssen wir es herausfinden.« Montague griff nach seinem Hut und stand auf. »Ich will mich gleich mal wieder an die Arbeit machen und mir überlegen, welche Abgründe und Ungereimtheiten sich noch in der Halstead-Akte verbergen könnten. Und wie wir dem am schnellsten auf die Spur kommen.«

»Adair. Inspector.« Wallace Camberly nickte den beiden Männern zu, als man sie in sein Arbeitszimmer führte. Er stand hinter seinem Schreibtisch und deutete auf die beiden Sessel davor. »Bitte nehmen Sie Platz.«

Kaum hatten sie sich gesetzt, ging die Tür erneut auf, und Cynthia Camberly trat ein. Die Herren erhoben sich abermals und warteten höflich, dass sie sich zu ihnen gesellte.

»Gentlemen.« Sie warf den beiden einen kurzen Blick zu, ehe sie ihren Mann ansah.

Camberly deutete auf den Sessel neben dem Schreibtisch. Noch während sie sich zurechtsetzte, wandte sie sich an Stokes: »Ich will hoffen, Sie halten uns nicht allzu lange auf.« Nachdem alle wieder Platz genommen hatten, nahm Camberly den Faden sofort auf. »Das will ich meinen. Sie wissen vermutlich, dass man im Parlament derzeit recht beansprucht ist.«

Cynthia beugte sich gespannt vor. »Gehe ich recht in der Annahme, dass Sie Neuigkeiten haben?«

»In der Tat.« Stokes zückte sein Notizbuch und begann, darin zu blättern. »Und zwar geht es um Ihren Sohn … Walter Camberly.«

»Walter ist derzeit nicht in der Stadt – er besucht Freunde.« Als Stokes aufschaute, erwiderte Cynthia seinen Blick mit einem kühlen Lächeln. »Wenn Sie noch Fragen zu den Alibis haben, kann ich Ihnen gern weiterhelfen.«

Stokes sah sie einen Moment schweigend an, dann wandte er sich an Camberly. »Mr. Adair und ich sind hier, um Ihnen mitzuteilen, dass man Ihren Sohn, Walter Camberly, vergangene Nacht in Polizeigewahrsam genommen hat. Er wird der Freiheitsberaubung mindestens sieben junger Frauen bezichtigt, die er mit falschen Versprechungen auf den Landsitz The Laurels der verschiedenen Lady Halstead in Noak Hill in Essex gelockt und dort festgehalten hat, um sie in die Prostitution zu verkaufen, was dann auch der zweite Anklagepunkt wäre – unter anderem.« Stokes betrachtete Camberlys sichtlich erschütterte Miene, dann warf er einen kurzen Blick hinüber zu Cynthia, und auch sie wirkte wie vom Blitz aus heiterem Himmel getroffen, wenngleich sich bei ihr sichtlich bereits verzweifelt Kalkül zu regen begann. Er wandte sich wieder seinen Notizen zu und fuhr fort: »Ihr Sohn hat sich zu sämtlichen Verbrechen, derer er derzeit beschuldigt wird, bekannt.«

Cynthia verzog das Gesicht, als sei sie von alledem unangenehm berührt. Die Sorge um ihren Sohn schien sie weniger zu plagen als die schiere Not, sich ja keine unbedachte Gefühlsregung zu leisten.

»Derzeit?«, brachte Wallace schließlich hervor. Er war wie vor den Kopf geschlagen. »Wollen Sie damit sagen, dass er der Mörder ist? Dass er seine eigene Großmutter auf dem Gewissen hat?«

»Wir überprüfen gerade seine Alibis für die entsprechenden Zeiten.« Stokes wandte sich an Cynthia. »Ma'am, wenn

Sie wissen, wo Ihr Sohn sich an den fraglichen Abenden wirklich aufgehalten hat, sollten Sie uns das jetzt sagen.«

Cynthias Augen weiteten sich, dann lehnte sie sich zurück und sah die Männer der Reihe nach an, ehe sie sich zu einem Geständnis durchrang. »Es tut mir leid, Inspector. Ich meinte zu wissen, wo er sich aufgehalten hat, aber wie es scheint …«, sie winkte ab, »… hatte ich nicht die geringste Ahnung, was mein Sohn so treibt.«

Stokes ließ diese Worte und das leise Echo ihrer früheren Bemerkung kurz nachhallen, ehe er höflich den Kopf neigte und meinte: »Wenn Sie das sagen, Ma'am.«

Als höre er eine leise Drohung heraus, begann Camberly, unruhig zu werden. »Sie müssen schon entschuldigen, Inspector, wenn wir etwas durcheinander wirken. Wir sind, wie Sie sich gewiss denken können, zutiefst betroffen von dieser Nachricht.« Er griff nach der Hand seiner Frau und drückte sie – ob zum Trost oder als Warnung ließ sich schwer sagen. »Wir hatten nicht die geringste Ahnung, dass Walter in derartige Vorgänge verwickelt ist, die nicht nur gegen Recht und Gesetz, sondern auch gegen jeden Anstand verstoßen.«

»Von Mord ganz zu schweigen.« Cynthia setzte sich auf und straffte die Schultern, den Kopf hielt sie hoch erhoben. Wahrscheinlich war sie zu dem Schluss gelangt, dass die Rolle der erzürnten Matriarchin den Umständen am ehesten angemessen war. »Ich bin zutiefst erschüttert und über alle Maßen enttäuscht, Inspector. Allein der Gedanke, dass wir eine solche Kreatur an unserer Brust genährt haben, einen Unhold, des Mordes und zu solch unaussprechlichen Taten fähig …« Sie wechselte einen Blick mit ihrem Gatten. »Wir können nur hoffen, dass Sie die entscheidenden Beweise rasch finden und die Sache so zügig wie möglich zum Abschluss bringen. Eine sehr belastende Zeit für die Familie, für uns alle. Als ob der Mord an Mama nicht schon schlimm genug wäre.«

Wenig verwundert sah Barnaby, wie Cynthia, die eine Hand noch immer in der ihres Gatten, mit der anderen ein feines Spitzentaschentuch aus ihrer Rocktasche holte und sich, den Kopf kummervoll gesenkt, die Augen tupfte. Umso mehr hätte es ihn gewundert, hätte sie auch nur eine einzige Träne geweint.

Wallace räusperte sich, um Barnaby und Stokes von dem wenig überzeugenden Schauspiel abzulenken. »Können wir sonst noch etwas für Sie tun, Gentlemen? Wie meine Frau bereits meinte, macht uns das alles sehr betroffen, aber natürlich stehen wir jederzeit zu Ihrer Verfügung, wenn Sie unsere Hilfe benötigen.«

Stokes nickte. »Wir würden gern Walters Zimmer durchsuchen. Davon abgesehen«, er steckte sein Notizbuch ein und stand auf, »benötigen wir zum jetzigen Zeitpunkt nichts weiter von Ihnen oder Mrs. Camberly.«

Barnaby erhob sich, Camberly ebenso.

Camberly warf einen etwas gereizten Blick auf Cynthia, die noch immer mit gesenktem Kopf dasaß. »Nun, ich bin gerade sehr beschäftigt, aber ich bin mir sicher, meine Frau wird Sie hinauf in Walters Zimmer führen.«

Cynthia hob den Kopf und sah pflichtschuldigst mit Märtyrermiene drein. »Gewiss.« Sie stand auf und deutete zur Tür. »Bitte folgen Sie mir, Inspector. Mr. Adair.«

Die beiden Männer verabschiedeten sich mit einem knappen Nicken von Camberly und folgten seiner Gattin hinaus in den Flur und den vorderen Teil des Hauses.

Als sie hinter ihr die Treppe hinaufgingen, stellte sie noch einmal klar: »Natürlich bin ich zutiefst bestürzt von alledem, aber im Nachhinein muss ich auch sagen, dass Walter schon als Kind seine kleinen Geheimnisse hatte. Er hat sich nie in die Karten schauen lassen, nie viel von sich erzählt. Wir hatten nicht die leiseste Ahnung, in welch ein verwerfliches Treiben er involviert war.« Im ersten Stock angelangt, bog sie in die Galerie ein und ging ihnen voraus einen weiteren Gang hinab. »Leider gibt es nichts, was mein Mann oder ich tun könnten, um den Schaden wiedergutzumachen, den Walter angerichtet hat.« Vor einer der Türen blieb sie stehen und drehte sich nach ihnen um. »Ich kann nur hoffen, dass der Gerechtigkeit unverzüglich Genüge getan wird, um den Namen unserer Familie nicht noch weiter zu beschädigen. Ein langes Verfahren würde nur jenen Schmerz und Schaden zufügen, die ohne eigene Schuld seinen Namen tragen und sich keines Vergehens und keiner Mitwisserschaft an seinen Verbrechen schuldig gemacht haben.«

Sie schlug kurz die Augen nieder, dann ließ sie ihren Blick umso unerbittlicher auf Stokes ruhen. »Wenn ich Sie recht verstanden habe, Inspector, hat Walter seine Schuld in fast allen Anklagepunkten bereits gestanden. Vermutlich muss er dann gar nicht vor Gericht gestellt, sondern könnte auch unter Ausschluss der Öffentlichkeit verurteilt werden.«

»Das kann ich Ihnen nicht versprechen, Ma'am – darüber befindet der zuständige Richter.«

»Verstehe. Aber angenommen, Sie fänden nach seiner Verurteilung für diese andere Geschichte noch Beweise seiner Schuld an den Morden, dann bräuchte es doch keinen weiteren Prozess, oder? Der Mörder wäre ja bereits dingfest gemacht worden und … Ich weiß nicht, welche Strafe auf das andere, was er getan hat, steht, aber ich nehme an, man würde ihn deportieren, oder wie genau müssen wir uns das vorstellen?«

Stokes wusste ehrlich gesagt nicht, was er darauf erwidern sollte – nicht, wenn er höflich bleiben wollte.

Glücklicherweise erbarmte Barnaby sich seiner und erwiderte geschmeidig: »Auch diese Entscheidung fällt dem Gericht zu, Ma'am, nicht der Polizei.«

Cynthia maß ihn mit kühlem Blick und nickte. »Nun denn.« Sie öffnete die Tür und trat beiseite. »Bitte, die Herren, schauen Sie sich ruhig gründlich um.« Sie warf einen flüchtigen Blick in das Zimmer, setzte aber keinen Fuß hinein. »Nehmen Sie alles mit, was Ihnen wichtig erscheint. Wenn Sie hier fertig sind, werden wir seine Sachen ohnehin vernichten.«

Barnaby und Stokes traten zurück, um Cynthia vorbeizulassen, und sahen ihr hinterher, wie sie raschen Schrittes den Gang entlang und die Galerie hinab wieder nach unten verschwand.

Stokes schaute Barnaby an. »Dass jemand so schnell – und vor allem so unbarmherzig – verstoßen wird, habe ich noch nie erlebt. Man sollte es nicht meinen, aber ich habe fast ein wenig Mitleid mit Walter.«

Barnaby nickte. »Du sagst es.« Er erwiderte Stokes' Blick. »Eine reizende Familie.«

Zum Abendessen in Adairs Haus gesellte Montague sich wieder zu der Fünfergruppe, die er mittlerweile im Stillen als seine Ermittler-Kollegen bezeichnete. Penelope hatte eigentlich ein großes Dinner im Sinn gehabt, mit dem sie ihren Erfolg feiern wollten, doch stattdessen fanden sie sich alle in recht sonderbarer Stimmung zusammen – einerseits beschwingt, dabei aber seltsam leer und ernüchtert.

»Walter ist nicht der Mörder«, hielt Stokes fest, als er sich mit einem Glas Brandy in den Salon setzte.

Nach der ersten knappen Schilderung der doch recht mageren Ausbeute des heutigen Tages hatten sie beschlossen, den Fall erst nach dem Essen weiter zu besprechen, in der Hoffnung, dass sie bis dahin auch die neuen Informationen verdaut hätten.

Stokes schwenkte seinen Brandy im Glas. »Das Geld – die gesamte Summe – haben wir genau da gefunden, wo Walter es uns beschrieben hatte, und obwohl wir danach noch jeden Winkel seines Zimmers abgesucht haben, konnten wir nirgends Schlüssel zu Lady Halsteads Haus entdecken.« Er trank einen Schluck und fuhr fort. »Obwohl ich die neuen Alibis, die er uns gegeben hat, noch nicht überprüft habe, so sind sie doch sehr detailliert und – das vor allem – klingen plausibel. Alles, was er uns erzählt hat, fügt sich zu einem schlüssigen Ganzen. Und die Morde finden darin keinen Platz.«

Barnaby nickte. »Dem kann ich nur zustimmen. Und wie Walter völlig zu Recht meinte, hatte er überhaupt keinen Grund, Lady Halstead zu ermorden, ganz im Gegenteil. Ihr Tod hat ihm nur Ungemach beschert, weil er The Laurels nicht mehr nutzen konnte.«

Violet seufzte. »Dann ist Walter also aus dem Rennen.«

Penelope überlegte einen Moment. »Ich sage es nur ungern, aber wir können nicht nur Walter als Mörder ausschließen, sondern haben auch unser Motiv verloren. Walter und seine schmutzigen kleinen Geschäfte erklären alles, was wir bislang wissen. Nur leider nicht die Morde. Die mysteriösen Vorgänge auf Lady Halsteads Konto sind geklärt, ebenso wohin ihr Geld verschwunden ist – was wiederum heißt, dass es bei den Morden gar nicht darum ging.« Sie schaute in die Runde, sah Barnaby, Stokes, Griselda, Violet und Montague der Reihe nach an. »Was aber war dann das Motiv für die Morde?«

Stokes schaute fragend zu Montague. »Schon irgendwelche Anhaltspunkte?«

»Ja und nein.« Als alle Blicke sich auf ihn richteten, führte Montague es näher aus: »Wenn wir noch einmal zurückgehen und die nun geklärten Einzahlungen auf ihr Konto aus unseren Erwägungen herausnehmen, können wir trotzdem weiter davon ausgehen, dass Lady Halstead ermordet wurde, weil jemand aus der Familie sie daran hindern wollte, einen allzu prüfenden Blick auf ihre Finanzen zu werfen beziehungsweise werfen zu lassen. Diese Annahme ist immer noch gültig und damit auch das Motiv, ebenjene Prüfung zu verhindern, indem man mit Lady Halstead und Runcorn genau die beiden Personen aus dem Weg schaffte, die mit den Vermögensverhältnissen der Familie am besten vertraut waren. Und wir können auch weiterhin davon ausgehen, dass, worauf alles hindeutet, Runcorns Mörder einer der Halstead-Männer war.«

»Wobei wir jetzt wissen«, ergänzte Barnaby, »dass Walter es nicht war.«

Stokes nickte. »Wenn wir ihn nach Prüfung seiner Alibis ausschließen, blieben noch vier: Mortimer, Maurice, William und Hayden. Meine Männer sind noch an deren Alibis dran, von denen keines wirklich wasserdicht ist, das von William vielleicht mal abgesehen. Aber selbst ihn sollten wir vorerst nicht ausschließen.«

»Wollen Sie damit sagen«, wandte Violet sich an Montague, »dass es noch weitere Anzeichen von Ungereimtheiten in den Finanzen ihrer Ladyschaft gibt? Etwas, das Grund genug wäre für Mortimer, Maurice, William oder Hayden, ihr nach dem Leben zu trachten, um den Betrug, oder was immer es sein mag, zu vertuschen?«

Montague nickte. »Ganz richtig. Wobei es wahrscheinlich weniger mit Lady Halsteads persönlichen Finanzen als mit dem Familienvermögen der Halsteads zu tun hat. Für die Morde an der alten Dame und ihrer Dienerin mag es andere Gründe gegeben haben, aber welches Motiv sollte man haben, den Finanzverwalter umzubringen – zumal einen wie den jungen Runcorn, der sich, im Gegensatz zu seinem Vater, erst noch in die Vermögensverhältnisse der Familie einarbeiten musste. Und genau das wollte man wohl verhindern, was den Schluss nahelegt, dass sich irgendwo in den Tiefen der Halstead-Akte etwas finden würde, das früher oder später ans Tageslicht gekommen wäre – eben bei jener von Lady Halstead gewünschten Prüfung. Etwas, das bei Lady Halstead, wenn nicht auch bei Runcorn, Fragen aufgeworfen hätte. Und nein«, schickte Montague mit Blick auf eine ungeduldige Penelope hinterher, »ich habe noch nicht die leiseste Ahnung, worum es sich dabei handeln könnte.«

Penelope seufzte schwer.

Griselda warf ihrer Freundin einen mitfühlenden Blick zu und wandte sich dann wieder an die anderen. »Wir können immerhin etwas Positives berichten: Die Mädchen, die bei der gestrigen Razzia gerettet wurden, sind heute sämtlich von Mrs. Quiverstone und ihren Kolleginnen aufgenommen worden, sie scheinen sich dort gut einzuleben, und Mrs. Quiverstone ist sehr zuversichtlich, dass die Agentur sie sehr bald in gute und vor allem sichere Stellen vermitteln kann.«

»Ich wusste gar nicht, dass es solche Einrichtungen wie die Athena Agency gibt«, sagte Violet.

»Doch, Athena muss es jetzt schon seit … bestimmt zwei Jahrzehnten geben.« Montague sah Violet an und lächelte. »Ich erinnere mich noch, wie Deverell meinen Rat suchte, ehe er seine spätere Ehefrau heiratete – damals war sie noch Miss Phoebe Malleson. Sie hat die Agentur gemeinsam mit ihrer Tante gegründet, und mittlerweile haben sie sich ein beachtliches Netz an Verbindungen aufgebaut und können sich auf die Unterstützung aller großen und namhaften Haushalte berufen.«

Stokes streckte die Hand aus und verschränkte seine Finger mit denen Griseldas. »Obwohl wir den Mörder noch nicht gefasst haben, sollten wir tatsächlich nicht aus dem Blick verlieren, was unter anderen Umständen ein ziemlich durchschlagender Erfolg wäre.« Er ließ seinen Blick über die kleine Gruppe wandern und hob dann sein Glas. »Auf uns, auf die Mädchen, die wir retten konnten, auf das, was wir bisher erreicht haben, auf unsere guten Taten und auf die Schurken, die wir hinter Gitter gebracht haben.«

»Genau!«, meinte Barnaby und hob ebenfalls sein Glas.

Man trank auf das Erreichte und ließ die Gläser wieder sinken.

Dann senkte sich ein Schweigen über sie, das schließlich von Penelope gebrochen wurde. »So«, meinte sie, »und jetzt lasst uns den Mörder finden.«

15

Am folgenden Morgen rief Montague, kaum dass der letzte Mitarbeiter von Montague & Son zur Tür hereingekommen war, alle Mann in sein Büro und begann, ihnen seine Überlegungen zur Halstead-Akte darzulegen.

»Das heißt«, schloss er, »dass wir prüfen müssen, ob irgendwelche Unterlagen fehlen, und falls nicht, werden wir das Vorhandene noch einmal ganz akribisch abgleichen müssen, um mögliche Ungereimtheiten zu finden.«

»Und irgendetwas müssten wir finden, oder?«, warf Gibbons ein, der neben Montague saß. »Wenn Runcorn, wie Sie sagen, wegen einer Unstimmigkeit in den Finanzen ermordet wurde, dann muss sich in alldem«, er deutete auf die drei Stapel, die sich auf dem Schreibtisch türmten und von drei Jahrzehnten Halstead'scher Vermögensanlage zeugten, »ja irgendein Hinweis, ein Anhaltspunkt finden. Selbst wenn der Mörder den Beweis versucht hat zu vernichten, dürfte er, wenn er nicht gerade selbst aus der Branche ist, etwas übersehen haben, das uns bei genauer Prüfung ins Auge fallen müsste.«

Phillip Foster nickte. »Laien machen sich keine Vorstellung davon, aber selbst für einen von uns, die wir das Geschäft ja aus dem Effeff kennen, wäre es eine ziemliche Herausforderung, wirklich alle Spuren einer Finanztransaktion aus den Büchern zu tilgen.« Er schaute von den Dokumentenstapeln auf und erwiderte Montagues Blick. »Wie weit ist unsere Suche bis jetzt gediehen?«

Montague reichte die Frage an Pringle weiter, der bekümmert das Gesicht verzog. »Ich habe gerade mal die Hälfte der Akte wieder in die ursprüngliche Ordnung gebracht, wobei ich mich von den aktuellen Unterlagen nach hinten durcharbeite, und bislang wäre mir noch nicht aufgefallen, dass etwas fehlte.«

Slocum wandte sich an Montague. »Wo sollen wir anfangen, Sir?«

Montague überlegte. »Wir sollten versuchen, heute so weit wie möglich zu kommen. Sie und Foster müssten sich zudem um das laufende Geschäft kümmern, Gibbons und ich übernehmen die für heute eingeplanten Termine, aber ansonsten …« Montague betrachtete den Berg Papier vor sich. »Pringle soll erst einmal den Rest der Akte sortieren und schauen, ob etwas fehlt. Mr. Slater?«

Montagues Bürogehilfe merkte auf. »Ja, Sir?«

»Sie schauen Mr. Pringle zu, bis Sie das Ordnungssystem verstanden haben, und dann fangen Sie unter Mr. Slocums Aufsicht an, ebenfalls zu sortieren. Um Mr. Pringle nicht ins Gehege zu kommen, beginnen Sie mit den ältesten Unterlagen und arbeiten sich von da nach vorn, bis sie sich treffen.« Montague wandte sich wieder an Slocum und Pringle. »Da wir im Augenblick noch nicht abschätzen können, in welchem Zeitraum sich der entscheidende Hinweis findet, verdoppeln wir unsere Chancen, wenn Slater die Sache sozusagen vom anderen Ende her aufrollt.«

Die drei Angesprochenen nickten.

Montague richtete seinen Blick auf Foster. »Sie und Slocum kümmern sich darum, dass der Betrieb weiterläuft wie gewohnt. Unser reguläres Kundengeschäft darf nicht darunter leiden.«

Foster grinste, als falle ihm ein Stein vom Herzen.

»Wenn Ihnen nebenher noch Zeit bleibt«, fuhr Montague fort, »helfen Sie Gibbons, eine vollständige Liste sämtlicher Halstead'scher Vermögensanlagen zusammenzustellen.« Er wandte sich an Gibbons. »Fred, Sie werden sich mit Pringle und Slater arrangieren müssen und mit den Unterlagen arbeiten, während die beiden noch dabei sind, sie zu sortieren.«

Gibbons nickte. »Wie detailliert sollen die Angaben auf der Liste sein?«

»Notieren Sie alles, was Ihnen wichtig erscheint – ob die Anlage sich ausgezahlt hat, ob und wann sie mit Gewinn oder Verlust verkauft wurde oder ob sie schon seit Jahren ruht. Gleichen Sie alle Investitionen und Erträge mit sämtlichen Konten ab, und zwar lückenlos. Da wir keinerlei Anhaltspunkt haben, um was genau es sich handeln könnte – welche Art von Anlage, Betrug, Unterschlagung, was auch immer –, müssen wir erst einmal alles in Betracht ziehen. Auch die kleinste scheinbar zu vernachlässigende Unstimmigkeit könnte am Ende von Bedeutung sein.«

»Gut.« Gibbons erhob sich von seinem Stuhl. »Dann will ich mich mal an die Arbeit machen.«

»Und welche Strategie verfolgen Sie, Sir?«, fragte Foster, der bislang recht lässig am Bücherregal gelehnt hatte, und richtete sich auf.

Montague musste sich ein Lächeln verkneifen. Phillip Foster war ein aufgeweckter Bursche und sehr wissbegierig, worüber Montague sich nicht beklagen wollte und ihn sogar darin bestärkte. »Ich arbeite mich weiter durch die Abschriften, die Runcorn und Pringle für mich angefertigt hatten. Auf diese Weise habe ich zumindest schon mal einen Überblick darüber, welche Einkünfte aktuell in die Halstead'sche Vermögensmasse fließen.« Wieder überlegte er einen Moment und fügte dann erklärend hinzu. »Meine Auflistung aller Erträge und Ausgaben müsste dann eigentlich mit dem übereinstimmen, was Sie und Gibbons zusammentragen. Sollte es zu Abweichungen kommen, wären wir vermutlich fündig geworden – aber wir sollten uns nicht zu früh freuen. Es kann sein, dass unsere Ergebnisse sich zu einhundert Prozent decken, und dann hängt alles allein davon ab, ob Pringle und Slater bei ihrer Durchsicht auf fehlende Dokumente stoßen. Kurz zusammengefasst könnte man sagen, dass ich mich den Erträgen widme, dem Geld an sich, während Sie und Gibbons eine Art

Quellenforschung betreiben und Slocum, Pringle und Slater die Dokumentation sichern. Und in dieser Gemengelage sollten wir mit vereinten Kräften fündig werden, auch wenn es jetzt noch wie die Nadel im Heuhaufen anmuten mag.«

»So ist es«, befand Gibbons und wandte sich mit einem knappen Nicken zum Gehen.

Slocum, Pringle und Slater nahmen sich je einen der drei Papierstapel von Montagues Schreibtisch und trugen sie hinaus in den Vorraum, um sich an die Arbeit zu machen.

Montague blieb mit dem vergleichsweise kleinen Stapel zurück, der dahinter zum Vorschein kam – ebenjene Abschriften, die Pringle in Runcorns Auftrag für ihn angefertigt hatte, damit er sich einen Überblick über die Finanzen Lady Halsteads verschaffen konnte. Aber auch wenn der Stapel kleiner war als die anderen, wäre es doch keine ganz unerhebliche Aufgabe, alles im Detail durchzugehen, zumal er nicht die leiseste Ahnung hatte, wonach er eigentlich suchte.

Ein Blick in den Kalender bestätigte ihm, dass er gleich noch einen Termin mit dem Earl of Meredith hatte, der sich für ein paar Tage in London aufhielt. Und da der Earl die meiste Zeit auf seinem Gut in Somerset zubrachte, ließ sich dieser Termin unmöglich verschieben.

Montague blickte wieder auf den Stapel vor sich und seufzte still, dann stand er auf, nahm seinen Hut, suchte sich den Ordner mit den für die Besprechung mit Meredith nötigen Unterlagen heraus – die er wohlweislich bereits im Voraus durchgesehen hatte – und machte sich auf den Weg.

Zwei Stunden später kehrte er unerwartet beschwingt in die Kanzlei zurück, hängte seinen Hut an den Garderobenständer, stellte den Meredith-Ordner weg – zumindest an dieser Front hatte es keine bösen Überraschungen gegeben – und trat an den Schreibtisch. Den Blick auf die Halstead-Papiere gerichtet, ging er im Geiste noch einmal die Strategie durch, die ihm auf der Rückfahrt von Mayfair plötzlich in den Sinn gekommen war; eine ebenso einfache wie effiziente Herangehensweise und, so wollte er hoffen, erfolgversprechend. Er setzte sich, zog den Stapel zu sich heran und begann, die Unterlagen zu sortieren.

Tief in Gedanken versunken nahm er wahr, dass die Tür zum vorderen Büro geöffnet wurde und sich leise wieder schloss, schenkte dem aber weiter keine Beachtung. Bis er gleich darauf Slocums Stimme hörte. »Guten Morgen, Miss Matcham. Was kann ich für Sie tun?«

Ehe er sich dessen überhaupt bewusst wurde, war er schon aufgestanden und zur Tür geeilt, angetrieben von einem nicht näher zu bestimmenden Gefühl, das er so noch nie zuvor verspürt hatte. Und sehr zur Verwunderung seines eher nüchternen Verstandes gefiel ihm dieses Gefühl. Als er hinaus in den Vorraum trat, fiel sein Blick auf Violet, die Slocum anlächelte.

Als sie ihn kommen sah, veränderte sich ihr Lächeln, wurde wärmer, persönlicher. Ein Lächeln, das nur ihm galt.

»Miss Matcham. Violet.« Er griff nach der Hand, die sie ihm reichte, und hielt sie in der seinen. Sein Blick wanderte suchend über ihr Gesicht, doch aus der Ruhe, die sie ausstrahlte, schloss er sofort, dass kein Anlass zur Sorge bestand. »Gibt es Neuigkeiten?«

»Leider nein.« Ihre sonst so klaren, hellen Augen verdüsterten sich ein wenig. »Genau deshalb bin ich hier.« Sie schaute sich im Büro um, wo eine stille, doch unverkennbare Betriebsamkeit herrschte. »Stokes und Barnaby sind unterwegs, um die Alibis unserer vier Verdächtigen zu prüfen, und Penelope und Griselda wollten sicherheitshalber auch die der Frauen noch einmal unter die Lupe nehmen. Wir dachten, das sollten wir der Vollständigkeit halber nicht außer Acht lassen. Was allerdings heißt …«, sie hob die Hände, »… dass ich im Augenblick nichts zu tun und überhaupt nichts beizutragen habe.« Sie richtete den Blick wieder auf ihn. »Weshalb ich mir dachte, ich schaue mal hier vorbei und frage, ob ich Ihnen nicht bei Ihren Nachforschungen helfen kann.« Sie hielt inne und hob kaum merklich das Kinn. »Mein ganzes Erwachsenenleben lang habe ich als Gesellschafterin gearbeitet, womit auch immer die Aufgaben einer Sekretärin einhergingen, weshalb ich also reichlich Übung in der Lektüre, Sichtung und Organisation verschiedenster Dokumente habe.«

Montague erkannte die Gelegenheit sofort und beschloss, sie beim Schopf zu packen. »Das trifft sich gut«, meinte er und deutete hinter sich auf seine emsigen Mitarbeiter, von denen die meisten zumindest kurz von ihrer Arbeit aufgeschaut hatten, um Violet ein Lächeln zu gönnen, »denn ich habe meine Kollegen vorhin in Gruppen aufgeteilt, um das Problem aus verschiedenen Richtungen anzugehen. Ich selbst bin gerade erst von einer Besprechung gekommen und wollte mich jetzt meinem eigenen Pensum an Papieren widmen.« Er wartete, bis ihr Blick wieder auf ihn fiel. »Eigentlich hatte ich das allein machen wollen, da es vergleichsweise übersichtlich schien, aber unterwegs ging mir plötzlich auf, dass die Sache sich durchaus unter zwei verschiedenen Aspekten betrachten lässt, weshalb es mir sehr zupasskäme, wenn Sie einen der beiden übernehmen könnten.«

Sie lächelte erfreut und nickte. »Aber ja, sehr gern. Es würde mich freuen, wenn ich Sie dabei unterstützen kann.«

Ohne den teils verwunderten, teils interessierten Blicken seiner Mitarbeiter Beachtung zu schenken, führte er Violet in sein Büro und versuchte, eine halbwegs professionelle Miene zu wahren, auch wenn er innerlich übers ganze Gesicht strahlte und sich noch beschwingter fühlte als zuvor. Nachdem er ihr aus dem Mantel geholfen und ihren Hut zu seinem an die Garderobe gehängt hatte, rückte er ihr einen bequemen Stuhl an der Seite zurecht, wo sonst die Klienten saßen, und räumte die Arbeitsfläche frei, damit sie beide genügend Platz hatten.

»Also dann.« Er ging um den Schreibtisch herum, zog eine Schublade auf, aus der er einige Bögen unbeschriebenes

Papier nahm sowie eine Handvoll gespitzter Bleistifte, von denen Slocum ihm stets einen ganzen Vorrat bereitlegte, und teilte beides zwischen sich und Violet auf. Dann setzte er sich und senkte den Blick erneut auf die Halstead-Papiere. Als er aufschaute, sah Violet ihn erwartungsvoll an. »Bei diesen Dokumenten«, begann er, »handelt es sich um die Abschriften, die Runcorn mir hat zukommen lassen. Darin sollten alle Informationen enthalten sein, um sich einen Überblick über die Halstead'schen Finanzen zu verschaffen. Was wir jetzt tun müssen, ist, sämtliche Einkünfte und Ausgaben einzeln aufzulisten und mit einem Vermerk zu Herkunft oder Verwendung zu versehen. Gibbons geht mit Foster die originalen Unterlagen durch und stellt eine Liste sämtlicher Vermögensanlagen zusammen, also der Quellen, aus denen sich besagte Einkünfte speisen.«

»Was heißt, dass Gibbons' Liste sich mit der unseren decken sollte?«, stellte Violet fest.

»Genau.«

»Und wenn nicht ... wäre die Unstimmigkeit ein Hinweis auf das mögliche Motiv?« Als Montague nickte, fand Violet sich von einer Woge tatkräftiger Begeisterung erfasst und wollte sich sogleich ans Werk machen. Sie legte sich ein Blatt Papier zurecht, griff zum Bleistift und sah Montague an. »So«, meinte sie, »wie fangen wir es an?«

Er zögerte nur einen Moment. »Sie stellen die Einkünfte zusammen – das dürfte einfacher sein, als die Ausgaben zu ermitteln. Diesen Teil übernehme ich.« Nachdem er einen Blick auf das zuoberst liegende Schriftstück geworfen hatte, legte er es wieder zurück und drehte den Stapel um. »Pringle hat die Unterlagen für mich sortiert und dabei die neuesten ganz nach oben gelegt. Für unsere Zwecke dürfte es einfacher sein, bei den früheren Dokumenten zu beginnen und uns dann vorzuarbeiten.« Er hob das nun zuoberst liegende Blatt ab, drehte es um und reichte es ihr. »Sie beginnen. Schauen Sie sich jedes Dokument mit Hinblick auf mögliche Einkünfte an. Wenn

Sie etwas finden, schreiben Sie es auf Ihre Liste – woher das Geld stammt, Datum, den genauen Betrag. Dann reichen Sie es an mich weiter.«

Violet nahm das erste Blatt entgegen und überflog es. Es handelte sich um den Beleg einer Einzahlung, die Sir Hugo vor über drei Dekaden in einen Fonds getätigt hatte. »Keine Einkünfte.« Sie reichte es weiter an Montague.

Er warf einen Blick darauf und lächelte. »Korrekt.« Dann griff er selbst zum Bleistift, um den Betrag, das Datum und die Art der Anlage auf seiner Liste zu vermerken und deutete auf den Stapel in der Mitte des Schreibtischs. »Bitte, bedienen Sie sich.«

Das musste Violet sich nicht zweimal sagen lassen.

Stetig arbeiteten sie sich durch die Papiere und sahen den Stapel dabei immer kleiner werden. Zwischendurch brachte Mr. Slocum Tee und kleine Kuchen, die ihr ganz köstlich schmeckten.

»Am Ende von Chapel Court ist eine kleine Bäckerei«, antwortete Montague auf ihre Frage.

Violet nickte anerkennend, leckte sich die Krümel von den Fingern und wandte sich wieder der Abrechnung zu, die sie gerade vor sich liegen hatte. Wenn Sie etwas nicht verstand, zögerte sie nicht zu fragen, denn manchmal war es, zumindest für sie, nicht ganz offensichtlich, ob etwas als Ausgabe oder als Ertrag zu verbuchen war. Doch je weiter sie sich vorarbeiteten, desto eher verstand sie, was genau sie taten und vor allem, welchen Zweck sie damit verfolgten.

Einnahmen und Ausgaben, darauf lief im Grunde alles hinaus. So war wohl in der Essenz auch das Wesen des Geldes.

Als draußen die Turmuhren zwölf schlugen, stand Montague auf, ging hinaus, um sich mit seinen Mitarbeitern zu besprechen, und ließ Violet wissen, als er ins Büro zurückkehrte, dass er den jungen Slater, seinen Bürogehilfen, und Reginald Porter, den Laufburschen, losgeschickt hatte, um Sandwiches für alle zu besorgen.

Eine gute Idee, fand Violet, denn so verloren sie keine unnötige Zeit. »Täusche ich mich, oder scheint die Sache sehr zu eilen?«

Montague nahm wieder hinter dem Schreibtisch Platz und nickte. »Das haben Sie sehr richtig erkannt.« Was er nicht sagte, war, dass die Eile vor allem von seiner Angst herrührte, der Mörder könne, um sich selbst zu schützen, Violet noch immer nach dem Leben trachten. Nicht einen Moment hatte Montague jenes lähmende Entsetzen vergessen, das ihn erfasst hatte, als er erfuhr, wie der Mörder es in jener Nacht, da er die arme Tilly zum Schweigen brachte, auch an Violets Zimmertür versucht hatte.

Den Täter so bald wie möglich zu fassen war die einzige Möglichkeit, seinen Umtrieben ein Ende zu machen.

Und so nahm er das nächste Blatt vom Stapel und widmete sich wieder seiner Arbeit.

Die Sandwiches wurden gebracht und in konzentrierter Stille verzehrt, die nur hin und wieder vom Umblättern einer Seite oder leisem Papierrascheln gestört wurde.

Kurz vor drei klopfte Gibbons an den Türrahmen und trat mit einem Schwung Papieren in der Hand ein. Beinah triumphierend hielt er sie hoch. »Sämtliche Vermögensanlagen und sonstigen Einkommensquellen. Foster und ich habe die gesamte Akte durchgesehen. Slocum, Pringle und Slater arbeiten sich auch stetig aneinander heran, eine Stunde oder zwei bräuchten sie noch, aber vor Feierabend dürfte alles wieder seine Ordnung haben.«

»Hervorragend.« Montague warf einen Blick auf die nun doch recht überschaubaren Abschriften, die er und Violet noch zu sichten hatten. Mit ihrer Hilfe war er tatsächlich doppelt so schnell vorangekommen, als wenn er alles hätte allein machen müssen. »Wir brauchen hier noch eine halbe Stunde, dann dürfte auch das geschafft sein.« Er sah Gibbons an. »Ich rufe Sie, wenn wir fertig sind. Dann können Sie und Foster Ihre Liste vorlesen, während Violet und ich prüfen, ob die Angaben den erwarteten Ausgaben und Einnahmen entsprechen.«

Gibbons nickte. »Sagen Sie einfach Bescheid, wenn Sie so weit sind. Um fünf habe ich eine Besprechung, die ich noch vorbereiten muss, aber das ist vergleichsweise wenig Aufwand.«

Montague nickte und wandte sich mit neuer Tatkraft seiner Aufgabe zu; die scheinbar endlose Untersuchung der Halstead-Akte noch heute abschließen zu können, war doch wirklich mal ein Silberstreif am Horizont.

Kaum eine halbe Stunde später warf er die letzte Abschrift zurück auf den Stapel. »Fertig!«, verkündete er, endlich, und schaute hinüber zu Violet, die, nachdem auch sie ihm ihr letztes Blatt gereicht hatte, aufgestanden war, sich gestreckt hatte und dann ans Fenster getreten war, um hinauszusehen.

Als sie sich nach ihm umdrehte, lächelte sie. »Und jetzt?«

»Jetzt …« Er betrachtete den Stapel auf ihrer Seite des Schreibtischs und streckte die Hand danach aus. »Jetzt wollen wir doch mal sehen, was Sie da Schönes zusammengetragen haben.«

Sie hatte eine sehr ordentliche Übersicht angelegt, die mehrere Seiten umfasste und alle Ertragsquellen in alphabetischer Folge verzeichnete nebst den Beträgen und Daten der Zahlungseingänge.

Genau so hatte er es mit den Ausgaben gehalten – den Erstanlage- und Folgekosten jedes jemals getätigten Investments –, weshalb sich ihre Listen perfekt miteinander abgleichen ließen. »Wunderbar.« Er stand auf, nahm den Stapel mit den Abschriften und legte ihn beiseite. »Dann haben wir das schon mal erledigt.« Als er an den Schreibtisch zurückkehrte, breitete er die Liste mit den Ausgaben auf seiner Seite des Schreibtischs aus. Dann ordnete er die Seiten von Violets etwas umfangreicher geratenen Liste so dazwischen an, dass die mit einer Anlage erzielten Gewinne neben den Angaben zu deren Kosten lagen.

Er betrachtete das Ergebnis mit einiger Zufriedenheit, und als Violet zu ihm hinter den Schreibtisch trat, um es sich anzusehen, verriet ihm ein Blick auf ihre Miene, dass sie genau dasselbe empfand. Ein erfreutes Lächeln spielte um seine Lippen, dann richtete er sein Augenmerk wieder auf ihre vereinten Anstrengungen. Festzustellen, dass ihr Verstand ebenso sorgsam und gründlich arbeitete wie seiner, dass es ihr ebensolche Freude bereitete, Ordnung in komplexe Angelegenheiten zu bringen, war ausgesprochen erfrischend.

»Und jetzt!« Er wandte sich ab und ging zur Tür, schaute hinaus und rief: »Fred? Phillip, wenn Sie einen Moment Zeit hätten? Lasst uns mal schnell schauen, was wir Schönes haben.«

Gibbons und Foster kamen herein und schienen beide gespannt, die Ergebnisse ihrer Arbeit zu erfahren. Auf einen Wink Montagues nahmen sie ihm gegenüber am Schreibtisch Platz, während er für Violet einen Sessel holte, den er neben seinen Stuhl rückte.

Gibbons hielt die Listen parat, die er und Foster zusammengestellt hatten. »Wie genau wollen wir vorgehen?«

»Wir fangen am besten beim ältesten Eintrag an und arbeiten uns dann nach vorn.«

Seine erste Geldanlage hatte Sir Hugo vor gut dreißig Jahren getätigt. Gibbons las den Namen vor, Montague bestätigte den Aufwand, hakte ihn ab, nahm sich dann Violets Liste vor und nannte den Ertrag. Man einigte sich darauf, dass dieser im Rahmen des Erwartbaren lag, worauf Montague auch diesen Posten abhakte.

So gingen sie Jahr für Jahr vor und glichen ihre jeweiligen Angaben miteinander ab. Zu Beginn waren die Einlagen noch eher bescheiden, und oft lagen längere Zeiträume dazwischen, doch in den letzten zwei Jahrzehnten war deutlich mehr Bewegung zu verzeichnen. »Damals waren sie aus Indien zurückgekehrt«, merkte Violet an.

Sie waren bis zum Jahr 1823 gelangt, als Gibbons kurz

innehielt, um festzustellen: »Er baute sich da ein beachtliches Portfolio auf – Runcorn senior hat Sir Hugo gute Dienste geleistet.«

Montague nickte. »Ja, den Eindruck habe ich auch. Sehr solide und genau die richtige Art von Spekulationsgeschäften für diese Klientengruppe.« Er merkte, wie Phillip Foster jedes seiner Worte aufsaugte und für die Zukunft speicherte.

Und so ging es weiter, von Jahr zu Jahr wurden die Anlagen zahlreicher und komplexer, doch dank ihrer Listen konnten sie alles recht einfach überblicken und abgleichen. Schließlich waren sie bei Sir Hugos Todesjahr angelangt, in dem die Anzahl neu getätigter Investments schlagartig abnahm, wenngleich Runcorn senior Lady Halstead auch weiterhin klug beraten zu haben schien. Jedes Jahr hatte sie ein, zwei neue Anlagen in ihr Portfolio aufgenommen, die sich in aller Regel auch sehr gut ausgezahlt hatten.

»Da gibt es nichts zu beanstanden«, murmelte Gibbons. Sie arbeiteten systematisch weiter, glichen alle Anlagen mit Kosten und Einkünften ab, fanden aber keine Unregelmäßigkeiten. Alles war in bester Ordnung, nichts ließ vermuten, dass hier der sprichwörtliche Hund begraben sein könnte.

Bis sie dann zum Jahr 1833 kamen und Gibbons von seiner Liste vorlas: »Ein Aktienpaket mit zwanzig Anteilscheinen der Grand Junction Railway.«

Violet sah, wie Montague seine Listen durchging. Sir Hugo hatte bereits 1826 eine größere Summe in die Liverpool and Manchester Railway investiert, die seit der Eröffnung der Eisenbahnlinie vier Jahre später solide Gewinne abwarf; so gesehen war es nur verständlich, dass Lady Halstead Anteile an einer weiteren Eisenbahngesellschaft erworben hatte.

Montague ließ seinen Bleistift über dem entsprechenden Eintrag verharren, nickte und las den Betrag vor.

»Korrekt«, bestätigte Phillip Foster.

»Und …« Montague wandte sich Violets Aufstellung der Einkünfte zu. Und runzelte die Stirn.

Wenn sie jetzt zurückdachte, musste auch Violet die Stirn runzeln. Sie beugte sich vor und schaute sich noch einmal an, was sie unter G an Einkommensquellen aufgelistet hatte. Ihr Stirnrunzeln vertiefte sich. »Meines Wissens hat die Grand Junction Railway erst kürzlich eröffnet«, meinte sie und sah Montague fragend an. »Vielleicht wurden noch keine Dividenden ausgezahlt?«

Montague betrachtete schweigend die beiden Blätter. »Doch, haben sie«, sagte er, schaute auf und wandte sich an Gibbons. »Und die Ausschüttung fiel unerwartet gut aus, nicht wahr?«

»Im August war das«, bestätigte Gibbons. »Das hätte der alten Dame ein stattliches Sümmchen eingebracht.«

Montague schob seinen Stuhl zurück und stand auf, holte sich die Meredith-Akte, die er vorhin erst zurück ins Regal gestellt hatte, blätterte ein paar Seiten durch, fand das Gesuchte und nickte. »Ja. Ende August dieses Jahres, acht Wochen nach der Eröffnung, zahlte man den Aktionären bereits eine üppige Dividende. Zwanzig Anteilscheine ... die dürften einiges abgeworfen haben.«

Sowohl Gibbons als auch Foster setzten sich auf, alle Sinne gespannt, als witterten sie Beute. Montague hob beschwichtigend die Hand. »Bevor wir uns zu früh freuen, sollten wir uns vergewissern, ob Runcorn, so gewissenhaft er auch sonst gewesen zu sein schien, nicht einfach bloß vergessen hat, die betreffende Seite mit zu den mir zugedachten Abschriften zu geben.«

Nachdem er den Meredith-Ordner zurückgestellt hatte, ging Montague hinaus ins vordere Büro; Gibbons und Foster folgten ihm. Montague drehte sich noch einmal um, sah, dass auch Violet aufgestanden war, fing ihren Blick auf und winkte sie lächelnd heran. Immerhin hatte sie entscheidenden Anteil daran gehabt, dass sie jetzt schon so weit waren.

Bei dem langgestreckten Tisch, den Slocum, Pringle und Slater in Beschlag genommen und die noch zu ordnenden

Unterlagen vor sich ausgebreitet hatten, um sie Blatt für Blatt zu fein säuberlichen Stapeln zusammenzufassen, blieb Montague stehen. »Wir suchen nach einer Dividendenzahlung, die Ende August dieses Jahres auf eins der Konten eingegangen sein müsste.«

Slater, der mit drei ordentlichen Papierstapeln vor sich am oberen Ende des Tisches saß, spähte darüber hinweg zu Pringle, der ihm gegenüber am anderen Ende saß. Pringle nickte bedächtig. »August dieses Jahres …« Vorsichtig zog er einige Papiere aus seinen Stapeln hervor und reichte sie Montague. »Das ist alles, was wir für diesen August haben.«

»Es sei denn, in diesem Chaos versteckt sich noch etwas.« Slocum streckte die Hand nach dem nun schon bedeutend kleiner gewordenen Durcheinander von Papieren aus, das in der Mitte des Tisches herrschte, und überflog einige davon nach ihrem Datum.

Pringle tat es ihm nach, ebenso Slater.

Von der Hoffnung angetrieben, endlich etwas gefunden zu haben, machten Gibbons und Foster sich mit auf die Suche.

Die bereits sortierten Unterlagen in der Hand, trat Montague zurück, um den anderen nicht ins Gehege zu geraten, und winkte Violet zu sich, die sich etwas im Hintergrund gehalten hatte. Dann ging er zu Fosters Schreibtisch und sah mit Violet zusammen durch, was sie für den August bislang hatten … und fand nichts, das nach Einkünften aus den Anteilen der Grand Junction Railway Company aussah.

Er schaute Violet an und konnte ihr von den Augen ablesen, dass auch sie zu spekulieren begann.

»Dann haben wir es also gefunden?«, wollte sie wissen.

Obwohl er versuchte, ruhig und besonnen zu bleiben, wie es seine Art war, konnte er seine Erregung doch nicht ganz verbergen. »Das könnte gut sein, ja.«

Sie drehten sich nach seinen Kollegen um und sahen sie, einen nach dem anderen, die geprüften Papiere beiseitelegen. Slater war der Letzte. Als er aufschaute und aller Augen auf sich gerichtet fand, brauchte er bloß den Kopf zu schütteln. »Nichts.«

Nun ruhten alle Blicke auf Montague.

Er trat wieder zu den anderen an den Tisch und gab die Papiere, die er und Violet durchgesehen hatten, an Pringle zurück. »Hier drin ist auch nichts. Was heißt …« Er sah Gibbons an. »Anscheinend wurden den Halsteads ihre Anteile an der Grand Junction Railway nie ausgezahlt. Weshalb wir als Nächstes besagtes Aktienzertifikat ausfindig machen sollten.« Er wandte sich an Pringle. »Wissen Sie, ob die Anteilscheine bei Runcorn im Tresor verwahrt wurden oder ob Sir Hugo beziehungsweise Lady Halstead sie bei sich zu Hause hielten?«

»Einen Moment«, meinte Pringle, ging an seinen Schreibtisch und holte ein kleines schwarzes Notizbuch aus einer der Schubladen. »Das habe ich wohlweislich aus Mr. Runcorns Büro mitgenommen, denn ohne das wäre ich … Nun, keiner würde sich mehr auskennen oder wissen, wo genau nun was sich befindet.«

Er schlug es auf und begann, durch die Seiten zu blättern. Slocum ging zu ihm und spähte ihm gespannt über die Schulter.

»Hier haben wir es auch schon«, sagte Pringle. »Die Halsteads …« Sein Finger glitt die Seite hinab, hielt dann inne. »Hier steht, dass Sir Hugo seine Anteilscheine ausgehändigt haben möchte.«

Montague runzelte die Stirn. »Und steht da auch, ob er sie bei der Bank verwahrt hat oder zu Hause?«

»Leider nein«, gab Pringle Auskunft.

»Schauen Sie doch noch mal bei den anderen Einträgen«, schlug Slocum vor.

Pringle begann, ein wenig zurückzublättern. »Ah ja … das sind jetzt zwar alles Einträge des älteren Mr. Runcorn, aber bei einigen Wertpapieren steht ›Bankaufbewahrung‹, allerdings nicht bei allen.«

Montague nickte. »Dann gehen wir davon aus, dass Sir Hugo besagte Papiere zu Hause aufbewahrt hat.« Er wandte sich an Violet. »Sie wissen nicht zufällig, wo? Gab es einen Tresor im Haus?«

Sie schüttelte den Kopf. »Einen Tresor nicht, da bin ich mir sicher. Aber … Wie sehen solche Anteilscheine denn aus?«

Montague bedeutete ihr zu warten und eilte in sein Büro zurück. Durch die offene Tür sah sie ihn an die hintere Bücherwand treten und einen verborgenen Auslöser betätigen, woraufhin eines der Regale zurückschwang und ein großer Wandtresor zum Vorschein kam. Montague drehte rasch ein paar Räder, drückte den Griff der Tür und verschwand in dem dunklen Raum, der sich dahinter auftat. Einen Augenblick später tauchte er wieder auf und hielt nun ein Bündel Papiere in der Hand.

Als er zurück ins vordere Büro kam, zeigte er sie ihr. Es handelte sich um Scheine, die etwas größer waren als gewöhnliche Banknoten, ihnen ansonsten aber sehr ähnelten, sah man von dem Siegel ab, das auf jedem dieser Papiere aufgebracht war. »Das«, sagte er und blätterte kurz durch, um ihr die verschiedenen Macharten zu zeigen, »sind Aktienzertifikate. Jeder dieser Scheine belegt, dass man entsprechende Anteile am jeweiligen Unternehmen erworben hat.«

Violet streckte die Hand aus und strich mit den Fingern über das fein geprägte Papier. »Oh ja, die kommen mir bekannt vor. Und ich weiß auch, wo Lady Halstead sie aufbewahrt hat.« Sie sah Montague an. »In der mittleren Schublade ihrer Schlafzimmerkommode.«

Montague schien wenig einverstanden zu sein von dieser Art der Aufbewahrung und warf seinen Mitarbeitern einen vielsagenden Blick zu. »Nun gut, dann schauen wir doch mal. Allerdings bräuchte ich dazu Zeugen. Fred … Ach nein, Sie haben ja gleich Ihre Besprechung. Pringle, Sie begleiten mich. Und Foster auch, wenn gerade nichts anderes ansteht.«

Sowohl Foster als auch Pringle waren nur allzu bereit dazu.

Violet eilte zurück in Montagues Büro, warf sich ihren Mantel über und setzte gerade ihren Hut auf, als Montague die Anteilscheine wieder in den Tresor legte, die Tür verschloss und das Regal erneut davorschob. Dann schlüpfte auch er in seinen Mantel, nahm seinen Hut und holte die Schlüssel zum Haus an der Lowndes Street aus der Schreibtischschublade.

Keine Minute später verließen sie beide, gefolgt von Foster und Pringle, die Kanzlei von Montague & Son und machten sich auf den Weg.

Das Haus an der Lowndes Street war genauso dunkel, verlassen und kalt, wie Violet es von ihrem letzten Besuch in Erinnerung hatte, doch diesmal nahm sie die trostlose Atmosphäre kaum wahr. Wie beim letzten Mal betraten sie das Gebäude durch den Vordereingang. Sowie sie im Haus waren und Pringle die Tür hinter ihnen geschlossen hatte, winkte Montague sie die Treppe hinauf nach oben.

Sie ging den Männern voraus zu Lady Halsteads Schlafzimmer. Dort steuerte sie geradewegs die Kommode an.

»Ah, immerhin mit Schloss«, bemerkte Montague trocken.

Violet warf ihm bloß einen kurzen Blick zu, dann zog sie eine der kleinen Schubladen auf, die in den Untersatz des Kommodenspiegels eingelassen waren, und holte einen winzigen Schlüssel heraus.

Montague schüttelte nur den Kopf. Als sie den Schlüssel ins Schloss der mittleren der drei großen Schubladen steckte, wandte er sich an Foster: »Das ist der Grund, warum ich meinen Klienten nicht gestatte, ihre Zertifikate zu Hause aufzubewahren, es sei denn, sie haben einen Tresor.«

Trotz allem musste Violet sich ein Lächeln verkneifen und spürte, wie sie von einer leise pulsierenden Aufregung erfasst wurde, als sie den Schlüssel umdrehte, das Schloss aufspringen hörte und dann den runden Holzknauf fasste, um die Schublade aufzuziehen.

Alle scharten sich um sie, um einen Blick hineinzuwerfen.

Drei dicke Bündel Aktienzertifikate, ein jedes fein säuberlich zusammengerollt und von einem schmalen Band gehalten, lagen nebeneinander in der Schublade. »Nun«, meinte Montague, »wir wussten ja, dass Sir Hugo etliche Aktien erworben hat.«

Er nahm die drei Bündel heraus und warf einen kurzen Blick darauf. »Das durchzusehen wird seine Zeit brauchen.« Und an Violet gewandt fügte er hinzu: »Wenn wir nachher gehen, nehme ich die Zertifikate mit – sie sind zu wertvoll, um in einem verlassenen Haus herumzuliegen. Machen Sie die Schublade wieder zu, und dann sehen wir uns das unten in Ruhe an.«

Sie schloss die Kommode wieder ab, legte den Schlüssel zurück an seinen Platz, und danach begaben sie sich nach unten ins Speisezimmer, wo sie jedes der Bündel aufschnürten und die Scheine auf dem Esstisch ausbreiteten. Pringle zweckentfremdete das schwere Silberbesteck und die Salzfässchen, um das Papier daran zu hindern, sich wieder aufzurollen.

Erst sahen sie das erste Bündel durch, dann das zweite und schließlich auch das dritte.

Dann legte Montague den letzten Schein beiseite. »Kein einziges Zertifikat für die zwanzig an der Grand Junction Railway erworbenen Anteile.«

Nachdem er die Worte einen Moment hatte sacken lassen, wandte er sich an Foster und Pringle. »Packen Sie das wieder zusammen und nehmen Sie es mit ins Büro. Pringle, ich möchte, dass Sie und Slocum, bevor er die Scheine in den Tresor schließt, ein vollständiges Inventar davon anfertigen, und Sie, Foster, werden dieses dann mit der Liste abgleichen, die Sie und Gibbons erstellt haben. Sollten Sie weitere Abweichungen feststellen, schicken Sie mir eine Nachricht in die Albemarle Street.«

»Ja, Sir.« Foster und Pringle begannen, die Scheine wieder zusammenzusuchen.

Montague stand auf und trat zu Violet.

Fragend sah sie ihn an. »Was haben wir jetzt vor?«

Montague erwiderte ihren Blick. »Wir sagen Stokes und den anderen Bescheid. Die Neuigkeit scheint mir zu bedeutsam, um sie ihnen länger als nötig vorzuenthalten.«

Am Tag darauf verließ Montague morgens um elf die Kanzlei und nahm erneut eine Droschke in die Albemarle Street.

Als sie gestern Nachmittag das Haus an der Lowndes Street verlassen hatten, war er mit Violet geradewegs zu Scotland Yard gefahren, doch Stokes und Barnaby waren beide außer Haus gewesen. Stokes' Sergeant hatte Montague allerdings erkannt und ihn wissen lassen, dass der Inspector und Mr. Adair unterwegs seien und verschiedene Lokalitäten aufsuchten, um Walter Camberlys Alibis zu überprüfen.

Nachdem ihr Versuch, die aufregenden Neuigkeiten gleich an den Mann zu bringen, vorerst einen Dämpfer erhalten hatte, waren Montague und Violet weiter in die Albemarle Street gefahren – nur um auch dort warten zu müssen, und zwar auf Penelope und Griselda, die von ihrer Überprüfung der Alibis der Halstead-Damen zwar vorhin zurückgekehrt waren, dann aber mit den Kindern am Grosvenor Square spazieren gegangen seien, wie Mostyn ihnen beschied. Statt den Damen hinterherzulaufen, schlug Violet einen späten Nachmittagstee vor, denn auf einmal merkte sie, wie hungrig sie war. Montague hatte nichts dagegen. Sie hatten es sich im Gartenzimmer gemütlich gemacht, sich an den Erfrischungen gütlich getan, und sie hatte ihm zugehört, wie er seine nächsten Schritte laut durchdachte, dem sie wenig hinzuzufügen hatte.

Als Penelope und Griselda zurückkamen, waren sie, da sie selbst keine Neuigkeiten hatten, ganz Ohr und gespannt gewesen, was Violet und Montague herausgefunden hatten.

Da ihr die Tragweite des Ganzen sofort klar war, hatte Penelope eine Nachricht an Stokes und ihren Gatten schicken lassen, dass man zu einem Durchbruch gelangt sei und die beiden sich doch bitte umgehend in der Albemarle Street einfinden möchten, um sich selbst ein Bild zu machen.

Danach hatten die vier dann erneut mit wachsender Ungeduld warten müssen, bis Stokes und Adair eintrafen. Und als es dann so weit war …

Am Ende waren sie alle noch zum Abendessen geblieben, und die Diskussion bei Tisch hatte sich recht lebhaft gestaltet, denn jeder hatte seine eigenen Vorstellungen, Mutmaßungen und Hypothesen, wie nun weiter vorzugehen sei. Einig waren sie sich indes darin gewesen, dass die fehlenden Zertifikate ein entscheidender Hinweis waren und man unbedingt herausfinden müsse, wer sie derzeit halte und damit auch die üppige Dividende eingestrichen hatte. Und dass man es so schnell wie irgend möglich herausfinden müsse. Aber das war auch schon das Ende der Gemeinsamkeiten, denn zu dem Zeitpunkt hatten sich bereits drei Lager gebildet. Stokes und Penelope wollten ohne Rücksicht auf Verluste vorgehen, um möglichst schnell ans Ziel zu gelangen – dass man dabei viel Staub aufwirbeln würde, sei zweitrangig. Montague und Barnaby hatten hingegen zu Umsicht geraten, gelte es doch jetzt, jeden Schritt genau zu bedenken, um den Mörder nicht unnötig zu warnen. Violet und Griselda hatten sich weitgehend aus der Debatte herausgehalten und die Argumente beider Parteien angehört, ohne sich für eines der Lager zu entscheiden, fanden sich bei beiden doch Vor- und Nachteile. Schließlich hatte man sich darauf geeinigt, trotz aller gebotenen Eile, des Täters habhaft zu werden – der immerhin schon drei Morde begangen hatte, weshalb die Chancen hoch waren, dass er noch einmal zuschlagen könnte oder aber fliehen würde –, mit der nötigen Umsicht vorzugehen, die bei einer so heiklen Angelegenheit geboten war.

Denn wie Barnaby ganz richtig bemerkte: »Bei der betreffenden Gesellschaft eine Razzia durchzuführen und Einblick in die Bücher zu erzwingen, würde, selbst wenn es der Polizei möglich wäre, zu durchaus berechtigtem Widerstand führen, was uns bei den Ermittlungen keinen Deut weiterhelfen dürfte.«

Montague konnte dem nur zustimmen. »Allerdings. Auch wenn es zunächst nicht den Anschein haben mag, so dürfte uns in diesem Fall doch weit besser gedient sein, die Fragen der Reihe nach zu klären, still und diskret, und nicht mehr Leute als unbedingt nötig davon wissen zu lassen.«

Widerstrebend hatten die anderen ihm beigepflichtet und es dann ihm überlassen, die entsprechenden Fragen zu formulieren.

Stokes und Barnaby wollten derweil weiter die Alibis von Walter Camberly und den Halstead-Männern prüfen, während Penelope mit Griselda noch einmal genauer bei denen der Damen nachhaken wollte, um ganz sicherzugehen, dass sie nicht doch etwas übersehen hatten.

»Nach dieser Sache mit Walter«, meinte Stokes grimmig, »würde es mich nicht wundern, wenn sich in dieser Familie noch mehr Abgründe auftäten, die nicht unbedingt etwas mit den Morden zu tun haben müssen.«

Diese Bemerkung hatte dann letztlich alle davon überzeugt, dass man der Frage nach dem verschwundenen Aktienzertifikat mit allergrößter Umsicht nachgehen sollte. Sie wollten denselben Fehler nicht noch einmal machen, denn konnten sie sicher sein, dass dies nun wirklich das Motiv für die Morde war?

Natürlich gingen sie davon aus, aber … Man konnte nie wissen. Sorgfalt und Zurückhaltung waren jetzt das Gebot der Stunde.

Die Droschke bog recht rasant in eine Kurve, und Montague sah, als er zum Fenster hinausschaute, die vertraute Fassade des Carlton House vorbeirauschen, ehe es die Pall Mall hinabging.

Den Morgen hatte er bislang damit zugebracht, etwas über die Firma herauszufinden, die die Anteilscheine an der Grand

Junction Railway ausgab. Leider befand sich die Registratur in Manchester, weshalb er seine Anfrage per Kurier geschickt hatte. Frühestens morgen würde er darauf eine Antwort bekommen.

Und so fuhr er jetzt wie versprochen in die Albemarle Street, um die anderen auf den neuesten Stand zu bringen – oder vielmehr Violet, die man zur Ansprechpartnerin vor Ort auserkoren hatte. Auch wenn keiner seine Sorge laut hatte aussprechen wollen, so lag dem doch auch die Überlegung zugrunde, dass es vielleicht besser wäre, wenn Violet das Haus vorerst nicht ohne Begleitung verließe.

Allein der Umstand, dass sie wusste, wo Lady Halstead ihre Aktienzertifikate verwahrte, hatte die Sorge um ihre Sicherheit neu entfacht. Denn außer ihr, so schien es, war niemand mehr am Leben, der davon gewusst hatte – nur sie und der Mörder. Allen voran war es natürlich Montague, der sich um sie sorgte, doch in den Augen der anderen hatten ganz ähnliche Befürchtungen gestanden. Niemand von ihnen wollte, dass Violet etwas zustieß; niemand wollte, dass sie unwissentlich dem Mörder in die Fänge geriet. Wäre es ihnen möglich gewesen, hätten sie sie rund um die Uhr beschützen lassen, waren aber klug genug, ihr dergleichen gar nicht erst vorzuschlagen. Stattdessen hatte man sie mit einer, wie sie betonten, wichtigen Aufgabe betraut, der sie in der sicheren Abgeschiedenheit des Adair'schen Hauses nachgehen konnte. Und Montague würde darauf wetten, dass die Bediensteten der Adairs angewiesen worden waren, ein wachsames Auge auf sie zu haben.

Deshalb überraschte es ihn auch nicht, als er, nachdem er den Droschkenkutscher bezahlt und die Treppe zum Haus hinaufgeeilt war, von Mostyn mit einem wissenden Lächeln und den Worten empfangen wurde: »Miss Matcham ist im Gartenzimmer, Sir.«

»Vielen Dank, Mostyn.« Er reichte dem Butler Hut, Stock und Mantel und zog seine Manschetten zurecht. »Nein, nein, lassen Sie nur – ich kenne den Weg.«

»Nun … wie Sie wünschen, Sir«, erwiderte Mostyn verhalten.

Montague sah ihn fragend an.

»Ich dachte nur gerade, Sir, wenn Sie schon einmal hier sind, ob Sie nicht Lust hätten, mit Miss Matcham einen kleinen Spaziergang im Park zu machen. Nicht, dass ihr hier die Decke auf den Kopf fällt und sie auf eigene Faust losgeht.«

Montague hob die Brauen. »In der Tat, ja. Haben Sie recht vielen Dank für den Vorschlag, Mostyn. Ich denke, wir sollten Sie beim Wort nehmen.«

Als er den Flur hinunter in den hinteren Teil des Hauses ging, überlegte er, dass ein kleiner Spaziergang tatsächlich eine gute Idee wäre, denn auch wenn das Wetter die letzten Tage etwas unwirtlich gewesen war, so gab die herbstliche Sonne doch heute ihr Bestes und es sah nicht danach aus, als würde es in den nächsten Stunden Regen geben.

Violet saß auf dem Sofa und war mit der Flickwäsche beschäftigt; als sie ihn kommen hörte, ließ sie die Nadel sinken und schaute auf. Der Ausdruck, der in ihrem Gesicht, in ihren Augen aufschien, erfüllte ihn mit … mit einem ganz besonderen Gefühl. Sie legte ihre Stopfarbeit beiseite und stand auf. Lächelnd reichte sie ihm die Hand. »Mr. Montague.«

Als sie vor ihm stehen blieb und er nach ihrer Hand griff, seine Finger um ihre schloss, ruhte ihr Blick fragend auf ihm. »Haben Sie Neuigkeiten, Sir?«

Seine Gedanken waren jedoch nicht bei irgendwelchen Neuigkeiten oder den Ermittlungen. Eine Weile sah er sie einfach nur an, dann meinte er leise: »Ich heiße Heathcote, auch wenn die meisten mich Montague nennen.« Genau genommen lebte seit Jahren niemand mehr, der ihn noch Heathcote genannt hätte. »Könnten Sie sich vorstellen, Violet, mich bei meinem Vornamen zu nennen?«

Sie erwiderte seinen Blick, und das allein genügte, diese einfache Verbindung zwischen ihnen, die mehr sagte als viele Worte. Die ihm sagte, dass auch sie es spürte, diese zarten

Bande zwischen ihnen, die langsam, aber stetig immer stärker wurden, ruhig und unaufdringlich, doch darum nicht weniger wahr. Schließlich neigte sie den Kopf. »Es wäre mir eine Ehre, Sie Heathcote zu nennen.«

Eine weitere Sekunde verstrich, dann entzog sie ihm sanft ihre Hand und deutete auf einen der Sessel. »Bitte setzen Sie sich doch und erzählen Sie, was passiert ist.«

»Bevor ich damit anfange, wollte ich Sie fragen, ob Sie vielleicht Lust auf einen kleinen Spaziergang hätten? Ich würde es Ihnen dann unterwegs erzählen. Der Green Park ist nicht weit, und wenn ich ehrlich bin, sonderlich viel an Neuigkeiten habe ich auch nicht.« Mit einem etwas zaghaften Lächeln fügte er hinzu: »Es wäre schön, von meiner Fahrt hierher mehr zu haben als nur ein paar Minuten Ihrer Zeit.«

Als sie lachte, erschienen zwei Grübchen in ihren Wangen. »Allerdings, Sir. Auch mir wäre es nur willkommen, einmal Zeit mit Ihnen in einer etwas anderen Umgebung zu verbringen.«

»Dann sind wir uns also einig«, meinte er, nun schon mit einem etwas zuversichtlicheren Lächeln, und reichte ihr seinen Arm. »Lassen wir Mostyn nur noch rasch Ihren Mantel und Ihren Hut holen, dann sollte unserem kleinen Ausflug nichts mehr im Wege stehen.«

Fünf Minuten später schritt Violet, ihre Hand in Montagues Armbeuge, die Albemarle Street hinunter und bog in den deutlich belebteren Piccadilly ein. Die durch ihre gestrige gemeinsame Unternehmung entstandene Nähe hatte sich noch verstärkt, vertieft, und nicht nur bei ihr, so schien es, sondern auch bei ihm – Heathcote. Sie war geradezu übermütig, wie berauscht, ihm nun so nahe zu sein, ihn neben sich zu spüren, so beschützend und stark. Sie fand es tröstlich und betörend zugleich, wie all ihre Sinne auf ihn reagierten. Was den tieferen Grund seiner Bitte, ihn beim Vornamen zu nennen, anging, so wollte sie darüber lieber nicht nachdenken – zumindest nicht hier und jetzt, in aller Öffentlichkeit. Sie wollte es sich für später aufsparen, wenn sie allein war, wenn sie Zeit zum Schwelgen hatte und nicht länger vernünftig zu sein brauchte.

Zu viele Passanten waren auf den Trottoirs unterwegs, als dass sie unverfänglich über die Ermittlungen hätten reden können; stattdessen gingen sie in einvernehmlichem Schweigen nebeneinanderher, bewunderten die vornehmen Kutschen, die recht rasant über das Pflaster rollten, die eleganten Damen, die edlen Pferde. Sie überquerten die Berkeley Street, passierten die langgestreckte Fassade von Devonshire House und blieben an der Clarges Street stehen, um auf eine Lücke im Verkehr zu warten, ehe sie erneut die Straße überquerten und durch das Tor in den Park gelangten.

Geradeaus tat sich das Reservoir auf, weshalb sie den Weg rechter Hand einschlugen, bald zu dem Springbrunnen gelangten, der die Westseite des Sees begrenzte, um dann einen der weniger überlaufenen Pfade zu wählen. Die Spazierwege waren von großen, alten Bäumen gesäumt, deren Laub sich bereits gefärbt hatte und einen goldbraunen Teppich über den Boden breitete.

Nachdem sie sich umgeschaut und vergewissert hatte, dass niemand in Hörweite war, schaute sie fragend zu Montague auf. »Und nun, lieber Heathcote, welche Neuigkeiten haben Sie zu berichten?«

Ein Lächeln spielte um seine Lippen, als er ihren Blick erwiderte, und beide genossen sie einen Moment lang, was wie ein stilles Einverständnis schien, doch dann wandte er den Blick auch schon wieder geradeaus und erstattete gewissenhaft Bericht. »Wie gestern Abend besprochen, habe ich die Firma ausfindig gemacht, die die besagten Aktien ausgibt. Hätten sie einen Sitz in London, würde ich bereits heute mehr zu berichten haben, aber leider sind sie in Manchester ansässig, weshalb ich meine Anfrage per Kurier schickte und wir uns bis zum Eintreffen der Antwort wohl noch einen Tag werden gedulden müssen.«

Ihre Brauen hoben sich in leiser Skepsis. »Wonach genau haben Sie gefragt – und wie wahrscheinlich ist es, dass man uns die Informationen geben wird, die wir brauchen?«

Er streifte ihren Blick. »Sie haben natürlich recht, eigentlich werden solche Auskünfte vertraulich behandelt. Es kann nicht jeder einfach so daherkommen und wissen wollen, wer welche Aktien sein Eigen nennt. Allerdings habe ich ausdrücklich darauf hingewiesen, dass Sir Hugo der vorherige Eigner war – eine Tatsache, die man leicht nachprüfen kann. Die Zertifikate sind durchnummeriert, und wir erbitten nur Auskunft zu diesem einen Zertifikat. Darin unterscheiden sie sich, selbst wenn sie übertragen werden, auch von Banknoten, die in dieser Hinsicht doch recht beliebig sind.« Als sie verständig nickte, fuhr er fort: »Ich habe ihnen weiterhin erklärt, dass ich nach Lady Halsteads Tod bei der Sichtung des Nachlasses mitwirke, ehe dieser vom Gericht freigegeben werde, und daher die korrekte Übertragung besagten Zertifikats nachweisen müsse.«

Als ihre Blicke sich trafen, schmunzelte er. »Das Gute daran: Keine in der Finanzbranche tätige Firma möchte ihren Namen ohne Not in einem Gerichtsverfahren genannt wissen, zumal in Zusammenhang mit heiklen, ungeklärten Fragen. Daher werden sie die Sache zügig und ohne großen Aufwand klären wollen, ehe der Nachlass vor Gericht verhandelt wird. Ich gehe davon aus, dass sie meiner Anfrage stattgeben und mir anstandslos den Namen des neuen Eigners nennen. Aber da sie wie gesagt in Manchester sitzen, wird die Antwort mich frühestens morgen erreichen, vielleicht auch erst den Tag darauf.«

Eine Weile schlenderten sie schweigend weiter, bis Violet schließlich fragte: »Gäbe es noch eine andere Möglichkeit, wie man herausfinden könnte, was mit diesem Zertifikat passiert ist?«

Er schüttelte den Kopf. »Es ist genau so, wie ich es gestern Abend bereits meinte. Wenn wir anfangen, uns ganz offen danach zu erkundigen, um den derzeitigen Eigner zu finden, dürften wir ihn, noch ehe wir seinen Namen erfahren haben, bereits auf unsere Nachforschungen aufmerksam gemacht haben. So etwas spricht sich immer herum. Und wenn es sich bei ihm zugleich um unseren Mörder handelt, können wir davon ausgehen, dass er flüchten wird, ehe wir seiner habhaft werden.« Er sah sie an. »Indem wir so vorgehen, wie ich es jetzt mache, nämlich uns nur innerhalb der Branche zu erkundigen, die die Diskretion zudem sehr hochhält, dürften die Kollegen in Manchester vorrangig daran interessiert sein, dem derzeitigen Eigner unnötige Scherereien vor Gericht zu ersparen und mir seinen Namen nennen in der Annahme, dass ich lediglich die Übertragungswege lückenlos nachweisen wolle – alles legal und nicht weiter zu beanstanden, und damit hätte sich die Sache.«

»Ah ja, verstehe.« Nach kurzer Bedenkzeit erwiderte sie seinen Blick, und in ihren Augen schien stille Belustigung auf. »Dann werde ich das genauso an Penelope weitergeben, die sich vor Ungeduld vermutlich kaum noch halten kann, wenn sie von der kleinen Verzögerung erfährt.«

Er lachte und legte seine Hand auf ihre. In stillem freundschaftlichem Einverständnis setzten sie ihren Weg durch den herbstlichen Park fort.

Bis sie dann umdrehten und zurück in Richtung Albemarle Street gingen, war Violet indes zu dem Gefühl des Bedauerns, Montagues – Heathcotes – Gesellschaft schon bald wieder zu verlieren, ein gar noch unerfreulicherer Gedanke gekommen ... Ein Gedanke, der ihr gar nicht mehr aus dem Sinn wollte und alles andere verdrängte.

Doch wartete sie damit, bis sie wieder in der Eingangshalle der Adairs standen und Mostyn sich zurückgezogen hatte, damit sie sich unter vier Augen von Heathcote verabschieden konnte. Sie reichte ihm beide Hände und suchte seinen Blick, als er seine Finger tröstlich warm um die ihren schloss. »Was Ihre Nachforschungen angeht ...« Sie hielt inne und fuhr leiser fort: »Es will mir einfach nicht aus dem Sinn, dass man Runcorn ermordet hat, und zwar, wie es scheint, wegen ebendieses gestohlenen Aktienzertifikats.« Sie legte alle Sorge, die sie empfand und noch empfinden würde, in ihren Blick und schloss mit einem einfachen »Sie passen gut auf sich auf, ja?«. Und dann, weil ihr schien, sie sei doch zu weit gegangen, setzte sie rasch nach: »Ich weiß, dass es mir nicht zusteht, aber …«

»Ganz im Gegenteil.« Ohne den Blick von ihr zu nehmen, hob er eine ihrer Hände an seine Lippen und hauchte einen Kuss darauf, einen zärtlichen, innigen und doch ganz und gar keuschen Kuss. »Wenn ich es überhaupt jemandem zugestehen will, dann Ihnen, liebe Violet.«

Die nachfolgende Stille lud sich mit Bedeutung auf. In die Augen des anderen versunken, sahen sie einander an, suchten … und fanden …

Er zögerte, ehe er meinte: »Jetzt ist nicht die rechte Zeit. Aber wenn das alles ausgestanden ist vielleicht …?«

Sie hingegen zögerte nicht; sie nickte und setzte nach: »Ja, wenn das alles vorbei ist … dann können wir in Ruhe darüber reden.«

Er schenkte ihr ein stilles, sanftes Lächeln, das sie erwiderte.

Doch ihr albernes Herz tat einen freudigen Hüpfer, als er, kaum dass er ihre Hände losgelassen hatte, mit dem Finger zärtlich über ihre Wange strich.

Als er die Hand wieder sinken ließ, holte er scheinbar mühsam Luft. »Ich muss gehen.«

Wortlos nickte sie. Er setzte seinen Hut auf, und sie ging an ihm vorbei, um die Tür zu öffnen.

Als er aus dem Haus trat, sagte sie: »Ich werde die Zusammenfassung Ihres Berichts an Barnaby und Stokes, sollte er vorbeikommen, weitergeben.«

Bereits unten auf dem Trottoir drehte er sich noch einmal um und ließ ein strahlendes Lächeln sehen. »Und Penelope und Griselda werden Sie es auch erzählen müssen, wenn Sie den Hausfrieden nicht gefährden wollen.«

Violet lachte, und Montague schritt froh und beschwingt die Straße hinunter.

Sie schaute ihm noch einen Moment hinterher, dann schloss sie mit einem glücklichen Seufzer die Tür.

»Na, na, na! Wer hätte das von Walter gedacht?«

Er ganz sicher nicht. Auf ihn hatte Cynthias Sprössling immer blass und unscheinbar gewirkt, kaum mehr als eine Marionette seiner Eltern – der unverzichtbare Stammhalter, den sie immer dann vorgezeigt hatten, wenn seine bloße Existenz ihrem eigenen Ansehen zuträglich sein konnte.

»Niemals hätte ich mir träumen lassen, dass Walter den Mumm in den Knochen hätte, etwas so herrlich, so unverschämt Kriminelles zu tun. Etwas, das alle Grenzen des gesellschaftlich Akzeptablen sprengt! Und jetzt …« Er feixte von einem Ohr zum anderen. »Oh, wie sind die Helden gefallen!«

Selbst er konnte die unverhohlene Schadenfreude in seiner Stimme hören, die die Stille des Ankleidezimmers erfüllte.

Er schwelgte regelrecht darin.

»Und, oh, Freude aller Freuden, wie schrecklich perfekt, wenn Walter nun auch der Morde bezichtigt werden würde!«

Etwas Besseres konnte ihm nicht passieren, ein größeres Glück konnte er sich nicht vorstellen.

Es brauchte eine Weile, bis die von dieser Aussicht geweckte Euphorie so weit abgeklungen war, dass die seinem ganzen Handeln zugrunde liegende allgegenwärtige Obsession wieder an die Oberfläche kam. Aber als sie sich dann zeigte … Nein, er war noch immer nicht sicher.

Er würde noch weitere Vorsorge für seine Zukunft treffen müssen.

Erst verzog er unangenehm berührt das Gesicht, dann begann er nachzudenken. »Wenn die Polizei sich jetzt ganz auf Walter konzentriert, wäre dann nicht genau der richtige

Zeitpunkt, um Miss Matcham zum Schweigen zu bringen?« Er musterte sein Gesicht im Rasierspiegel und wiegte bedächtig den Kopf. »Andererseits könnte es ein Zeichen sein, sich gerade jetzt etwas zurückzuhalten.« Seine Augen wurden schmal, seine Stimme war ein unheilvolles Raunen. »Aber es wäre unklug, zu lange zu warten – am besten wäre, Miss Matchams Tod würde mit alldem in Zusammenhang gebracht …«

Minuten verstrichen, dann begann seine Miene, sich aufzuhellen. »Vielleicht könnte Miss Matcham eine Art Unfall haben – etwas, das es so aussehen ließe, als habe sie sich aus Reue über den Tod der alten Dame und der Dienerin etwas angetan. Was, wenn sie einen Komplizen hatte, einen Liebhaber, der mit ihrem Einverständnis erst die alte Dame umgebracht hat, dann den Vermögensverwalter und schließlich noch die Dienerin? Doch leider, ach, sollten die Bluttaten sich als zu viel für Miss Matchams empfindsame Seele erweisen, und so legt sie Hand an sich, nimmt aber den Namen ihres Geliebten mit ins Grab …« Ein süffisantes Lächeln breitete sich über sein Gesicht. »Oh ja. Das könnte mir gefallen.«

Und so stand er vor dem Spiegel und betrachtete sich dabei, wie er alles gründlich durchdachte.

Noch schien Miss Matcham nichts von Bedeutung eingefallen zu sein, oder sie hatte es zumindest noch nicht der Polizei gesagt, hätte diese sonst doch längst vor seiner Tür gestanden und unangenehme Fragen gestellt. Natürlich konnte er nicht wissen, ob die Sache mit den gestohlenen Aktien jemals herauskam, aber wenn ja … Die Dienerin hatte ihn auch schon mal im Zimmer der Alten überrascht, hatte ihn die Zertifikate durchgehen sehen, und deshalb hatte sie sterben müssen.

Da Miss Matcham und die Dienerin wohl recht vertraut miteinander gewesen waren, musste er davon ausgehen, dass die Dienerin ihr gegenüber etwas davon erwähnt hatte, auch wenn sie selbst vielleicht nicht begriffen hatte, was er mit den Papieren ihrer Herrschaft wollte. Miss Matcham würde sich schon einen Reim darauf gemacht haben, spätestens jetzt.

Um seines lieben Seelenfriedens willen würde Miss Matcham also auch aus der Welt scheiden müssen.

Bis es so weit war, bis er ganz sicher sein konnte, dass die drohende Enthüllung nicht mehr wie ein Damoklesschwert über ihm schwebte, würde er keine Ruhe mehr finden und keine Freude haben an den Früchten all seiner Mühen.

Weshalb Miss Matcham also sterben musste. Jetzt war es abgemacht. Blieben bloß noch zwei Fragen: Wann? Und vor allem wie?

16

Zwei Tage später schaute Montague nachmittags in der Albemarle Street vorbei. Genau wie insgeheim erhofft, traf er Violet, die gerade Ordnung in Penelopes Korrespondenz zu bringen versuchte, allein an.

Als er vor den Schreibtisch trat, klappte Violet das ledergebundene Notizbuch zu, in dem sie sich eben ein paar Sachen vermerkt hatte, und schaute mit einem erfreuten Lächeln zu ihm auf. »Penelope und Oliver wurden von Lady Calverton zum Tee in kleiner familiärer Runde geladen, und Griselda wollte die Gelegenheit nutzen, in ihrem Ladengeschäft nach dem Rechten zu sehen.« Ihr Blick fiel auf die über den Schreibtisch verteilten Briefstapel. »Derweil könnte ich mich hier ans Werk machen und schon mal etwas Ordnung schaffen, so dachte ich, aber es ist wirklich ein Fass ohne Boden.«

»Dann lassen Sie uns erst spazieren gehen.« Montague reichte ihr seine Hand. »Wir könnten ein wenig am Berkeley Square flanieren und uns gegenseitig auf den neuesten Stand bringen.«

Violets Augen strahlten. »Welch wunderbare Idee!«

Keine fünf Minuten später war sie in ihren warmen Mantel gehüllt, hatte sich das Hutband fest unter dem Kinn gebunden und noch einen Schal um den Hals gelegt, denn der Wind wehte recht frisch, und dann konnte es auch schon losgehen.

Als sie sich dem Park näherten, wandte sie sich an Montague, an Heathcote. »Haben Sie Neuigkeiten wegen des Aktienzertifikats?«, wollte sie wissen. Immer öfter ertappte sie sich dabei, wie sie ungeduldig zu werden begann und die Ermittlungen zum Abschluss bringen wollte, damit sie sich anderen, persönlicheren Themen zuwenden konnten. Zumal ihr Gefühl ihr sagte, dass es ihm ganz ähnlich erging.

Er verzog das Gesicht. »Leider nicht so wie erhofft. Zwar wurde mir zwischenzeitlich aus Manchester bestätigt, dass die Halsteads nicht mehr Eigner besagter Aktien wären, aber mehr wollte der Registrar zunächst nicht offenlegen. Es bedurfte einer gewissen Überredungskunst, an deren Ende, so deutete ich es an, eine offizielle Anfrage Scotland Yards stehen könne, bis der gute Mann sich überhaupt gesprächsbereit zeigte.« Er blieb kurz stehen, um das Tor zu öffnen, das zu dem Park in der Mitte des Platzes führte, und fuhr erst fort, als sie Seite an Seite, ihre Hand in seiner Armbeuge, ihren Spaziergang auf den gepflegten Kieswegen fortsetzten. »Seine Antwort steht noch aus, aber ich bin nach all diesen diplomatischen Mühen doch recht zuversichtlich, mit der nächsten Nachricht aus Manchester alle relevanten Informationen zu erhalten. Allerdings hege ich so meine Zweifel, dass der derzeitige Eigner auch unser Mörder ist.«

»Weil Sie annehmen, er habe die Aktien weiterverkauft?«

»Ich wüsste nicht, warum er sie sonst an sich genommen haben sollte, wenn nicht wegen des Geldes. Und dazu müsste er sie verkauft haben, ja.«

Ein paar Minuten gingen sie schweigend weiter, bis Violet schließlich fragte: »Könnten Sie einen solchen Verkauf nicht nachverfolgen?«

»Laut Aktienregister waren die Halsteads bis vor elf Monaten im Besitz der Papiere, was heißt, dass der neue Eigner sie zu diesem Zeitpunkt auf seinen Namen hat übertragen lassen. Aber da nicht jeder sich sogleich um derlei Formalitäten kümmert – zumal bis dahin keine Dividende fällig war –, könnte er sie auch zu einem früheren Zeitpunkt erworben haben. Aus den diversen Konten der Halsteads ist leider nicht ersichtlich, wann genau das Zertifikat in andere Hände überging.«

»Sie meinen, wann genau es gestohlen wurde.«

»Korrekt.« Er zögerte. »Was ich bereits getan habe – es war das Einzige, was mir dazu einfiel, während wir auf die Nachricht aus Manchester warten –, ist, grob zu schätzen, für welche Summe das Zertifikat den Eigner gewechselt haben könnte, und zu prüfen, ob ein solcher Betrag im entsprechenden Zeitraum auf einem der Konten der Halsteads oder der Camberlys eingegangen ist. Aber bislang sieht wie gesagt nichts danach aus.«

»Glauben Sie denn, dass der Mörder das Geld auf einem seiner Konten deponieren würde?«

»Es ist reine Spekulation«, räumte Montague ein. »Aber gemessen an der Arroganz dieser Familie würde es mich nicht wundern, wenn sie ihre Konten vor jedem Zugriff geschützt glauben. Dabei sind Bankkonten recht leicht einzusehen, wenn man weiß, wie man es anstellen muss.«

»Und Sie wissen das.«

Er nickte und sah sie an. »Aber erzählen Sie das nicht Stokes, oder zumindest nicht mehr als unbedingt nötig. Er dürfte nicht sonderlich glücklich darüber sein.«

»Ah, verstehe.« Sie lächelte und schaute wieder nach vorn, ließ den Blick über die Scharen von Kindermädchen schweifen, die mit ihren Schützlingen durch den Park gingen.

Sie hatten das Grün einmal umrundet und waren wieder bei dem Tor angelangt, durch das sie vorhin gekommen waren, als er meinte: »Sie sollten die anderen schon mal geistig darauf vorbereiten, dass ich die Sache zwar weiterverfolgen werde, aber nicht davon ausgehe, das Geld tatsächlich auf einem der Konten der Familie zu finden.«

Er hielt ihr das Tor auf, und sie betrachtete ihn einen Moment, ehe sie hindurchging. »Dann nehmen Sie an, dass man das Geld anderweitig verwendet hat?«

Er trat hinter ihr aufs Trottoir und nickte. »Ich wüsste nicht, warum man das Zertifikat sonst stehlen sollte, außer um es zu Geld zu machen, das man dringend benötigt. Und wer dringend Geld braucht, hat in aller Regel einen Grund dafür –

ein Geheimnis, ein Laster, was auch immer –, der es unerlässlich macht, sehr schnell an sehr viel Geld zu gelangen.«

Sie hakte sich wieder bei ihm unter – und das mit einer solchen Selbstverständlichkeit, dass es eine Freude war – und nickte. »Das klingt plausibel.«

Er sah sie an, ließ seinen Blick auf ihrem Gesicht ruhen. »Das war alles, was ich an Neuigkeiten habe. Was gibt es von Ihrer Seite?«

Violet seufzte und lehnte sich etwas an ihn, neigte ihren Kopf dem seinen zu, als sie erwiderte: »Wir haben leider noch weniger zu berichten. Stokes und Barnaby sind sich jetzt immerhin sicher, dass Walters Alibis für die drei Morde glaubhaft sind, weshalb er offiziell von der Liste der Verdächtigen gestrichen wurde. Und wenngleich sie wenig beeindruckt sind von den Zeugen, die Williams Alibis bestätigen könnten, neigen sie doch mittlerweile zu der Ansicht, dass an zumindest zweien seiner Alibis nicht zu rütteln ist.«

»Womit William weiterhin verdächtig wäre, sollten die Morde ein Komplott gewesen sein und es mehr als nur einen Mörder geben.«

Sie nickte. »Davon scheinen Stokes und Barnaby derzeit auch auszugehen. So, wie ich die Familie kenne, könnte ich mir sehr gut vorstellen, dass William und Maurice gemeinsame Sache gemacht haben. Oder sogar William und Hayden. Vielleicht stecken sie auch alle drei unter einer Decke. Was die Frauen angeht, so sind Penelope und ich heute früh noch einmal die Alibis der Damen Halstead und Camberly durchgegangen. An allen scheint nichts zu beanstanden, wenngleich Penelope der Ansicht ist, dass eine von ihnen durchaus Mitwisserin gewesen sein kann. Wir gehen allerdings nicht mehr davon aus, dass sie zur Zeit der Morde an den Tatorten waren. Das wäre allein aufgrund ihrer Alibis gar nicht möglich.«

Montague ließ es sich durch den Kopf gehen und meinte, als sie fast schon wieder beim Haus der Adairs angelangt waren: »Dann läuft es auf die Halstead-Männer hinaus, auf Mortimer, Maurice, William und Hayden. Jeder von ihnen hätte einen der Morde begehen können.«

»Das stimmt.« Violet lief die Stufen zum Haus hinauf, klopfte an die Tür und drehte sich wieder nach ihm um. »Aber wir wissen immer noch nicht, wer von ihnen es war.«

Er nickte. »Das ist die Frage, ja. Ob wir es mit mehreren Tätern zu tun haben oder ob der Diebstahl des Aktienzertifikats und die drei Morde einem Einzigen zur Last gelegt werden können.«

Mittlerweile hatte Mostyn ihnen die Tür geöffnet. Montague erwiderte Violets Blick, hob fragend eine Braue und sah sie in stillem Einvernehmen lächeln; ebenfalls im Stillen freute er sich an diesem wortlosen Verstehen zwischen ihnen und folgte ihr, sich seltsam willig fühlend, ins Haus.

Am nächsten Morgen schauten Barnaby und Stokes bei Montague vorbei.

Noch während sie vor seinem Schreibtisch Platz nahmen, brachte Stokes seine erste und drängendste Frage an den Mann. »Haben Sie schon herausgefunden, wem die Aktien gehören?«

Montague lehnte sich in seinem Schreibtischstuhl zurück und hob bedauernd die Hände. »Nein, noch nicht. Die Kollegen im Norden nehmen es mit der Dienstpflicht sehr genau – aber keine Sorge, ich bin an der Sache dran, und der zuständige Registrar sollte bald klein beigeben.« Er ließ seinen Blick auf Stokes ruhen. »Andernfalls müssten Sie in den Norden fahren und etwas nachhelfen.«

Stokes schnaubte. »Um seinetwillen wollen wir hoffen, dass es so weit nicht kommt.« Nach einer kurzen Pause setzte er nach: »Geben Sie Bescheid, sowie Sie etwas hören. Dieser Fall zieht sich schon viel zu lange hin – der Chef wird langsam ungeduldig.«

Montague neigte den Kopf. »Wie geht die Suche nach dem Verdächtigen voran?«

»Durchwachsen«, meinte Barnaby. »Violet erwähnte, dass Sie Ihnen bereits von unserem Fortschritt mit Williams Alibis erzählt habe; zwei davon – die für die Morde an Lady Halstead und an Tilly – müssen wir ihm abnehmen. Für beide Abende haben wir genügend Zeugen gefunden, unter anderem auch Leute, die William uns nicht genannt hatte und die er nicht gut genug kennt, um sie bestechen zu können. Sie haben uns bestätigt, dass er sich jeweils zu Zeiten in den Hafenkneipen aufgehalten hat, die es ihm unmöglich gemacht hätten, rechtzeitig in die Lowndes Street zu gelangen, um die Morde zu begehen.«

»Allerdings«, setzte Stokes grimmig nach, »stützt sich Williams Alibi für den Abend des Mordes an Runcorn zu sehr auf die Aussagen zwielichtiger Freunde, als dass es unseren Anforderungen genügen könnte. Und von den anderen hat keiner, kein einziger, auch nur für einen der drei Abende ein vernünftiges Alibi.« Stokes beugte sich vor, als würde er von einer Liste ablesen, und begann aufzuzählen: »Maurice Halstead gibt an, er sei an zweien der fraglichen Abende mit einer Dame zusammen gewesen, deren Namen er aber nicht preisgeben will, und am dritten Abend meint er sich dunkel zu erinnern, eine Spielhölle besucht, sich aber bald schon von seinen Freunden getrennt zu haben und auch nicht mehr zu wissen, wann er gegangen ist oder mit wem oder ob er danach noch woanders war.«

»Mit anderen Worten«, warf Barnaby trocken ein, »er war zu dem Zeitpunkt bereits derart betrunken, dass er keinerlei Erinnerung mehr daran hat, wo er war, was er dort getan hat und mit wem er zusammen war.«

»Womit Maurice für alle drei Morde unter Verdacht bleibt. Jetzt weiter zu Mortimer Halstead – ein vergleichsweise einfacher Fall, sollte man meinen. Aber weit gefehlt! Mortimer war an zweien der fraglichen Abende mit seiner Frau zum Essen eingeladen, doch beide Male ist seine Gattin allein in der Kutsche nach Hause gefahren, während Mortimer noch in irgendwelchen Besprechungen steckte, die sich bei Tisch kurzfristig ergeben hatten. Er sei dann später ebenfalls allein nach Hause gefahren. Am Abend des Mordes an Runcorn nahm Mortimer an einem diplomatischen Empfang teil, der schon früh am Abend begann und zu dem seine Frau ihn nicht begleitete. Er behauptet, nicht lange geblieben und zeitig zu Hause gewesen zu sein, aber die Halsteads haben getrennte Schlafzimmer, und Mrs. Halstead kann somit auch nicht sagen, wann ihr Mann an diesem oder an den anderen Abenden zu Bett gegangen ist.«

»Hayden Halstead«, übernahm Barnaby, »scheint ein eindeutig interessanteres Leben zu führen, als er uns oder seine Eltern glauben zu machen versuchte. Seine ursprünglichen Alibis lauteten für alle drei Abende, dass er die ganze Zeit zu Hause gewesen und früh zu Bett gegangen sei und sich dem Schlaf der Gerechten hingegeben habe.« Ohne die Miene zu verziehen, schüttelte Barnaby den Kopf. »Ich habe mich, als einfacher Mann verkleidet, in der nächstgelegenen Kneipe mal ein wenig mit einem der Halstead'schen Diener unterhalten. Es ist unter den Bediensteten wohlbekannt, dass Hayden sich zwar jeden Abend in seine Räumlichkeiten zurückzieht, sich dann aber über die Dienstbotentreppe wieder hinunter und aus dem Haus schleicht, um sich die Nacht um die Ohren zu schlagen. Als wir Hayden mit unseren Erkenntnissen konfrontierten, knickte er sofort ein und korrigierte seine Angaben.«

Stokes schnaubte. »Was er uns dann erzählt hat, war allerdings kaum besser als seine ersten Alibis: Er sei mit Freunden unterwegs gewesen, nein, er wisse nicht mehr wo, und die Zeit habe er dabei völlig aus dem Blick verloren. Natürlich haben wir bei seinen Freunden nachgefragt, aber mit denen war auch nicht viel mehr anzufangen.«

Barnaby schüttelte bedauernd den Kopf. »Mit seinen Freunden war sogar so wenig anzufangen, dass wir uns am Ende nicht mal sicher sein konnten, ob Hayden überhaupt den ganzen Abend mit ihnen zusammen war, insbesondere zu den fraglichen Zeiten, oder ob er tatsächlich so betrunken war, dass er zu einer solchen Tat gar nicht mehr fähig gewesen wäre.«

Stokes seufzte. »Man sollte meinen, dass man bei drei Morden an drei verschiedenen Abenden beziehungsweise Nächten sehr schnell zumindest einen von ihnen ausschließen könnte, aber nein. Und schlimmer noch, da sie alle zur selben Familie gehören, alle miteinander verwandt sind, dürfen wir auch die Möglichkeit eines Komplotts nicht vorschnell ausschließen.« Stokes setzte sich wieder auf und lächelte matt. »Und sollte das tatsächlich der Fall sein, kommen wir mit diesen Alibis ohnehin nicht weit.«

»Nicht zu vergessen«, warf Barnaby ein, »dass wir, wenn wir von einem Komplott ausgehen – und du hast völlig recht, diese Möglichkeit muss man in Betracht ziehen –, auch Camberly wieder auf unserer Liste haben sollten.«

Als Montague fragend die Stirn runzelte, klärte Barnaby ihn auf: »Camberly hatten wir recht früh ausgeschlossen, weil alle Zeugen uns Runcorns Mörder als einen Mann beschrieben, der Ähnlichkeit mit den Halstead-Männern hatte und wir davon ausgingen, es mit bloß einem Mörder zu tun zu haben. Gehen wir indes von einem Komplott aus, käme Camberly durchaus für die Morde an Lady Halstead und Tilly in Betracht.«

»Camberly hat uns natürlich für beide Abende Alibis gegeben«, sagte Stokes, »nur haben wir die noch nicht überprüft.«

»Wobei man unbesehen sagen muss«, räumte Barnaby ein, »dass Camberlys Alibis mehr Hand und Fuß haben als die der Halsteads und sich auch leichter nachweisen lassen dürften. Er gab an, an beiden Tagen noch spät in Sitzungen oder Besprechungen mit anderen Politikern gewesen zu sein, und solche Debatten ziehen sich oft bis in die frühen Morgenstunden. Das klingt so weit alles plausibel, aber wie gesagt – wir haben seine Alibis noch nicht überprüft, da wir dachten, er sei aus dem Rennen.« Barnaby erwiderte Montagues Blick. »Das wäre der nächste Punkt auf unserer Liste. Haben Sie noch irgendetwas über die Finanzen der Familie herausgefunden, das uns weiterhilft?«

Montague nickte. »Just vorhin erhielt ich Bescheid, dass eine diskrete Überprüfung sämtlicher Konten der Halsteads und der Camberlys keine auffälligen Summen zeigt, wie sie aus dem Verkauf der Aktien resultieren könnten.«

Stokes hob die Schultern und ließ sie wieder sinken. »Na ja, wäre auch zu schön gewesen.«

»Wahrscheinlich hat derjenige, der das Aktienzertifikat gestohlen hat, es verkauft«, erwiderte Montague, »und das Geld dann sogleich für den Zweck verwendet, weswegen er sich überhaupt erst zu dem Diebstahl genötigt sah.«

Barnaby nickte. »Sehe ich auch so. Da schien jemand dringend Geld zu brauchen.«

»Möglich«, meinte Stokes. »Aber warum deshalb einen Mord begehen, und nicht nur einen, sondern drei?«

»Und es bei Violet ein viertes Mal versuchen«, rief Montague ihm in Erinnerung.

Stokes neigte den Kopf. »Stimmt – vier Mal. Aber warum das Risiko eingehen, wiederholt zu morden, und dabei erwischt zu werden, nur um … was genau zu verbergen? Dass er seiner Mutter ein paar Aktien geklaut hat?«

»Nein.« Barnaby richtete den klaren Blick seiner blauen Augen auf Stokes. »Nicht allein um den Diebstahl zu vertuschen, sondern um seine Reputation zu wahren, sein Ansehen zu schützen. Beides könnte allein durch den Diebstahl erheblich beschädigt werden, aber ich würde darauf wetten, dass ihm viel mehr daran liegt, geheim zu halten, was ihn überhaupt erst zum Stehlen trieb.«

Stokes wog das Argument des Freundes gründlich ab, dann nickte er. »Gut, das klingt schon plausibler. Es geht um mehr als Diebstahl – es geht um das Motiv dahinter, um den Grund, diesen Diebstahl überhaupt erst zu begehen.«

»Was uns wiederum ein plausibles Motiv für die Morde gibt, und zwar eines, das uns zuversichtlich stimmen sollte«, trumpfte Barnaby auf und grinste, als Stokes ihn skeptisch ansah. »Aber natürlich. Es bedeutet nämlich, dass unser Mörder – und genau genommen alle unsere Verdächtigen, alle Spieler in diesem Drama – wohl kaum flüchten, geschweige denn untertauchen wird. Nicht wenn sein Hauptmotiv die Wahrung seiner Reputation, seines gesellschaftlichen Ansehens ist.«

»Dem möchte ich nicht widersprechen«, wandte Montague ein, »allerdings ließe ein solches Motiv William als Mörder weniger wahrscheinlich sein.«

»Er mag nicht unser Hauptschuldiger sein«, entgegnete Barnaby, »aber er könnte dennoch, aus welchen Gründen auch immer, Maurice, Mortimer oder Camberly geholfen und Runcorn umgebracht haben.«

Stokes stöhnte. »Herrje, mir dreht sich der Kopf mit dieser unsäglichen Familie und ihren wackeligen Alibis und jetzt noch der Möglichkeit eines Komplotts!« Mit einem schweren Seufzer stand er auf und sah Barnaby an. »Was heißt, dass wir uns schleunigst daranmachen sollten, besagte Alibis noch einmal gründlich zu prüfen.«

Gleichfalls seufzend streckte Barnaby seine langen Beine aus und erhob sich, sah erst Montague an, dann Stokes. »Nur Mut. Ich glaube, wir sind schon ganz dicht dran – und da der Kerl sich nicht aus dem Staub machen wird, kriegen wir ihn auch, ganz sicher.«

»Amen«, meinte Stokes, nickte Montague zu und wandte sich zum Gehen.

Mit einem Grinsen in Richtung Montague folgte Barnaby ihm hinaus.

Montague schaute den beiden einen Moment nach, dann tat er ebenfalls einen tiefen Seufzer, zog sich die Unterlagen heran, die er vorhin zur Seite gelegt hatte, und machte sich wieder an die Arbeit.

Bis eine erneute Rückmeldung aus Manchester kam, konnte er in dieser Sache ohnehin nichts mehr unternehmen. Blieb bloß zu hoffen, dass der Registrar Einsicht zeigte und die Nachrichten aus dem Norden diesmal ergiebiger wären.

Um vier Uhr nachmittags traf dann die per Kurier gesandte Nachricht ein. Slocum, der sie entgegengenommen hatte, rannte schier, um sie Montague zu überbringen.

Montague legte die Bilanzen beiseite, die er gerade geprüft hatte, griff zum Brieföffner und schlitzte den Umschlag auf.

Mit angehaltenem Atem holte er das Schreiben heraus, faltete es auseinander und überflog es. Dann lehnte er sich zurück und betrachtete nachdenklich den Namen, der ihm dort genannt wurde.

»Und?«

Er schaute auf und sah Gibbons, von dem auch die Frage gekommen war, hinter Slocum stehen, und hinter Gibbons Foster, der dem älteren Kollegen gespannt über die Schulter spähte. Die restlichen Mitarbeiter von Montague & Son drängten sich an der Tür zu seinem Büro und warteten darauf, endlich die Neuigkeiten zu erfahren.

Montague seufzte und blickte wieder auf den Brief. »Der Registrar der Grand Junction Railway Company bestätigt hiermit, dass besagtes Aktienzertifikat, das sich bislang im Besitz von Lady Agatha Halstead befand, auf den Namen des Earl of Corby eingetragen ist.«

Gibbons blinzelte. »Ach herrje.«

»Sie sagen es«, meinte Montague trocken. »Der Registrar lässt zudem wissen, dass der Earl, oder vielmehr dessen Vermögensverwalter, die Aktien vor elf Monaten hat eintragen lassen, was heißt, dass die Papiere direkt von Lady Halstead an den Earl of Corby übergegangen sind, denn im Register ist kein weiterer Eigner verzeichnet.«

Montague legte den Brief vor sich auf den Schreibtisch,

betrachtete ihn einen Moment und wandte sich dann an seinen Büroleiter. »Slocum …«

»Meines Wissens, Sir, verwaltet Millhouse die Geschäfte des Earl of Corby«, kam der ihm zuvor. »Seine Kanzlei ist gleich um die Ecke in der Throgmorton Street.«

»Sehr gut.« Montague schaute zur Tür. »Reginald?«

»Ja, Sir!« Der junge Laufbursche kam eifrig herbeigesprungen.

Montague musste sich ein Lächeln verkneifen und winkte ihn heran. »Mein Schreiben an Millhouse kann gleich Mr. Slater überbringen, aber ich müsste auch Inspector Stokes von Scotland Yard eine Nachricht schicken.«

Er hatte bereits zu schreiben begonnen, als er, von der plötzlich herrschenden Stille irritiert, kurz aufschaute und Reginald wie in Ehrfurcht erstarrt vor dem Schreibtisch stehen sah. Die Kinnlade war dem Jungen heruntergeklappt und die Augen kullerten ihm fast aus dem Kopf.

Foster grinste und ließ seine Hand auf Reginalds Schulter fallen. »Kein Grund, Maulaffen feilzuhalten, Junge. Du kennst den Weg zum Yard?«

Reginald schluckte, dann schlich sich Panik in seine Miene.

»Kein Grund zur Aufregung«, beschwichtigte Gibbons. »Es ist ganz am Anfang von Whitehall. Mr. Slocum wird dir den Weg erklären.«

Reginald wirkte erleichtert und war schon wieder voller Tatendrang, als Montague den Brief zusammenfaltete und ihm reichte. »Auf eine Antwort brauchst du nicht zu warten. Gib das hier einfach dem diensthabenden Sergeant bei Scotland Yard, und dann kannst du für heute Schluss machen.«

»Danke, Sir.« Reginald nahm das Schreiben entgegen, als handele es sich um reines Gold. »Ich werde Sie nicht enttäuschen.«

Montague lächelte. »Das hatte ich auch nicht angenommen. Aber lauf jetzt los, die Nachricht sollte den Inspector so bald wie möglich erreichen.«

Reginald drehte sich um und war weg wie der Blitz, machte noch einmal kurz kehrt, um sich seine Jacke zu holen und von Slocum den Weg erklären zu lassen, dann rannte er los und die Tür fiel hinter ihm ins Schloss.

»Das Ungestüm der Jugend«, sinnierte Gibbons, als er, gefolgt von Foster, Montagues Büro verließ; Slater und Pringle waren bereits an ihre Schreibtische zurückgekehrt.

Dafür schaute Slocum erneut herein. »Ich habe gerade noch mal nachgesehen, Sir, und es ist tatsächlich Mr. Millhouse, Throgmorton Street Nummer sechs.«

»Danke, Slocum.« Montague nahm sich ein neues Blatt Papier. »Sagen Sie Slater, dass es noch ein paar Minuten dauert.«

»Wird gemacht, Sir.«

Tatsächlich brauchte es eine halbe Stunde, bis er die richtigen Worte für seine Anfrage an Mr. Millhouse gefunden hatte. Millhouse war ein paar Jahre jünger, und auch wenn er, Montague, weithin als Bester seiner Branche geschätzt wurde, galt es doch stets, die feine Balance von Kollegialität und Konkurrenzdenken zu wahren. Daher war es wichtig, in seiner Anfrage an Millhouse gleich den richtigen Ton zu treffen – zumal Montague sich ziemlich sicher war, dass es nicht bei diesem einen Schreiben bleiben würde. Um an sämtliche der benötigten Informationen zu gelangen, bedurfte es wohl einer recht regen Kommunikation.

Wenn er aber einfach sämtliche Fragen aufschrieb, auf die er – und Scotland Yard – Antworten wollte, würde Millhouse in die Defensive gehen, und sein adeliger Klient wäre wohl gar noch weniger geneigt, ihnen weiterzuhelfen.

Seine Ungeduld zu zügeln war nicht ganz einfach, aber glücklicherweise war er lange genug im Geschäft, um sich eine gewisse Diplomatie angeeignet zu haben. Es galt, sich an ungeschriebene Gesetze zu halten, um entsprechende Ergebnisse zu erzielen. Tatsächlich verdankte er seine Reputation ebendiesem Gespür für sein Gegenüber und die der jeweiligen Situation angemessenen Verhaltensregeln.

Und so wurde sein Schreiben an Mr. Millhouse in der Throgmorton Street ein Meisterwerk respektvoller Zurückhaltung, in das sich fast nebenbei die Offerte eingeflochten fand, ob der geschätzte Kollege nicht Lust habe, mit ihm, Montague, diesem kleinen Geheimnis um die Übertragung besagten Aktienzertifikats auf den Grund zu gehen. Aus rein professionellem Interesse, versteht sich.

Als er sich den Brief schließlich noch einmal durchlas und dabei Millhouses Reaktionen abzuschätzen versuchte, spielte ein Lächeln um Montagues Lippen. »Perfekt.« Vorsichtig löschte er die Tinte, faltete den Bogen, notierte die Anschrift darauf und verschloss das Schreiben mit seinem Siegel. »Slater!«

Slater schien schon auf seinen Einsatz gewartet zu haben, denn als er zur Tür hereinschaute, war er bereits in Hut und Mantel. »Fertig?«

Montague hielt ihm den Brief hin. »Wenn wir Glück haben, erwischen Sie ihn, bevor er Feierabend macht. Sie können dann gleich im Anschluss nach Hause gehen. Eine Antwort wird er uns heute Abend nicht mehr geben.«

Slater nickte, nahm den Brief und machte sich auf den Weg.

Montague warf einen Blick auf die Uhr und stellte fest, dass es fast sechs war. Erst jetzt merkte er, wie still es draußen im Vorzimmer geworden war; die meisten seiner Mitarbeiter schienen sich bereits in den Feierabend verabschiedet zu haben.

Wie aufs Stichwort steckte Slocum den Kopf zur Tür herein. »Ich bin dann jetzt weg, Sir.«

»Danke, Slocum«, sagte Montague und stand auf. »Ich glaube, für heute sollte ich auch Schluss machen.«

Er verließ gemeinsam mit Slocum das Büro. Als er die Tür abschloss und hinauf in seine Wohnung ging, ertappte er sich wie so oft in letzter Zeit bei dem Gedanken, wie schön es wäre, wenn auch er so etwas wie ein Zuhause hätte, einen Ort, an dem abends jemand auf ihn wartete.

Aber Violet war in der Albemarle Street, und auch wenn er jetzt liebend gern seine jüngsten Fortschritte mit ihr geteilt hätte, mit ihr zusammensitzen wollte, um entspannt den Tag Revue passieren zu lassen und bereits auf die Herausforderungen des nächsten zu blicken, so war es doch schon sechs Uhr. Würde er jetzt noch zur Albemarle Street fahren, wäre die Zeit fürs Dinner bereits zu nah, und er wollte die Adairs nicht stören. Zudem wollte er die anderen gern an den jüngsten Entwicklungen teilhaben lassen, verspürte aber nicht den Wunsch, Violets Gesellschaft mit ihnen zu teilen.

Das war nicht, wonach ihm der Sinn stand.

Es war nicht, wonach er sich sehnte.

Als er in seine Wohnung trat, empfing ihn der Geruch nach gebratenem Fleisch und frischem Brot. Von der Küche her drang Mrs. Trewicks übliche Begrüßung. »Das Abendessen ist gleich fertig, Sir! Setzen Sie sich ruhig schon mal, Trewick trägt es Ihnen sofort auf.«

Montague ging ins Wohnzimmer und sah sich einen Moment um in diesem Raum, dem es nicht an Komfort, doch an menschlicher Gesellschaft, an Behaglichkeit mangelte. Aber das, so schwor er sich, sollte sich bald ändern.

Er hatte lange genug gewartet, und dann hatte er Violet gefunden. Endlich.

Sowie der Mörder gefasst und Lady Halstead, Runcorn und Tilly Gerechtigkeit geschehen war, würde er um Violets Hand anhalten.

Er wollte sie hier haben, bei sich, denn er war es leid, allein zu leben.

Millhouses Antwort traf am Tag darauf um elf Uhr ein. Beim Lesen der sorgsam formulierten Worte konnte Montague sich das Lächeln nicht verkneifen; er würde darauf wetten, dass Millhouse auf diese Antwort gar noch mehr Zeit verwandt hatte als Montague auf seine Anfrage.

Slocum stand abwartend neben seinem Schreibtisch, Gibbons und Foster lehnten an der Tür.

Montague schaute zu ihnen auf und meinte: »Millhouse schreibt, dass seines Wissens das fragliche Aktienzertifikat in den Besitz des Earls gelangte, nachdem es ihm als Begleichung einer Ehrenschuld angeboten wurde.«

Gibbons stieß einen leisen Pfiff aus. »Eine Ehrenschuld, alle Achtung!«

»In der Tat.« Montague überflog die abschließenden Zeilen noch einmal und seufzte still. »Aber wie kaum anders zu erwarten, entzieht es sich leider Millhouses Kenntnis, wer der Gentleman war, der seinem Klienten dieses Angebot unterbreitete.«

»Außer«, meinte Foster, »dass es wohl ein Gentleman war, der sich mit dem Earl of Corby auf ein riskantes Spiel eingelassen hat.«

Montague horchte auf und sah seinen Büroleiter an. Wenn ihn nicht alles täuschte …

Slocum nickte. »Der Earl ist ein berüchtigter Spieler, Sir, und er lässt sich quasi mit jedem ein, solange sein Gegenüber nur zahlungskräftig genug ist.«

Montague nickte bedächtig. »Ja, das deckt sich mit dem, was ich gehört habe. Was aber auch heißt, dass dieser Gentleman, der dem Earl offensichtlich mehrere Tausend Pfund schuldete, nur einer von vielen sein dürfte. Es hilft uns also nicht wirklich weiter.«

»Würde ich so nicht sagen«, erwiderte Slocum. »Die Reputation des Earls ist längst kein Geheimnis mehr, und unser Mann müsste schon ziemlich dumm oder verzweifelt sein, sich auf eine Partie mit ihm einzulassen.«

»Das stimmt auch wieder«, räumte Montague ein und seufzte. »Aber tatsächlich weiter bringt uns das nicht. Jeder der Halsteads, selbst Camberly, könnte sich aus welchen abwegigen Gründen auch immer mit Corby an den Spieltisch gesetzt haben.«

»Und jetzt?«, fragte Gibbons.

»Jetzt …« Montague ging einen Moment in sich, dann fasste er einen Entschluss und nahm ein neues Blatt Papier. »Jetzt wollen wir doch mal sehen, wie es um meine Überzeugungskraft auf die Konkurrenz bestellt ist.«

Für seinen zweiten Brief an Millhouse brauchte Montague über eine Stunde. Mit einer Antwort rechnete er nicht vor morgen, denn sollte Millhouse auf sein Anliegen eingehen, würde er sich erst mit dem Earl besprechen müssen.

Weshalb er denn auch überrascht war, als Slocum bereits am Nachmittag in sein Büro geprescht kam und triumphierend einen Umschlag schwenkte.

»Antwort von Mr. Millhouse, Sir«, verkündete sein Büroleiter und legte ihm den Umschlag auf den Schreibtisch, während Montague bereits zum Brieföffner griff.

Sämtliche seiner Mitarbeiter hatten sich, von Neugier und Jagdfieber gepackt, an der Tür seines Büros versammelt.

Die Nachricht war indes so kurz gefasst, dass Montague sie mit einem Blick erfasste. »Halstead«, ließ er die aufgeregte Schar wissen.

An der Tür brach Jubel aus.

Ohne von dem Schreiben aufzublicken, fuhr Montague ernüchternd fort: »Für Jubel mag es noch zu früh sein, denn Millhouse schreibt lediglich, dass es sich um einen *Mr. Halstead* handele – um welchen, wisse er nicht. Oder zumindest erwähnt er das hier nicht.«

Aus dem Ton des Schreibens war allerdings herauszulesen, dass es Montague anscheinend gelungen war, mit seinen beiden vorherigen Nachrichten und der Andeutung, dass auch Scotland Yard in den Fall involviert sei, Millhouses Interesse zu wecken.

Er legte den Brief beiseite und wandte sich an Slocum. »Holen Sie mir schon mal Reginald. Ich möchte, dass er umgehend eine Nachricht zu Millhouse bringt.«

Die kleine Versammlung an der Tür löste sich auf.

Diesmal fasste auch Montague sich recht kurz und ließ zudem keinen Zweifel daran, dass Millhouse für ihn ein Kollege auf Augenhöhe sei, dem ebenso wie ihm daran gelegen sein müsse, Betrügern, die ihre – seine und Millhouses – Branche in Verruf brachten, das Handwerk zu legen. Zumal, wenn durch besagten Betrug auch der gute Ruf ihrer Klienten in Mitleidenschaft gezogen werden könnte.

Er hatte den Brief gerade beendet und zusammengefaltet, als auch schon Slocum mit Reginald im Schlepptau in der Tür stand.

Wie immer entlockte der Anblick des eifrigen Burschen ihm ein Grinsen, das ebenso freudig erwidert wurde. Montague reichte ihm den Brief. »Du weißt, wohin es geht?«

»Ja, Sir – Mr. Slocum hat es mir schon gesagt.«

»Gut, dann los mit dir. Und frage diesmal, ob eine Antwort kommt, und wenn ja, dann warte und bring sie mir gleich wieder mit zurück.« Millhouse wüsste es sicher zu schätzen, nicht erst seinen eigenen Boten losschicken zu müssen.

Montague sah, wie Slocum den Jungen hinauswinkte und Reginald wie ein junges Fohlen die Treppe hinuntergaloppierte, ehe die Tür sich hinter ihm schloss und auch Slocum an seinen Platz zurückkehrte.

Einen Moment sann er über diese jüngste Entwicklung nach und freute sich daran, wie eines sich zum anderen fügte. Es erfüllte ihn mit Genugtuung, wie ihrer aller Arbeit sich auszahlte und dass sie mit ihren Ermittlungen auf der richtigen Spur waren – dass, wie sich nun zeigte, einer der Halstead-Männer tatsächlich hinter dem Aktiendiebstahl steckte und vermutlich auch hinter den Morden. Er genoss den vertrauten Nervenkitzel, dieses Gefühl der Erregung, wenn sein Jagdtrieb erwachte und sein Instinkt ihm sagte, dass die Beute – der Betrüger, in diesem Fall wohl auch der Mörder – in greifbarer Nähe war. Bei früheren Ermittlungen hatte er stets im Hintergrund agiert und ausschließlich im Auftrag und Interesse seiner Klienten gehandelt. Diesmal jedoch fand er sich nicht bloß beruflich, sondern auch persönlich in den Fall verwickelt, was jedes seiner Gefühle ungleich verstärkte und es geradezu unerlässlich scheinen ließ, Antworten auf sämtliche Fragen zu finden und damit der Gerechtigkeit Genüge zu tun.

Die Gerechtigkeit den Sieg davontragen zu lassen.

Was er jetzt gerade, in diesem Moment, spürte, war aber auch das Engagement und die Unterstützung seiner Mitarbeiter; durch ihr Interesse an dem Fall und ihren unermüdlichen Einsatz zeigten sie ihm, dass sie sein Gerechtigkeitsempfinden teilten und in dieser Sache voll hinter ihm standen.

Auf so viel Verständnis und Unterstützung zu stoßen war ein schönes, ein herzerwärmendes Gefühl.

Auch wenn er manchmal den Kopf über sie schütteln musste, wusste er doch, wie glücklich er sich schätzen konnte, sich auf eine so kluge und verlässliche Truppe stützen zu können.

Nachdem er sich auf diese Weise vergegenwärtigt hatte, was dieser Tag ihm bislang gebracht hatte und wofür er wahrlich dankbar sein konnte, schlug er den vor ihm liegenden Ordner auf und machte sich wieder an die Arbeit.

Keine halbe Stunde später kam Reginald zum vorderen Büro hereingestürmt und schwenkte einen Brief in der Hand, den er mit großer Geste Slocum überreichte.

Der aufstand, nachdem er die Anschrift geprüft hatte, und die Nachricht zu Montague hereinbrachte.

Alle anderen reckten die Hälse und spitzten die Ohren.

Montague las die Nachricht des Kollegen und rief dann, um seine gespannt wartenden Mitarbeiter zu erlösen: »Millhouse will den Earl noch einmal persönlich fragen, was aber, wie er schreibt, eines gewissen Fingerspitzengefühls bedürfe, doch hoffe er, im Laufe des morgigen Tages eine Antwort für mich zu haben – wann genau könne er noch nicht sagen, aber vermutlich nicht vor Mittag.«

Mit einem zufriedenen Nicken ließ Montague den Brief sinken und blickte lächelnd zu Reginald und Slocum. »Genau darauf hatte ich gehofft, denn auf anderem Wege dürften wir, auch Millhouse nicht, kaum an die benötigte Information kommen. Und Millhouse wird die fragliche Auskunft vermutlich leichter und wesentlich schneller aus dem Earl herauskitzeln als irgendjemand sonst.«

Draußen herrschte noch immer gespannte Stille; Montague warf einen Blick zur Tür hinaus und schloss aus den Mienen von Gibbons und Foster, dass sie seinen Ausführungen aufmerksam gelauscht und sich im Stillen einen Vermerk gemacht hatten. Immer hellwach, immer wissbegierig, und genau so sollte es sein.

Slocum und Reginald kehrten wieder ins vordere Büro zurück und überließen Montague seinen eigenen Überlegungen.

Obwohl er sich fühlte wie ein Terrier, der Witterung aufgenommen hatte und kaum noch zu halten war, verdankte er sein berufliches Ansehen und seinen Erfolg in der City of London doch auch seinem Gespür dafür, wann Zurückhaltung zielführender war als eine Sache unnötig zu forcieren.

Sollte es Millhouse letztlich nicht gelingen, dem Earl den Namen zu entlocken, könnte Barnaby vermutlich auch seinen Vater bitten, ein vertrauliches Wort mit Corby zu wechseln, von Earl zu Earl sozusagen. Aber dazu müsste man Corby weit mehr offenlegen, als klug und geraten schien, konnten sie doch nicht wissen, in welcher Beziehung Corby zu ebenjenem Halstead stand, der eines Abends in seinen Dunstkreis geraten war.

Montague überlegte noch einige Minuten, ob es nicht doch einen schnelleren Weg gäbe, aber ihm wollte keiner einfallen. Gerade wollte er Stokes eine Nachricht schicken, als ihm einfiel, dass er, zusammen mit den anderen, heute Abend ohnehin zum Essen in die Albemarle Street geladen war.

Lächelnd kehrte er zu seiner Arbeit zurück, widmete sich wieder seinen Ordnern und Zahlen.

Dann würde er bis heute Abend warten und könnte den anderen gleich persönlich von ihrem Durchbruch berichten.

17

Als Stokes und Barnaby den Salon betraten und sich zu Penelope, Griselda, Violet und Montague gesellten, der kurz zuvor eingetroffen war, ließ Penelope ihren Blick über die versammelte Runde schweifen und fragte geradeheraus: »Wissen wir schon, wer der Mörder ist?«

Stokes verzog nur gequält das Gesicht, Barnaby schüttelte bedauernd den Kopf, doch Montague erwiderte »Noch nicht« in einem Ton, der Penelope aufhorchen ließ. Sie nahm ihn scharf ins Visier, winkte dann aber ab und meinte: »Nein, kein Wort zu den Morden bis nach dem Dinner. Lasst uns erst in Ruhe essen.«

Niemand widersprach, und im Grunde war es allen ganz recht, zunächst in Ruhe und in geselliger, freundschaftlicher Runde zu speisen, ehe sie sich wieder mit dem Fall befassten.

Violet wusste es besonders zu schätzen. Obwohl sie fast den ganzen Tag damit zugebracht hatte, Ordnung in Penelopes Korrespondenz zu bringen, wollten ihr die Morde einfach nicht aus dem Kopf. Die Frage, wer denn nun der Mörder war, hatte sie wie ein leidiger Zahnschmerz geplagt. Auch Penelope und Griselda waren tagsüber anderen Verpflichtungen nachgegangen – Penelope hatte an einer Sitzung in der British Library teilgenommen, und Griselda war in ihrem Ladengeschäft gewesen –, mussten aber dennoch einräumen, dass die Morde sie im Hinterkopf ständig beschäftigt hatten.

In stillem Einverständnis erwähnte niemand während des Essens den Fall oder die Ermittlungen und wartete damit, bis sie in den Salon zurückgekehrt waren und sich auf ihren mittlerweile schon angestammten Plätzen niedergelassen hatten:

Penelope und Griselda auf dem einen Sofa, Montague und Violet auf dem anderen, und in den beiden Sesseln am Kamin Stokes und Barnaby. Beide hatten die Beine ausgestreckt und ein Glas Brandy in der Hand.

»So«, meinte Penelope schließlich, »wie weit sind wir in diesem leidigen Fall? Sind weitere Anhaltspunkte aufgetaucht, wer der Mörder sein könnte?«

Stokes ließ sein Glas sinken und machte den Anfang. »Die Alibis haben uns nicht wirklich weitergebracht. Sie sind sämtlich von der Art, dass sie sich kaum überprüfen lassen, was uns natürlich keinen Deut weiterhilft.«

»Aber«, wandte Griselda ein, »immerhin hat uns die Überprüfung der Alibis Gewissheit gebracht, dass Walter nicht der Mörder ist, dass William weder Lady Halstead noch Tilly umgebracht haben kann und keine der drei Damen aktiv am Tatgeschehen beteiligt war.«

»Leider«, fuhr Stokes fort, »muss das bei dieser ausgesprochen reizenden Familie überhaupt nichts heißen. Der Einzige, von dem wir mit Sicherheit sagen können, dass er mit den Morden nichts zu tun hat, ist Walter – ausgerechnet. Alle anderen, einschließlich der Damen, könnten als Komplizen oder Mitwisser beteiligt gewesen sein, und jeder der verbliebenen fünf Männer, Camberly eingeschlossen, könnte entweder einen oder mehrere der Morde begangen haben.«

Penelope runzelte die Stirn. »Im Allgemeinen geht man davon aus, dass es einer großen gefühlsmäßigen Überwindung bedarf, will ein Kind die eigene Mutter töten, was solche Fälle auch eher zur Ausnahme macht. Die Vermutung, gleich mehrere Kinder seien am Tod ihrer Mutter beteiligt, mag daher weit hergeholt scheinen. In diesem Fall jedoch mag die fehlende emotionale Bindung zwischen Lady Halstead und ihren Kindern, die sich aus den langen Auslandsaufenthalten der Eltern ergibt, einiges dazu beigetragen haben, dass sich bei den Halstead-Sprösslingen schlicht nicht jenes moralische Verständnis ausprägen konnte, das den Mord an der eigenen

Mutter als gegen die ungeschriebenen Gesetze menschlichen Verhaltens verstoßend erscheinen lässt.«

»Und nicht zu vergessen«, warf Griselda sanft ein, »dürften die Kinder von Lady Halstead es ihrer Mutter sehr übel genommen haben, dass sie sich ihr Leben lang um ihren Gatten und dessen Karriere gekümmert hat und die Kinder mehr oder weniger sich selbst überlassen wurden.«

Violet und Penelope nickten zustimmend; die Männer mussten die Worte zunächst ein wenig sacken lassen.

Schließlich meinte Barnaby: »Gut. Aber um noch einmal ins Detail zu gehen – bei dem Mord an Runcorn können wir definitiv sagen, dass der Täter einer der Halstead-Männer war, was wiederum heißt, dass selbst dann, wenn es sich um ein Familienkomplott handeln sollte, einer der Männer zumindest einen der Morde begangen hat.« Er richtete den Blick auf Montague. »Sind Sie mit Ihren Nachforschungen, wer Corby die Aktien verkauft hat, weitergekommen?«

Montague nickte. »Laut Corbys Finanzverwalter erhielt der Earl besagte Aktien zur Begleichung von Spielschulden von einem Mr. Halstead.«

»Herrje, warum sagen Sie das nicht gleich?« Stokes setzte sich auf. »Und welcher?«

Montague hob beschwichtigend die Hand. »Kein Grund zur Aufregung, denn mehr wusste Millhouse – das ist besagter Kollege, der sich um Corbys Finanzen kümmert – selbst nicht. Nur dass sein Klient die Aktien von einem Mr. Halstead habe. Allerdings hat Millhouse sich freundlicherweise bereit erklärt, den Earl um weitere Auskünfte zu bitten, glaubt aber nicht, mir vor morgen Mittag Antwort geben zu können. Und selbst das dürfte davon abhängen, ob Corby ihm bis dahin überhaupt eine Audienz gewährt.«

Stokes wechselte einen Blick mit Barnaby.

Ehe der Inspector sagen konnte, was ihm ganz offensichtlich durch den Kopf ging, fuhr Montague bereits fort: »Sollte der Earl nicht bereit sein, den Namen des fraglichen Gentlemans Millhouse gegenüber preiszugeben, müssten wir wohl etwas weiter ausholen: Wir könnten beispielsweise Adairs Vater, den Earl of Cothelstone, in seinen Kreisen weithin bekannt für seine Tätigkeit im Aufsichtsgremium der Metropolitan Police, bitten, mit Corby ein Wort im Vertrauen zu reden.« Montague lächelte fein. »Aus Erfahrung gehe ich aber davon aus, dass Millhouse mehr Erfolg haben und schneller zu dem gewünschten Ergebnis gelangen dürfte. Männer alten Adels vom Schlage Corbys neigen bekanntlich zu dem Glauben, man solle die Namen jener, die man besiegt hat, nicht seinesgleichen gegenüber offenbaren. Diese Diskretionsverpflichtung gilt nicht gegenüber Menschen geringeren Standes wie Millhouse, zumal dann, wenn Millhouse – und davon gehe ich aus – dem Earl gegenüber andeutet, dass nur durch die Nennung besagten Namens sichergestellt werden könne, den Ruch von Diebstahl, Betrug und Mord, der an besagtem Namen hafte, vom guten Namen derer von Corby fernzuhalten.«

Barnaby lachte. »Sie und Ihre Kollegen wissen sich die Marotten von unsereinem ja bestens zunutze zu machen.« Er wandte sich an Stokes. »Montague hat recht. Millhouse hat eindeutig bessere Karten, an den gesuchten Namen zu kommen, als mein Vater. Würde mein alter Herr Corby deswegen ansprechen, würde Corby erst einmal bis ins Detail über den Fall Bescheid wissen wollen, ehe er damit herausrückt. Wollen wir auch weiterhin möglichst diskret vorgehen – und wir dürfen nicht vergessen, dass trotz Walters Vergehen bislang keine konkreten Beweise vorliegen, dass Camberly, Abgeordneter des Unterhauses, oder Mortimer Halstead, tätig für das Innenministerium, von den Damen ganz zu schweigen, in den Fall verwickelt sind –, dann dürfte es mehr als unklug sein, den Fall vor Corby offenzulegen, nur um im Gegenzug an den Namen zu gelangen.«

»Ganz genau«, fand Penelope. »Bis zum Beweis des Gegenteils muss der Ruf möglicherweise Unschuldiger geschützt werden. Zwar ist jetzt schon abzusehen, dass dieser Fall für die Familie so oder so nicht gut enden wird, aber je weniger Spekulationen es vorher über die wahren Schuldigen gibt, desto besser.«

Stokes schaute in die Runde, dann ließ er sich in seinen Sessel zurückfallen. »Also gut.« Nachdem er einen Moment nachgedacht hatte, wandte er sich an Barnaby und Penelope. »Und wie weit genau sind wir mit der Frage, wer die wahren Schuldigen sind?«

Penelope war nicht um eine Antwort verlegen. »Nun, in mittlerweile zwei Fällen – namentlich bei der Frage nach Runcorns Mörder und jenem Unbekannten, von dem Corby das gestohlene Aktienzertifikat hat – wissen wir ganz sicher, dass der Täter einer der Halstead-Männer war.«

»Und Walter haben wir ausgeschlossen«, ergänzte Violet. »Und dass William sich in Corbys Kreisen bewegte, scheint mir eher unwahrscheinlich; und wenn ich ehrlich bin, ist mir nie zu Ohren gekommen, dass William spielen würde, zumindest nicht in einem Maße, das zu derartigen Einbußen führen würde. Er mag objektiv betrachtet kein großes Vermögen haben, aber für seinen Lebenswandel reicht das Vorhandene völlig.«

Stokes nickte. »Wenn ich mir die Halstead-Männer so anschaue, kann ich dem nur beipflichten. William ist in dem Fall wohl eher nicht unser Kandidat.«

»Bleiben uns immer noch Mortimer, Hayden und Maurice als mögliche Verdächtige«, meinte Montague.

»Was das angeht …« Barnaby setzte sich so, dass er sie alle im Blick hatte. »Nachdem Montague uns wissen ließ, dass der derzeitige Eigner der Aktien Corby sei, habe ich mich, da ich wusste, dass der Earl ein Faible fürs Glücksspiel hat, heute ein wenig in den Clubs und Casinos umgehört, die mir für Corby passend schienen. Einfach ein paar nette Worte mit den Türstehern und Lakaien gewechselt, ob denn der Earl Mitglied sei und in welchen Häusern er sonst so zu spielen pflege. Eher beiläufig erkundigte ich mich dann danach, ob zufällig auch einer der Halsteads oder gar Camberly Mitglied des jeweiligen Etablissements sei.«

»Welch eine brillante Idee!«, rief Penelope und strahlte ihren Gatten an, ehe sie ihm voller Ungeduld bedeutete, weiterzusprechen. »Und …?«

Barnaby grinste. »Und – das wollte ich ja gerade sagen, meine Liebe – eines der von Corby favorisierten Häuser kann sich tatsächlich auch eines Halsteads als Mitglied rühmen.«

»Welcher?«, wollte Stokes sofort wissen.

Barnaby sah ihn an. »Der, auf den wir auch selbst hätten kommen können – Maurice.«

»Das überrascht mich gar nicht«, meinte Violet. »Maurice hat schon immer auf sehr großem Fuß gelebt. Er ist eitel und leichtlebig, und während all der Zeit, die ich in der Familie verbracht habe, wusste jeder, dass er dem Glücksspiel mehr als nur zugeneigt ist.«

Griselda nickte bedächtig. »Aber heißt das auch, dass er der Mörder ist?«

Stokes verzog das Gesicht. »Nach allem, was ich von ihm gesehen und gehört habe, ist er ein kühl kalkulierender, schwer zu durchschauender Typ, ein Spieler eben – ihm würde ich sogar alle drei Morde zutrauen.«

»Dennoch«, führte Barnaby Stokes' Gedanken weiter, »sollten wir uns in Anbetracht der Besonderheiten dieser Familie und der unerwarteten Wendungen, die der Fall schon genommen hat, nicht zu voreiligen Schlussfolgerungen hinreißen lassen. Wir sollten allein den Tatsachen vertrauen und nicht unserem Urteil. Denn unser Urteil könnte uns erneut in die Irre führen, handfeste Beweise jedoch nicht.«

»Amen«, meinte Stokes. »Aber du wirst zugeben, dass wir unstrittig Fortschritte machen. Wir kommen der Sache, sprich dem Mörder, immer näher.« Damit wandte er sich an Montague. »Sowie Sie von Millhouse erfahren, von welchem Halstead Corby das Aktienzertifikat bekommen hat, geben

Sie mir Bescheid.« Dann hielt er einen Moment inne und schüttelte den Kopf. »Wenngleich wir bei dieser Familie nicht einmal sicher davon ausgehen sollten, dass der Halstead, der ihm die Aktien angeboten hat, auch der mit den Spielschulden war. Vielleicht ist er bloß für seinen Bruder, seinen Schwager, seinen Sohn eingesprungen.«

Penelope rieb sich die Schläfen. »Diese vermaledeite Familie bereitet mir langsam Kopfschmerzen; es wird Zeit für den entscheidenden Durchbruch, damit wir den Fall endlich abschließen können.«

»Richtig so!«, kam es von den anderen.

Mostyn passte diesen Moment ab, um den Tee zu servieren, und so wandte sich das Gespräch erst einmal anderen Dingen zu, aber sowie der Tee getrunken war und Stokes, Griselda und Montague sich zum Aufbruch rüsteten, kam man einmal mehr auf den Fortgang der Ermittlungen zu sprechen.

»Vermutlich sollte ausgerechnet ich das nicht sagen«, meinte Stokes zu Barnaby, »aber ich kann mich des Gefühls nicht erwehren, dass wir alles unnötig verkomplizieren.« Er sah die anderen an. »Es ist doch mehr als wahrscheinlich, dass wir, wenn sich bestätigt, dass es Maurice war, der Corby dieses Aktienzertifikat gegeben hat, unseren Mann haben. Dann müsste sich auch herausstellen, dass er die drei Ermordeten ebenfalls auf dem Gewissen hat.« Er richtete seinen Blick wieder auf Barnaby. »Wie du bereits erwähntest, war das Motiv für die Morde, etwas geheim zu halten, das seinen Ruf ruinieren könnte. Und wie wir jetzt wissen, handelte es sich dabei um besagte Spielschuld gegenüber Corby und den Diebstahl der Aktien, mit deren Erlös er ebenjene Schuld begleichen wollte.«

»Nach allem, was ich über die Jahre gehört habe«, ergänzte Violet, »wird Maurice in den Kreisen, zu denen er gern gehören würde, kaum geduldet.« Sie sah die anderen an. »Sollte nun herauskommen, dass er gegen Corby gespielt und verloren hat und, um seine Schuld zu begleichen, erst seine Mutter bestohlen und dann Corby ein gestohlenes Aktienzertifikat untergejubelt hat … Nun, dann wäre er vermutlich nicht mal mehr in den Gentlemen's Clubs willkommen, die er derzeit frequentiert, oder?«

»So ist es«, bestätigte Stokes. »Wir haben ein handfestes Motiv und brauchen bloß noch einen endgültigen Beweis seiner Schuld. Ein Halstead, ein Täter – trotz aller Ablenkungsmanöver, über die wir im Laufe der Ermittlungen gestolpert sind, könnte es am Ende so einfach sein. Im Grunde brauchen wir bloß noch sein Geständnis.«

Barnaby zögerte zunächst, dann nickte er. »Stimmt. Ein Familienkomplott wäre eine Möglichkeit gewesen, aber bislang haben wir für diese Hypothese keinen einzigen Beweis finden können. Ein Täter, ein Halstead – und wie es aussieht, scheint Maurice Halstead unser Mann zu sein.«

Alle sechs standen sie dann in der Vorhalle, und jene, die noch hinaus in die Nacht mussten, zogen sich ihre Mäntel über und verabschiedeten sich.

Griselda hatte, als sie am Nachmittag gekommen war, die kleine Megan mitgebracht, und Hettie, Olivers Kindermädchen, trug das schlafende Kind jetzt nach unten und legte es sanft in Griseldas Arme.

»Da wären wir wieder«, meinte Hettie lächelnd. »Sie hat uns die ganze Zeit keine Probleme gemacht. Erst haben sie und Oliver zusammen gespielt, dann waren sie beide aber bald müde und sind schnell eingeschlafen.«

»Das hören wir doch gern«, meinte Griselda mit einem Lächeln und zog die Decke über Megans dunklen Schopf, um sie vor der kalten Nachtluft zu schützen. »Danke, dass Sie sich so gut um sie gekümmert haben, Hettie.«

Hettie strahlte, knickste und begab sich wieder nach oben.

Stokes, der neben Griselda stand, beugte sich über seine Tochter, und als er sich vergewissert hatte, dass sie tatsächlich tief und fest schlief, richtete er sich auf und wandte sich den Freunden zu, verabschiedete sich mit einem Handschlag von Barnaby und mit einer kurzen Umarmung von Penelope, während nun auch Barnaby einen Blick auf die schlummernde Megan warf und dann sacht Griseldas Schulter drückte. »Kommt gut nach Hause«, sagte er und nickte Mostyn zu, damit er die Tür öffnete.

Stokes gab Montague die Hand. »Geben Sie mir Bescheid, sowie Sie es erfahren.«

»Das werde ich«, versicherte Montague ihm.

Nachdem er sich mit einem Lächeln von Violet verabschiedet hatte, legte der Inspector den Arm um seine Frau, die derweil Wangenküsse mit Penelope und Violet getauscht hatte, und führte sie und sein Töchterchen die Treppe hinunter zu dem kleinen schwarzen Gespann, das am Straßenrand wartete.

Montague schaute Stokes hinterher, diesem robust gebauten Mann von beträchtlichem Ansehen, wie er schützend seine Frau und seine Tochter umsorgte, und musste sich eingestehen, dass der Anblick ihn zutiefst anrührte, eine Sehnsucht in ihm weckte, keinen Neid, das nicht, aber plötzlich wurde ihm bewusst, dass etwas in seinem Leben fehlte und er dem würde abhelfen müssen. Er mochte als Londons meistgerühmter Finanzberater gelten, aber was würde sein Leben am Ende aller Tage wert sein, wenn er nie den Versuch unternommen hatte, auch jene Gelegenheiten zu ergreifen, die sich nicht mit Geld aufwiegen ließen?

Bislang war er ganz gut ohne all das gefahren, wenngleich auch das keine bewusste Entscheidung gewesen war. Es hatte sich einfach so ergeben, und er hatte es hingenommen. Vor lauter Arbeit war er eigentlich auch nie dazu gekommen, sich groß darüber Gedanken zu machen.

Und dann …

Montague wollte sich gerade Violet zuwenden, als Barnaby vor ihn trat.

Ein kalter Wind zog zur Tür herein, und Mostyn schloss sie rasch.

»Ich muss gestehen«, sagte Barnaby mit einem feinen, selbstironischen Lächeln, »dass es mir zunächst nicht einleuchten wollte, warum der Diebstahl der Aktien und die Furcht, entdeckt zu werden, ein hinreichendes Motiv für die Morde sein sollte, aber bei Leuten wie den Halsteads mit ihren gesellschaftlichen Ambitionen muss die Bedrohung, als gemeiner Dieb dazustehen, ständig wie ein Damoklesschwert über ihm geschwebt haben.«

Montague nickte und schaute in die Runde. »Seien Sie versichert, dass ich mich umgehend melde, sowie ich Gewissheit habe.«

Mit einem Lächeln schüttelte Barnaby ihm die Hand; Penelope drückte nur kurz seinen Arm und trat dann beiseite, sodass Montague sich endlich Violet zuwenden konnte.

Etwas überrascht stellte er fest, dass sie sich in der Zwischenzeit einen warmen Schal um die Schultern gelegt hatte. Lächelnd sah sie ihn an. »Kommen Sie, ich bringe Sie hinten durch den Garten hinaus.«

Als er ihr Lächeln erwiderte, fühlte es sich an, als würde in seinem Herzen die Sonne aufgehen. »Danke, sehr gern.«

Mit einem knappen Nicken zu Barnaby und Penelope folgte er Violet ins Gartenzimmer und hinaus auf die Terrasse.

Einen Moment blieben sie beide stehen und blickten in den Nachthimmel hinauf. Es war ein kalter, klarer Oktoberabend, die Luft roch nach Holzfeuern, der Himmel über ihnen war samten und schwarz.

»Dann haben wir es bald geschafft, nicht wahr?«, fragte Violet.

»Ja.« Er bot ihr seinen Arm, und sie fasste sich bei ihm unter, wie sie es schon so oft getan hatte in letzter Zeit. Als sie die Stufen hinunter zum Rasen gingen, meinte er: »Nach allem, was Barnaby heute herausgefunden hat, dürfte die Information von Corby uns lediglich Gewissheit verschaffen – der letzte, entscheidende Beweis, den es braucht, um Maurice Halstead zu überführen.«

Sie erschauerte. »Als welch bösartige Brut sie sich doch erwiesen haben – allesamt. Ich werde froh sein, wenn das alles vorbei ist, wenn ich wieder nach vorn blicken kann und mich nicht ständig zu sorgen brauche, dass irgendein Schurke mir auflauert und nur auf die Gelegenheit wartet, zuzuschlagen.« Sie hob den Blick und sah ihn mit einem feinen Lächeln an. »Mir ist nicht entgangen, dass Sie – ebenso wie auch die anderen – sehr darum bemüht waren, mir Gesellschaft zu leisten, wann immer ich das Haus verlassen und mich aus der Obhut von Mostyn und den Bediensteten begeben habe.«

Etwas verlegen hob er die Schultern. »Wir schätzen Ihre Gesellschaft nun mal sehr. Wir ...« Er hielt inne und senkte die Stimme. »Ich will dich nicht verlieren, Violet. Ich will nicht einmal das Risiko eingehen, dass dir etwas zustoßen könnte.« Ihre Blicke trafen sich. »Jetzt, da ich dich gefunden habe.«

Ihr Lächeln vertiefte sich, bekam aber auch etwas Unergründliches; als sie über den Rasen zum vorderen Tor schlenderten, das auf die Albemarle Street hinausging, sagte sie: »Seien Sie versichert, dass ich Ihre Gefühle erwidere.« Sie zögerte und sah ihn an, ehe sie hinzufügte: »Ich will dich auch nicht verlieren – jetzt, da ich dich gefunden habe.«

Ihre Schritte verlangsamten sich immer mehr, je näher sie der Straße kamen. »Dann sag mir«, forderte er sie auf, »was wünschst du dir vom Leben? Dank Lady Halstead wirst du bald genügend Mittel haben, um bis ans Ende deiner Tage in doch recht komfortablem Wohlstand verbringen zu können.«

Sie nickte, und ihre Miene wurde ernst. »Ich würde nicht allein leben wollen«, sagte sie und schaute kurz zu ihm auf. »Nicht, wenn ich nicht müsste – wenn es jemanden gäbe, mit dem ich mein Leben teilen wollte.«

Er blieb stehen und wartete, bis sie ihn wieder ansah. »Du weißt, dass ich mein Leben gern mit dir teilen würde. Es war bei alldem, was die letzten Tage gebracht haben, etwas, das mir immer wieder Hoffnung gab – wie eine Belohnung, die uns vergönnt wäre, wenn wir all das durchgestanden hätten.«

»So war es auch bei mir.« In ihrer Stimme schwang eine Aufrichtigkeit mit, die er in ihrer Miene gespiegelt fand. Sie zögerte, dann fasste sie sich ein Herz. »Wenn all das vorbei ist …«

»Sowie es vorbei ist.«

Sie nickte mit neuer Gewissheit. »Sowie wir uns aus den Fängen der Halsteads befreit haben, werden wir … wir beide …« Sie zog ihre Hand aus seiner Armbeuge und griff nach seiner; beider Blicke senkten sich stumm auf ihre Hände, ihre Finger, die sich in unausgesprochenem Verlangen ineinander verschränkten. Als sie wieder aufschaute, schien Hoffnung in ihren Augen auf.

Er hob ihre Hand an seine Lippen und hauchte einen Kuss darauf. »Dann werden wir alles in Ruhe besprechen und uns überlegen, wie wir zusammenleben wollen, wie unser Leben aussehen soll, um uns beiden gerecht zu werden. Wir sind beide unabhängig und könnten im Grunde tun und lassen, was wir wollen. Aber um auch der Form Genüge zu tun, liebe Violet …«

»Nein!« Sie hielt ihm den Mund zu. »Sag es nicht.« Mit einem Lächeln versuchte sie, ihre Worte abzumildern. »Ich … ich bin ein bisschen abergläubisch. Es laut auszusprechen, hieße, das Schicksal herauszufordern. Und solange jemand wie Maurice Halstead noch auf freiem Fuß ist …« Sie atmete tief durch. »Liebster Heathcote, bitte, ich möchte unser Glück nicht aufs Spiel setzen.«

Er lachte leise, und sie sah, wie es vergnügt in seinen Augen funkelte. »Na gut«, meinte er, »dann warte ich, bis das alles ausgestanden und vorbei ist. Aber keine Sekunde länger.«

»Nein, keine Sekunde länger.« Sie nickte. »Ich gestatte dir hiermit, über uns zu sprechen, sowie diese Last von uns genommen ist.«

»Darauf hast du mein Wort.« Er hielt noch immer ihre Hand in seiner und machte auch keine Anstalten, sie loszulassen. »Aber wenn ich aus schierer Neugier doch schon eine

Frage stellen dürfte«, meinte er und ließ seinen Blick auf ihr ruhen, »wie gefällt dir deine Arbeit für Penelope? Entspricht sie deinen Neigungen, deinem Talent?«

Nach einem kurzen Moment des Zögerns nickte sie. »Überraschenderweise ja, sehr sogar. Und glaub mir, sie benötigt dringend die Art von Unterstützung, wie ich sie ihr bieten kann.«

»Weil vier Augen mehr sehen als zwei.«

Sie lächelte. »Das auch, ja. Ich mag zwar die alten Sprachen nicht verstehen, die sie übersetzen kann, aber zumindest kann ich einen Terminkalender führen, und an derlei organisatorischem Geschick fehlt es Penelope doch sehr. Fast hätte sie vergessen, dass sie heute in der British Library einen Vortrag zu halten hatte, der schon seit Monaten zugesagt war – sie hat sich den Termin einfach nicht notiert! Hätte ich nicht aus dem Chaos auf ihrem Schreibtisch den Brief herausgefischt und das heutige Datum darauf gesehen, hätte sie sich ganz schrecklich blamiert. Und darum ja, ich denke, sie wird meine Hilfe auch in Zukunft brauchen.«

»Verstehe … Aber dazu wird es sicher nicht nötig sein, dass du auch weiterhin dort wohnst, oder?«, wollte er wissen und hob vielsagend die Brauen.

Sie musste lachen und senkte den Blick. »Nein, ganz sicher nicht – es sollte sich einrichten lassen, dass ich einfach an zwei, drei Tagen in der Woche herkomme und meine Arbeit mache. Das sollte genügen.«

»Und vom Bezirk City of London ist es ja auch nicht weit. Mit der Droschke ist man schnell hier.«

Fragend sah sie ihn an. »Dort lebst du – im Finanzdistrikt?«

Er zögerte, ehe er zugab: »Ja, ich habe eine Wohnung über der Kanzlei. Sie ist aber recht geräumig, und es ist durchaus praktisch, weil ich es morgens nicht weit habe und nach Feierabend schnell zu Hause bin, aber …«

Wieder legte sie ihm die Hand an die Lippen. »Nein, sag nichts weiter. Du wirst mir deine Wohnung einfach zeigen müssen, dann sehen wir weiter.« Sie lächelte. »Im Grunde hätte ich auch nichts dagegen, in der City of London zu leben.«

Er nickte. »Das ist gut. Dann habe ich eine faire Chance, dich ganz davon zu überzeugen.«

Auf einmal wurde sie wieder ernst. »Das braucht es gar nicht, denn wo du bist, will auch ich sein, das ist das Einzige, was für mich zählt – mehr fehlt mir nicht in meinem Leben, zu meinem Glück.«

Die Erkenntnis stand zwischen ihnen, tief und wahrhaftig, plötzlich ein Schimmern und Knistern in der Luft, die unvermittelte Klarheit des Blicks, ein Sehen ohne Filter, kein Schleier, der sich mehr vor die Wirklichkeit legte.

In die Augen des anderen versunken, sahen und erkannten sie einander, wussten um die Möglichkeiten, die sich ihnen boten … die Wünsche, die sie einander erfüllen würden.

Ewig hätten sie so stehen können. Dann neigte Montague kaum merklich den Kopf und Violet streckte sich ihm entgegen. Ihre Hände fanden sich, und sie flochten ihre Finger ineinander, um Halt zu finden, als ihre Lippen sich trafen, endlich, sich erst sacht streiften, dann zueinanderfanden.

Es war ein einfacher, unraffinierter Kuss, aus dem doch alles sprach, was sie füreinander empfanden – und was sie einander nur ohne Worte sagen konnten. Wie eine Verheißung, ein Versprechen.

Suchend bewegten seine Lippen sich auf ihren. Und da nahm sie ihre Hände aus den seinen und legte die Arme um seinen Hals, schmiegte sich an ihn und erwiderte den Kuss, warm und innig.

Sanft fasste er sie bei den Hüften, strich mit den Händen über ihren Rücken und hielt sie so, zärtlich und zugetan, aber nicht auf mehr drängend.

Einfach nur dem Glück hingegeben, das sie ihm schenkte.

Und er ihr.

Als er schließlich den Kopf hob, fühlte er sich seltsam benommen, ein wunderbarer Rausch, der ihn mit einer wohligen Wärme erfüllte, die erst nur sein Herz erhellte und sich dann, als er das Glück, den verzückten Glanz in ihren Augen sah und seine eigenen Empfindungen darin gespiegelt fand, in seinem ganzen Körper ausbreitete.

»Bald«, versprach er.

Sie nickte. »Bald.« Dann wich sie zurück, und widerstrebend ließ er sie gehen.

Ihren Schal fester um sich ziehend, wandte Violet sich zum Tor. Heathcote folgte ihr die paar Schritte und wartete, bis sie den Riegel zurückgeschoben und die schwere Holztür geöffnet hatte. Als sie wieder zu ihm aufschaute – zu diesem Mann, ihrem Mann, den zu finden sie ihr ganzes Leben gehofft hatte –, lächelte sie sanft. »Gute Nacht, Heathcote.«

Er erwiderte ihr Lächeln, wenn auch eher mit leisem Verlangen. »Gute Nacht, meine liebste Violet.« Er nickte ihr zum Abschied zu und trat hinaus auf die Straße. »Gute Nacht.«

Mit einem glücklichen Seufzer schloss sie das Tor hinter ihm und lauschte auf seine Schritte – doch es blieb still und ihr ging auf, dass er noch immer dort draußen stand und warten würde, bis sie das Tor zusperrte. Sie schob den Riegel vor, und wenig später hörte sie, wie seine Schritte sich langsam entfernten.

Mit einem beglückten Lächeln im Gesicht, das aber nicht annähernd die schiere Freude auszudrücken vermochte, die ihr Herz erfüllte, drehte sie sich um und ging zurück zum Haus.

Als sie die Stufen zur Terrasse hinaufstieg, hielt sie kurz inne. »Der Himmel weiß, wie ich jetzt Schlaf finden soll …«, seufzte sie leise.

Und ehe sie ins Haus verschwand, vertiefte sich ihr Lächeln noch.

»Oh, wie wunderbar!« Mit einem beglückten Seufzer wandte Penelope sich vom Schlafzimmerfenster ab, das auf den längs des Hauses gelegenen Garten hinausging.

Mit einem neuerlichen Seufzer schmiegte sie sich in Barnabys Arme. Er war gekommen und hatte ihr über die Schulter geschaut, um zu sehen, was ihr Interesse derart zu wecken vermochte. Ein kurzer Blick hatte ihm genügt, dann hatte er seine Aufmerksamkeit wieder seiner Frau gewidmet. Als er jetzt in ihre dunklen Augen schaute, grinste er. »Du bist übrigens auch ganz wunderbar.« Er zögerte und meinte dann: »Habe ich dir das in letzter Zeit mal gesagt?«

Sie legte den Kopf schräg, um seine Miene in aller Ruhe zu mustern, dann vertiefte sich das Lächeln ihrer sinnlichen Lippen. »Nicht in letzter Zeit, nein. Zumindest nicht, dass ich wüsste. Vielleicht solltest du mich noch mal daran erinnern.« Sie hatte die Hände auf seine Brust gelegt und schob sie langsam weiter hinauf, packte dann seine Schultern und drängte sich verlangend an ihn. »Daran, wie wunderbar ich bin. Und dergleichen mehr.«

Ein wissendes Lächeln spielte um seine Lippen, als er sich über sie beugte und die ihren fand.

Einen Herzschlag lang verharrten sie, ganz still, dann spürte er, wie ihre Lippen sich öffneten unter seinen, und er zögerte nicht, auf ihre unverhohlene Einladung einzugehen, von ihrem Mund Besitz zu ergreifen und sich alles zu nehmen, zu geben und innig auszukosten.

Und sie genoss es, genoss ihn, jedes Mal wieder mit jenem unverstellten Wohlgefallen, das er so sehr zu schätzen wusste. Eine der vielen Freuden des Ehelebens, wenn nicht gar die größte, war diese tiefe, innige Verbindung zwischen ihnen, die mit der Zeit nur noch gewachsen und – worüber er insgeheim doch sehr erleichtert war – auch nach Olivers Geburt nicht versiegt, sondern nur noch stärker als zuvor zurückgekehrt war.

Jetzt war eine Gewissheit zwischen ihnen, eine Vertrautheit, die von gemeinsamen Erfahrungen sprach, einer so intimen Kenntnis des anderen, dass sie sich mit niemand anderem mehr erreichen ließe. Für ihn gab es nur noch sie, und für sie ihn, und diese Gewissheit schenkte ihnen Sicherheit und Vertrauen, wussten sie sich und ihre Herzen doch fest verankert in ihrer Liebe.

Die war wie ein fester Grund, auf dem alles andere ruhte.

Sicher und unverbrüchlich, unwandelbar in ihrer Beständigkeit, verlieh sie ihnen jene Stärke, die sie, so stand zu hoffen, alle Fährnisse überstehen ließe.

Und jetzt, hier, in diesem Augenblick, verlieh ihnen das die Einsicht, die Fähigkeit, und mehr noch den Grund, sich Zeit zu lassen, so viel sie wollten, jeden Moment bis zum Äußersten auszukosten, mit jedem Herzschlag noch größere Lust zu erlangen.

Von der ersten Berührung seiner Hände, wenn er über die raschelnde Seide ihres Kleides strich, dem sanften Druck ihrer Hände, wenn sie ihm den Rock von den Schultern streifte, tauchten sie, Schritt um Schritt in die vertraute Choreografie dieses Tanzes ein, der sich immer wieder aufs Neue ergab.

Der sie jedes Mal aufs Neue verzückte.

Ihr Verlangen schürte.

Ihre Leidenschaften weckte und nährte und sie beide verzehrte.

Sie zu entkleiden war zu einem betörenden, unwiderstehlichen Teil des Spiels geworden, ihre Brüste zu enthüllen jedes Mal eine ganz besondere Freude. Jetzt, da sie ihren Sohn nicht mehr stillte, waren ihre Brüste weicher geworden, sanfte, üppige Rundungen, die er nun wieder ganz für sich genießen konnte.

Keuchend klammerte sie sich an ihn, hielt ihn dort und trieb ihn nicht mit Worten, sondern der Sprache ihres Körpers an, der Sprache der Liebe, in der sie nun beide sehr versiert waren, doch wie immer gab sie auch jetzt nicht völlig die Zügel aus der Hand.

Sie forderte ihren Teil ein, indem nun sie es war, die ihn entkleidete, ihn Stück für Stück enthüllte, sich an ihm freute und ergötzte.

Mit den Händen und den Lippen, dem heißen Atem ihres Mundes und dem neckischen Spiel ihrer Zunge.

Mit allen Sinnen.

Wie er sie, so erforschte sie nun ihn, tastete sich vor und nahm in Besitz, bis das Blut ihm heiß in den Adern wallte und jede ihrer Berührungen kleine Glutherde unter seiner Haut entfachte.

Dann ging sie vor ihm in die Knie und nahm ihn in ihren Mund, dass ihm alle Sinne schwanden.

Eine Lust, der sie sich mit ganzem Herzen hingab.

Als er die sinnliche Folter nicht länger ertrug, nicht einen Herzschlag länger, riss er sich los und zog sie zu sich herauf, in seine Arme – und so standen sie, reglos, und kosteten diesen Moment aus, wenn ihre nackten Körper sich endlich berührten, wenn Haut auf Haut traf, die ihre weicher und zarter als die seine, jedes Härchen zu spüren an Armen und Beinen, wenn sie einander umfingen und instinktiv zusammenfanden. Gemeinsam kosteten sie aus, was sie einander gaben, die beiderseitigen Freuden, die sich nun Bahn brachen.

Die beiderseitige Lust.

Darauf steuerten sie zu, das war ihr Ziel, als er sich über sie beugte und sie sich ihm entgegenstreckte, bis ihre Lippen sich in einem glühenden, alles verzehrenden Kuss trafen.

Sie ließen das Feuer lodern, wüten, ließen nicht voneinander ab, bis die Flammen hoch aufschossen und fauchend über ihnen zusammenschlugen.

Sich mit knapper Not aus dem flammenden Inferno rettend, riss er sich von ihr los und hob sie hoch.

Mit einem verzweifelten Keuchen schlang sie die Arme um seine Schultern, schüttelte ihre prächtigen Locken zurück und schlang die Beine um seine Lenden.

Dann ließ er sie langsam herabsinken, während er sie bei den Hüften packte und an sich zog.

Mit einem wonnigen Seufzer fanden sie zusammen.

In diesem Moment fast schmerzlicher Verbundenheit, dieser alles durchdringenden Intimität.

Ihre Lider senkten sich, als sie sich ihrem unaussprechlichen Entzücken hingaben, der aufbrandenden Lust in sich nachspürten.

Bis sie sich mitreißen ließen von ihrem drängenden Verlangen, das sie immer weiter und weiter trieb, sie aufpeitschte und sie nicht eher freigeben würde, bis sie sich ihm fügten.

Und inmitten all der Leidenschaft, der lodernden Glut und dem alles verzehrenden Verlangen, aus den Tiefen ihrer sinnlichen Not, stieg eine so helle, so lichte, durch nichts aufzuhaltende Freude auf.

Ein Glück, das sie zutiefst erfüllte.

Und es mischte sich mit den sinnlichen Freuden, mit dem quälenden Wunsch nach Erfüllung, nach Erlösung; hell und schimmernd legte diese Glückseligkeit sich um sie und hob ihre lustvolle Vereinigung in höhere Sphären und öffnete ihnen die Sinne, machte sie bereit für ganz neue Erfahrungen irdischen Glücks.

Penelope meinte schier zu vergehen unter dem Ansturm ihrer Gefühle; nie hatte es sich so überwältigend, so stark und so mächtig, so schimmernd und himmlisch angefühlt, eins zu sein mit ihm.

Sie riss sich los von seinem Kuss, umfing mit den Händen sein Gesicht und suchte unter schweren Lidern seinen Blick. »Zum Bett«, keuchte sie.

Er ließ sich nicht lange bitten, mit drei schnellen Schritten war er beim Bett und ließ sie beide ins Plumeau fallen.

Die Matratze gab federnd unter ihnen nach, dann sanken sie wieder in die weichen Daunen, und sie streckte ihm ihre Arme entgegen, als er über sie kam, und nahm ihn mit einem Laut der Verzückung in sich auf, empfing ihn tief in sich, als er mit einem heiseren Stöhnen in sie stieß.

Dann ließen sie sich tragen von der reißenden Flut ungezügelter, enthemmter Leidenschaft, ritten die Wellen, die sie immer höher hinauftrugen.

Als sie ganz oben angelangt waren, rasten sie ohne innezuhalten weiter, innig vereint, in nahezu perfekter, unerschütterlicher Übereinstimmung.

Jagten über den jähen Abgrund hinaus in schwindelnde Weiten.

Streckten sich nach der gleißenden Sonne.

Hielten sich an den Händen, die Finger ineinander verschränkt, zwei in ihrer Lust vergehende Körper, doch ihre Herzen schlugen wie eines, als sie sich aufbäumten bei jeder Berührung und sich von ihrer Ekstase brechen, sich in Stücke sprengen und neu zusammenfügen ließen.

Wie ungezählte Male zuvor, aber diesmal, in jener kurz gefühlten Ewigkeit schwebender Einheit, wenn sie an Leib und Seele verschmolzen, diesmal wussten sie, als ihre Blicke sich unter schweren Lidern trafen, dass etwas anders war, eine winzige, kaum merkliche Veränderung, die dies größere Glück ihnen beschert und ihre Beziehung abermals auf eine neue Stufe gehoben hatte.

Ihnen eine weitere Facette ihrer Liebe offenbart hatte.

Etwas, das sie stärker machte und sie zusammenhalten würde im Laufe der Jahre.

Mit schwerem Blick und in seliger Ermattung sahen sie einander noch einen Moment an, dann ließ sie ihre Lider zufallen und spürte ein Lächeln, ein glückliches, unbezwingbares Lächeln um ihre Lippen spielen.

Und sie spürte das gleiche Lächeln bei ihm, als seine Lippen sanft die ihren fanden.

Dann ließen sie los und sanken hinab, ließen sich treiben in die Arme ihres Glücks.

Später, als sie in zerwühlten Laken einander in den Armen lagen, sein Kopf auf den Kissen, Penelopes an seiner Schulter, fand Barnaby sich, während er im Dunkeln an die Decke starrte, auf einmal dabei, wie er eine Bestandsaufnahme seiner Gefühle machte. Ehe er wusste, wie ihm geschah, versuchte er, sich noch einmal alles zu vergegenwärtigen, was er gerade empfunden, was er gespürt hatte.

Alles, was gerade geschehen war und sich wie eine weitere, eine unbekannte Erfahrung zwischen ihnen auf das gelegt hatte, was bereits war.

Träge hob er die Hand und strich über ihr dunkles, zerzaustes Haar. Er wusste, dass sie noch nicht schlief. »Du bist doch glücklich, oder?«, fragte er. Sie hatte ausgeglichener gewirkt in den letzten Wochen, zuversichtlicher und zufriedener. »Damit, wie die Dinge sich entwickeln.«

Vielleicht war es das gewesen, was er gespürt hatte. Ihr Glück, das in ihr Liebesspiel einfloss, sich so auch ihm mitteilte.

Ohne den Kopf zu heben, nickte sie. »Wir haben den Mörder zwar noch immer nicht gefasst, aber auf der persönlichen Ebene sind wir ein gutes Stück vorangekommen – oder zumindest kommt es mir so vor.« Eine Sekunde verstrich, dann hob sie doch den Kopf; sah ihn an und suchte seinen Blick. »Ich habe die Balance gefunden, nach der ich gesucht habe, und das glaube ich nicht bloß – ich weiß es. Ich spüre es. Es fühlt sich richtig an. Meine Forschungen, meine Vorträge, meine Arbeit an den Übersetzungen – all das bedeutet mir noch immer viel, entspricht einem wesentlichen Teil von mir, vermutlich dem Intellekt. Aber du und Oliver, unser Haushalt und in geringerem Maße auch die Verwandtschaft, ihr werdet immer an erster Stelle stehen. Ihr sollt jederzeit Anspruch auf meine Zeit, meine Energie und meine Liebe haben. Trotzdem brauche ich diese zusätzliche Herausforderung, diesen kleinen Nervenkitzel, den das Ermitteln mir bietet.«

Sie hielt inne, ohne den Blick von ihm zu wenden; nachdem sie ein paar Sekunden darüber nachgedacht hatte, stellte sie fest: »Es geht nicht nur um die intellektuelle Herausforderung, einen Fall zu lösen, so sehr es mir auch gefällt, den Fakten nachzuspüren und sie zusammenzutragen, sie zu einem Puzzle zusammenzusetzen, bis wir klar sehen, was wirklich geschehen ist. Es macht einen Teil des Reizes aus, das stimmt; meine eigentliche Berufung, meine größte Motivation sehe ich allerdings darin, Gerechtigkeit zu schaffen. Indem ich, so sich eine Gelegenheit bietet, euch bei euren Ermittlungen unterstütze, kann ich etwas dazu beitragen, die Welt zu einem gerechteren Ort zu machen. Und das möchte ich tun, soweit es in meiner Macht steht.«

Ein Lächeln spielte um ihre Lippen, als sie deklamierte: »Das Streben nach Gerechtigkeit! Das ist der Grund, warum du es tust, deine Motivation. Und es ist der Grund, warum ich dir dabei zur Seite stehen sollte, wann immer ich kann. Wenn das Schicksal mir die Gelegenheit bietet, sollte oder gar muss ich sie ergreifen.«

Er ließ einen Moment verstreichen, indem er sie einfach nur betrachtete, alles versuchte zu sehen, was sie ihn sehen ließ – in ihren Augen, ihrem Blick, der nun wieder so nüchtern und klar war, ihrer Miene, die ruhig und entschlossen wirkte. »Du hast recht«, meinte er dann, »und es deckt sich mit meinem Eindruck. Du wirkst viel ruhiger und ausgeglichener, als hättest du dein Gleichgewicht gefunden. Ich kann deine Haltung verstehen und werde sie nach Kräften unterstützen.«

Sie strahlte ihn an. »Wunderbar!«, rief sie und schmiegte sich wieder in seine Arme, den Kopf an seiner Schulter, ihre Hände auf den seinen, als er die Arme um sie legte. Mit einem tiefen, zufriedenen Seufzer stellte sie fest: »Und wenn Corby uns jetzt noch bestätigt, dass Maurice Halstead unser Mörder ist, wird alles gut.«

18

Tags darauf hatte Violet sich morgens an dem eleganten Sekretär im Gartenzimmer eingerichtet und verfasste gerade einen Brief, den Penelope längst einem gelehrten Kollegen in Aberdeen hätte schicken sollen, als sie aus den Tiefen des Hauses die Türklingel läuten hörte. In dem Wissen, dass Mostyn sich schon um den Besucher kümmern werde, schrieb sie weiter.

Es hatte ein paar Tage gebraucht, aber jetzt war endlich wieder Ordnung in Penelopes Unterlagen und Korrespondenzen gebracht; im Zuge dessen war auch einiges aufgetaucht, das Penelope schlichtweg verschlampt hatte. Mit Penelopes Einwilligung – oder vielmehr wohl auf ihre dringende Bitte hin – machte Violet sich nun daran, Versäumtes nachzuholen und setzte sich mit verschiedenen Gelehrten in Verbindung, denen sie sich zu Beginn jeden Schreibens als Mrs. Adairs Sekretärin vorstellte.

Jedes Mal, wenn sie sich bei ihrem neuen Titel nannte, musste sie schmunzeln; in vielerlei Hinsicht gefiel ihr das viel besser, als Gesellschafterin zu sein.

Die Tür wurde geöffnet und Mostyn schaute herein. Als Violet den Blick hob, deutete er mit dem Kopf in den vorderen Teil des Hauses. »Eine Mrs. Halstead, Miss. Ich habe ihr gesagt, dass Mrs. Adair nicht zu Hause sei, aber sie meinte, dass Sie es wären, die sie zu sprechen wünsche. Ich habe sie in den Salon gebeten.«

Violet blinzelte verdutzt, dann legte sie die Feder beiseite. Penelope hatte sich mit ihrer Schwester Portia treffen wollen, und Griselda war zu dem Schluss gelangt, dass sie die Zeit, während der sie darauf warteten, dass der Earl of Corby ihnen die Schuld Maurice Halsteads bestätigte, am sinnvollsten dazu nutzen könne, in ihrem Putzmacheratelier noch eben ein paar Hüte fertigzustellen.

Aber warum wollte Constance Halstead sie sprechen? Ausgerechnet jetzt. Und woher wusste sie überhaupt, dass Violet jetzt hier, bei den Adairs lebte?

Violet stand auf und strich ihren Rock glatt. »Danke, Mostyn. Dann will ich mal schauen, was sie möchte.«

Mostyn, dem ihr Mangel an Begeisterung nicht entgangen war, folgte ihr in die Vorhalle. »Sollte etwas sein, Miss – ich bin gleich hier draußen.«

Violet erwiderte seinen Blick und dankte ihm mit einem Lächeln. Vor der Tür des Salons blieb sie stehen, sammelte sich und bedeutete dann Mostyn, dass sie bereit sei. Er öffnete ihr die Tür, und sie trat erhobenen Hauptes ein.

Ihres Wissens war sie den Halsteads nichts schuldig. Dass sie ihnen etwas von ihrer Zeit gewährte, war im Grunde schon ein Zugeständnis, und ehrlich gesagt trieb sie mehr die Neugier als der Wunsch, mit Constance Halstead zu sprechen.

Constance hatte auf einem der mit edlem Damast bezogenen Sofas Platz genommen, ganz vorn auf der Kante saß sie, als könne auch sie sich Schöneres vorstellen, als hier zu sein; sie trug noch immer Hut, Cape und Handschuhe, und ihre Tasche hielt sie fest umklammert vor sich auf dem Schoß. Als sie Violet auf sich zukommen sah, sprang sie sofort auf.

Violet neigte höflich den Kopf. »Mrs. Halstead.«

Sichtlich bemüht, erwiderte Constance die Geste. »Miss Matcham.«

Violet deutete auf das Sofa. »Bitte setzen Sie sich doch wieder.«

»Oh nein, ich … Nein, danke, das wird nicht nötig sein.« Constances Blick irrte über das Mobiliar, die schlichte, doch unverkennbare Eleganz der Einrichtung. »Es wird nicht lange dauern.«

Erst wurde Violet nicht so recht schlau aus ihrem aufgescheuchten Verhalten, dann kam ihr plötzlich der Gedanke, dass Constance vielleicht schlicht überfordert war. Wenngleich die Adairs ihren Reichtum und ihren gesellschaftlichen Rang nicht zur Schau stellten, so strahlte doch alles in diesem Haushalt diese gewisse, fast beiläufige Noblesse aus, mit der man sich als den besten Kreisen des *ton* zugehörig zeigte, und damit etliche Stufen über jenen Kreisen, in denen Constance und ihre Familie sich bewegten.

Violet fand sich irgendwo dazwischen und wusste sich sowohl in den Kreisen der Halsteads als auch in denen der Adairs mit einiger Sicherheit zu bewegen. Zumindest so sicher, dass ihr nicht vor lauter Befangenheit die Nerven durchgingen, wie es gerade bei Constance der Fall schien.

Da ihr die arme Frau fast schon ein wenig leidtat, beschloss Violet, sich gnädig zu erweisen und ebenfalls stehen zu bleiben. »Wenn dem so ist … Was führt Sie denn her, Mrs. Halstead?«

Constance kniff die Lippen zusammen, was ihr sofort wieder den üblichen unzufriedenen, streitsüchtigen Ausdruck verlieh. »Ich wollte Sie bitten, uns bei der Durchsicht von Lady Halsteads persönlicher Habe zu helfen. Jetzt, da die Polizei und dieser Mr. Montague sich endlich dazu herabgelassen haben, uns die Schlüssel zum Haus auszuhändigen, würden wir gern sicherstellen, dass alles seine Ordnung hat … Wir möchten nicht, dass versehentlich etwas Wichtiges weggeworfen wird.« Constance hielt inne und verlieh ihrer Miene das gehörige Maß an Missbilligung. »Nun, da Tilly nicht mehr da ist …«

Violet entging nicht, dass Constance es klingen ließ, als habe Tilly sich pflichtvergessen aus dem Staub gemacht, statt Opfer eines Gewaltverbrechens zu werden.

»… sind Sie wohl diejenige, die sich mit den Belangen ihrer Ladyschaft am besten auskennt«, schloss Constance, schob das Kinn vor und setzte herrisch, fast wieder in alter Form, nach: »Kurzum, ich benötige Ihre Hilfe, um die Sachen meiner Schwiegermutter zu ordnen, damit wir entscheiden können, was damit geschehen soll.«

Violet verspürte nicht den geringsten Wunsch, in das Haus an der Lowndes Street zurückzukehren. »Es tut mir leid, aber ich bin eigentlich gerade beschäftigt …«

»Miss Matcham.« Constance baute sich vor ihr auf und mühte sich redlich, Violet von oben herab anzusehen. »Lady Halstead hat Sie über acht Jahre in Lohn und Brot gehalten. Ich würde annehmen, dass es sich aus Gründen der Loyalität von selbst versteht, ihr diesen letzten Dienst zu erweisen. Nur Sie wissen, wo sie alles aufbewahrt hat, was davon ihr wichtig war und was sie gerne weitergegeben wüsste. Nur mit Ihrer Hilfe können wir sicherstellen, dass mit alldem in ihrem Sinne verfahren wird.«

Schweigend erwiderte Violet Constances herausfordernden Blick.

An ihr Gewissen zu appellieren war gar nicht so dumm, auch wenn es Violet ärgerte, wie Constance versuchte, Schuldgefühle in ihr zu wecken. Dennoch, es verfehlte seine Wirkung nicht, kaum dass diese Gefühle erst einmal da waren. Lady Halstead war ihr eine gute Dienstherrin gewesen und hatte es verdient, dass ihr persönlicher Nachlass mit dem nötigen Respekt und jener Umsicht durchgesehen wurde, an denen es ihren Kindern und deren Angetrauten zweifelsohne fehlte. Und so offensichtlich es war, dass Constance den eleganten Salon der Adairs, dieses für sie so fremde und verunsichernde Terrain, schnellstmöglich wieder verlassen wollte, so war auch klar, dass sie erst dann gehen würde, wenn Violet sie begleitete.

Mit einem stillen Seufzer, denn sie kannte Constances Sturheit, schickte Violet sich schließlich ins Unvermeidliche. »Ein paar Stunden könnte ich Ihnen – oder vielmehr Lady Halstead – wohl einräumen. Aber um ein Uhr muss ich spätestens zurück sein.«

Letzteres tat Constance mit einer ungeduldigen Geste ab. »Das sehen wir ja dann, wie weit wir bis dahin gekommen sind.« Sie wandte sich zum Gehen. »Aber da Ihre Zeit so knapp bemessen ist, würde ich vorschlagen, sie nicht unnötig zu verschwenden. Meine Kutsche wartet draußen.«

So unerquicklich der Gedanke auch war, die nächsten Stunden in Constances zunehmend enervierender Gesellschaft zu verbringen, war Violet sich doch ihrer Pflicht gegenüber Lady Halstead bewusst. Sie ging zur Tür und ließ Constance den Vortritt.

Als sie in die Halle trat, fing sie Mostyns Blick auf. »Mostyn, ich werde noch einmal in die Lowndes Street fahren, zu Lady Halsteads Haus, um Mrs. Halstead bei der Durchsicht einiger persönlicher Gegenstände ihrer Ladyschaft behilflich zu sein.«

»Sehr wohl, Miss.« Mostyn warf einen kurzen Blick auf Constance und wandte sich dann wieder an Violet. »Ich sage Mrs. Adair Bescheid, wenn sie zurückkommt.«

»Bitte sagen Sie ihr, dass ich um eins wieder da sein werde.« Sie drehte sich kurz nach Constance um. »Wenn Sie einen Augenblick warten würden, hole ich eben meinen Hut und meinen Umhang.«

Obwohl es keine Frage war, antwortete Constance. »Ich warte in der Kutsche.« Schon an der Tür setzte sie nach: »Und beeilen Sie sich etwas.«

Violet verdrehte die Augen und lief schnell nach oben.

Zwei Minuten später, als sie wieder nach unten kam, den Hut schon auf dem Kopf, Handschuhe und Retikül in der Hand, und die grüne Pelisse über das hellgrüne Kleid geknöpft, erwartete Mostyn sie bereits an der Tür. »Sind Sie sicher, dass das eine gute Idee ist, Miss? Mit jemandem aus der Familie in dieses Haus zurückzukehren?«

Der Gedanke war Violet natürlich auch schon gekommen, und so gab sie Mostyn die Antwort, mit der sie sich selbst zu beruhigen versuchte. »Es scheint so gut wie sicher, dass

Maurice Halstead der Mörder ist – wir warten derzeit nur noch auf den letztgültigen Beweis –, und glauben Sie mir, Constance kann Maurice nicht ausstehen, und ich werde die ganze Zeit mit ihr zusammen sein.« Sie zögerte kurz und sah Mostyn an. »Außerdem hat Lady Halstead es verdient, dass jemand, der sie von ganzem Herzen mochte und ihr Andenken in Ehren hält, sich um ihre persönliche Hinterlassenschaft kümmert und das nicht dieser grässlichen Bagage überlässt.«

Mostyn betrachtete sie schweigend, dann verneigte er sich. »Gewiss, Miss.« Als er ihr die Tür öffnete, meinte er: »Ich werde Sie hier zurückerwarten.«

Draußen wehte ein recht kräftiger Herbstwind, und Violet musste sich mit der einen Hand den Hut festhalten, mit der anderen raffte sie ihre Röcke und eilte die Treppe hinunter zu Constance Halsteads Kutsche, die unten an der Straße wartete.

Kurz nachdem die Turmglocken elf geschlagen hatten, traf Millhouses Bote bei Montague & Son ein.

Montague, der an seinem Schreibtisch saß, hörte, wie der Bursche mit heller Jungenstimme meldete: »Von Mr. Millhouse für Mr. Montague!« Es hätte nicht viel gefehlt, und er wäre sofort aufgesprungen und nach vorn gelaufen.

Stattdessen verfolgte er durch die offene Tür seines Büros, wie Slocum die Nachricht in Empfang nahm. Da ihm die gespannten Blicke nicht entgingen, die von Gibbons, Foster und den anderen in seine Richtung geworfen wurden, gab er schließlich auch den letzten Versuch auf, so etwas wie Gleichmut vorzutäuschen, und kam Slocum an der Tür entgegen.

Slocum reichte ihm den Umschlag.

Das ganze Büro schaute gespannt zu, wartete mit angehaltenem Atem, während Montague Millhouses schlicht gehaltenes Siegel brach, den Brief auseinanderfaltete und las.

»Mein Gott!« Montague schaute auf und starrte mit leerem Blick durch den Raum, während er im Geiste eines zum anderen fügte … Dann nickte er entschieden. »Ja«, meinte er und blickte wieder auf den Brief. »Jetzt passt alles zusammen.«

Es galt, keine Zeit mehr zu verlieren. Er würde Violet und den anderen gleich Bescheid geben.

Er faltete den Brief wieder zusammen, steckte ihn ein und kehrte in sein Büro zurück, um seinen Hut zu holen. An Slocum gewandt sagte er: »Schicken Sie Millhouse einen kurzen Brief und richten Sie ihm meinen Dank aus. Schreiben Sie, dass seine Hilfe von unschätzbarem Wert war und ich mich, sowie ich die Zeit dazu finde, persönlich bei ihm melde, um ihm alles zu erklären.« Als er Millhouses Boten noch immer an der Tür stehen und die Aufregung mit großen Augen verfolgen sah, setzte er hinzu: »Und dem Jungen geben Sie dafür eine Half Crown, die hat er sich verdient.«

»Ja, Sir.« Slocum folgte Montague nach vorn.

»Wer war es denn jetzt?«, rief Gibbons ihm hinterher. »Sie können uns doch jetzt nicht so hängen lassen …«

Montague sagte es ihnen, während er sich seinen Mantel überwarf, und schickte noch hinterher: »Ich fahre jetzt in die Albemarle Street. Je nachdem, wen ich dort antreffe, fahre ich dann gleich weiter zu Scotland Yard.«

Damit überließ er seine Mitarbeiter wieder ihren Spekulationen, wie denn nun das eine mit dem anderen zusammenhinge, stürmte zur Tür hinaus und die Treppe hinunter. Draußen setzte er sich seinen Hut auf und bog zügig in die Bartholomew Lane ein, um sich eine Droschke zu suchen.

Endlich hatten sie ihren Mann.

Im Haus an der Lowndes Street angekommen, folgte Violet Constance Halstead ins dämmerige Zwielicht des Vestibüls. Wie zuvor, als sie sich mit Penelope und Griselda und später mit Montague hineingeschlichen hatte, war es still und dunkel im Haus, und sämtliche Vorhänge waren zugezogen.

»Puh!« Constance rümpfte die Nase, ließ die Schlüssel auf den Konsolentisch fallen und begann, die Bänder ihres Hutes aufzuschnüren.

Violet stellte fest, dass es ihre alten Haustürschlüssel waren; Montague musste sie den Halsteads geschickt haben, nachdem er sie von ihr bekommen hatte. Kurz zögerte sie, dann beschloss sie, Hut, Handschuhe, Pelisse und Tasche gar nicht erst abzulegen. Es war kalt im Haus; außerdem würde sie sich nicht noch lange aufhalten müssen, wenn sie nachher gehen wollte. »Wo wollen wir anfangen?«

Im Grunde war es ein Fauxpas, derart die Initiative zu ergreifen, aber Constance schien es nicht zu stören. Sie warf einen Blick auf die kleine Schmuckuhr, die sie am Revers ihres Capes trug, dann schaute sie die Treppe hinauf. »Ich würde sagen, wir sollten in Schwiegermamas Schlafzimmer anfangen.«

Diesmal brauchte Violet nur den Bruchteil einer Sekunde, um sich darüber klar zu werden, dass ihr nach nichts weniger der Sinn stand, als noch einmal dort hinaufzugehen. »Wenn ich es recht bedenke«, meinte sie und schlug wacker den Weg zum Wohnzimmer ein, »sollten wir, wenn Sie meine Zeit bestmöglich nutzen wollen, hier beginnen.« Sie ging durch den langgestreckten Raum zu den Fenstern und schaute sich nach Constance um, die an der Türschwelle stehen geblieben war. »Hier unten in ihrem Privatgemach bewahrte ihre Ladyschaft viel mehr Dinge auf, die ihr persönlich wichtig waren, als oben im Schlafzimmer.«

Constance kniff die Lippen zusammen. Sie sah aus, als wolle sie ihr widersprechen, fände aber keinen triftigen Grund dafür.

Mit einem stillvergnügten Lächeln wandte Violet sich ab und zog die Vorhänge auf; durch die hohen Scheiben schien trotz des trüben Tages genügend Licht herein, dass sie nicht auch noch die Lampen anzumachen brauchten, um mit ihrer Arbeit zu beginnen. Sie kehrte zum Sofa zurück und stellte ihre Tasche ab, löste nun doch die Hutbänder – es wäre zu albern, ihn aufzulassen – und legte ihren Hut dazu, knöpfte sich dann auch die Handschuhe auf und streifte sie ab. Den Mantel würde sie aber anlassen, denn in den Räumen hatte sich eine feuchte, unbehagliche Kälte eingenistet. »So«, meinte sie und sah sich nach Constance um, »womit wollen wir anfangen – mit der Kommode oder dem Schreibtisch?«

Die Stirn in tiefe Falten gelegt, kam Constance ins Zimmer. »Meinetwegen mit dem Schreibtisch.«

Im Stillen konnte Violet nur den Kopf schütteln über den Widerwillen dieser Frau. Ihre Gefühle für sich behaltend, klappte sie den Sekretär auf und zog eine nach der anderen die kleinen Schubladen heraus.

Sie versuchte, den Geistern der Erinnerungen nicht zu lauschen, der glücklichen, unbeschwerten Zeiten, die sie und oft auch Tilly mit Lady Halstead hier in diesem Zimmer verbracht hatten, wenn die alte Dame ihnen in einer ihrer zahlreichen nostalgischen Anwandlungen all die Schätze und Kuriositäten gezeigt hatte, die sie hier aufbewahrte, und ihnen von Reisen und fernen Ländern erzählte und den Abenteuern, die sie dort erlebt hatte.

Lady Halstead hatte auf ein reiches, erfülltes Leben zurückblicken können, und ein solch schreckliches Ende hatte sie nicht verdient. Ermordet – von ihrem eigenen Sohn! Verzweifelt nach Atem ringend ihr Leben unter einem erbärmlichen Kissen auszuhauchen, das Maurice ihr aufs Gesicht drückte.

Violet wurde ganz beklommen ums Herz, aber dann trat Constance zu ihr an den Schreibtisch, und sie versuchte, sich nichts anmerken zu lassen und sich auf die anstehende Aufgabe zu konzentrieren – um ihrer Ladyschaft einen allerletzten Dienst zu erweisen.

Noch ehe die Droschke zum Stehen gekommen war, sprang Montague heraus, warf dem Kutscher die bereits abgezählten Münzen zu, eilte, seinen Hut in der Hand, zum Haus der Adairs hinauf und klingelte.

Mostyn öffnete ihm und trat beiseite, um ihn hereinzulassen. »Mr. Montague, Sir.«

Montague trat ein und konnte es kaum erwarten, Violet zu sehen und ihr die Nachricht zu überbringen. Vor allem war er gespannt, wie sie reagieren würde, was sie dazu zu sagen hatte. »Guten Morgen, Mostyn. Sind Miss Matcham, Ihr Master und Ihre Mistress zu Hause?«

»Nein, Sir.« Mostyn schloss die Tür und wandte sich ihm zu. »Mr. Adair wollte zum Yard, um sich mit Inspector Stokes zu besprechen, und Mrs. Adair ist mit ihrer Schwester Mrs. Cynster verabredet, wollte aber gegen Mittag zurück sein.«

Beides überraschte Montague nicht unbedingt, aber ... »Und Miss Matcham?«, fragte er, denn Violet müsste eigentlich da sein, sollte sie das Haus doch nicht, oder wenn, dann nur in Begleitung einer Vertrauensperson verlassen.

»Eine Mrs. Halstead kam gerade vorbei und bat Miss Matcham, sie in das Haus an der Lowndes Street zu begleiten, um die Hinterlassenschaften der alten Dame durchzusehen.« Leise Besorgnis schien in Mostyns Augen auf. »Ich fragte natürlich, ob sie das für klug halte, Sir, aber Miss Matcham versicherte mir, dass Mrs. Halstead ihren Bruder Maurice – den Sie wohl für den Mörder halten – nicht ausstehen könne, weshalb sie in ihrer Gegenwart nichts zu befürchten habe.«

Ein eisiger Hauch streifte Montagues Seele. Ein ihm unbekannter Instinkt meldete sich. Er vertraute gern auf seine Intuition, auf aus Erfahrung gewonnenen Einsichten oder schlicht dem Erkennen bestimmter Muster ... Damit war er bislang gut gefahren, wenn auch eher in beruflicher Hinsicht. Er hatte ein Gespür für die Chancen und Risiken des Geldes.

Dieser Instinkt indes sagte ihm, dass es um Leben und Tod ging.

Er brachte sämtliche Alarmglocken zum Schrillen.
Gefahr war im Verzug.
Ein weiterer Mord womöglich.
Er fluchte und wandte sich zum Gehen.
»Sir?« Mostyn hatte die Hand auf den Türgriff gelegt.
Montague hielt inne. Seine Miene war wie versteinert, doch seine Gedanken überschlugen sich. Gefühle, Spekulationen, allerschlimmste Befürchtungen jagten wild durcheinander. Schließlich holte er tief Luft und versuchte, einen kühlen Kopf zu bewahren. Wenn er jetzt einen Fehler machte, würde Violet es womöglich mit dem Leben bezahlen. Er wandte sich an Mostyn. »Gut, hören Sie zu: Schicken Sie Ihrem Master und Inspector Stokes auf schnellstem Wege eine Nachricht – und es ist wirklich dringend! –, sagen Sie, man solle sofort ein paar Constables in Lady Halsteads Haus an der Lowndes Street entsenden.« Er musste schlucken, bevor er die nächsten Worte über sich brachte. »Ich fürchte, dass der Mörder Miss Matcham dorthin gelockt hat, um sie aus dem Weg zu schaffen.« Er erwiderte Mostyns entsetzten Blick. »Genau. Ich werde jetzt gleich dorthin fahren.«
Mostyn öffnete ihm die Tür und versicherte: »Dann werde ich die Nachricht persönlich überbringen, Sir.«
Montague nickte und setzte seinen Hut auf. »Wollen wir hoffen, dass ich nicht zu spät komme«, keuchte er und eilte die Treppe hinunter.
Die Droschke, mit der er aus dem Bezirk City of London gekommen war, wollte gerade weiterfahren. Montague bedeutete dem Fahrer zu warten. »Lowndes Street, Belgravia«, rief er ihm zu. »So schnell, wie Sie es schaffen.« Und als er einstieg, setzte er noch nach: »Wenn Sie einen neuen Rekord aufstellen, bekommen Sie einen Sovereign extra.«
Der Kutscher grinste. »Dann mal rein mit Ihnen, Meister – und halten Sie sich gut fest!«
Montague ließ sich in den Sitz fallen, griff nach dem Türgriff, zog den Schlag hinter sich zu, und dann schoss das

Gespann auch schon in beängstigendem Tempo die Straße hinunter.

Ohne sich groß um den Tumult zu scheren, den der wahrhaft wie der Teufel durch den spätmorgendlichen Verkehr kreuzende Droschkenkutscher auslöste, klammerte Montague sich an die Halteschlaufe und hing seinen Gedanken nach. Mittlerweile war es ihm gleich, wenn es zu einem öffentlichen Eklat kam; sein einziges Ziel war es – darauf zielte sein ganzes Sein –, rechtzeitig bei Violet zu sein und sie in Sicherheit zu bringen.

Mostyn diesen Auftrag zu geben war durchaus mit einem gewissen Risiko verbunden. Möglich, dass es sich am Ende als falscher Alarm herausstellte und er sich blamierte bis auf die Knochen, aber darauf würde er es ankommen lassen.

Letztlich ging es um Violets Leben.

Was waren dagegen schon seine Würde, seine Ehre, seine Reputation?

Während eines gewagten Überholmanövers, bei dem es Montague fast vom Sitz schleuderte, stellte sich auf einmal eine erstaunliche Erkenntnis ein. Denn wenn er sich jetzt ansah … Er hätte nicht gedacht, dass so jemand in ihm steckte – und sich wohl schon immer hinter der zurückhaltenden, umgänglich gediegenen Fassade verborgen hatte.

War das sein wahres Selbst?

Bislang hatte er sich nie als tollkühnen Helden gesehen, als jemanden, der auf Gedeih und Verderb durch Mayfair preschte, um eine Dame – seine Dame – in Nöten zu retten.

Und dieser Drang war so stark, dass er es ohne zu zögern wieder tun würde, auch wenn er sich damit zum Narren machte.

Das sollte seine Sorge nicht sein.

Er sorgte sich einzig um Violet.

Ein Gedanke, der in all seiner Bedeutung tief in ihm Widerhall fand.

Schließlich versuchte er, sich zusammenzureißen und sich auf das zu konzentrieren, was er gleich im Haus an der Lowndes Street vorfinden würde. Denn ganz egal, auf welches von zig möglichen Szenarien er treffen würde, er würde all seine Kraft brauchen.

Kaum eine halbe Stunde waren sie jetzt in Lady Halsteads Haus, und bereits das dritte Mal hatte Violet Constance dabei ertappt, wie sie einen verstohlenen Blick auf ihre Uhr warf.

Sie hatten den Schreibtisch im Wohnzimmer ausgeräumt und die Erinnerungsstücke beiseitegelegt. In einem seltenen Anfall familiären Großmuts hatte Constance gemeint, dass man vielleicht auch Cynthia einen Blick auf die Sachen gestatten sollte, ehe man irgendetwas wegwarf. Natürlich hatte Constance die Geste gleich wieder zunichtegemacht, indem sie eine süffisante Bemerkung darüber nachlegte, dass die arme Cynthia, nachdem Walter so spektakulär in Ungnade gefallen war, schon genug gestraft wäre.

Violet war gar nicht darauf eingegangen und hatte sich einfach die Kommode vorgenommen, in der sich weit mehr persönliche Gegenstände befanden als im Schreibtisch. Drei große Schubladen galt es zu sichten und drei etwas kleinere, und leer war keine davon, eher im Gegenteil.

Sie fingen oben an, um sich dann nach unten durchzuarbeiten. Aber kaum war die erste Schublade aufgezogen, sah Constance schon wieder auf ihre Uhr.

Violet hielt inne und überlegte, wie sie Constance möglichst höflich fragen könnte, worauf sie eigentlich wartete, als ein Geräusch vom Vestibül her sie aufschauen ließ. Jemand war ins Haus gekommen. Beide Frauen drehten sich im selben Moment um und blickten zur Wohnzimmertür.

Doch während Violet eher verwundert dreinschaute, schien Constance erleichtert.

»Dem Himmel sei Dank«, seufzte Constance und eilte zu dem kleinen Beistelltisch, wo sie ihr Retikül abgestellt hatte.

Ehe Violet sie noch fragen konnte, was denn um Himmels willen hier los sei, ging die Tür zum Wohnzimmer auf und Mortimer Halstead kam herein. Auch er warf einen Blick auf seine Uhr.

»Das wurde aber auch Zeit!«, schnauzte Constance ihn an. »Ich hatte dir doch gesagt, dass ich um zwölf zum Lunch bei Mrs. Denning erwartet werde – und zwar draußen in Twickenham!«

Mortimer steckte seine Uhr zurück in die Westentasche und sah seine Frau an. »Stimmt. Entschuldige, aber ich wurde von einem Kutschenunfall bei Hyde Park Corner aufgehalten. Es war fast kein Durchkommen.«

Als sie seinen unbeteiligten Gesichtsausdruck sah, diesen Versuch, eine neutrale Miene zu wahren, die dabei doch immer etwas abschätzig geriet – was im Grunde seine ihm eigene Art war, der Welt zu begegnen –, musste Violet jäh daran denken, wie Lady Halstead es stets seine »Innenministeriumsmaske« genannt hatte. Nichts gab sie preis von dem, was wirklich in ihm vorging. Böse Zungen mochten sich gar fragen, ob überhaupt etwas in ihm vorging.

Constance, die mit der kühlen Art ihres Gatten bestens vertraut war, tat es mit einem höhnischen Lachen ab. »Dann habe ich ja Glück, dass ich in die entgegengesetzte Richtung muss, sonst wäre mir der Tag vollends ruiniert.« Sie warf einen vielsagenden Blick auf die Briefe und Erinnerungsstücke, die sie und Violet auf dem Tisch beim Sofa ausgebreitet hatten. »Miss Matcham und ich haben bereits angefangen, aber sie meinte, ihre Zeit sei heute begrenzt, weshalb ich dir die Entscheidung überlasse, was Vorrang hat.« Sie richtete ihr Cape, nahm ihre Tasche und nickte Violet kühl zu. »Miss Matcham.«

Violet erwiderte den Gruß nicht, und Constance schien es auch nicht zu erwarten; ohne ein weiteres Wort rauschte sie an Mortimer vorbei ins Vestibül.

Kurz darauf hörte man, wie die Haustür erneut geöffnet

und geschlossen wurde, und ehe Violet es sich versah, war sie mit Mortimer Halstead allein.

Es war rasend schnell gegangen, und wie sie so in Erinnerungen versunken gewesen war, hatte Violet kaum einen Gedanken daran verschwendet, und jetzt … Aber nein, Maurice war doch der Mörder, nicht Mortimer! Gleichwohl hatte sie Mortimer noch nie leiden können. Müsste sie sich entscheiden, welchen der Halstead-Sprösslinge sie am unsympathischsten fände, würde ihre Wahl auf ihn fallen – und das wollte wirklich etwas heißen. Plötzlich spürte sie ein Kribbeln in den Fingerspitzen.

Sie wollte nicht mit Mortimer allein in diesem Haus sein.

Selbst dann, wenn er nicht der Mörder war.

Sein Blick war auf die ordentlich sortierten kleinen Stapel gefallen. Mortimer trat näher und sah sich alles ohne großes Interesse an, dann seufzte er. »Nun, irgendwo muss man ja anfangen, aber ich würde meinen …«

Draußen hörte man eine Kutsche rasch davonfahren; Mrs. Halstead versuchte, verlorene Zeit wiedergutzumachen.

Violet hätte sich ohrfeigen können. Warum hatte sie nicht einfach darauf bestanden, mit ihr aufzubrechen, da es sich nicht schickte, mit Constances Gatten hier allein zu bleiben? Hätte sie das machen können? Wäre Constance darauf eingegangen?

Nein, ganz sicher nicht. Constance hätte sie angeschaut wie ein lästiges Insekt, wie etwas, das weit unter ihrer Würde und die Aufmerksamkeit ihres Gatten nicht wert wäre. Constance hätte ihr beschieden, sie solle sich nicht lächerlich machen. Eine Hilfe wäre sie ihr nicht gewesen.

Und Mortimer … Während sie ihn beobachtete, sagte sie sich, dass er, auch wenn er sich keines Verbrechens schuldig gemacht haben mochte, nur auf seinen eigenen Vorteil aus war. Ihn interessierte lediglich, dass sie ihm half, das zu erledigen, was er zu erledigen hatte, und das möglichst zügig.

Weshalb es sie auch nicht überraschte, dass er sie, als er sich wieder aufrichtete, mit einer Spur Gereiztheit im Blick ansah und meinte: »Das ist ja alles ganz nett und sicher von sentimentalem Wert, aber wenn Sie so wenig Zeit haben, hätten Sie vielleicht nicht hier unten anfangen sollen. Vermutlich ist Ihnen ja bekannt, dass meine Mutter ihre Wertsachen in ihrem Schlafzimmer aufbewahrte, und da auch ich bloß eine Stunde erübrigen kann, würde ich vorschlagen, Miss Matcham, dass wir jetzt beide nach oben gehen und dort weitermachen.«

Violet zögerte.

Mortimer warf einen erneuten Blick auf das, was sie bereits herausgesucht und sortiert hatten. »Ich weiß Ihre Mühe wirklich zu schätzen, bin aber nur an den wirklich wichtigen Gegenständen interessiert, weshalb es doch schade um Ihre Zeit wäre – Zeit, die Sie sinnvollerweise darauf verwenden könnten, mir zumindest das Wichtigste zu zeigen und zusammenzusuchen. Meinen Sie nicht auch?«

Dagegen konnte Violet schlecht etwas einwenden, und je schneller sie damit fertig waren, desto eher kam sie hier wieder weg – ein Wunsch, den sie mit Mortimer zu teilen schien. Und so sagte sie, auch wenn ihr das alles gar nicht gefallen wollte: »Ganz wie Sie wünschen.«

Er trat zurück und ließ ihr mit einer pompösen Geste den Vortritt.

Im Vestibül musste Violet dem Impuls widerstehen, direkt auf die Haustür zuzuhalten, und steuerte stattdessen die Treppe an; ihre Sachen – Hut, Tasche und Handschuhe – lagen noch im Wohnzimmer, fiel ihr ein, als sie ihre Röcke raffte, aber gut, dort waren sie vermutlich sicher, und spätestens in einer Stunde würde sie ohnehin gehen.

Ungefähr auf halber Höhe überkam sie eine Vorahnung – stärker, überwältigender als zuvor. Der Atem stockte ihr, ein eiskalter Schauer jagte ihr über den Rücken.

Mortimer … Wie seltsam es war, dass er sie hatte vorausgehen lassen. Dabei war es im Grunde doch sein Haus, und er hatte sie schon immer wie eine bessere Dienstbotin behandelt, wie jemanden, der einem zu folgen und dem man sich ganz sicher nicht zu fügen hatte.

Bis jetzt.

All ihre Sinne richteten sich auf den Mann hinter ihr.

Er folgte ihr mit zwei Schritten Abstand.

Ihre Wahrnehmung war auf einmal so geschärft, dass sie meinte zu hören, wie seine Schritte sich verändert hatten – nicht nur der Rhythmus, sondern auch die Kraft, mit der er einen Fuß vor den anderen setzte. Aus der leichten Gangart des kleinlichen, wichtigtuerischen, dabei aber doch ziemlich unbedeutenden Beamten des Innenministeriums war ein schweres, sicheres Auftreten geworden, das selbstgewiss auf ein bestimmtes Ziel gerichtet schien.

Sie legte sich kurz die Hand an den Bauch, schob das Kinn vor und versuchte, unauffällig durchzuatmen.

Um sich zu beruhigen, um den Schwindel zu bezwingen, der sie zu befallen drohte.

Sie musste jetzt einen klaren Kopf bewahren. Der Reihe nach versuchte sie, jenen Instinkten nachzuspüren, die in ihr Alarm schlugen, die wussten, auch wenn alles in eine andere Richtung zu deuten schien, dass er, der Mörder, ihr ganz dicht auf den Fersen war.

Ihre Schritte verlangsamten sich, aber sie zwang sich, stetig weiterzugehen, damit er nichts merkte.

Wie sollte sie hier nur herauskommen? Wie ihm entkommen?

Wie?

Oben angelangt, lief sie wie eine Aufziehpuppe über die Galerie. Blanke Verzweiflung hatte sie erfasst, und sie musste sich zwingen, ihren Verstand zusammenzunehmen. Mortimer war nicht allzu groß für einen Mann, aber er war größer als sie und ohne Frage stärker. Während sie sich Schritt um Schritt Lady Halsteads Zimmer näherte und vermutlich ihrem eigenen Verderben, ging sie im Geiste die Räumlichkeiten durch und überlegte, ob sich nicht doch noch ein Ausweg bot, etwas – irgendetwas –, das ihr eine Chance gab.

Vor Lady Halsteads Schlafzimmer blieb Violet stehen, atmete noch einmal durch und öffnete die Tür. Sie trat ein und gab vor zu überlegen, wo sie nur anfangen sollte, dabei hatte sie sich längst entschieden.

Darum bemüht, sich weder ihre Angst anmerken zu lassen noch, dass sie Verdacht geschöpft hatte, steuerte sie das Nachtschränkchen an, das zwischen Bett und Kamin stand. »Hier bewahrte ihre Ladyschaft ihre jüngste und wichtigste Korrespondenz auf sowie noch einige andere Dinge, die für sie von großem Wert waren.«

Dann verstummte sie wieder. Nicht plappern, ermahnte sie sich. Nachdenken. Sie musste auf Zeit spielen. Penelope würde nicht vor Mittag in die Albemarle Street zurückkehren; bis sie Violets Nachricht erhielt, sich darüber wunderte, wo Violet blieb und ihr zu Hilfe kommen könnte, würde es zu spät sein. Dann hätte Mortimer sie längst umgebracht.

Denn dass genau dies seine Absicht war, daran hatte Violet längst keinen Zweifel mehr. Er war ihr ins Zimmer gefolgt, und jede seiner Bewegungen, sein ganzes Verhalten unterschied sich so gänzlich von der üblichen kleingeistigen Unbestimmtheit, die sie von ihm kannte. Sein dunkler Blick ruhte schwer und unheilvoll auf ihr. Seine Miene war ruhig und gefasst. In angespannter Stille stand er da, wie ein Raubtier, das sich zum Angriff bereit machte. Aus den Augenwinkeln beobachtete sie ihn, versuchte, ihm keine Sekunde den Rücken zuzukehren, während sie die obere Lade aus dem Nachtschrank zog und auszuräumen begann.

Sie legte die Karten und Briefe aufs Bett, daneben die Broschen und Bänder und sonstigen Tand und gab vor, sich ganz darauf zu konzentrieren, auf jeden Handgriff, der ordnete, sortierte, Wichtiges von Unwichtigem trennte. Ab und an warf sie einen verstohlenen Blick auf Mortimer, doch der rührte sich nicht.

Schweigend stand er da.

Und beobachtete sie.

Minuten verstrichen.

Ewig würde sie sich so nicht aufhalten können. Nachdem der erste Schwung sortiert war und sie erneut in die Schublade griff, um auch den Rest herauszuholen, nahm sie aus dem Augenwinkel eine Bewegung wahr – Mortimer, der an die andere Seite des Bettes getreten war.

Sie richtete sich auf und sah ihn an. Ohne sie aus den Augen zu lassen, hob er das Kissen vom Bett.

Jetzt, dachte Violet. Jetzt ist es so weit.

Seine Miene war bestimmt; er schien zum Äußersten entschlossen.

Langsam, doch unerbittlich kam er um das Bett herum. Sein Blick war auf sie gerichtet, das Kissen hielt er in beiden Händen.

Violet sah ihren eigenen Tod in seinen dunklen Augen, die so starr und eindringlich auf sie gerichtet waren, als wolle er sie bannen mit seinem Blick.

Sie schluckte und wich einen Schritt zurück. Suchte nach Worten und war selbst erstaunt, als sie sich fragen hörte: »Haben Sie es so bei Ihrer Mutter gemacht?« Sie deutete auf das Kissen. »Sie mit diesem Kissen erstickt?«

Er blinzelte und hielt inne. »Ja.« Nach kurzem Zögern setzte er fast beiläufig nach: »Und ich war selbst überrascht, wie leicht das ging.«

Als er um die Ecke des Bettes und auf sie zukam, wich sie noch einen Schritt weiter zurück, ein wenig zur Seite, und überlegte, was sie noch sagen, wie ihn hinhalten sollte. »Und Runcorn?«, fragte sie. »Das waren auch Sie?«

Er blieb stehen und drehte das Kissen in den Händen, bis er es über Kreuz hielt, und runzelte die Stirn. »Natürlich war ich das. Nachdem die alte Schachtel ihn auf ihren Nachlass angesetzt hatte, wäre er über kurz oder lang auf die fehlenden Aktien gestoßen.«

»Aber Tilly!« Sie versuchte, seinen Blick zu halten, denn solange er auf sie gerichtet war, würde er vielleicht nicht merken, was sich hinter ihr befand, was sie vorhatte. Violet verschränkte die Hände vor sich, rang sie in hilfloser Verzweiflung und hoffte, so ein recht verzagtes Bild abzugeben. »Warum haben Sie die arme Tilly umgebracht? Sie hätte Ihnen doch niemals etwas getan!«

»Oh, da täuschen Sie sich aber. Tilly hat mich dabei erwischt, wie ich Mamas Papiere durchgesehen habe, um zu schauen, was für meine Zwecke am besten geeignet wäre. Sowie die verschwundenen Aktien zur Sprache gekommen wären, was früher oder später ganz sicher der Fall gewesen wäre, hätte Tilly vermutlich eins und eins zusammengezählt, und darauf konnte ich es nicht ankommen lassen.« Mortimer ließ seinen Blick über Violets Gesicht wandern, und sie sah, wie seine Augen auf einmal ganz schmal wurden.

Violet wartete mit angehaltenem Atem und hoffte, er möge ihren Plan nicht erraten haben.

Fast hätte sie erleichtert aufgelacht, als er sie dann lediglich fragte: »Tilly hat Ihnen nichts davon gesagt? Sie hat nie erwähnt, dass sie mich hier gesehen hat, wie ich Mamas Sachen durchsucht habe?«

Violet zwang sich, den Kopf zu schütteln. »Nein. Sie hat es nie erwähnt.«

Mortimer sah sie lange an, dann hob er kaum merklich die Brauen. »Umso betrüblicher, dass Sie dann quasi ohne Grund sterben müssen.«

Ihre Augen flogen weit auf, und sie wollte gerade ansetzen, ihm irgendetwas zu erwidern, ihn noch irgendwie zur Vernunft zu bringen, aber er kam ihr zuvor und meinte mit tiefer, tonloser Stimme: »Zu dumm, wirklich. Aber es hilft nichts, Sie werden dennoch sterben.«

»Aber wie wollen Sie das erklären?«, platzte sie heraus. Sie wusste selbst nicht, was sie sich davon versprach, ihn noch länger hinzuhalten. Es könnte Stunden dauern, bis Hilfe kam.

So lange würde sie nicht durchhalten. Aber wenn sie ihn jetzt zum Reden brachte, könnte sie den allerletzten schrecklichen Moment, in dem sie um ihr Leben würde kämpfen müssen, vielleicht noch etwas hinauszögern. »Ihre Frau weiß, dass Sie hier mit mir im Haus sind. Wie wollen sie sich da herausreden?«

Ein feines Lächeln spielte um seine Lippen, das ihr das Blut in den Adern gerinnen ließ. »Ganz einfach. Eine wichtige Besprechung im Ministerium – was sogar der Wahrheit entspricht, ich bin bereits etwas spät dran, um ganz ehrlich zu sein. Plötzlich fiel mir dieser Termin wieder ein, und da ich keine Veranlassung sah, Ihnen nicht zu vertrauen, habe ich Sie hier allein gelassen, um in der Zeit, die Sie für uns erübrigen konnten, Mutters Sachen durchzusehen.«

Sie schüttelte den Kopf und wich dabei noch etwas weiter zur Seite. »Aber wie bin ich dann gestorben?«

Sein Blick huschte zum Fenster am Ende des Zimmers, kehrte dann zu ihr zurück; sein Lächeln war eisig. »Einmal mehr frage ich mich, was könnte einfacher sein? Von der Last Ihrer Schuld überwältigt – denn natürlich waren von Anfang an Sie es, die hinter alldem steckte. Sie waren es, die mit ihrem Geliebten und Komplizen das Aktienzertifikat gestohlen hat, und als das aufzufliegen drohte, haben Sie ihn heimlich ins Haus gelassen, damit er erst die alte Dame umbrachte, dann Runcorn und schließlich noch Tilly. Aber als Sie dann die Sachen meiner Mutter durchsahen, hier in diesem Zimmer, wo Sie sie durch die Hände Ihres Geliebten sterben sahen, da regte sich auf einmal die Schuld in Ihnen und drohte Sie zu ersticken.« Er betrachtete das Kissen in seinen Händen und lächelte versonnen. »Im wahrsten Sinne des Wortes zu ersticken«, setzte er nach. »Und so taten Sie, was sich für eine verzweifelte Dame gehört – sie sprangen aus dem Fenster in den Tod. Der Aufprall auf den Pflastersteinen sollte genügen, um jeden Nachweis auszulöschen, ob Sie nun selbst gesprungen sind oder ob sie bewusstlos waren und sich zuvor gewehrt haben.«

Violet erwiderte seinen Blick und schüttelte langsam den Kopf. »Damit kommen Sie nicht durch. Wer mich kennt, und glauben Sie mir, ich habe Freunde – bedeutende Freunde –, die sich für mich verbürgen werden, wer mich also kennt, der weiß, dass ich so etwas niemals tun würde. Wenn mich nicht alles täuscht, befragen genau diese Freunde jetzt gerade den Earl of Corby, der besagtes Aktienzertifikat von Ihnen erhalten hat. Sowie der Earl uns Ihren Namen nennt, sind Sie überführt.«

Mortimer blinzelte irritiert; kurz schien wieder der kleine Beamte durch, der stets in Sorge um sein Ansehen, sein berufliches und gesellschaftliches Vorankommen war. Aber im nächsten Moment schon zeigte sich wieder das dunkle, abgrundtief böse und vermutlich wahre Gesicht des Mörders. »Montague«, stellte er fest und tat es mit einem Achselzucken ab. »Um den kümmere ich mich später.«

Was? »Nein!«, rief sie. Es war nicht ihre Absicht gewesen, ihn ausgerechnet auf Heathcote hinzuweisen. »Warum wollen Sie sich einen weiteren Mord aufbürden?«, fragte sie in ehrlicher Verzweiflung. »Haben Sie nicht schon genug angerichtet?«

Wieder zuckte er nur mit den Schultern. »Warum sollte ich es nicht tun? Bislang hat es sich als erstaunlich einfach erwiesen, all jene aus dem Weg zu räumen, die mir gefährlich werden konnten.« Er streckte die Finger und schloss sie fester um das Kissen. »Und so erhellend unser kleiner Plausch auch gewesen sein mag, Miss Matcham, kann ich mich doch nicht länger aufhalten, denn ich will meine Besprechung im Ministerium nicht verpassen.«

Er hob das Kissen und kam auf sie zu.

Violet fuhr herum, schnappte sich den Schürhaken von seinem Platz am Kamin, und während sie sich wieder umdrehte, holte sie weit aus und zielte geradewegs auf Mortimers Kopf.

Doch er sah die Gefahr kommen und wehrte den Schlag mit dem Kissen ab.

Federn stoben auf. Mortimer fluchte. In schierer Verzweiflung riss Violet ihre Waffe wieder an sich und holte erneut aus.

Diesmal warf Mortimer das Kissen beiseite und packte den Schürhaken mit beiden Händen.

Hielt ihn eisern fest und zog.

Violet hielt mit aller Macht dagegen. Wenn sie losließ, würde sie sterben.

Mortimer fluchte und versuchte, das Eisen an sich zu reißen.

Die Finger so fest um den Griff geschlossen, dass sie jedes Gefühl darin verlor, stemmte Violet verzweifelt die Füße in den Boden, um sich Mortimers Versuchen zu widersetzen, ihr die Waffe zu entreißen.

Plötzlich hielt er inne, als erwäge er eine neue Strategie, um sie aus dem Gleichgewicht zu bringen und zu überwältigen.

Draußen, wie aus weiter Ferne, ein donnerndes Poltern.

Mortimer fluchte wieder und geriet aus dem Tritt, gab den Schürhaken aber nicht her. Und sowie er sich gefangen hatte, machte er sich, die Füße breit aufgestellt, die Schultern gestrafft, das Gesicht zu einer finsteren Grimasse verzogen, mit neuer Kraft daran, ihr das Eisen zu entwinden.

Der Boden bebte. Aus dem Augenwinkel nahm Violet an der offenen Tür eine Bewegung wahr, hörte jemanden fluchen – und es war nicht Mortimer.

Mortimer war derart auf sie konzentriert, dass er blind und taub war für seine Umgebung und die Gefahr nicht kommen sah. Alle Muskeln gespannt, die Zähne grimmig zusammengebissen und zum Äußersten entschlossen, zog er mit einem heftigen Ruck am Eisen – und konnte es Violet entreißen.

Sie schrie kurz auf, als er es hoch über seinen Schädel hob, um es jeden Augenblick mit voller Wucht auf ihren Kopf krachen zu lassen.

Mit lautem Gebrüll stürmte Montague ins Zimmer, rammte seine Schulter in Mortimer und stieß ihn weg von Violet.

Beide gingen sie zu Boden, ineinander verkeilt unter jenem Fenster, das ihr Schicksal hätte besiegeln sollen.

Derbe Flüche fielen, und die beiden Männer schenkten sich nichts, während Mortimer sich mit aller Kraft zu befreien versuchte.

Was Montague aber um nichts in der Welt zulassen würde. Mit verbissener Miene, angetrieben von einer maßlosen Mischung aus Wut und Angst, die ihm Kräfte verlieh, von denen er niemals gedacht hätte, dass er über sie verfügte, packte er Mortimer beim Kragen und schleuderte ihn so heftig herum, dass er rücklings auf den Boden krachte; sein Schädel schlug mit dumpfem Schlag auf den Dielen auf.

Dann hockte Montague sich auf ihn, drückte ihm die Hand auf die keuchende Brust – und schaute sich, schon halb im Aufstehen begriffen, kurz nach Violet um, wollte er sich doch vergewissern, dass der Schuft ihr nichts angetan hatte.

Ihr Schrei sollte ihn retten. »Heathcote, pass auf!«

Gerade noch rechtzeitig sah er den auf seinen Kopf gerichteten Schürhaken.

Mit der Linken packte er das Eisen und wehrte den Schlag ab, dann hob er die Rechte, holte weit aus und rammte Mortimer die Faust ins Kinn.

Knochen knirschten. Doch obwohl seine Hand pochte vor Schmerz, konnte Montague mit einiger Genugtuung feststellen, dass es nicht er war, der Schaden genommen hatte.

Mortimer sackte stöhnend in sich zusammen, dann schlossen sich flatternd seine Lider und er rührte sich nicht mehr.

Montague entwand den Schürhaken seinem erschlafften Griff, ehe er sich langsam aufrichtete, diesmal jedoch den Mann nicht aus den Augen lassend, um sich zu vergewissern, dass er auch wirklich außer Gefecht gesetzt war.

Dann drehte er sich zu Violet um – und sie stürzte sich an seine Brust.

Er schloss die Arme um sie und spürte, wie sie die ihren

um ihn schlang und ihn so festhielt, als wolle sie ihn nie wieder loslassen.

Er warf den Schürhaken aufs Bett, zog sie an sich und ließ seine Wange an ihrem Haar ruhen. »Ich hatte solche Angst«, gestand er ihr. »Die ganze Fahrt von der Albemarle Street konnte ich an nichts anderes denken als an dich – und was er dir antun könnte. Ob ich es noch rechtzeitig schaffen würde, das Schlimmste zu verhindern. Und plötzlich kam die Droschke nicht mehr weiter, und ich bin ausgestiegen und gerannt und gerannt ... Ich hatte solche Angst, dass ich zu spät kommen würde. Dass er dich ... Dass ich dich verloren hätte.«

Er hörte die Gefühle, die in seinen Worten mitschwangen, hörte die Verletzlichkeit, die sie offenbarten, doch es kümmerte ihn nicht. Violet war in seinen Armen, sicher und unversehrt, und nur darauf kam es an.

Sie hielt ihn noch fester und lehnte sich dann ein wenig zurück, um ihn anzusehen. Ihre Blicke trafen sich, und ihr glückstrahlendes Gesicht, ihr Lächeln waren mehr, als ein Mann sich jemals erhoffen konnte; der Glanz ihrer Liebe schien hell in ihren Augen auf. »Aber du hast mich nicht verloren. Du hast es rechtzeitig geschafft und mich gerettet.« Sie schaute ihm in die Augen, und ihr Lächeln wurde sanfter. »Und nicht nur das. Du hast mir die Kraft gegeben durchzuhalten, bis du kamst.«

Fragend hob er die Brauen. »Meinst du?«

Sie nickte. »In jenem kritischen Moment, als ich tatsächlich glaubte, mein letztes Stündlein habe geschlagen ... Da merkte ich auf einmal, wie sehr ich am Leben hing. Ich wollte nicht sterben. Ich wollte leben, so sehr, und ich wollte es deinetwegen. Du hast mir die Kraft gegeben, auch wenn du nicht da warst. Du hast mir die nötige Willensstärke verliehen, mich zur Wehr zu setzen, mit Klauen und Zähnen um mein Leben zu kämpfen, so vergeblich es auch schien, konnte ich doch nicht ahnen, dass du schon unterwegs warst. Aber dann kamst du. Dafür bin ich dir in doppelter Hinsicht dankbar.«

Er verschränkte seine Finger mit ihren, hob ihre Hand an seine Lippen und küsste sie sacht. »Du hast gekämpft und durchgehalten, und dann kam ich, und wir haben den Mörder gefasst, und jetzt können wir endlich nach vorn blicken.«

Sie hatte ihm zugesagt, dass er davon sprechen könne, sowie all das vorbei war. Und jetzt war es so weit, endlich. In seinem Blick gefangen, spürte Violet, wie die Bedeutung des Augenblicks sie umfing. Von unten waren eilige Schritte zu hören, aber keiner von beiden schenkte der nahenden Verstärkung Beachtung. Heathcotes liebender Blick ruhte auf ihr, wanderte über ihr Gesicht, als könne er sich kaum sattsehen an ihr, dann neigte er langsam, fast zaghaft, den Kopf.

Violet jauchzte innerlich, reckte sich ihm entgegen und drückte ihre Lippen auf seine.

Küsste ihn wie er sie küsste, eine zarte und innige Liebkosung, die ihnen beiden Vergewisserung war, dass sie die Gefahr überstanden hatten, dass sie lebten und unversehrt waren und ihren Weg zusammen, Seite an Seite, fortsetzen konnten.

Dass sie einander gefunden, einander gerettet hatten und den anderen über alles schätzten, liebten und begehrten, weil nichts auf der Welt ihnen mehr bedeutete – all das brachte dieser eine einfache Kuss zum Ausdruck.

Schließlich lösten sie sich voneinander, er hob den Kopf. Lächelnd sahen sie einander an, ehe sie sich zur Tür wandten, wo Stokes und Barnaby bereits warteten und sich ihrerseits ein Lächeln verkneifen mussten.

Montague ließ einen Arm um Violet gelegt und versuchte gar nicht erst, seinen Stolz zu verhehlen, als er auf den lang hingestreckten Mortimer deutete. »Ich …«, er warf Violet einen Blick zu und verbesserte sich, »… wir würden Ihnen gern den gesuchten Mörder übergeben, Gentlemen.«

Stokes, der mittlerweile wieder seine übliche gestrenge Miene aufgesetzt hatte, kam herein, um einen Blick auf den Schurken zu werfen. Mortimer begann, sich langsam wieder zu regen und leise und erbärmlich zu stöhnen. Stokes stutzte. »Nicht Maurice?«, fragte er.

»Nein. Millhouse hat mir vorhin seine Antwort geschickt.« Montague schaute sich nach Barnaby um. »Sie hatten recht damit, dass Maurice Corbys Club angehörte, aber um dort zu spielen – geschweige denn, sich von Corby ausnehmen zu lassen – muss man nicht unbedingt Mitglied sein.«

Barnaby nickte und kam um das Bett herum zu ihnen. Stokes winkte die beiden Constables heran, die an der Tür gewartet hatten, und betrachtete dann wieder den wie betäubt am Boden liegenden Mortimer.

Nachdem er Violet mit einem Lächeln gegrüßt hatte, meinte Barnaby: »Ich habe auch schon so eine Vermutung, warum er es getan, warum jemand wie Mortimer sich mit einem berüchtigten Spieler wie Corby eingelassen hat. Gerade eben sprach ich mit meinem alten Herrn, und er erwähnte, dass Corby im Ernennungsausschuss des Innenministeriums sitzt. Mortimer sollte in einer Woche vor dem Ausschuss erscheinen, um über seine Beförderung befinden zu lassen.«

Montague warf einen Blick auf Mortimer, der noch immer recht kläglich zu Stokes' Füßen lag. »Und was versprach er sich davon? Hatte er gehofft, Corby zu schlagen, oder wollte er ihn absichtlich gewinnen lassen?«

»Aus Mortimers Sicht dürfte beides seinen Zweck erfüllt haben«, erwiderte Barnaby. »Bei der ganzen Sache ging es von Anfang an um nichts anderes, als sich bei Corby anzubiedern, um Mortimers Beförderung sicherzustellen.«

Violet fröstelte. »Man mag es kaum glauben, wie jemand so … so kaltblütig die eigenen Ziele verfolgen kann.«

Eine Bewegung von der Tür ließ sie aufschauen – Penelope stand auf der Schwelle, unschlüssig, ob sie hereinkommen sollte. Ein Blick genügte ihr, und sie hatte die Lage erfasst. »Verflixt!«, rief sie und sah Barnaby, Montague und Violet an. »Ich komme zu spät.« Forschen Schrittes trat sie nun ein und umfasste das Szenario mit weiter Geste. »Aber wie ich sehe, sind alle gesund und munter, und sehr zu meinem Bedauern, wie ich gestehen muss, scheint ihr hier auch ohne mich alles im Griff zu haben.«

Barnaby lachte. Er reichte ihr die Hand, verschränkte seine Finger mit ihren und zog sie an sich.

Penelope hakte sich bei ihm unter, aber so leicht ließ sie sich nicht ablenken; schon wanderte ihr Blick zu Violet und ruhte einen Moment auf deren Gesicht, schweifte dann weiter zu Montague – und auch hier fand Penelope bestätigt, was sie längst vermutet hatte.

Ihre Miene erhellte sich, und als sie aufschaute, begegnete sie Barnabys Blick. »Wie wunderbar!«, verkündete sie. »Denn wie mir scheint, hat nun alles ein glückliches Ende gefunden.«

Barnaby grinste. Violet und Montague lächelten einander an. Und Penelope strahlte übers ganze Gesicht und schaute rundum zufrieden in die Runde.

Wenig überraschend war indes, dass Mortimer, als er wieder zu sich gekommen war, Penelopes Sicht der Dinge nicht teilte.

»Was soll der Unsinn?«, echauffierte er sich, als man ihn, an den Händen gefesselt, abführte und ihn unten im Speisezimmer Platz nehmen ließ, um ihn schon mal einem ersten Verhör zu unterziehen. »Ich bin ein hoch angesehener Beamter des Innenministeriums. Sie sollten wissen, dass der Innenminister just in diesem Augenblick einer Besprechung vorsitzt, an welcher ich hätte teilnehmen sollen! Stattdessen …« Mit seinen gefesselten Händen zeigte Mortimer anklagend auf Montague und Violet, die, zusammen mit Penelope und Barnaby, Stokes und seinen Leuten in das improvisierte Verhörzimmer gefolgt waren, denn alle waren sie gespannt, wie es weitergehen würde.

Welche Geschichte Mortimer sich einfallen ließe, um seine Unschuld zu beteuern.

»Stattdessen«, spie er nun förmlich aus, »haben diese beiden mich in einen Hinterhalt gelockt! Oben habe ich sie gefunden, im Zimmer meiner Mutter, wie sie in den Papieren von Mama wühlten. Vermutlich auf der Suche nach etwas, das sie stehlen konnten. Aber vielleicht haben sie ja auch etwas zu verbergen, wollten Beweise verschwinden lassen.«

Stokes, der am Ende des Tisches stehen geblieben war, betrachtete Mortimer mit einer fast wissenschaftlichen Neugier.

Als der Inspector nicht auf seine Anschuldigung einging, wand Mortimer sich in seinen Fesseln, das Gesicht in kalter Wut verzerrt. »Herrgott, machen Sie mir endlich diese verdammten Dinger ab, ich habe nichts getan!« Mit einer ruckartigen Bewegung des Kopfes deutete er auf Montague und Violet. »Die beiden waren es – wenn ich es Ihnen doch sage!«

Stokes betrachtete ihn einen weiteren Moment, ehe er ruhig und gefasst fragte: »Sonst noch irgendwelche Lügenmärchen, die Sie uns hier auftischen wollen?«

Als Mortimer ihn mit mörderischen Blicken bedachte, lächelte Stokes sein Raubtierlächeln. »Es hat keinen Zweck mehr, Halstead. Wir haben Corbys Wort. Und wenn wir seine Aussage um all das ergänzen, was wir bereits wissen, jeden Beweis dazunehmen, der im Lauf der Ermittlungen aufgetaucht ist, dann sollte das allemal genügen, um Sie an den Galgen zu bringen.«

So leicht gab Mortimer sich nicht geschlagen. Sein Kampfgeist schien ungebrochen. Zwar senkte er den Blick vor Stokes, doch seine Augen bewegten sich unablässig hin und her, als suche er noch nach einem anderen Ausweg, irgendeiner Möglichkeit, seinen Kopf aus der Schlinge zu ziehen.

Stokes hob fragend die Brauen. »Das war alles?« Als Mortimer nichts erwiderte, nicht einmal aufschaute, nickte Stokes seinen Constables zu. »Bringt ihn zum Yard. Sagt dem Diensthabenden, er sei der Morde an Lady Halstead, Mr. Andrew Runcorn und Miss Tilly Westcott beschuldigt sowie des versuchten Mordes an Miss Violet Matcham. Außerdem wird ihm der Diebstahl eines Aktienzertifikates von Lady Halstead zur Last gelegt.« Stokes richtete sein Augenmerk wieder auf

Mortimer, der nun mit hängenden Schultern und gesenktem Blick dasaß und nur ab und an verstohlen zur Seite blickte, und setzte nach: »Ich werde mich in Kürze um die Anklageschrift kümmern. Solange kommt er in Arrest. Und sagt dem Diensthabenden, dass er so lange in seiner Zelle zu bleiben hat, bis der Chef weitere Anweisungen gibt.«

Beide Constables salutierten stramm. »Sehr wohl, Sir.« Dann hielten sie mit entschlossener Miene auf Mortimer zu.

Die anderen traten beiseite und sahen zu, wie die beiden Mortimer Halstead in ihre Mitte nahmen, ihn von seinem Stuhl hochzerrten und aus dem Haus seiner Mutter abführten.

Sie folgten den dreien mit etwas Abstand. Im Dämmerlicht des Vestibüls blieben sie stehen und sahen durch die offene Haustür, wie Mortimer hinunter zur Straße eskortiert wurde.

Als die zwei Wachtmeister und ihr Gefangener ihren Blicken entschwunden waren, wandte Stokes sich an Violet, Montague, Barnaby und Penelope. Und grinste dabei von einem Ohr zum anderen. »Wir haben ihn. Ich muss jetzt erst einmal zum Yard und die Sache unter Dach und Fach bringen, aber danach …«, hier ließ er den Blick auf Montague und Violet ruhen, »… haben wir wohl allen erdenklichen Grund zum Feiern.«

19

Alle hatten sie Stokes' Vorschlag zugestimmt, und es war geplant, den Abend mit einem festlichen Dinner in der Albemarle Street zu begehen. In der Zwischenzeit kehrten Stokes und Barnaby zurück nach Scotland Yard, um die Ermittlungen abzuschließen; Montague führte derweil Violet und Penelope zum Lunch aus, begleitete die Damen dann zurück in die Albemarle Street und fuhr weiter in den Finanzdistrikt in seine Kanzlei, um auch seinen Mitarbeitern die frohe Kunde zu überbringen.

Abends um sechs fanden die unerschrockenen Ermittler sich in Penelopes Gartenzimmer ein. Oliver und Megan waren ebenfalls anwesend; die Kleinen krabbelten und kugelten auf dem Teppich herum und hatten ihre stolzen Papas mit Beschlag belegt, während Penelope und Griselda sich von Montague und Violet einen ausführlichen Bericht über die Ereignisse des heutigen Tages erbaten und diesen auch erhielten.

Genau wie Penelope war Griselda ein wenig enttäuscht, dass ihr der spektakuläre Höhepunkt der Ermittlungen entgangen war, aber natürlich freute auch sie sich, dass der Fall nun endlich abgeschlossen war und alles einen guten Ausgang genommen hatte. Und wenngleich Penelope sich aus den Bemerkungen der anderen bereits das Wesentliche zusammengereimt hatte, brannte doch auch sie darauf, sich das Geschehen der Reihe nach und aus erster Hand berichten zu lassen. Nebeneinander saßen die beiden Freundinnen auf einem der Sofas und fragten Violet und Montague aus, entlockten ihnen jedes noch so kleine Detail dieses aufregenden, beängstigenden und letzten Endes so wunderbar erfolgreichen Tages.

Montague und Violet, die sich das Sofa gegenüber teilten und denen ihr neu gefundenes Glück noch immer in die lächelnden Gesichter geschrieben stand, ließen die Befragung gut gelaunt über sich ergehen.

Als sie zum Ende ihrer Geschichte gelangten, runzelte Griselda die Stirn. »Meint ihr, dass Mrs. Halstead … seine Komplizin war? Wusste sie von Mortimers Taten? Hat sie ihn womöglich darin unterstützt?«

Stokes schaute von den Bauklötzen auf, aus denen er einen Turm für Megan baute. »Nein, danach sieht es nicht aus. Sie ist völlig außer sich gewesen, als wir sie von der Verhaftung ihres Gatten in Kenntnis gesetzt haben, und ich hatte nicht den Eindruck, dass sie uns etwas vorspielt.«

»Als ihr klar wurde, welche Rolle sie, wenn auch unwissentlich, spielte bei Mortimers perfidem Plan, wie sie es später nannte, Violet dazu zu überreden, sie in das Haus an der Lowndes Street zu begleiten, wäre sie fast ohnmächtig geworden.« Barnaby balgte sich gerade mit Oliver um die Rassel des Kleinen und schaute ebenfalls kurz auf. »Dem kann ich nur beipflichten: Sie hat die Welt nicht mehr verstanden, und ihr Schock war keineswegs gespielt.«

»Immerhin muss man ihr zugutehalten, dass, nachdem der erste Schreck überwunden war, ihre Gedanken ihren Kindern galten und der Frage, inwiefern die schändlichen Verbrechen ihres Vaters sich auf sie und ihre Zukunft auswirken würden.« Stokes grinste, als Megan mit einem Stoß ihres pummeligen Händchens seinen Turm zum Einsturz brachte und die Bauklötze kreuz und quer über den Teppich kullerten. Die Kleine hopste übers ganze Gesicht strahlend auf ihrem Windelpopo herum und klatschte jauchzend in die Hände. Dann krabbelte sie los, einem der versprengten Klötzchen hinterher.

Stokes wandte sich an die anderen. »Hätte es noch Zweifel an seiner Schuld gegeben, so wären sie spätestens dadurch ausgeräumt worden, dass wir bei der Durchsuchung von Halsteads Ankleidezimmer einen Nachschlüssel zur Seitentür des Hauses an der Lowndes Street fanden – ebenjene Tür, durch die unser Mörder kam. Da der Schlüssel bereits vor einigen Jahren angefertigt wurde, können wir wohl davon ausgehen, dass Mortimer sich schon eine Weile mit dem Gedanken trug, seine Mutter zu bestehlen.«

»Mir war aufgefallen, dass Mrs. Halstead, als sie uns heute ins Haus ließ, meinen ehemaligen Schlüsselbund bei sich hatte«, merkte Violet an.

Stokes nickte. »Genau. Weil sie zuvor keine Schlüssel hatten, zumindest nicht offiziell. Dieser Nachschlüssel zur Seitentür – und er war gut versteckt, und drei Mal dürfen wir raten, warum – war Mortimers Geheimnis, um im Haus seiner Mutter unbemerkt ein und aus gehen zu können. Aber um dem Ganzen noch die Krone aufzusetzen …«, Stokes grinste triumphierend, »… diese Vorhangkordel, mit der man Runcorn stranguliert hat, stammt von einer der Gardinen in Mortimers Ankleidezimmer.«

Barnaby schnaubte verächtlich. »Ein Anfängerfehler, wirklich. Dabei hat er alles sehr geschickt eingefädelt: Er hat absichtlich zwei Besprechungen im Ministerium so gelegt, dass sie sich zeitlich überschnitten, und die eine Gruppe glaubte, er sei in der anderen Besprechung und umgekehrt, und um ganz sicherzugehen hat er seinen Mitarbeitern noch gesagt, er wäre kurzfristig von irgendeinem Botschafter einbestellt worden und müsse eine Stunde weg.«

Stokes lachte grimmig. »Er hat alles mit einer solchen Umsicht geplant, dass er jetzt schlecht auf geistige Umnachtung plädieren kann.«

»Dann wird er also hängen?«, fragte Violet. Als Stokes sie fragend ansah, versicherte sie ihm: »Normalerweise bin ich nicht so blutrünstig, aber er hat immerhin drei Leben auf dem Gewissen.«

Stokes nickte, sein grauer Blick klar und direkt. »Ja, er wird hängen.«

»Ich fürchte, ich muss es fragen«, sagte Penelope und verzog das Gesicht, »aber wie reagieren denn Lady Halsteads restliche Kinder auf die Nachricht?«

»Sehr zügig«, erwiderte Barnaby trocken. »Sie sind verständlicherweise entsetzt und lassen keine unnötige Zeit verstreichen, mit Mortimer zu brechen und sich von seinen zugegebenerweise schändlichen Taten zu distanzieren.«

Penelope schüttelte sich. »Was für eine grässliche Sippschaft! Sie sind das Gegenteil dessen, was eine Familie sein sollte.«

Barnaby hob die Brauen. »Ehrlich gesagt würde es mich nicht wundern, wenn diese Sache die drei anderen näher zusammenbrächte. Maurice und William waren zumindest ehrlich schockiert, und auch Cynthia schien zutiefst erschüttert. Und so sehr, wie Walters Schmach ihr und Camberly bereits zugesetzt hat …« Als niemand etwas erwiderte, zuckte Barnaby mit den Schultern. »Ich hatte jedenfalls den Eindruck, der Schock könnte eine heilsame Wirkung und die drei genügend aufgerüttelt haben, um ihre alten Rivalitäten beizulegen und endlich erwachsen zu werden. Oder ihnen wenigstens zu der Erkenntnis verhelfen, dass sie, wenn sie das Ganze überstehen wollen, besser zusammenhalten sollten, statt ständig gegeneinander anzugehen.«

Wieder herrschte einen Moment Schweigen, bis Griselda schließlich meinte: »Um der Halstead-Kinder willen kann man das nur hoffen.«

Vergnügtes Glucksen und das Klackern von Bauklötzen lenkte aller Aufmerksamkeit auf Erfreulicheres, und die nächsten Minuten schauten sie einfach Megan und Oliver zu, die arglos in ihr Spiel vertieft waren.

Montague beobachtete Violet, wie sie sich mit einem leisen Lachen und ermutigender Miene vorbeugte, um Megan bei den Händen zu halten, die bis zu Violet gekrabbelt war und sich dann Stück für Stück an ihren Röcken hochgehangelt hatte, bis sie auf ihren eigenen kleinen Füßen stand.

Eine Weile hielt Megan sich auf wackeligen Beinen und strahlte sie beide an, dann fiel sie wieder auf den Po, gluckste vergnügt, dass es die reinste Freude war, und klatschte in die pummeligen Händchen.

Oliver lag auf dem Bauch und schaute ihr neugierig mit großen Augen zu.

Lächelnd lehnte Violet sich zurück. Sie spürte Heathcotes Blick auf sich ruhen, wandte sich zu ihm um und sah, wie er sie beobachtete, eine Mischung aus Neugier und Faszination in den Augen, die sie ein wenig an Oliver erinnerte.

Es brauchte nicht lange, bis sie begriff, woran er dachte, was er sich vorstellte. Sie errötete, wandte den Blick aber nicht ab. Dann griff sie, noch immer leise lächelnd, nach seiner Hand und drückte sie sanft.

Ihre Botschaft, von der sie sicher war, dass er sie verstand, war einfach: Es gab so vieles, was sie jetzt miteinander zu besprechen hatten – und es endlich auch besprechen konnten. Aber später, sie hatten Zeit.

Mostyn wählte diesen Moment, um einzutreten und zu verkünden, dass das Essen serviert werde. Hettie und Gloria folgten ihm auf den Fersen, um sich ihrer kleinen Schützlinge anzunehmen und sie zu Bett zu bringen.

Die sechs wackeren Ermittler standen nun auch auf und begaben sich, ein jedes Paar Arm in Arm, hinüber ins Speisezimmer, um ihren Erfolg gebührend zu feiern.

Penelopes Köchin war von der frohen Nachricht in Kenntnis gesetzt worden und hatte entsprechend aufgefahren; das Mahl war opulent und köstlich. Das Gespräch bei Tisch wechselte munter zwischen den verschiedensten Themen, von Politik über die Polizei hin zu der Frage, wie es den sieben jungen Frauen ginge, die sie gerettet hatten, wandte sich dann Neuigkeiten aus der Gesellschaft zu und kreiste nicht zuletzt immer wieder um ihre Familien und ihre Kinder.

Und um ihre Zukunft – eine Zukunft, die auf dem bereits Bestehenden aufbauen würde.

Nachdem auch das Dessert aufgetragen war, klopfte Barnaby mit dem Löffel an sein Glas.

Alle Blicke richteten sich gespannt auf ihn.

»Ich möchte einen Toast aussprechen«, sagte er und griff nach seinem Weinglas, »und euch einen Vorschlag machen. Aber zuerst der Toast.« Er hob das Glas und ließ seinen Blick über ihre kleine Runde schweifen. »Auf uns – uns sechs. Unserer Zusammenarbeit ist es zu verdanken, dass wir einen dreifachen Mörder zur Strecke gebracht und für seine drei unschuldigen Opfer Gerechtigkeit erlangt haben. Auf uns!«

»Jawohl!«, stimmten die anderen ein und stießen miteinander an.

»Und jetzt«, meinte er und stellte sein Glas wieder ab, »zu meinem Vorschlag.« Er wandte sich an Montague, der zu seiner Rechten saß. »Während der letzten paar Jahre, die ich beratend für den Yard tätig war, sind Stokes und ich immer wieder auf Fälle gestoßen, in denen es um teils doch recht vertrackte Finanzgeschäfte ging. Manchmal konnten wir dabei auf Ihre Hilfe zurückgreifen, aber meistens haben wir uns da irgendwie durchlaviert. Allerdings scheint es mir immer häufiger der Fall, dass bei den Ermittlungen, zu denen ich etwas beitragen kann, oft auch ausgefuchste …« Er gestikulierte vage.

»… Anlagestrategien und Finanzinstrumente eine Rolle spielen?«, schlug Montague vor.

Barnaby neigte den Kopf. »So wird es sein. Will sagen, Verbrechen in den besseren Kreisen drehen sich nun mal meist um den schnöden Mammon, und der *ton* bewahrt sein Vermögen in aller Regel nicht unter der Matratze auf.«

»Oder in einer Keksdose, ganz hinten auf dem Schrank«, warf Stokes trocken ein. Während die anderen sich noch köstlich über diese Bemerkung amüsierten, fing Stokes bereits Montagues Blick auf. »Was mein werter Freund und Kollege damit sagen will, ist vermutlich Folgendes: Es wäre uns eine

Ehre, wenn wir Sie auch künftig bei der Lösung solcher Fälle mit von der Partie hätten.«

Montague schaute von Stokes zu Barnaby, sah dann Violet an, die ihm gegenüber saß, und nickte schließlich. Wieder an Barnaby gewandt, neigte er etwas förmlich den Kopf. »Sehr gern, auch wenn ich es bin, der sich geehrt fühlen sollte, Sie bei Ihren Bemühungen unterstützen zu dürfen.«

»Und so für Gerechtigkeit zu sorgen«, ergänzte Violet und hob ihr Glas. »Auf unsere tapferen Streiter der Gerechtigkeit!«

»Bravo!«, riefen Penelope und Griselda einstimmig aus. »Auf unsere drei tapferen Streiter.«

Barnaby grinste. »Genau genommen war das nur der eine Teil meines Vorschlags. Der andere«, hier sah er Violet an, die rechts von Penelope saß, »wäre ein Tribut an Violets Beitrag zu unseren Ermittlungen, insbesondere an ihre Beobachtungen und Einsichten zu allen an dem Fall beteiligten Personen, die von Scharfsinn und großer Menschenkenntnis zeugen, woran ich, wenn es mir gestattet ist, die Frage anschließen möchtet: Wären Sie bereit, auch weiterhin als Penelopes Sekretärin zu arbeiten?«

Violet blinzelte verdutzt und sah Penelope an.

Die streckte die Hand aus und legte sie auf Violets. »Bitte, liebe Violet, sag Ja.« In Penelopes Worten schwang fast ein wenig Verzweiflung mit. »Gott weiß, was ich sonst wieder alles vergesse und verlege – ich brauche jemanden, dem ich blind vertrauen und auf dessen Hilfe ich mich verlassen kann. Jemanden, der mein Chaos im Zaum und den Laden hier am Laufen hält.«

Violet lächelte, legte ihre Hand auf Penelopes und drückte sie kurz. »Dann bleibe ich natürlich auf meinem Posten – es wäre mir eine Freude, weiter für dich zu arbeiten.«

»Hervorragend.« Penelope strahlte sie an und wandte sich dann an ihren Gatten. »Aber wie kamst du jetzt darauf?«

»Weil«, meinte Barnaby, »ich vorschlagen würde, dass nun, da du und Griselda wieder in unsere Ermittlungen eingestiegen seid, es für unser Team durchaus ein Gewinn wäre, wenn auch Violet ihre Fähigkeiten einbringen könnte.«

»Aber ja, natürlich!« Griselda bedachte Barnaby mit anerkennendem Blick. »Wie weitsichtig von dir, mein Lieber.« Sie beugte sich vor, um Penelope und Violet direkt anzusprechen. »Sagen Sie Ja, Violet – wenn Sie mit von der Partie wären, hätten wir geradezu perfekte Voraussetzungen, sämtliche Täter, die noch unsere Wege kreuzen, bis ins kleinste Detail zu durchschauen.« Griselda deutete auf ihre Freundin. »Penelope kennt sich bestens mit dem Adel aus, und ich weiß über die mittleren und unteren Schichten Bescheid. Aber weder Penelope noch ich sind mit jenen gesellschaftlichen Grauzonen vertraut, die sich irgendwo dazwischen befinden.«

»Dem Landadel beispielsweise.« Penelope nickte und sah Violet an. »Bitte, Violet, auch auf die Gefahr, dass ich mich wiederhole, aber du musst Ja sagen! Wir wüssten deinen Beitrag zu unseren Ermittlungen wirklich sehr zu schätzen.«

Violets Lächeln vertiefte sich, als sie von Barnaby zu Griselda schaute und sich dann wieder an Penelope wandte. »Wenn ich ehrlich bin, konnte ich mir ohnehin nicht vorstellen, dass ich als deine Sekretärin den lieben langen Tag nur im Haus sitzen und Briefe schreiben würde. Insgeheim war ich wohl immer davon ausgegangen, auch an der ein oder anderen Ermittlung teilhaben zu können, und deshalb, ja, ihr braucht mich da gar nicht lange zu bitten. Ich bin dabei.«

»Wunderbar!«, rief Penelope und schaute strahlend in die Runde, fing Barnabys klaren blauen Blick auf und zeigte ihm, wie sehr sie seinen Vorschlag zu schätzen wusste. Wenn Violet Teil ihres Teams würde, wäre das zugleich die perfekte Lösung, den anderen beiden Frauen, sprich Penelope und Griselda, dabei zu helfen, ihr neues Leben ins viel beschworene Gleichgewicht zu bringen. Alles würde sich jetzt perfekt einpendeln, und sie könnten zufrieden und voller Zuversicht in die Zukunft schauen.

Als sie sich zurücklehnte und ihren Blick über die kleine Runde bei Tisch schweifen ließ, wo Violet und Griselda sich gerade über Hüte unterhielten, während Barnaby, Stokes und Montague über einen der jüngsten Politskandale sprachen, fand Penelope sich von einer tiefen Zufriedenheit erfüllt. Sie griff nach ihrem Glas und erhob es, was ihr sofort die Aufmerksamkeit der anderen einbrachte, die, während sie noch fragende Blicke in ihre Richtung warfen, gleichfalls nach ihren Gläsern griffen.

»Ich würde auch gern einen Toast ausbringen«, sagte sie und hielt ihr Glas hoch. »Auf unser neues Ermittlungsteam – und auf alles, was die Zukunft uns bringt!«

Die darauffolgenden »Bravo!«- und »Jawohl!«-Rufe und »Auf die Zukunft!« waren voller Begeisterung und Überzeugung.

Als Penelope über den Tisch schaute, begegnete sie Barnabys Blick, stieß auf ihn an und leerte ihr Glas.

Nach dem Essen wechselten sie hinüber in den Salon, wo ihr Gespräch sich noch eine ganze Weile fortsetzte. Trotz ihrer Unterschiede in Herkunft und gesellschaftlichem Rang sahen sie sich doch mit ganz ähnlichen persönlichen Problemen konfrontiert und hatten ähnliche Ziele und Träume, nicht nur für sich selbst und ihre Familien, sondern auch für die Gesellschaft als Ganzes.

Irgendwann hob Stokes den Kopf und lauschte. »Ah, jetzt fängt es an zu regnen.« Bereits am Nachmittag waren schwere Wolken über der Stadt aufgezogen, und dem Prasseln an den Fenstern und dem Gurgeln der Fallrohre nach zu urteilen, brach sich nun mit aller Macht Bahn, was sich dort oben seit Stunden zusammengebraut hatte. Mit einem Lächeln, aus dem tiefe Liebe und Zuneigung und noch ein wenig mehr sprachen, wandte er sich an Griselda. »Wir sollten uns dann besser auf den Weg machen, ehe auf den Straßen kein Durchkommen mehr ist.«

Griselda warf einen Blick auf die Kaminuhr. »Du liebe Güte, ja! Seht doch nur, wie spät es ist.«

Zehn Minuten später standen Violet und Heathcote, Barnaby und Penelope im Schutz des Portikus an der offenen Haustür, winkten Stokes und Griselda zum Abschied zu und schickten ihnen ein paar gut gemeinte Ratschläge hinterher. Griselda trug die warm eingepackte Megan in den Armen, und Hettie wich den beiden nicht von der Seite, während Mostyn und zwei Hausdiener, die große Schirme über sie hielten, sie zu Stokes' an der Straße wartende Kutsche eskortierten. Mittlerweile regnete es Bindfäden, die im Schein der Laternen glitzerten und funkelten wie kostbares Geschmeide.

Montague atmete tief durch. »Morgen dürfte die Luft herrlich frisch und klar sein.«

Eine Windbö trug den Regen bis zu ihnen an die Tür, worauf sie alle vier eilig in die Vorhalle zurückwichen.

Nachdem er die Tür bis auf einen Spalt zugezogen hatte, wandte Barnaby sich an Montague und reichte ihm die Hand. »Ich habe einen der Diener zum Piccadilly geschickt, um für Sie eine Droschke aufzutreiben. Nicht dass Sie sich da draußen den Tod holen.«

»Oder ertrinken.« Penelope fasste Montague beim Arm, reckte sich auf die Zehenspitzen und gab ihm einen Kuss auf die Wange. »Danke, dass Sie mir meine Sekretärin gerettet haben – ich habe sie zwar noch nicht lange, aber ich wüsste schon jetzt nicht mehr, was ich ohne sie anfangen sollte.«

»Oder sagen wir lieber«, wandte Barnaby ein, »du weißt es sehr wohl, und das macht dich nur umso entschlossener, sie zu behalten.« Er lächelte Violet an und griff nach ihren Händen. »Darf ich?« Er beugte sich vor und streifte ihre Wange mit einem Kuss. Dann ließ er sie wieder los, hielt Penelope die Hand hin und wandte sich mit ihr zum Gehen. »Gute Nacht euch beiden«, meinte er noch und nickte Violet und Montague zum Abschied zu.

»Von mir auch!«, rief Penelope, während sie sich von Barnaby schon Richtung Treppe ziehen ließ, und warf Violet eine Kusshand zu. »Wir sehen uns dann irgendwann morgen im Laufe des Tages, meine Liebe.«

Violet sah den beiden nach, wie sie nach oben entschwanden. Als sie sich wieder zu Heathcote umdrehte, waren die beiden Lakaien ins Haus zurückgekehrt.

Einer von ihnen nickte Heathcote zu. »Mr. Mostyn lässt Ihnen ausrichten, dass die Droschke in ein paar Minuten kommt.«

»Danke.« Montague wartete, bis die beiden durch die Schwingtür am Ende der Halle verschwunden waren, ehe er sich Violet zuwandte, ihre Hände, die sie ihm bereits hinstreckte, als habe auch sie nur auf diesen Moment gewartet, in seine nahm und sie ansah.

In ihr über alles geliebtes Gesicht blickte.

Sie hob den Blick zu ihm, und er fand alle Hoffnungen, alle Erwartungen, die er in sich trug, im Glanz ihrer Augen gespiegelt.

Er lächelte sanft, hob eine ihrer Hände an seine Lippen und meinte dann: »Wir müssen reden – wir haben uns noch so viel zu sagen, so viel zu besprechen.« Suchend blickte er in ihre Augen. »So viel zu entscheiden.« Er holte tief Luft und verzog leicht das Gesicht, als der Regen wie auf ein Stichwort noch einmal kräftig zunahm, als wolle er ihn daran erinnern, dass er sich nun besser auf den Weg machen sollte. Seufzend ließ er ihre Hand wieder sinken. »Leider scheint es dazu weder der richtige Ort noch die richtige Zeit zu sein.« Nach kurzem Zögern meinte er: »Wenn es dir recht ist, würde ich morgen vorbeikommen. Ich würde dich mit der Droschke abholen. Es gibt etwas, das ich dir gern zeigen möchte.«

Ihr Lächeln gab ihm zu verstehen, dass sie ihn verstanden hatte. »Natürlich. Ich werde hier sein und auf dich warten. Um welche Zeit kommst du vorbei?«

Sein Lächeln vertiefte sich. »So früh wie möglich, dachte ich … Aber wollen wir gegen zehn sagen? Das wäre eine halbwegs zivilisierte Zeit.«

Sie lachte leise. »Liebster Heathcote, ja – zehn Uhr klingt perfekt.« Seinen Blick erwidernd, sagte sie ruhig: »Ich würde ewig auf dich warten, aber lieber wäre es mir, ich bräuchte das nicht. Ich habe mein Leben lang auf dich gewartet, und nun, wo ich dich gefunden habe …«

Er nickte und drückte einen etwas verlangenderen Kuss auf ihre andere Hand. »Du sagst es. Jetzt, da wir einander gefunden haben, wollen wir beide nicht länger warten.«

Mostyn schaute um die Tür und ließ einen Schwall nasskalter Luft herein. »Die Kutsche ist da, Sir.«

»Danke, Mostyn«, sagte Montague, ließ Violets Hände los und nahm seinen Hut. Den Blick noch immer auf sie gerichtet, nickte er knapp und musste sich förmlich zwingen zu gehen, hinaus in die Nacht, in den Regen.

Allein, aber nicht mehr lange.

Als er sich im Dunkel der Droschke zurücklehnte, war er voller Vorfreude und merkte, wie er übers ganze Gesicht strahlte.

Griselda brachte Megan in ihr Bettchen und blickte dann auf ihren kleinen schlafenden Engel hinab. Wie von selbst stahl sich ein Lächeln auf ihre Lippen.

Stokes, der mit eingetreten war, beugte sich ein wenig vor, um das Gesicht seiner Frau sehen zu können und sich an ihrem madonnengleichen Lächeln zu freuen, das etwas tief in ihm zur Ruhe kommen ließ, genau wie bei seinem schlafenden Töchterchen. Kurz zögerte er, dann fasste er sich ein Herz und fragte sie leise: »Du bist doch zufrieden mit alldem, oder?«

Ihre Miene zeigte gelindes Erstaunen, als sie ihn ansah, als könne sie sich seine Frage nicht ganz erklären, aber dann spielte erneut ein Lächeln um ihre Lippen, ein stilles, beruhigendes Lächeln. »Du meinst damit, dass ich Mutter bin, Putzmacherin und die Besitzerin eines Ladengeschäfts, die Dame dieses Hauses, Penelopes und jetzt auch Violets Freundin und zu alldem noch eine Ermittlerin und damit beschäftigt, all das unter einen Hut zu bringen?« Sie legte ihm die Hand auf den Arm und steuerte ihn sanft aus Megans Zimmer und über den Flur zum ehelichen Schlafgemach.

Er nickte. »Ja, genau das. Alles zusammen.«

Ihre Finger verschränkten sich mit seinen, und sie zog ihn mit sich ins Zimmer, wartete einen Moment, damit er die Tür hinter ihnen schließen konnte, und ließ sich dann in seine Arme sinken. »Ja.« Sie hob den Blick und sah ihn an. »Ich bin zufrieden. Es ist nicht immer leicht, und wird es wohl auch nie sein, aber das ist es mir wert.«

Während sie sein Gesicht noch immer suchend betrachtete, erschien ein kokettes Lächeln auf ihren Lippen. »Es ist dir gerade nicht aufgefallen, aber eines habe ich bei meiner Aufzählung ausgelassen.«

»Wirklich?« Die Liste war ihm auch so schon recht lang erschienen … Er schloss die Hände fester um ihre Taille und rief sich ihre Worte noch einmal in Erinnerung, kam aber beim besten Willen nicht darauf, was sie meinte. »Und was?«

Ihr leises, sinnliches Lachen ging ihm mitten durchs Herz. Sie reckte sich empor, schlang die Arme um seinen Hals und lächelte nachsichtig. »Das Beste von allem hatte ich ganz vergessen, das, was mir alles andere erst erstrebenswert erscheinen lässt. Nicht, weil es mir weniger bedeuten würde, sondern weil es mehr ist, weil es der Grundstein ist, auf dem alles andere in meinem Leben aufbaut.«

Etwas in ihm regte sich, als er ihr die Wahrheit von den Augen ablas, aber er wollte, er musste es von ihr hören. Er musste sie die Worte sagen hören. »Und was wäre das wohl?«

Sie strahlte ihn an. »Deine Ehefrau zu sein.«

Dann zog sie ihn an sich, bis ihre Lippen sich berührten, und küsste ihn.

Stokes schloss die Arme um sie, hielt sie ganz fest.

Und gelangte zu dem Schluss, dass schon alles seine Ordnung hatte und auch immer haben würde.

Nachdem sie noch einmal nach Oliver geschaut und sich dann in ihr Schlafzimmer zurückgezogen hatten, verbrachten Penelope und Barnaby die nächste Stunde damit, ganz privat, dafür aber umso ausgelassener, zu feiern.

Als beider Lust gestillt war, lag Penelope schwer atmend in den Kissen, das dunkle Haar zerzaust, die Haut erhitzt, und blickte hinauf zur Decke, an der unruhig das von den Wolken zerrissene Licht des Mondes spielte. Barnaby lag auf dem Bauch, das Gesicht halb vergraben in dem Kissen neben ihrem; einen seiner Arme hatte er über ihre Hüfte geschlungen.

Sein Atem ging noch schwerer als ihrer, was kein Wunder war in Anbetracht dessen, wie er sich gerade verausgabt hatte.

Der Regen hatte nachgelassen, aber das Gefühl, dass draußen alles reingewaschen und wie neu war, blieb; der Morgen lag verheißungsvoll und voll unendlicher Möglichkeiten vor ihnen.

Sie seufzte auf in tiefstem Glück. »Ich bin so froh, dass wir diese Chance ergriffen und uns der Herausforderung gestellt haben. Es ist uns gelungen, eine Balance zu finden, die uns beiden gerecht wird, meinst du nicht auch? Und was uns einmal gelungen ist, werden wir auch wieder schaffen, wissen wir doch jetzt, wie es geht. Komme, was wolle, wir werden unseren Weg finden. Wir beide, gemeinsam.«

Und weil sie stets fair spielte, ließ sie auch Ehre zuteilwerden, wem Ehre gebührte: »Ich bin so stolz auf dich – und auf Stokes. Ihr beide habt euch der Herausforderung gestellt wie ein Mann und mit fliegenden Fahnen bestanden.« Ermattet hob sie einen Arm und machte eine große, wenngleich etwas träge ausfallende Geste. »Ihr habt die Veränderungen akzeptiert und euch den neuen Umständen angepasst.«

Barnaby regte sich neben ihr und ließ ein Schnauben hören, das allerdings halb im Kissen unterging. Den Kopf dann leicht zur Seite gedreht, meinte er: »Wenn du noch immer nicht erkannt hast, dass ich alles für dich tun würde, um dich beschäftigt zu wissen, dich zu begeistern und immer neu zu fordern, wie du es brauchst; wenn du nicht erkennst, dass ich für dich sogar den Mond anhalten und dir die Sterne vom Himmel holen würde, um dich bei Laune zu halten, dann brauchst du eine neue Brille.«

Lachend drehte sie sich zu ihm um, strich mit der Hand über seinen nackten Schenkel, und als auch er sich in Erwiderung mit einem schweren Stöhnen auf den Rücken rollte, schmiegte sie sich an ihn und ließ ihren Kopf an seiner Schulter ruhen, dort, wo sie es am liebsten mochte. Er legte seinen Arm um sie, und sie drückte ihre Lippen auf seine Brust. »Fairerweise muss ich gestehen, dass ich es durchaus bemerkt habe, aber meinetwegen brauchst du nicht in die himmlische Ordnung einzugreifen. Es genügt völlig, wenn du, wie in diesem Fall, zu mir stehst. Bleib einfach nur du selbst.«

Barnaby hob ihre Hand von seiner Brust und drückte einen warmen Kuss auf ihre Handfläche, ehe er sie sich wieder aufs Herz legte. »Das«, murmelte er, »sollte zu schaffen sein.«

Eine Sekunde verstrich, dann murmelte sie: »Ich liebe dich auch.«

Er lächelte, ohne die Augen zu öffnen, und kam zu dem Schluss, dass er damit gut leben konnte.

Immer und ewig.

Am folgenden Morgen traf Montague um Punkt zehn Uhr in der Albemarle Street ein. Die Droschke ließ er an der Straße warten, und als er die Stufen zum Haus hinaufstieg, befiel ihn eine seltsame Aufgeregtheit, die er so gar nicht von sich kannte. Doch schien er beileibe nicht der einzig Rastlose, denn kaum hatte er die Hand erhoben, um anzuklopfen, schwang die Tür auch schon auf.

Mostyn grinste ihn an. »Wir haben bereits nach Ihnen Ausschau gehalten.« Der Butler trat beiseite, um Violet vorbeizulassen.

Sowie ihr Blick auf Montague fiel, breitete sich ein Lächeln auf ihrem Gesicht aus. Ohne die Augen von ihrem Liebsten zu nehmen, nickte sie Mostyn im Hinausgehen zu. »Danke, Mostyn. Ich weiß noch nicht, wann ich zurück sein werde.«

Beim Klang ihrer Worte, im Licht ihres Lächelns fühlte Montague sich wie ein siegreicher Held, ein Eroberer gar. Er bot ihr seinen Arm und meinte: »Du siehst bezaubernd aus.« Für ihn konnte es keine Schönere geben. In seinen Augen strahlte sie geradezu.

Ihr Lächeln vertiefte sich. »Danke. Ich muss allerdings gestehen, auch ganz himmlisch geschlafen zu haben – das erklärt es vermutlich.«

Er führte sie die Treppe hinunter und bemerkte trocken: »Bestimmt war es eine große Erleichterung, die Absichten eines Mörders nicht länger wie das Schwert des Damokles über dir schweben zu spüren.«

Sie sah ihn kurz an, dann lächelte sie und ließ sich von ihm in die Droschke helfen. Er folgte ihr hinein, zog den Schlag zu und setzte sich neben sie. Als der Wagen anfuhr, griff sie nach seiner Hand und verschränkte ihre Finger mit seinen. »Wenn du es genau wissen willst, so war es nicht die Erleichterung darüber, dass der Mörder gefasst ist, die mich so gut hat schlafen lassen, sondern das schiere Glück, die Vorfreude darauf, was der heutige Tag bringen wird.« Sie wandte sich ihm zu und schaute ihm in die Augen. »Ich habe mich gefühlt wie ein Kind vor Weihnachten.«

Die Worte wärmten ihm das Herz, sanft drückte er ihre Hand. »Dann kann ich bloß hoffen, deine Erwartungen nicht zu enttäuschen.«

Ihre Finger schlossen sich fester um seine. »Glaub mir, du kannst mich gar nicht enttäuschen.« Und nach einem kurzen

Moment fügte sie an: »Erzähl mir etwas über dich – bist du in London geboren?«

Während sie quer durch die Stadt fuhren, erzählte er ihr also ein wenig von sich, von seiner Vergangenheit – von seinen Eltern, denen er sehr verbunden gewesen war, auch wenn sie schon etwas älter waren, als er auf die Welt kam, von seiner Kanzlei und wie sie sich im Laufe der Jahre entwickelt hatte, von den eher bodenständigen Dienstleistungen, die sein Vater angeboten hatte, zu den deutlich breiter aufgestellten Finanzgeschäften, auf die dann er sich spezialisiert hatte. »Ich war also, wie du dir vermutlich längst gedacht hast, der Sohn bei Montague & Son, und Zahlen haben mich schon immer fasziniert. Mit fünfzehn habe ich angefangen, an der Seite meines Vaters zu arbeiten. Irgendwann hat er sich dann aus dem Geschäft zurückgezogen und seine Klienten nach und nach an mich abgegeben.« Montague sah Violet an. »Als er starb, führte ich die Geschäfte schon einige Jahre.« Er hob die Schultern und schaute wieder nach vorn. »Manch einer mag sagen, dass mir mein Erfolg in den Schoß gefallen ist, dass ich mir meine Position nie wirklich habe erarbeiten müssen. Und ganz unrecht haben sie damit wohl nicht.«

Violet lächelte und schüttelte den Kopf. »Nein«, erwiderte sie, »du magst gute Voraussetzungen gehabt haben, aber was du daraus gemacht hast, ist allein dein Verdienst.« Sie wartete, bis er sie wieder ansah. »Was du heute bist, als Mensch, als Geschäftsmann, das verdankst du nur dir.«

Fast schien es, als würde er erröten, und er schaute zur Seite. »Und du?«, fragte er, als wolle er davon ablenken, und sah sie wieder an. »Bist du auch aus London oder …?«

»Nein, ich wurde in Caversham geboren, nördlich von Reading. Mein Vater hielt die Pfarrei von Woodborough und hatte das Amt bis zu seinem Tode inne. Meine Mutter war schon einige Jahre zuvor verstorben, weshalb ich nach Papas Tod auf mich allein gestellt war.« Während die Kutsche gemächlich in eine Kurve fuhr, erwiderte sie kurz seinen Blick.

»Zum Glück bot sich dann die Stelle bei Lady Ogilvie in Bath an, und nach ihrem Tod zog ich nach London und fing bei Lady Halstead an – sie und Lady Ogilvie kannten einander.«

Sie schaute wieder nach vorn, spürte aber, wie sein Blick noch immer auf ihr ruhte.

»Du warst glücklich bei Lady Halstead.«

Eine Feststellung, keine Frage, aber nachdem sie einen Moment überlegt hatte, meinte sie: »Nicht glücklich, nein – denn jetzt, da ich weiß, wie Glück sich anfühlt, wird mir erst bewusst, dass ich es schon lange nicht mehr empfunden habe.« Mit einem leisen, ein wenig wehmütigen Lächeln sah sie ihn an. »Aber ich war zufrieden. Es fehlte mir an nichts, und ich hätte im Grunde immer so weiterleben können. Ich kann mich nicht über mein Los beklagen, und ähnlich wie bei dir könnte man sagen, dass mir vieles zugefallen ist, und ich es alles in allem doch recht leicht hatte.«

Nun war er es, der erwiderte: »Aber was unser Leben ausmacht, ist doch, wie – und ob – wir die Möglichkeiten nutzen, die sich uns bieten.«

In stillem Einverständnis sahen sie einander an, und dann, als die Droschke langsamer fuhr, schauten sie beide zum Fenster hinaus. Die vertraute Fassade mit der schmalen Tür, die zu den Geschäftsräumen von Montague & Son führte, tauchte vor ihnen auf, und der Kutscher ließ sein Gespann halten.

Violet blinzelte und sah sich um wie im Traum, als Heathcote ihr aus dem Wagen half.

Sie wartete, während er den Droschkenkutscher bezahlte, dann fasste er sie beim Ellbogen und führte sie übers Trottoir zu der dunkelgrün gestrichenen Tür mit dem eingelassenen Fenster, auf dem in goldenen Lettern *Montague & Son* stand, und darunter etwas kleiner: *Vermögensverwalter*. Montague holte die Schlüssel aus seiner Tasche, und als er aufschloss, merkte er, wie Violet sich interessiert umschaute.

»Heute ist Freitag«, meinte er und deutete auf die vorbeieilenden Passanten. »Hier ist der Freitag immer der geschäftigste Tag der Woche, weil jeder noch schnell die Finanztransaktionen der Woche abschließen will. Morgen wird es deutlich ruhiger sein. Die meisten Geschäfte haben zwar auch samstags geöffnet, aber die großen Banken und die Börse sind dann geschlossen.«

»Ah ja.« Sie nickte und meinte, als sie sich wieder zu ihm umgewandt hatte: »Bei den vorigen Malen, die ich hier war, habe ich nie darauf geachtet, war ich in Gedanken doch immer anderswo.« Und gerade, als sie durch die Tür treten wollte, die er ihr weit aufhielt, fiel ihr das kleine Schild auf, das verkündete, dass die Kanzlei heute geschlossen war. »Du meintest, es sei Freitag, aber mir scheint deine Kanzlei ist heute weder geöffnet noch sonderlich geschäftig«, bemerkte sie, zog vielsagend eine Braue hoch und trat ein.

Er folgte ihr ins Haus und schloss die Tür wieder hinter ihnen ab, ehe er erwiderte: »Um den Erfolg unserer Ermittlungen zu feiern, habe ich meinen Mitarbeitern heute freigegeben – das haben sie sich wirklich verdient. Jeder von ihnen hat seinen Teil beigetragen.«

Sie lächelte und wandte sich zur Treppe. »Das war wirklich sehr freundlich von dir.«

»Mag sein«, erwiderte er, »aber es war auch eine Notwendigkeit.« Als sie einen fragenden Blick über die Schulter warf, meinte er nur lapidar: »Ich hatte versprochen, dir etwas zu zeigen.«

Im ersten Stock blieb sie vor der Tür zu den Büroräumen stehen, doch er schüttelte nur den Kopf und deutete weiter die Treppe hinauf. »Meine Wohnung ist einen Stock weiter oben.«

Jetzt fiel ihr auch wieder ein, dass er ihr das bereits erzählt hatte, und gespannt wie sie war, stieg sie rasch auch noch die letzten Stufen hinauf.

»Meine Eltern«, hörte sie ihn hinter sich, als er ihr etwas gemächlicher folgte, »hatten ein Haus am Finsbury Square. Nach ihrem Tod habe ich es verkauft und stattdessen dieses

Gebäude erworben – nicht nur die beiden Etagen, die ich selbst nutze, sondern gleich den ganzen Block. Eine Investition, die sich wirklich gelohnt hat. Außer den Büroräumen und meiner Wohnung habe ich alles vermietet.«

Oben angekommen, schloss er ihnen auf. Ehe er die Tür öffnete, hielt er kurz inne und sah Violet an. »Hier lebe ich also. Seit über zehn Jahren ist es mein Zuhause.«

Dann hielt er ihr die Tür auf und beobachtete gespannt, wie sie eintrat und sich in dem kleinen Eingangsbereich umsah. Er folgte ihr hinein und schloss die Tür hinter ihnen.

Violet stellte fest, dass das vernünftige, verlässliche Wesen Heathcote Montagues sich auch in der schlichten, doch hochwertigen und erstaunlich geschmackvollen Einrichtung spiegelte. »Du lebst hier allein?«, wollte sie wissen und sah ihn an.

»Nicht ganz. Ein älteres Ehepaar hat die Einliegerwohnung hinter der Küche bezogen – Mrs. Trewick kocht und führt mir den Haushalt, und Trewick ist mein Mann für alles. Sie leben hier, seit ich die Wohnung habe.«

Violet nickte und trat durch einen Türbogen, der in einen weitläufigen Raum führte, der das Wohnzimmer zu sein schien. Einen Moment blieb sie stehen, um sich umzusehen und sich zu sammeln. Dann fragte sie: »Sind sie jetzt da? Die Trewicks, meine ich.«

Heathcote legte seinen Hut an der Garderobe ab und schien kurz verunsichert. »Äh … nein. Ich habe ihnen heute ebenfalls freigegeben.«

Violet musste schmunzeln und versuchte, all ihre Gefühle in ihr Lächeln zu legen, als sie sich wieder zu ihm umdrehte. »Gut«, meinte sie und schaute ihm tief in die Augen.

Er wirkte erleichtert und kam auf sie zu. »Ich hoffe, du findest das nicht allzu …«

Sie legte ihm zwei Finger an die Lippen. »Keineswegs. Jetzt haben wir endlich Zeit für uns. Um zu reden, zu entscheiden, wie es weitergehen soll – mit uns. Du hast uns nur etwas

Privatsphäre gegeben und dafür«, sie zog ihre Hand zurück und senkte den Blick auf seine Lippen, »bin ich dir dankbar. Um nicht zu sagen … sehr froh.« Die letzten Worte waren kaum mehr als ein geflüsterter Hauch, ehe sie sich emporreckte und ihn küsste.

Was ihr früher schamlos erschienen wäre, kam ihr nun fast selbstverständlich vor, denn hatten sie beide nicht längst die Grenzen des Anstands überschritten? Wozu sich noch länger zurückhalten, wo sie nun endlich hier waren, nur sie beide, Mann und Frau. Ein Gentleman und eine Dame, gewiss, aber hier, wo sie unter sich waren, in trauter Abgeschiedenheit, lief es darauf hinaus. Nichts war mehr von Belang als das, was zwischen ihnen war.

Und er schien es genauso zu sehen, denn kaum hatten ihre Lippen die seinen berührt, küsste er sie auch schon zurück.

Er schloss sie in seine Arme und zog sie an sich, nicht zaghaft und zögerlich, sondern fest und entschieden. Sich so warm und geborgen, so sicher in seinen Armen zu wissen – und mehr noch ihre instinktive Reaktion darauf – ließ keinen Zweifel daran, wie es um sie stand. Für sie bedeutete dieser Mann Verlässlichkeit und Geborgenheit, ein sicherer Hafen, in dem sie jederzeit Zuflucht fände. All das bedeutete er ihr – und so viel mehr. Mit ihm könnte sie endlich die werden, die sie schon immer hätte sein sollen.

Er bot ihr Möglichkeiten, die sie ohne zu zögern ergriff. Sie schmiegte sich an ihn, ließ sich fallen in seine Umarmung, schlang die Arme um seinen Hals und zog ihn an sich, ganz fest. Und als sie das sanfte Drängen seiner Lippen spürte, öffnete sie ihm die ihren und ließ ihn ein ohne jede Scheu und Scham.

Gab sich ihm hin und genoss es, sich so angenommen zu fühlen.

Nie zuvor war sie so mit einem Mann zusammen gewesen. Gewiss, sie war schon früher geküsst worden, nicht zuletzt von ihm, aber nicht so. Dieser Kuss war anders, eine Offenbarung. Ein Zwiegespräch, das ganz ohne Worte auskam, ein stiller und dabei so vielsagender Austausch, in dem es beständig hin und her ging, in dem eines immer zum anderen führte.

In dem alles voller Bedeutung war.

Wortlose Verheißungen und Versprechen.

Beide fanden sie sich in diesem Kuss – er sie und sie ihn, und so viel deutete darüber hinaus, auf das, was sein könnte, was sie gemeinsam erschaffen und teilen würden.

Ihr inniger Austausch gab ihnen eine Vorstellung davon, malte für sie das Bild ihrer Zukunft.

Ihr Kuss war ein Ausdruck all dessen, und beiden wurde bewusst, wie sehr sie es wollten … Dass sie sich nichts sehnlicher wünschten.

Dass sie danach verlangten.

Eine Hitze, die sie nie zuvor gespürt hatte, eine schwere, sinnliche Wärme stieg in ihr auf und breitete sich aus wie Glut unter der Haut, ein Brennen, das sie, so wenig vertraut es ihr auch war, instinktiv verstand. So mächtig und unwiderstehlich war es, wie es sie lockte und rief, und sie erwiderte seinen Ruf ebenso wie er.

Bis er, sanft und so widerstrebend, dass sie bis ins Innerste frohlockte, zurückwich und sich löste von ihrem Kuss.

Sie schauten einander in die Augen, und nie zuvor hatte sie ihn – den Mann, den sie liebte – so klar vor sich gesehen.

Sein Blick glitt über ihr Gesicht, ihre Augen, ihre Lippen, als halte er einen Schatz in den Händen, an dem er sich nicht sattsehen könne, ehe er sich wieder in ihren Augen verlor. »Ich bin ein einfacher Mann, Violet. Die Kunst der schönen Rede beherrsche ich nicht. Aber ich weiß, dass mein Leben leer und unerfüllt wäre ohne dich. Ich weiß, dass ich dich zu meiner Frau machen möchte und Himmel und Erde in Bewegung setzen würde, um dich zu gewinnen.«

Die Antwort lag ihr schon auf den Lippen, zeigte sich in ihrem Lächeln. Ohne den Blick von ihm zu wenden, gab sie sie ihm. »Den Himmel brauche ich nicht. Nicht mal die Erde, wenn es darauf ankommt. Ich will nur dich – und mehr als alles andere will ich deine Frau sein.«

»Dann wirst du mich heiraten?«

»Ja.« Selbst sie hörte, welches Glück in diesem einen Wort lag. »Ich werde dich heiraten und deine Frau sein und dich zu meinem Mann nehmen. Nichts, wirklich gar nichts könnte mich glücklicher machen.«

Er griff nach ihrer Hand und hob sie an seine Lippen. »Ich verspreche dir, du sollst es nie bereuen, meinem Werben stattgegeben zu haben.«

»Ich weiß«, sagte sie und hielt seinen Blick, »denn ich liebe dich.«

Sie konnte seine Reaktion förmlich spüren, wie eine Welle durchlief sie ihn, als hätten ihre Worte einen Schlüssel im Schloss gedreht und tief in ihm etwas freigegeben.

Es fühlte sich an, als würden Fesseln von ihm fallen, als hätten ihre Worte ihn aus einer langen Gefangenschaft befreit, die er sich selbst auferlegt und irgendwann vergessen hatte. Vielleicht war er sich dessen aber auch nie bewusst gewesen. Die Hingabe an seine Arbeit hatte immer Vorrang gehabt, hatte ihm alles abverlangt. Aber jetzt … Jetzt fühlte er sich frei, so frei wie schon lange nicht mehr, vielleicht noch nie. Es stand ihm frei zu sprechen, von sich, von ihr, von … »Liebe«, gestand er ihr und sah sie hell in ihren Augen aufscheinen, »ist ein so einfaches Wort, das kaum fassen kann, was ich für dich empfinde. Bewunderung, Verehrung, Hingabe – all das und noch viel mehr.«

Sie verschränkte ihre Finger mit seinen und legte ihre Hand an seine Wange. »Mehr braucht es nicht – sei einfach nur du selbst und liebe mich auch weiterhin so, wie ich dich liebe.«

»Aber … ich will so vieles.« Er merkte, wie sich ein schiefes Lächeln auf seine Lippen stahl. »Du merkst, der Geschäftsmann in mir lässt sich einfach nicht kleinkriegen. Und mein Herz scheint mir so dürftig, wenn es in die Waagschale geworfen wird.«

Sie lachte. »Von wegen. Du hast das Herz eines Löwen.«

»Aber ich will …« Er konnte, so schien es, einfach nicht aufhören, aufs Ganze zu gehen, jetzt, da er wusste, wonach er sich im Grunde seines Herzens sehnte. Wonach er verlangte. Was er brauchte. »Ich will dich für immer an meiner Seite haben, und ich möchte eine Familie, so es uns vergönnt ist.« Als er den fragenden Blick in ihren Augen sah, beeilte er sich zu erklären: »Ein Geschäft habe ich schon, Erfolg, Status, Vermögen, Bekannte, gar Freunde. Nach außen hin führe ich ein glückliches, erfolgreiches Leben, aber ohne eine Frau, mit der ich all das teilen kann, ohne eine Familie, fühlt es sich seltsam schal an und bedeutet mir wenig.« Er ließ seinen Blick auf ihr ruhen. »Wir sind beide nicht mehr die Jüngsten, aber …« Er zögerte, und die nächsten Worte kosteten ihn merklich Überwindung. »Ich meine, nur wenn du willst …«

Das Lächeln, das sich langsam über ihr Gesicht breitete, war die reinste Freude. Ihre Augen leuchteten im Glück ihrer Liebe, dieses wunderbaren, allumfassenden Gefühls. »Du hast es selbst schon mal gesagt – wir sind beide unabhängig und können im Grunde tun und lassen, was wir wollen. Wir könnten ein Liebespaar werden. Oder ein Ehepaar. Oder Eltern. Oder alles zusammen, wenn wir so wollen.«

Die Erleichterung war ihm so deutlich anzumerken, dass sie lächeln musste. Sie reckte sich empor und meinte, ehe ihre Lippen sich berührten: »Und wir wollen es, alles.«

Dann küsste sie ihn, und nichts hätte ihr Einverständnis und ihre Hingabe besser – und leidenschaftlicher – zum Ausdruck bringen können.

Und ehe er wusste, wie ihm geschah, hatte er sie wieder in seine Arme geschlossen und erwiderte ihren Kuss, erwiderte jedes Gefühl, das sie in ihm weckte.

Er überließ sich dem Augenblick, ließ es einfach darauf ankommen, wohin er ihn – und sie – führen würde.

Als er den Kopf hob, sich mit heißem Atem von ihren Lippen löste und einen vielsagenden Blick zur Tür zu seiner Linken warf und sie dann mit fragend gehobener Braue ansah, vertiefte sich ihr Lächeln bloß.

»Ja«, flüsterte sie an seinen Lippen.

Mehr brauchte Violet nicht zu sagen.

Nicht zu ihm, dem Mann, der sie mit so viel Liebe und Leidenschaft in den Augen ansah, so aufrichtig und wahr, so stark und unverbrüchlich.

Nie würde sie sich fragen, ob es richtig war oder falsch, was sie tat. Sie zweifelte keine Sekunde daran, mit sich und ihrem Schicksal im Einklang zu sein, als sie sich von ihm in sein Schlafzimmer führen ließ und er die Tür hinter ihnen schloss.

Was dann folgte … Es war wunderbar und entsprach so sehr dem, was sie waren, wer sie waren. Geradlinig und ehrlich, unverstellt gaben sie sich hin – einander und dem sinnlichen Entzücken, das aus ihnen hervorbrach und sie immer wieder mit sich riss.

In den weichen Laken seines Bettes, im sanften Licht eines langen Herbstnachmittags fanden sie einander und entdeckten sich selbst.

Entdeckten, was ihnen möglich war, was sie sein konnten, wenn sie nur wollten.

Glück und Leidenschaft, Lust und Verlangen, nicht zuletzt der alles überwältigende Sturm der Ekstase – all das fanden sie an diesem golden gefärbten Nachmittag, entdeckten es für sich, machten es sich zu eigen.

Und als Violet sich schließlich in seine Arme sinken ließ – eine erfüllte, zügellose Violet, deren Haar sich in üppigen, seidig schimmernden Wellen über Brust und Arme ergoss – lächelte er. Während ihm langsam die Augen zufielen, erfasste ihn plötzlich wieder ein Gedanke, der ihm in den letzten Tagen gekommen war. »Bevor ich dir begegnet bin und all das hier«, er deutete eine Geste an, die sie beide und ihr Zusammensein umfing, »sich ergeben hat, hätte ich mich nie für einen Mann der Tat gehalten. Aber dank dir und allem, was danach geschah, habe ich festgestellt, was noch alles in mir steckt, dass ich im Fall der Fälle durchaus zupacken kann, was, gelinde gesagt, eine sehr interessante Erfahrung war …«

Sie lachte, tief und leise. »Glaub mir, du bist allen Herausforderungen gewachsen.«

Er spürte ihr Lächeln und gab sich bescheiden. »Ganz so wollte ich es dann doch nicht sagen.«

»Deshalb habe ich es gesagt – weil ich wusste, dass du es nicht tun würdest.« Sie hob den Kopf von seiner Brust und sah ihn an. »Mich hast du damit überhaupt nicht überrascht, denn ich habe von Anfang an erkannt, was in dir steckt. Du bist der Mann, auf den ich mein Leben lang gewartet habe, und jetzt, da ich dich gefunden habe …«, sie beugte sich vor und hauchte einen Kuss auf seine Lippen, »… werde ich dich auch so bald nicht mehr hergeben.«

Als sie sich wieder an ihn kuschelte, den Kopf an seine Schulter gelegt, schloss er die Arme fester um sie. »Umso besser, dass ich nichts dagegen habe. Du bedeutest mir alles, Violet.«

Sie streckte sich mit einem glücklichen Seufzer, legte ihm die Hand auf die Brust und gab ihm einen kleinen Klaps. »Mein Heathcote.«

Er lächelte und musste daran denken, wie oft sie während der letzten Stunden seinen Namen gesagt hatte, ihn geseufzt, gestöhnt, in heller Ekstase geschrien hatte.

Seine Wange an ihr Haar geschmiegt, schloss er die Augen.

Zu hören, wie sie ihn bei seinem Namen nannte, war Musik in seinen Ohren und schon jetzt die beste Dividende, die er je erzielt hatte.